国家社科基金青年项目（14CZW033）

清代楚辞学文献考释

陈欣 著

中华书局

图书在版编目(CIP)数据

清代楚辞学文献考释/陈欣著. —北京:中华书局,2022.1
ISBN 978-7-101-15410-8

Ⅰ.清… Ⅱ.陈… Ⅲ.楚辞研究-中国-清代 Ⅳ.I207.223

中国版本图书馆 CIP 数据核字(2021)第 215015 号

书　　名	清代楚辞学文献考释
著　　者	陈　欣
责任编辑	许庆江
出版发行	中华书局 (北京市丰台区太平桥西里 38 号　100073) http://www.zhbc.com.cn E-mail:zhbc@zhbc.com.cn
印　　刷	北京瑞古冠中印刷厂
版　　次	2022 年 1 月北京第 1 版 2022 年 1 月北京第 1 次印刷
规　　格	开本/920×1250 毫米　1/32 印张 17½　插页 2　字数 430 千字
国际书号	ISBN 978-7-101-15410-8
定　　价	98.00 元

目 录

绪　论

回眸两千多年的楚辞研究史,不得不惊叹《楚辞》作为文学经典“名垂罔极、永不刊灭”的艺术魅力。历代楚辞研究者薪火相传,在对前代学者的继承和超越中不断探索和前进。清代《楚辞》研究异彩纷呈、蔚为大观,是公认的《楚辞》研究集大成的时代,对于楚辞学各个领域的开拓不遗余力,无论是在《楚辞》研究的深度、广度,还是在研究方法方面,都取得了超越前人的丰厚成果。

一、课题的提出及意义

张隆溪先生说:“经典固然受人尊崇,但它们必须通过注疏、评论和阐释,才得以对社会发生影响,而在这当中评注所起的作用,往往不仅止于字句的训诂,而且包含义理的阐发,以各种方式使经典符合评注者当时所要求于经典的意义。”[①] 在中国古代“述而不作”观念的影响之下,注释是中国传统学术的主要著作形式。在楚辞学领域,历代注本不仅仅是解读《楚辞》的工具,同时还是建构《楚辞》成为经典的必由之路。鉴于清代楚辞文献的浩瀚,本书研究对象的主体是清代楚

①张隆溪:《中西文化研究十论》,复旦大学出版社 2005 年 11 月第 1 版,第 195 页。

辞学著作,并以注本为主。

清代楚辞学是二千余年古代楚辞学的最后结穴。清代楚辞学文献卷帙浩繁,数量之庞大令人叹为观止。就文献资料而言,清代产生的楚辞学著作,与之前各朝代所产生的楚辞学著作之总和不相上下,为历代楚辞学著述数量之最。如果再加上清代诗话、评点和诗文集中的楚辞资料,汇聚起来可谓洋洋大观、汗牛充栋。如此丰富的文献为研究者提供了良好的资源,我们本可充分利用这些文献资源,对清代楚辞学做一番较前代更为深入的研究。然而,真实情况并非如此,一方面与人们对待文献的态度有关。很多人感叹清代楚辞学文献卷帙浩繁,难以穷尽,且庋藏星散,阅读不便,因而望而却步、望洋兴叹。另一方面也是更主要的原因,是人们对待楚辞研究的态度和视角。现有的楚辞研究有相当一部分不重视文献依据和实证研究,被触及的文献材料实际上只是现有文献资源的一小部分,因而丰富的楚辞学文献并没有被很好地阅读和使用。

目前,对清代楚辞文献资料的考证等基础性研究还较为薄弱,对一些孤本、善本、手批本以及同一著作的不同版本的发掘亦嫌不足,使得清代楚辞学的相关研究难有持续、深入的挖掘。而且,对清代楚辞文献的整理和研究,不仅要重视传世楚辞文献的整理和研究,对于已经亡佚的楚辞文献亦要努力考索。在这个过程中,很可能发现并重建文献彼此之间已经失落的某种联系。据笔者的统计,到目前为止,已佚或未见的清代楚辞著作有一百三十余种,比现存的一百二十余种清代楚辞著作还要多一些。而且,历代地方志、笔记、别集和族谱中,记载着相当数量的楚辞学文献与楚辞学者的生平资料,可据此补充现有研究成果的缺失,甚至改正现有书目类文献中记载的错误。

"《楚辞》研究不仅是一种学问的钻研,并且是文人思想感情的表现与发泄，众多的研究者，无论考其文字，订其音韵，或阐发思想，揭其微义，皆非单纯的兴趣所致，实有着审美情趣或思想情感共振的因素”。[①] 因此，从“人”的角度考虑，大多楚辞学者的阐释取向和动因包含有多种因素。除地域情感的催发之外，还有身处明清鼎革的遗民兴怀故国、抉隐阐幽，借此来抒发他们的遗民情怀和民族气节。进入清代，统治者大力推尊以程朱理学为主的儒学，在这样的思想文化背景下，一些楚辞学者的研究以强调忠正廉洁、人伦教化为主，出现了明显的儒学倾向。与此同时，还有很多楚辞学者运用直觉感悟法，悟屈子之情，会屈子之心，抒发对屈原的旷世同情。针对现有研究成果重视著作而忽视作者的研究倾向，本课题在传统文献学基础上拓宽思路，侧重阐释学视野下的主体性介入，从楚辞学者的生平家世、出产地域、学术渊源和交游情况等方面出发，以专论的形式探寻清代楚辞学者的研究动因，研究他们的个性际遇和著书心态在楚辞研究上的映照，及在不同时代学术思潮影响下的多元化的阐释倾向，以此对清代楚辞学进行历史还原和逻辑建构，呈现清代楚辞学的特征与成就。

清代很长一段时间严谨征实的学术环境并不适合文学研究的发展，然而，依然有部分楚辞学者能够跳出汉宋之束缚，站在前代《楚辞》文学阐释的高度，将《楚辞》的文学研究引向纵深发展的境界，在《楚辞》文学艺术的揭示、审美内涵的发掘、体制风格的辨析、创作技巧的总结等方面都取得了卓越的成就。因此，在时代语境和文学场景下考述并分析清代不同时期学术思潮下文学观念的变化，也是很有必要的。周建忠先生在《楚辞与楚辞学》一文中说：“古代楚辞学史揭示了、

①廖栋梁：《伦理 · 历史 · 艺术：古代〈楚辞〉学的建构》，台北里仁书局 2008 年 9 月第 1 版，第 11 页。

同时也被后来的研究实践不断证明的一个研究规律：每一种学术派别、研究方法的出现，总是与当时的文化学术思潮相联系。任何摆脱时代制约的努力，往往正是时代思潮的反映。”[①] 诚然，乾嘉时期以严谨朴实的学者态度从事学术研究成为主流，重视训诂考据的朴学之风亦强势蔓延开来。毛奇龄、蒋骥、胡文英、朱骏声、戴震、江有诰、王念孙、俞樾、孙诒让、武延绪等一大批学者运用朴学的思维方法研究《楚辞》，在训释字词、校勘辑佚、审定音韵、考证名物地理、考释典章制度等方面取得了突出的成就。

蒋寅先生指出，“清代的文坛基本是以星罗棋布的地域文学集团为单位构成的”，[②] 比如桐城派古文、常州派骈文、吴江派戏曲、浙西词派和虞山诗派等。与此相应，清代的学术派别亦大多以地域冠名，如吴派、皖派、扬州学派、浙东学派、常州学派、岭南学派、湖湘学派等。这些地域性流派显示了地域对文学及学术发展的作用。与《楚辞》在传统目录学中的独特位置相应，楚辞学在传统学术中的地位亦比较特殊。与上述大多是经史学派不同，楚辞学是具有自身特定的作品范围、研习传统和研究格局的专门之学，主要以个体研究为主，兼及小范围内的群体批评，因此很难形成地域性派别。然而，楚辞学与地域学术文化又有着密切的联系，尤其是清代楚辞学的地域性特征至为凸显。地缘关系与亲缘关系是地域人文学术形成的重要链条，而这两种关系又是相互涵摄的。陈寅恪先生指出：“东汉以后学术文化，其重心不在政治中心之首都，而分散于各地之名都大邑。是以地方大族盛门乃为学术文化之所寄托。……汉族之学术文化变为地方化及家门化矣。

①周建忠：《楚辞与楚辞学》，《云梦学刊》2004 年第 1 期，第 7 页。

②蒋寅：《清代诗学与地域文学传统的建构》，《中国社会科学》2003 年第 5 期，第 167 页。

故论学术，只有家学之可言，而学术文化与大族盛门常不可分离也。”①诚如斯言，同一地域的世家大族往往成为一方学术、学派之滥觞，家族、家学与学术、学派相辅相成，密切交融。比如清代桐城世家大族以师友、姻亲关系链接起深密的关系网，相对于其间的文人学者来说，又因地域风气相互激发形成家族链、师承链。而清代桐城楚辞研究正是因地域之机缘，家族之纽带，师承之熏染而相互推引，形成了文学经典研读与地域文化传统相资相生的范例。

本书在对清代楚辞学文献和学者资料全面系统考论的基础上，在阐释学和地域文化的视野下，运用文献学与文艺学相结合、历时演变与共时差异并行考察的方法，再现清代楚辞学的特征和成就，以弥补现有研究成果的不足和研究视角的缺失，并促发新的议题的产生。笔者在研究中侧重阐释学视野下的主体性介入，积极对待作者、楚辞学者和读者之间的多层面、互动交融关系，这一尝试将有利于《楚辞》研究在视角和方法上的深入思考与创新。本课题的研究意义在于：第一，有助于再现楚辞学发展过程中偶然性与必然性之间的矛盾运动，由此探寻楚辞学发展的一般规律。第二，有助于更清晰地、立体地把握清代楚辞学的研究理路、内在联系和整体风貌，为构建中国楚辞学史提供一定的借鉴和帮助。第三，借助新的学术时空观，为当下楚辞学研究提供新的观念、视角和方法。

二、相关研究动态

清代是我国古代学术的集大成时期，而楚辞学发展至清代亦呈现出集传统楚辞研究之大成的发展态势，在楚辞研究的广度和深度方面

①陈寅恪：《金明馆丛稿初编》，三联书店 2001 年 6 月第 1 版，第 147–148 页。

均有不同程度的突破。据不完全统计,现存有清一代的楚辞学著作有一百二十余种之多,与之前各朝代所产生的楚辞学著作之总和不相上下,可见清代楚辞学在中国楚辞学史上占有极其重要的地位,值得我们进行深入研究。然而,清代楚辞学的研究现状整体显现寥落之势,与清代楚辞学的特点、成就和贡献相比,研究现状显得极不相称。现有研究成果主要呈现出三大趋势:

第一,从楚辞学史角度的纵向探究。易重廉的《中国楚辞学史》(1991)[①]一书中的"清代——楚辞学的大盛期"部分,是较早对清代楚辞学作专门研究的著述,分十五章论及三十余位清代楚辞学家的楚辞研究。李中华、朱炳祥《楚辞学史》(1996)[②]分作汉代、魏晋南北朝、唐代、宋元、明代、清代、近代等若干时代,并择取各时代楚辞学的代表性著作加以论述,在"清代的《楚辞》研究"部分,分作十节论及近二十位清代楚辞学者及著作。这两种楚辞学史的可取之处在于注意从史的角度,对相似研究方法和特点的楚辞学者进行归纳和比较,具有一定的理论价值。北京大学1997年度博士学位论文林润宣的《清代楚辞学史论》分四编十章,以楚辞学者为纲,意在从楚辞学史的角度全面系统地勾勒出清代楚辞学的概貌。然虽题为"史论",实际上是以楚辞学者为纲的楚辞学著作的个案研究。全文篇幅不足十万字,论及近二十位楚辞学者,许多章节的讨论不免简略,而且缺乏个案之间的比较和纵向研究的关联性。台湾学者廖栋梁《伦理·历史·艺术:古代〈楚辞〉学的建构》(2008)[③]一书力图从伦理、历史和艺术三个不同的维度建

①易重廉:《中国楚辞学史》,湖南出版社1991年5月第1版。

②李中华、朱炳祥:《楚辞学史》,武汉出版社1996年10月第1版。

③廖栋梁:《伦理·历史·艺术:古代〈楚辞〉学的建构》,台北里仁书局2008年9月第1版。

构起古代《楚辞》学，作者指出："本书特别关注明清，尤其指晚明清初这一段研究高峰期的注本"。全书分为七章，前两章从伦理的角度探讨儒家文化视野中屈原研究的诠释策略，以及关于屈辞之"怨"的解读；第三、四章从历史的角度研究《楚辞》的历史学，以及蒋骥《山带阁注楚辞》的地理论述；第五、六章从艺术的角度探讨《楚辞》的艺术性和王逸《楚辞章句》的韵体释文；第七章"结论：反照自身"从楚辞研究者的角度指出注释《楚辞》不仅是探求屈原本意，还以之反照自身揭明自己的情志。全书论述全面，资料详实，引入了很多西方文艺理论和阐释学的内容。孙巧云《元明清楚辞学史》（2013）[①]一书以元明清三代的楚辞学史作为研究对象。正文分五章，后三章从"史"的角度把清代楚辞学分作三个阶段，即"明末清初之际"、"清代前期至中期"和"清末民初之际"，把楚辞学者分布于不同的阵营，如经世学者、理学者、考据者、章句者等，以不同时期的学术思潮背景中的楚辞研究为侧重点分类论述，共论及二十多部清代楚辞学著作。吴慧鋆《近代楚辞学论纲》（2020）[②]一书以道光至五四前后的楚辞学为研究对象，以近代楚辞著述为纲，以学者、论点为纬，将近代楚辞著述分为七类，包括名物训诂史实考证类、审定音韵考释方言类、体现理学特色类、诗话词话中的楚辞评论、公羊学派影响下的楚辞著述、融合汉宋的楚辞著述、"新学"背景下的楚辞著述，其中具体论及十余部清代楚辞学著作。以上研究成果对一些重要问题的论述已经深入较为细致的层面，为我们提供了富有启迪的思路和视野。

第二，清代楚辞学著作的个案研究。很长一段时间以来，对清代楚辞学著作的研究主要集中在王夫之《楚辞通释》、蒋骥《山带阁注楚

①孙巧云：《元明清楚辞学史》，浙江工商大学出版社 2013 年 5 月第 1 版。

②吴慧鋆：《近代楚辞学论纲》，中华书局 2020 年 11 月第 1 版。

辞》和戴震《屈原赋注》这三部注本。例如2009年以前以清代楚辞注本为研究对象的硕士学位论文，全都把目光聚焦到了这三部注本上：北京大学1994年度硕士学位论文林兆明《王、蒋、戴三家注〈楚辞〉之比较及其在楚辞学史上的地位》、福建师范大学2007年度硕士学位论文林珊《王船山〈楚辞通释〉研究》、贵州大学2007年度硕士学位论文肖治强《〈山带阁注楚辞〉探析》、南昌大学2008年度硕士学位论文赵明玉《宋清楚辞学的连续与转型——〈楚辞集注〉〈楚辞通释〉比较研究》、贵州大学2008年度硕士学位论文任庆馨《王夫之〈楚辞通释〉研究》、福建师范大学2008年度硕士学位论文廖淑玲《蒋骥〈山带阁注楚辞〉研究》；西北师范大学2009年度硕士学位论文刘芮康《戴震〈屈原赋注〉研究》。近十年以来，清代楚辞学个案研究的面有所拓宽，一些研究者开始关注到清代其他楚辞研究著作。例如林云铭《楚辞灯》，近十年来已经有四篇硕士学位论文以之作为研究对象；关于陈本礼《屈辞精义》，目前已经有三篇硕士学位论文。另外，钱澄之《楚辞屈诂》、胡文英《屈骚指掌》、屈复《楚辞新注》、刘梦鹏《屈子章句》、王闿运《楚辞释》和马其昶《屈赋微》等著作也逐渐得到学人的关注，陆续出现了硕士学位论文、期刊论文和会议论文等研究成果。

第三，清代楚辞书目及著作的文献研究。楚辞研究属于世代累积型的研究，尤其在楚辞目录之学方面，前人已经取得了很多有益的研究成果。仅就清代楚辞著作考录而言，建国以来有几种书目解题类著作著录的数量已颇为可观。饶宗颐《楚辞书录》（1956）对六十余部清代楚辞学文献进行简明著录，主要内容包括作者信息、著作版本馆藏和文献著录情况，在清代楚辞文献考录方面可谓开山之作。姜亮夫《楚辞书目五种》（1961）在饶宗颐《楚辞书录》的基础上进行分类并增补，录列包括传世和已佚清代楚辞学文献近百部。崔富章《楚辞书目五种续编》（1993）在此基础上又重点补录传世善本。洪湛侯《楚辞要籍解题》(1984)收录清代楚辞要籍二十七部,对作者生平、成书经过、主要观点、版刻馆藏等作了解题和初步研究,然版本著录存在一些问题。[①] 潘啸龙、毛庆主编《楚辞著作提要》(2003)对四十四部清代楚辞学著作进行了大篇幅的评述,虽然在数量上不算多,但对每一部入选的著作都进行了大篇幅的评论,对研究者了解清代楚辞研究的全景和文献状况颇有裨益。周建忠《五百种楚辞著作提要》(2011)为大约七十种清代楚辞学著作撰写了提要,其内容包括作者生平资料,主要观点和倾向,以及著作的体例、篇目选择、版本馆藏情况,而且部分著作还著录了对其做过评述的论文,为研究者提供了按图索骥之便利。黄灵庚《楚辞文献丛考》(2017)[②] 是对2014年《楚辞文献丛刊》(共80册)中收录的大部分楚辞文献的考述,共计二百余种,在规模和容涵上均超过了前人。黄灵庚先生自述《楚辞文献丛考》的重点在于"核勘源流,明其版本传承,详审文献价值"[③]。其实,此著作的成就远不止如此。就现存清代楚辞学著作而言,《楚辞文献丛刊》和《楚辞文献丛考》均收录甚广,有近百部之多,几乎涵盖了现如今所能搜罗到的绝大部分的楚辞文献,很多都是首次公之于世。而且,有一些一直以来并未被关注的文献,借助此著得以进入学人的视野,比如历代《文选》学著作中的楚辞部分。黄灵庚《楚辞文献丛考》对于著录的楚辞文献中的重点内容、创获之所在,以及楚辞学者的研究方法和特点进行了大篇幅的评述,对于楚辞学的纵深研究,尤其是进一步构建楚辞学史功莫大焉。近两年来,古代《楚辞》文献的点校、整理和出版也取得了

---

①崔富章:《楚辞版本源流考索——兼及〈楚辞要籍解题〉之讹误》,《浙江学刊》1987年第1期,第120–125页。

②黄灵庚:《楚辞文献丛考》,国家图书馆出版社2017年12月第1版。

③黄灵庚:《楚辞文献丛刊》,国家图书馆出版社2014年7月第1版,第1册第2页。

丰硕的成果。到目前为止，黄灵庚先生主编的《楚辞要籍丛刊》已陆续点校出版了二十余种楚辞研究著作，其中清代楚辞学著作有十二种（包括合刊）；周建忠先生主编的《东亚楚辞整理与研究丛书》已点校出版了近十部明清楚辞学著作，还有周建忠先生主编的"紫琅楚辞学研究丛书"，均为推进楚辞文献学的纵深研究提供了极大方便。

此外，还有一些论文从整体观照的视角研究清代楚辞学，如王延海《清代屈原研究散论》（1994）①，对清代屈原研究中的几个代表性观点，如"忠孝为宗论"、"庄屈比较论"、"《离骚》梼杌说"和"屈赋情真说"予以综述和评价。毛庆《由历史看未来——近三百年楚辞研究史的启示》（1998）② 论述明末清初至新中国建立这三百多年的楚辞研究史，在分类总结此期产生的楚辞研究者和研究成果的基础上，指出心理学、社会文化、地理学等全方位、多角度的研究思路实滥觞于清初，并由此展望 21 世纪楚辞学研究的走向。毛庆《略论明清之际屈学研究思想之嬗变与发展——兼及对楚辞学史的贡献》（1999）③ 认为楚辞学发展到明清之际，研究思想产生了质的飞跃，具体可概括为"寄托"、"感悟"、"创新"、"订误"四个方面，由此确定了一套独具特色的研究思想体系。毛庆《论清代楚辞研究中的"直觉感悟法"》（2007）④ 一文对清代楚辞研究中较系统且成型的"直觉感悟法"做进一步探究。毛庆先生这两篇论文颇有理论深度，对我们继续探讨清代楚辞学的研究思

①王延海：《清代屈原研究散论》，《辽宁大学学报》1994 年第 5 期，第 83–88 页。

②毛庆：《由历史看未来——近三百年楚辞研究史的启示》，《深圳大学学报》1998 年第 4 期，第 74–80 页。

③毛庆：《略论明清之际屈学研究思想之嬗变与发展——兼及对楚辞学史的贡献》，《武汉水利电力大学学报》1999 年第 5 期，第 65–70 页。

④毛庆：《论清代楚辞研究中的"直觉感悟法"》，《文艺研究》2007 年第 4 期，第 70–77 页。

想和研究方法有着重要的启示性意义。沈云《谈明遗民对屈原及〈楚辞〉的接受》(2008)[①]一文选择了四位具有代表性的明遗民,即钱澄之、陆时雍、周拱辰、王夫之,从他们的生平遭遇、著述立说等方面来反映对他们对屈原和《楚辞》作品的接受。黄建荣、李蕊芹《论清代的〈楚辞〉研究传播与接受》(2011)[②]对清代《楚辞》文本传播的大致情况作了简要论述,以李陈玉、钱澄之、王夫之、蒋骥、戴震五家《楚辞》研究为重点考察对象,分析清代楚辞学者在屈原人格精神、楚辞音义主旨及楚辞艺术美学等方面的接受情况,归纳总结清代文人对楚辞接受表现出的新特点:在研究重点上,从汉代对屈原人格精神的推崇转向楚辞的艺术研究,尤其是结构研究;在研究方法上,从前代的训诂考据转向训诂考据与义理阐释并重;在研究态度上,从成一家之言到多说并存、兼容并收。及至当下,在时间维度上的楚辞学史的研究已经全面展开,综合楚辞学史自二十世纪九十年代以来已经出了几种研究专著,断代楚辞学史如汉、宋、明,以及现、当代楚辞学都有了研究专著或硕博论文,而且部分研究者已经开始注意到楚辞学与传统学术同轨并进的变化与转型的问题。

在空间维度上的地域楚辞学研究,相关的学术成果可谓少之又少,目前仅见几篇期刊论文。崔富章《浙江四十年楚辞研究概况》(1990)[③]一文主要以20世纪50年代到90年代这四十年浙江的楚辞研究为对象,总结归纳出浙江省楚辞研究的内容主要集中在四个方

---

①沈云:《谈明遗民对屈原及〈楚辞〉的接受》,《语文学刊》2008年第5期,第23-25页。

②黄建荣、李蕊芹:《论清代的〈楚辞〉文本传播与接受》,《东华理工大学学报》(社会科学版)2011年第2期,第121-126页。

③崔富章:《浙江四十年楚辞研究概况》,《浙江社会科学》1990年第3期,第20-23页。

面：楚辞校注、楚辞书目研究、楚辞综合研究、屈原生平和思想研究。崔富章先生在论文开头先进行溯源，他指出："战国中后期，浙江曾为楚地。浙人研习楚辞，渊源有自"，然后梳理自南宋高似孙、明代来钦之、陈洪绶、屠本畯、冯梦祯、冯绍祖、陆时雍、蒋之翘、周拱辰，到清代毛奇龄、方楘如、祝德麟、陈银，直至近代的浙江学者的楚辞研究，包括书法和绘画作品等，指出浙江的楚辞研究成绩斐然。汤漳平、许晶《闽学视野下的楚辞研究与骚体文学创作》（2008）[①] 一文从闽学的视野放眼古代楚辞学史，指出朱熹作为闽学的开山之祖，其思想及楚辞研究对后代闽地学者影响深远。文中指出朱熹之后闽地楚辞学者有谢翱、陈第、郭维贤、林兆珂、黄文焕、何乔远、林云铭、李光地、许清奇、龚景瀚等，他们的楚辞研究的特征主要有：研究目的显然与一般学者有别；继承朱熹所开创的楚辞义理的研究；在传承中求新变，从而展示出各自的特色。刘树胜《由古代楚辞研究著述者的籍里看楚辞研究的失衡》（2013）一文通过对古代楚辞研究著述者籍里分布情况的统计、整理和分析，指出古代楚辞研究存在着地域失衡和时代失衡的问题。作者通过列表统计分析出楚辞研究著述者主要集中在江苏、浙江、安徽等省份，呈现出由东南沿海向西北内陆的递减趋势。作者认为，"文化中心、特定的经济背景和独特的文化传承等因素造成了楚辞著述者籍里即楚辞研究的地域失衡状态；社会鼎革前后的特定事实、封建朝廷的统治政策、文化政策的鼓煽和学风裹挟是造成楚辞研究时代失衡的重要因素"。[②]

①汤漳平、许晶：《闽学视野下的楚辞研究与骚体文学创作》，《论闽南文化：第三届闽南文化学术研讨会论文集（上）》，鹭江出版社2008年12月第1版，第470–483页。

②刘树胜：《由古代楚辞研究著述者的籍里看楚辞研究的失衡》，《职大学报》2013年第6期，第9–18页。

上述研究成果对清代楚辞学进行了有益的探索。然而,现有研究成果还不足以体现清代楚辞学的特点、成就和地位。现有研究成果的不足之处主要有:

第一,缺乏系统深入的研究。现有的几种综合楚辞学史均产生于上世纪九十年代,距今已有近二十年的时间。限于当时文献的罕见,大都缺乏对文本系统周详的考察,仍属于初始阶段的研究。新世纪以来的研究也往往侧重《楚辞》注本或者关注楚辞文献的某一方面,呈现零碎分散的状态,缺乏全面性和系统性。

第二,个案研究的集中化。很长一段时期,一提到清代楚辞研究,总是集中在王夫之、蒋骥、戴震等少数几位楚辞学者身上。近十年以来,清代楚辞学个案研究的面有所拓宽,一些研究者开始关注到陈本礼《屈辞精义》、胡文英《屈骚指掌》、屈复《楚辞新注》、刘梦鹏《屈子章句》等清代其他楚辞研究著作。很显然,相较于浩瀚的清代《楚辞》文献总量而言,目前的研究面向还很不够。

第三,文献资料考证等基础研究较为薄弱。现有关清代楚辞学文献研究主要集中在书目类、提要类的著作中,而现有的楚辞研究论文和论著也大多直接引用其中的研究成果和论述。由于此类著作的概要性质,不可避免地使研究无法深入。而且,对一些孤本、善本、手批本以及同一著作的不同版本的发掘亦嫌不足,使得清代楚辞学的相关研究难有持续、深入的挖掘。

第四,地域研究视角的缺失。现有研究成果对楚辞与楚文化的双向互动已讨论得较为深入,而历代楚辞研究亦与地域学术文化,及来自不同地域的楚辞学者自身有着密切的联系,在空间维度上的地域楚辞学研究学界讨论甚少,学术成果严重不足。可见,对于清代楚辞学而言,现有研究成果无论在深度上,还是在广度上,都还是远远不够的,有待于进一步研究。

三、研究思路与研究方法

周建忠先生曾经客观地指出："至今，'楚辞学史'著作已有4种，但从学术史的角度来说，写作'楚辞学史'的条件并不具备，因为学术史的基础工作还没有落实，这样写出来的学术史，往往空泛、粗疏。"[①]确实，笔者在十多年来持续不断的专力搜集研读清代楚辞学相关文献的过程中，深深感到古代楚辞学史尤其是清代楚辞学史的撰写，现在还不是时机，就像周先生所说的"条件并不具备"，"基础工作还没有落实"。因此，从楚辞研究的历程和现状来看，应采用小步前进、补缺释难的方法，从基础工作开始做起。

本书前两章即从基础工作做起，即文献资料的考录入手，对清代楚辞学文献和学者资料作一次较为全面系统的整理和爬梳。因为现有研究成果对清代楚辞学文献并未搜罗殆尽，笔者利用如今便利的文献检索资源，力图搜集更多的清代楚辞学著作，并进行综录，包括详细著录版本和馆藏情况，旨在为今后的楚辞学史的研究和构建奠定较好的文献基础。基于"楚辞学"这一范畴内涵的丰富性，笔者在论述过程中尽可能地拓宽视野，搜罗材料，以现存清代学者的楚辞学专门著作为核心，兼及《文选》学著作、图绘，以及零散留存于历代诗话、笔记和别集中的《楚辞》评论。

刘梦溪先生说："能够以一书名学，归根结底还是由作品本身的特点决定的。就是说，书里面必须有可以不断进行深入研究的素材、资料和问题，这是最主要的，舍此则其他理由便无以立足。"[②]刘梦溪此语旨在探讨"红学"形成的关键因素问题，笔者认为此见解同样适用于

①周建忠：《五百种楚辞著作提要》，江苏教育出版社2011年12月第1版，第25页。
②刘梦溪：《红学》，文化艺术出版社1990年12月第1版，第13页。

楚辞学的研究。含有特定的学术论题,而此特定论题又往往包含有争议性的重大问题,是其成为一门学问最重要的因素。基于这种考虑,本文虽以清代为时间限定,但笔者并没有采取传统的以时间分期或楚辞学者为论述坐标。而是以笔者清代楚辞文献整理和爬梳中发现的特定学术论题为结构线索,尤其是现如今楚辞学界还未曾涉及或未曾展开充分研究的一些论题。采用专论式的结构,主要有以下两方面的原因:一是以特定论题的方式呈现,最能凸显清代楚辞研究的主要焦点,可藉此窥见清代楚辞学者的学术关怀;二是通过这样一种方式,能够清楚地看到在同一个主题下,清代楚辞学者是如何回应前代学者,并如何与同时代学者进行对话的。

第三章“清代楚辞学者多元化的阐释取向”。针对现有研究成果重著作而轻作者的研究倾向,侧重阐释学视野下的主体性介入。从“人”的角度考虑,即从清代楚辞学者的生平经历和学术渊源等方面出发,大多楚辞学者的阐释取向和动因包含有多种因素:有身处明清鼎革的遗民兴怀故国、抉隐阐幽,借此来抒发他们的遗民情怀和民族气节;有的楚辞学者运用直觉感悟法,悟屈子之情,会屈子之心,抒发对屈原的旷世同情。进入清代,统治者大力推尊以程朱理学为主的儒学,随着儒家知识传统的逐步扩张,一些楚辞学者的研究以强调忠正廉洁、人伦教化为主,出现了明显的儒学倾向。以专论的形式探寻清代楚辞学者的研究动因,研究他们的个性际遇和著书心态在楚辞研究上的映照,及在不同时代学术思潮影响下的多元化的阐释倾向,以此对清代楚辞学进行历史还原和逻辑建构,呈现清代楚辞学的特征和成就。

第四章“清代楚辞文学研究的特点成就”。虽然说清代很长一段时间严谨征实的学术环境并不适合文学研究的发展,然而清代楚辞学者在《楚辞》文学艺术的揭示、审美内涵的发掘,对《楚辞》体制风格的辨析、创作技巧的总结等方面，均比前代更加全面和深入。肇始于晚明的《楚辞》评点，明显有别于传统经学范畴的注疏，其旨归在对《楚辞》文学特质的阐发。到了清代，《楚辞》评点的批评方式已经深入人心，出现了很多横溢出传统经学模式之外的灵心妙解，而此期《楚辞》文学研究方面的成绩也多归功于评点类著作。因而，笔者在第四章首先从《楚辞》评点的界定和版本入手，对清代《楚辞》评点的评点形态、圈点符号和特点成就作初步的探研。受明代复古文风和评点之学的惯性影响，再加上评点与时文的密切关系，清代一些楚辞学者把时文法引入《楚辞》研究之中，使之朝着更精细化的方向发展。清代楚辞学者已经把《楚辞》作品的结构、脉络作为其艺术成就予以关注，甚至出现了意义探寻让位于结构分析的阐释原则。清代楚辞学者真正从文学艺术角度观照《楚辞》作品虚实艺术的处理，并且把虚实、幻境等作为《楚辞》的重要文学成就来看待，由此上升到了浪漫主义创作论的高度，极大地推动了楚辞文学批评理论的发展。

第五章“朴学之风与清代楚辞学”，主要着眼于乾嘉朴学对清代楚辞学的影响。《楚辞》的考据之学真正形成一种风气，实是因乾嘉学派的兴起才得以实现，以严谨朴实的学者态度从事楚辞研究成为主流。毛奇龄、蒋骥、胡文英、戴震等重视运用朴学的思维和方法，在典实考证、名物训诂方面取得了足以傲视前人的成就。作为皖派朴学的创立者，戴震的楚辞研究在字义训诂、名物制度考释等方面的朴学成就特出。在楚辞音韵研究方面，江有诰分古韵为二十一部，审音颇精，其所著《楚辞韵读》即是对其古韵分部和阴入相配等理论的实践成果，对后世楚辞音韵研究影响巨大。

第六章“地域文化视野下的清代楚辞学”。历来系统综合的楚辞学研究往往表现在对楚辞学史的梳理。一门学问尤其是楚辞学这样的专门之学，是有其特定的时空构造的。历代楚辞学史多是一种以时间为主线的线性(或称一维的)研究,即仅着眼于时间这一维度。我们说楚辞学的演变和发展,不完全是按照时间排序的。楚辞及楚辞学本身即与地域学术文化有着密切的联系。与时间维度相比较而言,空间地域是楚辞及楚辞学永难变换的载体,不应该忽视它的存在和意义。本章首先对清代楚辞学者的出产地域进行统计,可以看出清代楚辞学的地域分布比较集中,并以地缘性、亲缘性至为突显的桐城和湖湘两个地域为代表,对清代地域楚辞学展开初步地探究。

本书在对清代楚辞学文献和学者资料全面系统考论的基础上,在地域文化和阐释学的视野下,再现清代楚辞学的发展轨迹、特征和成就,以弥补现有研究成果的不足和研究视角的缺失。本文主要运用的研究方法有:一、文献学与文艺学相结合。首先对现存、已佚的清代楚辞文献,作一次较为全面的统计和整理。在此基础上研究不同时代背景下楚辞学者的研究动因,即在传统文献学基础上拓宽思路,侧重阐释学视野下的主体性介入。二、历时演变与共时差异并行考察。楚辞学史多是以时间为主线的历时性研究,而与时间维度相比较,空间地域是楚辞学永难变换的载体,不应忽视它的存在和意义。本书不仅着眼于楚辞学历时性的发展演变,而且对同一地域的楚辞学展开立体的研究,以期全面呈现清代楚辞学的研究风貌和成就。

总而言之,笔者希望通过本书的研究和探讨,在以下几个方面取得一定程度的进展:一是全面梳理清代《楚辞》文献和学者资料;二是从阐释学、地域和评点等新的视角来揭示清代楚辞学的特点和成就;三是借助清代楚辞学文献考论和阐释研究,为建构清代楚辞学史提供新的研究思路与线索。因本文的专论式结构,部分研究对象会有重复出现的情况,笔者拟采用交映互见、相互涵摄的论述方法,每一专论择取最能体现其特点的清代楚辞学者和著作详论之,同时兼及前代及同时代其他学者、著作,以及相关的楚辞评论进行综合研究。

第一章　清代楚辞学文献综考

研究古代楚辞学，不能不从古典文献的整理等基础工作做起。周建忠先生说："从楚辞研究的历史、过程、现状来看，还应采用小步前进、补缺释难的方法，不宜超越可能，趋赶时髦。"[①] 笔者深以为然，如果连清代楚辞研究著作的总量都说不清楚，怎么能清楚展示清代楚辞研究的规模和原貌，而给予适当准确的评价，更不必谈清代楚辞学史的构建，乃至整个古代楚辞学史的撰写。因此，有必要首先摸清清代楚辞学文献家底。现如今随着文献资源的利用和检索手段的更新，越来越多的文献资源涌入学人的视野。尤其是此前在楚辞研究领域不甚重视的地方志，其数据库建设取得了可喜的成绩。因此，笔者本着"辨章学术，考镜源流"的宗旨，尽可能开拓所能利用的文献资源，把到目前为止所能知见和很可能已经亡佚的清代楚辞学著作尽可能详细地做一番考录。

第一节　现存清代楚辞学著作综录

以笔者访读所知，就现存清代楚辞学著作而言，国家图书馆的收

①周建忠：《当代楚辞学漫议》，《中州学刊》1992 年第 3 期，第 95 页。

藏是最为丰富的，其次是上海图书馆、北京大学图书馆、浙江图书馆、南京图书馆、北京师范大学图书馆、清华大学图书馆、湖南图书馆等。清代楚辞学著作主要以刻本、抄本和稿本形式流传，民国时期主要以石印本、铅印本为主，各种版本所收的篇目和文字乃至附录往往都有差异。因此，我们在调查版本情况的时候，尽可能地查阅不同版本甚至同一版本的不同藏本，以便多方面获取文献资料，亦有助于后人开展校勘和研究。为了使表格更加简省，便于查阅，暂且仅著录清代和清末民初出版的各版本。

据初步统计，现存清代楚辞学著作有 124 种。其中，有 97 种著作有刻本传世，有 13 种著作仅以抄本的形式存在，有 10 种仅以稿本的形式存在。当然，这只是初步统计的数量，尤其是各大图书馆和博物馆的庋藏总量都不是确切的数字。而且，这只是公共藏书的总量，还有无法估算的私人藏书。虽然这还不能算是十分确定的数字，但大体上我们已经摸清了自己的家底。这项工作必须要有人来做，而且这是任何个人无法真正完成的巨大工程。笔者到目前为止所录，不管是版本信息还是馆藏情况，定有讹误，以俟来人订正、补苴。

到目前为止，有一些传世的楚辞学著作藏本确实已经相当罕见。不用说如赵一清《离骚札记》、丁履恒《骚赋杂文》、姚应龙《离骚经注》、毛祥麟《楚辞校文》、陆增祥《楚辞疑异释证》、尚兆山《楚辞选注考》、郑知同《楚辞考辨》、刘光第《离骚拟议》等均只有稿本存世，即使是一些刻本和铅印本，也很可能已经成为孤本，如鲁笔《楚辞达》之光绪九年（1883）刻本，到目前为止仅见南京图书馆有一部藏本；高钟、丁繁滋《楚辞音韵》目前仅见嘉庆五年（1800）春晖阁刻本这一种版本，且仅见上海图书馆藏有一部，又残缺不全；郑武《寄梦堂屈子离骚论文》目前仅见康熙三十四年（1695）寄梦堂刻本这一种版本，且目前仅见江西省吉安市图书馆有一部藏本。

在整个文献调研的过程中，笔者主要有以下四个方面的收获：

首先，发现了十一种未曾著录于任何楚辞书目类文献的清代楚辞学著作。包括李光坡《离骚经注》、李光墺和李光型《楚辞说》、韩泰青《说骚》一卷、任兆麟《楚辞注》一卷、黄之纪《楚辞刊误》一卷、邓启南《离骚新冤》、吴懋清《天问测》一卷、田砚池《离骚管见》一卷、熊镜心《编定楚辞先路章句定本》一卷、谢叶辰《离骚经批点》、姚应龙《离骚经注》。

李光坡《离骚经注》，乾隆三十二年（1767）安溪李氏清白堂刻本。乾隆《安溪县志》、乾隆《泉州府志》、同治《重纂福建通志》著录。一直未见，通过这次文献调研发现武汉大学图书馆有一部藏本，是作为李光坡《皋轩文编》的附刊本。李光墺、李光型《楚辞说》（在《二李经说》中），康熙四十八年（1709）《二李经说六种》刻本，乾隆《泉州府志》、乾隆《安溪县志》著录，一直未见，通过这次文献调研发现北京大学图书馆、南开大学图书馆均有藏本。欣按：李光坡（1651-1723）是康熙名臣李光地四弟，李光墺、李光型是李光地的从弟。韩泰青《说骚》一卷，《贩书偶记》和《清史稿艺文志拾遗》著录，一直未见，通过这次文献调研发现其乾隆四十四年（1779）省能斋刻本，浙江图书馆、南京图书馆、北京师范大学图书馆、中国人民大学图书馆均有藏本。任兆麟《楚辞注》一卷，同治《苏州府志》、光绪《吴江县续志》、《中国丛书综录》著录，一直未见，通过这次文献调研发现了两种版本，一是乾隆五十三年（1788）《述记》三十二种映雪草堂刻本，南京图书馆藏；二是嘉庆十五年（1810）遂古堂刻《任氏述记三十四种》本，国家图书馆、天津图书馆、辽宁大学图书馆均有藏。黄之纪《楚辞刊误》一卷，《贩书偶记》、《清史稿艺文志拾遗》著录，一直未见，通过这次文献调研发现其乾隆五十二年（1787）黄氏《编录堂集》刻本，云南大学图书馆有藏。嘉庆道光间人邓启南著有《离骚新冤》，道光九年

(1829)成书,民国《海康县续志》著录,一直未见,通过这次文献调研发现1922年铅印本,中山大学图书馆有藏。吴懋清(1774-1844)《天问测》一卷,光绪《重修高州府志》、光绪《重修吴川县志》著录,一直未见,通过这次文献调研发现了南开大学图书馆所藏抄本。吴懋清另有《离骚测》一卷,光绪《重修高州府志》、光绪《重修吴川县志》著录,目前未见,很可能已经佚失。田砚池《离骚管见》一卷,《贩书偶记》著录,一直未见,通过这次文献调研发现其光绪二十四年(1898)梦鹧鸪楼刻本,山东省图书馆、北京大学图书馆、郑州大学图书馆均有藏。熊镜心《编定楚辞先路章句定本》一卷是笔者在南京图书馆偶然看到的稿本。谢叶辰《离骚经批点》亦未见任何楚辞书目文献著录,因其被收录在《清代稿钞本》八编第三七四册中,才被笔者发现。

这些著作一直未能进入学人的视野,究其原因主要有两个:第一,有的著作隐藏在丛书、杂著或文集之中,或是附刊,或是合刊,为检索带来了很大的障碍,故而一直未被发现。比如李光墺和李光型的《楚辞说》是作为《二李经说》六种之一合刊于其书中,任兆麟《楚辞注》是《任氏述记三十四种》之一,黄之纪《楚辞刊误》一卷是编在黄氏《编录堂集》中付梓的,韩泰青《说骚》一卷是其所著《说经》二十六的附刻本。第二,有的著作传世之藏本数量极少。如邓启南《离骚新冤》,现仅见中山大学图书馆藏民国十一年(1922)铅印本1册;或只有稿本或抄本存世的,如吴懋清《天问测》一卷,目前仅见南开大学图书馆藏抄本2册;熊镜心《编定楚辞先路章句定本》一卷,目前仅见南京图书馆藏稿本1部;谢叶辰《离骚经批点》不分卷,目前仅见广东省立中山图书馆藏钞本1部;姚应龙《离骚经注》,目前仅见北京大学图书馆藏稿本1部。

其次,找到了两部之前在国内未曾发现的清代楚辞学著作。第一部是方人杰的《庄骚读本》,楚辞学界一直认为此书仅在日本有藏本。笔者通过检索和调研,在国家图书馆、上海图书馆、北京师范大学图书馆、南京图书馆和烟台图书馆都检索到了藏本存在。笔者寓目的国家图书馆藏3册本和上海图书馆的三种藏本(2册本、3册本、4册本各一部),均是乾隆三十七年(1772)世春堂刊本。另外,北京师范大学图书馆藏4册本一部和烟台图书馆藏2册本一部,检索目录显示的版本信息也都是乾隆三十七年(1772)世春堂刊本。第二部是陈大文的《楚辞串解》,刻于光绪十八年(1892),时代距今不算很远。然而,到目前为止,楚辞学界认为此书只有日本大阪大学有藏。而且,据周建忠《大阪大学藏"楚辞百种"考论——关于西村时彦·读骚庐·怀德堂》一文可知,此书之日本藏本"仅有线装书的20页"①。笔者最近在南京图书馆找到了一部藏本,它实际是作为陈大文《周易浅解》和《经义质疑》的合刊本。三书合刊凡四册,包括《周易浅解》三册和《经义质疑》《楚辞串解》合一册,《楚辞串解》部分只有小半册的篇幅。笔者数了一下,具体来说应该是线装书的18页,可见此书之日本藏本即西村时彦手抄本,未必是残本,很可能也是全本。

第三,找到了楚辞书目类文献未曾著录的七种清代佚名的楚辞著作,其中包括刻本四种和抄本三种。(1)上海图书馆藏佚名《楚辞一管》(存末一卷),清月窥斋刻本。(2)南京图书馆藏佚名《楚辞编》,嘉庆十八年(1813)刻本。(3)上海图书馆藏佚名《楚辞选》,清抄本。(4)上海图书馆藏佚名《楚辞偶钞》,清抄本。(5)吉林省社科院藏佚名《离骚叶韵》,清刻本。(6)中国人民大学图书馆藏佚名《楚辞汇钞》,清刻本。(7)上海图书馆藏佚名《楚辞钞》,清抄本。

---

①周建忠:《大阪大学藏"楚辞百种"考论——关于西村时彦·读骚庐·怀德堂》,《职大学报》2008年第1期,第23页。

第四，找到了一些虽然在个别楚辞书目类文献中著录，但一直未能找到原书的著作。比如庞垲《楚辞注》一卷（又名《楚辞庞氏注》），此书《清史稿艺文志补编》《清史稿艺文志拾遗》《续修四库全书总目提要》著录。饶宗颐《楚辞书录》："《楚辞注》一卷，清任邱庞恺霁公撰。恺，康熙己未翰林检讨，终建宁知府，著《丛碧山房集》。钞（前北京人文科学研究所藏）。"[①] 姜亮夫《楚辞书目五种》："《楚辞注》一卷，清 庞恺撰。恺字霁公，清任邱人。康熙己未翰林检讨，终建宁知府。著有《丛碧山房集》。内容未详。板本：钞本。前《北平人文科学研究所目》。"[②] 但此书一直未见，到底是存是佚，未有定论。此次调研，笔者终于在天津图书馆找到了此书，所存此本系民国间东方图书馆钞本。按：饶宗颐《楚辞书录》把"庞垲"误作"庞恺"，姜亮夫先生于1961年出版的《楚辞书目五种》和崔富章先生于1993年出版的《楚辞书目五种续编》仍其误，至2002年出版的《姜亮夫全集》本《楚辞书目五种》始改为"庞垲"。

又如，姜亮夫《楚辞书目五种》著录了清人"顾大中"的著作："《楚辞钞》三卷，清顾大中撰。大中，字□□，华亭人。板本：清顺治庚子三月刊《鹤巢考正诗原全书》本。"[③] 笔者很早即关注此人此书，但一直未能找到。笔者此次调研，查考资料证实姜亮夫先生记载有误，此人实际上名为"顾大申"，本名镛，字震雉，号见山，松江府华亭县人，顺治九年（1652）进士。而且，此书并不是三卷，而是五卷：首顾大申《楚词序》，卷一屈原《离骚》《九歌》《天问》，卷二屈原《九章》《远游》《卜居》《渔父》，卷三宋玉《九辩》、《招魂》、阙疑《大招》，卷四阙疑《惜

①饶宗颐：《楚辞书录》，香港东南出版社1956年1月第1版，第26页。
②姜亮夫：《楚辞书目五种》，中华书局1961年12月第1版，第130页。
③姜亮夫：《楚辞书目五种》，中华书局1961年12月第1版，第121页。

誓》、淮南小山《招隐士》、东方朔《七谏》、严忌《哀时命》，卷五王褒《九怀》、刘向《九叹》、王逸《九思》。笔者在国家图书馆和吉林大学图书馆找到了此书的顺治刊本，是在顾大申所撰《诗原》二集之中。

再如，姜亮夫《楚辞书目五种》（1961 年版）著录了清人“张通绪”的著作：“《屈子文选》二卷，清张通绪撰。通绪，字寻源，溧水人。板本：清嘉庆十六年辛未人境轩自刊《文选十三种》本。”[①] 此本笔者一直未能找到。此次调研经查考资料，证实姜亮夫先生记载有误，此人实际上名为“张道绪”，而非“张通绪”。2000 年王绍曾主编《清史稿艺文志拾遗》仍其误，作“张通绪”。直至 2002 年出版的《姜亮夫全集》中的《楚辞书目五种》始改为“张道绪”。按：此书应名为《屈子选》，首《史记·屈原列传》，次《目次》，所选作品依次为《离骚》《九歌》《天问》《卜居》《渔父》《招隐士》。

时至今日，存世的清代楚辞学著作虽有一百二十余种，但传本已不算多，许多晚清民国的刻本、石印本和铅印本竟然也非常稀见，有一些著作甚至在国内已经找不到藏本，而只能靠到境外访求才能得以寓目。以上笔者所进行的文献考录的工作，尽管也许只是涓滴之水。但我相信，随着时代的发展，更多的可利用和检索的文献源源不断的出现，会有更多的研究者对此进行补苴和订误。这是一项细水长流的事业，也是每一位楚辞研究者责无旁贷的工作。

①姜亮夫：《楚辞书目五种》，中华书局 1961 年 12 月第 1 版，第 232 页。

序号	作者及著作	版本	馆藏
1	贺贻孙（1605–1688）《骚筏》	康熙间原刊本	（待考）
		道光二十六年（1846）敕书楼刻本	上海图书馆、北京大学图书馆、北京师范大学图书馆、清华大学图书馆、复旦大学图书馆、山东大学图书馆
		咸丰二年（1852）敕书楼刻《水田居全集》本	上海图书馆、北京师范大学图书馆
2	顾大申（1620–？）《楚词钞》五卷	顺治间和鹤堂刻《诗原》二集本	国家图书馆、吉林大学图书馆
3	李陈玉《楚辞笺注》	康熙十一年（1672）魏学渠刻本	国家图书馆、复旦大学图书馆
4	杨金声《楚辞笺注定本》	顺治三年（1646）刻本	国家图书馆
5	萧云从（1596–1673）《离骚图》	清初刻本	国家图书馆、天津图书馆、上海图书馆、浙江图书馆、南京图书馆
		民国十三年（1924）蟫隐庐影印罗振常辑《陈萧二家绘离骚图》本	上海图书馆、南京图书馆、复旦大学图书馆、吉林大学图书馆、中国人民大学图书馆、中山大学图书馆、郑州大学图书馆、山东师范大学图书馆

续表

序号	作者及著作	版本	馆藏
5		民国十六年（1927）武进陶湘玻璃版印《喜咏轩丛书》丙编本	北京大学图书馆、武汉大学图书馆
		日本大正十二年（1923）至十五年（1926）刻本	北京大学图书馆、辽宁大学图书馆
6	周拱辰 《离骚草木史》十卷	明末清初圣雨斋原刻本	浙江图书馆（朱孔璋批校）
		嘉庆八年（1803）据圣雨斋本重刻本	国家图书馆、浙江图书馆、上海图书馆、南京图书馆、湖南图书馆、吉林省图书馆、北京大学图书馆、华东师范大学图书馆、中山大学图书馆、湖北大学图书馆、黑龙江大学图书馆
		道光二十六年（1846）六世孙周踊潜等重刊《周孟侯先生全书》本	浙江图书馆
		光绪元年（1875）补刻本	上海图书馆、湖南图书馆、大连图书馆、北京大学图书馆、贵州师范大学图书馆
		光绪三年（1877）刻本	浙江图书馆

续表

序号	作者及著作	版本	馆藏
7	王萌《楚辞评注》十卷	康熙十六年（1677）刻本	国家图书馆、上海图书馆、湖南图书馆、日本大阪大学图书馆
		乾隆二年（1737）鲈香居士刊本	复旦大学图书馆
		乾隆三十五年（1770）致和堂刻本	北京大学图书馆、复旦大学图书馆、清华大学图书馆、湖北省秭归县图书馆
		乾隆四十四年（1779）三和堂刊本	上海图书馆
		咸丰七年（1857）刻本	天津图书馆
8	钱澄之（1612–1693）《庄屈合诂》	康熙二十九年（1690）斟雉堂刻本	国家图书馆、浙江图书馆、南京图书馆、南开大学图书馆
		同治二年（1863）斟雉堂刊《桐城钱饮光先生全书》本	国家图书馆、上海图书馆、北京大学图书馆、北京师范大学图书馆、南京大学图书馆、苏州大学图书馆、四川大学图书馆
		清抄本	国家图书馆
9	王夫之（1619–1692）《楚辞通释》	康熙四十八年（1709）王敔刻本	湖南图书馆、湖南社会科学院图书馆
		道光二十八年（1848）南岳王天泰校刻本	湖南图书馆

续表

序号	作者及著作	版本	馆藏
9		同治四年（1865）湘乡曾国荃金陵节署刻《船山遗书》本	国家图书馆、浙江图书馆、南京图书馆、湖南图书馆、吉林省图书馆、贵州省图书馆、中国科学院文献情报中心、北京大学图书馆、清华大学图书馆、湖北大学图书馆、武汉大学图书馆、华东师范大学图书馆、中国海洋大学图书馆、山东大学图书馆、苏州大学图书馆、河南大学图书馆、辽宁大学图书馆、浙江师范大学图书馆
		光绪十三年（1887）重刊《船山遗书》本	国家图书馆
		民国二十二年（1933）十二月上海太平洋书店《船山遗书》铅印本	浙江图书馆、北京大学图书馆、山东大学图书馆、河南大学图书馆、郑州大学图书馆
		民国二十四年（1935）上海太平洋书局铅印本	国家图书馆、北京大学图书馆
10	曹同春 高秋月 《楚辞约注》	康熙二十八年（1689）文粹堂刊《庄骚合刻》本	国家图书馆、浙江图书馆、上海图书馆、南京图书馆、贵州省图书馆、北京大学图书馆、北京师范大学图书馆、南开大学图书馆、浙江大学图书馆、安徽师范大学图书馆

续表

序号	作者及著作	版本	馆藏
11	毛奇龄(1623-1716)《天问补注》	康熙二十五年(1686)萧山书留草堂刻本	北京大学图书馆、辽宁大学图书馆
		康熙五十九年(1720)李塨等刻《西河文集》本	国家图书馆、浙江图书馆、厦门大学图书馆
		乾隆三十五年(1770)重修《西河文集》本	国家图书馆
		嘉庆元年(1796)萧山陆凝瑞堂重印《西河合集》本	国家图书馆、北京大学图书馆
12	郑武 《寄梦堂屈子离骚论文》十卷附录一卷	康熙三十四年(1695)寄梦堂刻本	江西省吉安市图书馆
13	林云铭(1628-1697)《楚辞灯》	康熙三十六年(1697)挹奎楼刻本	国家图书馆、上海图书馆、浙江图书馆、南京图书馆、辽宁省图书馆、河南省图书馆、天津图书馆、北京师范大学图书馆、吉林大学图书馆、华东师范大学图书馆、复旦大学图书馆、中国人民大学图书馆、中山大学图书馆、郑州大学图书馆、厦门大学图书馆、武汉大学图书馆、湖北大学图书馆、苏州大学图书馆、辽宁大学图书馆、美国哈佛大学哈佛燕京图书馆、美国哥伦比亚大学东亚图书馆、日本内阁文库

续表

序号	作者及著作	版本	馆藏
13		三让堂刻本	湖南图书馆、福建省图书馆、南京大学图书馆
		芸香堂刻本	福建省图书馆、黑龙江大学图书馆
		菁华堂刻本	厦门市图书馆
		经国堂刻本	湖南图书馆、浙江图书馆、吉林大学图书馆
		光裕堂刻本	福建师范大学图书馆
		同治十一年（1872）南海孔氏岳雪楼抄本	南京图书馆（清孔昭仁校并跋）
		民国六年（1917）上海中华图书馆石印本（题为《楚辞易读》）	上海图书馆、南京图书馆、吉林省图书馆、河南省图书馆、沈阳市图书馆、天津图书馆、北京师范大学图书馆、中国人民大学图书馆、郑州大学图书馆、辽宁大学图书馆、吉林大学图书馆、哈尔滨师范大学图书馆
14	贺宽（1631–？）《饮骚》	康熙间丹阳华天章刻本	国家图书馆、上海图书馆、南京图书馆、北京大学图书馆、中国人民大学图书馆

续表

序号	作者及著作	版本	馆藏
14		顺德黄节蒹葭楼抄本(据康熙间刻本抄)	国家图书馆
		1961年扬州古旧书店《山响斋别集饮骚》抄本	复旦大学图书馆、山东大学图书馆、哈尔滨师范大学图书馆
15	庞垲 (1640–1707) 《楚辞庞氏注》一卷	东方图书馆抄本	天津图书馆
16	刘献廷(1648–1695)《离骚经讲录》一卷	抄本	国家图书馆
		抄本	浙江图书馆
		抄本	北京大学图书馆(1函1册)
17	徐焕龙 《屈辞洗髓》	康熙三十七年(1698)无闷堂刻本附徐瑶《屈辞简明音释》一卷	上海图书馆、安徽省博物馆、中国科学院文献情报中心
		康熙间刻本(无徐瑶《屈辞简明音释》)	南京图书馆
18	徐瑶 《屈辞简明音释》一卷	康熙三十七年(1698)《屈辞洗髓》无闷堂刻本附刊本	上海图书馆、中国科学院文献情报中心
19	沈无咎 《骚屑》九卷	康熙三十八年(1699)香绿园刻本	国家图书馆、四川图书馆、上海图书馆

续表

序号	作者及著作	版本	馆藏
20	张诗《屈子贯》五卷	康熙四十年（1701）孝友堂刻本	上海图书馆、南京图书馆、清华大学图书馆、辽宁大学图书馆、苏州大学图书馆、东北师范大学图书馆
		嘉庆三年（1798）瞟城万春堂重刻本	浙江图书馆
21	王箴《离骚详解》	民国十三年（1924）上海中华新教育社铅印本	（待考）
		清抄本（题为《离骚路》）	国家图书馆（1 册）
22	朱冀《离骚辩》	康熙四十五年（1706）绿筠堂刻本	国家图书馆、上海图书馆、浙江图书馆、南京图书馆、中国科学院文献情报中心、北京大学图书馆、复旦大学图书馆、南京大学图书馆、北京师范大学图书馆、中国人民大学图书馆、东北师范大学图书馆、美国哥伦比亚大学东亚图书馆
23	李光墺 李光型 《楚辞说》	康熙四十八年（1709）《二李经说六种》本	北京大学图书馆、南开大学图书馆

续表

序号	作者及著作	版本	馆藏
24	张德纯(1664–1732)《离骚节解》	康熙五十三年(1714)读书松桂林刻本	国家图书馆、南京图书馆、中国科学院文献情报中心、北京师范大学图书馆、东北师范大学图书馆
		乾隆五十年(1785)梓州郡署重刊朱墨套印本	国家图书馆、山东省图书馆、浙江图书馆、北京大学图书馆、南京大学图书馆、吉林大学图书馆
		民国扬州古旧书店抄本(题为《离骚四种》)	武汉大学图书馆、湖北大学图书馆、贵州民族大学图书馆
25	王邦采(1676–1746)《楚三闾大夫赋》(包括《离骚汇订》四帙《屈子杂文笺略》二帙)	康熙六十一年(1722)刻本(二书合刊)	国家图书馆、上海图书馆、南京图书馆、辽宁大学图书馆、清华大学图书馆、中国科学院文献情报中心、北京大学图书馆、北京师范大学图书馆、日本内阁文库
		乾隆九年(1744)刻本(二书合刊)	北京师范大学图书馆、辽宁大学图书馆

续表

序号	作者及著作	版本	馆藏
25		光绪二十六年（1900）广雅书局刊《广雅丛书》本（题为《离骚汇订》）	国家图书馆、上海图书馆、浙江图书馆、南京图书馆、吉林省图书馆、贵州省图书馆、中国科学院文献情报中心、北京师范大学图书馆、华东师范大学图书馆、中国人民大学图书馆、浙江大学图书馆、山东大学图书馆、武汉大学图书馆、湖北大学图书馆、南京师范大学图书馆、日本东洋文库
		光绪二十七年（1901）广雅书局刻本（题为《屈子杂文》）	国家图书馆、吉林省图书馆、天津图书馆、北京大学图书馆、日本东洋文库
		民国九年（1920）番禺徐绍棨《广雅书局丛书》汇编重印本（二书合刊）	国家图书馆、上海图书馆、四川大学图书馆、辽宁大学图书馆
26	李光地 （1642–1718） 《离骚经注》一卷附《九歌注》一卷	康熙五十八年（1719）清谨轩刻《安溪李文贞公解义三种》本	国家图书馆、上海图书馆、浙江图书馆、吉林省图书馆、天津图书馆、北京大学图书馆、清华大学图书馆
		康熙六十一年（1722）居业堂刻本	浙江图书馆、日本东洋文库
		嘉庆六年（1801）补刻《李文贞公全集》本	天津图书馆

续表

序号	作者及著作	版本	馆藏
26		道光九年（1829）李维迪刻《榕村全集》本	国家图书馆、浙江图书馆、中国科学院文献情报中心、北京大学图书馆、复旦大学图书馆、北京师范大学图书馆、华东师范大学图书馆、武汉大学图书馆、中国人民大学图书馆、山东大学图书馆、苏州大学图书馆
		同治十三年（1874）刻本	浙江图书馆
		光绪三年（1877）湖北崇文书局刻本	北京大学图书馆
		光绪四年（1878）李光廷刻《榕园丛书》本（乙集）	国家图书馆
27	方苞 （1667–1749） 《离骚正义》/《离骚经正义》	康熙至嘉庆间刊《抗希堂十六种》本	国家图书馆、上海图书馆、浙江图书馆、湖南图书馆、北京大学图书馆、山东大学图书馆
		光绪二十四年（1898）嫏环阁重刻活字本	国家图书馆、浙江图书馆、北京大学图书馆、河南大学图书馆

续表

序号	作者及著作	版本	馆藏
28	佚名 《楚词宗旨》 八卷	乾隆间钞本	中国科学院文献情报中心（2册）
29	吴世尚 （1670-？）《楚辞疏》 八卷	雍正五年（1727）尚友堂刻本	国家图书馆、湖南图书馆、吉林大学图书馆、上海图书馆、清华大学图书馆、美国哥伦比亚大学东亚图书馆
		雍正五年（1727）尚论堂刻本	南京图书馆、北京大学图书馆、中国社科院文学研究所、日本广岛大学图书馆
30	方苞如 （1672-？） 《离骚经解略》一卷	乾隆十九年（1754）方氏佩古堂刊《集虚斋学古文》附刻本	国家图书馆、上海图书馆、中国社会科学院近代史研究所、湖南图书馆、天津图书馆、遂昌县文化馆、清华大学图书馆、复旦大学图书馆、中山大学图书馆、中国人民大学图书馆、浙江大学图书馆、南开大学图书馆、美国哈佛大学哈佛燕京图书馆
		方苞如侄孙升手录《集虚斋学古文》本	浙江图书馆
		光绪十年（1884）淳安县署重刊《集虚斋学古文》本	中国科学院文献情报中心、华东师范大学图书馆、中国人民大学图书馆、山东大学图书馆、浙江师范大学图书馆

续表

序号	作者及著作	版本	馆藏
31	蒋骥 （1678–1745） 《山带阁注楚辞》六卷 《卷首》一卷 《余论》二卷《说韵》一卷	雍正五年（1727）蒋氏山带阁刻本	国家图书馆、上海图书馆、浙江图书馆、福建图书馆、河南省图书馆、山西省图书馆、南京图书馆、大连图书馆、天津图书馆、清华大学图书馆、复旦大学图书馆、武汉大学图书馆、北京师范大学图书馆、四川大学图书馆、华东师范大学图书馆、辽宁大学图书馆、吉林大学图书馆、兰州大学图书馆、哈尔滨师范大学图书馆、台湾大学图书馆、日本东洋文库、日本大阪府立图书馆、美国哈佛大学哈佛燕京图书馆、美国柏克莱加州大学东亚图书馆
		民国二十二年（1933）北平来熏阁影印雍正五年原刊本	国家图书馆、上海图书馆、辽宁省图书馆、黑龙江省图书馆、天津图书馆、北京大学图书馆、北京师范大学图书馆、南京大学图书馆、中山大学图书馆、华东师范大学图书馆、南开大学图书馆、南京师范大学图书馆、吉林大学图书馆、郑州大学图书馆
		抄本	湖南图书馆（4册）

续表

序号	作者及著作	版本	馆藏
32	夏大霖 《屈骚心印》五卷	雍正十二年（1734）一本堂刻本	国家图书馆、浙江图书馆、吉林省图书馆、南京图书馆、寿光市博物馆、哈尔滨师范大学图书馆
		乾隆九年（1744）一本堂刻本	中国科学院文献情报中心、中国人民大学图书馆、美国哥伦比亚大学东亚图书馆
		乾隆三十九年（1774）一本堂刊本	国家图书馆、浙江图书馆、吉林省图书馆、中国科学院文献情报中心、湖南图书馆、清华大学图书馆、复旦大学图书馆、北京师范大学图书馆、华东师范大学图书馆
33	屈复 （1668－？） 《楚辞新注》八卷	乾隆三年（1738）居易堂刻本（题为《楚辞新集注》）	上海图书馆、吉林省图书馆、浙江图书馆、湖南图书馆、清华大学图书馆、中山大学图书馆、南京大学图书馆、吉林大学图书馆、厦门大学图书馆、辽宁大学图书馆、日本内阁文库、日本东洋文库、美国哥伦比亚大学东亚图书馆、美国国会图书馆、美国哈佛大学哈佛燕京图书馆

续表

序号	作者及著作	版本	馆藏
		乾隆三年（1738）弱水草堂刻本（题为《楚辞新集注》）	国家图书馆、山东省图书馆、清华大学图书馆、中国人民大学图书馆、北京师范大学图书馆、南京师范大学图书馆、陕西师范大学图书馆
		清屈来泰抄本《新录楚辞全集》八卷	南京图书馆
		道光十五年（1835）朝邑刘氏刊《青照堂丛书》本	国家图书馆、浙江图书馆、北京大学图书馆、清华大学图书馆、华东师范大学图书馆、河南大学图书馆
33	《天问校正》一卷	道光十七年（1837）重刻弱水草堂本	南京图书馆、吉林省图书馆、北京大学图书馆、黑龙江大学图书馆、陕西师范大学图书馆
		民国二十五年（1936）陕西通志馆《关中丛书》排印本	国家图书馆、浙江图书馆、湖南图书馆、华东师范大学图书馆、苏州大学图书馆、陕西师范大学图书馆
		道光十三年（1833）吴江沈氏世楷堂刻本	国家图书馆、浙江图书馆、湖南图书馆、武汉大学图书馆
		光绪二年（1876）《昭代丛书》重印道光世楷堂刻本	国家图书馆、北京大学图书馆、辽宁大学图书馆、四川大学图书馆、河南大学图书馆

续表

序号	作者及著作	版本	馆藏
34	丁元正（1684–1753）《楚辞辑解》	1954 年丁鹏翥油印本	国家图书馆、浙江图书馆、湖南图书馆、吉林省图书馆、武汉大学图书馆、黑龙江大学图书馆
35	谢济世（1689–1756）《离骚解》一卷	乾隆六年（1741）《梅庄杂著》刻本	国家图书馆
		道光五年（1825）《梅庄杂著》刻本	国家图书馆、吉林大学图书馆、北京师范大学图书馆
		同治十一年（1872）徐维益等重刊《梅庄杂著》本	国家图书馆、清华大学图书馆、华东师范大学图书馆、南开大学图书馆
		光绪十年（1884）长沙梁家钰寄生草堂重刊《谢梅庄先生遗集》本	国家图书馆、上海图书馆、中国科学院文献情报中心、中国人民大学图书馆、清华大学图书馆、武汉大学图书馆、山大
		光绪三十四年（1908）《谢梅庄先生遗集》铅印本	上海图书馆、浙江图书馆、中国科学院文献情报中心、北京大学图书馆、中国人民大学图书馆、清华大学图书馆、复旦大学图书馆、吉林大学图书馆、南开大学图书馆、河南大学图书馆、四川大学图书馆

续表

序号	作者及著作	版本	馆藏
36	顾成天（1671–1752）《离骚解》一卷《楚词九歌解》一卷《读骚列论》一卷	康熙雍正间东浦草堂刻本	国家图书馆
		乾隆六年（1741）刻本	上海图书馆
		民国间抄本（《东浦草堂文后集：离骚解》《东浦草堂阙余别集：九歌解、读骚列论》）	上海图书馆、苏州大学图书馆
		抄本（后两种）	夏承焘藏
37	姚培谦（1693–1766）《楚辞节注》六卷	乾隆六年（1741）刊鲈香居士读本	国家图书馆、浙江图书馆、福建图书馆、山东省图书馆、河南省图书馆、上海图书馆、南京图书馆、天津图书馆、中国科学院文献情报中心、清华大学图书馆、北京大学图书馆、北京师范大学图书馆、武汉大学图书馆、南京师范大学图书馆、华东师范大学图书馆、西南大学图书馆、四川师范大学图书馆、山西大学图书馆、辽宁大学图书馆、广西师范学院图书馆、美国哥伦比亚大学东亚图书馆、日本东洋文库
		乾隆五十七年（1792）上洋博斯堂刻鲈香居士读本	上海图书馆、吉林省图书馆、扬州大学图书馆、黑龙江大学图书馆

续表

序号	作者及著作	版本	馆藏
38	刘维谦《楚辞叶音》一卷	乾隆六年（1741）姚培谦《楚辞节注》刻本附刊本	国家图书馆、上海图书馆、浙江图书馆、天津图书馆、南京图书馆、北京大学图书馆、北京师范大学图书馆、武汉大学图书馆、南京师范大学、辽宁大学图书馆
39	奚禄诒《楚辞详解》五卷	乾隆九年（1744）知津堂刻本	国家图书馆、上海图书馆、南京图书馆、清华大学图书馆
40	林仲懿《离骚中正》一卷	乾隆十年（1745）世锦堂刻本	山东大学图书馆
41	陈远新《屈子说志》六卷附一卷	乾隆十四年（1749）慎余斋刻本	国家图书馆、天津图书馆、山东大学图书馆
		抄本（三册）	日本大阪大学图书馆
42	赵一清（1709–1764）《离骚札记》	稿本	上海图书馆（1册，只有十七条）

续表

序号	作者及著作	版本	馆藏
43	戴震 （1724–1777） 《屈原赋注》	乾隆二十五年（1760）汪氏不疏园刻本	国家图书馆、上海图书馆、南京图书馆、辽宁省图书馆、吉林省图书馆、湖北省图书馆、湖南图书馆、天津图书馆、北京大学图书馆、中国科学院文献情报中心
		光绪十七年（1891）广雅书局刻本	国家图书馆、浙江图书馆、吉林省图书馆、上海图书馆、南京图书馆、天津图书馆、大连图书馆、北京大学图书馆、山东大学图书馆、山东师范大学图书馆、齐齐哈尔市图书馆、日本东洋文库、日本小岛文库
		民国九年（1920）番禺徐绍棨《广雅书局丛书》汇编重印本	国家图书馆、上海图书馆
		民国十二年（1923）沔阳卢氏编印《湖北先正遗书》本	国家图书馆、上海图书馆、浙江图书馆、天津图书馆、锦州市图书馆、北京大学图书馆、湖北大学图书馆
		民国十三年（1924）建德周氏刊本	国家图书馆、上海图书馆、天津图书馆、辽宁省图书馆、南京图书馆、北京大学图书馆

续表

序号	作者及著作	版本	馆藏
		民国二十五年（1936）编印《安徽丛书》本	国家图书馆、浙江图书馆、上海图书馆、北京大学图书馆
		民国三十年（1941）商务印书馆排印《万有文库·国学基本丛书》本	浙江图书馆
44	许清奇 《楚辞订注》 四卷	乾隆二十年（1755）刻本	国家图书馆、吉林省图书馆
45	鲁笔 （1675–1747 后） 《楚辞达》	乾隆三十一年（1766）见南斋刻本	国家图书馆、清华大学图书馆、华东师范大学图书馆
		嘉庆九年（1804）师范辑《二余堂丛书》小停云馆刊本	国家图书馆、安徽省图书馆、吉林省图书馆、天津图书馆
		光绪九年（1883）章世臣重印《二余堂丛书》活字本	南京图书馆（1 册）
		清末抄本	清华大学图书馆（1 册）
46	李光坡 （1651–1723） 《离骚经注》	乾隆三十二年（1767）清白堂刻本	武汉大学图书馆

续表

序号	作者及著作	版本	馆藏
47	方人杰《楚辞读本》	乾隆三十七年（1772）世春堂刊《庄骚读本》本	国家图书馆、上海图书馆、南京图书馆、北京师范大学图书馆、日本大阪大学图书馆
48	邱仰文（1696–1777）《楚辞韵解》八卷	乾隆三十七年（1772）硕松堂刊本	国家图书馆、上海图书馆、中国科学院文献情报中心、清华大学图书馆、北京师范大学图书馆、吉林大学图书馆
49	陈九龄《屈子发明》一卷	乾隆三十八年（1773）《二物堂全集》自刻本	（待考）
50	陈九龄《屈子文存》二卷	道光四年（1824）《二物堂丛刻》家刻本（清陈绳祖编辑）	（待考）
51	林有席（1713–1804）《离骚经参解》二卷	道光六年（1826）分宜林氏刻《平园全集》本	（待考）
52	胡文英《屈骚指掌》四卷	乾隆二十六年（1761）京师青棠馆刻本	国家图书馆
		乾隆五十一年（1786）富芝堂刊《武进胡氏所著书》本	国家图书馆、上海图书馆、清华大学图书馆、北京大学图书馆
		清抄本	中国社科院文学研究所

续表

序号	作者及著作	版本	馆藏
53	韩泰青 《说骚》一卷	乾隆四十四年（1779）省能斋刻本	浙江图书馆、南京图书馆、北京师范大学图书馆、中国人民大学图书馆
54	江中时 （1728–1797） 《楚骚心解》 四卷	乾隆五十二年（1787）刻本	日本大阪大学图书馆
55	祝德麟（1742–1798）《离骚草木疏辩证》四卷	乾隆四十四年（1779）祝氏悦亲楼刻本	浙江图书馆、上海图书馆、湖北省图书馆
		乾隆五十八年（1793）悦亲楼刻本	上海图书馆
		稿本（傅增湘跋）	北京市文物局
56	黄之纪 《楚辞刊误》一卷	乾隆五十二年（1787）黄氏《编录堂集》刻本	云南大学图书馆
57	姚应龙 《离骚经注》	乾隆五十三年（1788）稿本	北京大学图书馆
58	刘梦鹏 《屈子章句》七卷	乾隆五十四年（1789）藜青堂刻本	国家图书馆、南京图书馆、清华大学图书馆、北京师范大学图书馆、郑州大学图书馆、中国科学院文献情报中心、美国国会图书馆

续表

序号	作者及著作	版本	馆藏
59	龚景瀚(1747–1802)《离骚笺》二卷	嘉庆五年(1800)重刊藜青堂本(题为《楚辞灯章句》)	上海图书馆、浙江图书馆、南京师范大学图书馆、日本京都大学文学研究科图书馆
		嘉庆间重刊本(务本源藏版,题为“楚辞灯章句”)	北京大学图书馆、中国科学院文献情报中心、日本大阪府立大学
		乾隆五十九年(1794)澹静斋刻本	国家图书馆、南京图书馆、清华大学图书馆
		道光六年(1826)恩锡堂刻《澹静斋全集》本	国家图书馆、上海图书馆、湖南图书馆、北京大学图书馆、北京师范大学图书馆、河南大学图书馆、吉林大学图书馆、辽宁大学图书馆、四川大学图书馆
		道光二十一年(1841)环碧山庄刻本	北京大学图书馆、河南大学图书馆
		同治八年(1869)恩锡堂《澹静斋全集》刻本	吉林省图书馆、中国科学院文献情报中心、南京大学图书馆、吉林大学图书馆
		光绪元年(1875)湖北崇文书局《三十三种丛书》刻本	国家图书馆、湖南图书馆、南京图书馆、北京师范大学图书馆、河南大学图书馆、四川大学图书馆

续表

序号	作者及著作	版本	馆藏
59		光绪三年（1877）湖北崇文书局刻《离骚三种》本	国家图书馆、湖南图书馆、浙江图书馆、贵州省图书馆、河南省图书馆、沈阳市图书馆、哈尔滨市图书馆、齐齐哈尔市图书馆、北京大学图书馆、南开大学图书馆、北京师范大学图书馆、华东师范大学图书馆、山东大学图书馆、山东师范大学图书馆、南京师范大学图书馆、武汉大学图书馆、湖北大学图书馆、河南大学图书馆、郑州大学图书馆、吉林大学图书馆、日本东洋文库
		民国元年（1912）鄂官书处重刊本	国家图书馆、上海图书馆、大连图书馆、华东师范大学图书馆、复旦大学图书馆
		民国二年（1913）上海文瑞楼《离骚三种》石印本	浙江图书馆、湖南图书馆、河南省图书馆、锦州图书馆、北京大学图书馆、中山大学图书馆、山东大学图书馆、湖北大学图书馆、山东师范大学图书馆、郑州大学图书馆
		民国九年（1920）湖北官书处重刻本	湖南图书馆

续表

序号	作者及著作	版本	馆藏
		清抄本	福建省图书馆
60	牟庭（1759–1832）《楚辞述芳》二卷附《杂记》三篇	乾隆六十年（1795）栖霞牟氏俗园刊《雪泥书屋全书》本	国家图书馆、中国社会科学院文学研究所
		乾隆六十年（1795）雪泥书屋抄本	国家图书馆、清华大学图书馆
61	陈昌齐（1743–1820）《楚辞音义》一卷	嘉庆五年（1800）嘉应吴兰修校刊《赐书堂全集》本	国家图书馆
		嘉庆二十四年（1819）《赐书堂集钞》刻本	浙江图书馆
		民国二十三年（1934）餐菊轩铅印本	国家图书馆、吉林省图书馆、哈尔滨师范大学图书馆
		民国二十五年（1936）上海商务印书馆《丛书集成初编》本	北京大学图书馆
		民国间东方文化事业总委会研究所抄本	国家图书馆
	陈昌齐（1743–1820）《楚词辨韵》一卷	道光三十年（1850）南海伍氏粤雅堂文字欢娱室刻《岭南遗书》本	国家图书馆、北京大学图书馆、中山大学图书馆、武汉大学图书馆、辽宁大学图书馆、香港中文大学图书馆
		同治二年（1863）南海伍氏粤雅堂文字欢娱室刻《岭南遗书》本	国家图书馆、浙江图书馆、湖南图书馆

续表

序号	作者及著作	版本	馆藏
62	高钟、丁繁滋《楚辞音韵》三卷	嘉庆五年（1800）春晖阁刻本	上海图书馆（1册）
63	任兆麟《楚辞注》一卷	嘉庆十五年（1810）遂古堂刻《任氏述记三十四种》本	国家图书馆、天津图书馆、辽宁大学图书馆
64	张道绪《屈子文选》二卷	嘉庆十六年（1811）人境轩自刊《文选十三种》本	国家图书馆、上海图书馆、山东省图书馆、北京大学图书馆、清华大学图书馆、华东师范大学图书馆、武汉大学图书馆、山西大学图书馆
65	陈本礼（1739–1818）《屈辞精义》六卷	嘉庆十七年（1812）裛露轩刊本	国家图书馆、上海图书馆、浙江图书馆、南京图书馆、中国科学院文献情报中心、北京大学图书馆、清华大学图书馆、华东师范大学图书馆、山东师范大学图书馆、日本东洋文库、日本东京大学文学部
		嘉庆至道光间陈氏读骚楼刊《江都陈氏丛书》本	国家图书馆、浙江图书馆、辽宁省图书馆、北京大学图书馆、河南大学图书馆、黑龙江大学图书馆

续表

序号	作者及著作	版本	馆藏
65		民国十三年(1924)上海扫叶山房影印褱露轩刊本(石印本)	上海图书馆、南京图书馆、吉林省图书馆、黑龙江省图书馆、沈阳市图书馆、天津图书馆、鞍山市图书馆、清华大学图书馆、中山大学图书馆、北京师范大学图书馆、南京大学图书馆、吉林大学图书馆、四川大学图书馆、河南大学图书馆、郑州大学图书馆、哈尔滨师范大学图书馆
		1955年上海出版公司影印《离骚精义原稿留真》本	上海图书馆、湖南图书馆、贵州省图书馆、北京大学图书馆、清华大学图书馆、复旦大学图书馆、中山大学图书馆、北京师范大学图书馆、华东师范大学图书馆、南开大学图书馆、南京师范大学图书馆、吉林大学图书馆、四川大学图书馆、中国人民大学图书馆、山东大学图书馆、山东师范大学图书馆、浙江师范大学图书馆、河南大学图书馆、苏州大学图书馆、郑州大学图书馆、湖北大学图书馆、辽宁大学图书馆、贵州大学图书馆、贵州师范大学图书馆、贵州民族大学图书馆

续表

序号	作者及著作	版本	馆藏
66	佚名 《楚辞编》 二卷	嘉庆十八年（1813）刻本	南京图书馆（2册）
67	梅冲 （1762–1826） 《离骚经解》	嘉庆二十年（1815）承学堂刻本	上海图书馆、吉林省图书馆
68	辛绍业（1755–1814）《九歌解》一卷	嘉庆二十一年（1816）经笥斋刊《敬堂遗书》本	国家图书馆、南京图书馆、吉林大学图书馆
69	胡濬源（1748–1824）《楚辞新注求确》十卷	嘉庆二十五年（1820）长沙务本堂刻本	国家图书馆、上海图书馆、南京图书馆、山东省图书馆、天津图书馆、复旦大学图书馆、北京师范大学图书馆、南京大学图书馆、吉林大学图书馆、日本东洋文库、日本早稻田大学图书馆
70	江有诰 （1773–1851） 《楚辞韵读》 一卷	嘉庆十九年（1814）自刻小学各书本	国家图书馆、浙江图书馆
		嘉庆二十四年（1819）《音学十书》本	南京图书馆、北京大学图书馆、清华大学图书馆、山东大学图书馆

续表

序号	作者及著作	版本	馆藏
70		咸丰二年（1852）《江氏音学十书》本	南京图书馆
		民国十七年（1928）上海中国书店影印本	国家图书馆、浙江图书馆、湖南图书馆、郑州大学图书馆
		民国二十三年（1934）渭南严氏刊《音韵学丛书》本	国家图书馆、浙江大学图书馆
		民国间《江氏音学十书》抄本	国家图书馆
71	方绩 （1752–1816） 《屈子正音》	道光七年（1827）邓廷桢刊本	上海图书馆、南京图书馆、湖北省图书馆、中国科学院文献情报中心、清华大学图书馆、浙江大学图书馆、吉林大学图书馆
		光绪六年（1880）方氏网旧闻斋重刊本	国家图书馆、上海图书馆、浙江图书馆、天津图书馆、黑龙江省图书馆、吉林市图书馆、中国科学院文献情报中心、浙江大学图书馆、北京师范大学图书馆、北京大学图书馆、中国人民大学图书馆、南京大学图书馆、郑州大学图书馆
		光绪十年（1884）名德堂重刻袖珍本	北京大学图书馆、日本东洋文库

续表

序号	作者及著作	版本	馆藏
72	张象津（1738–1824）《离骚经章句义疏》一卷	道光九年（1829）刊《白云山房集》本附刻三种之一	国家图书馆
		道光十六年（1836）拜经堂刊本（《白云山房集》附刻三种之一）	国家图书馆、中国科学院文献情报中心、上海图书馆、山东省图书馆、北京大学图书馆、清华大学图书馆、复旦大学图书馆、吉林大学图书馆、南开大学图书馆、山东大学图书馆
73	邓启南 《离骚新宛》一卷	1922 年铅印本	中山大学图书馆（1 册）
74	董国英（1729–？） 《楚辞贯》 一卷	道光二十五年（1845）博川正谊斋刊本	上海图书馆、浙江图书馆、南京图书馆、北京大学图书馆、北京师范大学图书馆
75	谢叶辰 《离骚经批点》	道光三十年（1850）钞本	广东省立中山图书馆
76	彭申甫 《楚辞注辩正序》	清抄本	湖南图书馆

续表

序号	作者及著作	版本	馆藏
77	王念孙（1744–1832）《楚辞杂志》	同治九年（1870）南京金陵书局刻《读书杂志》本	北京大学图书馆、中国人民大学图书馆、山东大学图书馆、清华大学图书馆、中山大学图书馆
		民国十四年（1925）罗振玉辑印《高邮王氏遗书》本	浙江图书馆、北京大学图书馆、中国人民大学图书馆、南京大学图书馆、南开大学图书馆、中山大学图书馆、武汉大学图书馆、北京师范大学图书馆、华东师范大学图书馆、厦门大学图书馆、四川大学图书馆、吉林大学图书馆、河南大学图书馆、郑州大学图书馆
78	王念孙（1744–1832）《古韵谱》二卷	民国十四年（1925）罗振玉辑印《高邮王氏遗书》本	浙江图书馆、北京大学图书馆、中国人民大学图书馆、南京大学图书馆、南开大学图书馆、中山大学图书馆、武汉大学图书馆、北京师范大学图书馆、华东师范大学图书馆、厦门大学图书馆、四川大学图书馆、吉林大学图书馆、河南大学图书馆、郑州大学图书馆
		民国二十二年（1933）渭南严氏校刊《音韵学丛书》本	北京师范大学图书馆、四川大学图书馆、中山大学图书馆、郑州大学图书馆

续表

序号	作者及著作	版本	馆藏
79	马邦举《楚辞字声略考》七卷	钞本(《鱼台马氏丛书》之一)	山东省图书馆
80	丁履恒(1770–1832)《骚赋杂文》不分卷	稿本	华东师范大学(1册,秦更年跋)
81	吴懋清(1774–1844)《天问测》一卷	抄本	南开大学图书馆(2册)
82	朱骏声(1788–1858)《离骚赋补注》一卷	道光间刊本(待考)	国家图书馆、南京图书馆、上海图书馆、浙江图书馆
		光绪八年(1882)临啸阁《朱氏群书》刊本	南京图书馆、国家图书馆、上海图书馆、浙江图书馆、湖南图书馆、北京大学图书馆、南京大学图书馆、武汉大学图书馆、中国海洋大学图书馆、山东大学图书馆、厦门大学图书馆
83	丁晏(1794–1875)《楚辞天问笺》一卷	咸丰四年(1854)广雅书局刻本	河南省图书馆、北京大学图书馆、华东师范大学图书馆

续表

序号	作者及著作	版本	馆藏
83		光绪十七年(1891)广雅书局刻本	国家图书馆、上海图书馆、浙江图书馆、中国科学院文献情报中心、湖南图书馆、南京图书馆、抚顺市图书馆、辽宁省图书馆、复旦大学图书馆、北京师范大学图书馆、中国人民大学图书馆、南京大学图书馆、南京师范大学图书馆、武汉大学图书馆、宁夏大学图书馆、日本东洋文库、日本小岛文库
		民国九年(1920)番禺徐绍棨《广雅书局丛书》汇编重印本	上海图书馆、山东大学图书馆、四川大学图书馆
84	强望泰 (1793–1844) 《楚辞初学读本审音》十卷	同治五年(1866)韩城强氏刻本	国家图书馆、北京大学图书馆、四川大学图书馆
85	熊镜心 《编定楚辞先路章句定本》一卷	稿本	南京图书馆(1册)
86	颜锡名(1801–1870)《屈骚求志》五卷	光绪十五年(1889)钞本	上海辞书出版社

续表

序号	作者及著作	版本	馆藏
87	黄恩彤(1801–1883)《离骚分段约说》	光绪二年(1876)马佩珂益兴堂刻本	国家图书馆、山东省图书馆、山东省博物馆、北京师范大学图书馆、北京大学图书馆
		民国三年(1914)《知止堂全集》八种《副编》五种刻本	国家图书馆
88	贺际运 (1812–？) 《三益斋离骚注》一卷	咸丰九年(1859)吴门刊本	上海图书馆、南京图书馆
		同治七年(1868)长无极室刻本	国家图书馆
89	毛祥麟(1812–1883)《楚辞校文》三卷	稿本	上海图书馆(3册)
90	梁夔谱 《离骚注》	同治八年(1869)镜古堂刻《古赋首选》本	国家图书馆、上海图书馆、中国科学院文献情报中心、北京师范大学图书馆、北京大学图书馆、中山大学图书馆、香港中央图书馆
		民国五年(1916)广州全经阁刻本	澳门大学图书馆
		民国十二年(1923)上海锦章图书局印《增批评点古赋首选》石印本	中山大学图书馆
		民国十三年(1924)广州通亚书局印《增批评注古赋首选》石印本	中山大学图书馆

续表

序号	作者及著作	版本	馆藏
		民国十七年（1928）上海锦章图书局印《增批评点古赋首选》石印本	澳门大学图书馆
91	端木埰（1816–1892）《离骚启蒙》一卷	光绪二年（1876）黎阳端氏刊巾箱本《楚辞》附录	上海图书馆、南京图书馆、中国科学院文献情报中心、吉林大学图书馆
92	陈玚（1806–1863）《屈子生卒年月考》一卷	光绪二年（1876）黎阳端氏刊巾箱本《楚辞》附录	上海图书馆、南京图书馆、中国科学院文献情报中心、吉林大学图书馆
93	陆增祥（1816–1882）《楚辞疑异释证》八卷	稿本	上海图书馆（1 册）
94	俞樾（1821–1907）《读楚辞》一卷	光绪九年（1883）刻本	浙江图书馆
		光绪十五年（1889）刻本	浙江图书馆
		光绪二十三年（1897）石印本	浙江图书馆
		光绪二十五年（1899）刊《春在堂全书》本	国家图书馆、北京大学图书馆、苏州大学图书馆、浙江师范大学图书馆
95	俞樾（1821–1907）《楚辞人名考》一卷	光绪九年（1883）刻本	国家图书馆、浙江图书馆
		光绪二十三年（1897）石印本	浙江图书馆

续表

序号	作者及著作	版本	馆藏
95		光绪二十五年(1899)刊《春在堂全书》本	国家图书馆、北京大学图书馆、苏州大学图书馆、浙江师范大学图书馆
96	俞樾(1821–1907)《评点王注楚辞》十七卷	民国六年(1917)上海中华图书馆石印本	国家图书馆、沈阳市图书馆、天津图书馆、北京大学图书馆、南京大学图书馆、苏州大学图书馆、中山大学图书馆
97	夏献云(1824–1889)《屈大夫文》八卷	光绪三年(1877)长沙新建夏氏刊本	国家图书馆、湖南图书馆、吉林省图书馆、北京大学图书馆、清华大学图书馆、武汉大学图书馆、北京师范大学图书馆、华东师范大学图书馆
98	蒋曰豫(1830–1875)《离骚释韵》一卷	光绪三年(1877)莲池书局刊《蒋侑石遗书》本	国家图书馆、上海图书馆、湖南图书馆、北京大学图书馆、北京师范大学图书馆、吉林大学图书馆、郑州大学图书馆
		民国二十三年(1934)餐菊轩铅印本	国家图书馆、吉林省图书馆、哈尔滨师范大学图书馆
99	郑知同(1831–1890)《楚辞考辨》	稿本	贵州省博物馆

续表

序号	作者及著作	版本	馆藏
100	尚兆山（1835–1883）《楚辞选注考》六卷	稿本	北京大学图书馆
101	陈大文《楚辞串解》一卷	光绪十八年（1892）自刻本	南京图书馆、日本大阪大学图书馆
		西村时彦手抄本	日本大阪大学图书馆
102	毕大琛（1820–1891后）《离骚九歌释》一卷	光绪十八年（1892）补学斋刊本	国家图书馆、上海图书馆、湖南图书馆、吉林省图书馆、北京大学图书馆、清华大学图书馆、中国人民大学图书馆、武汉大学图书馆
103	李寿蓉（1826–1894）《离骚音韵》一卷	光绪十八年（1892）毕大琛《离骚九歌释》补学斋刊本附	国家图书馆、上海图书馆、湖南图书馆、吉林省图书馆、北京大学图书馆、清华大学图书馆、中国人民大学图书馆、武汉大学图书馆
104	王闿运（1833–1916）《楚辞释》十一卷	光绪十二年（1886）成都尊经书院刻本	国家图书馆、上海图书馆、浙江图书馆、南京图书馆、湖南图书馆、北京师范大学图书馆、南开大学图书馆、南京大学图书馆、山东大学图书馆、山东师范大学图书馆、吉林大学图书馆、郑州大学图书馆、哈尔滨师范大学图书馆

续表

序号	作者及著作	版本	馆藏
104		光绪二十一年（1895）仪征李氏刊《崇惠堂丛书》本	国家图书馆、上海图书馆、南京图书馆、湖南图书馆、华东师范大学图书馆、山东大学图书馆
		光绪二十七年（1901）衡阳刊《湘绮楼全书》本	国家图书馆、湖南图书馆、浙江图书馆、南京图书馆、大连图书馆、天津图书馆、吉林大学图书馆、南开大学图书馆、南京大学图书馆、哈尔滨师范大学图书馆
		民国六年（1917）刊《湘绮楼全书》本	国家图书馆
		民国十二年（1923）重印光绪衡阳刊本	国家图书馆、湖南图书馆
		民国三十一年（1942）程天放重刻成都尊经书院刊本	国家图书馆、吉林省图书馆、贵州师范大学图书馆
105	孙诒让（1848–1908）《札迻楚辞》一卷	光绪二十年（1894）籀高刊本《札迻》第十二卷前半部分	复旦大学图书馆、北京大学图书馆、清华大学图书馆、中山大学图书馆、武汉大学图书馆、南京大学图书馆、北京师范大学图书馆、华东师范大学图书馆、南京师范大学图书馆、河南大学图书馆、郑州大学图书馆、辽宁大学图书馆、吉林大学图书馆、香港中文大学图书馆

续表

序号	作者及著作	版本	馆藏
105		民国间上海千顷堂书局石印本	中国人民大学图书馆
106	田砚池 （？ –1888） 《离骚管见》一卷	光绪二十四年（1898）梦鹧鸪楼刻本	北京大学图书馆、郑州大学图书馆
107	王树枏（1852–1936）《离骚注》一卷	光绪间文莫室铅印本	国家图书馆、浙江图书馆、河南省图书馆、中国科学院文献情报中心、北京师范大学图书馆、武汉大学图书馆
		光绪末至民国初新城王氏刻《陶庐丛刻》本	北京大学图书馆、哈尔滨市图书馆、齐齐哈尔市图书馆
		民国十六年《陶庐丛刻》本	上海图书馆、国家图书馆
		民国间抄本	国家图书馆
108	马其昶（1855–1930） 《屈赋微》 二卷	光绪二十二年（1896）《马氏家刻集》刻本	国家图书馆
		光绪三十一年（1905）中华印刷局刻本	国家图书馆、华东师范大学图书馆
		光绪三十二年（1906）合肥李国松刊《集虚草堂丛书》本	国家图书馆、上海图书馆、浙江图书馆、辽宁省图书馆、贵州省图书馆、中国科学院文献情报中心、北京大学图书馆、清华大学图书馆、辽宁大学图书馆

续表

序号	作者及著作	版本	馆藏
108	《屈赋暂微》	民国中华印刷局铅印本	武汉大学图书馆、吉林大学图书馆
		稿本	美国哈佛大学哈佛燕京图书馆
109	武延绪（1857–1917）《楚辞札记》二卷	光绪二十九年（1903）永年武氏刻朱印本	国家图书馆、天津图书馆、河南省图书馆、日本东京大学文学部
		民国二十二年（1933）刻《所好斋札记》朱印本	国家图书馆、北京师范大学图书馆、河南大学图书馆
110	武延绪（1857–1917）《所好斋楚辞考正》一卷	民国间东方文化事业总委员会研究所钞本	国家图书馆
111	刘光第（1859–1898）《离骚拟义》二卷	稿本	上海图书馆（1册）
112	廖平（1851–1932）《楚辞新解》一卷	民国二十三年（1934）四川存古书局《六译馆丛书》本	国家图书馆、上海图书馆、浙江图书馆、浙江大学图书馆、山东师范大学图书馆
		民国二十四年（1935）井研廖氏刻本	南京图书馆
		稿本	四川社科院
113	廖平（1851–1932）《楚词讲义》一卷	民国十年（1921）四川存古书局汇印《六译馆丛书》本	湖南图书馆、武汉大学图书馆

续表

序号	作者及著作	版本	馆藏
114	廖平（1851–1932）《离骚释例》一卷	清末民初刻本	北京大学图书馆
		民国十年（1921）四川存古书局汇印《六译馆丛书》本	山东大学图书馆
115	廖平《高唐赋新释》一卷	民国十年（1921）四川存古书局汇印《六译馆丛书》本	北京大学图书馆
116	徐天璋（？–1936）《楚辞叶韵考》四卷附《厘正前韵》一卷	宣统三年（1911）芜城寓馆手抄本	国家图书馆、中国科学院文献情报中心
		抄本	上海图书馆、北京大学图书馆、沈阳师范大学图书馆
117	陈培寿（1867–？）《楚辞大义述》	民国间石印本	国家图书馆、上海图书馆、湖南图书馆、北京大学图书馆、清华大学图书馆、武汉大学图书馆
		民国间东方文化事业委员会打字本	国家图书馆
118	曹耀湘《读骚论世》二卷	民国四年（1915）湖南官书报局铅印本	国家图书馆、南京图书馆、中国人民大学图书馆、苏州大学图书馆
		西村时彦手抄本	日本大阪大学图书馆
119	佚名《楚辞一管》	清月窥斋刻本	上海图书馆（1册）

续表

序号	作者及著作	版本	馆藏
120	佚名 《楚词选》 一卷	抄本	上海图书馆（1册）
121	佚名 《楚辞抄》	清抄本	上海图书馆（1册）
122	佚名 《楚辞偶抄》一卷	抄本	上海图书馆（1册）
123	佚名 《离骚叶韵》	清刻本	吉林省社科院
124	佚名 《楚辞汇钞》	清抄本	中国人民大学图书馆（3册1函）

第二节 已佚或未见的清代楚辞著作考录

清代藏书风气极为佞古，很多只重宋版元椠，明代的都不甚重视，因而清代楚辞佚籍的数量很大。除了少数名家的《楚辞》注本被人阅读庋藏，或一些稿本、抄本被留心文献者珍藏之外，大量的《楚辞》著作或因物质条件限制，或因自身价值不高，或因当时人们认识的局限等，而被自然淘汰，湮没无闻。很多著作在清代地方志中记载当时即已佚失。尤其是近代以来，战争、列强的掠夺和文革，对公私藏书都造成了无法估量的损失。对清代楚辞文献的整理和研究，不仅要重视楚辞传世文献的整理和研究，对于已经亡佚的楚辞文献亦要努力考索。

利用地方志进行研究是我国学术研究的优良传统。历代地方志和笔记、别集中，记载着相当数量的楚辞学文献与楚辞学者的生平资料。笔者仅就到目前为止所能见到的地方志辑录，以及所能检索到的楚辞学著作考录。在这个过程中，很可能发现并重建文献彼此之间已经失落的某种联系。据笔者的统计，到目前为止，已佚或未见的清代楚辞著作有一百三十余种，比现存的清代楚辞著作还要多。下面就楚辞学者所在地域的不同，按照省份录列笔者查考到的已佚或未见清代楚辞著作和著录情况。

一、已佚或未见的清代楚辞著作综录

所在地域	作者	著作名称	著录情况
江苏	任大任（1605–1693）	《离骚明义》	同治《苏州府志》卷一百三十八艺文三
	陈必诚	《增广楚辞》	同治《苏州府志》卷一百三十八艺文三

续表

所在地域	作者	著作名称	著录情况
江苏	王之桢（1613-？）	《楚词纂注》	光绪《盐城县志》卷十六艺文、光绪《淮安府志》卷三十八艺文
江苏	沙张白（1626-1691）	《离骚注》	民国《江阴县续志》卷二十艺文二
江苏	蒋金式（1641-1722）	《翠缕居说骚》	蒋骥《山带阁注楚辞》、光绪《武进阳湖县志》卷二八艺文集部
江苏	汤伟（约1650-约1742）	《离骚经贯》	嘉庆《宣城县志》卷二十七载籍、同治《续纂江宁府志》卷九艺文、光绪《重修安徽通志》卷三百四十三艺文志集部一、《楚辞书目五种》、《江苏艺文志》（南京卷）
江苏	邵熉（1684-1757）	《离骚集解》	光绪《无锡金匮县志》卷三十九艺文
江苏	姜任修	《楚词绎》十卷	嘉庆《如皋县志》卷十六
江苏	邱闻衣	《楚辞批解》	同治《重修山阳县志》卷十八艺文、光绪《淮安府志》卷三十八艺文
江苏	刘始兴	《楚词新义》	乾隆《霍邱县志》卷六
江苏	袁邦鼎	《离骚敷衽》	《通州直隶州志》卷十六艺文志集部
江苏	何忠相	《楚辞定论》	嘉庆《直隶太仓州志》卷五十七艺文、民国《崇明县志》卷十六艺文集部
江苏	张正纲	《离骚注》	嘉庆《重刊江宁府志》卷五四艺文、同治《上江两县志》卷十二中艺文中
江苏	贺鸣谐	《离骚直解》二卷	嘉庆《重刊江宁府志》卷五十四艺文、民国《六合县续志稿》卷十五艺文

续表

所在地域	作者	著作名称	著录情况
江苏	吴金书	《离骚经解》	光绪《江阴县志》卷十八
	罗咏	《楚词正音》四卷	嘉庆《高邮州志》卷十文苑、民国《三续高邮州志》卷六艺文志上书目
	顾凤毛（1762–1788）	《楚词均考》	嘉庆《扬州府志》卷六十二艺文一、咸丰《重修兴化县志》卷九书目、郑知同《楚辞考辨》、《楚辞书目五种》
	梅曾亮（1786–1856）	《离骚解》	同治《续纂江宁府志》卷九艺文、同治《上江两县志》卷十二中艺文中
	任晟	《离骚阐义》/《离骚述义》	光绪《宜兴荆溪县志》卷十艺文
	徐鼒	《楚辞校注》	同治《续纂江宁府志》卷九艺文
	李蓁	《楚辞咀剩》九卷《附录》一卷	道光《重刊续纂宜荆县志》卷九之一艺文
	王金持	《离骚分解》四卷	嘉庆《松江府志》卷七十二艺文志
	蒋炎光	《楚词评》	嘉庆《重修宜兴县志》卷三、道光《重刊续纂宜荆县志》卷九之一艺文
	杨甲先	《楚词注》二卷	道光《重刊续纂宜荆县志》卷九之一艺文
	陈朝熙	《屈词指要》	道光《重刊续纂宜荆县志》卷九之一艺文
	陈银	《楚辞发蒙》五卷	光绪《重修丹阳县志》卷三十五书籍、《屈辞精义》、《清代学术辞典》、《楚辞书目五种》

续表

所在地域	作者	著作名称	著录情况
江苏	章梦昜	《楚词补注》/《楚辞改注》	同治《苏州府志》卷一百三十八艺文三、乾隆《吴江县志》卷四十六撰述类书目
	端木瑚	《离骚补注》	同治《续纂江宁府志》卷九艺文、同治《上江两县志》卷十二中艺文中
	汤濩	《楚辞古韵》四卷	同治《苏州府志》卷一三六艺文一、民国《吴县志》卷五十六上艺文考二
	闵如璧	《离骚经补注》	光绪《南汇县志》卷十二艺文志集部楚辞类
	桂达生	《楚词王注疏》十七卷、《楚词异解辑案》八卷	光绪《增修甘泉县志》卷十四人物文苑
	于鬯（1854–1910）	《楚词新志》	民国《南汇县续志》卷十二艺文志集部楚辞类
	陈殿夔	《离骚解》	同治《上江两县志》卷十二中艺文中
	刘辰锡	《离骚注解》一卷	光绪《武进阳湖县志》卷二十八艺文集部辑注类
	高元标	《楚辞辨疑》六卷	光绪《武进阳湖县志》卷二十八艺文集部辑注类
安徽	洪舫	《离骚辨》	光绪《重修安徽通志》卷三百四十三艺文志集部一
	吴大先	《离骚幽致集》二卷	乾隆《江南通志》卷一百九十二、道光《歙县志》卷九之一书目、道光《徽州府志》卷十五艺文志集部楚辞类、光绪《重修安徽通志》卷三百四十三艺文志集部一、民国《歙县志》卷十五艺文志书目

续表

所在地域	作者	著作名称	著录情况
安徽	许齐卓	《庄骚汇笺》	光绪《续修庐州府志》卷九十一艺文略下
	胡珊	《离骚笺注》	光绪《重修安徽通志》卷三百四十三艺文志集部一、道光《歙县志》卷八之五文苑
	潘宗硕	《离骚补注》	光绪《重修安徽通志》卷三百四十三艺文志集部一、道光《歙县志》卷八之五文苑
	姚景衡	《楚辞蒙拾》	光绪《重修安徽通志》卷三百四十三艺文志集部一
	王棠	《离骚天问注解》一卷	道光《歙县志》卷九之一书目、道光《徽州府志》卷十五艺文志集部楚辞类、民国《歙县志》卷十五艺文志书目
	董昌玙	《离骚章句》四卷	道光《徽州府志》卷十五艺文志集部楚辞类
	胡匡衷	《离骚集注》	嘉庆《大清一统志》、道光《徽州府志》卷十五艺文志集部楚辞类、《文献征存录》、光绪《重修安徽通志》卷三百四十三艺文志集部一、嘉庆《绩溪县志》
	江嗣珏	《注庄子离骚》	《楚辞书目五种》、道光《重修仪征县志》卷四十四
	马徵麐（1821–1893）	《楚辞音》	《楚辞书目五种》、《清史稿艺文志拾遗》
	邓艺孙（1857–1913）	《离骚解》	民国《怀宁县志》卷十一文艺
	任自举	《离骚本意》	光绪《续修庐州府志》卷九十一艺文略下、光绪《重修安徽通志》卷三百四十三艺文志集部一

续表

所在地域	作者	著作名称	著录情况
安徽	会鳌	《正离骚》	光绪《续修庐州府志》卷九十一艺文略下
	王席丰	《离骚音释》	民国《怀宁县志》卷二十
浙江	查慎行（1650–1727）	《楚辞注》康熙间刊本	《楚辞书目五种》
	张翊清	《楚词古音》	光绪《嘉兴府志》卷八十经籍一、《灵鹊轩书目》
	陈良佐	《离骚节解》	光绪《镇海县志》卷三十二艺文
	龚丽正（1767–1841）	《楚词名物考》	民国《杭州府志》卷九十五艺文十集部六笺注类
	张鉴（1768–1850）	《楚词释文》十七卷	同治《湖州府志》卷六十艺文略六
	杨万清	《离骚辨解》	光绪《重修嘉善县志》卷二十四文苑
	郑兆龙	《离骚本义》一卷	光绪《镇海县志》卷三十二艺文
	朱乾	《楚辞古音》	光绪《嘉兴府志》卷八十一经籍二集部楚辞
	朱日知	《楚辞指归》	光绪《永康县志》卷六
湖南	欧阳始亨	《楚词定本》	同治《攸县志》卷四十九艺文
	唐允是	《楚辞注》	同治《平江县志》卷五十一艺文志著述、《湘人著述表》
	李文炤（1672–1735）	《楚辞集注拾遗》十七卷	光绪《湖南通志》卷二百五十三艺文志九、《楚辞书录解题》、《湘人著述表》
	唐文华	《楚辞补注》	光绪《湖南通志》卷二百五十三艺文志九、《楚辞书录解题》、《湘人著述表》

续表

所在地域	作者	著作名称	著录情况
湖南	刘世澍	《楚辞补注》	光绪《湖南通志》卷二百五十三艺文志九、《湘人著述表》
	萧大丰	《楚辞辑注》四卷《附录》一卷	光绪《湖南通志》卷二百五十三艺文志九、《湘人著述表》
	廖志灏	《天问释》一卷	光绪《湖南通志》卷二百五十三艺文志九、《楚辞书录解题》、《湘人著述表》
	唐传谷	《楚辞衍义》	光绪《湖南通志》卷二百五十三艺文志九、《湘人著述表》
	周思仁	《楚词注》	道光《宝庆府志》卷第百二艺文略三、光绪《湖南通志》卷二百五十三艺文志九、《湘人著述表》
	徐日宏	《楚辞评点》	《湘人著述表》
	杨可震（？ –1749）	《楚词朱注疏》	道光《宝庆府志》卷第百二艺文略三、光绪《湖南通志》卷二百五十三艺文志九、《楚辞书录解题》、《湘人著述表》
	邓显鹤（1777–1851）	《骚学源流》一卷《屈贾年谱》二卷《屈子生日考》一卷	道光《宝庆府志》卷第百二艺文略三、光绪《湖南通志》卷二百五十三艺文志九、《湘人著述表》
	谢宝镠（1821–1876）	《离骚评注》一卷	《历代湘潭著作述录》(湘乡卷)、《湘人著述表》
	张嘉韶	《离骚直解》	光绪《湖南通志》卷二百五十三艺文志九、民国《溆浦县志》卷二十六艺文、《湘人著述表》
	郭启悊	《离骚评点》	光绪《湖南通志》卷二百五十三艺文志九、《湘人著述表》

续表

所在地域	作者	著作名称	著录情况
湖北	杨懋官	《骚注》	同治《江夏县志》卷八艺文、民国《湖北通志》卷八十五艺文志九
	何惺	《楚骚明解》	嘉庆《湖北通志》卷八十七艺文七、民国《钟祥县志》卷十四艺文上、民国《湖北通志》卷八十五艺文志九
	熊仕征	《离骚存疑》	同治《崇阳县志》卷十一艺文子部、民国《湖北通志》卷八十五艺文志九
	向大观（？–1680）	《楚辞解》	民国《湖北通志》卷八十五艺文志九
	徐子芳	《离骚疏义》	民国《湖北通志》卷八十五艺文志九
	胡兴遐	《离骚注》	民国《湖北通志》卷八十五艺文志九
	王希质	《楚辞音释汇参》	民国《湖北通志》卷八十五艺文志九
	胡瑶华	《拟骚天答》	民国《钟祥县志》卷十四艺文上
山东	艾元征	《离骚解》	道光《济南府志》、民国《山东通志》卷一百四十一艺文志第十、《山东通志艺文志订补》卷十五集部楚辞
	张坦	《楚辞解》	民国《山东通志》卷一百四十一艺文志第十、《山东通志艺文志订补》卷十五集部楚辞
	薛世道	《楚词志疑》一卷	道光《重修胶州志》卷二十志十艺文、民国《山东通志》卷一百四十一艺文志第十、《山东通志艺文志订补》卷十五集部楚辞

续表

所在地域	作者	著作名称	著录情况
山东	董淑昌	《评注离骚》二卷	民国《山东通志》卷一百四十一艺文志第十、《山东通志艺文志订补》卷十五集部楚辞
	黄德静	《离骚解》	光绪《昌邑县续志》卷六人物艺术、《山东通志艺文志订补》卷十五集部楚辞
	赵诚品	《读骚集评》	民国《山东通志》卷一百四十一艺文志第十、《山东通志艺文志订补》卷十五集部楚辞
	王善宝	《离骚逆志》	民国《福山县志》艺文志第六、民国《山东通志》卷一百四十一艺文志第十、《山东通志艺文志订补》卷十五集部楚辞
	王克掞	《楚词考义》一卷	道光《重修胶州志》卷二十志十艺文、民国《山东通志》卷一百四十一艺文志第十、《山东通志艺文志订补》卷十五集部楚辞
	任尚德	《楚辞正解》二卷	民国《济阳县志》卷十九艺文志著述、《山东通志艺文志订补》卷十五集部楚辞
	杨方柽	《离骚大意约》一卷	同治《即墨县志》卷十艺文著述、民国《山东通志》卷一百四十一艺文志第十、《山东通志艺文志订补》卷十五集部楚辞
	张鼎文	《楚辞圭璋》	民国《莱芜县志》卷十五艺文、《山东通志艺文志订补》卷十五集部楚辞
	王筠	《楚辞校》五册	民国《山东通志》卷一百四十一艺文志第十、《山东通志艺文志订补》卷十五集部楚辞

续表

所在地域	作者	著作名称	著录情况
江西	张荣泰	《屈辞解》	民国《济宁直隶州续志》卷十二人物志、《山东通志艺文志订补》卷十五集部楚辞
	辛时震	《屈子笺注》	民国《山东通志》卷一百四十一艺文志第十、《山东通志艺文志订补》卷十五集部楚辞
	时庸劢	《离骚正韵》一卷	民国《单县志》卷二十艺文、《山东通志艺文志订补》卷十五集部楚辞
	张焵	《楚骚约注》	民国《济宁直隶州续志》卷十八艺文志、《山东通志艺文志订补》卷十五集部楚辞
	胡翘元	《离骚增注》	同治《乐平县志》卷九艺文、同治《饶州府志》卷二十六艺文一书目、光绪《江西通志》卷一百七艺文略集部一
	何辉亡（1681–1759）	《楚辞评注》八卷	同治《临川县志》卷四十九、光绪《抚州府志》卷七十八艺文子部、光绪《江西通志》卷一百七艺文略集部一
	罗以靖	《楚辞论释》	光绪《抚州府志》卷七十八艺文子部、光绪《江西通志》卷一百七艺文略集部一
	叶瑶生	《增补离骚注疏》	同治《乐平县志》卷九艺文、光绪《江西通志》卷一百七艺文略四集部一
	邹谦吉	《离骚讲义》	同治《奉新县志》卷十五艺文书目、光绪《江西通志》卷一百七艺文略四集部一
福建	郑泰枢	《辨骚》	同治《重纂福建通志》卷七十经籍

续表

所在地域	作者	著作名称	著录情况
福建	林豫吉	《续离骚》	同治《重纂福建通志》卷六十九经籍
	陈勤宣	《骚赋汇解》四卷	同治《重纂福建通志》卷六十九经籍
	陈洪书	《离骚经析疑》	道光《晋江县志》卷七十典籍志、同治《重纂福建通志》卷七十二经籍、同治《泉州府志》卷七十四艺文
	詹人士	《离骚节解》一卷	同治《重纂福建通志》卷七十三经籍
	何长聚（1802-？）	《离骚解》	光绪《增修光泽县志》卷十三经籍略子部、光绪《重纂邵武府志》卷二九艺文
	李大儒	《楚骚解》	同治《重纂福建通志》卷七十九经籍、光绪《重纂邵武府志》卷二九艺文、民国《福建艺文志存目》卷三十九
	陈祖虞	《离骚注释》	同治《重纂福建通志》卷七十四经籍
广东	廖贞	《离骚注释》	道光《广东通志》卷一百八十九、光绪《惠州府志》卷二十七
	罗国器	《离骚解》	咸丰《顺德县志》卷十八艺文略二集部
	吴懋清（1774-1844）	《离骚测》一卷	光绪《高州府志》卷五十二艺文集部、《吴川县志》卷九艺文
	邓允恭	《楚辞观澜》	光绪《香山县志》卷二十一艺文
	曾昆泉	《五经离骚字音考正》六卷	宣统《南海县志》卷十一

续表

所在地域	作者	著作名称	著录情况
直隶	刘鹤鸣	《离骚读法》	光绪《重修天津府志》卷四十四传六人物四
	朱璘	《离骚注释》	康熙《通州志》卷十、光绪《顺天府志》卷一百二十五艺文志四
	查景绥	《屈辞精义选补正》	民国《济宁县志》卷三文献略
	高毓麒	《离骚经注》	民国《元氏县志》不分卷著述
	张毓棠	《楚辞直解》	民国《文安县志》卷五
广西	张鹏展（？ –1840）	《离骚经注》	民国《上林县志》卷十三艺文部上
	卿彬（1748–1813）	《楚辞会真》一卷	《清史稿·艺文志》、《楚辞书目五种》
贵州	张应诏（1654–1730）	《离骚评注》六卷	光绪《黎平府志》卷八、民国《贵州通志》艺文志十四
	冯云祥	《离骚注疏》	民国《贵州通志》艺文志十四
	黄国瑾（1849–1890）	《离骚草木疏纂》一卷	民国《贵州通志》艺文志十四
四川	李拔（1713–1775）	《楚辞诠解》	乾隆《福宁府志》卷四十二杂著书目
	高继光	《离骚经注》	道光《重庆府志》卷八、同治《巴县志》卷三上、民国《巴县志》卷十下、《巴渝文献总目》、《四川丛书采访书目录》
	王麐	《楚辞补辑》二册	光绪《井研志》卷十五艺文五
陕西	刘玉珂	《屈子集传》七卷	光绪《蒲城县新志》卷六艺文子类
河南	张华	《离骚经注》一卷	乾隆《续河南通志》卷五十八人物志文苑、民国《西华县续志》卷十艺文志

二、清代楚辞佚籍相关资料考

清代楚辞著作虽然大量的亡佚，然而仔细考索的话，还是有一些资料留存下来。在一些地方志和清人的文集中收录有已佚楚辞著作的《自序》，还有一些已佚楚辞学著作的楚辞学者为其他楚辞著作所作的《序》保留下来，其中有不少值得重视的楚辞论说，从一个侧面反映出了他们的楚辞观。比如汤伟《离骚经贯》一书虽以亡佚，但梅文鼎为其所作的《序》保存在梅氏文集中，由此我们可以推知《离骚经贯》的大致内容和汤伟的楚辞观；姜任修《楚词绎》一书虽已佚，但我们从他为丁元正《楚辞辑解》所作《序》中亦能窥见其楚辞观。还有一些楚辞著作虽已亡佚，然其《自序》至今保存在地方志中，如郑兆龙、李文炤、萧大丰等。王棠的楚辞研究著作《离骚天问注解》虽已佚，但他的文集《燕在阁知新录》中收录有一篇题为《离骚》的三千多字的长文，详细疏解《离骚》各部分。我们把这些材料收集起来，作为研究清代楚辞学的支撑材料，是相当有意义的。

（一）汤伟《离骚经贯》梅文鼎《序》

梅文鼎《绩学堂诗文抄》文抄卷三有《汤骏公〈离骚经贯〉序》一文，录之如下：

> 读《离骚》者，爱其文辞，而无能贯穿指归，则疑其心烦虑乱，语无伦次。又，或谓其故为乱辞，使修隙者无所指摘。二者似之而实非也。何则？屈子之志洁行芳，通国所共信。若夫君侧蔽明者，数辈而已。故假瑰丽之作，以寄其忠爱，庶几流播之余，闻言感悟，痛改前非。其言本自条达，既以鼓咸自矢，视死生犹旦暮，而复何畏焉？且屈子非徒娴于辞令，实明于政事。使怀王能终用之，则秦必不敢欺楚。使顷襄王复用之，则必能反怀王以雪耻。太史公因淮南作《传》，以《离骚》因起，系之于见疏之初。以一篇三致意，系于入秦客

死之后，盖有以综其始终矣。王逸之注，随文诂训。李善以《文选》名家，而其于骚也，一因王旧，不复置辞。盖古者传注之体宜尔，欲使学者优柔厌饫，得其书不尽言之意也。紫阳朱子因洪氏之《补注》，集诸家以发明之。于是，读骚者始有蹊径可寻，则《集注》之功也。

汤子骏公，既以经义起家，为名孝廉，乃笃好楚骚。又因紫阳而益畅厥旨，且为之考订舆图，以推见三闾被放江皋，泽畔往来之迹。又杂摭史传，凡诸国之有关楚事者，参互之以揆当时事势，厚责顷襄以复仇之义，则作《骚》之本末具见。即本《传》所称"存君兴国，欲反复之"者，皆实有其施为次第，可以见诸行事，然终不得一试，坐视宗社之倾覆，故其痛尤深也。

盖古之君子将有为也，必先内度其身。是故于称述先王，而知其学术正大，非子文、叔敖诸人之可方。于陈辞重华，排阊阖谒帝，帝知其幽独可质乎明神。于衣芰荷，裳薜荔，知其身于察察，皭然不滓，于日月争其光洁。于滋兰九畹，树蕙百亩，知其为国树人。自宋玉、景差诸贤外，必多可用之才。乃若渔父鼓枻，沧浪作歌，远游餐气，王乔授辞，抗域外之高躅，标性命之微旨。故考亭偭之广成，玉吾演为丹诀。则凡庄周、列御寇之伦，吐弃万有，而葆真以自全者，皆其所能为而不肯为者也。

当是时也，六国已将折入于秦，然可以抗秦者唯楚。楚欲有为，舍屈子其谁属哉？其自任也重，故其自求也详，汤子以一言蔽之曰："自反而自信"，可谓深得其意矣！班孟坚，良史也，顾察之为"露才扬己"，何耶？若汤子"复雠"、"自反"二义，匪直出王、洪上也，即起紫阳于今日，必将有取乎而已。汤子既援据该博，文取达意，不辞繁复，以便来学，盖亦犹紫阳之意也夫。[1]

①梅文鼎：《绩学堂诗文钞》，黄山书社2014年9月第1版，第73–75页。

按：汤伟（约 1650– 约 1742）字骏公，一字鹏乎。江宁府上元县人。其所著《离骚经贯》，嘉庆《宣城县志》卷二十七载籍、同治《续纂江宁府志》卷九艺文、光绪《重修安徽通志》卷三百四十三艺文志集部一著录。

虽然汤伟的《离骚经贯》已经亡佚，但是梅文鼎为《离骚经贯》所作之《序》保存在了梅氏文集中。通过此《序》，我们可以一窥汤伟《离骚经贯》的大致内容。据梅文鼎《序》可知，汤伟《离骚经贯》是以朱熹《楚辞集注》作为底本。梅文鼎指出汤伟"杂摭史传，凡诸国之有关楚事者参互之，以揆当时事势，厚责顷襄以复仇之义，则作骚之本末具见"，即从史料典籍中择取与楚国相关的时事，并和《离骚》之文相互印证，来揆度当时的政治形势，并在此基础上分析《离骚》的创作意旨——厚责顷襄以复仇。梅文鼎指出汤伟认为《离骚》是作于屈子被疏之后，"当是时也，六国已将折入于秦，然可以抗秦者唯楚"，在这样的政治形势之下，"楚欲有为，舍屈子其谁属哉？其自任也重，故其自求也详"。梅文鼎指出汤伟阐释《离骚》一言以蔽之曰"自反而自信"，"使顷襄王复用之，则必能反怀王以雪耻"，即屈原创作《离骚》是有着他的明确的政治目的的，冀望以此讽谏顷襄王，激发其复仇之心，使怀王返归楚国。梅文鼎对此大加称赞云："汤子'复雠'、'自反'二义，匪直出王、洪上也，即起紫阳于今日，必将有取乎而已。"

据《序》可知，汤伟《离骚经贯》有为屈骚"考订舆图"，"以推见三闾被放江皋，泽畔往来之迹"。考汤伟生于顺治七年（1650）前后，卒于乾隆七年（1742）前后；武进蒋骥出生晚汤伟二十余年，其《山带阁注楚辞》于雍正五年（1727）定稿刊行，而梅文鼎的生、卒年分别为公元 1633 年、公元 1721 年，此序文定作于其卒年或之前，故汤伟《离骚经贯》当比蒋骥《山带阁注楚辞》更早行世。因汤伟《离骚经贯》已经亡佚，具体情况不得而知。然而，汤伟为屈骚"考订舆图"要早于蒋骥《山带阁注楚辞》,则是肯定的。可惜的是,此书已佚,不知汤伟所作“考订舆图”是否详实有据。

(二)郑兆龙《离骚本义》一卷《自序》

光绪《镇海县志》卷三十二艺文载其书《自序》,曰:

> 屈子三十一篇,唯《离骚》最为难读。余少时业师授以林氏西仲注,林自诩古今善本,并所注《九章》、《九歌》,颜之曰《楚辞灯》。而予意殊多不惬,因取王叔师原注阅之,见林氏所驳正者颇有然,仍其误而不改,与改之而转增其误者尚多焉。近又得望溪、朴山二方氏本,朴山略诠大意,而纰缪互见。望溪于义理极有发明,而支离不免。夫屈子以同姓宗臣被谗见斥,睹国家之日削,欲告诉而无从,忧愁悲愤,以死自誓,不得已而著《离骚》。故其辞旨多隐约迷离,不可骤通。所谓言之不足而长言也,长言之不足而嗟叹之者,诚《国风》、《小雅》之苗裔,汉魏六朝三唐之鼻祖,评注诸家各极赞扬,不啻口出。然如其所说,则重复颠倒,乃乱杂无章之尤者,而犹以屈子为古今之善鸣,吾不信也。闲居无聊,偶取而笺释之,集旧说而折其衷者十之六,弃旧说而自出已见者十之四,疏通脉络,贯穿辞句,即千端万绪之中,得其清绝滔滔之旨,窃以为《离骚》之本义庶几无大背戾。然而创始为难,区择较易,向非诸家毅然为之,于前则如予之谫陋者,虽极数十年之心力,欲窥其大略而且不可得,何有于其中之奥赜哉?吾又以知夫后人之尸而祝之者,之终有所在矣。[1]

按:郑兆龙,字偕亮,一字二泉,岁贡生。宁波府镇海县人。其所著《离骚本义》一卷,已佚,光绪《镇海县志》卷三十二艺文著录。

郑兆龙《自序》中提到的楚辞学者有王逸、林云铭、方苞、方棨如。

---

①于万川等修,俞樾等纂:《镇海县志》,清光绪五年(1879)刻本。

郑兆龙对他们皆有不满，于林云铭曰“予意殊多不惬”，而取来王逸《章句》参读比较，“见林氏所驳正者颇有然，仍其误而不改，与改之而转增其误者尚多焉”；评价方楘如云“略诠大意，而纰缪互见”，评价方苞云“于义理极有发明，而支离不免”。因此，郑兆龙自注《离骚》，其方法主要是“取而笺释之，集旧说而折其衷者十之六，弃旧说而自出己见者十之四，疏通脉胳，贯穿辞句”。即在“疏通脉络，贯穿辞句”的基础之上，融会合理的旧说，加上自己的一得之见。郑兆龙还指出其注解《离骚》目的是为了于“千端万绪之中，得其清绝滔滔之旨”，即探求《离骚》之本义。然而，《离骚》之本义究竟是什么，郑兆龙并未说明。

（三）李文炤《楚辞集注拾遗》十七卷《自序》

光绪《湖南通志》卷二百五十三艺文志九载其书《自序》曰：

> 晦翁朱子以名世之德业，遭伪学之禁网，悲天悯人，神会心契，作《楚辞集注》、《楚辞后语》。于是千古忠魂，昭雪于一旦。但其大旨虽明，而微意未晰，后儒不无遗论。因取王船山夫之、林西仲云铭、廖伯湘志瀚、朱悔广翼[1]四家之说而参酌之，取其当者，黜其误者，以补《集注》之遗。惟《九歌》、《远游》，则鄙见不无一得之长，亦辄附于其内。[2]

按：李文炤，字元朗，号恒斋，康熙五十二年癸巳（1713）进士。长沙府善化县人。其所著《楚辞集注拾遗》十七卷，光绪《湖南通志》卷二百五十三艺文志九著录，目前未见，或已佚。

从李文炤《楚辞集注拾遗》这部著作的题目来看，是以朱熹《楚辞集注》作为底本的补遗之作。李文炤《自序》首先评价高度赞扬朱熹：

① 欣按：翼，为“冀”之误。

②卞宝第等修，曾团荃等纂：《湖南通志》，清光绪十一年（1885）刻本。

“以名世之德业，遭伪学之禁网，悲天悯人，神会心契，作《楚辞集注》、《楚辞后语》。于是千古忠魂，昭雪于一旦。”李文炤指出朱熹突出强调屈子之“忠”。然而，李文炤也指出朱熹《楚辞集注》“大旨虽明，而微意未晰”，此“大旨”即前所云“千古忠魂”，此“微意”当是指朱熹对屈子忠君的微言大义的阐释还不够明晰。因此，参考王夫之《楚辞通释》、林云铭《楚辞灯》、廖志瀚《天问释》、朱冀《离骚辨》四家之说，以补朱子《集注》之遗，交代了此书的创作缘由。四家之中，王夫之和廖志瀚都是湖湘学者，可见李文炤受前代乡贤的影响较大。廖志瀚，字湘门，长沙府醴陵县人，康熙间诸生。著有《天问释》一卷，光绪《湖南通志》卷二百五十三艺文志九著录，或已佚。廖志瀚著有《燕日堂录》，乾隆时列为禁书，其中录有他的五篇“绍骚”之作，包括《天问答》、《秋骚》（有序）、《帝招》、《广招魂》（有序）、《悲天涯》。李文炤指出他在《楚辞集注拾遗》一书中对《九歌》和《远游》提出了自己的一些看法，惜乎其具体观点我们不得而知。

（四）萧大丰《楚辞辑注》四卷《附录》一卷之《自序》略

光绪《湖南通志》卷二百五十三艺文志九载其书《自序》略曰：

> 甲辰假馆为师，时次子荣方授读《楚辞》。讲解余间，沉吟反覆，于注释不无疑焉。爰融会众说，间参管见，分为四卷，集以成编。忆余童年受读是书，余以求甚解之癖，凡字义故实，必求其的。又距今三十余年以来，日皇皇于风尘世界间，穷览山川，渔猎群书，无非辨物态，格物理，以求见夫天地万物之情。虽一饮一食、一花一草，亦未尝不究心焉。身与世推移，而每寄怀物外。寥廓无天，峥嵘无地，往往借古人一字一画、一技一器间，穷览究其手泽口泽之所存，以共有其千古。酒酣耳热，辄自谓余亦《楚辞》之博徒也。书四卷，皆解屈原所作，其《招魂》亦定为原作。宋玉以下则附末卷，唯取《九辩》、《惜誓》、《哀时命》三篇，而以扬雄《反

离骚》殿焉，不尽用王逸本也。道光乙巳四月。[①]

按：萧大丰，生卒年不详，长沙府善化县人。其所著《楚辞辑注》四卷《附录》一卷，已佚，光绪《湖南通志》卷二百五十三艺文志九著录。萧大丰《自序》交代了此书的创作缘由，是在道光二十四年甲辰（1844），因其为次子荣方讲授《楚辞》时，对旧注存有疑问，于是融会众说，参以己见，编为此书。此《自序》作于道光二十五年乙巳（1845）四月。正文四卷皆注屈原作品，并指出《招魂》一篇亦定为屈原所作。《附录》一卷包括宋玉《九辩》、贾谊《惜誓》、庄忌《哀时命》和扬雄《反离骚》四篇。从《自序》中间一段文字来看，萧大丰此书对《楚辞》中的名物训诂似乎更多关注。

（五）姜任修为丁元正《楚辞辑解》作《序》

旧令尹丁湘亭先生，考信于群书，作《屈子年谱》，创前人所未有，为读屈者独辟手眼。其各篇笺疏精确，脉络贯通，足集诸家大成，洵为《楚辞》第一善本。皋人士将梓而传之，嘉惠承学，故来问序于走。走惟注《楚辞》者，叔师为昆源，而训诂多详，疏通尚略。考亭义取比兴，截为诗章。班固谓屈赋二十五篇，纲领条目，起伏照应，旁通意义，流贯精神之处，每欠周密。黄氏《听直》则强屈从我，自写怨怼，背子从容之义矣。陆时雍、林西仲辈，采掇古今各注，而参以己臆，其说亦多庞杂。故走为《楚辞口义》，惟如与小儿白话，使老妪点头，与屈子本文，不添一语，不漏一义，前后融通，彼此照顾，使其一篇如一段，二十五篇如一篇而已矣。然先生淹博渊茂，密察清真，实有大胜走者。走读之，当自焚其稿也。然而走之序先生书，有不在乎此者。尧舜之耿介，与三后之纯粹，与屈子以二帝三王之道，致君而泽民者，是屈子有二帝三王之道。

①卞宝第等修，曾国荃等纂：《湖南通志》，清光绪十一年（1885）刻本。

先生有屈子之道，亦以其耿介纯粹者，致君泽民于吾皋，而抗行尧舜，揖让三王，德建于皋之摩诃焉，恩泽于皋之赤岸焉。皋人士沐浴咏歌于其间，乐得其道者，为进《南山》；乐得其欲者，为进《菁莪》。而同寅协恭，举贤为国者，且为进《伐木》进《鹿鸣》，而进《蓼萧》《湛露》，为先生勒金石而被管弦，以耀后世而垂无穷也。又岂在语言文字、著书立说，与旧注诸家较优绌，夺讲席而已哉？然则屈子有二帝三王之道，而不谅于党人；先生有屈子之道，而克获乎上位。天子可岳牧之荐，开明堂，虚前席，敷奏明试，尧舜君民之道，得以大行于天下矣。此有屈子之道者，正不必同屈子之遇也。吾道大光，不重赖有先生哉！是为序。乾隆十有三年春东皋老民姜任修拜题于白蒲书塾。①

按：姜任修，字退畊，旧名畊，号自芸，通州如皋县人。康熙五十九年庚子（1720）举人。著有《楚词绎》十卷，嘉庆《如皋县志》卷十六著录，已佚。幸而姜任修为丁元正《楚辞辑解》所作《序》流传至今。丁元正（1684–1753），字少微，又字一峰，号湘亭，衡州府清泉县人。雍正七年（1729）拔贡，历任如皋、吴江、震泽等县知县。

此《序》作于乾隆十三年（1748），姜任修大致勾勒了前代楚辞研究的历史，从“叔师为昆源”到朱熹“截为诗章”，再到黄文焕、陆时雍、林云铭等，可见姜任修对楚辞研究史有着较为明晰的认识和把握。在对前人注释不满的基础上，姜任修曾自撰《楚辞口义》一书，此书很可能就是其《楚词绎》十卷或其初稿本，此书已佚。姜氏自评其书云：“惟如与小儿白话，使老妪点头，与屈子本文不添一语，不漏一义，前后融通，彼此照顾，使其一篇如一段，二十五篇如一篇而已矣。”可见，姜任

①丁元正：《楚辞辑解》，《楚辞文献丛刊》第62册，国家图书馆出版社2014年7月第1版，第327–328页。

修此书主要是关注章法，力求使楚辞文本前后贯通的通俗读本。

姜任修对丁元正《楚辞辑解》推崇备至，称为“集诸家大成，洵为楚辞第一善本”。据《楚辞辑解》之《总目》可知，该书原有二十二卷，“凡散见于诸家载记者，悉采而辑焉”，其选篇之全，实数罕见，姜任修所云“集诸家大成”不算过誉，然“洵为楚辞第一善本”之评，则称誉太过。

据乾隆《清泉县志》卷十六人物志记载，“如皋沙田滩涨多争讼，元正丈量设鱼鳞册，猾吏有改窜，悉置之法办。”嘉庆《如皋县志》亦有相关记载，可见丁元正在如皋县颇有政绩、有政声。因此，姜任修在《序》中称颂“先生有屈子之道，亦以其耿介纯粹者，致君泽民于吾皋，而杭行尧舜，揖让三王，德建于皋之摩诃焉，恩泽于皋之赤岸焉”。摩诃，即如皋县摩诃山。可以看出，姜任修认为丁元正忠君爱民，为官耿介，其为如皋所作之贡献厥功甚伟。而这也正是姜任修为丁元正此书作序的主要原因。

（六）王棠《离骚》一文

王棠《燕在阁知新录》卷二十二载其所撰《离骚》一文，录之如下：

汉孝武帝时淮南王安作《离骚经章句》，孝章时班固贾逵改易前疑，又各有章句行世。王逸谓义多乖异，事不要括，因更作《章句》。嗣后洪兴祖、晁无咎、周少隐、林启辰、黄长睿，莫不抽思吐藻，各有论□。然当世遵循者惟朱子《集注》，近代则有汪玉卿、陆昭仲、洪虞衡、吴维则，而散见于评阅者，天启间蒋石林定本已谓有七十二家矣，蝉联而起，实繁有人。然于腠理穿插起伏之故，灵均幽愁立说旨趣之所在，率皆阙然不详及。夫文章离合虚实之间，往往离其所合，合其所离，虚其所实，实其所虚。于是不揣固陋，订之注疏，参之经传，摘《骚》之文，证《骚》之义，庶于后人少有裨益云。

如看《离骚经》，必先分其段落，看其章法，段落与章法分清，疑难之处自能迎刃而解。如“帝高阳之苗裔兮”至“纫秋兰以为佩”句先作一段，开首叙祖父之所自出，与楚同姓，日月降生，名字赐予。而又佩香草以象德，是内美与修能，皆有足称者。想灵均握笔时，何等郑重。掩卷思之，谓当再叙功勋，方不负祖宗天地生我之意。乃此后皆凄风苦雨，寄绵邈之思于荒忽之境，彭咸水居，与之同趣，真可为三叹也。

“汩余若将不及兮”至“来吾导夫先路”作一段，言日月迁流，春秋代谢，非仅自伤，盖亦悲君焉。一曰“恐美人之迟暮”，又曰“不抚壮而弃秽”，君臣之际，何其绵绵也。“导夫先路”，是屈子初念，亦是此书入题大纲目。

“昔三后之纯粹兮”至“反信谗而齌怒”是第三段，尧舜遵道，即遵三皇任贤之道也。屈子前言“导夫先路”，故奔走先后于君侧也。党人不导先路，使君幽昧而行，及于险阻。夫幽昧则不似尧舜之光大，险阻则不得路而窘步，此皇舆败绩之由，此屈子之中情也。信谗齌怒谓之何哉？此上十六句，以三后、尧舜、桀纣、前王为兴亡样子，以道路、径步、险隘、踵武，喻盛衰之由，又是此处小章法。前言“导夫先路”引出此段，此用“信谗齌怒”四字生出无数文字来。此后作三小股，一股“伤灵修之数化”，一股“哀众芳之芜秽”，一股“恐修名之不立”。

“朝饮木兰之坠露兮”至“依彭咸之遗则”又作一段，此段大意言余情信芳，虽贫不悔，虽死不悔，不周于今，必合于古，故以彭咸取则焉。彭水死，屈亦水死，故此之“依彭咸之遗则”，结句云“吾从彭咸之所居”。屈子书中言“彭咸”凡七见，奇在此句，后接下四段皆以死自明，总是“彭咸遗则”句推衍出来。

坠露，朝露之坠于木兰者。落英，落字即我落其实而取其华之落，言摘落之英夕餐之也。不过形其清洁，不妄贪求，故顑颔不怨耳。《玉露》谓落为始，落英即初英也。意颇牵强，魏文帝谓屈子悲老之将至，思餐落英以延年，此则断章取义矣。宋王楙谓木兰仰上而生，本无坠露。而有坠露，秋菊就枝而陨。本无落英，而有落英，物理之变则。然屈子借以自喻憔悴于楚泽之间也。此则不详文气，其谬更甚。王荆公用残菊飘零，欧公以诗讥之。荆公闻之以为欧九不学之过。罗鄂州《尔雅翼》言落英句，灵均自有意，予谓诸人索之过甚，皆不免支离其说耳。

此下四段皆以死自明，"长太息"至"虽九死其未悔"，言为民进谏，虽死不悔，是一段。"悲灵修"至"溘死以流亡兮，余不忍为此态也"，言君心浩荡，党人谗间，宁奄忽而死，流离而亡，必不从时，是第二段。"鸷鸟不群"至"伏清白以死直兮，固前圣之所厚"，言死于直道，不合于今，必见许于前圣，是第三段。"悔相道之不察"至"虽体解吾犹未变兮，岂余心之可惩"，言欲隐而终不隐，宁出招尤，虽体解，不变其志，是第四段。此四段皆以死结。而所谓死，有浅深次序不同。九死，俗所云九死一生也；溘死，奄忽而死，犹云不得志而死也；死直，则因直而死；体解，则甚言之，犹云支解也。第四段内先伏遊目四方一句，以郁邑之意发为荒唐之想，因生下重华陈词、周流上下、灵氛巫咸、九州相女等文。此是文章针线绵密处。

"女媭"至"判独离而不服"是一段。女媭詈原之词非真有此语，屈子临文生巧，借以明己意之不然。"众不可以户说"至"就重华而陈词"是一段。屈子中情非世人所知，姊安从知之。前云"彼尧舜之耿介"，今不言尧，而独言舜者，以舜之冢在楚地也。外遭党谗，内遭媭詈，故于重华致词。"启九辨与九歌兮"至"霑余襟之狼浪"一段，陈舜之词也。向舜言，故所言皆舜后事。

"跪敷衽而陈词兮"至"吾将上下而求索"为一段，言己陈词于舜，舜亦知吾心矣。又思从苍梧至乎县圃，上下求索以冀明君之一遇，得行中正之道，总皆是设言也。“吾将上下而求索”，妙甚，引起下文。“饮余马于咸池兮”至“世溷浊而不分兮，好蔽美而嫉妒”是上索，“吾将济于白水兮”至“世溷浊而嫉贤，好蔽美而称恶”是下索。上索中帝阍亦是谗者之流，措思趣甚；下索中言及高辛之简狄、少康之二姚，笔墨皆极奇幻。总言明君难遇，借美人以寄意也。于是作一过文云“闺中既邃远兮，哲王又不寤。怀朕情而不发兮，余焉能忍而与此终古。”有此四语，方能承上启下，通体灵变。闺中深远，如高丘无女、有娀二姚，不得遇是也；哲王不寤，如帝阍怨予是也。哲王不可贴楚王讲，文气是双承。此文原为楚无明君，故从上下求索，界限井井，若贴楚说，是楚王又在天上矣。闺中哲王，不分低昂，求闺中即求哲王也。

“索藑茅以筳篿兮”至“尔何怀乎故宇”作一段，此灵氛占卜告原之词也。“世幽昧”至“谓申椒其不芳”作一段，此原因灵氛之言而自念以答氛之词。他处皆以兰芳自比，此处屈原以玉自比。言党人草木之美恶且不能察，安能察玉乎？故曰“岂珵美之能当”。

“欲从灵氛之吉占兮”至“告予以吉故”作一段，言灵氛吉占，巫又降亦告予以吉也。“曰勉升降以上下兮”至“使百草为之不芳”作一段，此巫咸告原之词。前原陈词于舜，舜未命其求索也。出自原意，故曰“吾将上下而求索”。而求索之中有令帝阍、命蹇修、托凤皇、贻下女、令鸩为媒、理弱媒拙等语。此则灵氛勉其远逝而无狐疑，又言“孰求美而释女”，“巫咸勉其升降上下，求榘矱之所同”，又云“苟中情其好修，何必用夫行媒”，可知前之上下求索，出自原意；后之周流上下，出自灵氛巫咸之意。前用媒，此云何必用媒，语气相对，而大意只劝其及时自勉，以古人针芥相投者慰之。

故下文驾飞龙后只言周流，无一攀援字面，是《离骚》前后大不相同处。解者依文敷衍，或曰雷同，或曰是遊仙，皆于文气未细心研索也。

“何琼佩之偃蹇兮，众薆然而蔽之”至“芬至今犹未沬”作一段，此原因巫咸之言自念而答巫咸之词。原前答灵氛之言，言党人谓兰不可佩，谓申椒不芳。此答巫咸不过踵其意畅言之。再前答灵氛之词，言党人草木尚不知，岂能知珵玉之美。此答巫咸之词，首言琼佩众人不知，结言“惟兹佩之可贵”，是二段答词皆以玉自比也。但答氛语略，答咸语详，氛、咸告原是一意，原答氛、咸是一意也。至于兰椒，何得变化？若谓变化，则“莫好修”之句与“余以兰为可恃兮”，其义未免自相矛盾。且此段与前“察草木其犹未得”句互相发明。余故谓兰蕙变化，谗人视之，以为变化，非彼自变化也。椒榝句略一顿，其义自明。至于兰椒，旧注以为指子兰子椒，然则揭车、江离又何所指？朱子《辩证》与玉卿《蒙引》言之极详。

“和调度以自娱兮”至“吾将远逝以自疏”，此段原闻氛、咸二人之言，既以答之，乃将往而求女之词也。求女即求君之意。升降上下，咸之词也。原依其说，故曰“周流上下”；“远逝而无狐疑”，氛之词也。原依其说，故曰“远逝自疏”。上文灵氛之吉占，又曰“巫咸告予以吉故”，此言灵氛，不言巫咸，省文也。飞龙驾车，非复人间驾驭，皆设言也。原何曾周流上下，原何曾远逝也。说者谓原真欲远逝，吾恐灵均笑，人相隔万里云矣。上陈词于舜之后，曰“吾将上下以求索”，此依氛咸之言曰“吾将远逝以自疏”，章法照应，丝毫不乱。

“邅吾道夫昆仑兮”至“仆夫悲余马兮，蜷局顾而不行”是收局一段。原从氛咸之言，求女不遇之词也。侍卫车骑之盛，道途之艰，妙在假事，写得逼真，笔墨幻甚。“神高驰之邈邈”是此段扼要语。神指西皇少皞，以金德王。金属西方，故曰西皇。流沙、赤水皆在西，西皇矩矱必与屈子相同，故欲西皇涉予。屈子在沅湘，思舜则在西便，宜告西皇也。乃西皇高驰邈邈，则与氛言“孰求美而释女”，咸言“何必用夫行媒”，皆不应矣。西皇不应，高驰乃竟高驰；氛咸告吉，案徒然托之空言。神遊四荒，上升赫赫之皇天下，瞻祖父之故国，百端驰想，涣然冰释，此时如梦方醒，已不胜呜咽矣。妙在自己不言，从仆夫传出，仆夫不言，从马思乡传出。马与仆如此，则屈子可知。几层衬笔，含蓄正意便尔，文情双绝。“乱曰”数句只以水死自决。篇中求君求女、上下周流皆是寓言，故乱词一字不及，曰“吾将从彭咸之所居”，此是屈子《离骚》大结穴，亦是屈子一生大结穴。①

按：王棠，字勿翦，徽州府歙县人。其所著《离骚天问注解》一卷，道光《歙县志》卷九之一书目、道光《徽州府志》卷十五艺文志集部楚辞类、民国《歙县志》卷十五艺文志书目著录。

虽然王棠的《离骚天问注解》一卷很可能已经散佚，但是我们从其文集《燕在阁知新录》保存下来的这篇三千多字的长文《离骚》中，可以一窥王棠的楚辞观。王棠首先梳理了前代楚辞研究的线索，从淮南王刘安到汉代的班固、王逸，再到宋代的洪兴祖、晁无咎（即晁补之）、周少隐（即周紫芝）、林启辰（应为林应辰之误）、黄长睿（即黄伯思）。王棠还提到了几位明清楚辞学者，即“汪玉卿、陆昭仲、洪虞衡、吴维则”。汪玉卿即明代汪瑗，著有《楚辞集解》；陆昭仲即明末陆时雍，著有《楚辞疏》；吴维则即徽州府歙县人吴大先，著有《离骚幽致集》

①王棠：《燕在阁知新录》，《续修四库全书》子部第1147册，上海古籍出版社2002年4月第1版，第104–106页。

二卷，已佚。洪虞衡，不知何许人也。此外，王棠还提到了评点类的楚辞研究，到明末的蒋之翘，已经有七十二家评点《楚辞》。可见，王棠对前代楚辞研究史了然于胸。但是，他对前人之注和评不甚满意，他评云“然于腠理穿插起伏之故，灵均幽愁立说旨趣之所在，率皆阙然不详及”。

这篇文章主要有以下三点值得注意：

首先，重视章法段落，详细疏解《离骚》的结构。王棠云：“如看《离骚经》，必先分其段落，看其章法段落，与章法分清疑难之处，自能迎刃而解。”历代注家对《离骚》的结构均有自己的看法，王棠的分段可谓细致入微。王棠把《离骚》分为十九段再加一乱词，其具体分法略嫌琐碎，然其评结构章法确有启人思绪之处，例如王棠云：“‘吾将上下而求索’，妙甚，引起下文。‘饮余马于咸池兮’至‘世溷浊而不分兮，好蔽美而嫉妒’是上索，‘吾将济于白水兮’至‘世溷浊而嫉贤，好蔽美而称恶’是下索。上索中帝阍亦是谗者之流，措思趣甚；下索中言及高辛之简狄、少康之二姚，笔墨皆极奇幻。总言明君难遇，借美人以寄意也。”对于“吾将上下而求索”句，具体指出了哪部分是上索，哪部分是下索，章法照应，丝毫不乱，条理井然。而且，王棠对于《离骚》中承上启下的过文十分留意，例如王棠指出“闺中既邃远兮，哲王又不寤。怀朕情而不发兮，余焉能忍而与此终古”四句是过文，“此四语方能承上启下，通体灵变。闺中邃远，如高邱无女、有娀二姚，不得遇是也；哲王不寤，如帝阍怨予是也。”分析得很透彻。

其次，设言与寓言。王棠对于《离骚》中上天入地的神话部分的性质阐释得很清楚：“飞龙驾车，非复人间驾驭，皆设言也。原何曾周流上下，原何曾远逝也。说者谓原真欲远逝，吾恐灵均笑人相隔万里云矣”；“篇中求君求女、上下周流皆是寓言。”又如，王棠说：“又思从苍梧至乎县圃，上下求索以冀明君之一遇，得行中正之道，总皆是设言也。”王棠所说的“设言”、“寓言”都是指虚构的艺术构思和手法。王棠对于文章虚实离合有自己的看法：“夫文章离合虚实之间，往往离其所合，合其所离，虚其所实，实其所虚。”由此可窥见王棠对于《离骚》的文学艺术特点亦有自己的看法。

再次，文本细读，以《骚》证《骚》。王棠曰：“夫文章离合虚实之间，往往离其所合，合其所离，虚其所实，实其所虚。于是不揣固陋，订之注疏，参之经传，摘《骚》之文，证《骚》之义，庶于后人少有裨益云。”所谓“摘《骚》之文，证《骚》之义”，即用《离骚》文本来解读《离骚》，强调《离骚》内部文本之间的相互印证，这体现了王棠作为文学家的眼光和意识。例如，《离骚》从以兰芳自比到以玉自比。王棠注意到在《离骚》中，象征着诗人品行之峻洁或党人操守之恶秽的草木，“再前答灵氛之词，言党人草木尚不知，岂能知珵玉之美。此答巫咸之词，首言琼佩众人不知，结言‘惟兹佩之可贵’，是二段答词皆以玉自比也。”王棠指出尤其是在芳草变为不芳之后，诗人在答灵氛词和答巫咸词中都是以玉自比。分析细致，切中肯綮。而且，王棠注意勾连起《离骚》中有关联的诗句，并归纳推衍其变化的过程。较为典型的是王棠对于《离骚》中屈原言“死”的不同用语和用意：“此四段皆以死结。而所谓死，有浅深次序不同。九死，俗所云九死一生也；溘死，奄忽而死，犹云不得志而死也；死直，则因直而死；体解，则甚言之，犹云支解也。”并由此推衍出《离骚》中的“彭咸”与死的内在关联。“彭水死，屈以水死，故此之‘依彭咸之遗则’，结句云‘吾从彭咸之所居’。屈子书中言‘彭咸’凡七见，奇在此句后接下四段皆以死自明，总是‘彭咸遗则’句推衍出来。”进而指出：“曰‘吾将从彭咸之所居’，此是屈子《离骚》大结穴，亦是屈子一生大结穴。”王棠的推衍分析确实指出了《离骚》对于死的用语的“浅深次序”和其中的深刻用意，启人心智。

第二章　清代楚辞学者资料考

历代地方志和族谱中记载着相当数量的楚辞学者的生平资料，可据此补充现有研究成果的缺失，甚至改正现有书目类文献中记载的错误。笔者所谓的清代楚辞学者，主要是著有楚辞研究著作的学者。下面分作两个部分考录，一部分是有传世楚辞著作的清代楚辞学者，一部分是清代楚辞佚籍学者。

第一节　有传世楚辞著作的清代学者综录

所在地域	作者	简介	生平著录情况
江苏	顾大申（1620-？）	本名镛，字震雉，号见山。松江府华亭县人。顺治九年壬辰进士。	乾隆《江南通志》卷一百四十一、嘉庆《松江府志》卷五十六古今人传八
	贺宽（1631-？）	字瞻度，号柘庵。镇江府丹阳县人。顺治九年壬辰进士。	乾隆《江南通志》卷一百四十三、光绪《重修丹阳县志》卷十九仕进
	徐焕龙（1645-？）	字友云，常州府宜兴县人。康熙五年丙午举人。	乾隆《江南通志》卷一百三十二

续表

所在地域	作者	简介	生平著录情况
江苏	徐瑶	字天璧，自号离墨词人，徐焕龙之侄。常州府荆溪县人。贡生。	（待考）
	张德纯（1664–1732）	字能一，号松南，又号天农。苏州府长洲县人。	嘉庆《松江府志》卷五十八古今人传
	顾成天（1663–1744）	字良哉，号小崖。松江府娄县人。康熙二十年辛酉举人。	嘉庆《松江府志》卷五十九古今人传、光绪《南汇县志》卷十四人物志、《国朝耆献类征》卷一二六
	王邦采（1676–1746）	字贻六，号畦绿，常州府无锡县人。康熙间诸生。	《国朝耆献类征》卷四二四、光绪《无锡金匮县志》卷二十二文苑
	朱冀	字天闲，又字悔广，号悔庵，自号秦余山樵。苏州府吴县人。康熙三十二年癸酉举人（解元）。	民国《吴县志》卷十四选举表六
	蒋骥（1678–1745）	字赤霄，一作涑塍，号勉斋。常州府武进县人。诸生。	光绪《武进阳湖县志》卷二十三人物文学、《江苏艺文志·常州卷》
	高秋月	字素蟾，镇江府金坛县人。康熙十五年丙辰恩贡。	光绪《金坛县志》卷九、民国《金坛县志》卷九之四
	曹同春	字孟序，镇江府金坛县人。康熙间例贡。	民国《金坛县志》卷八之二
	姚培谦（1693–1766）	字平山，号松桂，别号鲈香居士。松江府华亭县人。诸生。	嘉庆《松江府志》卷五十九、光绪《重修华亭县志》卷十六人物五

续表

所在地域	作者	简介	生平著录情况
江苏	刘维谦	字让宗，又字友萍，号双虹半士。松江府娄县人。诸生。	乾隆《娄县志》卷六人物、嘉庆《松江府志》卷五十九
	张诗	字原雅，号何庵。太仓直隶州嘉定县人。廪贡生。	嘉庆《直隶太仓州志》卷三十七人物、民国《嘉定县续志》卷十五轶事
	王箴	字衷献，太仓直隶州嘉定县人。	（待考）
	胡文英（1723–1790）	字质余，号绳崖。常州府武进县人，占籍广东。乾隆三十年（1765）乙酉副贡，官禄丰、高阳知县。	张惟骧《清代毗陵名人小传稿》卷四
	任兆麟	原名廷辚，字文田，一字心斋，苏州府震泽县人。诸生，嘉庆元年（1796）丙辰荐举孝廉。	同治《苏州府志》卷一百七、光绪《吴江县续志》卷二十一人物六
	黄之纪（约1730–？）	字允修，一字星岩，江宁府上元县人。与袁枚、程廷祚、余萧客等友善。	张舜徽《清人文集别录》卷六
	陈本礼（1739–1818）	字嘉会，号素村，自号耕心叶老。扬州府江都县人。	同治《续纂扬州府志》卷一三、光绪《江都县续志》卷二十四列传第四下
	王念孙（1744–1832）	字怀祖，号石臞。扬州府高邮州人。乾隆四十年（1775）乙未进士。	道光《续增高邮州志》第三册人物

续表

所在地域	作者	简介	生平著录情况
江苏	梅冲（1762–1826）	字衷渊，一字衷源，号抱村、抱苏。江宁府上元县人。嘉庆五年（1800）庚申举人。	《畴人传续编》卷五十、同治《续纂江宁府志》卷十四
	丁履恒（1770–1832）	字道久，号若士、东心。常州府武进县人。	光绪《武进阳湖县志》卷二十三人物文学
	丁繁滋	字耘庄，松江府金山县人。乾隆嘉庆间人。	光绪《金山县志》卷四选举表下
	朱骏声（1788–1858）	字丰芑，号允倩。晚又号石隐。苏州府元和县人。嘉庆二十三年（1818）戊寅举人。	《清史稿》卷四百八十一儒林传、《清史列传》卷六十九儒林传
	丁晏（1794–1876）	字俭卿，又字拓堂，晚号石亭居士。淮安府山阳县人。道光元年（1821）辛巳举人。	《清史稿》卷四百八十二儒林、《清史列传》卷六十九儒林
	颜锡名（1801–1870）	字子嘉，号艮亭。镇江府丹徒县人。岁贡生。	民国《丹徒县志摭余》卷八儒林文苑传
	陈旸（1806–1863）	字子瑁，江宁府江宁县人。县学生。	同治《续纂江宁府志》卷十四之七人物
	张道绪	字寻源，江宁府溧水县人。	（待考）
	毛祥麟（1812–1883）	字瑞文，号对山。松江府上海县人。	俞剑华《中国美术家人名辞典》
	陆增祥（1816–1882）	字魁仲，号星农、莘农，太仓直隶州人。道光三十年（1850）庚戌状元。翰林院修撰，官湖南候补道布政司。	同治《上海县志》卷九

续表

所在地域	作者	简介	生平著录情况
江苏	端木埰（1816–1892）	字子畴，回族，江宁府江宁县人。道光二十六年（1846）丙午优贡生。	同治《续纂江宁府志》卷十二科贡表
	蒋曰豫（1830–1875）	字侑石，号后白石生。常州府阳湖县人。	《清史列传》卷七十三文苑传
	尚兆山（1835–1883）	字仰止，江宁府句容县人。廪生。	光绪《续纂句容县志》卷九中人物文学
	陈培寿（1867–？）	字辅青，扬州府东台县人，祖籍丹徒。光绪二十八年（1902）壬寅举人。	光绪《续纂句容县志》卷七中科贡表
	徐天璋（？–1936）	字睿川，号曦伯。扬州府泰州人。	（待考）
安徽	萧云从（1596–1673）	字尺木，号默思、石人、无闷道人。崇祯副贡，入清后不仕。太平府芜湖县人。	康熙《太平府志》卷二十八人物下、嘉庆《芜湖县志》卷十三人物志文学
	钱澄之（1612–1693）	初名秉镫，字幼光。后改名澄之，字饮光，晚号田间。安庆府桐城县人。崇祯间诸生，入清后以遗民自居。	《清史稿》卷五百遗逸传、《清史列传》卷六十八儒林传、《皖志列传稿》、《桐城耆旧传》
	吴世尚（1670–1739后）	字群玉，后改字六书。池州府贵池县人。	乾隆《贵池县志续编》卷六人物文苑、光绪《贵池县志》卷二十七人物志文苑传
	方苞（1667–1749）	字凤九，又字灵皋，号望溪。安庆府桐城县人。康熙四十五年（1706）丙戌进士。	《清史稿》卷二百九十、《清史列传》卷十九

续表

所在地域	作者	简介	生平著录情况
安徽	鲁笔（约1675–1747后）	字雁门，号蘸青，一号榆谷。安庆府望江县人。	乾隆《望江县志》卷七人物上儒林
	戴震（1724–1777）	字东原，又字慎修，号杲溪。徽州府休宁县人。	道光《休宁县志》卷十二人物儒硕、光绪《重修安徽通志》卷二百十九人物志儒林、《清史列传》卷六十八儒林下、《清儒学案》卷七十九
	方人杰	字星渡，新安人。	（待考）
	方绩（1752–1816）	字展卿，晚自号牧青，安庆府桐城县人。诸生。	道光《续修桐城县志》卷十六人物志文苑、光绪《重修安徽通志》卷二百二十三人物志文苑
	江有诰（1773–1851）	字晋三，号古愚，徽州府歙县人。恩贡生。	民国《歙县志》卷七人物志儒林、《清史稿》卷四百八十一儒林传、《清儒学案》卷九十一
	马其昶（1855–1930）	字通伯，晚年号抱润翁。安庆府桐城县人。	陈祖壬《桐城马先生年谱》、陈三立《学部主事桐城马君墓志铭》
浙江	周拱辰	字孟侯，嘉兴府桐乡县人。顺治三年（1646）丙戌岁贡。	嘉庆《桐乡县志》卷七文苑、光绪《嘉兴府志》卷六十一桐乡文苑
	毛奇龄（1623–1716）	字大可，号西河。绍兴府萧山县人。明末诸生，康熙十七年（1678）戊午举人。	乾隆《杭州府志》卷一百五寓贤
	方楘如（1672–？）	字文辀，号朴山。严州府淳安县人。康熙四十五年（1706）丙戌进士。	乾隆《杭州府志》卷一百五寓贤、光绪《淳安县志》卷十续纂儒林

续表

所在地域	作者	简介	生平著录情况
浙江	沈无咎	字子慕，号梦诗。湖州府长兴县人。	同治《湖州府志》卷七十六人物传文学三、同治《长兴县志》卷二十三下人物
	韩泰青	字南月，别号渔津老人。绍兴府萧山县人。	（待考）
	高钟	字海樵，杭州府仁和县人。	（待考）
	赵一清（1709–1764）	字诚夫，号东潜。杭州府仁和县人。国子监生。	《清史稿》卷四百八十五文苑传
	姚应龙（1725–1800）	字安国，号云吟，嘉兴府秀水县人。乾隆十七年（1752）补府学诸生。	（待考）
	董国英（1729–约810）	字逸伦，杭州府昌化县人。以诸生终老。	道光《昌化县志》、民国《昌化县志》
	祝德麟（1742–1798）	字趾堂，号芷塘。杭州府海宁州人。乾隆三十八年（1773）癸巳进士。	光绪《松江府续志》卷二十七寓贤
	夏大霖	字用雨，号梅皋。衢州府开化县人。乾隆岁贡生。	乾隆《开化县志》卷七人物志文苑
	俞樾（1821–1907）	字荫甫，号曲园居士。湖州府德清县人。道光三十年（1850）庚戌进士。	民国《上海县志》卷二十一

续表

所在地域	作者	简介	生平著录情况
浙江	孙诒让（1848–1908）	字仲容，号籀庼。温州府瑞安县人。同治六年（1867）丁卯举人，官刑部主事。	《清史稿》卷四百八十二儒林传、《清儒学案》卷一百九十二、章炳麟《孙诒让传》
江西	李陈玉	字石守，号谦庵，又号谦道人。吉安府吉水县人。崇祯七年（1634）甲戌进士，入清后以遗民自居。	光绪《江西通志》卷一百四十九列传
	贺贻孙（1605–1688）	字子翼，号孚尹。吉安府永新县人。明末诸生，入清后不仕。	光绪《江西通志》卷一百五十列传、《清史稿》卷四百八十四文苑传、《清史列传》卷七十文苑传
	陈远新	字丹麓，一字日又，号云庄。瑞州府高安县人。雍正二年（1724）甲辰副贡。	同治《瑞州府志》卷十四文物文苑、同治《高安县志》卷十六文苑
	林有席（1715–1805）	字儒珍，号平园。袁州府分宜县人。乾隆十七年（1752）壬申进士，授东湖县知县。	同治《分宜县志》卷八人物儒林、同治《宜昌县志》卷十二名宦
	胡濬源（1748–1824）	字甫渊，号乙灯。南昌府义宁州人。乾隆四十二年（1777）丁酉举人。	同治《义宁州志》卷二十三人物志儒林、同治《南昌府志》卷四十五国朝文苑、光绪《江西通志》卷一百四十列传
	辛绍业（1755–1814）	字服先，号敬堂。袁州府万载县人。嘉庆元年（1796）丙辰进士。	光绪《江西通志》卷一百四十二袁州府列传

续表

所在地域	作者	简介	生平著录情况
江西	熊镜心	号龙沙，南昌府南昌县人。道光十七年（1837）丁酉举人，咸丰九年（1859）到任瑞昌训导。	光绪《江西通志》卷三十五选举表、同治《瑞昌县志》卷六
	夏献云（1824–1889）	字芝岑，号蔼臣。南昌府新建县人。官至湖南按察司使。	《续修四库全书总目提要》、《江西省志人物志》
	陈大文	字海帆，号简斋，宁都州石城县人。同治元年（1862）壬戌举人，官长宁县教谕。	光绪《江西通志》卷三十六选举表
湖南	王夫之（1619–1692）	字而农，号姜斋。衡州府衡阳县人。崇祯十五年（1642）壬午举人，入清后以遗民自居。	《清史稿》卷四百八十儒林、《清史列传》卷六十六儒林
	丁元正（1684–1753）	字少微，又字一峰，号湘亭。衡州府清泉县人。雍正七年（1729）己酉拔贡。	乾隆《清泉县志》卷十六人物志、乾隆《衡州府志》卷二十四人物政治、嘉庆《如皋县志》卷十五名宦
	彭申甫	字丽崧，长沙府长沙县人。道光十五年（1835）乙未举人，授候选通判。	张翰仪《湘雅摭残》卷六
	李寿蓉（1826–1894）	字篁仙，长沙府长沙县人。咸丰元年（1851）辛亥举人，咸丰六年（1856）丙辰进士。谭嗣同岳丈，与毕大琛友善。	张翰仪《湘雅摭残》卷六

续表

所在地域	作者	简介	生平著录情况
湖南	曹耀湘	字镜初，号冰渊。长沙府长沙县人。咸丰元年（1851）辛亥举人，官至刑部郎中。	李鼎芳《曾国藩及其幕府人物》
	王闿运（1833–1916）	初名开运，原字纫秋，又字壬甫、壬父，号湘绮。长沙府湘潭县人。咸丰三年（1853）癸丑举人。	《清史稿》卷四百八十二儒林传、王代功《湘绮府君年谱》
	毕大琛（1820–1891后）	号纯斋，长沙府善化县人。道光二十九年（1849）举人，曾任归州知州，与李寿蓉友善。	《湘人著述表》、李寿蓉《寿毕纯斋刺史七十》
山东	林仲懿（1683/1684–1749后）	字山甫，号谦斋。登州府栖霞县人。康熙五十年（1711）辛卯举人。	光绪《栖霞续县志》卷七人物志下
	邱仰文（1696–1777）	字襄周，号省斋，兖州府滋阳县人。雍正十一年（1733）癸丑进士，历官保安知县。	道光《济宁直隶州志》卷八人物三
	张象津（1738–1824）	字汉渡，号莪石，别号雪岚。济南府新城县人。乾隆四十五年（1780）庚子举人。	道光《济南府志》卷五十五人物十一
	牟庭（1759–1832）	初名廷相，字陌人，号默人。登州府栖霞县人。乾隆六十年（1795）乙卯优贡，有“山左第一秀才”之称。	光绪《增修登州府志》卷四十一贡生

续表

所在地域	作者	简介	生平著录情况
山东	马邦举	字岱阳，号卧庐。兖州府鱼台县人。嘉庆五年（1800）庚申举人，嘉庆十年（1805）乙丑进士，官曹州府教授。	民国《济宁直隶州续志》卷十三人物志
	黄恩彤（1801–1883）	原名丕范，字绮江，号石琴，别号南雪。兖州府宁阳县人。道光六年（1826）丙戌进士。	《清史稿》卷三百七十一
	田砚池（？–1888）	字文农，青州府寿光县人。光绪间诸生。	民国《寿光县志》卷十二文苑
福建	林云铭（1628–1697）	字道昭，号西仲。福州府侯官县人。顺治十五年（1658）戊戌进士，任徽州府推官。	光绪《重修安徽通志》卷一百四十二职官志名宦、民国《闽侯县志》卷七十一文苑上
	李光地（1642–1718）	字晋卿，号厚庵，又号榕村。泉州府安溪县人。康熙九年（1670）庚戌进士。	《清史稿》卷二百六十二、《清史列传》卷十、《碑传集》卷十三、乾隆《泉州府志》卷四十五国朝列传
	李光坡（1651–1723）	字耜卿，一字茂夫。李光地之弟。泉州府安溪县人。康熙间贡生。	乾隆《泉州府志》卷四十五国朝列传、乾隆《安溪县志》卷七人物上
	李光墺	字广卿，号识都，泉州府安溪县人。康熙六十年（1721）辛丑进士。	乾隆《泉州府志》卷五十五国朝文苑

续表

所在地域	作者	简介	生平著录情况
福建	李光型（1676–1754）	字仪卿，号龙见，泉州府安溪县人。雍正四年（1726）丙午举人，雍正十一年（1733）癸丑进士。	乾隆《泉州府志》卷五十五国朝文苑、严文郁《清儒传略》
	江中时（1728–1797）	字子随，号秋水，邵武府泰宁县人。贡生。	光绪《重纂邵武府志》卷二一儒林
	陈九龄	字希江，一作岂江，号补堂。福州府福清县人。乾隆元年（1736）丙辰进士。	同治《重纂福建通志》卷二百三十八国朝儒林、《清史列传》卷六十六附《詹明章传》
	许清奇	字赏夫，号象峰，漳州府南靖县人。乾隆十五年（1750）庚午举人。	《国朝全闽诗录初集》续卷九
	龚景瀚（1747–1802）	字惟广，又字海峰。福州府闽县人。乾隆三十六年（1771）辛卯进士。	《清史稿》卷四百七十八循吏传、《清史列传》卷七十四循吏传
直隶	庞垲（1639–1707）	字霁公，号雪崖，晚号牧斋。河间府任邱县人。康熙十四年（1675）乙卯举人，康熙十八年（1679）己未举博学鸿词，授翰林院检讨。	乾隆《任邱县志》卷九人物上、《清史稿》卷四百八十四文苑传、《清史列传》卷七十、《国朝耆献类征》卷二二二、《国朝先正事略》卷三十九
	刘献廷（1648–1695）	字君贤，一字继庄，别号广阳子，顺天府大兴县人。	《清史稿》卷四百八十六文苑传

续表

所在地域	作者	简介	生平著录情况
直隶	王树枏（1851–1936）	字晋卿，晚号陶庐老人。保定府新城县人。光绪十二年（1886）丙戌进士。	《清儒学案》卷一百八十四
	武延绪（1857–1917）	字次彭，号亦蝯，又号铿道人。广平府永年县人。光绪十八年（1892）壬辰进士。	光绪《重修广平府志》卷五十一、《方志人物》华北卷
湖北	杨金声	字条理，又镜亭，别号双峰，堂号简古。汉阳府孝感县人。顺治间岁贡。	（待考）
	王萌	字逊直，号装溪在叟。安陆府天门县人。明末诸生，入清后以遗民自居。	乾隆《天门县志》卷十七列传隐逸
	奚禄诒	字苏岭，一字克生。黄州府黄冈县人。顺治十六年（1659）己亥进士，官常州府同知。	乾隆《黄冈县志》卷八文苑传、光绪《黄州府志》卷十九文苑
	刘梦鹏	字云翼，号海亭。黄州府蕲水县人。乾隆十二年（1747）丁卯举人，乾隆十六年（1751）辛未进士。	《清史列传》卷六十六儒林传、光绪《黄州府志》卷十九儒林
广东	郑武	字友杜，号蒙庄。郑瑜子，广州府东莞县白沙人。康熙间附贡生。	《东莞诗录》卷三十、《国朝东莞题名录》卷二

续表

所在地域	作者	简介	生平著录情况
广东	陈昌齐（1743–1820）	字宾臣，号观楼，又号啖荔居士。雷州府海康县人。乾隆三十六（1771）辛卯进士。	《清史稿》卷七十二列传
	吴懋清（1774–1844）	字澄观，号回溪，高州府吴川县人。嘉庆十五年（1810）庚午举人。	光绪《吴川县志》卷七人物传、光绪《高州府志》卷三十九人物十二
	邓启南	字洞明，雷州府海康县卜怀村人。嘉庆道光间人。恩贡生。	民国《海康县续志》卷二十九
	谢叶辰	字静如，端州府高要县人。	（待考）
	梁夔谱	广州府顺德县人。	（待考）
四川	廖平（1851–1932）	字季平，资州井研县人。	《廖平评传》、《廖平先生年谱长编》
	刘光第（1859–1898）	字裴邨，叙州府富顺县人。光绪九年（1883）癸未进士。	《清史稿》卷四百六十四
陕西	屈复（1668–？）	字见心，号悔翁。同州府蒲城县人。	《清史列传》卷七十一文苑传、《清儒学案》卷二十六
	强望泰（1793–1844）	字萼圃，同州府韩城县人。赐进士出身，清代水利专家。	《韩城市志》、《四川省水利志》
贵州	郑知同（1831–1890）	字伯更，一字伯庚。遵义府遵义县人。	《清儒学案》卷一百六十九

续表

所在地域	作者	简介	生平著录情况
河南	贺际运 （1812–？）	字羲时，又字诗樵，号性灵。卫辉府汲县人。道光二十七年（1847）丁未进士，历任无锡、吴江、青浦县知县。擅长书法。	《吴江知县》《中国美术家大辞典》
广西	谢济世 （1689–1756）	字石霖，号梅庄。桂林府全州人。康熙五十一年（1712）壬辰进士。	《清史稿》卷二百九十三、《国朝先正事略》卷十五

第二节　清代佚籍楚辞学者考录

所在地域	作者及著作	生平简介	生平著录情况
江苏	任大任 《离骚明义》	（1605–1693）字钧衡，号坦斋。苏州府吴江县人。诸生。	乾隆《吴江县志》卷三十二文学
	陈必诚 《增广楚辞》	字拙生，崇祯十二年（1639）己卯举人，年七十三卒，苏州府常熟县人。	康熙《常熟县志》卷十八邑人
	王之桢 《楚词纂注》	（1613–？）字筠长，号青岩。淮安府盐城县人。明末贡生，入清后不仕。	光绪《盐城县志》卷十人物、光绪《淮安府志》卷三十人物
	沙张白 《离骚注》	（1626–1691）原名一卿，字介臣，号定峰。常州府江阴县人。诸生。	光绪《江阴县志》卷十七人物文苑

续表

所在地域	作者及著作	生平简介	生平著录情况
江苏	蒋金式《翠缕居说骚》	（1641–1722），字赤霄，号弱六，康熙二十三年（1684）举人。	光绪《武进阳湖县志》卷二十三人物、《江苏艺文志·常州卷》
	汤伟《离骚经贯》	（约1650–约1742）字骏公，一字鹏乎。江宁府上元县人。祖籍宣城。康熙二十九年（1690）庚午举人。	嘉庆《宣城县志》卷十七文苑、光绪《重修安徽通志》卷二百二十六人物志文苑
	邵煛《离骚集解》	（1684–1757）字振飞、振蜚，号移山。常州府金匮县人。诸生。	光绪《无锡金匮县志》卷二十二文苑
	姜任修《楚词绎》十卷	（1676–1751）字退畊，旧名畊，号自芸。通州如皋县人。康熙五十九年（1720）庚子举人。	嘉庆《如皋县志》卷十六列传一、《江苏艺文志·南通卷》
	邱闻衣《楚辞批解》	字汝绍，号韦庐。淮安府山阳县人。康熙三十八年（1699）己卯举人。	宣统《续纂山阳县志》卷十三艺文志
	刘始兴	字次彦，镇江府金坛县人。雍正元年（1723）癸卯举人。	乾隆《霍邱县志》卷六
	袁邦鼎《离骚敷衽》	字大樽，通州直隶州人。乾隆六年（1741）辛酉举人。	光绪《通州直隶州志》
	何忠相《楚辞定论》	字罕勋，号二山。太仓直隶州崇明县人。乾隆副贡。	嘉庆《直隶太仓州志》卷三十八人物文学、民国《崇明县志》卷十二人物文苑

续表

所在地域	作者及著作	生平简介	生平著录情况
江苏	张正纲《离骚注》	字敦五，江宁府上元县人。乾隆三十七年（1772）壬辰进士。	乾隆《江南通志》卷一百六十三、乾隆《江宁新志》卷十六儒林传、嘉庆《重刊江宁府志》卷四十文苑、道光《上元县志》卷十六儒林
	贺鸣谐《离骚直解》二卷	（1712–1769）字肄禾，号练峰。少为方苞弟子，江宁府六合县人。乾隆元年（1736）丙辰举人，乾隆丁巳（1737）进士。	嘉庆《重刊江宁府志》卷三十四儒林、光绪《六合县志》卷五人物志、《江苏艺文志·南京卷》
	吴金书《离骚经解》	字禹三，常州府无锡县人。吴衣若子。	光绪《江阴县志》卷十八人物
	罗咏《楚词正音》四卷	字二酉，扬州府高邮州人。廪生。	嘉庆《高邮州志》卷十文苑
	顾凤毛《楚词均考》	（1762–1788）字超宗，号小谢。顾九苞子。扬州府兴化县人。	民国《续修江都县志》卷二十七列传第九
	梅曾亮《离骚解》	（1786–1856）字伯言，江宁府上元县人。道光二年（1822）壬午进士，官户部郎中。	同治《续纂江宁府志》卷十四人物
	任晟《离骚阐义》/《离骚述义》	字曙堂，常州府宜兴县人。补博士弟子员，道光五年（1825）乙酉以拔萃贡成均。	光绪《宜兴荆溪县新志》
	徐鼒《楚辞校注》	（1810–1862）字彝舟，号亦才，江宁府六合县人。道光二十五年（1845）乙巳进士。	光绪《六合县志》卷五人物志、《敝帚斋主人年谱》

续表

所在地域	作者及著作	生平简介	生平著录情况
江苏	李蓁《楚辞咀剩》九卷《附录》一卷	字如玉，常州府宜兴县人。诸生。	道光《重刊续纂宜荆县志》卷七之一人物儒林
	王金持《离骚分解》四卷	字学林，松江府娄县人。岁贡。	姜兆翀《松江诗钞》卷四十二
	蒋炎光《楚词评》	字驭日，号醉吟居士，常州府宜兴县人。诸生。	嘉庆《重修宜兴县志》卷三文苑
	杨甲先《楚词注》二卷	字鼎传，杨怀远子，常州府人。诸生。	（待考）
	陈朝熙《屈词指要》	常州府人。	（待考）
	陈银《楚辞发蒙》五卷	女，字令仪，号一塘，又号练湖女史。镇江府丹阳县练湖人。有《黛山斋词草》。	《中国妇女名人辞典》
	章梦易《楚词补注》/《楚辞改注》	字两生，苏州府吴江县人。	乾隆《吴江县志》卷三十二文学
	端木瑚《离骚补注》	江宁府人。	（待考）
	汤濩《楚辞古韵》四卷	字圣宏，一字昭夔。苏州府吴县人。	（待考）
	闵如璧《离骚经补注》	字荆庭，松江府南汇县人。	民国《南汇县志》卷十二艺文志

续表

所在地域	作者及著作	生平简介	生平著录情况
江苏	桂达生《楚词王注疏》十七卷、《楚词异解辑案》八卷	字康衢，监生。扬州府甘泉县人。	光绪《增修甘泉县志》卷十四人物文苑
	于鬯《楚词新志》	(1854–1910)字醴尊，一字东厢，自号香草。松江府南汇县人。光绪二十三年(1897)拔贡，未仕。	民国《南汇县续志》卷十三人物志
	陈殿夔《离骚解》	江宁府人。	(待考)
	刘辰锡《离骚注解》一卷	常州府阳湖县人。	(待考)
	高元标《楚辞辨疑》六卷	常州府阳湖县人，乾隆二十五年(1760)副榜。	(待考)
安徽	洪舫《离骚辨》	(1622前–1681前)又名仲，字方舟，号邗上羁人，徽州府歙县人。入清后隐居，一意著述。	乾隆《歙县志》卷十四遗佚传
	吴大先《离骚幽致集》二卷	字维则，徽州府歙县人。	康熙《徽州府志》卷十五隐逸、乾隆《江南通志》卷一百六十九、道光《歙县志》卷八士林
	许齐卓《庄骚汇笺》	字武田，号鉴堂。庐州府合肥县人。雍正十三年(1735)乙卯拔贡。	嘉庆《庐州府志》卷三十三仕宦、嘉庆《合肥县志》卷二十四人物传

续表

所在地域	作者及著作	生平简介	生平著录情况
安徽	胡珊《离骚笺注》	字佩声，一字佩绅，徽州府歙县人。乾隆三十一年（1766）丙戌会元，授编修。	道光《歙县志》卷八之五文苑、光绪《安徽通志》卷二百二十五文苑
	潘宗硕《离骚补注》	字在涧，徽州府歙县人。乾隆三十年（1765）乙酉举人。	道光《歙县志》卷八之五文苑、光绪《重修安徽通志》卷二百二十五文苑
	姚景衡《楚辞蒙拾》	字振重，号庚甫，姚鼐长子。安庆府桐城县人。乾隆五十七年（1792）壬子举人，授江苏泰兴知县。	《桐城派文集叙录》《安徽历史名人词典》
	任自举《离骚本意》	字学坡，号鳌筑。庐州府舒城县人。岁贡生。	嘉庆《舒城县志》卷二十一文苑、光绪《续修庐州府志》卷四十五文苑传
	会鳌《正离骚》	字翰英，庐州府无为州人。诸生。	嘉庆《庐州府志》卷三十二文苑、
	王棠《离骚天问注解》一卷	字勿翦，徽州府歙县人。	道光《歙县志》卷八之五文苑、光绪《重修安徽通志》卷二百二十五人物志文苑
	董昌玙《离骚章句》四卷	徽州府婺源县人。	（待考）
	胡匡衷《离骚集注》	字寅臣，徽州府绩溪县人。岁贡生。	光绪《重修安徽通志》卷二百十九人物志儒林
	江嗣珏《注庄子离骚》	字兼如，号荔田，一作丽田。徽州府歙县人。	道光《歙县志》卷八之十二方技

续表

所在地域	作者及著作	生平简介	生平著录情况
安徽	马徵麐《楚辞音》	(1821–1893)字素臣,号钟山,晚号淡园居士。安庆府怀宁县人。	《安徽历史名人辞典》《安庆地区名人录》
	邓艺孙《离骚解》	(1857–1913)字绳候,号世白。安庆府怀宁县人。	民国《怀宁县志》卷十九文苑
	王席丰《离骚音释》	字晴圃,庠生。道光间人,年八十四卒。安庆府怀宁县人。	民国《怀宁县志》卷二十笃行
山东	艾元征《离骚解》	(? –1676)字允治,号长人,济南府济阳县人。顺治三年(1646)丙戌进士,历仕至刑部尚书。	乾隆《济阳县志》卷八人物志
	张坦《楚辞解》	字方平,泰安府东平州人。康熙间岁贡。	光绪《东平州志》卷十五人物传
	薛世道《楚词志疑》一卷	字何思,莱州府胶州人。雍正二年(1724)甲辰举人。	道光《重修胶州志》卷二十八列传八人物
	董淑昌《评注离骚》二卷	(1695–1742)字景伯,号莲斋。兖州府滋阳县人。雍正十一年(1733)癸丑进士,官锦屏知县。	乾隆《兖州府志》卷二十三人物志
	黄德静《离骚解》	黄元御堂兄,莱州府昌邑县人。增生。	光绪《昌邑县续志》卷六人物艺术
	赵诚品《读骚集评》	字端人,号松园,兖州府滕县人。乾隆丙辰副贡。	道光《滕县志》卷八儒林

续表

所在地域	作者及著作	生平简介	生平著录情况
山东	王善宝《离骚逆志》	字砎轩，登州府福山县人。乾隆四十二年(1777)丁酉举人，官莱芜训导。	光绪《增修登州府志》卷四十举人
	王克掞《楚词考义》一卷	字幼藻，一字至泉，莱州府胶州人。乾隆四十二年(1777)丁酉举人。	道光《重修胶州志》卷二十八列传八人物
	任尚德《楚辞正解》二卷	字淳古，号堠村。济南府济阳县人。岁贡，乾隆间人。	民国《济阳县志》卷十一人物志文学
	杨方柽《离骚大意约》一卷	字豫村，胶州直隶州即墨县人。嘉庆十三年(1808)戊辰恩贡。	同治《即墨县志》卷七选举贡士
	张鼎文《楚辞圭璋》	字墨宾，泰安府莱芜县人。嘉庆间人，廪生。	民国《莱芜县志》卷十八人物志儒林
	王筠《楚辞校》五册	(1784–1854)字贯山，号菉友，青州府安邱县人。道光元年(1821)辛巳举人。	咸丰《青州府志》卷五十、《清史列传》卷六十九
	张荣泰《屈辞解》	字履堂，济宁直隶州人。道光八年(1828)戊子举人。	民国《济宁直隶州续志》卷十二人物志
	辛时震《屈子笺注》	字又起，青州府安邱县人。诸生。	道光《安邱新志》卷十九、咸丰《青州府志》卷四十九
	时庸劢《离骚正韵》一卷	字吉臣，曹州府单县人。同治三年(1864)甲子举人。	《传统语言学辞典》

续表

所在地域	作者及著作	生平简介	生平著录情况
山东	张焴《楚骚约注》	字雨帆，济宁直隶州嘉祥县人。廪生。	民国《济宁直隶州续志》卷十三人物志
湖南	欧阳始亨《楚词定本》	字晋候，号南云。长沙府攸县人。顺治十四年(1657)丁酉副榜。	乾隆《长沙府志》卷三十人物、同治《攸县志》卷四十九艺文陈履谦《欧阳始亨传》
	廖志灏《天问释》一卷	字湘门，长沙府醴陵县人。康熙间贡生。	乾隆《长沙府志》卷三十一人物、同治《醴陵县志》卷九人物文苑
	李文炤《楚辞集注拾遗》十七卷	(1672–1735)字元朗，号恒斋。长沙府善化县人。康熙五十二年(1713)癸巳进士。	乾隆《长沙府志》卷三十人物、光绪《善化县志》卷二十三人物、《湖南名人志》
	唐允是《楚词注》	字纶宣，岳州府平江县人。岁贡生。	同治《平江县志》卷四十四人物志文学
	唐文华《楚辞补注》	字宗舜，长沙府善化县人。由岁贡授宁远训导。与李文炤笃交。	光绪《善化县志》卷二十三人物
	刘世澍《楚辞补注》	号霁亭，长沙府善化县人。康熙五十九年(1720)庚子举人，乾隆元年(1736)丙辰举博学鸿词。	光绪《善化县志》卷二十三人物
	萧大丰《楚辞辑注》四卷附录一卷	长沙府善化县人。	《湘人著述表》
	唐传谷《楚辞衍义》	衡州府清泉县人。雍正十年(1732)壬子副贡，任凤凰厅训导。	《湘人著述表》
	周思仁《楚词注》	字恕三，一字讱庵。宝庆府邵阳县人。	道光《宝庆府志》卷一百三十五

续表

所在地域	作者及著作	生平简介	生平著录情况
湖南	徐日宏	字叔含，长沙府益阳县人，康熙五十三年（1714）甲午举人。	《湘人著述表》
	杨可震《楚词朱注疏》	（？–1749）字又西，一字畏庵。宝庆府新化县人。	道光《宝庆府志》卷一百三十五、《湖南历代人名词典》
	邓显鹤《骚学源流》一卷《屈贾年谱》二卷《屈子生日考》一卷	（1777–1851）字子立，号湘皋，宝庆府新化县人。嘉庆九年（1804）甲子举人。	同治《新化县志》卷二十四人物文学
	谢宝镠《离骚评注》一卷	（1821–1876）亦名宽仁，字叔度，号砺辅、栗夫，长沙府湘乡县人，咸丰八年（1858）戊午举人，咸丰十年（1860）庚申进士。官户部主事。	《湖南省志》卷三十人物志
	张嘉韶《离骚直解》	字夔九，辰州府溆浦县思蒙人。乾隆恩贡。	民国《溆浦县志》卷二十一列传
	郭启悊《离骚评点》	郴州直隶州兴宁县人，廪生。	嘉庆《郴州总志》卷三十人物上文苑
福建	郑泰枢《辨骚》	字子衡，号定斋，郑楚勋之子，兴化府莆田县人。顺治十八年（1661）辛丑进士，官至延平府教授，以书法见称。	《莆阳进士录》

续表

所在地域	作者及著作	生平简介	生平著录情况
福建	林豫吉《续离骚》	字不飞，号松址。福州府长乐县人，祖籍福安县。康熙三十三年（1694）甲戌进士。	光绪《福安府志》卷二十选举中
	陈勤宣《骚赋汇解》四卷	字宣山，福州府古田县人。康熙二十九年（1690）庚午举人。	民国《古田县志》卷二十六列传
	陈祖虞《离骚注释》	字子笃，漳州府漳浦县人。	康熙《漳浦县志》卷十六人物志下
	陈洪书《离骚经析疑》	字逊洛，号健亭。泉州府晋江县人。乾隆辛酉拔贡。	乾隆《泉州府志》卷五十五国朝文苑
	詹人士《离骚节解》一卷	泉州府安溪县人。乾隆四十五年（1780）庚子举人。	民国《福建通志》
	何长聚《离骚解》	（1802－？）字焕奎，化井，号鑫园。邵武府光泽县人。	光绪《增修光泽县志》卷十五列传
	李大儒《楚骚解》	字鲁一，号愚庵。邵武府建宁县人。	光绪《重纂邵武府志》卷二十一人物文苑、民国《建宁县志》卷十六文苑
湖北	杨懋官《骚注》	字德懋，武昌府江夏县人。天启七年（1627）副榜，授河南嵩县教谕。	同治《江夏县志》卷六人物隐沦
	何惺《楚骚明解》	（1597–1679）字君憟，号象山。安陆府钟祥县人。明季诸生。	《何香山墓志铭》、民国《钟祥县志》卷二十先民传二、《清代医林人物史料辑纂》

续表

所在地域	作者及著作	生平简介	生平著录情况
湖北	熊仕徵《离骚存疑》	字渭熊，武昌府崇阳县人。顺治十一年（1654）甲午恩拔，任吉安州同知。	《崇阳县志》卷七选举贡士
	向大观《楚辞解》	（1594–1680）字望湄，号进舫。安陆府潜江县人。顺治十一年（1654）甲午举人，官至怀远知县。	康熙《潜江县志》卷十六、嘉庆《郴州总志》卷二十三名宦
	徐子芳《离骚疏义》	字茂生，黄州府蕲水县人。康熙间岁贡。	光绪《黄州府志》卷十九儒林
	胡兴遐《离骚注》	（1714–1778）字锡麟、锡龄，号晓山，武昌府兴国州人。乾隆三十年（1765）乙酉拔贡，授直隶州州判，未就。南归主讲富川书院。	《阳新县志》人物录（1993 年版）
	王希质《楚辞音释汇参》	汉阳府汉川县人。	（待考）
	胡瑶华《拟骚天答》	女，安陆府钟祥县人。康熙年间人。侍郎胡作梅之女，适宋镶早寡。著有《柏舟集》。	《中国妇女名人辞典》
浙江	查慎行《楚辞注》	（1650–1727）字悔余，号初白。杭州府海宁州人。	乾隆《杭州府志》卷九十四文苑、乾隆《海宁州志》卷十一儒林
	张翊清《楚词古音》	张雍敬胞弟，嘉兴府秀水县人。康熙间人。	（待考）

续表

所在地域	作者及著作	生平简介	生平著录情况
浙江	陈良佐《离骚节解》	（1716–？）字帝赉，一字卓岩。宁波府镇海县人。乾隆二十二年（1757）丁丑进士。	光绪《镇海县志》卷二十三人物四
	郑兆龙《离骚本义》一卷	（1743–1804）字偕亮，一字二泉，号秋槎。宁波府镇海县人，岁贡生。	光绪《镇海县志》卷二十四人物五
	龚丽正《楚词名物考》	（1767–1841）字旸谷，又字赐泉，号闇斋。段玉裁女婿，龚自珍父亲。杭州府仁和县人。嘉庆元年（1796）丙辰进士。	《国朝先正事略》、《清代朴学大师列传》之小学大师列传第十一段玉裁附
	张鉴《楚词释文》十七卷	（1768–1850）字春治，号秋水，湖州府乌程县人。嘉庆九年（1804）甲子副贡生。	同治《湖州府志》卷七十六人物传文学三
	杨万清《离骚辨解》	字少唐，道光间人。嘉兴府嘉善县人。诸生。	光绪《重修嘉善县志》卷二十四文苑
	朱乾《楚辞古音》	字赞文，嘉兴府秀水县人。乾隆六年（1741）辛酉拔贡。	光绪《嘉兴府志》卷五十二秀水列传
	朱日知《楚辞指归》	字若行，金华府永康县人。岁贡生。	光绪《永康县志》卷六
江西	胡翘元《离骚增注》	字羽尧，号澹园。饶州府乐平县人。乾隆二十六年（1761）辛巳进士。	道光《济南府志》卷二十九秩官七、同治《乐平县志》卷八人物

续表

所在地域	作者及著作	生平简介	生平著录情况
江西	何辉亡《楚辞评注》八卷	（1681–1759）字逵鸿，号甑峰。抚州府临川县人。雍正十一年（1733）癸丑进士。	同治《临川县志》卷四十二下人物儒林、光绪《抚州府志》卷五十八
	罗以靖《楚辞论释》	字顺之，号位斋。抚州府宜黄县人。廪贡生，曾主方亭书院讲席。	光绪《抚州府志》卷六十人物文苑
	叶瑶生《增补离骚注疏》	字维玉，饶州府乐平县永丰乡人。	同治《乐平县志》卷八人物儒林、同治《饶州府志》卷十八人物志一儒林、光绪《江西通志》卷一百六十三列传
	邹谦吉《离骚讲义》	字六皆，南昌府奉新县人。	同治《奉新县志》卷十五艺文
广东	廖贞《离骚注释》	字廷幹，惠州府归善县人。康熙甲午举人，雍正八年（1730）庚戌进士。	乾隆《归善县志》卷十四人物、道光《广东通志》卷二百九十一
	罗国器《离骚解》	字跃剑，号岭南。广州府顺德县大良人。雍正四年（1726）丙午举人。	咸丰《顺德县志》卷二十五列传
	吴懋清《离骚测》一卷	（1774–1844）字澄观，号迴溪，高州府吴川县人。嘉庆十五年（1810）庚午举人。	光绪《吴川县志》卷七人物传、光绪《高州府志》卷三十九人物
	邓允恭《楚辞观澜》	字表光，诸生。广州府香山县人。	光绪《香山县志》卷二十一

续表

所在地域	作者及著作	生平简介	生平著录情况
广东	曾昆泉《五经离骚字音考正》六卷	广州府南海县人。	宣统《南海县志》卷十一
直隶	朱璘《离骚注释》	字卜年，号毅庵，顺天府通州人。岁贡。	康熙《通州志》卷十
	刘鹤鸣《离骚读法》	字皋闻，天津府沧州人。乾隆二十七年（1762）壬午举人。	光绪《重修天津府志》卷四十四人物
	查景绥《屈辞精义选补正》	字星阶，顺天府宛平县人。	民国《济宁县志》卷三
	高毓麒《离骚经注》	正定府元氏县人。	民国《元氏县志》不分卷人物仕迹
	张毓棠《楚辞直解》	字召亭，顺天府文安县人。岁贡生。	光绪《宁河县志》卷九耆英
贵州	张应诏《离骚评注》六卷	（1654–1730）字采臣，一字图园。黎平府开泰县隆里人。康熙二十年（1681）辛酉举人。	乾隆《贵州通志》卷三十宦迹
	冯云祥《离骚注疏》	字麟州，大定府毕节县人。道光六年（1826）丙戌进士，官归安知县、临安知县，卒年八十六。	同治《毕节县志》卷之十三选举志
	黄国瑾《离骚草木疏纂》一卷	（1849–1890）字再同，黄彭年之子。贵阳府贵筑县人。光绪二年（1876）丙子进士。	《贵州近现代人物资料续集》

续表

所在地域	作者及著作	生平简介	生平著录情况
四川	李拔《楚辞诠解》	(1713–1775)字清翘,号峨峰。嘉定府犍为县人。乾隆十六年(1751)辛未进士。	同治《宜昌府志》卷十二名宦
	高继光《离骚经注》	字熙载,号棠溪,巴县人。雍正十年(1732)壬子举人,乾隆二年(1737)丁巳进士。	《巴蜀历代文化名人辞典》
	王麐《楚辞补辑》二册	字圣游,资州井研县人,诸生。清末民初人。	(待考)
广西	张鹏展《离骚经注》	(1760–1840)字南崧,思恩府上林县人,壮族。乾隆五十四年(1789)己酉进士,入翰林院任武英殿纂修。	《中国少数民族名人辞典》《广西历史人物传》《上林文史》
	卿彬《楚辞会真》一卷	(1748–1813)字雅林,桂林府灌阳县人。	《清史列传》卷六十七儒林上。
河南	张华《离骚经注》一卷	字淳民,号抱影居士,陈州府西华县人。	乾隆《续河南通志》卷五十八人物志文苑
陕西	刘玉珂《屈子集传》七卷	同州府蒲城县人。康熙五十年(1711)辛卯举人。	光绪《蒲城县新志》卷十人物志儒林二

第三节　清代楚辞学者身份和学术师承

我们对 248 位清代楚辞学者的身份进行考察，以揭示学者身份与清代楚辞学发展的关系。在 248 位清代楚辞学者中，到目前为止，可明确查考身份的有 174 人，其余 74 人或不仕，或身份不可考、待考。我们把可明确查考身份的 174 位清代楚辞学者按照地域省属分类考录其身份，详见下表：

清代楚辞学者身份统计表

身份 省属	进士	举人	贡生	诸生	总计
江苏	顾大申、贺宽、王念孙、陆增祥、张正纲、贺鸣谐、梅曾亮、徐鼒	顾成天、朱冀、徐焕龙、任兆麟、梅冲、朱骏声、丁晏、陈培寿、陈必诚、蒋金式、汤伟、姜任修、邱闻衣、刘始兴、袁邦鼎	高秋月、张诗、胡文英、颜锡名、端木埰、王之桢、何忠相、任晟、于鬯、高元标、徐瑶	曹同春、王邦采、蒋骥、姚培谦、刘维谦、尚兆山、任大任、沙张白、邵熉、罗咏、李蓁、蒋炎光、杨甲先、桂达生	48
安徽	方苞、胡珊	潘宗硕、姚景衡	萧云从、江有诰、许齐卓、任自举、胡匡衷	钱澄之、方绩、会鳌、王席丰	13
浙江	方桨如、祝德麟、俞樾、陈良佐、龚丽正	毛奇龄、孙诒让	周拱辰、夏大霖、郑兆龙、张鉴、朱乾、朱日知	赵一清、董国英、杨万清	16
山东	邱仰文、马邦举、黄恩彤、艾元征、董淑昌	林仲懿、张象津、薛世道、王善宝、王克掞、王筠、张荣泰、时庸劢	牟庭、张坦、赵诚品、任尚德、杨方柽	田砚池、张鼎文、辛时震、张炳	22

续表

身份 省属	进士	举人	贡生	诸生	总计
湖南	李文炤、谢宝镠、李寿蓉	王夫之、王闿运、毕大琛、刘世澍、徐日宏、邓显鹤	丁元正、欧阳始亨、廖志灏、唐允是、唐文华、唐传谷、张嘉韶	郭启哲	17
福建	林云铭、李光地、李光墺、李光型、陈九龄、龚景瀚、郑泰枢、林豫吉	许清奇、陈勤宣、詹人士	李光坡、江中时、陈洪书		14
湖北	奚禄诒、刘梦鹏	向大观	杨金声、杨懋官、熊仕征、徐子芳、胡兴遐	王萌、何惺	10
江西	李陈玉、辛绍业、胡翘元、何辉亡、林有席	胡濬源、陈大文	陈远新、罗以靖	贺贻孙	10
广东	陈昌齐、廖贞	吴懋清、罗国器	邓启南	郑武	6
直隶	王树枏、武延绪	庞垲、刘鹤鸣	朱璘、张毓棠		6
四川	刘光第、李拔、高继光			王廖	4
贵州	冯云祥、黄国瑾	张应诏			3
广西	谢济世、张鹏展				2
陕西	强望泰	刘玉珂			2
河南	贺际运				1
总计	51	45	47	31	174

由上表可知，在可明确查考身份的174位清代楚辞学者中，进士有51人，举人有45人，贡生有47人，包括廪生、监生、例贡、附贡在内的诸生有31人。按照张仲礼先生对清代绅士的划分，即进士、举人、贡生属于上层绅士。[①]在清代楚辞学者中，属于上层绅士的共计143人之多，占总人数的57.6%。其中，进士有51人，占总人数的20.5%。进士数量居于前两位的分别是江苏和福建两省，各8人，尤其福建省8人中有李光地兄弟3人，皆为进士及第，他们对学术的提倡和影响，大大促进了闽学的发展。

清代楚辞学者中不管是属于上层绅士，还是下层绅士，有很多从事与教书相关的工作，位高的如学正、教授，位低的如县学训导、教谕等，或讲学书院，或乡塾课蒙，恩惠乡里。如胡濬源晚年“辞官返乡后，把全部精力用于教育和著述。他先后在梯云书院、镇兴书室、树春山房、毓芝斋四讲堂执教十余年，培植后进甚众，家乡获益不浅”。[②]江中时中年绝意仕途后，于邑中授徒讲学，门生众多，影响很大。林有席晚年以主要精力从事讲学与著述，教授远近，与生徒讲学不倦，为乡里培养了一大批人才。陈大文中举后任赣州府长宁县教谕，在任期间与诸生切磋经义，他的三部著作，包括《周易浅解》、《三经质疑》和《楚辞串解》，都是在光绪年间任长宁县教谕时完成的，其著作之付梓正是为了便于初学童蒙。

学术发展虽自有其内在理路，然地域学风之影响、家学之渊源、师门弟子之传承、学者文人之交游，对于学术的发展和延续意义亦尤为

①张仲礼：《中国绅士——关于其在19世纪中国社会中作用的研究》，上海社会科学院出版社1991年5月第1版，第5页。

②铜鼓县志编纂委员会：《铜鼓县志》卷二十八人物，南海出版公司1989年7月第1版。

重大。“所谓人以群分，具有相似学术兴趣之人，自然声气相投，较多相互切磋之机缘。且此种交游，又势必对学术之发展具有积极推动作用。而从师问业，则为此类交游中对于学术发展推动最力者，直接承继师门之训诫，往往为学者从事某种学术研究之最初动力”。[①]从清代楚辞学者的学术师承来说，大致包含以下三个方面：一是家学渊源；二是师门传承；三是乡贤交谊。下面分别来考察：

首先，家学渊源。清代楚辞学者中家学渊源最为典型的要数桐城学者。清代桐城世家大族以师友、姻亲关系链接起深密的关系网，相对于其间的文人学者来说，又因地域风气相互激发形成家族链、师承链。亦如钱泰吉所云：“大抵为学必有师承，而家学之濡染为尤易成就。”[②]父子传承有姚鼐与姚景衡、方绩与方东树、梅冲与梅曾亮，祖孙传承有马其昶与马茂元。姚景衡是姚鼐长子，师事方绩，著有《楚辞蒙拾》（已佚）。方绩是方泽之孙，方东树之父，师事刘大櫆、姚鼐，姚鼐对方绩的诗文很是推崇，让自己的长子姚景衡拜其为师。方绩和方东树父子均有楚辞研究著述存世。梅曾亮的父亲梅冲，亦是姚鼐弟子，著有《离骚经解》一卷。梅曾亮著有《离骚解》（已佚），其楚辞论说保存在其《古文词略》中，载有其研骚论述十四条。梅曾亮对《离骚》的见解，包括求女为求通君侧之人、巫咸劝留以求合等，主要是对其父梅冲观点的阐发或深化。

家学传承在《楚辞新注求确》一书中体现得亦为显著，此书是胡濬源晚年家塾课暇，为后学发蒙，在批阅王萌《楚辞评注》的基础上撰写而成的。胡濬源的六个儿子胡云从、胡云会、胡云行、胡云凌、胡云翼、胡云作，还有侄子胡友梅（曾任铅山县教谕）、胡友兰（曾中武举），

①柳向春：《陈奂交游研究》，华东师范大学出版社2010年9月第1版，第121页。
②钱泰吉：《曝书杂记》卷上，清道光十九年（1839）《别下斋丛书》本。

以及内侄张奉仁，均参与此书的校刊。其中，胡云从、胡云会为邑庠生，《楚辞新注求确》前三卷的卷末均附有胡云从或胡云会的“按语”或“识语”，有的篇幅达到上千字，颇能推衍申发乃父的观点。

伯侄、叔侄传承较为典型的有：王萌和王远、蒋金式和蒋骥、徐焕龙和徐瑶。王萌的《楚辞评注》每卷卷首标明王萌评注，其侄王远考音。而且，“王远于《楚辞评注》非仅考音，全书平均大约每两节正文就出现一次王远按语，频率甚高，于义理、词章、考据方面皆有涉猎”；[①]“王远对字义文句多加按语，颇能体会王萌注解意图，发挥原注深意。……伯侄二人皆可谓屈子之异代知音耳”。[②]蒋骥的伯父蒋金式（1641-1722），字赤霄，号弱六，康熙二十三年（1684）举人。蒋金式于《楚辞》颇有研究，著有《翠偻居说骚》，《山带阁注楚辞·采摭书目》、光绪《武进阳湖县志》载录，惜乎在光绪《武进阳湖县志》中即已著录与《杜诗编次》“并佚”。“蒋骥生于诗书世家，从小即饱读诗书，受过庭之训，攻读经史。而治《骚》的家学传统，使蒋骥得以与父兄共析疑义，时相切磋，《山带阁注楚辞》中即记有与叔父、兄弟共同探讨《骚》义之事，这些对蒋骥注《骚》有直接的影响”。[③]徐瑶著《屈辞简明音释》一卷，作为其叔父徐焕龙《屈辞洗髓》之附刊。徐瑶《跋》曰：“家叔父注《屈辞》成，颜曰《洗髓》。将授梓，命瑶补注音释，且缀一言，附简末。瑶谨受教。既卒业，进曰：系辞于屈，所以别乎后人之拟其体而为之者。《洗髓》之为言，明乎今日之注。极深研几，探讨靡剩义，与作者精神相贯彻，非止得其皮毛而已也。”[④]可见，徐瑶颇能领会其叔父之志。此外，李光地

①黄灵庚：《楚辞文献丛考》，国家图书馆出版社 2017 年 12 月第 1 版，第 934 页。

②王萌：《楚辞评注》，南京大学出版社 2017 年 12 月第 1 版，第 2 页。

③蒋骥：《山带阁注楚辞》，上海古籍出版社 2019 年 3 月第 1 版，第 2 页。

④徐焕龙：《屈辞洗髓》，南京大学出版社 2018 年 12 月第 1 版，第 1 页。

在《离骚经注》后叙记曰："余九岁，季父授以《离骚》，故至今上口，不落一字。"[①]可见，李光地自幼诵习《离骚》，即得其季父传授。

令人瞩目的还有李光地兄弟四人的楚辞研究。安溪李氏自李光地（1642–1718）开始，以经术显，传业一门。李光地著有《离骚经九歌解义》，李光地之胞弟李光坡（1651–1723，字耜卿，一字茂夫），康熙间贡生，著有《离骚经注》一卷；李光墺（字广卿，号识都，康熙六十年辛丑进士）和李光型（1676–1754，字仪卿，号龙见，雍正四年丙午举人，雍正十一年癸丑进士）是李光地之从弟，二人合著有《楚辞说》（在《二李经说》六种中）。加之前所述李光地季父传授《离骚》，可见《楚辞》之学系安溪李氏之家学传承之一。

其次，师门传承。家族和师承是桐城楚辞学乃至桐城派学术传承的重要脉络。姚鼐师从桐城方绩的祖父方泽，方绩受业于姚鼐，而姚鼐长子姚景衡又师从方绩，姚鼐之孙又受业于方绩之子方东树，授受渊源，延及数世。又如，福建泰宁人江中时绝意仕途后，于邑中授徒讲学，门生众多，人称"秋水先生"。其《楚骚心解》卷末"乾隆丁未五十二年端月同人公启"指出，此书刊行的主要原因是江中时的门生遗憾此书很难寓目，并借刊行此书为业师江中时六十岁贺寿。此"公启"后列出了"刊刻姓氏"，包括江中时的众多门生，以及族弟、族侄、女婿、兄弟、侄、重侄凡十九人参与此书的校刊。其中，江中时的门生多达一百三十人，可见楚辞研究师门传承影响之广之大。此外，著有《离骚直解》二卷（已佚）的贺鸣谐曾受业于方苞（著有《离骚经正义》一卷），著有《离骚补注》（已佚）的潘宗硕曾受业于方檠如（著有《离骚经解略》一卷）。《离骚新笺》的作者邓启南，曾从陈昌齐受学，二人同

①李光地：《离骚经注》，《四库全书存目丛书》集部第二册，1997年7月第1版，第252页。

为雷州府海康县人。据邓启南《自序》所云，其著《离骚新寃》即因业师陈昌齐《楚辞辨韵》付梓后，同学之间相互鼓励而著。

再次，乡贤交谊。明末清初陆时雍的《楚辞疏》一书，很好地体现了楚辞研究的地域性，其疏、别注、评、権、订诸人的里籍均在浙江省范围内。如陆时雍、周拱辰、陆元瑜均是槜李（今桐乡）人，孙鑛、张存心、张寄瀛皆为会稽（今绍兴）人，张炜如、张焕如、张烨如三兄弟为虎林（今杭州）人，唐元竑是吴兴（今湖州）人。又，周拱辰著有《离骚草木史》，与陆时雍为同里兼挚友，相互酬唱，时人称为"双龙"。陆时雍《楚辞疏》卷首有周拱辰《序》。由此可见，以师承、近里等地域因素为基准的社群交游性质的楚辞研究活动之一斑。

《楚辞约注》是高秋月、曹同春二人合著，二人都是镇江府金坛县人。高秋月，字素蟾，康熙十五年（1676）丙辰恩贡。曾应宿迁令之请主持书院，诸生有成就者甚多。曹同春，字孟序，康熙间例贡，略晚于高秋月。《楚辞约注》是曹同春在高秋月旧著的基础上辨其音义而成。除了《楚辞约注》外，二人还合著有《庄子释意》三卷，由此可以看出二人交谊甚深。姚培谦《楚辞节注》一书附有刘维谦《楚辞叶音》一卷，二人皆是松江府人，且是同学关系。姚培谦（1693–1766），字平山，号松桂，别号鲈香居士，松江府华亭县人。刘维谦，字让宗，又字友萍，号双虹半士，松江府娄县人，诸生。姚培谦自称"韵学素未究心"，所以取同乡同学刘维谦所撰《楚辞叶音》附诸卷末。

江中时《楚骚心解》一书的《序》和校对均是江中时的同乡同学廖学信所作。江中时在《楚骚心解·发凡》后的"甲午三月朔中时又识"曰："是编成后藏之箧中十有余年，曾质于友人廖尹卿，未敢以问世也。癸巳秋杪，绥安徐子正思惠以《毛诗古音考》、《屈宋古音义》，兼以李安溪先生《骚经九歌注》本见示，往复读之，极为精当，鄙注可覆瓿矣。然不自焚弃，更采先生说补入编中，正欲使妍媸互形也。《屈宋古音义》

者，明陈季立先生所著，意在详明古音，与《毛诗古音》并行，兹兼为摘录，因并著其所本云。”[①]“廖尹卿”即廖学信，字资言，雍正元年(1723)癸卯恩科解元，邵武府泰宁县人。癸巳即为乾隆三十八年(1773)，江中时时年四十六岁。江中时得到前代乡贤陈第的《毛诗古音考》、《屈宋古音义》和李光地的《离骚经九歌注》，于是摘录《屈宋古音义》中音韵部分入其书中，同时采择李光地之说增补入其书之中。江中时《楚骚心解》一书除了大量征引林云铭、李光地之说，而且还多处征引廖学信之观点，以上这些学者均是福建人。正如《楚骚心解》卷末“乾隆丁未五十二年端月同人公启”曰：“匪独以广是书之传，于吾邑之古学，亦必有所振起云。”[②]江中时《楚骚心解》一书广泛汇集了当时以及前代闽学的楚辞研究成果，体现了鲜明的地域特色。

第四节　清代八家楚辞学者资料考

要想构建较为完整的楚辞学史，楚辞学者的研究是非常有必要且重要的。而到目前为止，学界对清代楚辞学者的研究还很不够，除了王夫之、林云铭、戴震、蒋骥、王闿运等少数名家之外，对大多数的清代楚辞学者的研究，很长一段时间以来都还停留在楚辞书目类文献的简介式的层面。而且，就目前的研究成果来看，关于一些楚辞学者的里籍和生平的说法还存在较大分歧，如《楚辞贯》的作者董国英，有的说他是山东人，有的说他是浙江人，有的说他是朝鲜人，莫衷一是。又比

①江中时：《楚骚心解》，《楚辞文献丛刊》第57册，国家图书馆出版社2014年7月第1版，第13–14页。

②江中时：《楚骚心解》，《楚辞文献丛刊》第57册，国家图书馆出版社2014年7月第1版，第276页。

如鲁笔，有的说他是广东雷州人，有的说他是安徽人。再如《楚辞串解》的作者陈大文，关于他的里籍，到目前为止学界至少有三种说法：康熙年间太仓人、乾隆年间人河南杞县人、光绪年间人广东石城人。因此，本节笔者本着"知人论世"的原则和目的，就目前学界分歧较大的，或是一直湮没无闻、缺乏研究的八位清代楚辞学者的里籍、生平、家世、交游和著作等作一番考订。

一、董国英里籍、生平和著作考

关于董国英的里籍，各种楚辞书目类文献莫衷一是。如饶宗颐《楚辞书录》："《楚辞贯》一卷，清博川董国英撰。"[①]姜亮夫《楚辞书目五种》："国英，字逸伦，博川人，诸生。"[②]潘啸龙、毛庆《楚辞著作提要》："董国英，字逸伦，昌化（今浙江省临安县）博川人。"[③]周建忠《五百种楚辞著作提要》："董国英，字逸伦，博川（今属山东）人。"[④]黄灵庚《楚辞文献丛考》："《楚辞贯》者，朝鲜董国英所作也。国英字逸伦，自称籍于'唐昌''博川'，皆朝鲜之古地名也，在今朝鲜平安北道之西南部。"[⑤]

造成其里籍记载纷纭的原因，主要是《楚辞贯》中董国英自称籍于"唐昌"和"博川"这两个地名引起后人许多误解。"唐昌"实际上是浙江昌化县的古称之一，即现在的浙江省杭州市临安区昌化镇。乾隆《昌化县志》卷首《序》云："唐昌为杭郡属邑，地虽僻左，而襟溪带岭，实为江浙之门户。"[⑥]古代的文人墨客还将昌化最秀丽的山水美景归纳

①饶宗颐：《楚辞书录》，香港东南出版社1956年1月第1版，第34页。
②姜亮夫：《楚辞书目五种》，中华书局1961年12月第1版，第224页。
③潘啸龙、毛庆：《楚辞著作提要》，湖北教育出版社2003年5月第1版，第206页。
④周建忠：《五百种楚辞著作提要》，江苏教育出版社2011年12月第1版，第108页。
⑤黄灵庚：《楚辞文献丛考》，国家图书馆出版社2017年12月第1版，第1945页。
⑥甘文蔚：《昌化县志》，清乾隆十三年（1748）刊本。

为“唐昌十景”。其实,《楚辞贯》卷首两篇《序》都已经说得很明确了,罗以智《序》中说:“先生名国英,昌化博川人”;余莲《序》云“吾昌逸伦先生《楚辞贯》”。[①] 此“昌”即昌化。

笔者查考道光《昌化县志》和民国《昌化县志》证实,董国英是杭州府昌化县人。对于董国英和《楚辞贯》,这两种地方志均记载甚少,道光《昌化县志》卷十七艺文志书目著录:“《离骚贯》一卷,诸生董国英注。”[②] 民国《昌化县志》中的记载与道光《昌化县志》完全一致,载于卷十八书目集部中。可惜的是,据这两种地方志的记载仅能确定董国英的里籍,未找到更多有关董国英的生平资料。或许因为董国英以诸生终老,未曾出仕,其生平著作湮没不传。

据《楚辞贯》之《离骚》卷首可知,董国英之甥孙程章和程锦,以及曾孙董希仲皆参与校刊此书,其中可略考者仅程章和董希仲。据民国《昌化县志》卷九选举贡生中“五贡一览表”记载,程章为咸丰辛亥科恩贡。[③] 咸丰辛亥为咸丰元年(1851)。卷十四人物忠义“新增殉难忠义”中“绅士表上”列有程章一条:“程章,字云如,号汉槎,清恩贡。咸丰庚申闰三月初二日,粤匪至,督团御敌于八都之董岭,不支,他人有遁去者。章率子会九、会盛、会勋、会松及侄,抵死不退,同时阵亡。邑令袁申详请,奉旨入忠义祠,赐袭云骑尉,见《忠义录》。”[④] 据此可知,程

①董国英:《楚辞贯》,清道光二十五年(1845)博川正谊斋刊本。按:以下所引《楚辞贯》均出自此本。

②于尚龄:《昌化县志》,台北成文出版社影印道光三年钞本,1974年12月第1版,第940页。

③陈培廷:《昌化县志》,台北成文出版社影印民国十三年铅印本,1974年12月第1版,第542页。

④陈培廷:《昌化县志》,台北成文出版社影印民国十三年铅印本,1974年12月第1版,第980页。

章于咸丰十年（1860）率众子侄英勇抵抗太平军，不幸罹难。另，在民国《昌化县志》卷十四人物忠义“新增殉难忠义”中“绅士表下”，董国英之曾孙董希仲，出现在“第七次案浙江巡抚奏卹”的名单中，云“生员董希仲”，据此可知，董希仲亦于此时罹难。

据《楚辞贯》卷首董国英《凡例》识语和罗以智《序》，可大致推算出董国英的生卒年。董国英《凡例》“识语”云：“嘉庆五年，岁在庚申腊月之吉，博川董国英识，时年七十有二。”罗以智《序》云：“先生名国英，昌化博川人，善诗文，惜以诸生终老，今殁且三十余载。著是书时，嘉庆庚申之岁。余甫生，先生年已七十有二矣。”嘉庆庚申，即嘉庆五年（1800），此年董国英七十二岁，推其生年当为雍正七年（1729）。此《序》写于道光癸卯，即道光二十三年（1843），据“今殁且三十余载”，其卒年在嘉庆十五年（1810）左右。

据知见，董国英之著作存世者甚少，《楚辞贯》卷首余莲《序》云：“闻先生尚有诗稿，托其友某代为付梓，今已散去而不可复求。”又，《楚辞贯》卷末董希仲《跋》曰：“先曾祖读书一生，无所表见。平时诗文，随手散佚，仅留此一卷。”可见，董国英曾撰有待付梓的诗稿若干，惜乎在当时即已散失。到目前为止，董国英的著作仅见《楚辞贯》一种。[①]

据知见，董国英《楚辞贯》只有一种版本，即道光二十五年（1845）博川正谊斋刊本，上海图书馆、浙江图书馆、南京图书馆、北京大学图书馆、北京师范大学图书馆有藏。董国英《楚辞贯》一书，《清史稿·艺文志》、《清续文献通考》、《八千卷楼书目》、《楚辞书录》、《楚辞书目五

①按：据国家图书馆“联机公共目录查询系统”可检索到：普通古籍阅览室藏“（清）董国英著《传经堂家规》，民国间铅印本1册”。笔者亲自前往调查，证实此本的作者并非昌化人董国英，而是婺源人董国英（号恬斋老人），于嘉庆十六年（1811）辛未作。

种》、《楚辞著作提要》、《清代学术辞典》、《五百种楚辞著作提要》、《中国古籍总目》、《楚辞文献丛考》著录。是书仅注《离骚》一篇,《凡例》曰:"《列传》详言《离骚》,最后带言《怀沙》,其《天问》《招魂》《哀郢》亦只于赞中带言,余皆置之。盖《离骚》一篇,包举全部全义全神,看透此篇,以后各篇自可迎刃而解。故循《楚辞达》之例,直以《楚辞贯》标之,全部论释如天假之年既当呈政。"可知,此书实是未竟之作。据《楚辞贯》卷首董国英识语可知,此书于嘉庆五年(1800)即已完成。然而,直到道光二十五年(1845)才刊行,历时四十五年。据《楚辞贯》卷末董希仲《跋》和卷首余莲《序》可知其缘由。卷末董希仲《跋》曰:"先曾祖一生好学,于书无所不窥。暮年病治骚者多不得其旨,取而论释之,名曰《楚辞贯》。家贫且老,无力版行,藏箧笥中四十余年矣。"又,卷首余莲《序》云:"先生著是书垂三十年。观其例言,盖欲传之世,以嘉惠来兹。乃因无力刊布,至今埋没不闻。以莲幸同梓里,且不获早见天下后世,谁复有知之者!先生以此识学列郡庠中,既无几,渐见色老,而著是书,又不克表见于世。甚矣,文人之穷也。"可见,此书迟迟未能传之于世的主要原因在于董氏家贫,无力刊布。

又,《楚辞贯》卷末董希仲《跋》曰:"岁丙戌,余少白夫子见而序之,谆谆以寿诸梨枣为属。时仲方应童子试未暇也。越壬寅武陵罗镜泉学博,侨寓昌南,因毕君颍侯得见是书,亦为序之,劝即付梓。而仲又授徒里闬,因循未能中心藏之,负疚滋甚。今年春,学博复自武陵邮书催刻,而少白夫子又屡屡言之。""少白夫子"即余莲;"罗镜泉学博"即罗以智,字镜泉,杭州府钱塘县人,拔贡生。道光二十五年(1845)授镇海县教谕,有政声。咸丰十年(1860)太平军攻占杭州,罗以智罹难。《楚辞贯》于成书四十五年后能刊刻问世,为此书作《序》的罗以智和余莲二人助力甚大。

二、鲁笔里籍、生平和著作考略

鲁笔，字雁门，号蘸青，一号榆谷。关于其里籍，《楚辞书目五种》《中国楚辞学史》《楚辞要籍解题》《楚辞著作提要》等作“雷州（今广东海康县）人”。2006 年广东人民出版社出版的罗志欢《岭南历史文献》把此书作为岭南文献收录。这实在是误会，鲁笔实际上是安徽望江人。袁枚《随园诗话》卷九云：“相传江宁南城外瑞相院后丛竹中，为马湘兰墓。望江鲁雁门题诗云：‘叶飘难禁往来风，未肯输怀向狡童。画到兰心留素素，死依僧院示空空。知音卓女情虽切，薄幸王郎信未终。一点怜才真意在，青青竹节夕阳中’。‘绝世英雄寄女妆，荆家曾说十三娘。年来文士动相挤，始识伊人不可忘。零露似熏香豆蔻，百花想见绣衣裳。平生除拜要离冢，到此才焚一瓣香。’”[①] 袁枚明确指出“望江鲁雁门”，而部分楚辞研究者之所以误认鲁笔为雷州人，应与其所见《楚辞达》之版本有一定的关系。

据相关书目类文献著录，《楚辞达》现存主要有三种版本：第一种是乾隆三十一年（1766）见南斋刻本。一册，每半页九行，行二十二字，白口，左右双边，单鱼尾。写刻本，无行格。首乾隆三十一年梁同书

①袁枚：《随园诗话》，凤凰出版社 2009 年 12 月第 1 版，第 160 页。

《序》和《见南斋读离骚指略》，末为方城《跋》。其扉页镌“望江鲁雁门论释　楚辞达　见南斋藏版”（见图），卷端题“楚辞达 雷川鲁笔雁门氏论释”，卷末镌“杭城后市街汤调元刊印”。此本流传不多，现仅见国家图书馆、清华大学图书馆、华东师范大学图书馆有藏。第二种是嘉庆九年（1804）师范辑《二余堂丛书》小停云馆刊本。一册，每半页九行，行二十二字，白口，四周双边，单鱼尾。首嘉庆九年师范《序》，卷端题“楚辞达 雷川鲁笔雁门氏论释 赵州师范荔扉氏校刊”，卷末附梁同书序和《读骚指略》。[①] 此本国家图书馆、安徽省图书馆、天津图书馆、吉林省图书馆有藏。第三种是光绪九年（1883）章世臣重印见南斋活字本。前有师范序、梁同书《序》，末无方城《跋》，卷有章世臣《重印楚辞达序》。此本流传甚稀，到目前为止笔者仅见南京图书馆有藏，此本是据嘉庆九年（1804）师范辑《二余堂丛书》重印。

最早误认为鲁笔是雷州人的，应是1961年出版的姜亮夫《楚辞书目五种》，书中仅提及上述第二种版本即《二余堂丛书》本，此本没有“望江”字样，而只有“雷川”，故产生了误会。至1993年出版的崔富章《楚辞书目五种续编》始解开误会，改鲁笔为望江人。然而，此后出版之《楚辞著作提要》等著作仍作雷州人。至于“雷川”之称，武夷山水帘洞岩壁有明嘉靖年间崇安县令胡文翰的楷书题刻：“水帘洞 今古晴檐终日雨，春秋花月一联珠　嘉靖乙巳夏六月六日知崇安雷川胡文翰书”，而胡文翰正是望江人，乾隆《望江县志》卷七有传。另，乾隆《望江县志》卷八载有龙燮《雷川四先生赞》，分别赞唐代孝子徐仲源、宋元之际文人学者龙仁夫和王幼学、明代成化年间谏官王瑞，四位均为望江先贤。因望江是古雷池所在地，各朝代行政区划名称不尽同一，

①按：师范（1753–1811），字端人，号荔扉，嘉庆六年（1801）授任望江知县，任职期间悉心搜集望江先贤著作，刻成《二余堂丛书》共十二种。

产生了一些别称，如大雷戍、大雷郡、雷邑、雷阳、大雷岸、雷港等，故雷川亦应是望江的别称之一。

乾隆《望江县志》卷七“人物上 儒林”卷首列有鲁笔之名，在陈心昆与檀易二人之间，但至卷中却没有鲁笔之传，在陈、檀二人之间是约四行格的空白。在卷八“艺文”载有鲁笔五言律诗，本应是两首而只能看到“其二”，第一首的位置又是四行格左右的空白。由于文献资料的缺失，鲁笔生平很难考索，可据者仅方城《〈楚辞达〉跋》：

> 于学无所不窥，弱冠既名籍江邦，好游历佳山水间，近远争延礼之。强仕年乃与余同附学，屡踬举场，故倦游，日坐破屋后山斋，闭户著述等身。先有《见南斋诗文集》行世，其于星纬皇极数及轩歧郭廖等书，靡不切究。尤邃六书韵律，诸内典并诠释精辟，识解超妙，又工真草名家书法。先生为人美丰仪，善谈谐，介直和易。至与人剖辩古今人是非事时，或抗议厉色不可夺。长余廿余龄，为忘年交，余特师事之。常晨夕过从，得聆绪论，要无能窥其涯矣。丁卯，余倖售，而先生老；馀谒选，而先生死矣。有子典，能读父书。

方城，字引薇，乾隆《望江县志》卷七有传，据其中“戊子春返里，一月卒，年七十二”，戊子为乾隆三十三年（1768），可推知其生于康熙三十六年（1697）。又据《跋》中“长余廿余龄”和“丁卯”数语，可推知鲁笔生年大约在康熙十四年（1675）前后，卒年在乾隆十二年（1747）之后不久。然而，不知1995年出版之《望江县志》据何而载鲁笔的生卒年为“1621–1704”，并说“当时名宿戴巨川、王已山对他极为赞赏”。[1]戴瀚（1686–1755），字巨川，号雪邨，上元人，雍正元年乡会试连捷，以榜眼授职翰林院编修。王步青（1672–1751），号已山，金坛人。雍正元年进士，改翰林院庶吉士。“名宿”多指素有名望的人，戴瀚、王步

---

①望江县地方志编纂委员会：《望江县志》，黄山书社1995年7月第1版，第649页。

青二人均是雍正元年（1723）进士及第入翰林院的，若鲁笔的卒年为公元1704年，此时戴瀚还不足二十岁，如何能称得上“名宿”呢？又，《续修四库全书总目》提要云鲁笔为“雍正秀才”，雍正帝在位时间是公元1723–1735年，若鲁笔卒于公元1704年，又如何能称为“雍正秀才”呢？可见《望江县志》所载前后抵牾，故笔者不采。《续修四库全书总目》提要云：“笔盖负才不遇，终其生未获一饩于黉宫，惟专心著述，终老牖下。是编（欣按：指《楚辞达》）盖雍、乾间鲁氏所作。”[①]与笔者推测其生卒年之大致时段正相吻合。《楚辞达》的初刊是在鲁笔去世之后近二十年，其具体成书时间并不知晓，但书中多征引和驳斥朱冀《离骚辩》，《离骚辩》初刊于康熙四十五年（1706），由此可知《楚辞达》的成书时间大致是在康熙四十五年（1706）之后，乾隆十二年（1747）之前。

鲁笔有《见南斋诗文集》行世，是同乡方城为其刊刻的，付梓在《楚辞达》之前。然此书在乾隆年间遭到禁毁。雷梦辰《清代各省禁书汇考》之“安徽省”收录有“《见南斋诗集》计二本，雷水鲁著”。[②]王彬《清代禁书总述》：“《见南斋诗集》，雷水鲁撰。此书为安徽巡抚富弼奏缴，乾隆四十年（1782）十二月二十六日奏准禁毁。”[③]从鲁笔化名“雷水鲁”的动机，以及乾隆《望江县志》对鲁笔传和部分诗的剜删来看，鲁笔很可能有反清倾向，致使其诗文集遭到禁毁。

梁同书《〈楚辞达〉序》评价鲁笔诗歌“雄浑高古，有汉魏之遗”。乾隆《望江县志》卷八“艺文”载有鲁笔五言律诗一首：“晓开天地阔，

---

①中国科学院图书馆整理：《续修四库全书总目提要》（稿本）第19册，齐鲁书社1996年12月第1版，第723–724页。

②雷梦辰：《清代各省禁书汇考》，书目文献出版社1989年5月第1版，第137页。

③王彬：《清代禁书总述》，中国书店1999年1月第1版，第224页。

清旭散鸿濛。扑翠微惊雨，收云乍作风。水田明万点，陵树暗千丛。出没难名状，揽归一掌中。”① 另，《望江文史资料》第三辑载鲁笔《游茗山路经某君留宿》一诗，诗云：“登临因过尔，留客意何长。未到青峰顶，先来绿野堂。风摇千树月，酒散一天霜。助我高吟兴，披衣懒上床。”注鲁笔云：“清·廪生，望江人。”② 对于鲁笔之交游，除同乡友人方城之外，笔者仅查考到一人，即郭起元，字复斋，福建闽县人，诸生。乾隆元年（1736）举博学鸿词，弗就，督学周学健以贤良方正荐，授安徽舒城知县，后迁盱眙知县、泗州知州、宿县同知，皆有善政。诗风清和妍丽，有《介石堂文集》十卷、《诗集》十卷存世。郭起元《介石堂集》诗集卷九载《宿鲁雁门书馆》、卷十载《夜饮鲁雁门山斋》等诗。

三、郑武生平、家世和交游考

郑武的生平事迹一直以来湮没无闻。黄灵庚《楚辞文献丛考》：“武字友杜，广东东莞人。生平履历莫考。”③ 笔者多方查考文献，找到了一些可供参考的资料。清人张其淦编撰的《东莞诗录》卷三十有郑武小传：“郑武，字友杜，号蒙庄。白沙人。康熙间附贡。著有《寄梦堂集》。瑜子。”④ 另外，在苏泽东编《国朝东莞题名录》康熙朝卷二中，郑武入列康熙八年己酉“县学十五名”中：“郑武，友杜，瑜子，白沙，附贡”，可知郑武为康熙八年（1669）县学生。郑武在《寄梦堂屈子离骚论文》卷七《涉江》“露申辛夷，死林薄兮”后夹批云：“余久困锁院，每于黄昏风雨夜读之，泪辄

①郑交泰：《望江县志》，江苏古籍出版社 1998 年 4 月第 1 版，第 665 页。

②政协望江县文史资料委员会编：《望江文史资料》第三辑，1992 年 5 月第 1 版，第 152 页。

③黄灵庚：《楚辞文献丛考》，国家图书馆出版社 2017 年 12 月第 1 版，第 1010 页。

④张其淦：《东莞诗录》卷三十，广东旅游出版社 2016 年 12 月第 1 版，第 597 页。

涔涔下。”[①]从“久困锁院”可知，郑武的科举之路并不顺遂。又，郑武在《远游》“永历年而无成”句后夹批曰：“羌数实奇，因此锁院，中夜思维，有泪如泻。”[②]然而，郑武在县学生之后的生平履历目前无从查考。

郑武的父亲郑瑜是明末清初广东东莞县名人。民国《东莞县志》卷六十四人物略十一有传：“郑瑜，字楚玉，白沙人。弱冠领崇祯三年庚午乡荐，辛未联捷进士，授吉安推官，有贤声。旋摄广信府事。时楚氛蔓延，率力保护，民赖以安。内擢户部主事，历员外郎中，出知太平府，迁上江曹储道，转山东按察副使，督催直隶、江西、湖广军需，屡著劳绩，升太仆寺少卿，解组归。入国朝卒，年八十二。著有《焚馀稿》。”[③]从“弱冠领崇祯三年庚午乡荐”和“年八十二”，可推知郑瑜的生年在万历三十九年（1611），卒年在康熙三十一年（1692）。郑武在《寄梦堂屈子离骚论文》卷七《九章·惜往日》“愿陈情以白行兮，得罪过之不意”后夹批曰：“余自先君见背之后，忧谗畏讥，益无以自聊，读此犹有余痛也。”[④]郑武《寄梦堂屈子离骚论文》中《大序》的创作时间是康熙三十四年（1695），按照前面推算的郑瑜的卒年在康熙三十一年（1692），正是在“先君见背之后”。由此可知，我们推算的郑瑜的生卒年应该是准确的。郑瑜于明崇祯三年（1630）举乡荐，崇祯四年（1631）联捷进士，曾任吉安推官、太平知府、山东按察副使等，官至太仆寺少

①郑武：《寄梦堂屈子离骚论文》，《楚辞文献丛刊》第47册，国家图书馆出版社2014年7月第1版，第129页。

②郑武：《寄梦堂屈子离骚论文》，《楚辞文献丛刊》第47册，国家图书馆出版社2014年7月第1版，第172页。

③陈伯陶编：《东莞县志》，民国十六年（1927）东莞养和印务局铅印本，第15册卷六十四第15页。

④郑武：《寄梦堂屈子离骚论文》，《楚辞文献丛刊》第47册，国家图书馆出版社2014年7月第1版，第152页。

卿。明亡后归隐乡里，顺治四年（1647）出仕为莞邑参事。

据东莞郑瑜夫妇合葬墓（康熙四十三年所立墓碑）碑文可知，郑瑜有四子：长子郑桂锡，次子郑泌，三子郑武，四子郑□（此字漶灭）。据《国朝东莞题名录》可知，长子郑桂锡，字兎木，为顺治十年（1653）县学生；次子郑泌（《国朝东莞题名录》卷二作"郑秘"），字业侯，为康熙八年（1669）广州府学生。清人欧苏撰《霭楼逸志》中记载了一个"借生子"[①]的故事，讲的是郑瑜而立之后未有子嗣，请求广信张真人为他续嗣，真人根据郑瑜八字算出他命宜男，但要到三十八岁才能得子。郑瑜表示自己弄璋情切，"欲娱亲暮景"，于是张真人说虽可侨借一子，"但恐中道弃捐"，郑瑜说自己可以接受。郑瑜于三十二岁果得一子郑锡桂（郑瑜夫妇合葬墓碑和《国朝东莞题名录》均作"郑桂锡"），长至年三十二卒。按此，长子郑桂锡的生年大约在崇祯十五年（1642），顺治十年（1653）考取县学生时是十二岁，这个年龄也是合理的。按年三十二可推知，郑桂锡的卒年在康熙十二年（1673）前后。

关于郑武的交游情况，可供查考的资料极其有限。因郑武的诗文集已佚，且在地方志中的痕迹也很少。张其淦《东莞诗录》卷三十中录有郑武的七首诗，可以根据这些诗略作查考。据《己未暮春送郭青霞先生归江南》一诗可知，郑武与郭青霞是"把臂"之友。郭青霞（1630–？），陕西人，"明末游击，随孙传庭与李自成战，传庭殉难，乃绝意仕途。好治《易》、《参同契》，黄白之术，留寓粤之东莞，以女嫁莞人陈阿平，遂家焉"。[②]陈阿平（1651–1721），字献孟，号云士、钵山居士，

①林雄主编：《明清广东稀见笔记七种》，广东人民出版社2010年3月第1版，第221–222页。

②邬庆时著，广东省立中山图书馆编：《屈大均年谱》，广东人民出版社2006年2月第1版，第130页。

廪贡生。是屈大均的学生，少有诗名，“性高淡恬雅，以著述自娱，志操尤介”[①]，晚年耽于禅，著有《钵山堂诗集》十九卷、《愚溪诗略》、《钵山堂诗略》、《开平县志》等，民国《东莞县志》卷六十七有传。郑武《寄梦堂屈子离骚论文》卷十《渔父》篇后夹批云：“余居钵山草堂，于夜雨梧桐时读之，有飘飘凌云之想”。[②]钵山草堂，即陈阿平家。可见，郑武与郭青霞及女婿陈阿平关系甚笃。

据《屈大均年谱》，屈大均于康熙十年（1671）有诗《赠青霞子》；又，康熙十八年（1679），屈大均五十岁时“与郭青霞各从东莞携家度岭，自番禺至于汉阳”。[③]这与郑武所作《己未暮春送郭青霞先生归江南》一诗正相印证，己未正是康熙十八年（1679）。据陈伯陶辑《陈献孟遗诗》和《屈大均年谱》可知，郭青霞、陈阿平与“岭南三大家”屈大均（1630–1696）、陈恭尹（1631–1700）和梁佩兰（1630–1705）均有往来唱和。张其淦《东莞诗录》卷三十还录有郑武《赠别徐苹村大司丞》一诗，可知郑武与徐倬游。徐倬（1624–1713），字方虎，号苹村，浙江德清人。康熙间进士，官侍读。曾向康熙帝进《全唐诗录》百卷，著有《苹村类稿》。又，据《云隐寺书怀》一诗可知，郑武曾留寓江西，诗中有句云“一日庄骚一日易，半年城郭半年乡。故园渔艇浑无恙，放棹中流读《九章》”。

关于郑武的交游，在《寄梦堂屈子离骚论文》一书中也能找到一些可供参考的资料。郑武在《离骚》“宁溘死而流亡兮，余不忍为此态

①李君明编：《东莞文人年表》，广东人民出版社2015年6月第1版，第584页。

②郑武：《寄梦堂屈子离骚论文》，《楚辞文献丛刊》第47册，国家图书馆出版社2014年7月第1版，第191页。

③邬庆时著，广东省立中山图书馆编：《屈大均年谱》，广东人民出版社2006年2月第1版，第153页。

也”句后夹批曰：“吴冠五极赏此句。余友闽南高固斋先生有诗云‘亦知从俗好，但觉处心难’，与此同慨。”[①] 吴冠五，即吴宗信，字冠五，号螺隐，安徽休宁屯溪人。为人放荡不羁，终生布衣，明末清初著名学者，工于诗，著有《履心集》四卷。高固斋，即高兆，字云客，福建侯官人。明诸生，入清后不仕，以遗民自处，与朱彝尊（1629–1709）、陈恭尹友善，著有《固斋集》、《续高士传》等。另外，郑武《己未暮春送郭青霞先生归江南》诗中有句曰：“何时重把臂，挥尘证神仙。”郑武《古意》诗中亦有诗句云“迩来服食学神仙，冀将却病且延年”。[②] 由此可以看出，郑武与郭青霞有着共同的兴趣爱好，即道教神仙信仰。

四、吴世尚生平著作考

吴世尚（1670–1739后），字群玉，后改字六书，池州府贵池县人。乾隆《贵池县志续编》卷六对其生平有简要介绍：“吴世尚，字六书，甲山人。早肆力于六经子史，躬自钞览至腕脱，以左手作字。名其居曰‘易老庄山房’。当路交重其博雅而刚介不阿，于时饩郡庠，未贡卒，所著行世诸书，详见《艺文》。”[③] 光绪《贵池县志》卷二十七“人物志文苑传”和民国二十二年（1933）《贵池县志续编》卷六“人物类 文苑”所载与此大体一致。

清末藏书家刘世珩（1874–1926）辑刻之《贵池先哲遗书》中收有吴世尚《庄子解》，刘世珩在卷首引上述《贵池县志》中吴世尚之生平，后加按语云：“先生并无《春秋义疏》之作，尚有《礼记章句》，章

---

①郑武：《寄梦堂屈子离骚论文》，《楚辞文献丛刊》第47册，国家图书馆出版社2014年7月第1版，第57页。

②张其淦：《东莞诗录》卷三十，广东旅游出版社2016年12月第1版，第597–598页。

③谢锡伯、汪廷霖：《贵池县志续编》，清乾隆十年（1745）刻本。

锡九先生《序》见《南湖集钞》，并有《〈老子宗指〉序》、《〈吴先生手录十三经〉序》。先生又号群玉，均见南湖各《序》中。修志时当为改正，今特揭之。”[①] 章锡九先生，即章永祚，著有《南湖集钞》十二卷，亦收入《贵池先哲遗书》中。《南湖集钞》卷四有《〈吴生手录十三经〉序》《〈礼记章句〉序》《〈老子宗指〉序》《〈庄子解〉序》。吴世尚数种著作之《序》均为章永祚所作，可见二人关系非同一般。光绪《贵池县志》卷三“人物志宦绩下”云：“章永祚，字锡九，世德子。康熙二十年举人，以截取授清涧知县。……著有《南湖集》。”[②]《安徽通志稿·艺文考》著录其著述有《南湖诗集》八卷、《南湖文集》八卷、《遗民传》一卷，现较为常见的是《贵池先哲遗书》本《南湖集钞》十二卷。章永祚《南湖集钞》中有《处士吴君庙志铭》，是章永祚为吴世尚的父亲吴骏南所作。据此可知，吴骏南（1625–1701），字有声，弃举业后隐居九华山望华楼，精于易、六经及术数之学，著有《望华楼诗文集》若干卷，订有《小学易简言》、《礼记便蒙》等书，所选评有太白、东坡等集。吴世尚为其第三子。且，章永祚《处士吴君庙志铭》中有一段记载能推知吴世尚之生年：

> 忆余于康熙己未春有九华之游，从山阴下倾盖逢君，君一见即许为忘年交。客余于望华楼时，曹勺子在馆，亦善。余顾群玉曰此子年十龄，遍诵五经，稜稜露爽，时文非余好也，章君年少学富，其将从之游乎？君曰唯唯。后余授徒南湖，遂于群玉有一日之长，迨群玉补博士弟子员，而勺子已殁矣。癸酉乡闱，群玉垂得复失，归而益肆力于古，方冀其博科第以慰君，君今复殁矣。[③]

---

①刘世珩：《贵池先哲遗书》第二十八种，民国九年（1920）刻本。

②陆延龄、桂迓衡：《贵池县志》，江苏古籍出版社 1998 年 4 月第 1 版，第 353–354 页。

③章永祚：《南湖集钞》，《清代诗文集汇编》第 209 册，上海古籍出版社 2010 年 12 月第 1 版，第 671 页。

“康熙己未”，即康熙十八年（1679），此时吴世尚“年十龄”，可推知其生于康熙九年（1670）。“癸酉乡闱”，即指康熙三十二年（1693）吴世尚二十四岁时应乡试未果。章永祚《〈礼记章句〉序》云：“天子仁孝，念小臣家有老母，恩允回籍侍养，六书坐我家塾，训课儿曹，白头师弟，相对一堂，授受渊源，延于两世。”[①] 据《贵池县志》，章永祚于雍正三年（1725）卸任归里，此时吴世尚于章氏家塾授徒课业，时年约五十五岁。李暾《松梧阁诗集》中有《小春三日同明府郑衣闻吴六书宿清音楼限韵》一诗，此诗作年为雍正十一年（1733），吴世尚时年六十四岁。章永祚《峡山书屋诗序》云：“吴子六书世居九华之阴，所谓峡山也，峰高林密，最为幽邃。余弱冠时曾至其地，今白头相对，年俱七十矣。”[②] 说明乾隆四年（1739）吴世尚七十岁尚在世。

章永祚《〈吴生手录十三经〉序》云：“吴生群玉，幼而颖异，十龄尽通四子五经，弱冠问字于余，则已举所谓十三经者，无不熟复贯通，年来以贫故授徒四方，艰于携挈，以蝇头细书钞录成帙。盖尊甫有声，积学嗜古，不欲以侥倖科举者期生，而生之姿力又足以副之，生其贤于人远哉！”[③] 又，《〈老子宗指〉序》云：“余与吴子向有一日之长，深喜其游情道薮，刻意著书。吴子往年因钞录十三经，昼夜蒲编，指腕力弱，行年五十，不得已以左手作字，矻矻不少休。”[④] 由此可知，吴世尚笃志嗜

①章永祚：《南湖集钞》，《清代诗文集汇编》第209册，上海古籍出版社2010年12月第1版，第624页。

②章永祚：《南湖集钞》，《清代诗文集汇编》第209册，上海古籍出版社2010年12月第1版，第638页。

③章永祚：《南湖集钞》，《清代诗文集汇编》第209册，上海古籍出版社2010年12月第1版，第624页。

④章永祚：《南湖集钞》，《清代诗文集汇编》第209册，上海古籍出版社2010年12月第1版，第625页。

学，博通十三经，锐意著书，曾自谦道“余生平鲜他好，所沉酣者，五经四书而外，《左》《老》《庄》《骚》，其最也”。(《〈庄子解〉序》)

吴世尚著述颇丰，据光绪《重修安徽通志》、刘世珩《贵池先哲遗书》和相关图书馆目录可知，其著作至少有七种：《易经注解》《礼记章句》《吴先生手录十三经》《庄子解》《老子宗指》《楚辞疏》《周易本义启蒙通刊》。民国《安徽通志稿·艺文考》仅著录《老子宗指》《庄子解》《楚辞疏》三种，有些著作很可能在民国之前即已亡佚。除《庄子解》和《楚辞疏》外，其他几种均极罕见。可考者有以下四种：

1.《老子宗指》四卷。版本有雍正二年(1724)易老庄书屋刻本，北京师范大学图书馆有藏(一册)。

2.《周易本义启蒙通刊》十四卷。版本有雍正十二年(1734)光德堂刻本，包括首一卷《周易传》十卷《易学启蒙》四卷，附《周易经》二卷。九行十九字，白口，四周单边，中山大学图书馆有藏(六册)。

3.《庄子解》是吴世尚的著作中流传最广的一种，成书于康熙五十三年(1714)。《光绪重修安徽通志》《四库全书总目·子部道家类存目》《清史稿艺文志》《清通志》《清文献通考》等著录。版本至少有三种：一是《庄子解》三卷，康熙五十四年(1715)光裕堂刊本，国家图书馆藏四册本一部，北京大学图书馆藏六册本一部，清华大学图书馆藏六册本一部，吉林大学图书馆藏两册本一部，河南大学图书馆藏四册本一部。二是《庄子解》十二卷，雍正四年(1726)易老庄书屋刊本，华东师范大学图书馆藏六册本一部。三是《庄子解》十二卷，民国九年(1920)贵池刘氏唐石簃刻《贵池先哲遗书》本，北京大学图书馆、辽宁大学图书馆有藏。

4.《楚辞疏》八卷，现存版本主要有两种：一是雍正五年(1727)尚友堂刻本，封面镌“贵池吴六书手定 楚辞注疏 尚友堂梓行”，版心镌“楚辞”，中镌篇名。九行十九字，小字单行同，白口，左右双边，单鱼尾。

国家图书馆藏四册本和六册本各一部，上海图书馆藏六册本一部，湖南图书馆藏六册本一部，吉林大学图书馆藏一册本一部，清华大学图书馆藏六册本一部，哥伦比亚大学斯塔尔东亚图书馆藏六册本一部。二是雍正五年（1727）尚论堂刻本，封面镌“贵池吴六书手定 楚辞注疏 尚论堂梓行”，版心镌“楚辞”，中镌篇名。九行十九字，小字单行同，白口，左右双边，单鱼尾。北京大学图书馆藏四册本一部，南京图书馆藏六册本一部。另，中国社科院文学研究所、日本广岛大学图书馆有藏本。两个版本版式一致，刊刻年代都是雍正五年（1727），只是在扉页有尚“友”堂和尚“论”堂的区别。尚友堂是明末苏州金阊人安少云的书坊名，尚论堂是清代江苏太仓人谢浦泰的室名，究竟原版是出自哪个书坊还有待考证。

五、江中时生平著作考

江中时《楚骚心解》是清代稀见的楚辞学著作。据笔者所知见，到目前为止国内还没有发现藏本。现在所能看到的是珍藏在日本大阪大学图书馆，为西村时彦收藏的“《楚辞》百种”之一，这很可能是海内外孤本，非常珍贵，一直难以寓目。直到2014年国家图书馆出版社出版的黄灵庚《楚辞文献丛刊》，首次收录此书并全书影印，才使得此书真正进入学人的视野。

江中时著作宏富，于学多有涉猎。然而，或许因江中时未曾出仕，其生平著作亦湮没不传。据笔者考证，江中时是福建邵武府泰宁县人。光绪《重纂邵武府志》卷二一儒林记载：“江中时，字子随，号秋水，贡生。少嗜学，专求心得，不屑屑记诵，尤以身体力行为务，年三十七赴乡闱，归途闻父卒，星夜奔回，恸几绝，后遂不应科举。锐意著述，工古文，尤喜为诗，尝以诗文质朱仕琇、李俊，皆期许深至。年七十卒，著有《读易蒙求》《五经参解》《楚骚心解》《庄子心解》《读杜参解》《义山诗补笺》及《双声叠韵》《读史小乐府》等。"[1] 江中时在三十七岁时，曾因参加科考没能见到父亲最后一面，非常悲痛，几次恸哭晕厥，之后"不应科举"，绝意仕途，于邑中授徒讲学，交游有同乡廖学信、朱仕琇等，高徒有福建毓秀书院创始人邓文熊等。

此地方志中并未记载江中时的生卒年，据《楚骚心解》卷末门生捐资刻书之"公启"可推知。"乾隆丁未五十二年端月同人公启"曰："来岁戊申，吾师六十寿也。同人谋所以寿吾师者，不如吾师所自著书更为不朽，因思先以《骚解》付之剞劂，使爱其书者俱得卒业，于是不至复有借抄之劳也。"[2] 乾隆丁未五十二年，即公元1787年，戊申为乾隆五十三年（1788）江中时六十岁，由此可推算江中时的生年为雍正六年（1728）。而据上引光绪《重纂邵武府志》卷二一儒林载江中时"年七十卒"，其卒年当为嘉庆二年（1797）。

江中时著作颇丰，据光绪《重纂邵武府志》卷二九艺文录列，计有以下十种：《读易蒙求》三卷、《五传参解四书蒙求》二卷、《读史小乐府》二卷、《庄子心解》三卷、《楚骚心解》四卷、《李义山诗补笺》六卷、《双声叠韵》不分卷、《读杜参解》二十一卷、《秋水山人诗集》八卷、《秋水山人文集》一卷。江中时于学多有涉猎，从其著作所涉之领域来看，《读易蒙求》、《五传参解四书蒙求》属于经部，《庄子心解》属于子部，还有属于集部的《楚骚心解》和诗文集。从江中时的著作《李义山诗补笺》六卷、《双声叠韵》、《读杜参解》二十一卷可以看出，江中时尤工于诗，这恰好印证了上引光绪《重纂邵武府志》中的记载"尤喜为诗，尝以诗

①王琛等：《光绪重纂邵武府志》，《中国地方志集成》福建府县志辑10，上海书店出版社2000年10月第1版，第448页。

②江中时：《楚骚心解》，《楚辞文献丛刊》第57册，国家图书馆出版社2014年7月第1版，第275–276页。

文质朱仕琇、李俊，皆期许深至”。遗憾的是这些著作大多都已经散佚，不得寓目，无法窥其诗文之面貌。

据笔者知见，现存江中时著作仅有《楚骚心解》一种，且国内还没有发现藏本。其他九种著作均极为罕见，据笔者检索国内各大图书馆均未有藏本，藏书家亦未著录，很可能都已经佚失。究其生平著述湮没不传之缘由，应与江中时三十七岁以后绝意应举、未曾出仕，一生大部分时间于邑中授书课业有很大关系。江中时的著作赖方志得以录列，且光绪《重纂邵武府志》中还摘录有其中两种著作的《自序》。兹就方志记载，略考如下：

1.《读易蒙求》三卷

光绪《重纂邵武府志》卷二九艺文录：“《读易蒙求》三卷江中时撰”。后附：“《自序》略曰：余六十始读朱子《周易本义》，偶有所疑，必求其通，既撰《疑义》一册，又撰《蒙求》一册，率意而偶得之，献岁发春，乃取《大全》诸书逐卦逐爻而细绎之，遂成斯编，仍其名曰《蒙求》，而《疑义》悉具其中。”①

江中时六十岁，即乾隆五十三年戊申（1788）。据此《自序》可知，江中时六十岁始用力于《周易》，针对朱子的《周易本义》提出了一些疑问，先撰《读易疑义》一册，又撰《读易蒙求》一册，后又参考《周易大全》对《周易》逐卦逐爻而细绎，合二书为一，名之为《读易蒙求》，凡三卷。

2.《读史小乐府》二卷

光绪《重纂邵武府志》卷二九艺文录：“《读史小乐府》二卷，江中时撰”。后附：“《自序》曰：庚戌冬检耨田廖夫子遗集，得《咏史小乐府》

①王琛等：《光绪重纂邵武府志》，《中国地方志集成》福建府县志辑 10，上海书店出版社 2000 年 10 月第 1 版，第 810 页。

一册，上自战国，下迄有明，得千四百有奇，遂仍其体，五言二韵限以二十字，亦得九百有奇。其事不必尽同，偶有所得，则取而注之，非敢语之以为博也。”①

所谓“小乐府”，即用五言绝句体创作的乐府诗。其名最早见于元末明初的杨维桢：“予三体，咏史，作七言绝句体者三百篇，古乐府体者二百首，古乐府小绝句体者四十首。绝句，入到吾门者，章禾能之；古乐府，不易到吾门，张宪能之。至小乐府，二三子不能，惟吾能。”② “明末清初，咏史乐府诗的创作不仅蔚然成风，而且多为大型连章体组诗，如王士禛《小乐府》30 首、吴炎《今乐府》100 首、潘柽章《今乐府》100 首等，即皆其为例。”③ 江中时生活的时代正处于清代中叶，咏史乐府诗的创作依然繁荣。“庚戌”，即乾隆五十五年（1790），江中时时年六十三岁。“廖夫子”即廖学信，字资言，雍正元年癸卯（1723）恩科解元，泰宁县人。江中时得到了友人廖学信《咏史小乐府》一册，于是依其体，创作了九百多首咏史小乐府，集为一册二卷。

3.《楚骚心解》四卷

清乾隆五十二年（1787）刊本，日本大阪大学藏本（西村时彦旧藏），二册。每半页九行，行二十二字，小字双行，眉端小字行三字，白口，四周双边，单鱼尾。此本因珍藏于日本，很难寓目，各书目类文献的记载亦有出入。例如关于其刊刻年代，饶宗颐《楚辞书录》云：“《楚辞心解》，清江中时撰，乾隆二十九年刊本。”④ 姜亮夫《楚辞书目五种》

---

①王琛等：《光绪重纂邵武府志》，《中国地方志集成》福建府县志辑 10，上海书店出版社 2000 年 10 月第 1 版，第 810 页。

②顾嗣立：《元诗选》，中华书局 1987 年 10 月第 1 版，第 2002 页。

③王辉斌：《论清代的咏史乐府诗》，《南都学坛》2011 年第 1 期，第 67–68 页。

④饶宗颐：《楚辞书录》，香港东南出版社 1956 年 1 月第 1 版，第 30 页。

云："《楚辞心解》，清江中时撰。清乾隆二十五年甲申刊本。"[1]按：甲申为乾隆二十九年，非乾隆二十五年。崔富章《楚辞书录解题》的记载较为详细准确："《楚骚心解》四卷首一卷末一卷，清江时中撰。清乾隆五十二年（1787）刊本。日本大阪大学藏本（西村时彦旧藏），二册。首乾隆三十六年（1771）廖学信《序》，次《楚骚心解发凡》，次《楚骚心解目次》。卷首有《屈原列传》《屈原外传》《怀襄在位事迹考》，摘录《古音考》。次入正文。卷末有《学生同人公启》（乾隆丁未正月）、刊刻姓氏。"[2]笔者查验2014年国家图书馆出版社《楚辞文献丛刊》（第57册）影印日本大阪大学藏本，《楚骚心解》卷末确实有门生捐资刻书之"乾隆丁未五十二年端月同人公启"，可以确定此书的刊刻年代为乾隆五十二年（1787）。

江中时《楚骚心解》卷首有乾隆三十六年（1771）廖学信《序》、《楚骚心解发凡》、《楚骚心解目次》、司马迁《史记·屈原列传》、沈亚之《屈原外传》、林云铭《怀襄在位事迹考》及《摘录古音考》。凡四卷，卷一《离骚经》，卷二《九歌》、《天问》，卷三《九章》，依次为《惜诵》《思美人》《抽思》《涉江》《橘颂》《悲回风》《惜往日》《哀郢》《怀沙》，卷四《远游》《卜居》《渔父》《招魂》《大招》。《楚骚心解》凡四卷所有作品，都是江中时认定的屈原作品，目次与林云铭《楚辞灯》一致。

江中时在《楚骚心解·发凡》后的识语云："是编始于庚辰仲秋，阅月而草就，一再易稿。"[3]庚辰即乾隆二十五年（1760），可知《楚骚心解》之撰写始于此年，时年江中时三十三岁。之后的"甲午三月朔中

---

①姜亮夫：《楚辞书目五种》，中华书局1961年12月第1版，第195页。

②崔富章：《楚辞书录解题》，高等教育出版社2010年1月第1版，第175页。

③江中时：《楚骚心解》，《楚辞文献丛刊》第57册，国家图书馆出版社2014年7月第1版，第12页。

时又识”曰:“是编成后藏之箧中十有余年,曾质于友人廖尹乡,未敢以问世也。癸巳秋杪,绥安徐子正思惠以《毛诗古音考》、《屈宋古音义》,兼以李安溪先生《骚经九歌注》本见示,往复读之,极为精当,鄙注可覆瓿矣。然不自焚弃,更采先生说补入编中,正欲使妍媸互形也。《屈宋古音义》者,明陈季立先生所著,意在详明古音,与《毛诗古音》并行,兹兼为摘录,因并著其所本云。”[①] 癸巳即为乾隆三十八年(1773),时年江中时四十六岁。江中时得到前代乡贤陈第的《毛诗古音考》、《屈宋古音义》和李光地的《离骚经九歌注》,摘录《屈宋古音义》中音韵部分入其书中,同时采择李光地之说增补入其书之中。

《楚骚心解》得以刊行,主要是因为江中时的门生遗憾此书很难寓目,并借刊行此书为业师六十岁贺寿。《楚骚心解》卷末“乾隆丁未五十二年端月同人公启”曰:“吾师秋水江先生著作宏富,而尤工于诗。于古人之书无不搜览,而尤殚心于屈子之《离骚》、杜氏之一千四百首。《读杜参解》今始脱稿,而所著《楚骚心解》藏箧中盖廿余年矣。此书副本甚少,友徒辈欲一借抄,或至五六年不得寓目。来岁戊申,吾师六十寿也。同人谋所以寿吾师者,不如吾师所自著书更为不朽,因思先以《骚解》付之剞劂,使爱其书者俱得卒业,于是不至复有借抄之劳也。凡我同人或属戚友,或附门墙,踊跃以勷厥事,匪独以广是书之传,于吾邑之古学,亦必有所振起云。”[②] 此“公启”指出《楚骚心解》一书“藏箧中盖廿余年”,“副本甚少”,即使是江中时的门生也很难寓目。“公启”后列出了“刊刻姓氏”,包括江中时的门生一百三十人,以及族弟、族

①江中时:《楚骚心解》,《楚辞文献丛刊》第 57 册,国家图书馆出版社 2014 年 7 月第 1 版,第 13–14 页。

②江中时:《楚骚心解》,《楚辞文献丛刊》第 57 册,国家图书馆出版社 2014 年 7 月第 1 版,第 275–276 页。

侄、女婿、兄弟、侄、重侄等十九人参与校刊。《楚骚心解》一书从乾隆二十五年（1760）江中时三十三岁开始撰写，到乾隆三十八年（1773）摘录增补，再到乾隆五十二年（1787）江中时六十岁刊行，确实经过“廿余年”，算来有二十八年之久。

六、梅冲家世生平著作考

梅冲（1762–1826），字衷渊，一字衷源，号抱村、抱苏。嘉庆五年（1800）举人，是晚清古文家梅曾亮的父亲。据梅寿康《金陵梅氏支谱》载，梅冲生于乾隆二十七年（1762）七月十五日，卒于道光六年（1826）十一月二十七日，享年六十有五。[①] 宣城梅氏是历史上有名的文化世家，名家辈出。梅冲的高祖父是清代著名的天文历算家梅文鼎，曾被康熙帝三次召见并荣蒙御赐“积学参微”四字。梅冲的祖父梅瑴成作为梅氏家学接班人在数学历算方面成就突出。乾隆十五年（1750），七十岁的梅瑴成致仕归，乾隆帝赐籍江宁，移居磨盘街，其子也随父移籍江宁。光绪《宣城县志》明确记载：“梅冲，嘉庆庚申恩科，瑴成孙，上元籍。”[②] 按照古代以县定籍贯的惯例，梅冲和梅曾亮均是上元县人。然而，梅冲和其子梅曾亮对宣城梅氏都有着深厚的宗族感情，梅冲著作题为“宣城梅冲”，梅曾亮名其集为“柏枧山房”均是为示不忘祖之意。道光五年（1825）黄钺《文峰梅氏重修宗谱序》云：“兹抱苏以家谱之修，间八十余年，合宗族之贤并力修之，两载告成。”又，梅寿康《金陵梅氏支谱·小引》：“至乾隆壬戌及道光乙酉，正则公、抱苏公一再续修。”可知梅冲晚年肆力重修梅氏宗谱。据梅曾亮于道光三年（1823）所作《家谱约书》可知其家族世系如下：

①梅寿康：《金陵梅氏支谱》，国家图书馆古籍馆藏清光绪十一年（1885）活字本。
②李应泰、章绶：《宣城县志》，江苏古籍出版社 1998 年 4 月第 1 版，第 167 页。

梅瑞祚（悬符公）——梅士昌（期生公）——梅文鼎（定九公，1633–1721，字定九，号勿庵）——梅以燕（正谋公1655–1705，字正谋）——梅瑴成（文穆，1681–1763，字玉汝，号循斋）——梅镠（1734–1797，字继美）——梅冲（1762–1826，字衷渊，号抱荪）——梅曾亮（1786–1856，字伯言）

梅冲的父亲梅镠（1734–1797），字继美，号石居，一号青溪。为梅瑴成第五子。性至孝友，通小学，好书画，工八分书及篆隶，精鉴别，晚年藉以自娱。与邓石如、黄钺交谊甚笃。工诗文，以韩杜为宗，著有《石居文集》。梅冲之妻侯芝（1768–1828），上元人，字香叶，自号香叶阁主人。出身于诗书礼仪之家，幼承家学，通经史，性好吟咏，富于文才。尤善弹词改写，曾手订《再生缘》等弹词。

关于梅冲生平的资料极少，只有一些零星记载。罗士琳《畴人传续编》卷五十："梅冲，字抱村，总宪文穆公之孙，宣城诸生。"徐世昌《清儒学案小传》卷四梅瑴成小传末云："孙冲，字抱村，亦能世其学。"同治《续纂江宁府志》卷十四："冲，字衷渊，一字抱荪。嘉庆五年举于乡，博雅淹通，耽心著述，著有《然后知斋经义答问》《庄子本义》《离骚经解》《阴符经解》《勾股浅述》《增订事类赋》《诗文集》。"[①] 同治《上江两县志》所载与此基本一致。[②]

乾隆四十四年（1779），梅冲18岁时，从钱大昕学习算学。[③] 乾隆五十八年（1793）癸丑，32岁的梅冲又从算学家李潢学习。梅冲生于

---

①蒋启勋、汪士铎等：《续纂江宁府志》，台北成文出版社1970年5月第1版，第211页。

②莫祥之、甘绍盘、汪士铎：《同治上江两县志》卷二十四"耆旧"，清同治十三年（1874）刊本。

③据罗士琳《续畴人传》和《江苏艺文志》南京卷。另，朱绪曾编《国朝金陵诗征》卷二十八录有梅冲《吴门谒钱辛楣先生言象数学有述》一诗，可证。

如此鼎盛于世的历算世家却为何要向外问学？细细分析可知，其祖父梅瑴成卒于乾隆二十八年（1763），此时梅冲仅仅两岁，无缘受祖父之教。伯父辈中梅鈖、梅钫虽于家学颇有天份，而二人又均在梅冲出生之前即卒。梅冲父亲梅镠工诗文、好书画，似未涉猎算学。恐怕家族中能指导梅冲算学者寥寥无几，故曰"粗闻先人绪论，未能竟学"，可以说家学至其父辈即已中断，无怪梅瑴成在梅鈖、梅钫卒后哀恸地发出"呜呼，天岂不欲吾家学之传耶"之慨叹（见《增删算法统宗》凡例）。从上引《自序》曾肆力专修家谱可以看出，梅冲极具宗族荣誉感与使命感，其著《勾股浅述》并付梓的主要目的是在普及数学知识，"为家塾引蒙之一助"的同时宣扬家学。罗士琳《畴人传续编》卷五十："抱村禀承家学，于时古文辞皆高出时辈，尤肆力于制艺，曾撰《离骚经解》一书行世。其所著之《勾股浅述》，盖即本先君《勾股举隅》而详明之，并杂取《算法统宗》难题数则，附列于后，期便初学，无大精义，但于勾股中聊见一端耳。"[①]罗士琳亦为算学家，时代后于梅冲约三十年。虽然罗士琳称梅冲能"禀承家学"，然亦评其《勾股浅述》"无大精义"。梅冲《勾股浅述自序》亦云："饥驱四方，未遑卒业，家学故未能禀承。"可见，梅冲于算学虽有所心得却并未深入，未能达到专精之程度，亦无创见，故未见重于当世。

乾隆五十年（1785），24岁的梅冲已为袁枚弟子。袁枚《随园诗话补遗》卷三："蒋心余太史自称'诗仙'，而称余为'诗佛'，想亦广大教主之义。弟子梅冲为作《诗佛歌》云：'……先生即佛佛即诗，佛与先生两不知。我是如来大弟子，夜半传衣得微旨。放胆为作《诗佛歌》，愿学佛者从隗始。'"[②]袁枚编《续同人集》中载梅冲诗文有《简斋先生

①罗士琳：《畴人传续编》，阮元《畴人传汇编》，台北世界书局1982年4月第1版，第676页。

②袁枚：《随园诗话》，凤凰出版社2009年12月第1版，第350-351页。

招集随园并同登山望月》《随园赋》《随园夫子七十寿序》《寄简斋先生书》《谢馈苏糯和烛启》。据梅冲作有《随园夫子七十寿序》可知，袁枚七十岁时，即乾隆五十年(1785)梅冲已经为其弟子，但梅冲始学诗于袁枚之具体时间尚不能确定。嘉庆十年(1805)，姚鼐自安庆敬敷书院复来江宁主钟山书院，梅曾亮与管同一道前往，正式受业于姚门。新城陈用光曾作《留别江南知友》一诗，在“文字因缘同骨肉，韦绝交谊梦烟萝”句后自注云：“梅抱村与令子伯言皆受业姚师，而与余契。”[①]由此可知，梅冲亦曾受业于姚鼐，并与陈用光为契友。梅冲有《吴门谒钱辛楣先生言象数学有述》一诗，其中有“昔年主钟山，冲也幸趋侍。指画文艺余，勖以家学继”之诗句，可证，但其受业于姚鼐的具体时间亦不能确定。

梅冲一生著述不少，然传世已不多。据陈作霖《金陵通传》、光绪《续纂江宁府志》录列，计有以下七种：《然后知斋经义答问》二十卷、《庄子本义》二卷、《离骚经解》、《阴符经解》、《勾股浅述》一卷、《增订事类赋》、《然后知斋诗文集》。而现存梅冲著作，仅有《然后知斋经义答问》二十卷、《勾股浅述》一卷、《庄子本义》二卷、《离骚经解》四种，其他三种已佚。除《然后知斋经义答问》二十卷，《续修四库全书》和《四库未收书辑刊》收录外，其他几种均极为罕见。从其著作所涉之领域来看，《然后知斋四书五经答问》属经部五经总义类；《庄子本义》《阴符经解》《增订事类赋》属子部；还有属集部的《离骚经解》以及诗文集。从上述四种存世著作亦可看出，梅冲于学多有涉猎，时人推其“博雅淹通”并非虚誉。通过梳理考索其生平和著作大体可推知梅冲的学术倾向，早年为世其家学，先后随钱大昕、李潢学习算学，青年时作为袁枚

①陈用光：《太乙舟诗集》，《续修四库全书》集部第1493册，上海古籍出版社2002年4月第1版，第195页。

的诗弟子，中年以后曾受业于姚鼐学习古文，一生大部分时间为生计奔走授书课业。正如梅冲自己所云“指画文艺余，勖以家学继”，梅冲笃攻诗文，而并不以算学为主业。惜梅冲《然后知斋诗文集》已佚，无法窥其诗文之面貌，现存诗文除上文提到的《诗佛歌》及袁枚编《续同人集》几篇之外，朱绪曾编《国朝金陵诗征》卷二十八录有梅冲《三段碑歌》《吴门谒钱辛楣先生言象数学有述》《读书新安华屏击竹庵题壁》《读黄氏日钞》。袁枚《小仓山房尺牍》卷五中有《与梅衷源》[①]，袁枚主要是针对梅冲诗宗韩、杜、苏三家而指导其师法要宽，宜转益多师、兼收并蓄。值得一提的是，梅冲父梅镠古文诗即以韩、杜为宗，由此又可看到梅冲师法受父亲之影响。

说来诗文亦是梅氏家学传统之一，黄钺《文峰梅氏重修宗谱序》云“间于案头，见《梅氏诗略》，披阅一过，益悚然，一家人文之盛有如此也。”可见梅氏家族有内部自编的诗册。梅文鼎工于诗文，著有《绩学堂文钞》六卷、《诗钞》四卷，为诗“情真静远，称心为言，无时人饾饤裘马之习”（施闰章《绩学堂诗钞序》）[②]，为文“宜其文之高卓，非凡近所及”（张自超《绩学堂文钞序》）[③]，为时人所称。上文已述梅冲父亲梅镠亦工诗文，梅曾亮诗集中有《书示张生端甫》一诗，其中有诗句云：“我年未及十，我祖授书时，襟裾戒牛马，解授城南诗。覆醢悲子路，读记泪绠縻，谓我有文性，祖亦为嘘唏。”[④]可知梅曾亮幼年曾得祖父梅镠授书，而梅镠又重点培养他对文学的体悟和感受力。

关于梅氏诗文方面的家学传统对梅曾亮的影响，学界多有忽视，

---

①袁枚：《小仓山房尺牍》，世界书局1936年9月第1版，第246–247页。

②梅文鼎：《绩学堂诗文钞》，黄山书社1995年12月第1版，第371页。

③梅文鼎：《绩学堂诗文钞》，黄山书社1995年12月第1版，第368页。

④梅曾亮：《柏枧山房诗文集》，上海古籍出版社2005年12月第1版，第562页。

而认为梅曾亮是受其舅侯子有和母亲侯芝的教诲。实际上，其父梅冲对其影响亦不容忽视。嘉庆九年（1804）梅曾亮十九岁时，歙县程恩泽来江宁乡试，梅冲读其《咏史》诗后对梅曾亮说："汝见程公子诗乎？渠长汝一岁耳。"这一年，梅冲馆江西巡抚署，曾亮随往，梅冲课秦承恩之子秦远亭，曾亮及汤子燮、帅子文同受书。第二年即嘉庆十年，梅冲试礼部至京，曾亮亦随往。可见，梅曾亮青年时期多次随父出行，并同他人一起受业，受其父的影响是毋庸置疑的。

梅冲在《然后知斋答问》"问今之学者有汉学宋学之分，宜何从"答曰："学而别之曰汉曰宋，固非圣门之所谓学矣。……每观记诵该博之士，其考据精核处未尝不得圣人之意，而有时支离乖谬，则迥出情理之常，岂非失其本心之明，而是非黑白终未了然也哉！并有博极群书，而立身制行、处事应物或反不及常人，甚至为文亦不如空疏者，则有闻有见之不可为有知也，明矣。善学者，固有所以自处哉！"[①] 可见，梅曾亮不拘于汉宋的治学倾向与其父梅冲亦是一脉相承的。

七、林仲懿生平家世考

林仲懿，字山甫，号谦斋，山东登州府栖霞县人。《四库全书总目提要》云"不知何许人"。历来楚辞书目类文献对林仲懿生平也都语焉不详，然而地方志中还是记录了不少可供参考的史料。

光绪《栖霞县志》卷七人物下记载："林仲懿，康熙辛卯亚元。筮仕铜陵，一岁即解组，杜门著书，邑人罕识其面，为文高古疏宕，酷嗜庄骚，独以为旨与孔孟合，遂注《离骚中正》、《南华本义》二书。其子譔刻以行世。李、彭两邑令尝慕而就访之，率谈忠孝利济，事不及邑政

①梅冲：《然后知斋答问》，《四库未收书辑刊》第四辑第九册，北京出版社2000年1月第1版，第560页。

也。”[①] “李、彭”指的是先后担任栖霞知县的李必申和彭瑞澂。由此可知，林仲懿于康熙五十年（1711）辛卯中举，雍正七年（1729）官铜陵知县。又据乾隆《铜陵县志》卷二可知，林仲懿官铜陵知县仅一年即因病解任，闭门著书。

光绪《栖霞县续志》卷首载“康熙修志姓氏”，诸生林瑨入列其中。乾隆《栖霞县志》科贡表记载：“林仲懿，康熙辛卯年举人，瑨之子，亚元，知铜陵县。”[②] 可知，林瑨为林仲懿之父，字昆璧。光绪《栖霞县续志》卷六人物志上《科贡表》“康熙辛酉”载：“林瑨，兖州府教授，陞河南通许令。”[③] 可知，林仲懿之父林瑨，康熙二十年（1681）辛酉拔贡，官兖州府教授，后升任通许知县。光绪《续修登州府志》卷四十一贡生载：“林瑨，履祥子。东昌兖州教授，通许知县，廉介清严，去之日百姓追送百里。”[④] 可见，林仲懿祖父名林履祥，父亲林瑨是有政声的清官。据乾隆《兖州府志》卷十二职官志可知，林瑨于康熙四十年（1701）任兖州府儒学教授。据光绪《增修登州府志》卷四十一“贡生”记载：“林履祥，翰卿子，府判，以子瑨赠文林郎。”[⑤] 林仲懿曾祖父名林翰卿，祖父林履祥顺治年间曾任登州府府判。据乾隆《栖霞县志》卷九牟恒《通许令林公传》记载，先祖本为福建莆田人，宋朝始定居栖霞县，因时间久远，无法察考其家世远源，最远可考自林仲懿九世祖林瑄。林仲懿曾祖林翰卿“庭训书香，世有令德”。

据牟恒《通许令林公传》记载，林仲懿排行第三，长兄名仲愚，次兄名仲忞，廪生。据光绪《栖霞县续志》卷六“康熙戊寅”载：“林仲愚，

①于如川等：《栖霞县续志》卷七，清光绪五年（1879）刻本。
②卫苌等：《栖霞县志》，清乾隆十九年（1754）刻本。
③于如川等：《栖霞县续志》卷六，清光绪五年（1879）刻本。
④方汝翼、周悦让等：《增修登州府志》卷四十一，清光绪七年（1881）刻本。
⑤方汝翼、周悦让等：《增修登州府志》卷四十一，清光绪七年（1881）刻本。

拔贡，瑨之子，任宁阳县教谕，学品兼优，训士有方，致仕后举乡饮大宾。”[①] 林仲懿之长兄林仲愚，于康熙三十七年（1698）戊寅拔贡。据光绪《宁阳县志》卷三秩官表可知，林仲愚于雍正六年（1728）任宁阳县教谕。总之，林仲懿生在一个书香门第，且世代为官，先辈们为官清廉，对林仲懿产生了很大的影响。

据光绪《栖霞县续志》卷七“孝妇贤媛”之“牟氏”条，可知林仲懿元配夫人牟氏为其生二子，即林譔、林蔼，均为诸生。乾隆《栖霞县志》卷九艺文收录有林仲懿《葬元配牟孺人祭文》一文，是林仲懿为元配夫人牟氏撰写的祭文，甚是悲痛，催人泪下。其中写到“两遭大故以后，剜肉补疮，支左黜右，不得已出宰铜官，岂知为贫而仕，仕乃益贫”，可见林仲懿为官经历似乎不应该仅仅只有铜陵知县一年。林仲懿《葬元配牟孺人祭文》一文中亦提及两个儿子林譔、林蔼。单列林仲懿一支如下：

林翰卿→林履祥→林瑨→林仲懿→林譔、林蔼

林仲懿《葬元配牟孺人祭文》一文谓“孺人同庚于我”，“与我相守四十余载，归时年十七”，而以“辛酉三月殁”，殁时“未六旬”。据此，则林仲懿之妻年寿超过五十七岁，而未至六旬，必在五十八岁至五十九岁之间。既然“孺人同庚于我”，而其又以辛酉即乾隆六年（1741）殁，由此上推五十八年或五十九年，则林仲懿必生于康熙二十二年（1683）或二十三年（1684）。[②] 尽管乾隆《栖霞县志》中收有彭瑞澂的《祭林山甫先生文》，但文中并未著录其生卒年月。林仲懿《南华本义》书末题曰：“乾隆己巳孟夏脱稿，辛未中春梓。”乾隆己巳即乾隆十四年（1749），辛未即乾隆十六年（1751），可知林仲懿于乾隆十六年（1751）

①于如川等：《栖霞县续志》卷六，清光绪五年（1879）刻本。

②方勇：《庄子学史》（增补版），人民出版社 2017 年 4 月第 1 版，第四册第 144 页。

尚在世，年寿当超过六十八岁。

林仲懿现存著作有两种，即《南华本义》二卷和《离骚中正》一卷，流传不广。《南华本义》二卷于乾隆十四年（1749）孟夏脱稿，全书只对《庄子》内七篇进行阐释和分析。据知见，此书的版本目前只有一种，即乾隆十六年（1751）刻本。八行二十一字，小字双行同，白口，四周双边，单鱼尾，且目前仅见国家图书馆有藏（一册）。

《离骚中正》一卷，卷首载《读离骚管见》九则，《清史稿·艺文志》《清通志》《清文献通考》《四库全书总目·楚辞类存目》《楚辞书录》《楚辞书目五种》《楚辞著作提要》《清代学术辞典》《五百种楚辞著作提要》《楚辞文献丛考》《山东通志艺文志订补》著录。据知见，此书的版本目前只有一种，即乾隆十年（1745）世锦堂刻本，且目前仅见山东大学图书馆有藏。

八、陈大文里籍生平考

陈大文《楚辞串解》是清代稀见的楚辞学著作。到目前为止，各种楚辞书目类文献著录的都是日本大阪大学藏西村时彦手抄本（辑入《读骚庐丛书》乾集）。而且，一些书目类文献著录的陈大文的另外两种著作，即《周易浅解》和《经义质疑》也极为罕见。与陈大文生平相关的文献记载稀少，学术界对他知之甚少，且存在混淆同名者的情况。以下是笔者考证过程的实录：

（一）梳理现有的观点和论据

关于陈大文的里籍，到目前为止，学界主要有三种说法：一是康熙年间陈大文，陈瑚之孙，太仓人；二是乾隆年间人陈大文，字简亭，号研斋，河南杞县人，原籍浙江会稽；三是光绪年间人陈大文，字海帆，广东石城人。

支持第一种说法的是《江苏艺文志·苏州卷》："陈大文，太仓人，瑚孙。”名下著录“《楚辞串解》一卷，见《清史稿艺文志补编》”。《清史稿艺文志补编》“集部楚辞类”确实著录此书：“《楚辞串解》一卷，陈大文撰”。[①] 但是，《清史稿艺文志补编》并未提及陈大文的里籍，《江苏艺文志》如此不加考索直接著录在太仓陈大文名下是不够审慎的。

支持第二种说法的有饶宗颐和姜亮夫。饶宗颐《楚辞书录》：“《楚辞串解》，清陈大文简亭撰。光绪间刻本，西村收入《读骚庐丛书》乾集中。”[②] 又，姜亮夫《楚辞书目五种》：“《楚辞串解》，清陈大文撰。大文，字简亭。见饶《录》引西村硕园，收入《读骚庐丛书》乾集中。”[③] 姜亮夫《楚辞通故》第二辑“史部第四”：“陈大文，浙江会稽人，原河南杞县籍。乾隆三十七年进士，官至兵部尚书，后因病回籍。嘉庆二十年卒。著有《楚辞串解》。”[④] 周建忠曾指出饶宗颐《楚辞书录》中所录日本各藏本“只是根据京都大学吉川幸次郎教授藏目录入，姜亮夫的《楚辞书目五种》则过录饶氏之说”。[⑤] 可见，饶宗颐和姜亮夫所据的都不是一手材料，这种说法也值得商榷。

支持第三种说法的有崔富章和杜泽逊。崔富章《楚辞书录解题》：“《楚辞串解》，清陈大文撰。陈大文，字海帆，号简亭，广东石城人。著作有《周易浅解》三卷，《经义质疑》不分卷（《续修四库全书总目提要》称“其书多创解”）等。”[⑥] 崔富章根据《续修四库全书总目提要》，又融

---

①武作成：《清史稿艺文志补编》，中华书局 1982 年 4 月第 1 版，第 581 页。

②饶宗颐：《楚辞书录》，香港东南出版社 1956 年 1 月第 1 版，第 37 页。

③姜亮夫：《楚辞书目五种》，中华书局 1961 年 12 月第 1 版，第 245 页。

④姜亮夫：《楚辞通故》第二辑，云南人民出版社 2002 年 10 月第 1 版，第 268 页。

⑤周建忠：《大阪大学藏“楚辞百种”考论——关于西村时彦·读骚庐·怀德堂》，《职大学报》2008 年第 1 期，第 18 页。

⑥崔富章：《楚辞书录解题》，高等教育出版社 2010 年 1 月第 1 版，第 185 页。

汇第二种说法，加了“号简亭”。又，杜泽逊在《古籍目录编纂例说——清人著述总目编纂札记》一文中考证《楚辞串解》的作者陈大文不是太仓人，而是广东石城人。杜泽逊先生考证的主要思路如下：《故宫普通书目》卷一著录：“《经义质疑》一卷，清陈大文撰，附《楚辞串解》一卷，光绪年刊本，一册。”[①] 阳海清《中国丛书广录》著录：“《经义质疑楚辞串解》合订，清陈大元撰，清光绪十八年（1892）刻本。《经义质疑》一卷《楚辞串解》一卷。”[②] “陈大元”当为“陈大文”之误。《续修四库全书总目提要》（稿本）著录：“《经义质疑》不分卷，光绪壬辰自刻本。清陈大文撰。大文，字海帆，广东石城人。”[③] “光绪壬辰”即光绪十八年（1892）。既然是“自刻本”，陈大文当然是光绪年间人。撰此《提要》的专家亲见原书，其说法应是确实可信的。又，《故宫普通书目》卷一著录：“《周易浅解》三卷，清陈大文撰。光绪十八年刊本，三册。”此书既然同样刻于光绪十八年，应该也是活动于光绪年间广东石城陈大文的著作。[④]

（二）质疑并分析存在的问题

杜泽逊先生考证的思路到这里都是没有问题的，根据陈大文的另外两种著作，即《经义质疑》和《周易浅解》的版本和刊刻年代，来考证《楚辞串解》的作者陈大文，不是康熙年间的太仓人陈大文，而是光绪间的广东石城人陈大文。然而，笔者大量查考广东地方志和书目文献类著作，如光绪《高州府志》、民国《广东通志未成稿》、《广东历代地方

---

①江瀚：《故宫普通书目》，民国二十三年（1934）故宫博物院图书馆排印本，第47页。

②阳海清：《中国丛书广录》，湖北人民出版社1999年4月第1版，上册第206页。

③中国科学院图书馆整理：《续修四库全书总目提要》（稿本）第1册，齐鲁书社1996年12月第1版，第237页。

④杜泽逊：《古籍目录编纂例说——清人著述总目编纂札记》，《文献》2009年第3期，第101–102页。

志集成》,以及《广东文献综录》等,均未找到陈大文的踪迹。到底是哪里出了问题,反复思量,发现上述材料中提到"石城"是广东石城的始终仅有一种,即《续修四库全书总目提要》。支持陈大文是广东石城人说法的两位学者,即崔富章和杜泽逊所依据的证据都是《续修四库全书总目提要》。那么,这个"石城"究竟是不是广东石城呢?

笔者接着考索,潘雨廷《读易提要》一书有"陈大文《解易》提要"云:"《解易》三卷,清陈大文著。大文,石城人。自《序》于光绪十八年(1892)。谓于光绪三年丁丑任赣州府长宁县教谕,日以经义与诸生相切磋,积十五年成此书。"[①] 此《解易》三卷与前所述《周易浅解》三卷当为同一书,潘雨廷先生应该亲见此书。然而,潘先生也只是说陈大文是"石城人",并未说明"石城"到底是哪里的石城。潘先生提到,陈大文于光绪三年(1877)曾任江西赣州府长宁县教谕。笔者猜想,陈大文既然曾经在江西长宁县任教谕,这个石城会不会不是广东石城,而是江西省的石城县呢?

(三)在地方志中找到关键证据

笔者带着这个疑问查考光绪《江西通志》,终于在卷三十六《选举表》中找到了陈大文的相关信息,证实了此前的猜想。在光绪《江西通志》卷三十六《选举表》"同治元年壬戌并补行戊午乡试"中,"宁都州"有三人入列,依次是"陈梦祥,宁都人;陈大文,石城人;熊佩芬,石城人"。"同治元年壬戌",即公元1862年。"宁都州",全称为"宁都直隶州",乾隆十九年(1754)升为直隶州,与府同级。宁都州之州治在宁都城,下辖有瑞金和石城二县。石城县在明代属赣州府,乾隆十九年(1754)起改属宁都直隶州。既然陈大文举乡试在宁都州,那"石城"应该是宁都州之石城县,而不是广东高州府之石城县。

---

①潘雨廷:《潘雨廷著作集》,上海古籍出版社2016年9月第1版,第四册第496页。

而且，光绪《江西通志》卷三十六《选举表》十七自“道光二十年庚子乡试”至“光绪五年己卯乡试”止，宁都州有25人中举，其中“宁都人”有13人，“石城人”有8人，“瑞金人”有4人。除上引与陈大文同年中举的“熊佩芬”是“石城人”，又如“道光二十四年甲辰乡试”录有“黄兆蓉，石城人”，“咸丰元年辛亥乡试”录有“郑春融，石城人，知县”，这些“石城”指的都是宁都州石城县。

可见，这个误会是由《续修四库全书总目提要》中《经义质疑》提要的撰者江瀚（1857–1935）开始的。笔者推测，江瀚所见之《经义质疑》与《楚辞串解》合刊，二书应该著录一致，即只著录云“石城陈大文”，并未说明是哪里的“石城”，而江瀚就把此“石城”当作是广东石城县了。至此，陈大文的里籍虽已经有了眉目，然还没有确凿的证据能够证明光绪《江西通志》中载录的“陈大文”就是《楚辞串解》的作者陈大文。

（四）从其他著作中找到内证

笔者又考虑从陈大文的著作寻找内证，他的三部著作均极为罕见，《周易浅解》一书，南京图书馆、山东大学图书馆有藏。此书卷首有陈大文《自序》，摘录其中可考证的部分如下：

> 文自幼粗读《诗》《书》《春秋》，年二十五始嗜《易》，既无师友，又少书籍，一字一句有思之至数十日者，因读“参伍以变”、“错综其数”二语，始悟羲图变数，圣言俱在，固有无俟他求者。后粤逆寇石城，为保聚计，此事遂废。壬戌秋中江西本省乡榜，公车六上奔走，又十余年，丁丑春由大挑二等选赣州府长宁县教谕，到任以后课士之余，官闲无事，复得以经义与诸生相切磋，如《诗》《书》《春秋》《离骚》之有疑于心者，既与诸生共析其一二。……盖积四十年之一知半解，而说始略备。诸生以为便于童蒙，固请付梓，于是名之为《周易浅解》而自序之。时光绪十八年十一月榖旦 石

城陈大文自序。[1]

根据《自序》中“粤逆寇石城”和“壬戌秋中江西本省乡榜”，笔者终于可以确定陈大文确实是江西省石城县人，而不是广东省石城县人。

虽然据此《自序》还不能确知陈大文的具体生卒年，但可以大致推知陈大文生活的时代和经历。文中的“粤逆”即太平天国之太平军，太平军于咸丰三年（1853）六月攻下江西九江等地。根据《自序》中“年二十五始嗜《易》”和“后粤逆寇石城”，可知咸丰三年（1853）陈大文至少已经有二十五岁，故而其生年当在道光九年（1829）之前。“壬戌秋中江西本省乡榜”，壬戌即同治元年（1862），这一年陈大文举乡试。根据《自序》中“又十余年，丁丑春由大挑二等选赣州府长宁县教谕”，丁丑即光绪三年（1877），陈大文任赣州府长宁县教谕。“盖积四十年之一知半解”，由此书刊行时间即光绪十八年（1892）向前推四十年，正好是咸丰三年（1853）左右，与陈大文“年二十五始嗜《易》”的时间差不多。因此，可以确定陈大文的生年是在道光九年（1829）之前，卒年在光绪十八年（1892）之后，其生活的时代包括道光、咸丰、同治、光绪四朝。又，光绪《江西通志》卷六十八《建置略二》“廨宇二”中“吉安府安福县”有：“国朝康熙十一年知县张召南移建县署东，咸丰五年毁，同治元年典史陈大文捐建。”可知，陈大文于同治元年（1862）中举后曾任江西省吉安府安福县典史。

以上就是笔考证《楚辞串解》的作者陈大文里籍的全过程。首先，笔者梳理目前学界的三种说法和各自的论据，并找到了其中症结之所在，即《续修四库全书总目提要》中《经义质疑》提要的撰者江瀚所云“广东石城人”。其次，根据潘雨廷《读易提要》中“陈大文《解易》提要”

---

①陈大文：《周易浅解》，南京图书馆藏光绪十八年（1892）一得斋刻本。

得知，陈大文于光绪三年（1877）曾任江西赣州府长宁县教谕，笔者开始怀疑“石城”并非广东石城，而是江西省石城县。第三，查考光绪《江西通志》，终于找到了陈大文的相关信息。最后，在山东大学图书馆找到陈大文《周易浅解》一书，根据《自序》进一步分析考证，陈大文是江西宁都州石城县人，生年在道光九年（1829）之前，卒年在光绪十八年（1892）之后，主要生活在道光、咸丰、同治、光绪年间。同治元年（1862）于江西宁都州举乡试，任吉安府安福县典史，光绪三年（1877）任赣州府长宁县教谕，三部著作都是在光绪年间任长宁县教谕时完成的，光绪十八年（1892）三部著作刊行时尚在世。

第三章 清代楚辞学者多元化的阐释取向

清代是传统学术的总结期，清代学者对楚辞的阐释，涵盖传统学术的各个领域。而且，“《楚辞》研究不仅是一种学问的钻研，并且是文人思想感情的表现与发泄，众多的研究者，无论考其文字，订其音韵，或阐发思想，揭其微义，皆非单纯的兴趣所致，实有着审美情趣或思想情感共振的因素”。① 因此，从“人”的角度考虑，大多楚辞学者的阐释取向和动因包含有多种因素。除地域情感的催发之外，还有身处明清鼎革的遗民兴怀故国、抉隐阐幽，借此来抒发他们的遗民情怀和民族气节。进入清代，统治者大力推尊以程朱理学为主的儒学，在这样的思想文化背景下，一些楚辞学者的研究以强调忠正廉洁、人伦教化为主，出现了明显的儒学倾向。与此同时，还有很多楚辞学者运用直觉感悟法，悟屈子之情，会屈子之心，抒发对屈原的旷世同情。

①廖栋梁：《伦理·历史·艺术：古代〈楚辞〉学的建构》，台北里仁书局 2008 年 9 月第 1 版，第 11 页。

第一节　兴怀故国：明遗民的楚辞研究

明清嬗代，在汉族文人士大夫看来不是一般的朝代更迭，也不是一般的亡国，而是亡天下。因为随着清人铁骑而来的，还有剃发易服以及意识形态、价值观念上的冲突。这种冲突又是通过血与火的暴力来解决的，所以其残酷性和震撼性自不待言。明清之际的楚辞学者有的将其对于家国的政治寄托和个人的身世之感融汇于楚辞研究中；有的在阐释过程中注重还原诗人所处时代的政治环境，醉心于揭示基于政治原因而深藏其中的隐秘指涉；有的借助图绘，灌注深沉的哀愤和思怀故国之情，闪耀着强烈的思想光辉。

一、思想性和个性化：明遗民楚辞研究的特质

明末清初，楚辞研究进入空前繁荣的时期。一批坚决不屈节事清的遗民，如黄文焕、萧云从、李陈玉、陆时雍、周拱辰、贺贻孙、钱澄之、王夫之、王萌等，不约而同地纷纷走近屈原、评注《楚辞》作品，由此掀起了一个明遗民研究《楚辞》的热潮，开启了清代楚辞研究百家争鸣的时代。纵观楚辞学史，明遗民群体的《楚辞》研究呈现出强烈的思想性和个性化特征，具体表现在以下两个方面：

第一，借古讽今，思古悲今。直斥君王昏庸，激烈批判谗佞之臣，反映了易代之际士人特定的情感心态和生存困境。

明代万历后期实已江河日下，熹宗不问政事，魏忠贤独揽大权，打击正直，迫害忠良。到崇祯之世，魏忠贤虽死，然阉党犹存，形成一股邪恶的政治势力，使得朝政日趋腐败，无可挽回地从陡坡滑下深崖。明遗民所处的时代，正是这被许多历史学家称之为“天崩地解”的明清鼎革的时代。

借古讽今，思古悲今，是易代之际有识之士普遍共通的思想倾向。例如对于《天问》记载汤武征伐之事，遗民学者每多感触。周拱辰《离骚草木史》眉批曰："商周之际，真堪痛哭。"① 王夫之《楚辞通释》的注中有大量具有历史忧患意识的论述。王夫之于《离骚》"余既滋兰之九畹兮"至"哀众芳之芜秽"一节释曰："已既不得于君，谗人指为朋党，驱逐皆尽，使众芳萎废。在己之萎绝何伤，而群贤坐绌，此周公鸱鸮取子之悲所不能已。李、杜戮而党锢兴，赵、朱斥而道学禁，盖古今之通恨也。"② 这可以说是王夫之借古讽今，对明末党锢之祸表达自己的愤慨之情。又如，王夫之于《离骚》"忽反顾以游目兮"至"岂余心之可惩"一节释曰："忠贞之士，处无可如何之世，置心澹定，以隐伏自处，而一念忽从中起，思古悲今，孤愤不能自已，固非柴桑独酌，王官三休之所能知，类若此夫！"③ 尤其是屈原作品中涉及古史的部分，王夫之尤其能够援古证今，揭示古今同辙之理。例如《离骚》"汤禹严而求合兮"至"齐桓闻以该辅"一节，王夫之释曰："此谓君苟决于敬信，又何藉于同朝之推挽？而谗人岂能离间？则原之不用，实怀王之昏昧终不可辅。"④ 屈原追溯古代能够敬以求贤的好修之君王，王夫之又从屈原笔下的君臣相合之事例，反观屈原和怀王的君臣关系，并以此寄寓个人的哀愤之情和政治主张，这实际上是借古讽今精神的顺次传递。

明遗民学者在借古讽今、思古悲今的基础上，把批评的锋芒直指君王，同时强烈批判谗佞小人。钱澄之《屈诂》于《离骚》"怨灵修之浩荡兮"一章注曰："不悔于己，亦无怨于人，惟怨灵修度量之特大耳。

①周拱辰：《离骚草木史》，《续修四库全书》集部第1302册，上海古籍出版社2002年4月第1版，第130页。

②王夫之：《楚辞通释》，上海古籍出版社2018年12月第1版，第8页。

③王夫之：《楚辞通释》，上海古籍出版社2018年12月第1版，第14页。

④王夫之：《楚辞通释》，上海古籍出版社2018年12月第1版，第27页。

民之好恶甚公，惟浩荡不能详察民心，黑白莫分，而谗间易入矣。”[①]王萌《楚辞评注》于《九章·惜往日》中注曰：“一曰‘惜壅君之不昭’，再曰‘惜壅君之不识’，惓惓欲以一死明谗人之罪，或冀与之并命，亦未可知也。此法用于英主之世，未为失计。汉张汤自杀，而三长史皆案诛，以有武帝在上也。原死而上官、靳尚之属不闻得罪，汨罗之沉为无益矣。然千载而下，读《骚》者辄代为切齿，恨不起若辈于泉下而手诛之。忠良之死，故谗谀之极刑也。”[②]王萌对小人当道、屈子自沉表达了极大的愤慨，并把矛头直指君王：屈原自沉，于昏君之世，既不能“明谗人之罪”，亦不能“与之并命”，是为“无益”之举。钱澄之亦表达了类似的观点，“业以死自矢矣，而又窃疑焉。恐吾所以事君之术，犹有未尽，徒自枉死耳”。[③]

王夫之亦把批评的锋芒直指君王，其《楚辞通释》于《九章·涉江》“余将董道而不豫兮，故将重昏而终身”注曰：“明己非以黜辱故而生怨，所怨者君昏国危。”[④]王夫之明确指出屈原之怨在于君昏国危。王夫之注《九辩》“事绵绵而多私兮，窃悼后之危败”云：“亡国之臣，亦有渊源。吕惠卿之奸，传于蔡京。一小人不足以戕数十传之国家。靳尚之续，复为靳尚，是以危败不可瘳，古今一辙也。”[⑤]王夫之慨叹佞臣接续，实痛心不能救宗社之陆沉。王夫之于“怨灵修之浩荡兮”一节后释曰：“余之宁死而不忍为此态者，忠佞殊途，忠之不能容佞，犹佞之不能容忠。……君之不察，且怪我之独与众异而绌之，则我遭时不幸，

①钱澄之：《庄屈合诂》，黄山书社 1998 年 8 月第 1 版，第 153 页。
②王萌：《楚辞评注》，南京大学出版社 2017 年 12 月第 1 版，第 122–123 页。
③钱澄之：《庄屈合诂》，黄山书社 1998 年 8 月第 1 版，第 156 页。
④王夫之：《楚辞通释》，上海古籍出版社 2018 年 12 月第 1 版，第 114 页。
⑤王夫之：《楚辞通释》，上海古籍出版社 2018 年 12 月第 1 版，第 213 页。

非徒邪佞之与居，而实君心之先迷也。”[①]“王夫之已将民主启蒙思想倾注在他的《楚辞通释》之中，批判了绝对君权主义。基于这一思想，《楚辞通释》的历史意义已非前代注释者所能匹比。所以，《楚辞通释》不能简单地断定为是思想家王夫之借他人酒杯，浇自己心中块垒，抒发亡国之痛，而应把他升华至时代思想的高度来认识。”[②]

第二，借题发挥，寄托心志。强调屈原忠君爱国之诚心，对屈原的心理和志行比一般的楚辞学者理解得更为深刻。

贺贻孙（1605–1688），字子翼，号孚尹，又号水田居士。吉安府永新县人。明亡后隐居不仕。《清史列传》卷七十文苑传载："国变后，高蹈不出，顺治七年，学使慕其名，特列贡榜，不就，御史笪重光按部至郡，欲具疏以博学鸿儒荐。书至，贻孙曰：'吾逃世而不能逃名，名之累人实甚。吾将变姓名而逃焉。'乃翦发衣缁，结茅深山，无复能踪迹之者。"[③]《清史稿》记载与此大致相同。明亡后，四十岁左右的贺贻孙以富有民族气节的明遗民自居，变姓名为僧，避难隐居。逃禅在明遗民中是较为普遍的处世方式。贺继升《骚筏·跋》曰："昔欧阳永叔有云'诗穷而后工'，太史公曰'离骚者，犹离忧也。'故夫工《诗》与《骚》者，皆得其平者也。……盖先生生平穷困，忧愁之日多，故二书（欣按：指《诗筏》和《骚筏》）之论，发前人所未发，不啻举作者之经营惨淡，揭以示人。"[④]贺继升指出贺贻孙诗文创作做到了抒发胸中块垒，表达出了内心的不平和悲愤之气，因而能够发前人所未发。贺贻孙亦提及自己的创作："时值国变，三灾并起，百忧咸集，饥寒流离，逼出性灵，方能自立堂奥，永叔所谓'穷而后工'者，其在此时乎？"（《示儿》一）贺贻孙

①王夫之：《楚辞通释》，上海古籍出版社 2018 年 12 月第 1 版，第 11–12 页。

②翟振业：《楚辞研究新思维》，苏州大学出版社 2003 年 9 月第 1 版，第 42 页。

③王钟瀚点校：《清史列传》卷七十，中华书局 1987 年版，第十八册第 5692 页。

④潘啸龙、毛庆：《楚辞著作提要》，湖北教育出版社 2003 年 5 月第 1 版，第 126–127 页。

明确指出自己是继承欧阳修“穷而后工”之说，承认国变明亡对于他的诗歌以及诗论创作的推动作用。

贺贻孙特为称许屈原忠君爱国之诚心。其《骚筏》总评曰：“后人尊《离骚》为经，或疑为过。经者，常也。骚者，变也。变固未可为经，然《离骚》为古今第一篇忠爱至文。忠爱者，臣子之常，屈子履变而不失其常。变风变雅皆列于经，则尊《离骚》为经，虽圣人复起，宁有异辞？”[①] 贺贻孙认为《离骚》为忠爱之至文，故可称之为“经”。贺贻孙在《骚筏》中指出：“变与不变二意，是通篇柱子。大凡君子所以成其为君子，不过好修，好修故不变；小人所以成为其小人，不过偷乐，偷乐故易变。”[②] 贺贻孙以“变与不变”作为《离骚》一篇的主线。“应该说贺贻孙这根‘柱子’找得准、树得好，它既突出了《离骚》诗的核心内涵，让我们看到了自始至终贯穿于《离骚》全诗的一根主线，又为我们理解屈原其人找到了现实依据——屈原之所以会始终如一地坚持初衷，矢志不渝地追求理想，根本就在于他针对‘变’而恪守了‘不变’。”[③] 而贺贻孙又之所以能够对其中的“变与不变”体会得这样深刻，与他的遗民气节有很大关系。由此我们也能理解前所引《清史列传》中贺贻孙何以那么坚定，即使国变，而自己不会变；因名所累，遂变姓名而逃，这也是他人生中“变与不变”的辩证选择。因此，贺贻孙对屈原“变与不变”的理解比一般人要深刻。

王夫之《楚辞通释》康熙四十八年刊本张仕可《序》言：“船山王先生，旷世同情，深山嗣响，赓著《九昭》，以旌幽志；更为《通释》，用达

①贺贻孙：《骚筏》，《四库未收书辑刊》第十辑第十三册，北京出版社 2000 年 1 月第 1 版，第 22 页。

②贺贻孙：《骚筏》，《四库未收书辑刊》第十辑第十三册，北京出版社 2000 年 1 月第 1 版，第 3 页。

③徐志啸：《楚辞研究与中外比较》，上海古籍出版社 2014 年 4 月第 1 版，第 34 页。

微言。……灯下细繙,呼儿朗诵。井底不终沉,痛饮连浮数白;曲终如可见,望湘遥对峰青。"① 张仕可"以旌幽志"和"用达微言"二语,点明了王夫之注释《楚辞》的动机,即借注骚来抒发自己的亡国之痛和故国之思,寄托自己忠君爱国之志节。"井底不终沉"即用南宋遗民郑思肖铁函沉井之典故,来表明其读《楚辞通释》所感受到的黍离之悲。从屈原到郑思肖,再到王夫之,此即"旷世同情"、"深山嗣响"在不同时代的共振发声。正如王夫之《序例》云:"今此所释,不揆固陋,希达屈子之情,于意言相属之际。"② 王夫之"'时地相疑'的客观际遇和'忠心尚仿佛'的主观选择,则从根本上影响了他的创作态度。他不单单以一个学者广博的学识、严谨的考证来注释《楚辞》,更是以一个思想家的深度和一个文学家的深情来解读屈子,将个人的经历、思想和情感融入其中。"③ "船山带着自己至死不渝的忠贞之念深入分析了屈子之'忠'。他认为,屈子之'忠'在不同时期有着不同的内涵和表现,不容置疑地将颇受非议的'强谏'、'怨'及'死'等所有的行为和情感一并纳入'忠'的范畴,从而达成了对屈子及其作品全方位的肯定与至高无上的褒扬。"④

二、萧云从《离骚图》:处乱托忧的遗民之思

萧云从(1596–1673),字尺木,号默思、石人、无闷道人。云从幼而好学,笃志绘事,寒暑不废,崇祯十二年(1639)中己卯科副榜第一准

①王夫之:《楚辞通释》,上海古籍出版社 2018 年 12 月第 1 版,第 304–305 页。
②王夫之:《楚辞通释》,上海古籍出版社 2018 年 12 月第 1 版,第 1 页。
③林姗、郭丹:《用达微言,蕴蓄己意——论王夫之的〈楚辞〉阐释》,《中国楚辞学》第十八辑,学苑出版社 2011 年 12 月第 1 版,第 123 页。
④林姗、郭丹:《用达微言,蕴蓄己意——论王夫之的〈楚辞〉阐释》,《中国楚辞学》第十八辑,学苑出版社 2011 年 12 月第 1 版,第 122 页。

贡，崇祯十五年（1642）复中壬午科副榜。入清后不仕，或闭门读书作画，或遨游名山大川。

《离骚图》之萧云从《自序》作于乙酉（1645），即明弘光元年、清顺治二年。这一年的五月，清兵进驻芜湖，萧云从离家避居高淳，直至顺治四年（1647）秋，萧云从才返回芜湖，此间萧氏绘制了不少画作。据门人张秀璧《〈天问图〉跋》“计逾年而图始成”语，可知《离骚图》的创作持续了一年左右，即从公元1644至1645年。大多数研究者因《自序》作于顺治乙酉（1645），即认为《离骚图》初刊于此年。然而《自序》所标明的时间是“乙酉中秋”，此时萧云从正避居高淳，不太可能与徽派刻工名手歙县汤复合作镌刻，故笔者认为《离骚图》应是在顺治四年（1647）秋萧云从回到芜湖之后不久刊刻的。

萧云从所绘之《离骚图》，现存《三闾大夫卜居渔父图》、《九歌》九图、《天问》五十四图，凡六十四图。《凡例》云：“《远游》原有五图，经兵焚阙失，俟续之。香草图名载之《蜀中画纪》，乃黄荃所作，皆寡陋不能读。草木之经不复记录，然余亦有志未逮耳。”可知萧云从曾绘有《远游》五图，但因战火被毁，而香草图则“有志未逮”。乾隆帝在四库呈览时得见此图，惜其佚阙不全，命补绘其余各篇插图，由工部主事派充四库馆绘图分校官门应兆耗时两年完成，门氏除临摹萧氏原作六十四幅外，又补绘了九十一幅，共计一百五十五图，名为《钦定补绘萧云从离骚全图》。

杨义在《楚辞诗学》一书中提出了古人对《楚辞》接受的三个视野：《楚辞》原意（第一视野）→注家解释（第二视野）→画家的表现（第三视野）。① 明遗民萧云从的《离骚图》就是三个视野结合的精品。《离骚图》有萧云从序、跋和注文近八千字，这可以说是前无古人的。遗憾的是，后世对于注文不甚重视，清乾隆时期门应兆《钦定补绘离骚全

①杨义：《楚辞诗学》，《杨义文存》第七卷，人民出版社1998年10月第1版，第41页。

图》即只存图而舍注，此本因著录《四库全书》而流传甚广，故其注逐渐湮没无闻。从《离骚图》各篇注文和序、跋可以看出，萧云从在图绘之前曾仔细研读屈原作品以及王逸《楚辞章句》、朱熹《楚辞集注》、柳宗元《天对》和杨万里《天问天对解》等，并作了精慎的考据。萧云从《离骚图》作为配诗的插图，可以说是在忠实原文的前提下，运用纷纭的艺术想象，以生动传神之笔，展现其才思的精品佳构。

《离骚图》创作于明清鼎革的动乱年代，《自序》说出了他的创作动机："大约征形烁理，使后人翻覆玩绎，凄綦以想古人处乱托忧之难。而环琦卓谲，足以惊心动魄，知阴阳鬼神之不可测，俾明治乱之数，芳秽之辨，有自来尔。"可见萧云从的《离骚图》，正是有感于国破家亡、坚贞之士"处乱托忧"之难而创作的，在其图画的笔墨之中，当然灌注了这位遗民哀念故国的深切情思。郑振铎云："尺木为明遗民，故绘《离骚》以见志，仅署'甲子'，而不书'顺治'年号。"[①] 不仅《离骚图》不署清朝年号，萧云从入清后所创作之画作皆是如此。

如《天问》"彼王纣之躬，孰使乱惑？何恶辅弼，谗谄是服？比干何逆，而抑沈之？雷开阿顺，而赐封之。何圣人之一德，卒其异方？梅伯受醢，箕子佯狂。"萧云从据此绘为《箕狂梅醢》一图，以寄其哀愤。王逸注原诗云："雷开，佞人也，阿顺

①郑振铎：《劫中得书记》，上海古籍出版社 2006 年 7 月第 1 版，第 7 页。

于纣，乃赐之金玉而封之也”；“梅伯忠直，而数谏纣，纣怒，乃杀之，菹醢其身。箕子见之，则被发详狂也。”[①] 这一历史大悲剧，在萧氏图中，化为被砍成肉酱装入坛子的梅伯，只剩头颅露出坛口之景象，可谓触目惊心！在旁的纣王叔父箕子，看见梅伯受醢刑，而披发装疯，那衣衫零乱、冠带坠地的景象，同样令人哀慨！萧云从注曰：“雷开受赐不足画，止以箕狂梅醢为图，著古人顺受之正。”[②]《画天问图总序》更明确指出：“醢身披发，则恸忠直之穷也。”[③] 所谓“恸忠直之穷”，正表现了萧氏在笔墨挥写之中，所挟带的沉痛和悲愤。

萧云从《天问图》中涉及到古史人事的部分，多存有规劝鉴诫之内涵，其意也并不只在为当政者说教，更是体现着一种鲜明的人文精神。如《鸱龟曳衔永遏羽山》图，萧云从注云：“尧放鲧于羽山，飞鸟虫曳鲧而食之，三年不舍其罪。鲧狠愎而生禹，遂平九土。嗟乎！为国而死，蒙罪何辱？……故悉画之，以劈符命之说。”[④] 洪兴祖《楚辞补注》引《洪范》云：“鲧堙洪水，汨陈其五行。帝乃震怒，不畀洪范九畴，彝伦攸斁，鲧则殛死；禹乃嗣兴，天乃锡禹洪范九

①洪兴祖：《楚辞补注》，中华书局 1983 年 3 月第 1 版，第 112 页。
② 萧云从《离骚图》，文物出版社 2017 年 12 月第 1 版，第 139 页。
③ 萧云从《离骚图》，文物出版社 2017 年 12 月第 1 版，第 50 页。
④ 萧云从《离骚图》，文物出版社 2017 年 12 月第 1 版，第 61 页。

畴,彝伦攸叙。”[①] 正是以五行灾异之说,来阐释鲧禹治水的功过的。萧云从则明确反对这种灾异符命之说,而高度赞扬鲧平治洪水、为国而死的精神。此图画鲧赤身俯卧在波涛汹涌的洪水之中,两只飞鸟和一只大龟在其身上衔食,几块山石象征着鲧羽山放流的处境。整幅画面气氛悲壮,在赞扬鲧的同时,对帝尧诛杀贤臣的行径亦表现了深切的不满。

又如《天问》“惟浇在户,何求于嫂?何少康逐犬,而颠殒厥首?女岐缝裳,而馆同爰止;何颠易厥首,而亲以逢殆?”萧云从绘为《少康逐犬》一图,注云:“朱、杨注云浇多力,至嫂之户,佯有所求而遂淫之。少康因猎放犬,遂袭浇而断其首。王注云误断其嫂首也。今因之特图,以为禽兽行者之诫。”[②] 图中身背弓箭的少康一手挥剑,一手提女岐头颅奋力追赶,猎犬随奔其侧;浇则是袒胸露乳,一手护头,一手拿衣,丢帽弃鞋,仓皇逃窜。画面简洁生动,一正一邪,对比强烈,有力地表达对荒淫邪恶之行的批判精神。

萧云从《离骚图》有着鲜明的主题意识,即一以贯之的强调忠正之义。这不单单是《天问图》的主题宗旨,同时也是萧云从整册《离骚

①洪兴祖:《楚辞补注》,中华书局 1983 年 3 月第 1 版,第 90 页。

② 萧云从:《离骚图》,文物出版社 2017 年 12 月第 1 版,第 93 页。

图》的创作旨归。如《九歌图》中《大司命少司命》的创作即是为了“望其诛除凶秽，休霈善良，而宜为民之所取正”；《湘君湘夫人》一图则“本于天性彝伦而出之”。正如萧云从注云：“朱子谓本以恳忱不忘吾君故国之义，令读者不见其奇，而规于正也。庶无愧于丹青矣。”[1]萧云从服膺朱子之道学思想，《离骚图》注文多宗朱熹注义，其创作主旨即朱熹所云“于彼此之间，天性民彝之善，岂不足以交有所发，而增夫三纲五典之重。”[2]

萧云从《离骚图》以《楚辞》作为载体，表现其忠正之义与清峻之节；在其图画的笔墨之中灌注的这种沉痛和悲愤，正是他图绘之精神所在。萧云从《画九歌图自跋》云：

> 仆本恨人，既长贫贱，抱疴不死。家区湖之上，秋风夜雨，万木凋摇。每闻要眇之音，不知涕泗之横集，岂复有情之所钟乎！谢皋羽击竹如意，哭于西台，终吟《九歌》一阕；雪庵和尚泛舟贵阳河，读《楚辞》毕，则投一纸于水中，号鸣不已。两人心湛狂疾，恋慕各有所归。使见《九歌》之图，则必有天际真人之想，飏拜旧识，破涕为笑，或未可知尔。余浮沉斯世，既不为广文，亦不为水部，戴种种之发，拾古人之残膏剩馥，而渲朱染碧，熠耀自娱，樗散而终天年，则亦已矣。宁欲其见知于后世也哉？况图之所载，总非人世间事。故得纵其衰惫之才力，以极人耳目之不经。然而冥心澄虑，寄愁天上而幻出之，所谓思之思之，鬼神通之者，画师亦难言矣。嗟乎！屈子棲玉笥山作《九歌》以乐神，又托以风谏。彼其时尚有摈之者也，有谗之者也，我将何求乎？吾用此与《天问》诸图锢铁函中，沈于幽泉，使华林诸君子，庸补萧《选》

① 萧云从：《离骚图》，文物出版社 2017 年 12 月第 1 版，第 25 页。
②朱熹：《楚辞集注》，上海古籍出版社 2001 年 12 月第 1 版，第 2 页。

之阙云尔。[①]

从萧云从跋文中"仆本恨人"、"抱疴不死"之语，可以想见其作为故明遗民的精神创伤和黍离之悲。作为历经亡国之痛的明之遗民，萧云从的生命处境和心境异常孤绝，其晚号钟山老人，即隐含着仰望钟山陵阙（即明皇陵）之意。这段跋文中提到的两个人，谢翱和雪庵和尚都是历史上的著名人物。谢翱（字皋羽，一字皋父）是南宋末年的爱国志士、诗人，为人倜傥有大节。文天祥起兵抗元时，谢翱倾尽家资募集乡兵数百人投奔文公，任谘议参军。宋亡文天祥就义后，谢翱始终无法释怀，浪迹于闽江浙山川名胜间，寻访南宋遗老，遇名台必哭祭文公，曾作《西台恸哭记》。萧云从钦慕谢翱志节，绘有《西台恸哭图》，并在画上题曰："宋谢皋父事，用赵子固笔法为之，盖其志同也。"赵孟坚（字子固）是南宋遗民画家。由此可见萧云从的用意，正是藉由夙昔遗民之典型，来表明自己的遗民志节。

雪庵和尚原是建文帝朱允炆之臣，因靖难发不愿侍奉篡位的明成祖朱棣而剃度为僧，走避重庆。据郑为先生考证，雪庵和尚即随建文帝出走曾做过监察御史的叶希贤。明人何景明云："逊国臣有雪庵和尚者，好观《楚辞》，时时买《楚辞》袖之。登小舟，急棹滩中流，朗诵一叶，辄投一叶于水，投已辄哭，未已又读，读终卷乃已，众莫测其云何。呜呼！若此人者，其心有与屈大夫同抱隐痛者矣！"[②] 李贽《续藏书》亦有相似论述。王逸《楚辞章句》清初溪香馆刻本，即是明代卢之颐之师严氏闻国变后，命卢之颐刊印的。严氏云："汝知雪庵和尚之事乎？和尚名暨，不知其姓。靖难初，恸哭落发为僧。好《楚辞》，时时袖之。

①萧云从：《离骚图》，文物出版社 2017 年 12 月第 1 版，第 48 页。

②蒋之翘：《七十二家评楚辞》，《楚辞文献丛刊》第 27 册，国家图书馆出版社 2014 年 7 月第 1 版，第 84 页。

登小舟，急棹滩中流，朗诵一叶，辄投一叶于水。投已辄哭，哭已又读，终卷乃已。此吾欲梓之意，汝宜申数言以彰此经。”[①] 即效法雪庵和尚寄其亡国之思。可见雪庵和尚的生平事迹在明代流传甚广，到了明末清初，已成为具有遗民气节的文人士子常被论及的榜样。如“清初四僧”之一的石涛，一生曾创作过两幅雪庵和尚坐舟中读《楚辞》抒怀的画作，可谓深有寄托。

此跋文中还隐藏着另一位遗民志士，只是萧云从没有明确说出他的名字，那就是与谢翱齐名的南宋遗民郑思肖。郑思肖（1241–1318），字忆翁，号所南，福建连江人。南宋灭亡后，他不臣服于蒙元的统治，坚持民族气节，晚年将其字字血泪的诗文集《心史》以铁函密封，沉入苏州承天寺一井中，这部奇书直至三百五十余年后的明崇祯十一年（1638）冬始被掘出，重见天日。萧云从所云“用此与《天问》诸图锢铁函中，沉于幽泉”，正是想要效仿郑思肖以表其幽贞之情。为寻求人格上的认同，前代遗民自然成为萧云从自我比拟的对象。明清鼎革是异族入主中原，故萧云从的遗民之思，并不只系心于一家一姓，而是像屈子一样，寄托着对故国宗土、自己民族的深切情怀，其深契于屈子的爱国之心自不言而喻。萧云从创作六十四幅《离骚图》，以寄托、抒发异代同感之深切悲怆。人们在屈原诗与萧云从的画作之间，正可以感受到二者心灵之如此相契，爱国情怀之如此相映。

萧云从画作如《太平山水图》、《离骚图》、《秋山行旅图》等曾传至日本，对日本南宗画影响巨大。日本泷川资言藏有一部顺治《离骚图》初刊本。1925 年至 1926 年，日本美术史家大村西崖把《离骚图》收入《图本丛刊》刊行，泷川资言作跋文云：“《离骚图》原本刊于顺治乙酉，

---

①转引自崔富章：《楚辞书目五种续编》，上海古籍出版社 1993 年 2 月第 1 版，第 33–34 页。

而流传其少，归堂大村君博古能画，闻余家藏一本，请影刻以弘其传，予喜诺焉……呜呼！一野老耳，而遗迹为王所宝重。异邦之人亦欣赏私淑，岂非以忠义之气流露笔墨间欤！则知是书可尚，不独绘事也。"[①]作为明代遗民，萧云从深契于屈子的爱国之心，在《离骚图》的笔墨之中，还灌注着深沉的哀愤和思怀故国之情。《离骚图》无疑是我国古代楚辞图绘中的精品，其艺术价值和精神内蕴，理应得到千秋万代之珍重。

三、以屈继《诗》、庄骚融通：钱澄之学术体系的构建

钱澄之（1612–1693），初名秉镫，字幼光，明亡后为避祸曾祝发为僧，名幻光，释号西顽道人，复冠带改名澄之，字饮光，晚号田间，安庆府桐城县枞阳人。钱澄之作为一个明遗民，同时又是一个素负有气节的志士，抗清当然是义不容辞，出仕南明自是志士之所为，但对于昏庸的南明小朝廷的统治也确有不满。眼看复明无望，只好怀着无限的怅然和愤慨回到家乡。在如此特殊的情况下，著述对遗民来说就具有了不平常的意义，是他们重要的生存方式之一。后人对钱澄之的遗民气节多持肯定态度，如近人吴孟复曾盛赞钱澄之及《庄屈合诂》曰："以志士而兼学者，复以学者而兼诗人，民族之正气，哲人之心声，诗家之绝唱，一以兼之。"[②]

《屈诂》，又名《楚辞屈诂》，或曰《屈子诂》，与《庄子内七诂》合为一书，题为《庄屈合诂》。成书于康熙二十四年（1685），是钱澄之晚年完成的著作。钱澄之处于明清鼎革之际，忧深思远。他与庄子、屈原处于同样纷乱的时代，又面对同样混浊不堪的现实，又同样关注社会

①转引自王石城：《萧云从》，上海人民美术出版社 1979 年 9 月第 1 版，第 56 页。
②钱澄之：《庄屈合沽》，黄山书社 1998 年 8 月第 1 版，第 3–4 页。

人生，同病相怜的特殊经历使他对屈原、庄子有独到深刻的见解。钱澄之在《庄屈合诂·自序》中说：

或曰："庄屈不同道。庄子之言，往往放肆于规矩绳墨之外，而皆为屈子所法守者。凡屈子之所为，固庄子所谓'役人之役、适人之适，而不自适其适者也'。子乌乎合之？"吾观庄子述仲尼之语曰："子之爱亲，命也，不可解于心；臣之事君，义也，无所逃于天地之间。"又曰："为人臣子者，固有所不得已，行事之情而忘其身，何暇至于悦生而恶死？"而终勖之以"莫若为致命"。夫庄子岂徒言其言者哉？一旦而有臣子之事，其以义、命自处也审矣。屈子徘徊恋国，至死不能自疏，观其《远游》所称，类多道家者说，至卒章曰"超无为以至清兮，与太初而为邻"。而太史公称其"蝉蜕于浊秽之中，以浮游尘埃之外"，亦诚有见于屈子之死，非犹夫区区愤激而捐躯者也。是故天下非至性之人，不可以悟道；非见道之人，不可以死节也。吾谓《易》因乎时，《诗》本乎性情。凡庄子、屈子之所为，一处其潜，一处其亢，皆时为之也。庄子之性情，于君父之间，非不深至，特无所感发耳。《诗》也者，感之为也。若屈子则感之至极者矣。合诂之，使学者知庄屈无二道，则益知吾之《易学》、《诗学》无二义也。[①]

悟道和至性本似无关，钱澄之却深感于二者本质上的趋同，体悟到了庄、屈二人内在精神上的融通。从屈原的死看到了超脱之怀，在庄子的悟道中读出了至情至性。钱澄之在解释庄屈二子在人生终极抉择上分流异派的原因时突出了一个"时"，《易·乾》初九云"潜龙勿用"，潜龙指阳气潜藏，指圣人虽有龙德，此时只应潜伏，不可用世。《易·乾》上九云"亢龙有悔"，孔颖达疏："上九，亢阳之至，大而极盛，

①钱澄之：《庄屈合诂》，黄山书社 1998 年 8 月第 1 版，第 4 页。

故曰亢龙,此自然之象。以人事言之,似圣人有龙德,上居天位,久而亢极,物极则反,故有悔也。”钱澄之在《人间世·总诂》中又云:“吾尝谓庄子深于《易》,《易》有潜有亢,惟其时也。当潜不宜有亢之事,犹当亢不宜存潜之心。而世以潜时明哲保身之道,用之于亢时,为全躯保妻子之计,皆庄子之罪人矣。若庄子适当其潜者也,观其述仲尼、伯玉教臣子之至论,使为世用,吾知其必有致命、遂志之忠,为其于君亲义命之际所见极明耳。”[①]钱澄之《与佷亭禅师论庄子书》云:“若庄子,固有用世之志,有用世之学,惟世不可用,而始托为无用之言以藏其身者也。”[②]钱澄之认为庄子于君臣之义和爱亲之命亦有深至之性情。

收入《田间文集》中的《〈庄屈合诂〉自序》,与上文所引在最后的结论部分文字略有改动:在《远游》卒章后加有“何其言之似庄子也!夫屈子亦必有所得于此者矣。”[③]最后两句话被改成“岂惟庄子本于《易》?屈子亦《易》也。《易》之时乘六龙,有潜有亢,庄处其潜而屈当其亢,时为之也。吾以屈子续《诗》,庄子亦诗人也。诗可以群,可以怨,屈子其善于怨,庄子其善于群者乎?”[④]钱澄之在《自序》中首先用“情”的感发把《诗》与《骚》连缀为一,此处的改动将《易》和《诗》与庄、屈的关系重新作了一番整理。又进一步指出庄、屈皆本于《易》,并从儒家传统诗教角度出发,认为庄子、屈原皆是深具性情的诗人,虽然二人之外在气象不甚同一,庄子善于群,而屈原善于怨,但于《诗》之性情则是一致的。比之前所云“庄子之性情,于君父之间,非不深至,特无

①钱澄之:《庄屈合诂》,黄山书社 1998 年 8 月第 1 版,第 75 页。
②钱澄之:《田间文集》,黄山书社 1998 年 8 月第 1 版,第 72 页。
③钱澄之:《田间文集》,黄山书社 1998 年 8 月第 1 版,第 232 页。
④钱澄之:《田间文集》,黄山书社 1998 年 8 月第 1 版,第 232 页。

所感发耳”更趋圆融通达。钱澄之的思路正如明人黄汝亨所云:“儒者探《易》之幽而参于《庄》,讽《诗》之深而参于《骚》。参于《庄》,可以群;参于骚,可以怨。其庶几矣乎!”①

钱澄之认为庄、屈二子之所为或潜或亢,皆因乎“时”。且二人皆不忘君臣父子之义,又可谓至情至性。钱澄之认为庄子与屈原“因乎时”的作为可通于《易》,而二子“本乎性情”的著述则可通于《诗》。“庄子与屈原正是象征着两类群体:藏世的遗民与死节的志士。钱澄之既肯定遗民生的选择,又褒扬死者的忠义,认为二者在精神方面其实没有差别,在亢时不惜生命以彰显道义,在潜时要修身自守以弘道,这两种行为都值得表彰。”② 钱澄之以《易》和《诗》作为庄、屈二人合而为一的思想基础,巧妙运用家传之易学和诗学弥合庄、屈之间的隔阂。其中,既有经学与诸子学的会通,又包含了哲学与文学的融通,体现了钱澄之兼容并包的学术体系和实学思想的延伸。

清初启蒙思想家唐甄(1630–1704)在《〈庄屈合诂〉序》中云:“君臣,人之大伦也。人有五伦,我阙其一,不幸莫大焉。而况君子之出,其文足以道君,其才足以治天下,乃辨种勤植,灌园自适,心虽乐之,不得已也。第若庄子之遗世绝物,以卿相为污我,于心安乎?是故当以屈子之志济之,则达而不至于荡。死生亦大矣!为屈子计,当怀王入秦时,以死争之,不得则从王行,如蔺相如以颈血溅秦王,事若不济,得死所矣。不然,弃其家室,从渔父于沧浪,孰得而非之?乃呜咽悲泣,自捐其躯,吾嫌其近于妇人也。是故当以庄子之意济之,则忠而不至

①蒋之翘:《七十二家评楚辞》,《楚辞文献丛刊》第27册,国家图书馆出版社2014年7月第1版,第91页。

②钮则圳:《“以儒解庄”与“会通庄屈”——钱澄之〈庄屈合诂〉的注庄立场与遗民情结》,《中华文化论坛》2018年第4期,第90页。

于愚。"[①] 唐甄此《序》从思想人格互补的角度说明钱澄之将二书合诂的合理性。然而,唐甄在对庄、屈的看法上与钱澄之有较大出入,他认为庄子"以卿相为污我"违背君臣人伦,应以屈子之忠调和其荡;而屈原悲泣自沉近于妇人,当以庄子之达调和其愚。唐甄虽亦由明入清,然明清鼎革之时他还未及冠,对王朝易祚的感受不深切,后来出仕清廷,与钱澄之观点迥异亦在情理之中。

《庄屈合诂》成书于康熙二十四年(1685),此时钱澄之已七十四岁。清王朝经顺治、康熙两朝,政权已相当稳固,与钱澄之同辈的遗老先后凋零,而亦有部分前朝士人已出仕清廷,钱澄之始终固守遗民气节实已难能可贵。明清之际的庄骚融通思想有其深刻的社会意义,反映了明清之际的时代观念。由此可以透视出易代之际士人特定的情感心态和生存困境,即意识形态领域所认同的屈原的忠直立身,与庄子的以藏为用的叠加,以及两种处世方式的矛盾体验。《四库全书总目提要》云:"盖澄之丁明末造,发愤著书,以《离骚》寓其幽忧,而以《庄子》寓其解脱,不欲明言,托于翼经焉耳。"[②] 此后大多学者均沿袭此说,韩菼《田间先生八十寿序》:"往余读田间先生之诂《庄屈》而有感也:先生以党人之忌,郁邑侘傺,阨穷远游,迄不肯偭背规墨,似屈;既乃相羊自恣以适己,似庄。合诂二子之书,所以自寓。"[③] 马其昶《桐城耆旧传》:"盖先生生值末季,故离忧抑郁,发愤著书,而以《庄》继易,以屈继《诗》也。"[④] 金天翮《皖志列传稿》:"盖澄之遭亡国之痛,悲愤怫郁,

①钱澄之:《庄屈合诂》,黄山书社 1998 年 8 月第 1 版,第 1–2 页。

②永瑢等:《四库全书总目》卷一三四,中华书局 1965 年 6 月第 1 版,第 1139 页。

③韩菼:《有怀堂文稿》卷六,《四库全书存目丛书》集部第 245 册,齐鲁书社 1997 年版,第 455 页。

④马其昶:《桐城耆旧传》卷七,黄山书社 1990 年 2 月第 1 版,第 227 页。

大不得已而著书，以《庄》继易，以屈继《诗》，其辞隐，其心苦矣。”① 唐甄云：“饮光先生，忠直立身，以藏为用”②，并且指出《庄屈合诂》正是本诸这样的人格精神而完成的。纵观钱澄之的一生，确实先后具有屈原“忠直立身”与庄子“以藏为用”的精神。“在方法论层面，《庄屈合诂》中‘会通庄屈’的思路及其背后所蕴含的明遗民情结，可以为我们更好地理解钱澄之这类处于朝代更迭环境下的遗民，分析其具体心境提供参考。”③

钱澄之《庄屈合诂·自序》云：“吾著《易学》、《诗学》既成，益广稽载籍，求古人言之足以翊二经者，更为详说之，以辅吾学之所不及，而得庄子、屈原。……则以《庄》继《易》，以屈继《诗》，从而诂之，于二经之宗旨，庶益足以转相发挥。”④ 可以说，“以屈继《诗》”是钱澄之诂屈的根本宗旨。其《自序》云：

> 春秋以来，士大夫相见赋《诗》言志，而能为诗者盖亦鲜矣。诗也者，性情之事也。屈子忠于君，以谗见疏，忧君念国，发而为词，反复缠绵，不能自胜。至于沉湘以死，此其性情深至，岂直与凡伯、家父同日语哉！淮南王安曰：“《国风》好色而不淫，《小雅》怨诽而不乱，《离骚》兼之。”亶其然乎！……是故天下非至性之人，不可以悟道；非见道之人，亦不可以死节也。吾谓《易》因乎时，《诗》本乎性情。凡庄子、屈子之所为，一处其潜，一处其亢，皆时为之也。庄子之性情，于君父之间，非不深至，特无所感发耳。诗

①金天翮：《皖志列传稿》卷一，民国二十五年（1936）苏州刊本。

②钱澄之：《庄屈合诂》，黄山书社 1998 年 8 月第 1 版，第 1 页。

③钮则圳：《“以儒解庄”与“会通庄屈”——钱澄之〈庄屈合诂〉的注庄立场与遗民情结》，《中华文化论坛》2018 年第 4 期，第 91 页。

④钱澄之：《庄屈合诂》，黄山书社 1998 年 8 月第 1 版，第 3 页。

也者，感之为也。若屈子则感之至极者矣。[1]

钱澄之认为庄子与屈原都是至情至性之人，而屈能继《诗》的关键即在于"情"的感发。"情"的感发同时也是钱澄之所主张的诗文创作的根本原则。其《田间集自序》云："彼无所感而吟者，无情之音，不足听也。是以论诗者当论其世也，论其地也，亦曰观其所感而已。"[2]"以屈继《诗》"是钱澄之以儒家典籍《诗经》作为学术基础，以阐释屈骚来体现并补充其诗学观。此宗旨在《屈诂》中主要体现在以治《诗》方法阐释屈骚，集中表现在引《诗》、《易》阐释《楚辞》。

钱澄之作为一位遗民学人，在经学方面造诣深厚，著有《田间诗学》十二卷、《田间易学》十二卷，他在给友人的书信中曾说："四十年心血，尽于《诗》、《易》两书。"[3]可见他在诗学、易学方面的用力之深。加之《庄屈合诂》是在完成《田间诗学》、《田间易学》二书后所作，所以钱澄之在《屈诂》中以引《诗》、《易》来阐释屈赋的词义和句义当然是符合情理。引《诗》例如：《离骚》"摄提贞于孟陬兮，惟庚寅吾以降"，钱氏诂曰："《诗》云：'维岳降神。'原曰'吾以降'，其自命亦不凡矣。"[4]钱澄之用《诗经·大雅·崧高》中的"惟岳降神"来解释"吾以降"之义，读出了自命不凡的深意。《离骚》"瞻前而顾后兮，相观民之计极。夫孰非义而可用兮，孰非善而可服"，钱氏诂曰："《诗》云'鉴观四方，求民之瘼。'极者，无以过也，言无过用之以义，服之以善耳；非是，则民病矣。此原之所为绳墨也。"[5]《九章·怀沙》"任重载盛兮，陷滞而不济。

①钱澄之：《庄屈合诂》，黄山书社 1998 年 8 月第 1 版，第 3-4 页。
②钱澄之：《田间文集》，黄山书社 1998 年 8 月第 1 版，第 292 页。
③钱澄之：《藏山阁集》，黄山书社 2004 年 12 月第 1 版，第 516 页。
④钱澄之：《庄屈合诂》，黄山书社 1998 年 8 月第 1 版，第 143 页。
⑤钱澄之：《庄屈合诂》，黄山书社 1998 年 8 月第 1 版，第 162 页。

怀瑾握瑜兮，穷不知所示”，钱氏诂曰：“‘任重载盛’二句，与《小雅》‘不输尔载，终逾绝险’同义，指党人、用事者言，怀瑾握瑜，自命也。言任事者皆不堪胜任，而有怀抱者反处其穷，世无知者，将持以示谁乎？”[①]以上两例钱澄之分别引用《大雅·皇矣》和《小雅·正月》中的诗句来阐释屈原的民本思想和政治处境。虽未必确然，但对于读者理解屈子诗句的内涵很有助益。

引《易》例如：《离骚》“惟草木之零落兮，恐美人之迟暮”，钱氏诂曰：“美人，自况为是。臣之于君，犹女之于夫。故《坤》曰：地道也，臣道也，妻道也。”[②]又如《离骚》“指九天以为正兮，夫唯灵修之故也”，钱氏诂曰：“‘唯灵修之故’，即《蹇》二所谓‘王臣蹇蹇，匪躬之故。’”[③]本《蹇》卦六二爻辞。《九歌·大司命》“灵衣兮被被，玉佩兮陆离。一阴兮一阳，众莫知兮余所为”，钱氏诂曰：“一阴一阳，《易》所谓‘阴阳不测之谓神’也。”[④]《天问》“恒秉季德，焉得夫朴牛？何往营班禄，不但还来”，钱氏诂曰：“《易》所云‘明夷于南，狩得其大首。’以喻元凶也。”[⑤]《明夷》九三爻辞：“明夷于南，狩得其大首。不可疾贞。”钱澄之的“以屈继《诗》”的宗旨在形式上最突出的表现就是以治《诗》的方式阐释《楚辞》，从上述几方面的例证即可以看出，这种方式有利有弊，有的阐释合理通达，有的则不合诗意。

此外，钱澄之因《小雅·车辖》的作意联系到《离骚》求女的寓意也是“以屈继《诗》”的体现。钱澄之在《离骚总诂》中谈及《离骚》中

①钱澄之：《庄屈合诂》，黄山书社1998年8月第1版，第285页。
②钱澄之：《庄屈合诂》，黄山书社1998年8月第1版，第145页。
③钱澄之：《庄屈合诂》，黄山书社1998年8月第1版，第148页。
④钱澄之：《庄屈合诂》，黄山书社1998年8月第1版，第205页。
⑤钱澄之：《庄屈合诂》，黄山书社1998年8月第1版，第242页。

的“求女”时说道：

> 不得已而思求女，盖君而有贤妃在内，不致小人蛊惑已甚。上官、靳尚与郑袖比，犹皇甫七子“恃褒姒为奥援”也。《车辖》之诗，恶褒姒乱国，思得贤女以为内助，所以拔其祸本。屈原犹是意也。……贤女既不可得，艳妻煽处，外内隔绝，闺中所以邃远。而哲王不寤，则朕情安能得发乎！此一段是暗指郑袖而言，文字离奇，令人不测。[①]

《诗经·小雅·十月之交》：“皇父卿士，番维司徒，家伯维宰，仲允膳夫，棸子内史，蹶维趣马，楀维师氏，艳妻煽方处。”毛传：“艳妻，褒姒。美色曰艳。”郑笺：“六人之中，虽官有尊卑，权宠相连，朋党于朝。皇父则为之端首，兼擅群职，故但目以卿士。”钱澄之释云：“处，安也。七子恃褒姒为奥援，褒姒布七子为羽翼，互相鼓煽，虐焰益张。自以为根株盘据，久安无患矣。自识者，视之正如燕雀之处堂，母子相安，突决栋焚而怡然，不知祸之将至也。”[②]在这里，钱澄之以“皇甫七子”比上官、靳尚，以褒姒比郑袖，指出他们沆瀣一气，蛊惑君心。《诗经》“二雅”中有许多“刺幽王”的篇章都或明或暗涉及到褒姒，如《小雅·车辖》，毛序：“大夫刺幽王也。褒姒嫉妒，无道并进，谗巧败国，德泽不加于民。周人思得贤女以配君子，故作是诗也。”钱澄之云：“文王之世，宫人思得淑女，以助宫闱之治。幽王之世，宫人思得贤女，以夺褒姒之宠。”[③]钱澄之因《小雅·车辖》的作意联想到《离骚》求女的寓意，认为《离骚》中的求女“犹《车辖》思得贤女以易褒姒”，求一贤媛以夺郑袖之宠。

---

①钱澄之：《庄屈合诂》，黄山书社1998年8月第1版，第186页。

②钱澄之：《田间诗学》，黄山书社2005年7月第1版，第513页。

③钱澄之：《田间诗学》，黄山书社2005年7月第1版，第613页。

唐甄《〈庄屈合诂〉序》云："谗言荧惑，君迷国乱，为人臣子，视其国如视邻人之安危，无与于身，是岂人之情也哉？此《鸱鸮》之诗，所以'维音哓哓'也；《桑柔》之诗，所以'忧心慇慇'也。二篇之诗，虽圣贤异等，正变殊遇，其为忠一也。屈子亦若是矣。嗟乎！贱士得君，又信任我，苟利社稷，何爱吾身？原屈子之志，以骚继《诗》，不亦宜乎？"[①]唐甄有感于钱澄之的以屈继《诗》，并说明了钱氏以屈继《诗》的合理性。

第二节　义理阐释的儒学倾向

随着清统治政权的巩固和对程朱理学的倡导，统治者对知识分子的态度有所转变，为了加强思想统治，寻求共同利益，甚至"加强了与知识分子的沟通。忠孝节义观念再一次将学者的道德观与统治阶级的利益纠缠在了一起。"[②]"圣祖崇儒重道，经筵讲论，孜孜圣贤之学，朝臣承其化，一时成为风气。"[③]一部分理学醇儒亦涉足楚辞学领域，如李光地、刘献廷、方苞等，他们企图将屈原的宗国观念、宗臣身份与儒家的中正之道相调和，通过注解《楚辞》宣扬性理道德观念，以忠正廉洁教化世人。在对《楚辞》义理阐释方面有儒学倾向的楚辞学者还有林云铭、张德纯、方楘如、王邦采、奚禄诒、林仲懿、龚景瀚、梅冲等，他们与身经明清鼎革、态度激切的遗民楚辞学者相比，确实少了很多个人的寄托和感触，风格相对稳健，这与康熙以后君权强化的政治背景有很大关系。

---

①钱澄之：《庄屈合诂》，黄山书社 1998 年 8 月第 1 版，第 1 页。

②孙巧云：《元明清楚辞学史》，浙江工商大学出版社 2013 年 5 月第 1 版，第 148 页。

③赵尔巽：《清史稿》，中华书局 1977 年 8 月第 1 版，第 9899 页。

一、君臣大义：李光地的阐释原则

李光地(1642–1718)，字晋卿，号厚庵，又号榕村，泉州府安溪县人。康熙九年(1670)庚戌进士。李光地竭诚辅佐康熙帝治国，极力迎合清廷的思想文化政策，曾奉敕编纂《朱子全书》《性理精义》《周易折中》等宣扬程朱理学之书，经康熙帝审定，以御纂、御定的名义颁行于学宫，对于当时理学的发展起到了至关重要的作用。李光地以经治骚，多引用《诗经》《周易》《尚书》等经书注《楚辞》，源于他认为《楚辞》与经书无异。李光地在《九歌后叙》中云：

> 《离骚》之篇，陈古义，剀治道，三代名臣，何以加兹。至所托言取类，上自象曜风霆云雨，下迄地域山川，中错人伦族氏，草木禽鸟之芬芳灵鸷，与《易》象称名、《风》《雅》兴物无异。自《说文》者乖舛，于是有引喻失义、放言无章者，非屈氏意也。推是以类《九歌》，则《离骚》之外篇尔。①

李光地认为《离骚》中的"草木禽鸟"等，与《诗》一样起到"兴物"之用，与《易》一样是以象"引喻"，由此批评后人对《离骚》意象之寓意的解释有"引喻失义"之嫌。李光地还推许屈原为"三代名臣"。清初统治者大力提倡性理之学，以图恢复并巩固封建主义的思想体系。作为儒家伦理道德的最高标准，忠君思想弥漫整个社会，成为一般士人政治伦理观念的核心。清代一些楚辞学者竭力把君臣大义读到《楚辞》中去，已经把《楚辞》视为一部忠臣教科书，其典型代表就是李光地。李光地在《离骚后叙》中又云：

> 呜呼，原何时也。千古之乱，于斯为极，而能所言不诡于经，

---

①李光地：《九歌注》，《四库全书存目丛书》集部第二册，齐鲁书社 1997 年 7 月第 1 版，第 259 页。

> 将之以诚款，是以历世贵之，虽大贤惓惓焉。古者始学“宵雅肄三”，欲其蚤识君臣之义也。原有《四牡》、《皇华》之才，邂逅不辰，音非和正。然以视周衰大夫闵时念乱，《繁霜》、《十月》，无以益其哀矣。学者读其书，论其世，岂不亦慨然于人生之大伦，而足以兴哉！[①]

“宵雅肄三”，出自《礼记·学记》：“宵雅肄三，官其始也。”郑玄注：“宵之言小也。肄，习也。习《小雅》之三，谓《鹿鸣》《四牡》《皇皇者华》也。此皆君臣宴乐相劳苦之诗，为始学者习之，所以劝之以官，且取上下相和厚。”[②]据郑玄注可知，《小雅》中这三篇皆是阐发君臣之义的，李光地以此作为“人生之大伦”，尤重儒家的伦理道德。黄建荣、江琼《简述李光地〈离骚经九歌解义〉的评注特色》一文指出，李光地注《楚辞》“较为隐晦的原因，则是宣扬儒家清廉节操的需要。从时代背景来说，由于最高统治者为巩固政权而大力倡导程朱理学，作为臣子的李光地为迎合君主，需要从古人中找到一个品行皆优的忠君榜样，而屈原恰恰就是这样的典型代表；而要宣扬屈原，通过疏解《离骚》无疑是一个极佳的选择”[③]。其实，这并不是什么隐晦的原因，而是君臣观念根深蒂固的李光地注解《楚辞》的直接动因和阐释原则。李光地在《离骚附记》中说：“夫怨诽而其流及上，《小雅》先之矣。亲之过大而不怨，是愈疏也。若至决上下之无人，将违弃而远去，是岂忍以明言者。原之滑稽，

---

①李光地：《离骚经注》，《楚辞文献丛刊》第49册，国家图书馆出版社2014年7月第1版，第419–420页。

②郑玄：《礼记正义》，上海古籍出版社2008年9月第1版，中册第1429页。

③黄建荣、江琼：《简述李光地〈离骚经九歌解义〉的评注特色》，《东华理工大学学报》2014年第4期，第333页。

其不忍明言之心乎！”[①] 很明显，李光地在这里有意以孟子诠释的“《小弁》之怨”来调和君臣关系。随着清政权统治地位的巩固和对三纲五常的倡导，在理学醇儒标举“温柔敦厚”诗教的背景之下，“怨”虽然被允许，但强调“怨”的前提只能是为邦国而怨，而不是怨君，更不是为自己鸣怨。[②]

李光地于《离骚》篇后的《附记》云：“前半篇自皇考命名，以至女媭训诫，直述己事。后半篇自陈辞重华，以至问占远逝，托意寓言。直述己事者，身之已经而伤其时，道其志行，以摅其忧郁。托意寓言者，意之未已，而决其时之无可为，断之以志行之所不屑为者，以矢其坚贞，书之大致也。前之词显，故议者以为讥小之太过。后之词微，故谈者以为荒幻而不经。”[③] 李光地指出，《离骚》的前半篇写实，是屈原叙述自己的身世经历，并抒发其忧郁之情；后半篇运用了寓言，因前半篇“意之未已”，所以后半篇“矢其坚贞”。此二分法明晰畅达，揭示出了《离骚》前后写法不同的原因。

对于《离骚》求女，李光地明言求女是求贤臣，而非求君。而且，李光地强调说：“此数节以求女喻求士，皆为君求，非原自求也。”[④] 李光地撰有《记离骚经》一文，他说：“《楚辞》所谓求女云者，古注近之而指未明。盖所谓求女者，非求君也。欲其君之得贤臣焉尔。始也‘哀高

---

①李光地：《离骚经注》，《四库全书存目丛书》集部第二册，齐鲁书社 1997 年 7 月第 1 版，第 252 页。

② 廖栋梁：《伦理·历史·艺术：古代〈楚辞〉学的建构》，台北里仁书局 2008 年 9 月第 1 版，第 93 页。

③李光地：《离骚经注》，《四库全书存目丛书》集部第二册，齐鲁书社 1997 年 7 月第 1 版，第 252 页。

④李光地：《离骚经注》，《四库全书存目丛书》集部第二册，齐鲁书社 1997 年 7 月第 1 版，第 249 页。

邱之无女'，则高位者无人矣。继而'相下女之可诒'，犹望其有处于下位而备进用者也。"[①] 高邱无女，意为高位无人，所以又去求"处于下位而备进用者"的"下女"。对于"有娀之佚女"和"有虞之二姚"之喻义，李光地在《离骚经注》中具体阐释道：

> 佚女，喻遊士也。遊士来自他邦，楚系高阳，与高辛别氏，故佚女以有娀言之。人怀嫉妬，莫肯相光，鸩之毒不必言矣。虽拙如鸠，犹能佻巧，则变乱好丑，士安由至。我欲自为之媒，身方被害，安能媒人。惟有凤皇好德，可以为媒，然恐受他邦之托，而女非高阳氏有矣。于是浮游顾望，欲及少康之未室，为之定有虞之二姚，盖寓意于嗣君，欲及其未继而为之求贤以导辅，庶几异日如少康之赫然中兴，不失旧物也。[②]

李光地指出因楚系高阳氏后裔，与高辛氏（即帝喾）不同，所以把来自他邦的"有娀之佚女"（王逸释为帝喾之妃）喻为遊士，又恐遊士已"受他邦之托"，不能为我所用。"有虞之二姚"是"及少康之未室"寓意有待于嗣君并辅助其中兴之为。

而且，李光地认为《九歌》是《离骚》的外篇，即《九歌》和《离骚》的旨义是相通的。李光地《九歌注后叙》："《骚》言高女、下女、佚女，卒乃寓意于少康者，尤于《湘神》、《东君》见之。是时襄既继位，谗佞高张，无改于昔，原之拳拳犹如此。盖无日不幸其君臣之一悟、邦家之再兴也。"[③] 在君臣大义的阐释原则指导下，李光地搭建了《离骚》与《九

①李光地：《榕村全集》，《清代诗文集汇编》第 160 册，上海古籍出版社 2010 年 12 月第 1 版，第 280 页。

②李光地：《离骚经注》，《四库全书存目丛书》集部第二册，齐鲁书社 1997 年 7 月第 1 版，第 249 页。

③李光地：《九歌注》，《四库全书存目丛书》集部第二册，齐鲁书社 1997 年 7 月第 1 版，第 259 页。

歌》融会贯通的求贤辅政之框架。李光地认为王逸在《楚辞章句·九歌序》中提出的祀神乐歌之说不足信：

> 旧说楚国南郢之邑，沅湘之间，其俗信鬼而好祠。其祠必作乐，歌舞以乐诸神。屈原既放，窜伏其域，怀抱忧思，出见俗人祭祀之礼、歌舞之乐，盖有鄙俚媟亵而无文者，因作《九歌》之曲。王逸序之云尔。然其所释原意，参错傅会，言不中伦者多矣，《辩证》一一正之。[①]

此《辩证》即朱熹《楚辞辩证》。李光地之注解大抵“以君臣之义为主旨，以明经治道为根本，以朱熹之注为鹄的”。[②] 朱熹《楚辞辩证》上《九歌》云：“盖以君臣之义而言，则其全篇皆以事神为比，不杂它意。”[③] 李光地在朱熹之说的基础上推衍其说，其《九歌后叙》曰：

> 自太乙以下，皆以事神之恭，况己事君之敬。以神人之接之阔，喻君臣之交之难。……故天神尊上，则以喻君。司命为太乙之佐，湘君、河伯非天神之伦，则以喻臣。玩其辞，潜其义，凡庄重、严肃、礼乐威仪备者，君之族也；凡投赠、亲昵、遊从欢宴者，臣之族也。中寓怨悱之离忧，而亦不失其尊卑之体，轻重浅深，久近之序。[④]

可见，李光地对于《九歌》各篇的理解完全是从君臣尊卑之别的角度来论述，所以他认为作为天神之至尊的东皇太一和在天尊者的云中君，均可以喻君；而大司命、少司命、湘君、湘夫人、河伯，均以喻臣。具

---

①李光地：《九歌注》，《四库全书存目丛书》集部第二册，齐鲁书社1997年7月第1版，第259页。

②孙巧云：《元明清楚辞学史》，浙江工商大学出版社2013年5月第1版，第160页。

③朱熹：《楚辞集注》，上海古籍出版社2001年12月第1版，第180页。

④李光地：《九歌注》，《四库全书存目丛书》集部第二册，齐鲁书社1997年7月第1版，第259页。

体来说，大司命喻“昔日同辅政者”，少司命喻“朝列而晚进者”；湘君和湘夫人与大、少司命类似，湘君喻“旧时同列之高位者”，湘夫人喻“新进贵达”；河伯喻“四境之臣”。李光地以君臣大义作为立足点严格区分尊卑关系，挖掘《九歌》各神的喻意并一一坐实对应。

正因为李光地从君臣大义角度的阐释，使得《九歌》中的最后两篇，即《国殇》和《礼魂》“无所系属”，所以他把《国殇》和《礼魂》摒除在《九歌》之外。他在《九歌后叙》中说：“按《九章》止九篇，则《九歌》疑亦当尽于此。其辞所寄托，皆感遇抒忧，信一时之作也。后两篇，或无所系属而以附之者。”[①] 李光地指出《国殇》和《礼魂》“无所系属”，实际上是因为按照他所阐释的《九歌》君臣大义的象征系统来看，这两篇无甚政治意涵而无法纳入其中。此前，明代陆时雍也曾对《九歌》末二篇提出质疑：“按《汉书·志》：屈原赋二十五篇。今起《离骚经》至《大招》凡六，《九章》、《九歌》又十八，则原赋存者二十四篇耳。并《国殇》、《礼魂》在《九歌》之外，十一，则溢而为二十六篇。不知《国殇》、《礼魂》何以系于《九歌》之末，又不可合十一为九。”[②] 陆时雍是基于屈原赋二十五篇之数而对《九歌》末二篇提出质疑，但《楚辞疏》仍录此二篇，而李光地则直接把《国殇》和《礼魂》删掉。正如《四库全书总目提要》所云：“至《国殇》、《礼魂》二篇，向在《九歌》之末。古人以九纪数，实其大凡之名，犹《雅》、《颂》之称‘什’。故篇十有一，仍题曰‘九’。光地谓当止于九篇，竟不附载，则未免拘泥矣。”[③] 李光地如此做法确实

---

①李光地：《九歌注》，《四库全书存目丛书》集部第二册，齐鲁书社 1997 年 7 月第 1 版，第 259 页。

②陆时雍：《楚辞疏》，《续修四库全书》第 1301 册，上海古籍出版社 2002 年 4 月第 1 版，第 372 页。

③纪昀等：《四库全书总目提要》，河北人民出版社 2000 年 3 月第 1 版，第 3822 页。

过于草率，因此没有得到后世楚辞学者的认同。

在李光地构筑的君臣大义的象征系统中，《山鬼》篇是较为特殊的。李光地在《山鬼》篇后注曰："夔、罔两之类也，以况幽人处士，不能自通于君大夫者。已之始合终离，遭放废而屏昧幽，其寂寥索居，影响断绝于世，盖亦魑魅之群矣。"[①] 李光地认为山鬼喻隐居的幽人处士，地位最卑下。由此《山鬼》篇中人与鬼之关系又如何解读？李光地在《九歌后叙》中指出："惟《山鬼》一章，乃以鬼自比，而人则君也。以此意读之，大义则得矣。"[②] 李光地认为《山鬼》中的"灵修"和"公子"均是指君，而山鬼是屈原自比，而这明显又是在发挥君臣大义。

李光地从人伦角度注释《楚辞》、妄删《国殇》和《礼魂》，受到了蒋骥的批驳。蒋骥在《山带阁注楚辞·馀论》卷上云：

> 安溪新说，泥地道、妻道意，因于湘君、夫人、大司命、少司命、河伯，皆以喻在朝同列。夫楚在朝诸臣，皆谗谄邪曲之辈，以拟天地尊神，可谓引喻失义矣。且此辈人，使原得志，方斥逐之不遑，原既失志，尤嫉恶之已甚。而诸篇多赞诵慕恋之辞，若欲求合而不得，观《离骚》、《九章》立言之方，原肯出此乎？《国殇》、《礼魂》以为无所属而附之，亦复欠理。[③]

蒋骥之评颇为中肯，李光地纯粹以儒解骚的理念和方法，对于《九歌》来说确实不免多有附会。《四库全书总目提要》评价李光地"所注皆推寻文意，以疏通其旨，亦颇简要。然《楚辞》实诗赋之流，未可说以

①李光地：《九歌注》，《四库全书存目丛书》集部第二册，齐鲁书社 1997 年 7 月第 1 版，第 258 页。

②李光地：《九歌注》，《四库全书存目丛书》集部第二册，齐鲁书社 1997 年 7 月第 1 版，第 259 页。

③蒋骥：《山带阁注楚辞》，上海古籍出版社 2019 年 3 月第 1 版，第 206 页。

诂经之法”。[①]

二、以《中庸》为理论阵地:林仲懿的阐释特点

林仲懿《离骚中正》是清代众多楚辞著作中受朱熹理学思想影响最为明显的一部。如林仲懿《离骚中正》卷首之《读离骚管见》第一则说明为何以“中正”名其书:“《离骚》读本,题之以‘中正’,何也?此屈子之大旨也。特为拈出,知此,而《离骚》之义,便可迎刃而解。”[②] 林仲懿指出书名缘何为“中正”,因为“中正”是屈原《离骚》之“大旨”,拈出此“大旨”,就能很好地抓住《离骚》之本意。林仲懿治学以程朱理学为宗,阐释《离骚》有明显的理学倾向,其最重要的表现就是以《中庸》作为理论阵地。林仲懿《读离骚管见》第二则曰:

> 《离骚》以执中为宗派,以主敬为根柢。自叙学问本领,陈述帝王心法治法,都与《四子书》相表里,谅非诵法孔子不及此,而书中无道孔子语。昔曾子责子夏设教西河,使人疑汝于夫子,是则屈原之罪也。虽然,律以西河之罪,原固无词。谓原非北方之学,则亦未闻舍执中主敬,而别有所谓周公仲尼之道也。学者平心而察之,勿随声而附和,勿吹毛以索瘢,始知终不得摈屈原于洙泗门墙之外。[③]

林仲懿认为《离骚》“与《四子书》相表里”。《四子书》即《四书》,是朱熹取《礼记》中的《中庸》、《大学》和记录孔子言行的《论语》、记录孟子言行的《孟子》合为《四书》,儒家学派的重要经典。林仲懿以《离骚》

①纪昀等:《四库全书总目提要》,河北人民出版社2000年3月第1版,第3822页。
②林仲懿:《离骚中正》,《四库全书存目丛书》集部第二册,齐鲁书社1997年7月第1版,第301页。
③林仲懿:《离骚中正》,《四库全书存目丛书》集部第二册,齐鲁书社1997年7月第1版,第301页。

“与《四子书》相表里”来驳斥“虽不知学于北方”的说法。又如，林仲懿评曰：

> 先儒谓子思作《中庸》，先言未发之中，本体渊深，他书罕见，发前古圣贤之所未发。看来屈子实窃取子思之意，遡执中源头以发端，非一部《中庸》烂熟胸中，定然作不出《离骚》文字。天下后世，当必有以吾为知言者。[①]

因司马迁《史记·孔子世家》称“子思作《中庸》”，所以一般认为《中庸》出于孔子的孙子子思之手。这里林仲懿说“屈子实窃取子思之意”，又说“非一部《中庸》烂熟胸中，定然作不出《离骚》文字”，这实在是极端的看法，完全不符合屈原和《离骚》之本意。从林仲懿所云“天下后世，当必有以吾为知言者”，可见他对自己的观点深为笃信。历来注解《楚辞》的注家，大都认为自己独得屈子之意，独得《楚辞》之深蕴。又，林仲懿《读离骚管见》第九则曰：

> 余释《离骚》既脱稿，适侄甦出坊本《离骚辩》，请质之。吴门朱悔广所著，以“守死善道”四字作通篇骨子，此语未易多得。……以吾所阅注骚诸家，实亦绝少道著痛痒，明其守死善道，是《中庸》之为德也。圣人所愿望难见也，而又何可排之有？而《离骚》之作，原本《中庸》，以可以深思而自得之矣。只此四字，已足称别开生面，余不具论。[②]

林仲懿指出他在《离骚中正》成书之前得到了朱冀的《离骚辩》，对朱冀总结的“守死善道”四字颇为称许，认为这是“《中庸》之为德”，并以

①林仲懿：《离骚中正》，《四库全书存目丛书》集部第二册，齐鲁书社1997年7月第1版，第305页。

②林仲懿：《离骚中正》，《四库全书存目丛书》集部第二册，齐鲁书社1997年7月第1版，第303-304页。

此作为其《中庸》理论阵地的支撑材料。林仲懿于《离骚》首节后评曰："细玩正则、灵均字义。正，不偏也；则，不差也。盖以天命之性言，即'喜怒哀乐未发谓之中'是也。灵，善也；均，调也。盖以率性之道言，即'发而皆中节谓之和'是也。下文'吾既有此内美'，即指正则、灵均之义，而言其所性之根于心，而非由外铄也。一生为大儒而绍执中之傅，为忠臣以立名教之坊，皆寓意于览揆锡名之始，其旨微矣。"[①] "喜怒哀乐未发谓之中，发而皆中节谓之和"出自《中庸》，林仲懿认为正则、灵均命名之意，完全符合儒家伦理和审美理想之"中和"。

林仲懿认为屈子之学与程朱理学所阐释的儒学在思想体系上有千丝万缕的联系，因而他在《离骚中正》中博引程朱理学之学说来阐释《离骚》诗句。如林仲懿评曰："鞿羁，言检束身心，不使放逸，即主敬之学。盖窃取夫子修己以敬之旨而喻言之。……屈原著《离骚》，以执中作骨子，执中又以主敬作骨子。朱子云：'敬之一字，圣学之所以成始而成终也。'《离骚》立言，正复尔尔。"[②] 朱熹曰："盖吾闻之，敬之一字，圣学之所以成始而成终也。"[③] 林仲懿以程朱理学主"敬"之说来阐释屈子之好修，通过引述并发挥朱子之说来证明《离骚》之立言即本仲尼之道。

林仲懿拘泥于其理学的知识框架，在注评中以他所理解的儒家心性之学来阐释《离骚》。林仲懿评曰："或以未尝明拈执中而疑之，独不见子思言性情之德，只就喜怒哀乐未发已发，说个'中'字、'和'字。

---

①林仲懿：《离骚中正》，《四库全书存目丛书》集部第二册，齐鲁书社 1997 年 7 月第 1 版，第 305 页。

②林仲懿：《离骚中正》，《四库全书存目丛书》集部第二册，齐鲁书社 1997 年 7 月第 1 版，第 312 页。

③赵顺孙：《大学纂疏》，华东师范大学出版社 1992 年 9 月第 1 版，第 17 页。

孟子却说仁义礼智、恻隐羞恶、辞让是非，且得谓孟子与子思有殊旨乎？大抵昔贤说理，但取义意印合，不必如训诂讲章，举业文字，依口学舌，专在字面上较其毫厘分寸，兢兢然唯恐失之也。”[①] 如此这般，《离骚中正》中到处可见林仲懿深受理学思想影响之痕迹。

林仲懿曾回忆自己儿时随父亲读书的情景："忆余舞勺时，初读古文，先君子授以《南华》、《离骚》，训之曰：《南华》闳肆，《离骚》谨严，皆文章之至者。论道理，则《离骚》乃孔孟家言，尤须理会，不得止作文章观。小子受而读之，懵如也。垂四十年，乃似稍得灵均指趣而谬注评之，儿譔、蔼粗与参校。追思趋庭之日，尽然不自知涕之霑襟也已。"[②] 可见，林仲懿研习《楚辞》是秉承父训，其以儒解骚亦是受父亲影响。据光绪《增修登州府志》卷四十一贡生记载，林仲懿之父，名林瑨，康熙四十年（1701）任兖州府儒学教授，后升任河南通许知县，廉介清严，离任时百姓追送百里。林瑨主张"《离骚》乃孔孟家言，尤须理会，不得止作文章观"，可以想见其任儒学教授时很可能亦以此传授诸生，林仲懿受其父儒学思想影响很大。又，林仲懿的两个儿子林譔、林蔼均参与校阅《离骚中正》，由此可见《楚辞》研究之家学的濡染与承传。

《四库全书总目提要》评林仲懿《离骚中正》曰："谓屈原之赋以执中为宗派，以主敬为根柢。自叙学问本领，陈述帝王心法，与《四子书》相表里。其说甚迂，故所释类所穿凿。如释'名余曰正则，字余曰灵均'，谓屈子窃取子思之道，所言正则、灵均，与《中庸》'天命之性，率性之道'相合。是果骚人之本意乎？"[③] 正如程远芬《〈四库总目·离骚中正〉

①林仲懿：《离骚中正》，《四库全书存目丛书》集部第二册，齐鲁书社 1997 年 7 月第 1 版，第 307 页。

②林仲懿：《离骚中正》，《四库全书存目丛书》集部第二册，齐鲁书社 1997 年 7 月第 1 版，第 303 页。

③纪昀等：《四库全书总目提要》，河北人民出版社 2000 年 3 月第 1 版，第 3824 页。

书后》一文指出的那样："儒家的思想在战国时期的楚国有传播和影响，屈原受儒家的影响并不是不可能的"，"由于屈原思想与孔孟思想有某些共同点，屈原又生活在孔孟、子思之后，因此未尝不可以用孔孟思想诠释《离骚》。只是林氏用宋明理学家发展了的儒家思想直接注释《离骚》、且用明清八股制艺的文法解释《离骚》的文法，未免生硬迂腐，这是应该指出的。"[①] 黄灵庚先生也认为："从当今出土的楚国遗书来看，其说又不能一概而否。如《郭店楚墓竹简》中有《缁衣》《穷达以时》《鲁穆公问子思》《六德》《五行》《成之闻之》《尊德义》《唐虞之道》《忠信之道》《性自命出》，及充斥儒家学理《语丛》四篇，说明"中原周孔之学已传入楚境，且已深入楚国学术矣。屈原虽不当列入孔门弟子，然其博闻广览，于周孔之学必烂熟于心，固《离骚》或与周孔名教合者固宜矣。"[②] 然而，林仲懿显然在这条路上走得太远了，可以看出他是被理学浸润甚深的学者，这使他很难摆脱理学思想的禁锢。因此，林仲懿《离骚中正》在义理解说方面不仅仅是有儒学倾向的问题，且有不少牵强附会之处，这不能不影响其学术价值。

三、本孝作忠、以身殉道：梅冲的阐释路径

梅冲《离骚经解》体现了鲜明的儒学阐释倾向，其《自叙》是全书的总纲：

> 而其为道，则在本孝作忠，先自治而后治人，以尧舜三王所以为君为国，厚责于己而责难于君。正君心，植人材，得古圣事君之大端矣。迨遇谗而废，则又反覆于前世之治乱得失，以明道之无可变。而腾天入渊，千回百折，必欲斯道之上达于君，君终不寤，

①程远芬：《〈四库总目·离骚中正〉书后》，《中国典籍与文化》2006 年第 2 期，第 64 页。

②黄灵庚：《楚辞文献丛考》，国家图书馆出版社 2017 年 12 月第 1 版，第 1309–1310 页。

乃誓以身殉，而痛斥于时变道者之非，以明己之必无可他往，惟以身殉道，明道之无可变，自完忠孝，得此中正以立修名，外则无可商焉。盖计之熟矣，其所以不可他去，不能退隐者，则以国之宗族恩深义重，世同休戚。己又曾柄用，忍见国之破、君之亡，同草野未仕之臣萧然高蹈哉？篇之初终，重明斯旨，著义之万无可逃也。故处屈子之境，而强曰不必死者，皆不免隐忍避就，内疚其心者也。其曰“虽体解犹未变”、曰“览余初犹未悔”，所谓求仁得仁，又何怨者欤？屈子之志，比干夷齐之志也。其修己事君，正己正人，天下无道，以身殉道，则孟子之学也。一篇之中，反覆参究，除舍生杀身而外，无可自安焉。盖义精仁熟矣，而曰“未学于北方”也哉？呜呼，千古之沉冤，未有如屈子者也！①

梅冲主要强调以下四点：其一，尽忠尽孝，“本孝作忠”。梅冲认为“忠孝”是《离骚》之根本。其《离骚经解·自叙》开宗明义即标榜屈子的“忠孝”之道。梅冲在《离骚》开篇八句后释曰：“屈子之事，不死则去，而所以必死者，以无可去之义故也。首明与君共祖世，有令名，与国同休戚，不能舍而他适之故，即定于此，不是漫叙世系。次节重序父命，而别解名字之义，以见己之必精体力行，终身持守不变，有以善成斯义，方为不负父命。尽忠所以尽孝，此《骚》经之本也。”② 梅冲认为前四句从君臣的角度揭示了屈原作为“与君共祖世”、“与国同休戚”的宗臣无去宗国之义，后四句则是从父子的角度揭示儿子谨遵父命（即父为子所取名正则、字灵均之含义）并终身持守，进而指出屈子之

①梅冲：《离骚经解》，《楚辞文献丛刊》第60册，国家图书馆出版社2014年7月第1版，第293–295页。

②梅冲：《离骚经解》，《楚辞文献丛刊》第60册，国家图书馆出版社2014年7月第1版，第298页。

道即“本孝作忠”。梅冲所谓“本孝作忠”,即忠孝一体,尽忠即尽孝,事父即事君。

其二,修己事君,“正己正人”。梅冲在“纷吾既有此内美兮”四句和“汩余若将不及兮”四句后注曰:“二节是自己本领,先自治而后治人,乃正己之学,所以为导君先路之本,即所以不可变之实也。”[①]此“正己之学”即儒家的道德思想。《论语·卫灵公》:“君之求诸己,小人求诸人”;《孟子·离娄上》:“爱人不亲,反其仁;治人不治,反其智;礼人不答,反其敬。得有不得者,皆反求诸己。其身正,而天下归之。”梅冲提出的“修己事君,正己正人”主要包含两个方面:一是正己之德,即反省自己的道德修为。例如梅冲在“制芰荷以为衣兮”一节后引友人管同之语曰:“横逆之来,君子必自反矣,况不得于君父者乎?故屈子悔其视道之不明,欲退而修其初服。至于芳泽杂糅,昭质不亏,则内省可无咎矣。盖不如是,则君子责己有不至;必如是,则自信乃愈笃也。”[②]二是正己之才,即反思自己的才能是否具有事君治人的本领。如梅冲在“汩余若将不及兮”一节后注曰:“圣学朝乾夕惕,汲汲孜孜,必先保其内美,而精修治,以增益所不能,而后可以言事君治人也。”“朝乾夕惕”出自《周易·乾·九三》:“君子终日乾乾,夕惕若厉,无咎”,指君子从早到晚都勤勉谨慎,不敢懈怠。屈原心情急切地增益自己的才能,正是为日后“事君治人”做准备。[③]

其三,事君以道,“格君之非”。《孟子·离娄上》曰:“人不足与适

①梅冲:《离骚经解》,《楚辞文献丛刊》第60册,国家图书馆出版社2014年7月第1版,第299页。

②梅冲:《离骚经解》,《楚辞文献丛刊》第60册,国家图书馆出版社2014年7月第1版,第310页。

③谢模楷、吴利妹:《梅冲〈离骚经解〉的儒学阐释》,《云梦学刊》2018年第4期,第28页。

也，政不足间也；唯大人为能格君心之非。君仁，莫不仁；君义，莫不义；君正，莫不正。一正君而国定矣。"大人，即有大德之人。格即纠正、匡正。以大德之人作为辅臣，才能纠正君心，匡正君德。梅冲在第六节后注云：

> 管翼之曰：武侯之告君不外三语：曰亲贤人，曰远小人，曰开张圣德，不宜妄自菲薄。屈子道亦如此，法尧舜之耿介，惩桀纣之昌披，开张圣德之说也。植众芳，亲贤臣也；斥党人，远小人也。大臣事君之道，不外此焉。然唯君德不开张，然后君子退而小人进，故屈子以此事首归责于君德之中，此孟子大人格君之学也。[①]

管翼之即管同（1780–1831），字异之，号育斋，江宁府上元县人，道光五年（1825）举人。梅冲在完成《离骚经解》后示与友人管同。据管同《与梅孝廉论离骚书》可知，管同亦曾注解《离骚》，并将其与此书信一同交给梅冲。从梅冲注中两次引用管同之论，可知其根据管同呈示的《离骚》注解，对其《离骚经解》作了增补。梅冲《离骚经解·自叙》云："友人管翼之同，高才笃学，所解适相符合，录取说之相发者，特著姓氏，不欲掠美，不敢掩美也。"[②]

"事君以道"，"道"即人子人臣的中正之道。梅冲多次强调"道不可变"，如他在"跪敷衽以陈辞兮"一节后注云："道之不可变，以中正故也。因陈词而告君之心愈不容已，乃欲上征求通于君也。"[③]又，在"阽余身而危死兮"一节后注云："道不可变，以此事君，虽死不变。余初固

①梅冲：《离骚经解》，《楚辞文献丛刊》第60册，国家图书馆出版社2014年7月第1版，第301–302页。

②梅冲：《离骚经解》，《楚辞文献丛刊》第60册，国家图书馆出版社2014年7月第1版，第295–296页。

③梅冲：《离骚经解》，《楚辞文献丛刊》第60册，国家图书馆出版社2014年7月第1版，第319页。

未尝误，而无可悔也。”[①] 可见，梅冲认为屈子之道本来就是圣人之道、中正之道。屈原上天入地百般努力就是为了以此道上达于君，使君王悟此道并奋发图治。然而，君王终不悟此道，故而以身殉道，自完忠孝。

其四，天下无道，“以身殉道”。梅冲《自叙》曰：“所谓求仁得仁，又何怨者欤？屈子之志，比干夷齐之志也。其修己事君，正己正人，天下无道，以身殉道，则孟子之学也。”《孟子·尽心上》云：“天下有道，以道殉身；天下无道，以身殉道。”梅冲在《自叙》中指出屈子自沉是“求仁得仁”的无怨无悔之举。正如王逸所云：“人臣之义，以忠正为高，以伏节为贤。故有危言以存国，杀身以成仁。是以伍子胥不恨于浮江，比干不悔于剖心，然后忠立而行成，荣显而名著。”[②] 梅冲从分析屈原行为入手证明其合乎儒家思想，指出屈原于孟子之学“义精仁熟”，由此即对屈子的人臣之义进行了完整的塑造和阐发。

梅冲认为屈原自沉的“死意”是《离骚》全篇之主线。他在第一节后就指出：“屈子之事，不死则去，而所以必死者，以无可去之义故也。首明与君共祖世，有令名，与国同休戚，不能舍而他适之故，即定于此，不是漫叙世系。”[③] 梅冲认为屈原只有两条路即“不死则去”，因屈原是“与君共祖世”、“与国同休戚”的宗臣，“无可去之义”，“所以必死”。由此梅冲指出《离骚》开篇八句并非“漫叙世系”的闲笔，而是从此即已埋下“死”之伏笔。又，梅冲在“謇吾法夫前修兮”四句后注云：“写与时不合，曰‘非余心之所急’，曰‘非世俗之所服’，两边激射极紧，不合

①梅冲：《离骚经解》，《楚辞文献丛刊》第60册，国家图书馆出版社2014年7月第1版，第316页。

②洪兴祖：《楚辞补注》，中华书局1983年3月第1版，第48页。

③梅冲：《离骚经解》，《楚辞文献丛刊》第60册，国家图书馆出版社2014年7月第1版，第298页。

如此，则斯世无可安此身者，乃想得自沉一法，通身归宿，一篇主脑，于此点定。”[①]梅冲明白指出，“自沉”是《离骚》全篇之“主脑”，此后各节均以此为主线展开，例如：“众皆竞进以贪婪兮”至“愿依彭咸之遗则”五节，梅冲解曰：

言己之与时不合，一气逼到愿依彭咸遗则，而序所以必死之故，则并非愤激而悻悻捐生，乃恐修名之不立，信姱练要，法夫前修，必当如此也。深体正则、灵均命名之义，有内美、重修能之实正在此处。而下文千回百折，终无变易者，皆定于此，乃通身正面实义所结聚处也。[②]

梅冲指出屈原之死并非愤激捐生之举，而是其“好修”之职志使然。实际上，《离骚》的女媭之詈中“鲧婞直以亡身兮，终然殀乎羽之野。汝何博謇而好修兮，纷独有此姱节”四句说的正是这个问题。从个人修养来说，屈原自许“内美”与“修能”兼备，然其“好修”之矢志不移，使得其在“与时不合”的情况下不能变而从时，而“屈子之世非自变而从时，则万无见用之理”，所以只有死这一条路可走。又如“长太息以掩涕兮”至“固前圣之所厚”七节，梅冲解曰：“乃承上依彭咸之意，特重加提唱以足之，见时势所迫、素志所守，一死之外，更无别法也。以上都是正说，将主意十分煞足，文境亦逼到万无转身之地。”[③]梅冲《离骚经解》中的“正旨”、“主意”、“正意”，均是指屈子自沉。“盖每起一意，必收到愿依彭咸之正旨煞住，此通篇之大例也，即此可明段落之所

①梅冲：《离骚经解》，《楚辞文献丛刊》第60册，国家图书馆出版社2014年7月第1版，第305–306页。

②梅冲：《离骚经解》，《楚辞文献丛刊》第60册，国家图书馆出版社2014年7月第1版，第306页。

③梅冲：《离骚经解》，《楚辞文献丛刊》第60册，国家图书馆出版社2014年7月第1版，第309页。

在。”正如朱冀《离骚辩》云:“盖通章大旨归到彭咸而止,所以千推万敲,总是于守死中求善道,以见其并非轻生一决尔。”[①] 朱冀认为“守死善道”四字是通篇结穴,“彭咸”是“守死善道”之师法。朱冀所云“守死善道”,与梅冲之“以身殉道”有其相似之处,二人所谓的“道”均是指忠臣孝子的中正之道。

正如李泽厚所说,“死亡构成屈原作品和思想最为‘惊采绝艳’的头号主题”。[②] 正是屈原的死给历代文人学者以巨大的心灵震撼。周建忠先生《屈原“自沉”的可靠性及其意义》一文总结历代楚辞学者探讨屈原自沉的原因中,较有影响的有六种说法:洁身说、殉国说、殉道说、殉“楚文化”说、政治悲剧说、赐死说。总评曰:“综上六说可见,‘赐死说’推测成分过多,根据不足;‘殉国说’是抗战时期的‘古为今用’、‘六经注我’的反映,可作为研究史上的‘现象’来研究;‘殉楚文化说’、‘政治悲剧说’是从历史、哲学的角度读解,对屈原的主体意识认知不够。惟‘洁身说’、‘殉道说’颇近情理:‘洁身’、‘殉道’、‘泄愤’,皆为屈原自沉动机的不同方面,与屈原作品的情感抒发,比较吻合。”[③] 确实,洁身说、殉道说重视在生死的抉择中自我意识所起的作用,显得更为客观一些。我们从屈原全部作品及他对于沉江所作的自白可以看出,屈原自沉决不是一时的轻生之念或某种迷信的盲从,而是一种理性的情感抉择。然而,殉道之“道”是否就是朱冀和梅冲所说的人子人臣的忠孝之道呢?答案显然是否定的。在今天看来,这个“道”更应该是屈原至死执着坚守的峻洁清白的节操和他终其一生追寻的美

①朱冀:《离骚辩》,《楚辞汇编》第九册,台北新文丰出版公司 1986 年 3 月第 1 版,第 169 页。

②李泽厚:《古典文学札记一则》,《文学评论》1986 年第 4 期,第 66 页。

③周建忠:《楚辞考论》,商务印书馆 2003 年 12 月第 1 版,第 143-152 页。

政理想。

总而言之，梅冲认为屈原所奉行的是忠臣孝子的中正之道，其自沉正是因此道不达于君，君亦不悟此道；而屈原作为与国同休戚的宗臣又无去国之义，故而“以身殉道”。梅冲还著有《庄子本义》二卷，其《自序》云“千古能知孔子能言孔子者，惟庄子一人而已”，认为“庄子尊孔之至，与思孟相表里”，又把庄子视为孔子第二了。梅冲以儒解庄，以儒释屈，明显牵强，有硬将屈原、庄子拉入醇儒队伍之嫌。从学术思想层面来看，屈子之学甚为渊博，就此框入儒家并不符合实际。

第三节 阐释学视野下的屈原评价

在我国古代楚辞学史中，屈原与《楚辞》一再被纳入儒家文化的价值走向与模式，屈原评价一度以儒家思想为主导，这并不仅仅是楚辞学者个人意识的表现，更多的受士人阶层群体的思想和传统文化因素的制约。从汉武帝“罢黜百家，独尊儒术”以后直至清代，随着中国封建专制统治的不断深化，屈原评价既有儒家文化惯性导致的循环往复，又随着历史的发展而不断出现新的变化。潘啸龙师说：“在屈原身上，存在着两种看似矛盾而其实统一的‘屈原精神’，即不向黑暗势力屈服的‘抗争精神’和不为任何摧折而移易的‘忠贞精神’。所以，投影于历史的屈原精神，就不是单一的，而是双重的。这双重的精神投影，对于不同时代、不同人们的利益和需要来说，无疑会有某种侧重并有所排斥。正因为如此，屈原对后世的影响，才会经历意想不到的激烈争辩，才会发生一次次单向的改造或重塑。”[①] 诚如斯言，每个时代都是根据各自的利益需要和文化观念，选择并改塑着相应的文学经典。

①潘啸龙：《屈原评价的历史审视》，《文学评论》1990 年第 4 期，第 96 页。

因此，我们在"楚辞学"范围内所认识的屈原，已经不是单纯凝固的历史形象，而是不断变化着的阐释形象。他的思想倾向、人格精神以及所产生的各种时代效应，是在历史中沿着士人的情感运动而不断变化着的。

一、忠怨之争的由来与朱熹"过忠"之论

司马迁在《史记·屈原列传》中，引用淮南王刘安《离骚传》语盛赞屈原的高洁之志和廉贞之行："其志洁，故其称物芳；其行廉，故死而不容自疏，濯淖污泥之中，蝉蜕于浊秽，以浮游尘埃之外，不获世之滋垢，皭然泥而不滓者也。推此志也，虽与日月争光可也。"又云："屈平正道直行，竭忠尽智以事其君，谗人间之，可谓穷矣。信而见疑，忠而被谤，能无怨乎？屈平之作《离骚》，盖自怨生也。"先秦以来的"诗言志"说，已不足以完整概括屈原的创作心理，司马迁敏锐地感受到屈赋"自怨生"的情感特点，并在此基础上提出"发愤著书"说。可见，司马迁在盛赞屈原"竭忠尽智"的基础上，又强调并肯定屈原之"怨"。

东汉史学家班固则站在封建统治阶层的立场，对于屈原的"怨怼"精神进行猛烈地抨击："今若屈原，露才扬己，竞乎危国群小之间，以离谗贼。然责数怀王，怨恶椒、兰；愁神苦思，强非其人，忿怼不容，沉江而死，亦贬絜狂狷景行之士。多称昆仑、冥婚宓妃虚无之语，皆非法度之政，经义所载。谓之兼《诗》风雅，而与日月争光，过矣！"[①] 班固对屈原的责难，亦如他指责司马迁"其是非颇谬于圣人"（《汉书·司马迁传赞》）一样，绳之以圣人之言和经典之义，明显是以儒家正统的思想观念作衡量标准。为了反驳班固对屈原志行不符合"经义"的批评，

①洪兴祖：《楚辞补注》，中华书局 1983 年 3 月第 1 版，第 49–50 页。

东汉王逸则对屈原人格之忠贞给予合乎“经义”的阐释：“人臣之义，以忠正为高，以伏节为贤。故有危言以存国，杀身以成仁。是以伍子胥不恨于浮江，比干不悔于剖心，然后忠立而行成，荣显而名著”；“今若屈原，膺忠贞之质，体清洁之性，直若砥矢，言若丹青，进不隐其谋，退不顾其命，此诚绝世之行，俊彦之英也。”[①] 王逸巧妙地用“忠正”、“杀身成仁”来消解了屈原“怨怼”的一面。宋代洪兴祖在王逸之论的基础上盛赞屈原之忠：“忠臣之用心，自尽其爱君之诚耳”；“生不得力争而强谏，死犹冀其感发而改行，使百世之下，闻其风者，虽流放废斥，犹知爱其君，眷眷而不忘，臣子之义尽矣。”[②] 到了宋代，朱熹对这场论争做了一番调解：

鸣呼！余观洪氏之论，其所以发屈子之心者至矣！然屈原之心，其为忠清洁白，固无待于辩论而自显；若其为行之不能无过，则亦非区区辩说所能全也。故君子之于人也，取其大节之纯全，而略其细行之不能无弊。则虽三人同行，犹必有可师者，况如屈子，乃千载而一人哉！孔子曰：“人之过也，各于其党。观过，斯知仁矣。”此观人之法也。夫屈原之忠，忠而过者也；屈原之过，过于忠者也。故论原者，论其大节，则其它可以一切置之而不问。论其细行，而必其合乎圣贤之矩度，则吾固已言其不能皆合于中庸矣，尚何说哉！[③]

朱熹对于论者评论屈原之“细行”、“必其合乎圣贤之矩度”表示不满，而对洪兴祖盛赞屈原之忠则表示赞许。朱熹不愿仅仅如前人一样在“中庸”的尺度间打转，而是强调从屈原“忠清洁白”之“大节”着

①洪兴祖：《楚辞补注》，中华书局 1983 年 3 月第 1 版，第 48 页。
②洪兴祖：《楚辞补注》，中华书局 1983 年 3 月第 1 版，第 50 页。
③朱熹：《楚辞集注》，上海古籍出版社 2001 年 12 月第 1 版，第 240–241 页。

眼。作为一代理学大儒,朱熹尽力发挥儒家的伦理道德的辨证和兼容性,寻找到了屈原评价的新标准,那就是从孔子的“观人之法”总结出“取其大节”而“略其细行”的评价理路。在今天看来,朱熹对屈原的评价正如同陈寅恪先生所说的“了解之同情”,是较为客观的。朱熹《楚辞集注》序言中一段总论,可看做其对屈原评价的总括:

> 窃尝论之:原之为人,其志行虽或过于中庸而不可以为法,然皆出于忠君爱国之诚心。原之为书,其辞旨虽或流于跌宕怪神、怨怼激发而不可以为训,然皆生于缱绻恻怛、不能自已之至意。虽其不知学于北方,以求周公、仲尼之道,而独驰骋于变风、变雅之末流,以故醇儒庄士或羞称之。然使世之放臣、屏子、怨妻、去妇抆泪讴唫于下,而所天者幸而听之,则于彼此之间,天性民彝之善,岂不足以交有所发,而增夫三纲五典之重!此予之所以每有味于其言,而不敢直以“词人之赋”视之也。[①]

此段论述显然是朱熹针对前代学者或是时人对屈原的批评而发。实际上,朱熹所谓“过于中庸”是对班固“露才扬己”和颜之推“显暴君过”的委婉置换,因在此之前班固等人亦是从“中庸”角度批评屈原的志行,朱熹在此是作出回应。朱熹《中庸章句》注“中庸”云:“中庸者,不偏不倚,无过不及,而平常之理,乃天命所当然,精微之极致也。惟君子为能体之,小人反是”;“过则失中,不及则未至,故惟中庸之德为至。”[②] 朱熹所谓“过于中庸”,是指屈原的志行超出了儒家所提倡的为人臣子的规范之道。仔细揣摩这段文字,就会体味到朱熹为屈原辩白的良苦用心。开端两句两个“然”字领起转折,显然语意的重心在后面,即表彰屈原“忠君爱国之诚心”。屈原之“大节”即“忠君爱国之

---

①朱熹:《楚辞集注》,上海古籍出版社 2001 年 12 月第 1 版,第 2 页。
②朱熹:《大学中庸章句》,中国社会出版社 2013 年 7 月第 1 版,第 23–24 页。

诚心”是有益于“增夫三纲五典之重”的，而作为社会政治统治指导思想和基本原则的“三纲五典”，其重要性显然在作为处世方式和态度的“中庸”之上的。由此，朱熹通过对屈原忠君爱国的人格形象的新塑造，完成了他对屈原思想的评价定位。

正如潘啸龙师所说：“应该说，朱熹对屈原投影于历史的双重精神理解得要比王逸、洪兴祖深刻得多——他不仅感受到了屈原‘忠君爱国’精神的可贵和堪足发扬，而且也与班固一样，敏锐地觉察了屈原身上那可怕的忿怼、抗争精神，可能给封建统治带来的危害。所以大声疾呼人们，‘不可’以屈原这方面的志行‘为法’。只是他的话未免说得太露，对统治阶级企图强调屈原的‘忠君’精神而加以单向改塑的意愿未能领会。所以，他的调解和小结，在统治阶层并未得到满意的反应。相反，对于屈原‘忠贞’精神的崇扬，正是在朱熹前后达到了高潮：唐昭宗天祐元年，屈原被追封为‘昭灵侯’；宋元丰六年，封为‘忠洁侯’，后又追封为‘清烈公’；元延祐五年，又加封屈原为‘忠节烈公’。统治阶级需要把屈原变为‘忠君’的典范而让臣下效法，这是利益之所在。”[①]

实际上，自班固以后，历代批评家们尤其是理学家们，站在道学立场，以“中庸”为尺度衡量屈原的思想和行为的大有人在，如二程等，为何在明代后期延伸至清代，唯独朱熹被点名批评，其“过中”之论亦被大张挞伐。朱熹身为一代理学大儒对后世影响深广，其《楚辞集注》一度被看作是最为盛行的《楚辞》注本之一，尤其是明代前期随着文学复古运动的高涨，尊奉孔孟之道与程朱理学，“四书”、“五经”成为科举取士的主要内容。朱熹受到有口皆碑地追捧，《楚辞》的注疏系统几乎全为朱子所垄断，多是对其推崇、转述和附和，其《楚辞集注》被多次翻刻。明成化年间何乔新《重刻〈楚辞〉序》云：“孔子之删《诗》，朱

①潘啸龙：《屈原评价的历史审视》，《文学评论》1990年第4期，第97–98页。

子之定《骚》,其意一也。"[①] 推崇之情溢于言表。然而,明代中后期,程朱理学受到王陆心学的冲击而渐趋衰退。延伸至楚辞学领域,则表现为由独尊朱注转变为对朱注的怀疑与批评。不管是作为旧注本之参考,还是作为批评引论的起点,朱熹及其《楚辞集注》都是首当其冲的。明代张京元在《删注楚辞引首》中说:"朱子刊定《楚辞》,愤惋忠诚,微讥雅变。则是惊鸿遊龙,惜其无驯伏之态;而毛嫱西施,恨不为德曜之短衣也。不亦固哉!"[②] 张京元指出朱子在肯定《楚辞》形式之美的同时,又排诋《楚辞》思想内容之怨愤,冀望其不失"驯伏"之态。焦竑在为张京元《删注楚辞》所作的序中云:"谓原出于忠君爱国之诚心,而又讥其驰骋变风变雅之末流,为醇儒庄士所羞称,则又自相矛盾矣。"[③] 焦竑指出朱熹以"醇儒庄士"自居而十分赞赏屈原"忠君爱国之诚心",然而又把"变风变雅"与"忠君爱国之诚心"对立起来,因此焦氏反问道:"岂变风变雅非孔子所删定,而醇儒庄士能舍忠君爱国以为道也耶?"[④] 即是说变风变雅亦是孔子所删定,当与风雅同样具有忠君爱国的思想价值。明人叶向高《〈楚辞集注〉序》:"朱子曰'屈原之忠,忠而过者也。'此伤原之甚,而为是言耳。臣子之分无穷,其为忠亦无穷,安有所谓过者。[⑤] 明代胡稳在《重修三闾大夫祠记》中指出,朱熹评屈原的"忠而过"是"执微、箕以议比干",是"不免于无过中求有过"的吹毛求疵之论。

清代很多楚辞学者针对朱熹所谓屈原"忠而过"的观点,大加辩驳。林云铭《楚辞灯》盛赞屈原为"千古奇忠",指出《离骚》将"兴国

①转引自汪瑗:《楚辞集解》,《楚辞文献丛刊》第 34 册,国家图书馆出版社 2014 年 7 月第 1 版,第 66 页。

②张京元:《删注楚辞》,国家图书馆出版社 2014 年 8 月第 1 版,第 2 页。

③张京元:《删注楚辞》,国家图书馆出版社 2014 年 8 月第 1 版,第 2–3 页。

④张京元:《删注楚辞》,国家图书馆出版社 2014 年 8 月第 1 版,第 4 页。

⑤转引自姜亮夫:《楚辞书目五种》,中华书局 1961 年 12 月第 1 版,第 58 页。

存亡之义”体现在其“本旨”之中，“晦翁谓原忠而过。呜呼！忠岂有虑其过之理乎？”[①] 朱冀《离骚辩》云：“盖大夫守死善道，必宗臣之谊，更无遗憾，而后一瞑而万世不视者也。夫岂有过乎？若谓忠孝大节，反不妨过中失正，则叛道之尤甚者矣。”[②] 王夫之对朱熹“忠而过”的说法亦表示不满：“夫以怀王之不聪不信，内为艳妻佞幸之所蛊，外为横人之所劫，沉溺昏乱，终拒药石，犹且低回而不遽舍，斯以为千古独绝之忠。而往复图维去留之际，非不审于全身之善术，则朱子谓其‘过于忠’，又岂过乎？”[③] 又云：“君子从容就义，固非慷慨轻生、奋不顾身之气矜决裂者所得与也。审乎进退者裕而志必伸，原之忠，岂忠而过乎！”[④] 戴震《屈原赋注·自序》云：“予读屈子书，久乃得其梗概，私以谓其心至纯，其学至纯，其立言指要归于至纯。二十五篇之书，盖经之亚。”[⑤] 戴震连用三个“至纯”高度评价屈原及其作品，明显是针对朱熹之语而发：朱熹指出屈原志行“过于中庸而不可以为法”，而戴震以屈原“其心至纯”回应；朱熹认为屈原“不知学于北方，以求周公、仲尼之道”，戴震则曰“其学至纯”；朱熹说屈赋辞旨“流于跌宕怪神、怨怼激发，而不可以为训”，而戴震又以“其立言指要归于至纯”反驳。鲁笔在《见南斋读骚指略·总论》起笔即云：“《离骚》，盖以郑声为雅乐者也，厥词淫放幻眇，可喜可愕，不必尽本中和，要归于忧君念国而止。发乎情，止乎礼义，独《三百篇》乎哉，乃朱子谓屈原‘忠而过’者也，又谓端

①林云铭：《楚辞灯》，《楚辞文献丛刊》第45册，国家图书馆出版社2014年7月第1版，第490页。

②朱冀：《离骚辩》，《楚辞汇编》第九册，台北新文丰出版公司1986年3月第1版，第220页。

③王夫之：《楚辞通释》，上海人民出版社1975年6月新1版，第2页。

④王夫之：《楚辞通释》，上海人民出版社1975年6月新1版，第24页。

⑤戴震：《屈原赋注》，中华书局1999年12月第1版，第4页。

人庄士羞称之，宋儒论人迂刻如此。”[①] 鲁笔从反对宋明理学的迂腐观点出发，指责朱熹“论人迂刻”，他认为《离骚》是“以郑声为雅乐”，其词“淫放幻眇”，是“可喜可愕”的，“不必尽本中和”，体现了其与朱熹迥然不同的诗学观。

清代楚辞学者在批驳朱熹“忠而过”的同时，大力推许屈原之忠。举例如下：

蔽屈子以一言，曰“忠”；斯以为千古独绝之忠。（王夫之《楚辞通释》）[②]

后人动解作失位怨怼，去把一部忠臣爱国文字，坐其有患得患失肝肠，以致受“露才扬己，怨刺其上”之讥，千古蒙冤，愿与海内巨眼者共洗之。（林云铭《楚辞灯・凡例》）[③]

才若三闾，失志如此，他人必图显名异国矣。而卒恋旧乡，仁至义尽，所以《骚》经为词赋之祖。后之学者，虽或肖其皮毛，而哀音亮节，可涕可歌，终莫能及。非独才华过人，职以赤忠千古。（徐焕龙《屈辞洗髓》）[④]

忠君忠到至处，不惜踵顶之捐糜。（朱冀《离骚辩・凡例》）[⑤]

此屈子之忠所以为万古人臣之极，而太史公谓之“与日月争光者也”。（龚景瀚《离骚笺》）[⑥]

---

①鲁笔：《楚辞达》，清乾隆三十一年（1766）见南斋刻本。

②王夫之：《楚辞通释》，《楚辞文献丛刊》第45册，国家图书馆出版社2014年7月第1版，第4、17页。

③林云铭：《楚辞灯》，《四库全书存目丛书》集部第二册，齐鲁书社1997年7月第1版，第160页。

④徐焕龙：《屈辞洗髓》，南京大学出版社2018年12月第1版，第26页。

⑤朱冀：《离骚辩》，《楚辞汇编》第九册，台北新文丰出版公司1986年3月第1版，第22页。

⑥龚景瀚：《离骚笺》，清光绪三年（1877）湖北崇文书局《三十三种丛书》本。

屈子以一死全忠，即以一死感君。不能格君于生前，犹冀劝君于身后。此仁之至，忠之尽也。（郑知同《楚辞考辨》）[①]

清代一些楚辞学者竭力把君臣大义读到《楚辞》中去，已经把《楚辞》视为一部忠臣教科书。清初统治者大力提倡性理之学，以图恢复并巩固封建主义的思想体系。作为儒家伦理道德的最高标准，忠君思想弥漫整个社会，成为一般士人政治伦理观念的核心。闻一多先生说："在思想上存在着两个屈原：一个是'竭忠尽智，以事其君'的集体精神的屈原，一个是'露才扬己，怨怼沉江'的个人精神的屈原。"[②] 确实，"屈原所投影于历史的双重精神，经过封建时代二千余年的争辩，就这样适应于统治阶级的需要，而出现了奇特的单向选择和改塑：那不屈不挠抗争黑暗势力的'怨君'、'忿怼'精神，逐渐被贬斥、否定；而对于君王、祖国的忠贞精神，则在越来越热烈的推崇和赞扬声中，几经改造，成为臣子'忠正之义'的楷模。"[③]

二、清代屈原圣贤化的诠释理路

屈原的圣贤化过程与《楚辞》的经典诠释过程是相辅并行的。历代楚辞研究者为抬高屈原及《楚辞》的地位，辩驳班固、颜之推等对屈原的批评，往往以屈原比附孔孟。王逸《楚辞章句叙》开篇即云：

昔者孔子睿圣明哲，天生不王，俾定经术，乃删《诗》、《书》，正礼乐，制作《春秋》，以为后王之法。门人三千，罔不昭达。临终之日，则大义垂而微言绝。其后，周室衰微，战国并争，道德凌迟，谲

①蒋南华等：《郑知同楚辞考辨手稿校注》，贵州人民出版社 2004 年 5 月第 1 版，第 178 页。

②孙党伯主编：《闻一多全集》，湖北人民出版社 1993 年 12 月第 1 版，第五册第 27 页。

③潘啸龙：《屈原评价的历史审视》，《文学评论》1990 年第 4 期，第 98 页。

> 诈萌生。于是杨、墨、邹、孟、孙、韩之徒，各以所知，著造传记，或以述古，或以明世。而屈原履忠被谮，忧悲愁思，独依诗人之义而作《离骚》。[①]

王逸从学术发展的角度切入，认为孔子死后，随着周王朝的衰微，道统几乎无以为继，包括孟子、荀子等儒者在内的诸子著述皆非孔子真传，惟有屈原“独依诗人之意而作《离骚》”，使孔子宣扬的诗教传统得以传承下来。如此，便将《楚辞》与儒家的撰述传统接上了轨道。

宋代晁补之《变离骚序》云：“《诗》亡，《春秋》又微，而百家蜂起。七国时，扬、墨、申、韩、淳于髡、驺衍、驺奭之徒，各以其说乱天下。于时大儒孟、荀实羽翼六经于其将残。而二儒相去百有余年，中间独屈原履正著书，不流邪说。盖尝谓原有力于《诗》亡《春秋》之微，故因集《续楚辞》、《变离骚》，而独推原与孟子先后，以贵重原于礼义欲绝之时。”[②] 并由此反问道：“原之敬王，何异孟子？”（《续楚辞序》）在晁补之看来，孔孟之后，荀卿之前，儒家的伦理道义衰废“欲绝”，《诗》的美刺之旨、《春秋》的微言大义一度堙没无闻，此间惟有屈原一人大倡君臣伦理大旨，而成为此衰落时期的中流砥柱，与孟子无异。洪兴祖批评扬雄、班固和颜之推云：“屈子之事，盖圣贤之变者。使遇孔子，当与三仁同称，雄未足以与此。班孟坚、颜之推所云，无异妾妇儿童之见。”[③] 洪兴祖称屈原为“圣人之变”，当与“三仁”同列，进一步将屈原的思想人格圣贤化。

明清楚辞学者在王逸、晁补之和洪兴祖相关论述的基础之上，以

---

①王逸：《楚辞章句》，上海古籍出版社 2017 年 10 月第 1 版，第 38 页。

②晁补之：《鸡肋集》卷第三十六，《四部丛刊》影明本济北晁先生《鸡肋集》。

③洪兴祖：《楚辞补注》，中华书局 1983 年 3 月第 1 版，第 51 页。

屈原比附孔孟，并用孔孟之学印证屈子之学，把《楚辞》纳入了既定的儒家文化秩序中考察，有力地推进了屈原圣贤化的进程。明代汪瑗《楚辞集解》云："屈子所学之正，所守之坚，不轻于去国之心，不终于牵俗之志，可以豁然于胸中而无疑矣。呜呼！若屈子者，其圣人之徒与？岂特为楚国之贤而已哉？岂特为战国之贤而已哉？"[①] 并以屈原比附孟子："由此观之，则战国之时而倦倦乎仁义之谈性理之说者，不独孟子也，屈子之所学所养可知矣。其书真可继《三百篇》而无愧色，与《七篇》并传而不多让也。孰谓自从删后更无诗，而续仲尼之统者，轲氏可独专其美哉？"[②] 汪瑗认为屈原乃"圣人之徒"，当归属于孔门，并与继承孔子道统的孟子并驾齐驱。从洪兴祖的"圣人之变"到汪瑗"圣人之徒"的评价，清晰地反映出了由宋到明屈原圣贤化之进程。此后，清代楚辞学者继续推动屈原圣贤化，主要有以下两条诠释理路：

第一，把屈原推为圣人之徒，或者比附"三仁"，甚至强调将屈子"入列三仁"；或者将屈原与孟子进行类比，证明屈原是真正接续儒家圣人之道的传人。

"三仁"来自《论语·微子》："微子去之，箕子为之奴，比干谏而死。孔子曰：'殷有三仁焉'。"面对商纣王的荒淫无道、倒行逆施，微子、箕子和比干三人做出了不同的人生抉择，得到了孔子的肯定和赞扬，称之为"三仁"。自洪兴祖评价屈原"使遇孔子，当与三仁同称"[③] 之后，清代楚辞学者多在此基础上立论。如许清奇把屈原与"三仁"进行类比，其《楚辞订注·自序》曰："今屈子愿依彭咸，而至诚恻怛，实与三

---

①汪瑗：《楚辞集解》，北京古籍出版社 1994 年 1 月第 1 版，第 107 页。

②汪瑗：《楚辞集解》，北京古籍出版社 1994 年 1 月第 1 版，第 67 页。

③洪兴祖：《楚辞补注》，中华书局 1983 年 3 月第 1 版，第 51 页。

仁嬺烈，其夷于左腹类比干，其内难正志类箕子。"[1]又如，谢叶辰在《离骚经批点》一书的总评中曰："穷极反本思祖，呼天反己卜神，字字皆从亲爱至性中流出。孔子曰'殷有三仁'，谢静如曰'楚有一仁'，原是也。《离骚》尊之曰经，有以哉！"[2]屈复在《楚辞新注》之《离骚》总评曰："守死善道，日月争光，要无愧高阳之苗裔，皇考之名字而已矣。仁至义尽，至中至正。而后之论者，犹以为过。孔子曰：'殷有三仁焉。'吾窃痛三闾不生获麟之前也。"[3]此处"获麟"指鲁哀公十四年猎获麒麟之事，相传孔子曾为此事落泪哀叹曰"吾道穷矣"，不久后孔子去世。屈复之意是屈原如能生于孔子之前，必成为孔子所云之"三仁"之表率。

丁元正《楚辞辑解·自序》云："原知生之终无益于国，而国必不能以图存，于是以缠绵悱恻之意，形为忧愁幽思之言，直欲千载下咸知楚之尚有人，而其人之心乎楚，则其词存而不没，其人死而不死，即楚亡而不亡，皆《骚》之为也。殷有三仁以存殷，楚有屈原以存楚，其揆一也。故曰编之为《楚词》者，成屈子意也。"[4]丁元正指出屈原以身存楚、以《骚》存楚之意，与殷之三仁是一致的。丁元正这里只是把屈原与三仁进行类比，还没有把屈原列入三仁之意，与丁元正（1684–1753）几乎同时的林仲懿（1684–1751后）则明确把屈原入列"三仁"，其《离骚中正》曰："圣人复起，知必于三仁之列，为屈原特置一座。人亦有言，

①许清奇：《楚辞订注》，《楚辞文献丛刊》第67册，国家图书馆出版社2014年7月第1版，第125页。

②谢叶辰：《离骚经批点》，《清代稿钞本》八编第三七四册，广东人民出版社2017年8月第1版，第430页。

③屈复：《楚辞新注》，《楚辞文献丛刊》第49册，国家图书馆出版社2014年7月第1版，第88页。

④丁元正：《楚辞辑解》，《楚辞文献丛刊》第62册，国家图书馆出版社2014年7月第1版，第328–329页。

恨《离骚》不及遇夫子,使《骚》在删《诗》时,圣人能遗之乎?"[1]

此外,林仲懿还论述了屈原与孔孟的密切关系:

> 间尝考屈原与孟子犹及同时,而年岁悬绝,原之壮也,孟子已没。使得与孟子遊,知必有相得益彰者已。原,楚产也。而北方之学也,周公仲尼之道也。彼所谓豪杰之士也,屈原之与陈良,殆亦有幸不幸也夫!虽然,孟子之许陈良,夫子之许伯夷叔齐,皆可作屈原比例。不降其志,不辱其身,伯夷叔齐与?若屈原,非所谓不降不辱者与?折中于孔孟,千古之论定矣。[2]

林仲懿首先考证屈原与孟子时代相近,但年岁相差较大,"原之壮也,孟子已没"。林仲懿进而联想到孟子之推许陈良,《孟子·滕文公上》:"陈良,楚产也,悦周公仲尼之道,北方之学者,未能或之先也。彼所谓豪杰之士也。子之兄弟事之数十年,师死而遂倍之。"可见,林仲懿是把弟子倍师之陈良和屈原进行类比,言外之意即屈原很好地继承了孔孟之道,由此大大拉近了屈原与孟子的距离。与此相类似,陈大文在《楚辞串解》中也将屈原与孟子相类比,其诠释理路与林仲懿颇为相似:

> 尝谓战国时幼学壮行,以二帝三王之道望其君,以二帝三王之治治其民,孟子一人而已。而卒困于齐梁宋鲁而不遇,不惟无一人能用之,并无一人能知之。今观屈子之言,无一不与孟子合,宜其不用而见放也。至其死节,则以宗臣之谊不忍见国之沦丧,又不得以孟子之去就例之。故余谓孟子而外,当推屈子为第一人,

①林仲懿:《离骚中正》,《四库全书存目丛书》集部第二册,齐鲁书社 1997 年 7 月第 1 版,第 302 页。

②林仲懿:《离骚中正》,《四库全书存目丛书》集部第二册,齐鲁书社 1997 年 7 月第 1 版,第 302 页。

假令生孔子之先，必比之于三仁，并孟子之时，亦必目为豪杰。如斯人者，夫何间焉？[①]

陈大文通过把屈子之学与孟子相比较，印证屈子秉承的是“二帝三王之道”，可“比之于三仁”，言外之意即屈子与孟子一样，是真正接续儒家圣人之道的传人。而屈子与孟子不同的，是其“宗臣”的身份，屈原不能像孟子一样游历各国。林云铭亦做过类似的比较：“且原于楚有箕比之义，与孔孟可以辙环列国不同。”[②] 陈大文所云“假令生孔子之先，必比之于三仁，并孟子之时，亦必目为豪杰”，很明显与林仲懿同一机杼。

第二，从学术渊源的角度认定屈子之学继承的是孔孟之学，并把屈原之文作为明道之书，与传统儒家经典相互发明。

朱熹对屈原“过忠”的批评，实际上在屈原的圣贤化历程中发挥了一种反推作用。有的清代楚辞学者正是针对朱熹的“不知学于北方，以求周公仲尼之道”之语，而竭力把屈原比附圣贤，作为对朱熹之论的反驳。如梅冲《离骚经解》云：“屈子之志，比干夷齐之志也。其修己事君，正己正人，天下无道，以身殉道，则孟子之学也。一篇之中，反覆参究，除舍身杀身而外，无可自安焉。盖义精仁熟矣，而曰未学于北方也哉？呜呼，千古之沉冤，未有如屈子者也！”[③] 又如，李光地《离骚经注》云：“愚观屈子，盖蛮荆之一人，北方学者，未能或之先也。《离骚》之篇，陈古义，剀治道，三代名臣，何以加兹？”[④] 以上清代楚辞学者所

①陈大文：《楚辞串解》，清光绪十八年（1892）一得斋刻本。

②林云铭：《楚辞灯》，《楚辞文献丛刊》第45册，国家图书馆出版社2014年7月第1版，第498页。

③梅冲：《离骚经解》，《楚辞文献丛刊》第60册，国家图书馆出版社2014年7月第1版，第294–295页。

④李光地：《离骚经注》，《四库全书存目丛书》集部第二册，齐鲁书社1997年7月第1版，第259页。

针对的都是朱熹"不知学于北方,以求周公仲尼之道"之论,从而在屈原圣贤化的过程中用力甚大。

蒋骥在《〈山带阁注楚辞〉序》中说:"屈子所以先后其君者,必曰五帝三王,其治楚,奉先功,明法度,意量固有过人者","虽孔子、孟子所以告君者,当不是过。使原得志于楚,唐虞三代之治岂难致哉!"[①] 又如,徐焕龙《屈辞洗髓》之《九歌》眉批曰:"语语慕神,语语慕性命,节节言祭,节节言学问,结句指归尤显,修身以俟,其如命何?无一不在语中,直入孔孟门墙,岂曰骚人才鬼。"[②] 徐焕龙所云"直入孔孟门墙",就是把自己尊崇的屈原拉到孔孟门下,作为圣人之徒来看待。

林仲懿在屈原圣贤化这条路上走得最远,其《读离骚管见》曰:"每怪后世论人,不知何故,一味刻意求疵,圣人不然,如伯夷叔齐,非经大圣人品题已定,谁肯道是求仁得仁,将必曰让国则让国耳,何苦饿于首阳。依《史记》扣马之说,将必曰既已归周就养,何苦又采薇而死。未有不以排屈原者排夷齐也。屈子窃取孔门传授心法以著《离骚》,卒能成仁取义,不负所学,汨罗首阳,并峙千古,然不幸不遇圣人。太史公悲其志,想见其为人,而未窥其学术之渊源。"[③]"汨罗首阳,并峙千古",汨罗即屈原,首阳即伯夷叔齐。林仲懿感叹司马迁未能指明屈原的学问归属,言外之意即屈子所继承的就是孔孟之学。林仲懿接着说:"二千余年间,无推屈子为圣人之徒,《离骚》为明道之书,

①蒋骥:《山带阁注楚辞》,上海古籍出版社1984年10月新1版,第3页。

②徐焕龙:《屈辞洗髓》,《楚辞文献丛刊》第48册,国家图书馆出版社2014年7月第1版,第477页。

③林仲懿:《离骚中正》,《四库全书存目丛书》集部第二册,齐鲁书社1997年7月第1版,第303页。

此名教之一憾也。”[①] 林仲懿感叹两千多年来,竟然没有人把屈子推为圣人之徒,把《离骚》推为明道之书,实在是“名教之一憾”。实际上自明代开始,就已经有人称屈原为“圣人之徒”了,可见是林仲懿孤陋寡闻了。

张德纯《离骚节解》尤喜用孔孟之学印证屈子之思想,如他在“忽驰骛以追逐兮,非余心之所急。老冉冉其将至兮,恐修名之不立”后注云:“孔子曰:‘君子疾没世而名不称焉’,君子岂务名哉?务其有是名者而已。”[②] 又,于“虽不周于今之人兮,愿依彭咸之遗则”后注云:“孔子有言:‘志士不忘在沟壑,勇士不忘丧其元。’彭咸遗则,屈子蚤以毕命自矢矣。固不待《怀沙》之赋而后决也。”[③] 以上都是以仲尼之言、孔孟之道来印证屈子之学、屈子之志行。

由此可见,屈原的圣贤化过程与以儒学阐释《楚辞》的过程是同轨并进的。正如毛庆先生所云:“不可否认,屈原思想与孔子思想确有相通之处,将屈赋中有的诗句与儒家经典相印证,以说明其思想的正确,亦未尝不可。然大量的专以儒家思想材料相印证,给人以屈原属孔门弟子之感觉,则明显的不合适。”[④]

三、非“怨”与主“怨”的对垒

清代一些楚辞学者基于其儒家文化的思想根源和政治环境等,在

---

①林仲懿:《读离骚管见》,《四库全书存目丛书》集部第二册,齐鲁书社 1997 年 7 月第 1 版,第 304 页。

②张德纯:《离骚节解》,《楚辞文献丛刊》第 53 册,国家图书馆出版社 2014 年 7 月第 1 版,第 113 页。

③张德纯:《离骚节解》,《四库未收书辑刊》第伍辑第十六册,北京出版社 2000 年 1 月第 1 版,第 75 页。

④潘啸龙、毛庆:《楚辞著作提要》,湖北教育出版社 2003 年 5 月第 1 版,第 133 页。

强烈放大屈原之忠的同时,极力否认屈原之怨,甚至在千方百计地寻找证据,从根本上否认屈原之怨愤和抗争精神。他们的阐释理路主要是通过比附孔孟之说来完成对屈原之"怨"的消解,具体来说主要有以下三条路径:

第一,用孔孟的仁义之说"求仁得仁"、"成仁取义"、"仁至义尽"等解构屈原之怨愤。

屈复《楚辞新注》之《离骚》总评曰:"守死善道,日月争光,要无愧高阳之苗裔,皇考之名字而已矣。仁至义尽,至中至正。"①江中时《楚骚心解·发凡》云:"屈子,千古第一至性人也。至性郁为忠,忠迫为怨,太史公称其怨而不乱,可以怨矣。自昔论屈子者,如扬子云、班孟坚不必复道,即贾太傅所云,皆屈子所筹及而卒自沉无悔者,此屈子之至性也。读其文,如见其心。孔子曰:求仁而得仁,又何怨?吾于屈子亦云。"②郑知同《楚辞考辨》在《九章·惜往日》篇后"通释"曰:"屈子以一死全忠,即以一死感君。不能格君于生前,犹冀劝君于身后。此仁之至,忠之尽也。"③林仲懿直接把屈原列入孔门弟子,其《读离骚管见》评价屈原说"至诚恻怛,仁至义尽,岂独怨也乎哉,又岂可以无死乎哉?"④郑知同和林仲懿都是用孔孟仁至义尽之论来消解屈原之怨和屈子自沉之怨愤。

---

①屈复:《楚辞新注》,《楚辞文献丛刊》第49册,国家图书馆出版社2014年7月第1版,第88页。

②江中时:《楚骚心解》,《楚辞文献丛刊》第57册,国家图书馆出版社2014年7月第1版,第9–10页。

③蒋南华等:《郑知同楚辞考辨手稿校注》,贵州人民出版社2004年5月第1版,第178页。

④林仲懿:《离骚中正》,《四库全书存目丛书》集部第二册,齐鲁书社1997年7月第1版,第302页。

又,方人杰《庄骚发凡》云:"《楚辞》痛主哀生,含情深远,百世之下,犹将见之。昌黎之言曰:'臣罪当诛,天王圣明。'此深得乎辞旨而善言乎德行者,其感人为何如?今而曰此怨辞也,几何其不胥古人而忘也。"[①] 方人杰《楚辞读本》在《九章·思美人》篇后评云:"《九章》此赋独写出骨鲠身分。思美人而不得,不怨也;无良媒而不通,不怨也。怨己之何以不容也,而变节之不能,怨己之何以不遇也,而有美则不愧。将满天怨气四面无著,则惟有成仁取义,或冀一悟已耳。"[②] 方人杰用"成仁取义"来消解屈子的"满天怨气",而此"怨气"均是怨自己。方人杰在《九章·惜诵》篇后又评曰:"篇中言及君身,便字字憾及谗小;及言至谗小,又字字怨及己身。"[③] 方人杰一再强调屈原之怨是全是怨己,绝无怨君之意,对于谗佞小人也只是遗憾,并无怨之意。

第二,以《孟子》的诠释的"《小弁》之怨"与"怨慕"之说来比拟屈子之怨。

《小弁》是《诗经·小雅》中的一首。《孟子·告子下》曰:"《小弁》之怨,亲亲也。亲亲,仁也";"《小弁》,亲之过大者也。亲之过大而不怨,是愈疏也;亲之过小而怨,是不可矶也。愈疏,不孝也;不可矶,亦不孝也"。儒家有"诗可以怨"的传统,孟子强调怨与不怨主要取决于与"亲"的亲疏关系,对于有过错的君父是可以"怨"且应该"怨"的。"怨"之中体现出的是对君父的忧虑和关心,这是属于"孝"的,是可以归结为"仁"的。后世以孟子所阐释的"亲亲,仁也"为基准比附屈子之怨,而

①方人杰:《楚辞读本》,清乾隆三十七年(1772)世春堂刊《庄骚读本》本。

②方人杰:《楚辞读本》,《楚辞文献丛刊》第48册,国家图书馆出版社2014年7月第1版,第297页。

③方人杰:《楚辞读本》,《楚辞文献丛刊》第48册,国家图书馆出版社2014年7月第1版,第280页。

这种比附实源于班固，《汉书·冯奉世传》赞曰："谗邪交乱，贞良被害，自古而然。故伯奇放流，孟子宫刑，申生雉经，屈原赴湘；《小弁》之诗作，《离骚》之辞兴。"① 班固指出《小弁》与《离骚》均为贞良遭谗被害的哀怨之作。而后世楚辞学者似乎正是受到班固之启发，反过来用《小弁》作为对班固之论的反驳。如林仲懿《离骚中正》卷首《读离骚管见》第三则曰："从来劣屈原者皆曰'怨'，'怨'不足为屈原病，有《小弁》之例在。"② 最典型的要数刘梦鹏，其《屈子章句·自序》云：

> 夫屈子以深仁笃挚之性，抒其幽忧蹇产、呼号不应之情，孝子仁人之所以用心，千载下犹将见之。今读其书，高阳苗裔，皇考伯庸，毛裹之思也；长楸陨涕，龙门不见，桑梓之敬也。泛泭下流，遥翼左右，舟流之喻也。鸟反故乡，狐死首丘，雉鹿之方也。朕时不当，我辰安在也。罪过不意，我罪伊何也。慨夏丘门芜，伤周道鞠茂也。痛众芳萎绝，疾坏木无枝也。君子信谗，壅君不识，子不能得之于父，臣不能得之于君。其遇，《小弁》之遇；其志，《小弁》之志。又何间然乎？③

刘梦鹏首先从性情角度出发，指出屈原是至情至性之"孝子仁人"，然后处处将《小弁》诗句与屈原之诗句进行同意类比，以证明屈原之志行际遇与《小弁》诗之意并无二致。章学诚《为谢司马撰楚辞章句序》云："余观云翼《自序》，以屈子之志，比于《小弁》之仁，以顷襄之忘仇结昏，同平王之遣戍申许。《骚》、《雅》同源，一言得其梗概，可谓读古

①班固：《汉书》卷七十九，中华书局 1962 年 6 月第 1 版，第十册第 3308 页。

②林仲懿：《离骚中正》，《四库全书存目丛书》集部第二册，齐鲁书社 1997 年 7 月第 1 版，第 301 页。

③刘梦鹏：《屈子章句》，《楚辞文献丛刊》第 60 册，国家图书馆出版社 2014 年 7 月第 1 版，第 351–357 页。

人书，能知古人之意者矣。”[①] 章学诚对于刘梦鹏如此阐释颇为赞许。刘梦鹏在《招魂》题下评曰：“径被路渐，江介风凄，哀盖不在己，而在国矣。故结之曰‘哀江南’，其《哀郢》之引言乎？”[②] 可见，刘梦鹏虽然承认屈子之哀怨，然而又处处强调其怨的境界之高，即是为国哀怨，而非为己。如此一来，则“怨”亦成了“忠”的表现形式。

用《孟子》“怨慕”之说来比拟屈子之怨，是“非怨”派驳斥“主怨”派的重要理据之一。《孟子·万章上》：“万章问曰：‘舜往于田，号泣于旻天，何为其号泣也？’孟子曰：‘怨慕也。’”朱熹注云：“怨慕，怨己之不得其亲而思慕也。”[③] 清代楚辞学者如王萌、朱冀、林仲懿和郑知同，都用“怨慕”来阐释屈子之怨。王萌《楚辞评注》曰：“屈子之怨与《小弁》之怨皆怨而慕者也，读《九歌》诸篇可以知其慕矣。朱子谓楚辞不甚怨君，《九歌》托神以比君，言与人间隔，不可企及，如己不得亲君之意。以此观之，便非怨君。”[④] 王萌用“托神以比君”的《九歌》作为内证，指出屈子作品中的“怨”皆是“怨慕”之意。又如朱冀《离骚辩》云：“俗儒总不识‘怨诽不乱’四字，不观朱子之释‘怨慕’乎？全是怨己，非怨二亲，方见立言无弊。余谓注《骚》亦然，篇中凡涉‘怨诽’处，俱是归咎党人，并无片词指斥君父。”[⑤] 朱冀亦强调屈原之怨，“全是怨己”，“无片词指斥君父”。再如，林仲懿《离骚中正》于“固时俗之工巧兮”一章后评云：“玩章首一‘固’字，因上文‘怨灵修’，而明其罪在党人，非灵

①章学诚：《章学诚遗书》，文物出版社 1985 年 8 月第 1 版，第 68 页。

②刘梦鹏：《屈子章句》，《楚辞文献丛刊》第 61 册，国家图书馆出版社 2014 年 7 月第 1 版，第 75 页。

③朱熹：《孟子集注》，齐鲁书社 1992 年 4 月第 1 版，第 128 页。

④王萌：《楚辞评注》，南京大学出版社 2017 年 12 月第 1 版，第 54 页。

⑤朱冀：《离骚辩》，《楚辞文献丛刊》第 47 册，国家图书馆出版社 2014 年 7 月第 1 版，第 554–555 页。

修之过。盖原之怨党人，痛入骨髓，而其‘怨灵修’，则孟子所谓‘怨慕’也。”[①]林仲懿指出屈原之怨均是怨党人，而对于“怨灵修”之“怨”字的理解，即孟子所说的“怨慕”。

再如，郑知同《楚辞考辨》在《九章·怀沙》篇后“通释”曰：“然通读屈子所以措词于君与施之臣僚者，绝异。凡说到君一边，未尝不怨君不明，而无时不望君感悟。虽九年不复，明知媒绝路阻，犹欲沥情上达。明知道远日忘，犹思觉悟赐环。此见屈子爱君终始无已之心，不仅立言之体当然。孟子所云‘怨慕’，非‘慕’不足以成屈子之怨也。”[②]郑知同在这里指出屈原“凡说到君一边，未尝不怨君不明”，也有怨情，但是对于屈原来说，更重要的是“无时不望君感悟”、“犹欲沥情上达”、“犹思觉悟赐环”，即屈原还是对怀王是抱有希望的，即“爱君终始无已”，爱君的成分超越了怨君的成分，所以郑知同接着说“孟子所云‘怨慕’，非‘慕’不足以成屈子之怨”。郑知同认为屈原之怨只能用孟子“怨慕”之“慕”来界定和评价，如此一来，“怨”也就成了忠君爱君的表现。郑知同在《九章·思美人》篇后“通释”曰：“论文心绝妙，论待君之心，则忠厚之极也。”[③]这又是用传统诗教来阐释屈子之心和屈子之文了。

第三，把屈原作品纳入温柔敦厚的传统诗教，并以此作为武器，或是用来框定“怨”的内容和方式，或是直接用来否定屈子有怨情。

---

①林仲懿：《离骚中正》，《四库全书存目丛书》集部第二册，齐鲁书社 1997 年 7 月第 1 版，第 313 页。

②蒋南华等：《郑知同楚辞考辨手稿校注》，贵州人民出版社 2004 年 5 月第 1 版，第 169 页。

③蒋南华等：《郑知同楚辞考辨手稿校注》，贵州人民出版社 2004 年 5 月第 1 版，第 174 页。

清初顾大申《楚词钞·序》曰：

以《楚词》继《三百篇》可乎？曰“诗可以怨”，仲尼之教也。《简兮》托兴于“美人”，《候人》致悼于“季女”，《黍离》“中心如醉”，《正月》“视天梦梦”，皆困极无聊，假托成象，为骚之大宗焉。屈平不得志于时，而著为《离骚》，旁畅曲喻，期于悟主，感俗而止，《九歌》之婆娑巫觋，《天问》之嗟号昊旻，《九章》之陈忠誓信，《远游》之寄思荒外，《卜居》、《渔父》之抑郁愁思，虽曰怨焉，怨而不失其正，风人之遗也。[①]

《简兮》出自《诗经·邶风》，其中有“云谁之思，西方美人”之诗句；《候人》出自《诗经·曹风》，其中有“婉兮娈兮，季女斯饥”之诗句；《黍离》出自《诗经·王风》，其中有“行迈靡靡，中心如醉”之诗句；《正月》出自《诗经·小雅》，其中有“民今方殆，视天梦梦”之诗句。顾大申首先从孔子所云“诗可以怨”切入，举了大量的例证，从情感抒发方式的角度把《楚辞》作品与《诗经》作品进行类比，证明《楚辞》继承《诗经》可以怨，但是要求“怨而不失其正”，如此虽肯定了可以“怨”，但又主张“怨”要“不失其正”，“正”即“中和”之正，即要合乎儒家中庸之道，这就是用传统诗教、中庸之道框定了“怨”的内容和方式。刘梦鹏《屈子章句》在《离骚》题后评曰：“其见于反复曲折之中，悲酸恻悱之言，温柔敦厚之意，盖兼之矣。而要归合道，情发而能止，则信乎‘怨诽不乱’者也。”[②] 刘梦鹏所云“情发而能止”，实即“发乎情，止乎礼义”，其所云“合道”，即合乎温柔敦厚的诗教。如此一来，则又以“怨诽不乱”的儒家诗教否定了屈原敢于怨怼的抗争精神。

---

①顾大申：《楚词钞》，清顺治间和鹤堂刻《诗原》二集本。

②刘梦鹏：《屈子章句》，《楚辞文献丛刊》第60册，国家图书馆出版社2014年7月第1版，第374页。

陈大文是将《离骚》纳入温柔敦厚的诗教中，直接否定屈原有怨情。其《楚辞串解》曰："《离骚》之文，《四书》、《十三经》外第一篇文字，缠绵悱恻，忠厚和平，无纤毫怨愤，是真理学，真纯臣。"[①] 陈大文认为《离骚》"缠绵悱恻，忠厚和平"，没有丝毫怨愤之情，是完全符合儒家传统诗教的，故而可推为"《四书》、《十三经》外第一篇文字"，由此推许屈原为"真理学"、"真纯臣"。"随着清政权统治地位的巩固与对于三纲五常的倡导，在理学醇儒标举'温柔敦厚'诗教尤甚下，'怨'虽被允许，但前提只能是为邦国而怨，而不是为自己鸣怨，并且，要求情感宣泄须有一定节度。"[②] 这样一来，就导致了屈原抗争精神的大量流失，而其千古忠臣的典型亦由此确立。

与此同时，也有一些楚辞学者站在司马迁等"主怨说"的立场，认为屈原当怨，并肯定屈原之怨情。如明代赵南星、王世贞、陆时雍和周拱辰等，都强调并肯定《楚辞》怨愤之内容。到了清代，楚辞学者们甚至展开了激烈论战，如朱冀批驳林云铭，王邦采和鲁笔又批驳朱冀，论战的焦点即在屈原"忠"、"怨"之争上。鲁笔是明确站在主"怨"派一边的，其观点陈述主要在于对《离骚》中"怨灵修之浩荡"的阐释，而此句又重在对"灵修"所指的看法上。鲁笔《楚辞达》云："灵修与灵均，两两对照。心不待治而自平，故曰灵均；心必待治而后善，故曰灵修。"[③] 可见，鲁笔认为"灵修"暗指君心，而"伤灵修之数化"是"痛君心屡变成不善"。鲁笔在《离骚》"怨灵修之浩荡兮，终不察夫民心。众女嫉

---

①陈大文：《楚辞串解》，清光绪十八年（1892）一得斋刻本。

②廖栋梁：《伦理·历史·艺术：古代〈楚辞〉学的建构》，台北里仁书局2008年9月第1版，第93页。

③鲁笔：《楚辞达》，《楚辞文献丛刊》第49册，国家图书馆出版社2014年7月第1版，第455页。

余之蛾眉兮，谣诼谓余以善淫”后注云：

> 其所以然之根源，总由于君心昏暗，不识人心之善恶，故群小得以蒙蔽行谗，以正为邪也。始而不揆犹之可也，至此日终不察，虽欲不怨而不可得，此亦人穷返本，疾痛呼亲意。遥领前不揆余中情来深一层，故云“终不察”，玩“察”字，益知“灵修”二字从君心，若作美政，如何察？怀王心大而浮，贪秦地六百里，而信张仪，此亦心荡而不能察之明验也。[①]

鲁笔直接指出屈原所云“怨灵修之浩荡”正是怨君“心大而浮”。此段结尾是驳斥朱冀之说。朱冀《离骚辩》云：“最要知大夫决无片辞肯直怨君父，只缘从来注疏家错认‘灵修’二字，竟不顾丑语唐突，岂不屈杀三闾。”[②]朱冀认为“灵修”二字中，“借以况君者只一灵字耳，有尊之为神明之意。望君修其美政，故曰灵修。”朱冀在“怨灵修之浩荡兮”句后注云：“大夫何人，肯直呼其君而怨之，且又詈之耶！”[③]指出此句绝非是怨君，而是怨美政：“其所以谓之灵修者，以出政之本在君耳。怨灵修者，怨夫昔之所修，于今尽废，兴复无期，如水之下流终无底止云尔，非怨君也。”[④]鲁笔指出，若是依朱冀之说灵修指美政的话，何用怨，又如何“察夫民心”。朱冀在“终不察夫民心”后注云：“民在汤火之中，日望其君进贤退不肖，以转危为安，无如民实有心，君终不

①鲁笔：《楚辞达》，《楚辞文献丛刊》第49册，国家图书馆出版社2014年7月第1版，第464–465页。

②朱冀：《离骚辩》，《楚辞文献丛刊》第47册，国家图书馆出版社2014年7月第1版，第537–538页。

③朱冀：《离骚辩》，《楚辞文献丛刊》第47册，国家图书馆出版社2014年7月第1版，第552页。

④朱冀：《离骚辩》，《楚辞文献丛刊》第47册，国家图书馆出版社2014年7月第1版，第553页。

察，所以政令日坏，法纪荡然，靡有底止也。”[1]此句之主语是灵修，实际上就是指君不察民心，朱冀明显是为了否认屈原怨君而牵强为说。鲁笔又云：

> 朱悔广痛斥《集注》、林注，言怨君谓大夫岂可有怨君之语，只宜作怨美政，反引《小弁》诗以证之。不但文义不当，试问亲之过大而不怨，是愈疏亲主，恩且如此，何况亲主义乎？怀王失国亡身、丧地残民，此何如之过，而谓宗臣犹日颂圣明，不可出一怨词唐突，此与从谀之党人何异？固哉！悔广之为骚也。况《史记》明云“屈平嫉王听之不聪”也，嫉即怨也。又云“屈原之作《离骚》，盖自怨生也。信而见疑，忠而被谤，能无怨乎？”正即此章之旨也。若既云美政，则善矣，何用怨乎？美政非人，何可怨乎？殊甚支离。盖上文不悔者，自明其问心无亏，不问一身之生死，即前文委绝何伤意。忽然想到君心终不察人心，则邪正永无分明之日，家国民生再无望救之时，不觉放声一号，怨字如呼天抢地而出，传神奇笔，其音至今未寂！与前伤灵修数化紧照应，一伤一怨，各有至情至理。[2]

鲁笔此段论评驳斥朱冀颇有力度。他指出“怀王失国亡身、丧地残民”，其过可谓大矣，如果身为宗臣的屈原对此不置一词，“犹日颂圣明”，又“与从谀之党人何异”？鲁笔高度肯定屈原之怨情，并以“传神奇笔”、“至情至理”赞扬屈原的怨君之词，显示出了与主“忠”派不同的价值取向，以及与儒家诗教观不同的评价旨趣。董国英《楚辞贯》

①朱冀：《离骚辩》，《楚辞文献丛刊》第47册，国家图书馆出版社2014年7月第1版，第552页。

②鲁笔：《楚辞达》，《楚辞文献丛刊》第49册，国家图书馆出版社2014年7月第1版，第465页。

直承鲁笔之论，指出“怨字是作骚之根，陡从上文未悔转出，如呼天抢地，放声一号，其音至今未寂”[①]。与鲁笔所云如出一辙，均指出“怨”作为《离骚》之情感基调的意义之所在。

由以上论述可知，清代楚辞学者对于屈原思想倾向及对于生死态度的探讨，以及《楚辞》所呈现的究竟是“忠”还是“怨”的争论，是与时代政治、思想观念密切相关的。清代楚辞学者“通过‘《小弁》之怨’以确立屈原之‘怨’的合理性与合法性，他们将屈原之‘怨’置于‘当怨与不当怨’的层面。藉此论述屈原的‘怨’既是抒愤方式，也正是其‘亲亲’、‘忠’的表现形式，驳斥班固等官方意识形态者所谓偏离‘为君隐恶’的君臣大义的质问。最后却又被落点在‘哀而不怨’、‘知命’及‘孝子仁人’上。”[②]

四、由“忠”而兼“孝”的推衍和改塑

明清之际，从人伦教化角度兴起的以“忠孝”阐释屈原之思想，可谓甚嚣尘上。儒家伦理道德极为强调社会伦理秩序的建设，对个人道德修养也提出了很多要求，而忠孝即是个人道德修养的核心要求。自明代开始，楚辞学者们就给屈原戴上了“大孝”的桂冠，李陈玉《楚辞笺注・自叙》：“屈子千古奇才，加以纯忠至孝之言，出于性情者，非寻常可及。而以训诂之见地通之，宜其蔽也。”[③]魏学渠《〈楚辞笺注〉序》：“屈子殆情深而正者与，寄之美人、香草以申其义，援之《山鬼》、《渔父》以广

①董国英：《楚辞贯》，清道光二十五年（1845）博川正谊斋刊本。

②廖栋梁：《伦理・历史・艺术：古代〈楚辞〉学的建构》，台北里仁书局2008年9月第1版，第95页。

③李陈玉：《楚辞笺注》，《续修四库全书》集部第1302册，上海古籍出版社2002年4月第1版，第2页。

其说,而总不离于忠孝者近是。"[①] 到了清初,刘献廷进一步把"忠孝"视为屈赋之宗,其《离骚经讲录·总论》曰:"屈子既为楚国之宗臣,则国事即其家事,尽心于君,即是尽心于父,故忠孝本无二致。然在他人,或可分为两。若屈子者,尽忠即所以尽孝,尽孝亦即所以尽忠。名则二,而实则一也。是故《离骚》一经,以忠孝为宗也。"[②] 由此"忠孝"论成为有清一代颇有影响的说法,直至清末仍有学者以忠孝评价屈原。举例如下:

若夫屈子《离骚》,正所谓尽忠尽孝,不计祸福,而学为君子之宝书者也。(郑武《寄梦堂屈子离骚论文》)[③]

追叙降生命名,念念不忘先世。自投汨罗,亦只不负乃考期许,所以求忠必于孝门。(徐焕龙《屈辞洗髓》)[④]

屈子抱缠绵悱恻之性,兼沉博绝丽之才,著为《离骚》,根柢忠孝,究极三才,万象幽明。(徐瑶《屈辞洗髓跋》)[⑤]

《楚辞》全帙均属三闾绝唱,曷为乎止辩《离骚》?盖《楚辞》中最难读者,莫如《离骚》一篇。大夫毕生忠孝,全副精神,俱萃于此。(朱冀《离骚辩·凡例》)[⑥]

---

①李陈玉:《楚辞笺注》,《续修四库全书》集部第 1302 册,上海古籍出版社 2002 年 4 月第 1 版,第 6 页。

②转引自姜亮夫:《楚辞书目五种》,中华书局 1961 年 12 月第 1 版,第 115 页。

③郑武:《寄梦堂屈子离骚论文》,《楚辞文献丛刊》第 47 册,国家图书馆出版社 2014 年 7 月第 1 版,第 11 页。

④徐焕龙:《屈辞洗髓》,《楚辞文献丛刊》第 48 册,国家图书馆出版社 2014 年 7 月第 1 版,第 417 页。

⑤徐焕龙:《屈辞洗髓》,南京大学出版社 2018 年 12 月第 1 版,第 1 页。

⑥朱冀:《离骚辩》,《楚辞文献丛刊》第 47 册,国家图书馆出版社 2014 年 7 月第 1 版,第 478–479 页。

首原远祖，以见宗臣无可去之义；次本天亲，以见忠孝乃一致之理；次叙所生之月日，以见己之所得于天者隆；次及所锡之名字，以见亲之所期于己者厚。盖通篇大意，皆檃括于此矣。（吴世尚《楚辞疏》）①

屈子本忠孝之大节，明道学之渊源，而托之乎词赋者也。（林仲懿《读离骚管见》）②

夫屈子以深仁笃挚之性，抒其幽忧蹇产、呼号不应之情，孝子仁人之所以用心，千载下犹将见之。（刘梦鹏《屈子章句·自序》）③

初度者，性之受于天者不可易，其初如是，其终亦如是也。父名而字之，所以期之者如此，使困于谗佞而改易，非独不忠，亦不孝矣。（龚景瀚《离骚笺》）④

尽忠所以尽孝，此骚经之本也。（梅冲《离骚经解》）⑤

第以忠孝文章求屈子，而不徒以幽愁忧思尽屈子，惟兹明白晓畅之说，可质经训，可证庸言。（谭献《〈离骚九歌释〉叙》）⑥

上述持屈原"忠孝"论的楚辞学者们，大多是以自身的时代政治

①吴世尚：《楚辞疏》，《楚辞文献丛刊》第55册，国家图书馆出版社2014年7月第1版，第25页。

②林仲懿：《离骚中正》，《四库全书存目丛书》集部第二册，齐鲁书社1997年7月第1版，第303页。

③刘梦鹏：《屈子章句》，《四库全书存目丛书》集部第二册，齐鲁书社1997年7月第1版，第508页。

④龚景瀚：《离骚笺》，《楚辞文献丛刊》第63册，国家图书馆出版社2014年7月第1版，第404页。

⑤梅冲：《离骚经解》，《楚辞文献丛刊》第60册，国家图书馆出版社2014年7月第1版，第298页。

⑥毕大琛：《离骚九歌释》，《楚辞文献丛刊》第65册，国家图书馆出版社2014年7月第1版，第83页。

观念来审视屈原，有的从篇首屈子之命名立论，有的以忠孝作为《离骚》之“本”，有的从至情至性的角度评价屈原为“孝子仁人”，有的甚至以《离骚》作为明道之书来推崇。较为典型的还有许清奇《楚辞订注》一书，其《自序》曰：

> 昔夫子作《孝经》而无“忠经”，非阙也，忠统于孝也。汉氏诏补之，陋矣。且以后儒而拟圣经，亦僭矣。愚谓“忠经”固不必补，即欲补之，亦当以古文补古文，如取《考工》以足《冬官》之例。则《离骚》二十五其“忠经”欤？夫忠有常有变，屈子之忠，其变而不失乎常者欤？忠有知有愚，屈子之忠，所谓知可及而愚不可及者欤？昔人谓诸葛武侯可伯仲伊吕，而平居乃自比于管乐。今屈子愿依彭咸，而至诚恻怛，实与三仁媲烈，其夷于左腹类比干，其内难正志类箕子。以日月悬天地，以芳草谢君王，以灵修还父祖，立身扬名，本孝作忠。呜呼！何其至也。[①]

许清奇指出“忠统于孝”，认为忠孝是一体的。而屈原是“本孝作忠”，可与三仁媲美。以上著作有的以忠孝之说为立足点，将《离骚》某些文句一一坐实对应，挖掘其象征意义，明显失之于穿凿附会。

王延海先生指出清代屈原“忠孝”说流行的原因，主要有两点：一是“因为清王朝某些最高统治者，为了巩固其统治，挖空心思地倡言忠孝，标榜程朱理学”，“康熙帝也认为以程、朱为号召，远比用晚明疏狂的王学更有功效，遂尊崇信赖道学先生，使程朱理学风行”；二是“清初许多文人学者，或者所谓正统观念及民族意识极强的明代遗民，不愿出仕于清廷，不愿为新的王朝效力，于是便一方面倡论名节之高贵，一方面有意效法屈原，或隐居深山，暗寓忠于明室之心；或幽居乡间野

①许清奇：《楚辞订注》，《楚辞文献丛刊》第 67 册，国家图书馆出版社 2014 年 7 月第 1 版，第 125–126 页。

里，托言尽孝全节，以塞不仕之责”。[①]可见，清代盛行的屈原“忠孝”说，与时代教化潮流相谐，是有着深刻的社会政治文化背景的。明遗民如李陈玉、钱澄之、王夫之等托言忠孝全节，是为其在新朝的生存寻求理据；清初统治者为巩固王权而崇儒重道，程朱理学被提升至官方哲学，提倡三纲五常，君臣上下反复倡言孝道、孝治。理学名臣如李光地、方苞等皆以理学事君，他们以忠孝论屈原是理所当然的。在当时的社会政治环境中推崇屈原，若只强调他的忠而不强调他的孝，甚至会遭到斥责，被说成是“假道学”。[②]从当时的道德伦理之教看，这种对屈原“忠”而兼“孝”的推衍和改塑是可以理解的。

值得注意的是，清代亦有少数学者反对屈原“忠孝”说。如金圣叹十分反对明清之际一些道学家的评屈之论，他说：“吾不闻教人忠孝而随教之死者也。故夫《离骚》真非必死之书，而屈子也终亦竟死。吾尝为之伏而深思，夫屈子则亦以己之忠孝故而著书，抑以死故而著书哉？如曰忠孝，忠孝旧矣，不应至屈子始乃有书。若曰死也，人且死矣，又何书耶？吾因而悟忠孝固万万不必至于死也。”又曰：“屈子自伤，我于今日，乃必死矣，彼后之人，其谓之何。后之人而谓忠孝必死，我不听也；后之人而谓忠孝亦可不死，而屈原何故必死，我不受也。……吾未知彼以屈子之死为易事耶，为难事耶？如不知死之为易为难，则吾未知彼以忠孝为易事耶，为难事耶？”[③]金圣叹锋芒毕露地指出，道学家们所认为的屈原忠孝著书和以死著书之说根本不合情理，无法自圆其说。

---

①王延海：《清代屈原研究散论》，《辽宁大学学报》1994年第5期，第84页。

②王延海：《试论屈赋“忠孝为宗”说》，中国屈原学会编《中国楚辞学》第五辑，学苑出版社2004年7月第1版，第324页。

③金人瑞：《唱经堂才子书汇稿》，上海杂志公司1935年12月第1版，第111–112页。

综上所述，屈原的圣贤化过程，与屈骚作品的历代经典诠释过程是相辅并行的。把《楚辞》纳入儒家文化的价值模式，这并不仅仅是楚辞学者个人意识的表现，更多的是时代、思想以及士人阶层的文化因素的制约。有强烈儒学倾向的楚辞学者在对《楚辞》义理阐释方面虽也有自己的理论建构，但往往缺乏应有的深度，更不像遗民学者那样不时闪耀出个性思想的火花。

第四节 基于直觉感悟的阐释活动

钟惺《诗归序》曰："引古人之精神，以接后人之心目，使其心目有所止焉，如是而已矣。……精神者，不能不同者也。"[①] 谭元春《诗归序》云："夫真有性灵之言，常浮出纸上，决不与众言伍，而自出眼光之人专其力，一其思，以达于古人，觉古人亦有炯炯双眸从纸上还瞩人。"[②] 清代楚辞学者们（包括由明入清的学者）进行的这种有益探索，更强调心灵的沟通和感悟，实际上就是通过异代同心之感悟以消除时空隔阂。

一、"直觉感悟法"的生成与运用

毛庆先生指出，在明清之际楚辞研究出现了一种新方法——直觉感悟法。"清代楚辞研究中，至少有十人以上在其楚辞著作中明确主张和具体实践了这一方法"，如李陈玉、贺贻孙、张诗、夏大霖、胡濬

---

①钟惺：《诗归》，《四库全书存目丛书》集部第 337 册，齐鲁书社 1997 年 7 月第 1 版，第 653–654 页。

②钟惺：《诗归》，《四库全书存目丛书》集部第 337 册，齐鲁书社 1997 年 7 月第 1 版，第 659 页。

源；还有些楚辞学者“虽未明言，却于研究实践中有意无意地也运用了这一方法”，如钱澄之、方苞、吴世尚、王邦采等。[①] 毛庆先生重点引用了几个范例，笔者于后有所补充。为方便论述，先把这几个范例录之于下：

适岁在丙戌，秋冬之交，忽疽发于腰膂间，足不能窥户者两阅月，每借读《骚》以自遣，往往于吟唱之余，为大夫设身处地，沉思默想，至忘寝食。下元之夕，梦中恍惚，手执是编，与一老人互相辩证，久之，欣欣若有所得。既寤，而彷徨徹曙。因强起盥漱，焚香致敬，复从首讫尾，句吟字哦，顿觉心目之前，迥乎不同于前此之所知所见。如置身武夷九曲叠嶂层岚，而鸟道潜通，烟云出没，峰迴路转，又别有洞天。于是兴会所至，忘其固陋，随得随书，并不计辞句之工拙。（朱冀《离骚辩·自序》）[②]

其释骚也，婉而多风，曲而有直，体二千余年之大文，至是而昭若发蒙，洞若观火。先生之自序其时艺曰：“间尝独往深山空谷中，四顾无人，划然一啸，忽心关震动，如乐出虚。”然则此书之成，要亦当其划然一啸时欤？（鲁笔《楚辞达》之师范《序》）[③]

楚骚、汉诗皆不可以训诂求，读骚者须尽弃旧注，止录白文一册。日携于高山流水之上，朗读多遍，口颊流涎，则真味自出矣。（贺贻孙《骚筏·九辩·二辩》）

唯会心者即其文，得其意；即得其意，得其志，而因以得其郁

---

①毛庆：《论清代楚辞研究中的“直觉感悟法”》，《文艺研究》2007 年第 4 期，第 70–71 页。

②朱冀：《离骚辩》，《楚辞文献丛刊》第 47 册，国家图书馆出版社 2014 年 7 月第 1 版，第 459–461 页。

③鲁笔：《楚辞达》，清嘉庆九年（1804）师范辑《二余堂丛书》小停云馆刊本。

埋悱恻，惓惓悃悃，念君忧国之至情。徐而按其节族，寻其脉络，复而不厌，杂而不乱。夫而后处数千载下，恍目系三闾当年，彷徨踯躅，涕洟谣吟于湘滨沅渚间，不自觉喜者怒，舒者惨，和平者愤激，叫呼而继之以号咷。若此者，亦止会之心，不能传之口，乃欲循其章句以解之，宁复有屈子乎？……岁辛巳，长夏无事，偶读屈子，有会于心。因取王氏、洪氏、考亭夫子之《集注》，损益去取，参以己见，联缀其词，以贯穿其意而已。（张诗《屈子贯·序》）[①]

读《楚辞》，当于天晴日午，明窗下，一目十行，静心观之。若黑夜暗室，索萤火之灯，逐字照去，照得一字，而忘上下字；照得一句，而忘上下句；照完一篇，而忘他篇，便自以为确解，谬矣。（胡濬源《楚辞新注求確·求確凡例》）[②]

前两例主要说明直觉感悟来临时的情状，包括潜意识作用通过梦境呈现和灵感兴会现象，后三例主要分析直觉感悟的生成机制。欣按，张诗《屈子贯·自序》中还有一段话，更能说明其研屈之法和著书动机："然一日之间，偶见夫烂焉蔚焉者，悠然心会，振笔以存之，虽未云得其真，其不致去而不留乎？苏子云：'振笔直遂，以追其所见，必兔其鹘落，少纵则逝矣。'余于屈子，恐其逝也，故姑就一人之解，与一时之解存之，而名之曰'贯'，未知贯否也？"[③] 张诗不仅描述了灵感来临时的情景"烂焉蔚焉"、"悠然心会"，还借苏轼之语强调唯恐灵感稍纵即逝未能存之笔端，故而作《屈子贯》。那么，张诗为什么能够与屈子"悠然心会"？正如张诗《屈子贯》之张大琦《序》云："抑其怀才不遇，黄

①张诗：《屈子贯》，清康熙四十年（1701）孝友堂刻本。

②胡濬源：《楚辞新注求確》，《楚辞文献集成》第十七册，广陵书社2008年8月第1版，第11839页。

③张诗：《屈子贯》，清康熙四十年（1701）孝友堂刻本。

钟毁弃，有与三闾大夫同一愤懑不平者，故能与古人肺腑，融若水乳耶？”①

那么，如何进入直觉，如何得到感悟，毛庆先生通过分析指出了采用这一方法的前提条件有三。首先是“虚静”，这不仅包括研究者内心的虚静，还包括环境的空明静谧。比如上所引鲁笔之“独往深山空谷”，贺贻孙之“于高山流水之上”，胡濬源“于天晴日午，明窗下，一目十行，静心观之”。又如郑武《寄梦堂屈子离骚论文》卷一《大序》曰：“岁庚午长夏，泊舟菰蒲中，四窗通明，茗椀炉香，展读数翻，口齿清凉，魂魄幽冷。”② 郑武于四窗通明的泊舟中，焚香品茗，这就是通过静谧环境的刻意营造，以达到内心虚静的状态。

其次，涵咏玩味。这其实是一种传统的读诗解诗的方法，就是通过反复的吟咏，在字句和音韵的反复赏读中体会诗歌的意味。贺贻孙《骚筏》曰：“读骚者，须尽弃旧注，只录白文一册，日携于高山流水之上，朗诵多遍，口颊流涎，则真味自出矣。”至于为何要反复涵咏，正如贺贻孙所云：“涵咏既久，意味自深。一经注破，便似说梦。”③ 这里的“涵咏既久，意味自深”即主要通过反覆涵咏文学语言之妙味，体悟诗歌的意境。又，王萌《楚辞评注·序》开首即云：“穷老读《骚》，终日不厌，一切注疏束而不观，反覆吟咏，偶有所通即笔之于下，不敢以凿说戾之，不敢以迂解滞之。虽未知于屈子之意何如，大约二者谅亦湘累之所许也。”④ 王萌所云读骚之法于“一切注疏束而不观，反覆吟咏”，与前

①张诗：《屈子贯》，清康熙四十年（1701）孝友堂刻本。

②郑武：《寄梦堂屈子离骚论文》，《楚辞文献丛刊》第 47 册，国家图书馆出版社 2014 年 7 月第 1 版，第 25 页。

③贺贻孙：《骚筏》，《四库未收书辑刊》第十辑第十三册，北京出版社 2000 年 1 月第 1 版，第 11 页。

④王萌：《楚辞评注》，南京大学出版社 2017 年 12 月第 1 版，第 1 页。

引贺贻孙“尽弃旧注”、“朗诵多遍”完全一致，即首先直面文本，用涵咏法体味作品，这样就避免了先入为主、人云亦云的弊端。

第三，“沉思默想”、“设身处地”。郑武《寄梦堂屈子离骚论文》卷之二《读屈子离骚论文法》中第三条曰：“读骚不可玩其音声，而遗其意义。盖骚以音声胜，而其意味深长，最宜潜玩，非好学深思、心知其故者，不能读也。”[①] 因楚辞作品“意味深长”、义理精微，郑武指导读者要运用深思“潜玩”、细心体会的方法来读骚。郑武所云“潜玩”就是在展读涵咏之后的沉思默想。朱冀《离骚辩·自序》所云：“忽疽发于腰膂间，足不能窥户者两阅月。每借读《骚》以自遣，往往于吟唱之余，为大夫设身处地，沉思默想，至忘寝食。”这就是从虚静到涵咏，再到“沉思默想”、“设身处地”的全过程。又，胡文英《屈骚指掌·凡例》曰：“余注屈时，不看诸解，惟求其理之是，神之顺，情之曲挚，无所不到，而铢黍不失乎正。其有不得者，沉日夜设身处地求之，求之不得，而后检诸解之是非。”[②] 胡文英和朱冀都提到了为屈子“设身处地”，即怀着旷世之同情，与屈子感同身受，而这正是试图与古人“处于同一境界”的“真了解”的过程之再现。

此外，蒋之翘和贺际运都曾经自述其直觉感悟的过程，完整呈现了“直觉感悟法”的“三步走”。蒋之翘《七十二家评楚辞》之《自序》曰：“予酷嗜骚，未尝一日肯释手，每值明月下，必扫地焚香，坐石上，痛饮酒，熟读之，如有凄风苦雨飒飒从四壁间至。……以见予与原为千

①郑武：《寄梦堂屈子离骚论文》，《楚辞文献丛刊》第 47 册，国家图书馆出版社 2014 年 7 月第 1 版，第 28 页。

②胡文英：《屈骚指掌》，《续修四库全书》集部第 1302 册，上海古籍出版社 2002 年 4 月第 1 版，第 550 页。

古同调，独有感于斯文。”[①] 又，贺际运《三益斋离骚注》卷末识语云：“千古孤臣孽子，往往有穷愁之苦志，呼吁之极思，寄托于寻常意计之外。读之者须斋戒沐浴，黎明兀坐，焚香漱口，涤虑洗心，然后展卷细咏，以我之精神，处处向作者心肠走过数次，再以我之心志，实实于字句外苦为分明，详加搜索，庶几字里行间隐隐有注解露出。”[②] 蒋之翘“每值明月下，必扫地焚香，坐石上”，贺际运“斋戒沐浴，黎明兀坐，焚香漱口，涤虑洗心”，描述各自出于主观意愿而进入虚静状态；蒋之翘之“熟读”与贺际运之“展卷细咏”都是涵咏玩味；蒋之翘所云“如有凄风苦雨飒飒从四壁间至”、“予与原为千古同调，独有感于斯文”，贺际运所云“以我之精神，处处向作者心肠走过数次”，都是设身处地，通过自身特有的经历，去体悟和感知屈子之心理。蒋之翘（1596–1659）是明末清初学者、藏书家，其《七十二家评楚辞》初刊于明天启六年（1626），说明直觉感悟法在明代楚辞研究中开始运用，到了清代确实已经是成型之法。

纵观众多清代楚辞研究著作，除了毛庆先生文中提到的十几位楚辞学者，还有蒋之翘、丁元正、董国英、方人杰、郑武、胡文英、陈本礼、刘梦鹏、贺际运、郑知同等，亦有意无意地运用了直觉感悟法。笔者于此再补充几例：

其一，丁元正曾经寻访屈原在湘之遗迹，并得以进入屈原庙瞻仰大夫遗像。丁元正《楚辞辑解》之《图记》中记载了一段梦游，在梦中他见到了心仪已久的屈大夫，只见其“身颀而长，面紫墨，目光如炬，广颡深纹，疏眉高颧，长须丰下”。丁元正感到此屈大夫与之前在庙中所见“皙泽美秀”不相类，刚要上前拜问，就在这一瞬间惊醒了。后来又

---

①蒋之翘：《七十二家评楚辞》，《楚辞文献丛刊》第 27 册，国家图书馆出版社 2014 年 7 月第 1 版，第 1–7 页。

②贺际运：《三益斋离骚注》，清咸丰九年（1859）吴门刊本。

过了几日，丁元正偶得陆时雍《楚辞》注本，观其中屈原图，“恍若梦中所见”。丁元正感慨道：“顾余之征诸梦者，偏异畴昔所见，而预兆于今兹之所觏。”[①] 这与前所引朱冀之梦颇为相类，正如朱冀所云，“虽然余究不知梦寐中之若或启之者，为果有其人耶？将昼有所思，即夜有所梦耶？又不知余一时之兴到笔随，果有合于当年之属辞比事否耶？”[②] 这就是日有所思，夜有所梦。这种潜意识的呈现，正是因为之前一连几个月注释《楚辞》，对行吟泽畔的屈大夫形象日日熟于心并日益显豁起来，所以夜有所梦。丁元正是在这样的精神感召之下，继续用力，终于完成《楚辞辑解》一书。

其二，陈本礼《屈辞精义·跋》曰：“由春迄夏，不惜午夜篝灯，探赜索隐，务期大畅厥旨，恍若亲炙于屈子之灵，而受其耳提面命之教也。故每于展读之际，觉屈子神光犹剡剡纸上，能不肃然，恐悚然而悲其志也。”[③] 与此相类似，刘梦鹏《屈子章句·序》云：“予于是书，反复紬绎，晦明风雨，性情相深，歌泣与俱，匪一朝一夕之故。翛然洁耶？茕然孑耶？佩玉玦，行蹩躠耶？貌癯犹若枯朽，神朗然其秀澈耶？屈子乎！屈子乎！吾得而遇之。”[④] 蹩躠，出自《庄子·马蹄》，尽心用力貌。刘梦鹏云“屈子之志苦矣”，刘氏用心亦苦矣，绝“匪一朝一夕之故”，反复抽绎之后，“性情相深，歌泣与俱”。陈本礼和刘梦鹏都提到

①丁元正：《楚辞辑解》，《楚辞文献丛刊》第 62 册，国家图书馆出版社 2014 年 7 月第 1 版，第 344 页。

②朱冀：《离骚辩》，《楚辞文献丛刊》第 47 册，国家图书馆出版社 2014 年 7 月第 1 版，第 461 页。

③陈本礼：《屈辞精义》，《楚辞文献丛刊》第 63 册，国家图书馆出版社 2014 年 7 月第 1 版，第 397 页。

④刘梦鹏：《屈子章句》，《四库全书存目丛书》集部第二册，齐鲁书社 1997 年 7 月第 1 版，第 509 页。

心领神会之间仿佛真的见到了屈原。貌癯神澈的屈子如在目前，可见二人对屈子之“性情相深”。

其三，董国英《楚辞贯》之罗以智《序》云：“得先生之论释，千载下如揭其心。盖直与屈子之神明相贯注者，凡仅仅比于风雅，玩其辞而遗其旨，抑末矣。”[①]此评价指出了董国英研究楚辞的动机和方法，即“与屈子之神明相贯注”，实即调动直觉想象，通过自己的方式悟屈子之情，设身处地去体悟和感知屈子之心理。如“吾令帝阍开关兮，倚阊阖而望予”，董国英眉批曰：“一腔如火热肠，讨得一副如冰冷面。”[②]又如于“悔相道之不察兮”四句眉批云：“前从不悔转出，此又从怨转到悔，文心委折，如穿九曲珠。毕竟怨是真，悔是假。惟其真，故至死靡他；惟其假，故一笔便了。”[③]再如“民好恶其不同兮”四句，眉批云：“开口说当世，接口便说本国，总念念撇楚不下，只无奈其终朝不可与处何。”[④]凡此种种，皆是董国英设身处地，想屈子之所想，怨屈子之所怨，悔屈子之所悔。

其四，方人杰《庄骚读本》虽是“读本”形式，为乡塾课蒙之用，但因方氏的理念而自觉采用了“直觉感悟法”。其《庄骚发凡》曰：“斯读者之心与作者之心，当自有旷然相遇处。”[⑤]又，方人杰在《离骚》篇后评云：“其实处皆空，空处又实，读之不见其文，但见有一屈子；并不见屈子，但见只有一我在其间，万难万难而莫可如何者也。”[⑥]方人杰描述

①董国英：《楚辞贯》，清道光二十五年（1845）博川正谊斋刻本。
②董国英：《楚辞贯》，清道光二十五年（1845）博川正谊斋刻本。
③董国英：《楚辞贯》，清道光二十五年（1845）博川正谊斋刻本。
④董国英：《楚辞贯》，清道光二十五年（1845）博川正谊斋刻本。
⑤方人杰：《楚辞读本》，清乾隆三十七年（1772）世春堂刊《庄骚读本》本。
⑥方人杰：《楚辞读本》，《楚辞文献丛刊》第48册，国家图书馆出版社2014年7月第1版，第276页。

他作为读者读罢《离骚》后的感受,从“不见其文”到“不见屈子”,再到“只有一我在其间”,这就是“读者之心”与“作者之心”的“旷然相遇”。由此,方人杰更能深切地体会到屈原“万难万难而莫可如何”的心理情状,以及《离骚》无可奈何、忧愤万难的情感基调。方人杰《庄骚发凡》云:“其文章萦纡淡荡,痛快淋漓,一回冀望又一回痛惜,一回图度又一回怨憾,一回假托又一回悲悯。此所谓‘知其无可奈何,而又不肯安之若命’,而欲挽回补救,以造命焉者也。所见为固庄子一级,此其所遇然哉!孔子曰知命,孟子曰立命。惟能知命,然后能立命;惟能知命、立命,然后能造命;屈子立志坚切,诚非偶然。”[①]方人杰透过屈原作品中的各种情状,看到了屈子明知无可奈何,又不肯安之若命,而立志坚定,欲挽回补救,由此指出屈原已超越了知命、立命而达到了造命之境界,此造命即指其能够掌握命运、创造命运,甚至对抗命运,其体会颇为真切。

其五,郑武《寄梦堂屈子离骚论文》一书的夹批中,“千古同调”、“万古同叹”、“古今同慨”、“同声一哭”之类的评语俯仰皆是。郑武在《离骚》“曰黄昏以为期兮,羌中道而改路”句后夹批曰:“予读《骚》至‘黄昏’二语,未尝不垂涕也。本是同调,得无相怜。”[②]

以上各家运用“直觉感悟法”,悟屈子之情,会屈子之心。这种研究从动因上来说,早已不是停留在作品文本的层面,而是上升到了精神理念的高度。这种研究对于文学作品来说,比之“知人论世”无疑更加具有情感的感召。如此便能达到一种超乎常人体会的,近乎身临其境的艺术境界,以此感触屈原创作时的情状和心理,这种体会无疑

①方人杰:《楚辞读本》,清乾隆三十七年(1772)世春堂刊《庄骚读本》本。

②郑武:《寄梦堂屈子离骚论文》,《楚辞文献丛刊》第47册,国家图书馆出版社2014年7月第1版,第54页。

是更加深邃的。运用直觉感悟法的楚辞学者,对屈原的旷世同情往往比一般的注者更为深切,他们对《楚辞》创作心理的研究往往更加深刻,更能够发掘出楚辞的微言大义,应该引起足够的重视。

毛庆先生强调能够运用"直觉感悟法"的研究者"并非真的提倡不读前人之注,而只是反对那种寻章摘句、只拘泥于字句考释,而忽视整体把握、忽视理解屈原特定思想感情的研究方法",他们"既不是学无根柢、随心所欲地胡思乱想,也不是不顾事实、毫无根据地凭空求梦,而是在广阅博览具有了丰富的文学和文学史知识之基础上,在对作家和作品产生时代及社会文化背景充分了解之前提下,努力调动直觉而进行的研究活动"。[①] 这一点是需要重申的。

二、对沈亚之《屈原外传》的接受

沈亚之(? –832),字下贤,唐代吴兴(今浙江湖州)人,生于陇州汧源县。幼年迁居长安,二十余岁时返回吴兴。沈亚之以其小说家的视角,广泛搜集魏晋以来有关屈原的逸事和传说编成《屈原外传》,成为继司马迁《屈原列传》之后屈原的第二部传记。《屈原外传》主要分为两个部分,上半部分把屈原各篇作品的创作过程与屈原的遭遇紧密联系在一起,下半部分叙述屈原死后民间流行的种种传闻,结尾发表议论,表达对屈原人格的敬仰和无限的同情。

就目前所知见,沈亚之《屈原外传》最早出现在楚辞学著作中,是在明天启六年(1626)初刊的蒋之翘(1596–1659)《七十二家评楚辞》中。其《凡例》曰:"司马子长《传》、沈下贤《外传》、颜延年《祭文》、李宏父《传赞》、许颖阳《论》,及予《哀文》,与诸家吊古读骚诗皆表屈子

①毛庆:《论清代楚辞研究中的"直觉感悟法"》,《文艺研究》2007 年第 4 期,第 74–75 页。

之忠，而悲其遇者也，悉列于前。”① 蒋之翘在卷首载录了司马迁《屈原列传》、沈亚之《屈原外传》、颜延之《祭屈原文》、李贽《屈原传赞》、许国《屈原论》、蒋之翘《哀屈原文》和诸家《吊屈原诗》，是因为这些都是“表屈子之忠，而悲其遇者”。

循此，清代很多楚辞学者在其著作的卷首，除了录有司马迁《屈原列传》，还全文载录沈亚之《屈原外传》，如贺宽《饮骚》、王邦采《离骚汇订》、蒋骥《山带阁注楚辞》、屈复《楚辞新注》、陈本礼《屈辞精义》、江中时《楚骚心解》、胡文英《屈骚指掌》、丁元正《楚辞辑解》、郑知同《楚辞考辨》、夏献云《屈大夫文》、佚名《楚辞宗旨》等。其主要意图正如王邦采所云，“可补《列传》之遗”。可见，《屈原外传》虽带有传奇性质，多想象成分，但是一些楚辞学者并不认为《屈原外传》会解构掉《屈原列传》的真实意义，且能够“超越史实的平铺直叙，并且补充历史事实链条上的空白，而开始对人物的内心世界、作品的艺术魅力等有所探索，在营造出貌似虚构的氛围里，传达出史实所未有的‘在场’感与真实性”。②

明清楚辞学者对《屈原外传》反响最大的是其中描述《九歌》和《天问》创作的一段文字，这是《屈原外传》最广为流传的一段文字：

> 原因栖玉笥山作《九歌》托以风谏，至《山鬼》篇成，四山忽啾啾若啼啸，声闻十里外，草木莫不萎死。又见楚先王庙及公卿祠堂，图画天地、山川、神灵，琦玮僪佹，与古圣贤怪物行事。因书其壁，呵而问之。时天惨地愁，白昼如夜者三日。③

---

①蒋之翘：《七十二家评楚辞》，《楚辞文献丛刊》第27册，国家图书馆出版社2014年7月第1版，第25–26页。

②廖栋梁：《伦理·历史·艺术：古代〈楚辞〉学的建构》，台北里仁书局2008年9月第1版，第139页。

③蒋之翘：《七十二家评楚辞》，《楚辞文献丛刊》第27册，国家图书馆出版社2014年7月第1版，第37–38页。

沈亚之这段文字在选材和材料的组织方面颇费苦心，杂采东汉王逸《九歌序》和《天问序》、晋代罗含《湘中记》和唐代李吉甫《元和郡县图志》中的材料融汇而成。[①] 通过“玉笥山”、“楚先王庙”、“公卿祠堂”等特定场景环境的烘托，尤其是“草木萎死”（动地）、“白昼如夜”（惊天）等异乎寻常的景物的渲染，营造出了惊天动地的悲壮氛围和悲剧色彩，很容易使读者深切感受屈原的心灵世界，并产生与之感同身受的情感体验。正如陈本礼《屈辞精义》笺曰：“按《外传》称‘原棲玉笥山作《九歌》，托以风谏。至《山鬼》篇成，四山忽啾啾若啼啸，声闻十里，异哉！’文到至性中流出，固能动天地而感鬼神，岂寻常笔墨所能及哉？”[②] 蒋之翘《七十二家评楚辞·自序》曰：“其辞丽以则，其情凄以婉，至美人梦寐，一篇三致其思，自有一种涕泣无从，令血化碧于九原，而天地震惊之意。”[③] 这里蒋之翘化用“苌弘化碧”的典故来比拟屈原作品“天地震惊”的艺术效果，与《屈原外传》之描写有异曲同工之妙，或者蒋之翘即是受《屈原外传》之启发而为之。

与蒋之翘几乎同时的周拱辰，著有《离骚草木史》十卷，其书虽然未载录《屈原外传》全文，但摘录了《屈原外传》中的一段文字，并作了评价。《离骚草木史》卷二《九歌》篇后总论曰：“按沈亚之《屈原外传》：‘屈原被放，栖玉笥山九年，作《九歌》托以讽谏。至《山鬼》篇成，四山忽啾啾若啼啸，声闻几里外，一时草木皆萎。’今读之良然，满腔幽怨，

---

①按：罗含《湘中记》：“屈潭之左玉笥山，屈平之放，栖于此山而作《九歌》。”李吉甫《元和郡县图志》卷二七《江南道》三：“玉笥山，在县东北七十五里。屈原放逐，居此山下，而作《九歌》焉。”

②陈本礼：《屈辞精义》，《楚辞文献丛刊》第63册，国家图书馆出版社2014年7月第1版，第361页。

③蒋之翘：《七十二家评楚辞》，明天启六年（1626）忠雅堂刻本。

触耳球琳，几于花笑莺歌，亦复燐青猿语。”[①] 周拱辰经由《屈原外传》“触耳球琳”的语言，“花笑莺歌”、“燐青猿语”的声情描绘，深切体会到了屈原创作《九歌》尤其是《山鬼》篇“满腔幽怨”的内在心境。

此外，明末清初画家萧云从亦十分会心于《屈原外传》这段文字所传达的惊天地、泣鬼神的情感震慑力，其《画九歌图自跋》云：“沈亚之谓三间大夫‘作《山鬼》篇成，四山忽啾啾号啸，声闻十里外，草木皆萎死’。抑何幻邪？忠臣賈霜，孝妇降旱，一念之诚，惨动天地，理或爋欤？仆本恨人，既长贫贱，抱疴不死。家区湖之上，秋风夜雨，万木凋摇。每闻要眇之音，不知涕泗之横集，岂复有情之所钟乎！”[②] 萧云从借《屈原外传》营造出的幻境幻景，建构出其自身作为明遗民内在的精神世界。

与上述几位楚辞学者比较，蒋骥《山带阁注楚辞》对沈亚之《屈原外传》的态度大为不同。蒋骥在《山带阁注楚辞》卷首的“采摭书目”中录有“《沈下贤集（亚之）》”一种。可见，蒋骥是根据沈亚之的诗文集载录这篇《屈原外传》的。他在《楚辞余论·九歌》中说：“《外传》谓《九歌》作于湘阴之玉笥山，亦臆说也。”[③] 可见，蒋骥虽然在卷首也载录了《屈原外传》，但他是把《外传》作为批评的对象来看待的。蒋骥因其“征实”的著书理念与其他楚辞学者不同，故而他的关注点不是《屈原外传》的文学性和悲剧色彩，而是质疑《屈原外传》中所载《九歌》的创作地点，进而指出《屈原外传》有臆测之嫌疑。

---

①周拱辰：《离骚草木史》，《续修四库全书》集部第1302册，上海古籍出版社2002年4月第1版，第104页。

②萧云从：《离骚图》，民国十六年（1927）武进陶湘刊《喜咏轩丛书》丙编本。

③蒋骥：《山带阁注楚辞》，《楚辞文献丛刊》第52册，国家图书馆出版社2014年7月第1版，第114页。

其次,沈亚之《屈原外传》中还有一段对于屈原形貌的描绘:“屈原瘦细美髯,风神朗秀,长九尺,好奇服,冠切云之冠。性洁,一日三濯缨。”[①]沈亚之对屈原形象的塑造主要是来源于屈原诗句,如“余幼好此奇服兮,年既老而不衰。带长铗而陆离兮,冠切云之崔嵬”(《涉江》);“高余冠之岌岌兮,长余佩之陆离”(《离骚》)。陈本礼《屈辞精义》于《离骚》“高余冠之岌岌兮”几句后“笺”曰:“《原外传》:‘原细瘦美髯,丰神秀朗,好奇服,冠切云之冠。’盖大夫本好修洁,而此又写得分外出色。既以自负,并以自矜。顾盼自恣,使旁观者不可耐此,已大不悦。”[②]陈本礼引用沈亚之《屈原外传》中对屈原外在形貌的描绘,证明屈原是内外兼修之人,特别注重外在形象,既有丰神朗秀的姿态,又有独具一格的穿戴,再加上他的特立独行,让“旁观者”看到了屈原既自负、自矜又自恣的样子,引发“不悦”之情绪,而这些正是招致祸患之由。

第三,沈亚之《屈原外传》中还记载了一段流传很广的传说:

> 王逼逐之,于五月五日遂赴清泠之水,其神遊于天河,精灵时降,湘浦楚人思慕,谓为水仙,每值原死日,必以筒贮米投水祭之。至汉建武中,长沙屈回白日忽见一人,自称三闾大夫,谓曰:“闻君常见祭,甚善,但所遗并蛟龙所窃。今有惠,可以楝树叶塞上,以五色丝转缚之,此物蛟龙所惮。”回依其言,世俗作糉,并带丝叶,皆其遗风。[③]

沈亚之这段文字的材料来源主要是晋代王嘉《拾遗记》和梁吴均《续

①蒋之翘:《七十二家评楚辞》,《楚辞文献丛刊》第27册,国家图书馆出版社2014年7月第1版,第37页。

②陈本礼:《屈辞精义》,《楚辞文献丛刊》第63册,国家图书馆出版社2014年7月第1版,第96页。

③蒋之翘:《七十二家评楚辞》,《楚辞文献丛刊》第27册,国家图书馆出版社2014年7月第1版,第38页。

齐谐记》。王嘉《拾遗记》卷十："屈原以忠见斥，隐于沅湘，披蓁茹草，混同禽兽，不交世务，采柏实以和桂膏，用养心神。被王逼逐，乃赴清泠之水。楚人思慕，谓之水仙。其神游于天河，精灵时降湘浦，楚人为之立祠，汉末犹在。"[①] 梁吴均《续齐谐记》："屈原五月五日投汨罗水，楚人哀之，至此日，以竹筒子贮米，投水以祭之。汉建武中，长沙屈曲忽见一士人，自云三间大夫，谓曲曰：'闻君当见祭，甚善。常年为蛟龙所窃。今若有惠，当以楝叶塞其上，仍以彩丝缠之，此二物蛟龙所惮。'曲依其言。今五月五日作粽并带楝叶五花丝，遗风也。"[②] 郑知同《楚辞考辨》在《屈原外传》篇末云："此传所采古籍，今多不存，惟区回见屈原节文，采自《续齐谐记》，本书尚完。"[③] 郑知同指出《屈原外传》所征引的古籍大多已经不复存在，只有区回见屈原的故事，摘自南朝梁吴均《续齐谐记》。

郑知同《楚辞考辨》在卷首不仅收录沈亚之的《屈原外传》，同时还为其中一些字句作了注，这在楚辞学史上极为少见。如郑知同在《屈原外传》"遂放而耕，吟《离骚》"后注云："此言采自《杂记》，亦以《离骚》作于既放之后。"[④] 郑知同据此指出沈亚之也认为《离骚》作于屈原被放逐之后，而不是被疏后作。郑知同在《屈原外传》"《江陵志》又载：原故宅在姊归，乡北有女媭庙，至今捣衣石尚存。时当秋风夜雨之际，砧声隐隐可听也"几句后按曰：

此说本出袁崧。《水经注》引袁云："屈原有贤姊，闻原放逐，

①王嘉：《拾遗记》，中华书局 1981 年 6 月第 1 版，第 235 页。

②吴均：《续齐谐记》，中华书局民国铅印本，第 5 页。

③蒋南华等：《郑知同楚辞考辨手稿校注》，贵州人民出版社 2004 年 5 月第 1 版，第 42 页。

④蒋南华等：《郑知同楚辞考辨手稿校注》，贵州人民出版社 2004 年 5 月第 1 版，第 40 页。

亦来归,喻令自宽。全乡人冀其见从,因名曰秭归县。县北有原故宅。宅之东北有女须庙,捣衣石犹存。秭与姊同。"本说甚详,然不可信。《尔雅翼》解秭归鸟已辨之,云屈原楚之近族,所谓昭屈景三闾者,何得居蜀?其放逐又在汨罗之间,姊亦何用归蜀?且秭从禾,非姊妹之姊。蜀之云安属县名秭归,正自蜀鸟所多以县名耳。此驳得之。是盖因屈子自述"女媭申詈"之文,秦汉已来或傅会秭归地名,讹传成说。不知屈原踪迹无由至蜀,乃诬其故家于此,终且放归。且名县之权,何得出自乡人?古今有是事乎?又考以屈子本文《抽思》篇云:'有鸟自南,来集汉北。'以鸟自况,可知屈子家于楚都之南。若在秭归,其地望当楚之西北矣。讵非显背?唯以女媭喻原在放逐时独可信。是指骚词缘放逐而作,犹古义也。[①]

郑知同此处以征实的眼光指出袁崧所说"秭归"之县名源于屈原之姊女媭,并不可信,并根据宋代罗愿《尔雅翼》证明秭归之名来源于蜀地的子规鸟。郑知同又根据《抽思》"有鸟自南,来集汉北",指出屈原是"以鸟自况",其故乡应在郢都之南,而非秭归。

有趣的是,以上载录《屈原外传》的很多楚辞学者在研究中都运用了直觉感悟法,且部分楚辞学者还把《屈原像赞》或《图记》置于卷首。为了清晰展示各家载录《屈原列传》《屈原外传》和《屈原像赞》或《图记》的情况,现列表如下:

序号	著作名称	《屈原列传》	《屈原外传》	《屈原像赞》或《图记》
1	蒋之翘《七十二家评楚辞》	√	√	×

①蒋南华等:《郑知同楚辞考辨手稿校注》,贵州人民出版社 2004 年 5 月第 1 版,第 41–42 页。

续表

序号	著作名称	《屈原列传》	《屈原外传》	《屈原像赞》或《图记》
2	陆时雍《楚辞疏》	√	×	√
3	贺宽《饮骚》	√	√	√
4	王邦采《楚三闾大夫赋》	√	√	√
5	蒋骥《山带阁注楚辞》	√	√	×
6	屈复《楚辞新注》	√	√	×
7	丁元正《楚辞辑解》	√	√	√
8	胡文英《屈骚指掌》	√	√	×
9	江中时《楚骚心解》	√	√	×
10	陈本礼《屈辞精义》	√	√	×
11	夏献云《屈大夫文》	√	√	√
12	郑知同《楚辞考辨》	√	√	×
13	佚名《楚辞宗旨》	√	√	×
14	高钟、丁繁滋《楚辞音韵》	×	√	×

从表中可以看出，运用直觉感悟法的楚辞学者如蒋之翘、王邦采、丁元正、胡文英、陈本礼和郑知同等，在著作卷首都载录了《屈原外传》，这是值得关注的现象。究其原因较为复杂，与楚辞学者的性格、经历、兴趣爱好和文化心理都有关系。如陈本礼作为扬州的藏书家，嗜古好奇，正如张曾在《江上读骚图歌》中说“广陵陈君好奇古，恨不与古为俦侣”。而其他运用直觉感悟法的楚辞学者，如鲁笔、董国英、方苞、贺际运、谢济世等，因著作的性质、选篇和编辑体例等原因未能载录《屈原外传》，如鲁笔《楚辞达》、董国英《楚辞贯》、贺际运《三益斋离骚注》等，仅选《离骚》一篇注解；又如贺贻孙《骚筏》属于诗话式的评论类著作，方人杰《楚辞读本》属于评点式的通俗读本，故而这些著作在编辑时未载录《屈原列传》和《屈原外传》。

值得注意的是，以上清代楚辞学著作都是在司马迁《屈原列传》之后载录沈亚之《屈原外传》，而有一部著作很特别，它在卷首未录《屈原列传》，而是单独载录沈亚之《屈原外传》。它就是高钟、丁繁滋《楚辞音韵》嘉庆五年（1800）春晖阁刻本。此书卷首包括朱栋《序》、高钟《原序》、《凡例》和《屈原外传》。这部楚辞音韵方面的著作不仅录有《屈原外传》全文，而且对其中的四十一个字作了注音，并不局限于韵脚字，主要用反切和直音。可惜的是，到目前为止，此书仅见上海图书馆存有藏本一部，且仅存不足三卷，至《九章·橘颂》“苏世独立，横而不”后全缺。因此，此书全貌不得而知，其不录《屈原列传》而仅录《屈原外传》的缘由亦不得而知。

由此可以看出，清代楚辞学者对沈亚之《屈原外传》的接受主要有两种情况，一个是赞赏并会心于沈亚之在《外传》中构建出的超现实境界，以蒋之翘、萧云从、周拱辰、陈本礼为代表；还有一种就是以蒋骥为代表，批评《屈原外传》中部分内容为没有根据的臆测之说。以第一种情况为多，大多数楚辞学者已经不满足于正史尤其是《屈原列传》传达的历史真实，而需要借助《屈原外传》，以及《屈原像赞》、《图记》一类的途径，建构出研究者和读者需要的，并能够共同感知的富有情境化和戏剧性的精神世界。

三、旷世同符、映照自身：郑知同的楚辞研究

郑知同（1831–1890），字伯更，一字伯庚。贵州遵义人。父亲郑珍是著名的经学大师、诗人、学者，与独山莫友芝并称为“西南巨儒”。郑知同受其父郑珍影响巨大，拥有深厚的学术根基，治学以许慎、郑玄为依归，造诣精湛深邃，小学成就尤高。郑知同的楚辞研究著作《楚辞考辨》，又名《楚辞通释解诂》，是一部熔考辨、分析、评价、鉴赏于一炉的，具有独到见解的楚辞研究专著。虽然是一部未竟手稿，但不论是形式

上的结构，还是内容上的义理、情感，甚至涉及到作者和读者的各个层面，都有较为精辟的论述。而且，它并没有采用逐句训解的旧注形态，而是以选注、通释的形式阐释楚辞《各篇》的旨意。

郑知同对屈原和《楚辞》推崇备至。郑知同在《九章·悲回风》篇后"通释"中指出屈原对杜甫的影响，他说："独杜子美许为英雄，才具有只眼。盖老杜一生心乎君国，不亚屈子。其自比稷契，以天下为己任，亦不异屈子。而流离困苦之际，不忘蒿目时艰，托之忼慨悲歌，以文章自圣，又宛然一屈子。惟其旷世同符，故能相喻而深契也。"[①] 杜甫《最能行》一诗中有"若道土无英俊才，何得山有屈原宅"的诗句，杜甫称赞屈原是旷世杰出的"英俊才"，由此郑知同说"独杜子美许为英雄"。杜甫确实多次在诗中表达作为屈宋异代知己之志意，如"羁离交屈宋"（《赠郑十八贲》）、"遥怜湘水魂"（《建都十二韵》）、"迟迟恋屈宋，渺融卧荆衡"（《送覃二判官》）。而且，杜甫在诗中经常把屈原作为学习的楷模，"窃攀屈宋宜方驾"（《戏为六绝句》其五）；"不必伊周地，皆知屈宋才"（《秋日荆南述怀》）。诚如刘勰《文心雕龙·辨骚》所云屈原"衣被词人，非一代也"，郑知同指出"窃比稷与契"的杜甫"又宛然一屈子"，二人是"旷世同符"，能够相知相契。郑知同揭示出了两位伟大的爱国诗人心灵意脉的融通。此"旷世同符"，我们可以具体理解为从屈原到杜甫，进而再到郑知同自己，形成了一条精神影响的链条，此即"旷世同符"在不同时代的共振发声。

郑知同研究、注解《楚辞》，可以说是对屈原精神认同的一种表现。郑知同生当道光、咸丰、同治、光绪四朝，遭逢乱世，国家衰微，社会动荡，自身辗转困顿。因此，郑知同研究楚辞，与他所处的时代和人生遭

---

①蒋南华等：《郑知同楚辞考辨手稿校注》，贵州人民出版社 2004 年 5 月第 1 版，第 190 页。

际有很大的关系。例如郑知同在《九章·惜诵》篇后“通释”曰:“若其情词之恳切,屈子是时离君日久,去国日远,悲愤日深,篇中且诉且辩,谙谙款款。至今读之,哽咽酸楚如闻其声。故其词旨视《骚》经为愈迫急,音节亦倍增凄紧。惜乎顷襄无异怀王,终不为动,可哀也哉!”[①]郑知同从分辨情感和音节入手指出从《离骚》到《惜诵》的变化,如果没有“旷世同符”的精神共振,是很难做到“哽咽酸楚,如闻其声”的。

屈原生平和《楚辞》作品的创作时间是楚辞历史学的重要论题。《楚辞考辨》卷首第二篇《屈原传注》,是郑知同为司马迁《屈原列传》所作的注解。郑知同在《屈原传注》开篇即指出:“屈子作骚之时,与其意指,毕具史迁《传》中。今欲解骚,当先究《传》。故详说之。”[②]司马迁《史记·屈原列传》是现存最早的有关屈原生平的史料,是研究屈原生平事迹的最重要的依据。郑知同不仅置《屈原列传》于卷首,还旁征博引,对《屈原列传》加以详注。郑知同在注中引用的文献主要有:春秋时期左丘明《春秋左氏传》;西汉司马迁《史记·楚世家》《史记·张仪列传》《史记·太史公自序》《报任安书》;东汉班固《汉书·艺文志》、王逸《楚辞章句》、南朝梁代刘勰《文心雕龙》、南朝刘宋裴骃《史记集解》、唐代司马贞《史记索引》、张守节《史记正义》等十几种。郑知同通过屈原本传、屈原外传等文献对屈原的生平事迹进行了重构,尤其是用《史记·楚世家》和《张仪列传》对《屈原列传》进行了细致的互参考证。例如郑知同按云:“怀王受欺于秦事,并详在《楚世家》与《张仪传》,《原传》止约举其要。且原所以进谏者,亦不仅此。当条

①蒋南华等:《郑知同楚辞考辨手稿校注》,贵州人民出版社 2004 年 5 月第 1 版,第 152 页。

②蒋南华等:《郑知同楚辞考辨手稿校注》,贵州人民出版社 2004 年 5 月第 1 版,第 17 页。

列彼文,其事乃悉。”[①] 于是,郑知同详细罗列了《史记·楚世家》和《张仪列传》中关于此事的记述,然后总结说:“今据史文,互详若是。如《原传》与《世家》明屈子反自齐,常谏怀王,使追杀张仪于既出之后;如《仪传》则原已先谏王,破其邪说于未去之前,可知屈子谏君固不一而足。盖是时原虽不在位,而使齐约从,犹与闻国事也。比反时能谏王,王犹或开悟,是犹未禁绝之,未甚恶之也。屈子怨望亦未甚深,故尚非作《骚》之日。”[②] 郑知同在《屈原传注》中强调屈原与楚国形势之间的关系,对屈原的生平经历、《离骚》的创作时间以及《九章》的创作时地等问题的看法,大多建立在此篇注文的基础上。尤其郑知同认为屈原在怀王入秦前即被放逐,而屈原从始疏到绌再到放逐,不少于二十年,《离骚》是作于屈原被放逐之后。

郑知同注解《九章》,既有考论,也有赏析,多的有上千字,而且大多都是他自己的独到见解,可谓一篇篇独立之专论,是这部书的精华之所在。首先,郑知同解《九章》最重要的特点即运用贯通对比法,从文辞语气的角度细致分析各篇之间的关联和区别,细致呈现了屈原从流放、求反故都,以至自沉的精神演变轨迹。《惜诵》作为《九章》的第一篇,在内容、组织和布局等方面确实与《离骚》有一定的联系。对此,郑知同的认识和观点是很明确和细致的。郑知同在《九章·惜诵》篇后“通释”曰:“此章首承《骚》经。大要约《骚》之旨,而以促节写之。《离骚》之作,欲以感悟怀王。《九章》则欲以感悟顷襄。然所以诉于顷襄者,不外作《骚》之事。章末言‘恐情质之不信’,故‘重著以自明’。此

①蒋南华等:《郑知同楚辞考辨手稿校注》,贵州人民出版社 2004 年 5 月第 1 版,第 19 页。

②蒋南华等:《郑知同楚辞考辨手稿校注》,贵州人民出版社 2004 年 5 月第 1 版,第 23 页。

自点明题旨，为重绎《骚》词也。然《骚》经大篇，无意不有。此章只及《骚》中三事。”[①]郑知同指出《惜诵》篇是重新演绎《离骚》之旨，具体来说主要有三件事：

> 前半痛陈君之蔽谗，邪之害正，以讼己之忠诚冤抑。其词缠绵往复，与《骚》前数节同一结撰。惟恐君终不信，故质之天地鬼神，《骚》经“指九天以为正”之意。至此提作纲领，此一事也。
>
> 中间托言占之厉神，神告以群小惑君。无可如何，因自诘怪。从前犯难危身，到今犹不自惩，非特庸流不可合，即向之协力以事君者，亦无不以己为戒。骇遽离心，己适成介然孤立。亦是依《骚》经假设一占之灵氛，再决之巫咸，皆导以国无人知，不如远求贤臣明主，别图遇合。己亦目击谗谄日深，众贤改节，不可久留。此一事也。
>
> 末以不容枉道干君，与去之他国，亦不能背道而驰，终取喻于众芳自保作结。又申明《骚》经入后众香皆变，惟己之芬芳未沬。非不可远适列邦，究之欲周流绝域，终不离心系故都，此一事也。[②]

郑知同敏锐地注意到了《惜诵》与《离骚》在结构组织方面的相同点，这和现如今《离骚》结构的三大段说有不谋而合之处。郑知同又总结说：“盖屈子自放逐以来，所为悲歌忼慨者，无非忠不可伸，行不可亏，国不可去，三大端事，朝夕耿耿于中。《离骚》词繁不杀，苦以自明。《九章》亦百变不离其宗。此章上接《骚》词，下开诸作，故特举此三

①蒋南华等：《郑知同楚辞考辨手稿校注》，贵州人民出版社 2004 年 5 月第 1 版，第 151 页。

②蒋南华等：《郑知同楚辞考辨手稿校注》，贵州人民出版社 2004 年 5 月第 1 版，第 151–152 页。

者，再申演之。其所以异《骚》者，通篇皆对新君诉往事，无非追述之词尔。”①郑知同精要地总结出屈子作品中的“三大端事”，即“忠不可伸，行不可亏，国不可去”，不管是《离骚》还是《九章》都“百变不离其宗”，并准确地指出了《惜诵》在《离骚》与《九章》其他篇章之间的过渡性质。

其次，郑知同特别注重《九章》相关篇章的关联和对比分析。例如郑知同在《思美人》篇后“通释”曰：“《九章》自《抽思》以前，犹欲结情上达，冀君或悟而还己。至《怀沙》末言‘进路北次’，如日将暮，始露出反国无期。此章‘媒绝路阻’‘言不可贻’，乃发为绝望之词。盖不特身不可反，并言亦不可通。所以作此两篇时，始定死志也。……然深入此层，始将不能反国之故，说得更无商量矣！看他波澜层折，开阖动荡，节节相生，真令人寻味不尽。《九章》惟此极委曲之致。若其与上篇(欣按：即《怀沙》)皆递到死义作收，见得至此不可不死，犹非正面文字，下两章(欣按：即《惜往日》和《悲回风》)乃专述沉身事也。”②郑知同从文辞语气的角度指出《思美人》是始定死志的绝望之词，与《怀沙》大约同时，而到了《惜往日》和《悲回风》才正面写自沉。又，郑知同在《九章·哀郢》篇后“通释”云：“此章与上《涉江》同叙去国远窜，诸所涉阅之境，而有不同。上章只叙南迁，此章远从初放时叙起。盖上章以己身之居非其地作主，独及近事。此章以处处回思君国作主，见去国时已然。故上篇叙地，句句道着自己；而此篇叙地，句句陪着郢都。……若其行文，《九章》虽各分柱意，而亦多添设波澜。独

①蒋南华等：《郑知同楚辞考辨手稿校注》，贵州人民出版社2004年5月第1版，第152页。

②蒋南华等：《郑知同楚辞考辨手稿校注》，贵州人民出版社2004年5月第1版，第173–175页。

此篇一意到底，不旁及他事，结构最为明著。”[①]郑知同此段论述透彻又明晰，指出了《九章》各篇的命意和内在理路。郑知同在《九章·抽思》篇后“通释”云：“盖上篇（欣按：指《哀郢》）是无地不思，此篇见无时不思，又所以立异也。且其前后措词用意处，尤当细详。”[②]郑知同指出《九章》中相邻的两篇，即《哀郢》和《抽思》的创作时间差不多，然各自措辞和用意还是有差别，应该仔细揣摩。

郑知同解《九章》最重要的特点即运用贯通对比法，从文辞语气的角度细致分析各篇之间的关联和区别，细致呈现了屈原从流放、求反故都，以至自沉的精神演变轨迹。对于《九章》的创作时间，郑知同说：“余谓《九章》非一时所成。自此（欣按：指《哀郢》）以上，并不及舍生一言。此章尚处处思归，下章（欣按：指《抽思》）犹望君感悟，至《怀沙》、《思美人》始道出死事，又作《惜往日》、《悲回风》，而后沉渊。其间不知更经阅几时。恐屈子之死，是后犹有历年也。”[③]郑知同所云“《九章》非一时所成”已成为学界共识。而且，郑知同在《九章》的注释的过程中，很多地方都流露出了自己的情志，使得一些注解在论说的同时又表现出一些内在的生命意识。如他在《涉江》篇后“通释”云：“此章自纪南迁以来所历行程，以至见在身居荒野之苦。适是第二篇位置。大凡孤臣孽子，触物伤怀。虽值韶光淑景，犹且看花溅泪，闻鸟惊心。何况时届穷冬，远投昏垫，中间荒郊晏岁一节，真含无限悲凉。

①蒋南华等：《郑知同楚辞考辨手稿校注》，贵州人民出版社 2004 年 5 月第 1 版，第 160 页。

②蒋南华等：《郑知同楚辞考辨手稿校注》，贵州人民出版社 2004 年 5 月第 1 版，第 163 页。

③蒋南华等：《郑知同楚辞考辨手稿校注》，贵州人民出版社 2004 年 5 月第 1 版，第 160–161 页。

允推后世叙述边愁之祖。”[①] 郑知同这段分析细腻精到，对《涉江》篇展现出的屈原境况和心理的分析入木三分，对启发引导读者深入体会诗情文心颇有助益。《涉江》篇中的景物描写确实和屈子的思想感情融合得极好，无怪乎钱钟书先生指出《涉江》中的一些诗句，以及《湘夫人》和《悲回风》中的一些诗句，“开后世诗文写景法门，先秦绝无仅有”。[②] 又如，郑知同在《九章·抽思》篇后“通释”曰：“然我初时独何乐进此逆耳之言，如毒荼之瞑眩苦口哉！终始欲保全君国，以补衮职也，非独自信为然。凡我所为，迫欲致君以帝王之规模，辅以彭咸之法度，极于无所不至者，固已久扬于外，远闻而不亏矣。从古‘善不由外来’，‘名不可虚作’，迄今实至名归，如施之有报，如耕之有获。岂非己之忠诚，人所共鉴？何独吾君究竟不悟，至于斯极乎！”[③] 此段论说具有强烈的抒情性，不乏映照自身的激切之语。

综上所述，郑知同注解《楚辞》毫不遮掩其个人的情绪反应，这是偏向个体性的读者反应，推究其注书和评论的终极理念，仍在以读者之心体验作者之情志。由此，郑知同以自己的生命体验与屈原的心灵世界相映照，在“旷世同符”的了解同情中参照并得以净化。

①蒋南华等：《郑知同楚辞考辨手稿校注》，贵州人民出版社 2004 年 5 月第 1 版，第 155–156 页。

②钱钟书：《管锥编》，生活·读书·新知三联书店，2007 年 12 月第 1 版，第 936 页。

③蒋南华等：《郑知同楚辞考辨手稿校注》，贵州人民出版社 2004 年 5 月第 1 版，第 165 页。

第四章　清代楚辞文学研究的特点和成就

清代很长一段时间严谨征实的学术环境并不适合文学研究的发展，然而，依然有部分楚辞学者能够跳出汉宋之束缚，站在前代《楚辞》文学阐释的高度，将《楚辞》的文学研究引向纵深发展的境界，在《楚辞》文学艺术的揭示、审美内涵的发掘、体制风格的辨析、创作技巧的总结等方面都取得了卓越的成就。清代楚辞学总体呈现出来的理论视野、审美意识与批评方法，均甚为可观。肇始于晚明的《楚辞》评点，明显有别于传统经学范畴的注疏，其旨归在对《楚辞》文学特质的阐发。到了清代，《楚辞》评点的批评方式已经深入人心，而此期《楚辞》文学研究方面的成绩也多归功于评点类著作。

第一节　清代《楚辞》评点概况

评点是我国传统的且独具特色的文学批评样式。南宋以来诗话诗论的勃兴，为诗文评点艺术规律的探索提供了理论基础。明代空前兴盛的评点之风，积累了很多艺术形式分析和鉴赏的经验。龚鹏程先生指出评点“是中国人讨论文学作品时的一种方法，从宋朝晚期逐渐定型，经过明朝几位批评大将的推衍，至清即成为普遍讨论文学的方法”。[①] 在楚辞学领域，黄灵庚先生曾指出：“明、清学人于传本《楚辞》所作圈点、批注，极有学术价值。”[②] 然而，相比于明代的楚辞《评点》研究而言，清代的《楚辞》评点研究还没有引起学人的广泛注意和足够重视，可以说几乎仍停留在起步阶段。本节笔者在大量文献调研的基础上，从清代《楚辞》评点的界定和版本入手，对清代《楚辞》评点的评点形态和特点成就作初步的探研，希望能够以此作为引玉之砖，引起更多研究者的关注。

一、清代《楚辞》评点著作的界定和版本

《楚辞》评点是附着在《楚辞》文本中的篇幅相对简短而零散的文学批评。相比于其他批评样式，至少有两个基本特征：一是既有评论，又有圈点；二是必须附着于《楚辞》文本。因为评点的文本形式是随文笺评，评点和被评点的文本是如影随形的关系，所以可独立于文本之外的诸如诗话类的传统评论，如贺贻孙《骚筏》、方东树《昭昧詹言》等不能称之为《楚辞》评点。然而，清代楚辞著作中有很多都是既有注释又有评点的，故而我们很难清晰界定哪些属于评点类著作，哪些不属于评点类著作。尤其对于像《楚辞》这样年代久远的经典作品，没有注释的评论未免架空，而很多注释又不可避免地夹杂着注释者的感悟和形式技巧的分析。所以，对于有一些楚辞学著作，我们不能强行的区分单纯的注释还是评论。张伯伟先生在《中国古代文学批评方法研究》中提到一种折中的解决办法，他说：“在后世的评点书中，往往有将注释与评点相结合者。……注释的成分偏多，即为注本。评论的

①龚鹏程：《文学批评的视野》，华中师范大学出版社 2011 年 3 月第 1 版，第 229 页。
②黄灵庚：《楚辞文献丛刊》第 1 册，国家图书馆出版社 2014 年 7 月第 1 版，第 3 页。

成分偏多,则为评本。”[①] 因此,我们把清代楚辞著作中既有评论,又有圈点,且评论的成分偏多的著作界定为清代《楚辞》评点著作。我们所说的“评论的成分”,包括注重概括章旨节意、引用前人评论、分析作品的形式技巧、主观鉴赏评析、指导读者阅读方法等方面。

按照这样的界定方法,清代《楚辞》评点的文献类型可以分为以下两大系统:

(一)楚辞学专门著作。主要的刊刻本有:郑武《离骚论文》康熙三十四年(1695)寄梦堂刻本;林云铭《楚辞灯》康熙三十六年(1697)挹奎楼刻本;徐焕龙《屈辞洗髓》康熙三十七年(1698)无闷堂刻本;朱冀《离骚辩》康熙四十五年(1706)绿筠堂刻本;吴世尚《楚辞疏》雍正五年(1727)尚论堂刻本[②];谢济世《离骚解》乾隆六年(1741)《梅庄杂著》刻本等[③];林仲懿《离骚中正》乾隆十年(1745)世锦堂刻本;鲁笔《楚辞达》乾隆三十一年(1766)见南斋刻本、嘉庆九年(1804)师范辑《二余堂丛书》本、光绪九年(1883)章世臣重印《二余堂丛书》本;方人杰《楚辞读本》乾隆三十七年(1772)世春堂刻本;张德纯《离骚节解》乾隆五十年(1785)梓州郡署刊朱墨套印本[④];江中时《楚骚心解》乾隆五十二年(1787)刻本;董国英《楚辞贯》道光二十五年(1845)博川正谊斋刻本;黄恩彤《离骚分段约说》民国三年(1914)《知止堂

①张伯伟:《中国古代文学批评方法研究》,中华书局2002年5月第1版,第564页。

②按:吴世尚《楚辞疏》有雍正五年(1727)尚论堂刻本、尚友堂刻本两种,且两种均有四册本、六册本。笔者比较这两种本,实为同一版,仅在封面处有“尚有堂”和“尚论堂”之区别。

③按:谢济世《离骚解》版本较多,本文所据为乾隆六年(1741)《梅庄杂著》刻本。

④按:此本有朱笔眉批,朱墨二色套印精美。比之康熙五十三年(1714)读书松桂林刻本,增加了何焯《文选》评点的相关内容。又按:张德纯与何焯是年龄相仿的好友。

全集八种副编五种》本；毕大琛《离骚九歌释》光绪十八年（1892）补学斋刻本；佚名《楚词选》钞本[①]等。

这一类著作实际上还包括很多具名和佚名的评点本，如浙江图书馆藏清谭献圈点《楚辞补注》同治金陵书局翻刻汲古阁本、国家图书馆藏佚名批注李陈玉《楚辞笺注》康熙十一年（1672）魏学渠刻本、国家图书馆藏佚名评点姚培谦《楚辞节注》乾隆刻本、上海图书馆藏佚名评点姚培谦《楚辞节注》乾隆五十七年（1792）刻本[②]、上海图书馆藏奚禄诒校、胡韫玉批校朱冀《离骚辩》康熙四十五年（1706）刻本、复旦大学图书馆藏王引之评点《楚辞补注》宝翰楼翻刻毛氏汲古阁本、广东省立图书馆藏谢叶辰《离骚经批点》道光三十年（1850）钞本、国家图书馆藏佚名圈点王闿运《楚辞释》光绪刻本等。在已佚的清代楚辞学著作中，如蒋炎光《楚词评》、郭启悊《离骚评点》、赵诚品《读骚集评》等，这些著作的内容虽然已经看不到了，但是仅从题目来看，也明显属于《楚辞》评点类著作。

（二）古文选本著作。首先就是清代《文选》学著作，此前这部分著作在楚辞学界一直未能引起注意，直到2014年黄灵庚先生主编的《楚辞文献丛刊》收录了二十一种《文选》学著作，才使得这些著作真正进入学人的视野。按照前文对于《楚辞》评点的界定，这一类著作的主要代表有：方廷珪《昭明文选集成》乾隆三十二年（1767）仿范轩刻本、于光华《重订文选集评》乾隆三十七年（1772）刻本、张道绪《文选·屈子选》嘉庆十六年（1811）人境轩自刊《文选十三种》本、梁夔谱《古赋首选》同治八年（1869）梁镜古堂刻本

①按：此本上海图书馆藏，全书无序跋、目录、凡例之类，有眉批、旁批、朱笔圈点。

②按：此本有朱笔圈点眉批，墨笔眉批，还有蓝色圈点眉批，从笔迹来看，评点者至少有三位。

等[1]。其中,方廷珪《昭明文选集成》极为重视《楚辞》作品,他认为《离骚》是词赋之祖,故而把“骚”类目从《文选》旧序卷二十一移至全书卷一卷二的位置,卷一“骚上”选录《屈原全传》和《离骚》;卷二“骚下”选录《九歌》六首、《涉江》、《卜居》、《九辩》五首、《招魂》、《招隐士》,选录《楚辞》作品凡十六篇。于光华《重订文选集评》是辑录前人《文选》注和选学成果最完备的著作。该书卷八“骚”类中录屈原《离骚》、《九歌》六首(《东皇太一》《云中君》《湘君》《湘夫人》《少司命》《山鬼》)、《九章》一首(《涉江》)、《卜居》、《渔父》,宋玉《九辩》五首、《招魂》,刘安《招隐士》,选录《楚辞》作品凡十七篇。张道绪《屈子选》在其所编《文选》卷十七和卷十八,选录《离骚》《九歌》《天问》《卜居》《渔父》《招隐士》,均是他所认为的屈原作品,故而称之为“屈子选”。梁夔谱《古赋首选》卷帙不多,仅选屈原《离骚》和庾信《哀江南赋》共两篇。

此外,古文选本著作中占较大比重的是桐城派的古文选本评点著作。桐城派重辞章,很多古文大家都身体力行地投入到古诗文的评点中来,“使桐城派形成了一个庞大的评点文学集团,成为清代中后期文学评点方面一个重要的力量”[2],亦构成了《楚辞》评点一脉相承的重要系列。具体来说,主要代表著作有:姚鼐《古文辞类纂》、梅曾亮《古文词略》[3]、吴汝纶《古文辞类纂评点》和曾国藩《经史百家杂

①按:梁夔谱《古赋首选》版本较多,本文所据为上海图书馆藏同治八年(1869)梁氏镜古堂家刻本。

②孙琴安:《中国评点文学史》,上海社会科学出版社1999年6月第1版,第270页。

③按:梅曾亮《古文词略》的版本主要有:同治六年(1867)合肥李氏刻本、光绪二十五年(1899)成都志古堂刻本、光绪三十一年(1905)京师宏道学社铅印本(题为《古文词略读本》十四卷)。

钞》[1]。姚鼐《古文辞类纂》的版本极为复杂,在姚鼐生前未曾刊刻,仅以钞本的形式流布,后来有嘉庆康绍镛刻本、道光吴启昌刻本、光绪求要堂本等,之后在此三种本子的基础上又出了很多覆刻本、诸家评注本,其中就包括吴汝纶的《古文辞类纂评点》[2]。因此,姚鼐《古文辞类纂》可以说是桐城派古文评点的源头性著作。姚鼐《古文辞类纂》"辞赋类"收录屈原《离骚》《九章》《远游》《卜居》《渔父》,宋玉《九辩》《招魂》和景差《大招》等,"哀祭类"收录屈原《九歌》和贾谊《吊屈原赋》。[3]梅曾亮《古文词略》卷十八"词赋类"收录屈原《离骚》、《九章》(选五)、《卜居》、《渔父》、宋玉《九辩》(前四首)、《风赋》等;卷十七"哀祭类"收录屈原《九歌》(录七首)和宋玉《招魂》。曾国藩《经史百家杂钞》"词赋之属"收录屈原《离骚》《九歌》《九章》《卜居》《远游》和宋玉《九辩》,"哀祭之属"收录宋玉《招魂》。可见,桐城派各家对于《楚辞》作品的选编在大同中有小异,都是在姚鼐《古文辞类纂》分类的基础之上,基于各自的古文观念和编辑理念选编不同的作品。

从清代《楚辞》评点著作的两大文献类型来看,它们的著述目的明显不同,楚辞学专门著作重在研究,而古文选本著作重在普及。从以上所列现存清代《楚辞》评点著作的总量来看,约占现存清代楚辞学著作的五分之一以上。从以上所列各《楚辞》评点著作的初刊时间来看,清代《楚辞》评点活动集中在康熙、乾隆到嘉庆时期,并且经由桐城派文人的评点实践,一直持续到清末。

---

①按:曾国藩《经史百家杂钞》的版本很多,较早的有:光绪二年(1876)传忠书局刻本、光绪十四年(1888)上海鸿文书局铅印本、光绪三十二年(1906)上海商务印书馆铅印本。

②此书版本复杂,较有特色的版本有清宣统二年(1910)热心爱国草庐刻本,题为《五色评点古文辞类纂真本》七十五卷,十二册,香港中文大学有藏。

③按:宋玉《招魂》和景差《大招》,道光吴启昌刻本入"哀祭类"。

二、清代《楚辞》评点的评点形态和圈点符号

明代的《楚辞》评点，发展到天启年间蒋之翘的《七十二家评楚辞》达到顶峰，从评点形态到评点内容都已经相对成熟，展现出了集卷首总评、眉批、夹批、篇末总评于一体的立体式评点格局，以及评、注、音等多种内容融合并存的评点构成情况。[1] 从清代《楚辞》评点的整体形态来看，并不是整齐划一的，而是根据不同评点者的学术观念和批评旨趣，呈现出多元化的评点形态。评点形态是由具体的形式要素构成，因而为了直观展现清代《楚辞》评点的形式要素，现就笔者所亲见的 22 种《楚辞》评点著作列表如下：

著作类型	作者及著作	眉批	夹批	旁批	总评
楚辞学专门著作	郑武《寄梦堂屈子离骚论文》	○	○	×	○
	林云铭《楚辞灯》	×	○	○	○
	徐焕龙《屈辞洗髓》	○	○	×	○
	朱冀《离骚辩》	×	○	×	○
	吴世尚《楚辞疏》	○	○[1]	×	○
	谢济世《离骚解》	○	○	×	○
	林仲懿《离骚中正》	×	○	×	○
	鲁笔《楚辞达》	○[1]	○	○	×
	方人杰《楚辞读本》	○	×	○	○
	江中时《楚骚心解》	○	○	×	○
	董国英《楚辞贯》	○	○	○	○
	谢叶辰《离骚经批点》	○	○	○	○
	黄恩彤《离骚分段约说》	○	○	×	○

①参阅罗剑波：《明代〈楚辞〉评点研究》，复旦大学 2008 年度博士学位论文。

②按：吴世尚《楚辞疏》的夹批非双行小字，而是单行小字。

续表

著作类型	作者及著作	眉批	夹批	旁批	总评
楚辞学专门著作	毕大琛《离骚九歌释》	○	○②	○	○
	佚名《楚词选》	○	×	○	○
古文选本著作	方廷珪《昭明文选集成》	×	○	×	○
	于光华《重订文选集评》	○	○	○	○
	张道绪《文选 · 屈子选》	×	○	○	○
	姚鼐《古文辞类纂》	○	○	×	○
	梅曾亮《古文词略》	○	○	×	×
	曾国藩《经史百家杂钞》	○	○	×	×
	梁夔谱《古赋首选》	○	○	○	○

（按：以上著作均以初刊本为标准标注其评点形态）

在以上22种《楚辞》评点著作中，有眉批的17种，有夹批的20种，旁批的10种，有总评的19种。可见，清代《楚辞》评点使用最多的评点形态是夹批和总评。这体现了一个变化，即由明到清《楚辞》评点在评点形态使用上的不同倾向，明代《楚辞》评点运用的最普遍的是眉批加总评，而到了清代《楚辞》评点变成了夹批加总评的方式，且夹批大多兼有夹注的功能，这与清代崇实黜虚的学术风气有很大关系。

置于页眉之上的评语称为“眉批”或“眉评”，它以简洁、轻便为特征，随感而发，随手批抹，有着强烈的感悟性和随意性。在字数方面，“眉批”可长可短，少则一二字，多则几十甚至上百字。在楚辞学专门著作中，眉批的内容涵盖甚广，有的就文中的具体字词进行评说，有的

①按：鲁笔《楚辞达》只有乾隆见南斋刻本有眉批，至嘉庆师范辑《二余堂丛书》本已无眉批，光绪章世臣本是以《二余堂丛书》为底本重印，故亦无眉批。

②按：毕大琛《离骚九歌释》光绪十八年（1892）补学斋刊本夹批非双行小字，而是单行小字。

对相关文句或文段进行批评，有的选辑前人评语，并就整章或全篇来进行品评，还有的用来音释校勘等。徐焕龙《屈辞洗髓》一书的评点精华主要在眉批，内容以谈文论艺为主，如《大司命》首章“广开兮天门，纷吾乘兮玄云。令飘风兮先驱，使涷雨兮洒尘”眉批曰：“云乘非风不速，风尘必雨清之，词家针线之祖。”① 又如，《少司命》“入不言兮出不辞”句眉批曰：“独目成，‘生别离’，皆儿女情柔话，忽间‘入不言’二句，抑何英雄气劲。”② 郑武《寄梦堂屈子离骚论文》的眉批内容丰富，有的直接点明“章法”“句法”“字法”“奇句”“秀句”，有的简要标出风格，如“健举”“峭拔”“秀泽”“凄婉”“高爽”“清旷”“悲壮”“妍秀”“凄凉”等；有的直接引用诗句，如《涉江》“下幽晦以多雨”句眉批曰：“焚香永夜愁难梦，人在西窗暮雨中”③；又如《离骚》“济沅湘以南征兮”句眉批曰：“亲朋尽一哭，鞍马去孤城”④，直接引用杜甫五律《送远》诗句。

在古文选本著作中，“眉批”最重要的功能是选辑前贤评语。于光华《重订文选集评》中《楚辞》集评部分的评语共计 92 条，其中眉批 73 条，总评 19 条。眉批选辑前贤数量前三的是清代何焯评语 22 条，明代孙鑛评语 19 条，清代方廷珪评语 15 条，这三家都称是影响较大

①徐焕龙：《屈辞洗髓》，《楚辞文献丛刊》第 48 册，国家图书馆出版社 2014 年 7 月第 1 版，第 475 页。

②徐焕龙：《屈辞洗髓》，《楚辞文献丛刊》第 48 册，国家图书馆出版社 2014 年 7 月第 1 版，第 480 页。

③郑武：《寄梦堂屈子离骚论文》，《楚辞文献丛刊》第 47册，国家图书馆出版社 2014 年 7月第 1版，第 127页。按：陈子龙《西湖漫兴》中有“焚香永夜愁难梦，人在西陵风雨中”句。

④郑武：《寄梦堂屈子离骚论文》，《楚辞文献丛刊》第 47册，国家图书馆出版社 2014 年 7月第 1版，第 60页。

的明清《文选》学名家。梁夔谱《古赋首选》之《离骚》的“眉批”是该书最重要的部分，一方面选辑了孙鑛、林云铭、何焯、李光地、朱冀、浦起龙、屈复、方廷珪等人的评语，另一方面在引用前贤之后，在眉批中又以“按语”的形式表达自己的观点。

“旁批”一般在句右，因圈点亦在句右，故而受制于狭小空间和品评范围的制约，一般来说较为短小。“一般而言，在文学评点中，旁批大多是被用来作为补充其他评点形式所没有涉及到内容的手段来使用的。在明代《楚辞》评点中，旁批的使用情况稍显复杂，具体而言，则是旁批被赋予了多方面的内容，并且随着《楚辞》评点的发展，这些内容也在发生着相应的变化”。[①] 清代《楚辞》评点著作中“旁批”的功能得到了更大的拓展，包括音释、句法、字法、笔法、风格等。比如林云铭《楚辞灯》的旁批均用以音释，如《湘夫人》“目渺眇兮愁予”之“予”字右侧旁批曰：“叶与”，“嫋嫋兮秋风”之“嫋”字旁批曰“音鸟”，“与佳期兮夕张”之“张”字旁批曰：“去声”。[②] 方人杰《楚辞读本》全书均没有夹批，然其旁批数量惊人，是该书最重要的评点形态，也是方氏谈文论艺的主要载体。如方氏在《离骚》“余既滋兰之九畹兮”旁批曰：“又自叙起愈缓愈婉”；“苟余情其信芳”旁批曰：“提倒句法”；“阽余身而危死兮”四句旁批曰：“进则身危，退则君危，至此方迫切言之，急节中笔笔咽住”。[③] 相比于方人杰《楚辞读本》，鲁笔《楚辞达》和董国英《楚辞贯》旁批文字不算多，主要点明字法、句法和笔法，以鲁笔《楚辞达》为例，《离骚》“谣诼谓余以善淫”旁批曰：“二字刻画”，“悔相道之不察

①罗剑波：《明代〈楚辞〉评点研究》，复旦大学 2008 年度博士学位论文，第 63 页。

②林云铭：《楚辞灯》，《楚辞文献丛刊》第 45 册，国家图书馆出版社 2014 年 7 月第 1 版，第 519 页。

③方人杰：《楚辞读本》，清乾隆三十七年（1772）世春堂刊《庄骚读本》本。

兮”旁批曰:“转笔不测”,“延伫乎吾将反”旁批曰:“顿挫得妙”。[①]文字颇为简洁。

“总评”这一评点形式在明代《楚辞》评点中出现较早。“与其他评点形式相比,卷篇末总评亦有着重要的作用,因为它正好弥补了由卷首总评评论范围过大,文中眉批、旁批所论范围又较小所带来的缺失,而由此它也就成为了评点系统中不可缺少的重要一环。”[②]相比于明代《楚辞》评点来说,清代《楚辞》评点的“总评”在评语数量上呈现大幅度缩减的态势。而且,两大文献系统的《楚辞》评点著作“总评”在内容上有差别,楚辞学专门著作的总评既有原创的,也有选辑前人评语的;而古文选本著作基本沿袭明代以来的《文选》评点著作的“总评”模式,大多都是选录前贤评语,在评语数量上亦大幅度减少。明代蒋之翘《七十二家评楚辞》仅卷首“总评”即胪列多达45位评家的62条评语,仅屈原作品即从卷一《离骚》到卷五《渔父》,总评数量已经超过百条评语,内容颇为丰赡。然而,清代《楚辞》评点著作的评语数量远不及明代《楚辞》评点著作。张道绪《屈子选》全部作品的卷首总评和卷末总评加起来只有三十余条,于光华《重订文选集评》中《楚辞》部分“总评”不及二十条。郑武《寄梦堂屈子离骚论文》一书每卷卷首题下的位置均有总评,如卷五《九歌》卷首总评列有李贺、冯觐、陈仁锡、陈继儒、蒋之翘、张锐、孙鑛7家评语,而这在该书凡十卷中已经是评语数量最多的卷首总评了。

除了以上几种常规的评点形态之外,还有一种较有特色、属于非

①鲁笔:《楚辞达》,《楚辞文献丛刊》第49册,国家图书馆出版社2014年7月第1版,第467页。

②罗剑波:《明代〈楚辞〉评点研究》,黄霖指导,复旦大学2008年度博士学位论文,第64页。

常规的评点形式，即“读法”。“读法”主要是以条目式的文字、发散的视角和自由的叙述方式，来表达评点者欲向读者指明的阅读门径，以及自己对于所评作品的看法。在清代《楚辞》评点著作中，具有代表性的“读法”是郑武《读屈子离骚论文法》、林仲懿《读离骚管见》和鲁笔《见南斋读骚指略》三种。郑武《读屈子离骚论文法》在其《寄梦堂屈子离骚论文》卷二，凡九条，其中第二条说：“孟子有曰：‘说诗者不以文害辞，不以辞害志，以意逆志，是为得之。’此千古读诗之法也，吾请移以读《骚》。”[①] 第三条说：“读《骚》不可玩其音声，而遗其意义。盖《骚》以音声胜，而其意味深长，最宜潜玩，非好学深思、心知其故者不能读也。”[②] 因《楚辞》作品“意味深长”、义理精微，郑武指导读者要运用“以意逆志”和深思探究的方法来阅读。林仲懿《读离骚管见》在其所著《离骚中正》卷首，凡九条。首条主要说明该书名“中正”之缘由：“《离骚》读本，题之以‘中正’何也？此屈子之大旨也，特为拈出，知此，而《离骚》之义，便可迎刃而解。”[③] 从林仲懿对该书性质的认识即“读本”来看，此书确实有示初学以阅读门径之目的，而命名为“中正”之故，林仲懿认为这二字正是《离骚》之“大旨”。鲁笔《见南斋读骚指略》在《楚辞达》之卷首，先是《总论》凡十条，后面是众多“分论”，包括篇章、段落、气脉、神吻、章法、笔法、句法、字法、骨法、辞法、补法、过文法、倒掉法、隔类相照法、移步换形法、兮字法、虚字法、从古韵，共十八个分论，三十七个条目，可以称得上清代《楚辞》评点中最为丰赡繁复的“读法”

①郑武：《寄梦堂屈子离骚论文》，《楚辞文献丛刊》第 47 册，国家图书馆出版社 2014 年 7 月第 1 版，第 28 页。

②郑武：《寄梦堂屈子离骚论文》，《楚辞文献丛刊》第 47 册，国家图书馆出版社 2014 年 7 月第 1 版，第 28 页。

③林仲懿：《读骚管见》，《四库全书存目丛书》集部第二册，齐鲁书社 1997 年第 1 版，第 301 页。

文字。此外，朱冀《离骚辩》和林云铭《楚辞灯》在其《凡例》中均至少用四条来说明“读法”。如朱冀《离骚辩·凡例》凡七条，前四条均以“读骚”二字开头，第六条是对其所用圈点符号的说明，可见其《凡例》主要的功能即介绍读法，指导读者阅读方法。“读法”这一评点形态是对作品鉴赏的通俗性指导，是以读者接受为旨归的批评形态，适合于多层次的鉴赏主体。

接下来，我们从圈点符号角度来考察。圈点源于“句读”，文学评点中的“圈点”较早见于宋代的古文选评。姚鼐《答徐季雅书》云：“圈点启发人意，有愈于解说者矣。”[①]“圈点”，包括圈、点、截、抹等，是评点者为了使读者一目了然，用相应的符号标出句读和应注意的精警之处。清代唐彪在《家塾教学法》中曾说：

> 凡书文有圈点，则读者易于领会而句读无讹，不然，遇古奥之句，不免上字下读而下字上读矣。又，文有奇思妙论，非用密圈，则美境不能显；有界限段落，非画断，则章法与命意之妙，不易知；有年号、国号、地名、官名，非加标记，则批阅者苦于检点，不能一目了然矣。[②]

在《楚辞》评点著作中，对于圈点的理论说明较少，这一类说明一般见于该书卷首的《凡例》中。在笔者所寓目的清代《楚辞》评点著作中，只有林云铭《楚辞灯》、朱冀《离骚辩》、董国英《楚辞贯》和黄恩彤《离骚分段约说》这四种，对其所用评点符号作了说明，我们可以通过这四部著作来分析清代《楚辞》评点中圈点符号的使用情况。林云铭《楚辞灯·凡例》其中一条说：

> 是编文中眼目用重圈◎◎，上下呼应处用黑圈●●，精妙处

①方苞：《惜抱轩尺牍》，安徽大学出版社 2014 年 3 月第 1 版，第 34 页。

②唐彪：《家塾教学法》，华东师范大学出版社 1992 年 6 月第 1 版，第 63 页。

> 用密圈○○○○，衬帖处用密点、、、、。其每段小歇处用横截—，大歇处用曲截∟，总欲读者开卷便得。海内博雅君子，得是编者，不妨先取旧注一阅，方知作者深意止在目前，人自看不出耳。嘻，读古岂易言哉！①

林云铭指出他运用评点符号的目的是“总欲读者开卷便得”。他所采用的“圈”主要有重圈、黑圈和密圈三种。重圈，即◎，用来点明“眼目”，即文中提纲挈领的关键字。黑圈，即●，用来点明文中呼应伏笔处。密圈，即○○○○，主要用来标示精妙佳句。“截”一般用以标明段落，林云铭用“曲截”，即“∟”，标注大段；用“横截”，即“—”，标注小段。

朱冀《离骚辩》中的评点符号较为复杂，他对此有专门的说明。其《离骚辩·凡例》曰：

> 凡文章精妙处用密圈，筋脉遥应处用实圈，前后文过峡关锁处用尖圈，若一两字而为数章之提纲挈领者用双圈，至于通篇大主脑如为美政，乃一生之心事；法彭咸为守死之依归，则另用大圈围于字外。每段大结束处用大截以隔之。于一大段中分数小段者，每段用半截以隔之。《集注》、林说之佳者，必另行标出，不敢混采入己，其与鄙意相左者，亦姑就予一时之见，妄加涂抹，要终不能自信无误也。②

朱冀所用评点符号仅“圈”就有密圈、实圈、尖圈、双圈和大圈五种。“实圈”，即林云铭所云黑圈●，用来点明“筋脉遥应”呼应伏笔处，如在《离

①林云铭：《楚辞灯》，《楚辞文献丛刊》第 45 册，国家图书馆出版社 2014 年 7 月第 1 版，第 436 页。

②朱冀：《离骚辩》，《楚辞文献丛刊》第 47 册，国家图书馆出版社 2014 年 7 月第 1 版，第 477–478 页。

骚》前半部分，朱冀于“来吾道夫先路”之“先路”、“既遵道而得路”之“得路”、“羌中道而改路”之“改路”，均用实圈标明。“尖圈”，即△，用来标明过渡句，朱冀在《离骚》“欲从灵氛之吉占”一句每个字的右侧都标一个△。“双圈”，即林云铭所云重圈◎，一般与字法有关，主要用来点明“提纲挈领”的关键字。对于文中一些关键句，也有两种或三种符号并用的情况，如《离骚》“闺中既以邃远兮，哲王又不寤。怀朕情而不发兮，余焉能忍而与此终古”四句，朱冀用了连圈和尖圈，且两种符号是相间标示于句右，于其中“情”和“焉能忍”凡四字右又用了实圈。“大圈”，即围于字外之大圈，用来标示“主脑”即大旨，《离骚辩》中只有“㊀与㊀为㊀美㊀政”和“㊀彭㊀咸”用了大圈。“截”的使用与林云铭相同，只是名称稍异。“大截”即林云铭所云标注大段的“曲截”，即“∟”；“半截”即林云铭所云标注小段的“横截”，即“—”。除此之外，朱冀在《离骚辩》中还有一种符号较为常见，即 ×，主要是用于批驳他所引用的朱熹《楚辞集注》和林云铭《楚辞灯》的观点的。

相比于朱冀《离骚辩》，董国英《楚辞贯》则倾向于更简省的评点符号。其《凡例》曰：

> 旧编于佳妙处用密圈。窃谓人之意见不同，文极于工，则随指一句，或采其词调，或取其音节，或赏其气骨，或喜其神味与风韵，字字皆佳妙可圈。如但就一人之意见圈之，反觉其偏。不如止用单圈，以别其句，同于《五经》《四子书》之白文，使人人各以其意见赏识其佳妙之为得也。今祇于字法之精妙承接，虚字之人人共赏者，间用〇〇〇〇以别之，其大旨所在用◎◎，两柱眼目用□□，两柱分贴字面用、、、，别白而识之。俾一目了然，无烦检点也。[1]

①董国英：《楚辞贯》，《楚辞文献丛刊》第80册，国家图书馆出版社2014年7月第1版，第580–581页。

董国英所用评点符号不像朱冀和郑武多用密圈，而多用双圈“○○”来标示精妙字法。因为董国英认为密圈用多了有滥用之失，掩盖了字法真正精妙之处。例如《离骚》“曰两美其必合兮，孰信修而慕之。思九州之博大兮，岂为是其有女”中，董国英在“孰”字右侧用“○○”标出，并旁批“难词”；在“岂”字右侧用“○○”标出，并旁批“疑词”。[①]董国英用重圈“◎◎”标明大旨之所在，如《离骚》结尾“乱曰”部分自“已矣哉”到“吾将从彭咸之所居”每个字右侧，董氏均用“◎◎”标出。另外，董国英认为《离骚》中以“修己”和“用人”为两柱，故文中凡言此两柱之处均用“□”标出，如“举贤而任能兮，循绳墨而不颇”于“举贤”和“任能”右侧各用一个“□”标出，并旁批“取人眉眼至此点清”。[②]另外，董国英同朱冀一样，也用大截“∟”和半截“—”来标示段落。

相比于以上三家，黄恩彤的《离骚分段约说》圈点符号要简省得多，其所用符号只有“圈”和“点”两种。此书无序跋，只有在卷末有黄恩彤的识语，其对于圈点符号使用的说明，即标注在卷末识语的眉批之中：“凡篇中用联圈者，是其精采处；用联点者，是其眉目筋节处。”[③]黄恩彤所用圈点符号只有连圈和连点两种。黄恩彤此书主要是对《离骚》进行“分段约说”，在《离骚》原文之后主要概括段落大意，并串讲文意，其评语及引前人评语主要分布在眉批中。

从以上各家所用评点符号来看，圈点的使用因人而异，没有绝对统一的标准可以依据。但从上述这四部著作来看，评点者在理念上大

①董国英：《楚辞贯》，《楚辞文献丛刊》第 80 册，国家图书馆出版社 2014 年 7 月第 1 版，第 652 页。

②董国英：《楚辞贯》，《楚辞文献丛刊》第 80 册，国家图书馆出版社 2014 年 7 月第 1 版，第 626 页。

③黄恩彤：《离骚分段约说》，《楚辞文献丛刊》第 67 册，国家图书馆出版社 2014 年 7 月第 1 版，第 53 页。

体一致，如用密圈来标示精妙佳句，用重圈来点明“眼目”大旨之所在。只不过在具体使用上，大同中有小异，如董国英不倡导用密圈，而是用双圈标示精妙字法；朱冀另外还使用了尖圈和大圈。此外，徐焕龙《屈辞洗髓》眉批中亦有圈点，其他《楚辞》评点著作之眉批一般不标符号，或只有句读，而此书眉批中不仅有句读，还有尖圈，如《惜往日》和《悲回风》眉批。“不同的评点形式有着不同的功用与效果，多种评点形式的组合，则可以构成对作品从微观到宏观全方位立体式的批评格局，而这也正是评点之所以为当时时人所喜爱的关键之所在。”①

三、清代《楚辞》评点的特色和成就

首先，清代《楚辞》评点有着不同的评语来源和评点系统。我们通过考察和统计两类不同的《楚辞》评点著作的评语来源和选录数量即可以看出。在楚辞学专门著作中，方人杰《楚辞读本》很有代表性，其评点形态主要以旁批、眉批和总评为主。方人杰主要在篇后“总评”中选辑前贤之评论，全书凡八十八条，各篇数量不一，其中选辑最多的是《离骚》共七条，最少的是《神女》，一条未采，平均在三条左右。为方便考察方人杰选辑之来源并体现其选辑倾向，现列表如下：

时代	本名	别名	评语条数	时代	本名	别名	评语条数
汉	王逸	王叔师	3	明	桑悦	桑民怿	4
唐	李贺	李长吉 / 李协律	9	明	冯觐	冯觐氏	3

①罗剑波：《明代〈楚辞〉评点研究》，复旦大学2008年度博士学位论文，第67页。

续表

时代	本名	别名	评语条数	时代	本名	别名	评语条数
宋	洪兴祖	洪庆善	6	明	胡应麟		1
宋	苏轼	苏和仲	1	明	邓定宇	邓以赞	2
宋	朱熹	朱晦翁	9	明	王世贞	王元美、王凤洲	3
宋	祝尧	祝尧氏	2	明	李贽	李卓吾	1
宋	高似孙		1	明	孙鑛	孙文融 / 孙月峰	11
宋	刘辰翁	刘会孟 / 刘须溪	3	明	冯开之	冯梦祯	1
宋	严羽	严沧浪	1	明	焦竑	焦弱侯 / 焦漪园	2
宋	洪迈	洪容斋	1	明	陈深	陈深氏	3
宋	楼昉	楼迂斋	1	明	张鼐	张侗初	1
				明	陈继儒	陈仲醇 / 陈麋公	2
				明	蒋之翘	蒋楚稚	4
				明	陆时雍	陆昭仲	8
				明	张炜如	张道先	1
				明	张焕如	张泰先	2
				清	林云铭	林西仲	1
总计	11 位		37	总计	17 位		50
	凡 29 位评家，88 条评语（另有一人无考，宋小玉 1 条）						

因《楚辞读本》中方人杰所录之诸家，有时以字为名、有时以号为名，不甚统一，故笔者单列“别名”一栏。方人杰选辑前代研骚者凡 29

家,88 条评语,明代以前凡 11 位,清代 1 位,其余 16 家均为明人。上述 29 家中除邓定宇、张炜如、张焕如、宋小玉、林云铭外,有二十四家注名蒋之翘《七十二家评楚辞》,可知蒋之翘《七十二家评楚辞》当是方人杰选辑的主要参考文献之一。又,张炜如、张焕如二人是陆时雍的门人,二人的楚辞评论作为陆时雍《楚辞疏》眉评五家之中的两家(另三家为孙鑛、李挺和李思志),而未见其它文献著录,故可知陆时雍《楚辞疏》亦为方人杰的参考文献之一。

由此观之,方人杰选辑之主要倾向有二:第一,从选辑时代来看,重视明人的楚辞论说。方氏共辑选 29 家,其明人达 16 家,占一半以上。第二,从选辑内容来看,方氏更重视评点性的楚辞论述,而不重视楚辞注本。除王逸、洪兴祖、朱熹、陆时雍、林云铭几家外,未见选辑其它楚辞注本。当然,上述几种已属重要注本,然而,仅明代亦产生不少楚辞注本,如赵南星《离骚经订注》、林兆珂《楚辞述注》、汪瑗《楚辞集解》、来钦之《楚辞述注》、张京元《删注楚辞》、黄文焕《楚辞听直》等,但未见方人杰选辑。当然,其重要原因在于方人杰的主要参考文献是蒋之翘的《七十二家评楚辞》和陆时雍的《楚辞疏》,故其选辑之倾向也与之相似。由此可见,以方人杰《楚辞读本》为代表的楚辞学专门著作,评语来源主要是明代的《楚辞》评点,以明代《楚辞》评点成就最高的蒋之翘《七十二家评楚辞》中著录的评家和评语为主。

在清代《文选》评点著作中,于光华的《重订文选集评》可以说是集大成之作。我们通过考察于光华《重订文选集评》中《楚辞》部分的评语来源和选录数量即可大致了解他的选辑倾向。《重订文选集评》卷八选录《楚辞》作品凡十七篇,评点形态以眉批、夹批和总评为主。其中,眉批和总评的内容主要就是选录前人评点。于光华一般只在总评中标出评点者的姓名,或称字,或称号,不甚一致,眉批仅标注姓氏。现统计列表如下:

时代	本名	别名	评语条数
宋	朱熹(1130–1200)	朱子[①]	1(眉批1)
明	孙鑛(1543–1613)	孙月峰	26(眉批19,总评7)
清	孙执升		1(总评1)
清	林云铭(1628–1697)		1(眉批1)
清	邵长蘅(1637–1704)	邵子湘	2(眉批1,总评1)
清	朱冀		4(眉批4)
清	李光地(1642–1718)	李安溪	3(眉批3)
清	何焯(1661–1722)	何义门	25(眉批22,总评3)
清	浦起龙(1679–1762)	浦二田	5(眉批4,总评1)
清	陆云龙	陆雨侯	1(总评1)
清	陆敏树	陆生生	4(眉批3,总评1)
清	周平园		1(总评1)
清	方廷珪	方伯海	18(眉批15,总评3)
总计	13位		92条

根据于氏所标注,《重订文选集评》之《楚辞》部分共出现如下13位评点者:朱熹、孙鑛、林云铭、邵长蘅、朱冀、李光地、何焯、浦起龙、陆云龙、陆敏树、周平园、孙执升、方廷珪。其中,宋代1位,明代1位,清代11位。可见,清代的评点者在数量上占有绝对优势。这些评点者的身份除了朱熹、林云铭和朱冀之外,都是专业的《文选》评点家,大多都曾有《文选》评点著作传世。[②]《文选集评》之《楚辞》部分选录共

①按:《重订文选集评·离骚》中有4处眉批,均标为"朱子曰"或"朱子云",其实都并不是朱熹之语,而是朱冀《离骚辩》之评。只有《九章·涉江》1处眉批为朱熹之语。方廷珪《昭明文选集成》中即有引用朱悔广的评语,或因朱子晦庵之号与朱冀之字悔广(繁体廣),字形近似,故而混淆。

②按:张云璈《选学胶言·跋》提到当时李光地也有《文选》评点本传世,惜乎后来佚失。

计 92 条评语，以孙鑛、何焯、方廷珪三家居多，三家评语数量共计 69 条，占评语总数的 75%，这三家都称是影响较大的明清《文选》学名家。其他如孙执升、浦起龙、陆云龙、陆敏树、周平园，都是清代古文评点家，这些人在清代《楚辞》学的专门著作中几乎很少出现。

在古文选本著作中，作为桐城派古文选本代表的《古文辞类纂》颇为重要。其选录评语主要在每篇作品后的“诸家评识”，《古文辞类纂》之与《楚辞》相关的部分共引用以下 12 位评点者：朱熹、洪兴祖、刘辰翁、孙鑛、陈继儒、何焯、姚鼐、张惠言、梅曾亮、曾国藩、张裕钊、吴汝纶。引用最多的为张惠言和吴汝纶。除了宋明几位评点家之外，所选以桐城派文家为主。

第二，注评结合：评论、考释、校勘三管齐下。

罗剑波在其《明代〈楚辞〉评点刊刻及其递延脉络》一文中把《楚辞》评点分为两个阶段，即“以注为主，注评合一”和“注评合一，以评为主”。[①] 即明代《楚辞》评点经历了“以注为主”到“以评为主”的转变。纵观清代《楚辞》评点两类著作，大部分著作的“注”和“评”基本都是结合在一起的。

根据上文的统计，清代《楚辞》评点在形态上以夹批加总评的方式为主，且评语的数量和规模比之明代有较大变化。究其原因主要与时代学术之风气有关，从上一节我们对清代《楚辞》评点著作的版本分析来看，大部分著作的初刊集中在康熙、乾隆和嘉庆年间。从清初开始，学术风气以经世致用的征实之风，一反明代的空疏之风。尤其是到了乾嘉时期，朴学之风的盛行对《楚辞》评点的发展产生了一定程度的冲击，使得清代《楚辞》评点没有在形式上步趋明代《楚辞》评

①罗剑波：《明代〈楚辞〉评点刊刻及其递延脉络》，《学术月刊》2018 年第 12 期，第 123 页。

点，而是逐渐呈现出了自身的特点。

"夹批"在外在形态上与双行小字的夹注完全相同，因此很多著作以"夹批"来发挥夹注的功能。在清代《楚辞》评点的专门著作中，"夹批"具有注评结合的倾向。如江中时《楚骚心解》一书的体例即一章之后的小字双行"夹批"均是先注后评，中间用一个"○"隔开。例如《离骚》"初既与余成言兮"四句后先注曰："成言，要约之言也。数化，屡变也。……"然后"○"之后针对整章评云："四句承上灵修之故，以君信道不笃，而忧其无常操也。"[①] 林仲懿《离骚中正》于每一章后分别标示"注"和"评"，先注后评，注评之间另起一行，完全分开。如《离骚》"纷吾既有此内美兮"二章，林仲懿首先"注"曰："纷，盛也。重，厚也，再也。修，治也……"然后"评"曰："'纷吾既有此内美'二句，是牵上搭下法。既已所性之善，再加学问之功。"[②] 这说明林仲懿对于"注"、"评"判然有别的意识很强，这使得楚辞评点的文学性在外在形态上得以完全显现。郑武《寄梦堂屈子离骚论文》的"夹批"主要是用来谈文论艺的，如《离骚》"高余冠之岌岌兮，长余佩之陆离"后夹批曰："数语更俊亮雅洁"；"芳与泽其杂糅兮，唯昭质其犹未亏"后夹批曰："顿挫有神"；"忽反顾以游目兮，将往观乎四荒"后夹批曰："又生痴想"。[③]

古文选本类著作的"夹批"，删繁就简的倾向更为明显。方廷珪《文选集成》和于光华《重订文选集评》都对繁杂的李善注和五臣注进行了删削，变成了方便初学的简易读本。在梁夔谱《古赋首选》中，夹批

①江中时：《楚骚心解》，《楚辞文献丛刊》第57册，国家图书馆出版社2014年7月第1版，第51页。

②林仲懿：《离骚中正》，《四库全书存目丛书》集部第二册，齐鲁书社1997年7月第1版，第305页。

③郑武：《寄梦堂屈子离骚论文》，《楚辞文献丛刊》第47册，国家图书馆出版社2014年7月第1版，第58–59页。

的性质甚至已经完全变成了“串解”句意。梁夔谱在《古赋首选》的“凡例”中说：“《离骚》骤看似没丝绪，其实没字句中皆有一股生意盘结。熟读久之，每句缝中自然现出无限夹注，到此方知其妙处。爰将每句串解，添注脚下，以便初学。”[①]为了达到嘉惠初学的目的，梁夔谱《古赋首选·离骚》于句后用双行小字“夹批”的形式，并用简短的语言串讲句意。例如“惟草木之零落兮”四句，梁夔谱首先在“惟草木之零落兮”后“夹批”曰：“岁复尽矣，岂惟年不吾与哉，更”，句末这一“更”字是为了串连下句“恐美人之迟暮”，“不抚壮而弃秽兮”一句前有一“若”字，中间的“壮”字后面有一“岁”字，在句后夹批曰：“后将无及，奈”，句末这一“奈”字是为了串连下句“何不改乎此度”。如此删繁就简的初衷是方便初学者掌握，因此从传播学角度来说具有普及化的意义，而从学术角度来说通俗化的处理对文选学的发展意义不大。

桐城派评点《楚辞》明显具有注评结合的特色，考释、评论和校勘三管齐下。吴汝纶和曾国藩之评点在姚鼐《古文辞类纂》考释、校勘的基础上加入了辩伪。尤其是关于《九章》的辩伪。在吴汝纶之前，对于《九章》中伪作的争论焦点主要在《惜往日》和《悲回风》两篇。南宋李壁《王荆公诗注》指出：“子胥挟吴败楚，几墟其国。三闾同姓之乡，义笃君亲，决不称胥以自况也”，因而定《悲回风》为后人哀吊屈原之作。李壁在《闻望之解舟》注中漫附题诗云：“回风惜往日，音韵何凄其。追吊属后来，文类玉与差。”判定《惜往日》和《悲回风》为“后人哀原而吊之之作”，并推测是宋玉、景差所作。[②]明许学夷《诗源辩体》曰：“《惜往日》云‘不毕辞而赴渊兮，惜壅君之不识’，《悲回风》云‘骤谏君而不听兮，任重石之何益’，是岂屈子口语耶？盖必唐勒、景差

①梁夔谱：《古赋首选》，上海图书馆藏同治八年（1869）镜古堂刻本。

②李壁注：《王荆公诗注补笺》，李之亮补笺，巴蜀书社2002年1月第1版，第30–31页。

之徒为原而作，一时失其名，遂附入屈原耳。”[①] 吴汝纶评点《古文辞类纂》云：

> 《九章》自《怀沙》以下，不似屈子之辞。子云《畔牢愁》所仿，自《惜诵》至《怀沙》而止。盖《怀沙》乃投汨罗时绝笔，以后不得有作。[②]

> 《怀沙》乃投汨罗时绝笔也，若此篇（欣按：指《惜往日》）已自明言沉渊，则《怀沙》可不作矣。彼文云“抒忧娱哀，限之以大故”，不似此为径直之辞也。若下文“不毕辞而赴渊”，则似更作于《怀沙》后者。史公何为弃此录彼邪？[③]

吴汝纶认为扬雄拟作独拟包括《怀沙》的前五篇，故以《怀沙》为绝笔，之后的四篇即《思美人》《惜往日》《橘颂》《悲回风》，并非屈原所作。吴汝纶师曾国藩在《求阙斋读书录》中仿姚鼐以“神气”、“不类”辨《古文尚书》为伪作，指出“余读屈原《九章·惜往日》亦疑其赝作。何以辨之？曰不类。”[④] 对于“神气”的涵义，曾国藩有自己的理解：“文章之雄奇，其精处在行气，其粗处全在造句选字也。”[⑤] 与姚鼐的理解相一致，曾国藩亦认为“神气”为文章的“精处”所在，字句仅为“粗处”。由此，曾国藩在《经史百家杂钞》中指出“此首（欣按：指《惜往日》）不似屈子之词，疑后人伪托也”，并以符号标识出文中的“浅句”。[⑥] 吴汝纶评云：“曾文正公谓此篇不类屈子之辞，而识别其浅句，今更推衍文正之旨，盖他篇皆奇奥，此则平衍而寡蕴，其隶字亦不能深醇。

①许学夷：《诗源辩体》，人民文学出版社 1998 年 2 月第 1 版，第 36 页。

②姚鼐《古文辞类纂》，徐树铮集评，吉林人民出版社 1998 年 10 月第 1 版，第 767 页。

③姚鼐《古文辞类纂》，徐树铮集评，吉林人民出版社 1998 年 10 月第 1 版，第 762 页。

④曾国藩：《曾国藩全集》，岳麓书社 1989 年 5 月第 1 版，第 193 页。

⑤曾国藩：《曾国藩家书》，岳麓书社 1985 年 10 月第 1 版，第 629 页。

⑥曾国藩：《经史百家杂钞》，岳麓书社 1987 年 6 月第 1 版，第 144–145 页。

文正之识卓矣。”如吴汝纶在《惜往日》“君含怒而待臣兮”句后评曰：“语多平衍”，在“恐祸殃之有再”句后评曰：“‘恐祸殃有再’，岂屈子语？”

又，吴汝纶评《悲回风》云：“《悲回风》文字奇纵，而少沉郁谲变之致，疑非屈子作。所谓‘佳人’，乃屈子也；‘眇志所惑’，则作者自言。盖谏君不听，任石何益，即‘眇志所惑’也。然则此殆吊屈子者之所为欤？”游国恩先生指出：“吴氏以为可疑之《悲回风》，又反以奇纵称，是则奇奥者不必真，而平浅者亦不必伪，盖已不能自圆其说矣。由是言之，但凭文字为断之不可恃也明矣。”[①] 实际上，吴汝纶自己已经不自觉的否定了后四篇全为伪作的结论，他指出《橘颂》“此篇疑屈子少作，故有‘幼志’及‘年岁虽少’之语，未必已被谗也。”而且，颇有深意的是，曾国藩以《惜往日》“有浅句”，不类他篇，疑其为伪作。而蒋骥正是因此篇文字之浅显而定《惜往日》为屈子绝笔：“《九章》惟此篇词最浅易，非徒垂死之言，不暇雕饰，亦欲庸君入目而易晓也。”[②] 二人同是凭借文辞之浅显，却得出了截然相反的结论。可见，仅仅从文辞语气深浅辨析作品真伪不能让人信服，而“神气”之类亦是作为文章审美意蕴的感性呈现，并不适合应用于考证。然而，这也从一个侧面反映出桐城派文人重视分析词章及文章艺术性的倾向。

综上所述，肇始于晚明的《楚辞》评点，明显有别于传统经学范畴的注疏，其旨归在对《楚辞》文学特质的阐发。清代的《楚辞》评点与汉宋传统的解经模式相比，更彰显了其文学特性，出现了很多横溢出传统经学模式之外的灵心妙解，而《楚辞》的文学成就也由此全面揭示出来。清代很长一段时间严谨征实的学术环境并不适合评点这种

---

①游国恩：《游国恩楚辞论著集》第三卷，中华书局 2008 年 4 月第 1 版，第 335 页。
②蒋骥：《山带阁注楚辞》，上海古籍出版社 1984 年 10 月新 1 版，第 136 页。

批评样式的生长。然而,依然有相当一部分学者能够跳出汉宋之束缚,站在前代《楚辞》文学阐释的高度,将《楚辞》的文学研究引向纵深发展的境界。虽然严格意义上的清代《楚辞》评点著作在数量上不算多,然而就我们所关注的这22部清代《楚辞》评点著作来看,当时《楚辞》评点活动是被广泛接受的,作为评点者本身对于这种批评方式是认可的,作为读者来说,这些评点无疑为他们提供了绝佳的学习和理解《楚辞》作品之门径。

第二节 以时文法解《楚辞》的阐释倾向

乾嘉时期,朴学盛行,晚明以来评点之学受到轻视,《楚辞》的文学评点受到了阻碍,步伐开始放缓。然而,八股取士的科举制度,又为评点之学的存在提供了深厚的土壤。因此,受明代复古文风和评点之学的惯性影响,再加上评点与时文的密切关系,清代一些楚辞学者以超越时代思潮的独立个性继而为之,如林云铭、吴世尚、郑武、朱冀、鲁笔、林仲懿、董国英等,进而把时文法引入《楚辞》评点之中,使之朝着更精细化的方向发展。随着文学观念和文学意识的不断加强,清代楚辞学者一方面在理论上剖析《楚辞》作品精严的结构及其间起承转合的内在联系,一方面在评点实践中大量归纳"文法",包括鞭辟入里地指出字法、句法、章法和笔法等,以此对读者作阅读之提示,从而达到嘉惠初学的目的。

一、带有技术特色的文法批评

清代一些楚辞学者非常重视行文中字法、句法、章法和笔法等方面的分析。而且,值得注意的是,他们还借鉴很多古文家、小说家常用的带有技术特色的文法批评。他们试图通过带有技术特色的文法剖析，来呈现《楚辞》作品行文的变化规律和艺术特色。林仲懿《离骚中正·读离骚管见》曰："文章以义为先，而法即次之。法乃文之所以成章，而得乎其义者也。《离骚》之为文至矣，而或视为聱牙不可读，则以不解其义与法之所在耳。"[①] 林仲懿所云之"法"，即文法。除了一般的起承转合的分析之外，有一些是着眼于笔法，即研究写作技巧的分析很有特点。举例如下：

1. "藏针句法"。此法来源于清代的小说评点，尤其是脂砚斋批评《红楼梦》将"金针暗度"、"度金针"指认为曹雪芹小说创作在谋篇布局方面的一种巧妙技法，后来逐渐推衍到诗文评点中来。朱冀《离骚辩》在"夫维圣哲之茂行兮，苟得用此下土"两句后按云："夫惟圣哲聚于一堂，君臣交修，德行日茂，故能成兴王之业，非苟且徼幸，得有此下土，而遂谓可以逞其意欲，惟所用之者也。盖此用藏针句法，藏反笔于正笔中耳。诸家尽堕云雾。"[②] 朱冀通过正笔反笔的对比和二者关系的分析，总结出了"藏针句法"的伏笔照应之法。与"藏针句法"有关，徐焕龙《屈辞洗髓》卷三《天问》眉批曰："禹掘地注海，特因地倾东南，东流不溢以成功。突接'康回'一段，更问端，金针已暗引。"[③] 林仲懿《离骚中正》："以三后尧舜点明自己之路，渊源有自，以桀纣引出党人之路，覆辙可鉴。细寻其金针，实开文法众妙之门。"[④] 王棠《燕在阁

①林仲懿：《离骚中正》，《四库全书存目丛书》集部第二册，齐鲁书社 1997 年 7 月第 1 版，第 302 页。

②朱冀：《离骚辩》，《楚辞文献丛刊》第 47 册，国家图书馆出版社 2014 年 7 月第 1 版，第 584 页。

③徐焕龙：《屈辞洗髓》，《楚辞文献丛刊》第 48 册，国家图书馆出版社 2014 年 7 月第 1 版，第 499 页。

④林仲懿：《离骚中正》，《楚辞文献丛刊》第 48 册，国家图书馆出版社 2014 年 7 月第 1 版，第 294 页。

知新录·离骚》:"第四段内先伏遊目四方一句,以郁邑之意发为荒唐之想,因生下重华陈词、周流上下、灵氛巫咸、九州相女等文。此是文章针线绵密处。"[①]可见,诗文评点中的"金针"、"藏针"主要指伏笔照应之法。

2."龙王掉尾法"。此法在明清小说评点中较为常见,如清初金圣叹(1608–1661)在评点王实甫《西厢记》中《酬韵》时曾用"龙王掉尾法"来形容其结尾产生的惊奇效果。朱冀《离骚辩》在"夫孰非义而可用兮,孰非善而可服"两句后按云:"大抵从来民生日蹙,铤而走险,未有不由于任用非义之人,与作为非善之事者,此本文正旨也。今忽然掉转笔来,言孰有非义之人,而苟可任用;孰有为非善之事,而可以服人者。是用龙王掉尾法,以反笔代正笔耳。而读者又皆身入迷楼矣。"[②]可见,朱冀所云"龙王掉尾法"主要着眼于笔法,即正笔反笔的掉转,其效果在于出人意料地掉转笔锋,让读者感到惊奇而又余味无穷。

3."加一倍法"。郑武《寄梦堂屈子离骚论文》卷七《九章·哀郢》"民离散而相失兮,方仲春而东迁"句后评曰:"迁已苦矣,况仲春而迁,其苦可名状邪。此谓之加一倍笔法。"[③]朱冀《离骚辩》在"路不周以左转兮,指西海以为期"两句后按云:"一路来总是要形容得极燥脾极如意,皆所以反衬后文极悲凉。此文章家用加一倍法,使读者至此心旷神怡,

①王棠:《燕在阁知新录》,《续修四库全书》子部第1147册,上海古籍出版社2002年4月第1版,第105页。

②朱冀:《离骚辩》,《楚辞文献丛刊》第47册,国家图书馆出版社2014年7月第1版,第585页。

③郑武:《寄梦堂屈子离骚论文》,《楚辞文献丛刊》第47册,国家图书馆出版社2014年7月第1版,第129页。

手舞足蹈，忽然耳目改观，斯为极奇极肆之笔。”[①] 又，朱冀曰：“盖其所以用加一倍法者，言外正见得我行，纵使如是之华美煊赫，纵使如是之快心适意，而系念故乡，睠怀宗社，终不忍一日舍此而去。”[②] 可见，郑武和朱冀所云“加一倍法”主要是指通过夸张渲染，以及对比反衬的用笔之法，述其情志，强化其艺术效果。

4. “移步换形法”或“移步换影法”。此法在清代《楚辞》评点中较为常见。朱冀《离骚辩》曰：“自兰芷不芳至此（欣按：指“又何芳之能祇”）虽一意反复，而章法何等次第，意思何等曲折，结构何等谨严，运笔何等从横出没。处处移步换形，令人应接不暇。”[③] 又曰：“其所引用兰芷芳草之类，或再三见，或数数见，要之立言各有取义，寄托各有深情，一纵一操，忽离忽合，处处移步换影，引人入胜，并未尝此章重出也。”[④] 鲁笔《楚辞达》曰：“读骚者，苦其重复繁杂，林西仲第举马迁‘一篇中三致其意’语混过，遂谓得而不疑。不知《离骚》全在移步换形之妙。同一鸟兽草木，略分部位，意义迥殊。在前有在前之故，在后有在后之故，知其解者一线穿去，彼此分明，不仅在浅深虚实而已，何处容其复杂之疑？”[⑤] 朱冀与鲁笔所说的“移步换形”或“移步换影”，均是

---

①朱冀：《离骚辩》，《楚辞文献丛刊》第 47 册，国家图书馆出版社 2014 年 7 月第 1 版，第 662 页。

②朱冀：《离骚辩》，《楚辞文献丛刊》第 47 册，国家图书馆出版社 2014 年 7 月第 1 版，第 664 页。

③朱冀：《离骚辩》，《楚辞文献丛刊》第 47 册，国家图书馆出版社 2014 年 7 月第 1 版，第 644–645 页。

④朱冀：《离骚辩》，《楚辞文献丛刊》第 47 册，国家图书馆出版社 2014 年 7 月第 1 版，第 513 页。

⑤鲁笔：《楚辞达》，《楚辞文献丛刊》第 49 册，国家图书馆出版社 2014 年 7 月第 1 版，第 443–444 页。

针对王世贞"总杂重复"之论，指出《离骚》中不同位置所出现的同一事物有着不同的含义，而并非简单的"重复"。胡濬源在《楚辞新注求确·求确凡例》中也用"随步换形"来驳斥"重复"之论："注者不细审其轻重、虚实、死活之妙，专于呆句求之，则往往有前后比类、随步换形者，遂疑为重复，又谓为'三致意'即此。此不通节旨、脉络之病也。"[①]朱冀、鲁笔和胡濬源均用"移步换形"为例，来阐释《离骚》章法和笔法的曲折变化，以此反驳前人评价之失。

5. "牵上搭下法"或"连上搭下法"。清人唐彪《读书作文谱》卷七释"牵上搭下法"曰："盖长题之节次繁多，作文者必一段说完，始再说一段。重起炉灶，气势便缓散不收，不能简劲雄峻矣。故欲文章得势，自不得不用牵上搭下法，以我机神，化题阡陌。所以减去接落之痕，而使归一片也。"[②]鲁笔《见南斋读离骚指略》曰："《离骚》过文之妙，全在牵上搭下之变化。"[③]徐焕龙《屈辞洗髓》卷一《离骚》"不抚壮而弃秽兮，何不改乎此度"二句，注曰："'何不'，与上句互文。上'不'字已暗含一'何'字，而又带起下文之词，此等连上搭下，缱绻句法，后人莫辨且莫知。"[④]徐焕龙从文脉的角度指出这两句中的"不"、"何不"实际上是互文，如果第一句也用"何不"来反问，就会显得重复且呆板。因此，第二句中的"何不"是用的"连上搭下"的句法，这样就把前后诗句的文气打通了。林仲懿《离骚中正》注曰："'纷吾既有此内美'二句，是

①胡濬源：《楚辞新注求确》，南京大学出版社2017年12月第1版，第2页。

②唐彪：《读书作文谱》，台北伟文图书出版社1977年8月第1版，第93页。

③鲁笔：《楚辞达》，《楚辞文献丛刊》第49册，国家图书馆出版社2014年7月第1版，第442页。

④徐焕龙：《屈辞洗髓》，《楚辞文献丛刊》第48册，国家图书馆出版社2014年7月第1版，第420页。

牵上搭下法。既已所性之善，再加学问之功。”[①]又如，林仲懿评曰：“‘忽反顾以游目’，‘反顾’谓反而自顾昭质之未亏，‘游目’谓将往观乎四荒，一句中有牵上搭下之法。”[②]可见，“牵上搭下法”或“连上搭下法”主要是指过渡句，即句法上的承上启下，使上下文的衔接不露痕迹，浑然一体。

6. “点题法”。林仲懿《离骚中正》评“余既不难夫离别兮，伤灵修之数化”曰：“口说不难离别，乃正要翻跌出所以忍不能舍之故，异样沉痛，《少司命》‘悲莫悲兮生别离’，此之谓也。故王逸训‘离骚’为别愁，义最确。此二句犹八股中点题法。试看他点得何等洒脱，何等透快。”[③]林仲懿赞同王逸训“离骚”为别愁之说，指出二句中的“不难夫离别”用的是点题法。

7. “中纽法”。林仲懿《离骚中正》曰：“《离骚》惯用中纽法，而用各不同，读者详之。结者，收敛而缔结之也；贯者，联络而贯串之也。……结字贯字，与‘览木根’是一串说，省却矫纫之义；矫字纫字，与‘索胡绳’是两层说。结贯之义在言外，用笔顺逆不同，详略互异。四句文字中，有如许变态。学者熟读《离骚》一篇，便是换骨金丹。”[④]可见，“中纽法”主要是从文章学角度总结的用笔之法，即互文以为枢纽之义。

---

①林仲懿：《离骚中正》，《楚辞文献丛刊》第57册，国家图书馆出版社2014年7月第1版，第288页。

②林仲懿：《离骚中正》，《楚辞文献丛刊》第57册，国家图书馆出版社2014年7月第1版，第327页。

③林仲懿：《离骚中正》，《楚辞文献丛刊》第57册，国家图书馆出版社2014年7月第1版，第301页。

④林仲懿：《离骚中正》，《楚辞文献丛刊》第57册，国家图书馆出版社2014年7月第1版，第307–308页。

8. “虚实相间法”或“虚实那移法”。谢济世《离骚解》“吾令鸩为媒兮”四句眉批曰：“前后皆实写，女字故中间，虚写媒字，此虚实相间法也。”[①] 林仲懿《离骚中正》曰：“三后、桀纣，于第七八章发其端，纯粹、昌被实义，留在陈词处痛快发挥，此虚实那移法。”[②] 林仲懿认为“昔三后之纯粹兮”和“何桀纣之昌被兮”两句先虚写一笔，而“纯粹”和“昌被”的内在涵义，等到陈词重华时才“痛快发挥”出来。可见，“虚实相间法”或“虚实那移法”主要指的是虚实相生的行文手法，即文本虚写和实写交替掩映的写作技巧。

9. “藕断丝连法”。林仲懿《离骚中正》曰：“方百川先生教人为文，必于思路断绝处，转身放步，涌溢而出，乃见精采。作《离骚》至三十三章，自已心迹都已说尽，借女媭来作一过峡，脱卸出陈词扣阍求女诸章，所谓转身放步涌溢而出也。然细按其筋节，又未尝不是藕断丝连之法。曰‘独有姱节’，曰‘独离不服’，从上文‘余独好修以为常’句出。”[③] 可见，“藕断丝连法”主要着眼的是句法、章法之前后接续。

10. “盘马弯弓法”。梁夔谱《古赋首选》评《离骚》“陟升皇之赫戏兮”眉批曰：“按陟升句承上再洩满一句，乃是盘马弯弓法。”[④]“盘马弯弓”一词来自韩愈《稚带箭》：“将军欲以巧伏人，盘马弯弓惜不发。”指的是跨马盘旋，张弓欲射，又引而不发。正如方东树所云：“诗

①谢济世：《离骚解》，《楚辞文献丛刊》第 56 册，国家图书馆出版社 2014 年 7 月第 1 版，第 299 页。

②林仲懿：《离骚中正》，《楚辞文献丛刊》第 57 册，国家图书馆出版社 2014 年 7 月第 1 版，第 338 页。

③林仲懿：《离骚中正》，《四库全书存目丛书》集部第二册，齐鲁书社 1997 年 7 月第 1 版，第 316 页。

④梁夔谱：《古赋首选》，清同治八年（1869）梁氏镜古堂刻本。

文无顿挫，只是说白话，无复行文之妙。顿挫者，横断不即下，欲说又不直说，所谓‘盘马弯弓惜不发’。若一直滚去，如骏马下坡，无控纵之妙，成何文法？”[①] 梁夔谱用“盘马弯弓”来形容《离骚》抒情的顿挫笔法，从抒情角度来说，表面似乎是静止的，但却比马狂奔、箭离弦更富有艺术上的强烈效果，这实际上是一种情感的蕴蓄，妙处就在于引而不发。

林仲懿对《离骚》之文法颇为用心，其所著《离骚中正》中有大量的文法分析。而且，有趣的是，林仲懿似乎已经预感到以时文法说《离骚》会得到后人的诟病，所以先在《读离骚管见》中自谦一番：“余小子辄不自量，谬出管见，以说时文法说《离骚》，实觉起伏转落，条理分明，脉络贯通，而执中主敬之大义，粲然无复可疑。岂适为帖括之资，亦欲使前贤鼓吹道学之功，不致埋没终古云尔。”[②] 可见，林仲懿确实认为以时文法阐释《离骚》是可行的，不管在大义的诠释，还是在文脉的疏通方面，都是行之有效的研究方法。林仲懿甚至把他对古文大家的评价引入《离骚中正》的评注中，如引文中的“方百川先生”，即方舟（1665–1701），字百川，号锦帆，安庆府桐城县人。方仲舒长子，方苞兄，被称为“时文魁首”。又如林仲懿在《离骚》“民生各有所乐兮”一章后评曰：“此一意翻作两层之法，而合之则又两章共完一意之词也。时文唯百川、灵皋两先生，对偶精于此法。余评二方稿，故必悉为拈出，俾学子向往焉。”[③] 灵皋即方苞，方舟之弟，桐城派三祖之一。林仲懿云“俾学

①方东树：《昭昧詹言》，人民文学出版社 1961 年 10 月第 1 版，第 533 页。

②林仲懿：《离骚中正》，《四库全书存目丛书》集部第二册，齐鲁书社 1997 年 7 月第 1 版，第 303 页。

③林仲懿：《离骚中正》，《四库全书存目丛书》集部第二册，齐鲁书社 1997 年 7 月第 1 版，第 315 页。

子向往焉”,他首先即为深服方舟、方苞古文之法的“学子”,然后才是众多古文“学子”们的向导。

二、以时文法解骚的典型:鲁笔《见南斋读骚指略》

到了清人鲁笔这里,以时文法解骚可谓臻于佳境:“看《离骚》,先须得其篇法、段法、章法、句法、字法,识其轻重主客之所在,然后玩其词调,审其音节,按其气骨,讨其神味,挹其风韵,能事毕矣。若徒究义理,斯为钝根。”[①] 鲁笔《见南斋读骚指略》在朱冀《离骚辩》的基础上,列出了十九项三十七条,细致分析《离骚》文学艺术的各个方面,可谓古代楚辞学史上文法批评的重要文献。

《见南斋读骚指略》分总论、篇章、段落、气脉、神吻、章法、笔法、句法、字法、骨法、辞法、补法、过文法、倒掉法、隔类相照法、移步换形法、兮字法、虚字法、从古韵十九项论说。“总论”涉及到《离骚》的总体特征、风格结构、文体特质、情感特征和意境特点等诸多方面。其中补法、过文法、倒掉法、隔类相照法、移步换形法属于艺术技巧方面。

1. “补法”。

> 《离骚》每惯用补笔之法。上文未备者,多在下文补之。骤读去令人疑其有偏重偏轻、偏有偏无之失。惟识其埋藏补笔于偏重偏有处,而其偏轻偏无者隐隐补足匀称,此如形象股明股暗之意。又如神龙东云见鳞,西云见爪,参差变化,正在于此。若明明两橛,板板并出,则后世时文死对偶法,有何意味?[②]

---

①鲁笔:《楚辞达》,《楚辞文献丛刊》第49册,国家图书馆出版社2014年7月第1版,第428页。

②鲁笔:《楚辞达》,《楚辞文献丛刊》第49册,国家图书馆出版社2014年7月第1版,第441页。

鲁笔《楚辞达》在“前望舒使先驱兮，后飞廉使奔属。鸾皇为余先戒兮，雷师告余以未具”后云：“此章补写夜行事，在前章首二句缝间中所遗者。”[①] 紧接着“吾令凤鸟飞腾兮，继之以日夜。飘风屯其相离兮，帅云霓而来御”后云：“此章总上三章日夜纪行之事，并补写其服从之未备者。”[②] 可见，补法即在适当的地方补充前所未畅言者。

2. “过文法”。

《离骚》过文之妙，全在牵上搭下之变化。牵搭在有字句中，犹人所易知；牵搭在无字句中，则为人所难测；牵搭在对针处，犹人所易知；牵搭在不对针处，则为人所难测。惟慧心人方解其妙，一种突如奇峰，如天外飞来，更奇妙。[③]

鲁笔将《离骚》分为十二段，段与段之间均有过文，在上文所引《指略》的“段落”部分详细指出了哪一章或哪几章是为过文。鲁笔所说的“牵上搭下”的“过文”与今天我们所说的过渡语相类似。如在“朝将济于白水兮，登阆风而緤马。忽反顾以流涕兮，哀高邱之无女”后云：“此章牵上搭下，为过文。”[④]

3. “倒掉法”。

文从气顺，不可倒置。此第论唐宋人古文法犹可，总无与于《离骚》事。《离骚》别有前后颠倒出之一法，如文势似宜在前者，

---

①鲁笔：《楚辞达》，《楚辞文献丛刊》第49册，国家图书馆出版社2014年7月第1版，第480页。

②鲁笔：《楚辞达》，《楚辞文献丛刊》第49册，国家图书馆出版社2014年7月第1版，第480页。

③鲁笔：《楚辞达》，《楚辞文献丛刊》第49册，国家图书馆出版社2014年7月第1版，第442页。

④鲁笔：《楚辞达》，《楚辞文献丛刊》第49册，国家图书馆出版社2014年7月第1版，第484页。

此偏抛置在后；文势似宜在后者，此偏掉倒在前，预提起下文作衬逼之势，令上文反变为振落之奇，如此手法真变态不可方物。①

对应到《楚辞达》注文中，如鲁笔对《离骚》“惟党人之偷乐兮，路幽昧以险隘。岂余身之惮殃兮，恐皇舆之败绩”一章作眉批云：“第三句倒从下文掉起，妙法。”

4.“隔类相照法”。

左史中有类叙法，凡同类之事物，皆附带一处以类相从，独《离骚》不然，明明一类者偏从中割开以他类间之，断成文，隔类相生，隔类相顾，不类者搀而和之，本类者越而别之，最为参稽莫测，古文中另一径。②

如鲁笔对“汩余若将不及兮，恐年岁之不吾与。朝搴阰之木兰兮，夕揽洲之宿莽”一章作眉批云：“就一章言为隔类相顾法，上二句本属下章一类，下二句本属上章一类，偏相间错出，楼外山、山外楼重重间映奇妙。”③

鲁笔《指略》显然已经涉及到文本的语言学分析层面，其中章法、笔法、句法、字法、辞法、骨法几项，在今天看来即是从语言学角度切入的。

1.“字法”。

《离骚》字法第一，以倒贯者为奇，有生眼字，有伏脉字；有典隽字，有生造字；有翻活字，有抵死字；有呼字，有应字；有转关

①鲁笔：《楚辞达》，《楚辞文献丛刊》第49册，国家图书馆出版社2014年7月第1版，第442页。

②鲁笔：《楚辞达》，《楚辞文献丛刊》第49册，国家图书馆出版社2014年7月第1版，第443页。

③鲁笔：《楚辞达》，《楚辞文献丛刊》第49册，国家图书馆出版社2014年7月第1版，第450页。

> 字,有贯珠字;有雀起字,有坠落字;有击鼓鸣钟字,有转声下气字。不错字法,方不错句法。①

鲁笔对字法的说明多于原文右侧以小字“字法”二字标出,有时于眉批略作分析。鲁笔所云“倒贯者”即倒字法,如在“纷吾既有此内美兮”章之眉端,鲁笔云:“纷字本属句尾,却倒冠在首,《离骚》每善用倒字法,妙。”② 又如在“耿吾既得此中正”句“耿吾”一词的右侧标出“倒字法”。③ 上引《指略》中列举的大多数字法的名称,很少能与《楚辞达》的注文、句右评及眉批能对应上。如评“顑颔”云“字法妙对饮餐”,评“謡诼”云“二字刻画”,评“鞿羁”云“二字曲尽”。又如鲁笔在“彼尧舜之耿介兮”之“耿介”右评曰:“二字简当”,在“何桀纣之昌被兮”之“昌被”右评云:“二字隽妙”,又在此章眉端略作说明:“尧舜、桀纣,后人褒贬不尽,看他每两人止用二字,便已写绝。”④ 均很难与《指略》所列出的十五种句法对应上。

2.“句法”。

> 《离骚》有顺衍句,有倒装句,有问句,有答句,有抑扬句,有开合句,有超忽句,有顿挫句,有掉头句,有摆尾句,有折腰句,有沉重句,有轻婉句,有俊逸句,有凝炼句,有生涩句,有峭句,有奥句。句句作态,无一死局。句句皆古,无一时句。与汉魏人拟骚者,真

---

①鲁笔:《楚辞达》,《楚辞文献丛刊》第 49 册,国家图书馆出版社 2014 年 7 月第 1 版,第 439 页。

②鲁笔:《楚辞达》,《楚辞文献丛刊》第 49 册,国家图书馆出版社 2014 年 7 月第 1 版,第 449 页。

③鲁笔:《楚辞达》,《楚辞文献丛刊》第 49 册,国家图书馆出版社 2014 年 7 月第 1 版,第 477 页。

④鲁笔:《楚辞达》,《楚辞文献丛刊》第 49 册,国家图书馆出版社 2014 年 7 月第 1 版,第 453 页。

毫厘千里之别。[①]

与上引十五种字法类似，鲁笔《指略》又罗列了十八种句法。在《楚辞达》中，鲁笔对句法的分析，有时在句右以小字标出，如在“畦留夷与揭车兮”句右云“句法变”，在“世并举而好朋兮”句右云“折腰句”。可惜的是，与“字法”的情况相同，《楚辞达》的注释、旁批和眉批，大多未能与《指略》中所列举之句法对应上。

3. “笔法”。

> 《离骚》用笔之妙，一笔常作数笔用。止写反面，而正面自到；止写宾位，而主位自到；止写对面，而本面自到，皆一笔作两笔用，已为妙笔。有时写一面，而三面俱到；如写侧面，而正面反面皆到；写中一面，而前面后面皆到，此则一笔作三笔用，更为奇妙笔法。[②]

鲁笔所云之“正面”“反面”“本面”“对面”及“侧面”，是其从文章学角度总结出的用笔之法。朱冀《离骚辩》中有段话可以帮助我们理解鲁笔所说的各种“笔法”，朱冀云：“无限深情微意在文章反面，无字句处更有对面一层也。注骚家眼光但觑正面，而不顾反面，又孰信反面之更有对面耶！”[③] 鲁笔对于笔法多在眉批作评，如“忽驰骛以追逐兮”四句眉批云：“起二句以进为退，笔法奇妙。”[④] 又，“怨灵修之浩荡兮”四

---

①鲁笔：《楚辞达》，《楚辞文献丛刊》第49册，国家图书馆出版社2014年7月第1版，第438–439页。

②鲁笔：《楚辞达》，《楚辞文献丛刊》第49册，国家图书馆出版社2014年7月第1版，第438页。

③朱冀：《离骚辩》，《楚辞汇编》第九册，台北新文丰出版公司1986年3月第1版，第212–213页。

④鲁笔：《楚辞达》，《楚辞文献丛刊》第49册，国家图书馆出版社2014年7月第1版，第459页。

句眉批云:"不悔而怨,以转笔为起笔,有忽然举头天外之意,奇绝。"[①]

4. "辞法"。

> 《离骚》尚辞以华为贵。凡词华之文,人易赏识,惟《骚》词人偏苦而难之,何也?盖华者近浮,独《骚》词高华中仍归沉实,奇丽中仍归典则,铺陈中仍归奥曲,华而朴,华而幽。周秦之华与后世之华不同,所以人不易识。人必先求其词,方乐求其义。[②]

鲁笔对于"辞法"多在旁批中标出,如在"扈江离与辟芷兮,纫秋兰以为佩"句右评云:"古藻缤纷,词赋之祖。"[③]"朝饮木兰之坠露"句右评曰:"如挹终南奇秀。"[④]又如在"制芰荷以为衣兮"句右评曰:"含英咀华。"[⑤]

5. "骨法"。

> 《离骚》神逸而远,气峻而遒,总由于秀骨天成,秀骨藏于坚古中,而化其锻炼之迹。是以浅学读之,不甚契慕,非关昧于意理,先不识其骨法之尊贵,琢之不开,研之不入,味之不出,自倦而思去耳。此皆读古不深,洗练不精之故。得其骨法,斯无难事。[⑥]

"骨法"本是书法术语,是指书写点画中蕴蓄的笔力。刘熙载《艺概·书

---

①鲁笔:《楚辞达》,《楚辞文献丛刊》第49册,国家图书馆出版社2014年7月第1版,第464页。

②鲁笔:《楚辞达》,《楚辞文献丛刊》第49册,国家图书馆出版社2014年7月第1版,第440页。

③鲁笔:《楚辞达》,《楚辞文献丛刊》第49册,国家图书馆出版社2014年7月第1版,第449页。

④鲁笔:《楚辞达》,《楚辞文献丛刊》第49册,国家图书馆出版社2014年7月第1版,第460页。

⑤鲁笔:《楚辞达》,《楚辞文献丛刊》第49册,国家图书馆出版社2014年7月第1版,第469页。

⑥鲁笔:《楚辞达》,《楚辞文献丛刊》第49册,国家图书馆出版社2014年7月第1版,第440页。

概》云："字有果敢之力，骨也。"《指略》中的"秀骨"之说似乎有些玄妙，但实际上，鲁笔所云骨法即是指文学批评范畴中的气骨、风骨或骨力。

《见南斋读骚指略》在"章法"部分列了八条，论述详尽。鲁笔提到了几个关键词：开合、绝续、埋伏照应、反覆、抑扬、进退。而其中最主要的为"开合"，鲁笔云："《离骚》章法之妙，无过开合二字，或一篇中有大开大合，或一段中有大开大合；或两章中前为开，后为合；或一章中上二句为开，下二句为合；或二句中上句为开，下句为合；或一句中上半句为开，下半句为合，总无一直出者。"[①] 鲁笔认为《离骚》中不管一句二句，还是一章两章，甚至一段一篇中均有开合。"《离骚》更有一种开合，或一章中以合意反在前作开，以开意反在后作合，此则用法之变者。开合二字是总法，以反正为开合，其常也。有时以进退为开合，有时以抑扬为开合，有时以宽紧为开合，其变也。"[②] 鲁笔所云有些玄妙复杂，试举一例，如"固时俗之工巧兮"以下四章，鲁笔在每章之眉端细论章法曰："叹俗一层用宽笔为开，宽中有紧峭之势；伤己一层用紧笔为合，紧中有宽宕之势；自解一层又用宽笔为开，宽中有峭拔之态；自信一层又用紧笔为合，紧中有安闲之态。"[③] 并在"固前圣之所厚"之后总结曰："以上四章俱用一宽一紧以为开合，至下段各章法又变，若再接一章开一章合，则板复无味矣。"[④] 可见对于《离骚》的细部

①鲁笔：《楚辞达》，《楚辞文献丛刊》第49册，国家图书馆出版社2014年7月第1版，第435页。

②鲁笔：《楚辞达》，《楚辞文献丛刊》第49册，国家图书馆出版社2014年7月第1版，第435–436页。

③鲁笔：《楚辞达》，《楚辞文献丛刊》第49册，国家图书馆出版社2014年7月第1版，第466–467页。

④鲁笔：《楚辞达》，《楚辞文献丛刊》第49册，国家图书馆出版社2014年7月第1版，第467页。

结构,鲁笔着重从章法角度分析,强调进退、抑扬、宽紧等对举中的错综变化。

《见南斋读骚指略》有涉及到语言学分析层面的句法、字法、笔法、骨法、辞法等,亦有总结篇章艺术技巧方面的补法、过文法、倒掉法、隔类相照法、移步换形法等。鲁笔《指略》所论十九项虽未能深入并贯彻全篇,但作为立足于作品的文本研究,能细化到这种程度,在我国古代楚辞学史上是绝无仅有的。然而,不得不指出的是,鲁笔尽管在理论上力图揭示字法、句法、章法、笔法、辞法之间的差别,但在实际品评中的界限又常常是模糊不清的。也就是说,鲁笔在《见南斋读骚指略》中提出的一些文法技巧和批评理论,并没有在《楚辞达》的注释中作呼应,以及一以贯之的呈现。而且,考察《见南斋读骚指略》中的带有技术特色的评点术语,有一部分是直接套用或者改造八股时文的圈点术语。因鲁笔受"神韵"说影响较大,个性化理解过多,有些说法确实过于玄妙,让人难以理解。

三、对评点及时文法解《楚辞》的评价

曾国藩说:"章句者,古人治经之盛业也,而今专以施之时文;圈点者,科场时文之陋习也,而今反施之古书。末流之迁变,何可胜道!"[①]曾国藩虽然把评点之学称为"末流",把"圈点"称为科场时文之"陋习",但他也同时注意到了一种值得关注的现象,即历时角度时文评点和古书注释的双向影响。而且,有趣的是,曾国藩一方面在理论上指责评点之学,一方面在实践上又亲自评点《诗经》、《楚辞》等。

时文之法确实已成为当时明确承认的阐释方式。我们从后世对

①曾国藩:《曾国藩诗文集》,王澧华校点,上海古籍出版社2005年10月第1版,第316页。

林云铭《楚辞灯》、朱冀《离骚辩》、方人杰《楚辞读本》、鲁笔《楚辞达》和《见南斋读骚指略》的评价可以看出，清代以来人们对以时文之法阐释《楚辞》的做法既有接受和认同，亦有反对和批判。乾嘉时期朴学盛行，晚明以来的评点之学受到轻视，代表官方正统思想的《四库全书总目》对此类书籍抨击严厉。如《四库全书总目提要》评林云铭《楚辞灯》曰："是编取《楚辞》之文，逐句诠释。又每篇为《总论》，词旨浅近，盖乡塾课蒙之本。江宁朱冀尝作《离骚辨》一卷，攻云铭之说甚力。然二人均以时文之法解古书，亦同浴而讥裸裎也。"[①]四库馆臣用"同浴而讥裸裎"，严厉抨击朱冀和林云铭以时文之法解《楚辞》的做法。此后，对此持批判态度的居多。如《续修四库全书总目提要》评方人杰《楚辞读本》曰："今核其书所载旁批，类皆杂采前人评论，而参以己见，更于每篇之末，各附总评，大致拘文牵义，钩剔字句，纤巧佻仄，全以时文之法评论古书，又于篇中立言创意、精神贯之处，悉加圈点，尤为无谓。至于注释音义，皆列眉端，亦颇嫌其疏略，盖乡塾课蒙之本，犹不脱明人空疏之病，故存之以备一格可也。"[②]张寿林所撰此段提要对方人杰《楚辞读本》的批判，言辞甚厉，尤其是"全以时文之法评论古书"。清代以来，对时文评点的这种贬抑和批判影响深远，直至现当代。比如姜亮夫《楚辞书目五种》评朱冀《离骚辩》曰："其攻朱说，固已多纰缪。其攻林说，亦夹以时文义例，同为明季以来陋习。"[③]

鲁笔的《楚辞达》和《见南斋读骚指略》是时文法批评的典型著作。

---

①纪昀等：《四库全书总目提要》，河北人民出版社 2000 年 3 月第 1 版，第 3821-3822 页。

②中国科学院图书馆整理：《续修四库全书总目提要》（稿本）第 19 册，齐鲁书社 1996 年 12 月第 1 版，第 479 页。

③姜亮夫：《楚辞书目五种》，中华书局 1961 年 12 月第 1 版，第 138 页。

《续修四库全书总目提要》评鲁笔《楚辞达》曰：

核其所注，大抵以四句为一章，首录原文，然后卒章融贯而条晰之，以为之解。并取旧时影响附会之说，一一辩论而订正之。又于各章别加旁批，以推寻其文法，参互考订。虽间亦有得，惜往往拘于比兴之说。[①]

又，《续修四库全书总目提要》评鲁笔《见南斋读骚指略》云：

今考其书，取《离骚》文法融贯而条晰之，于全篇组织，分析既极详审，分别论列，尤能各极其变。惟《离骚》之作，文重义隐，寄托遥深，往往恍惚汗漫，翕张反复，迥出蹊径之外，未可以普通行文之法衡之。是编乃以后世反正开合、埋伏照应等法，论其章法之妙，是则未解骚人之旨，不免治丝而益纷之嫌矣。[②]

张寿林所撰这两段提要对鲁笔《楚辞达》和《见南斋读离骚指略》均有褒有贬，认为鲁笔对于《离骚》之组织结构和层次条理的论析有其详审之处，“间亦有得”，指出以时文之法解《楚辞》是有其可取之处的。然而，因为《离骚》“文重义隐，寄托遥深”，以“普通行文之法”如“后世反正开合、埋伏照应等”过于细化的文法一一对应到《离骚》之中，则是不可取的做法。黄灵庚先生《楚辞文献丛考》评鲁笔《见南斋读离骚指略》云：“《指略》三十七条，多半属虚空凿壁、不著边际之语，如‘骨法’‘辞法’‘补法’‘过文法’‘倒掉法’‘隔类相照法’‘移步换形法’‘虚字法’等，寥寥数语，究不知其体现于《骚》者何许，细读之，似亦未足以达屈子之旨矣。”[③]

①中国科学院图书馆整理：《续修四库全书总目提要》（稿本）第19册，齐鲁书社1996年12月第1版，第723–724页。

②中国科学院图书馆整理：《续修四库全书总目提要》（稿本）第19册，齐鲁书社1996年12月第1版，第718–719页。

③黄灵庚：《楚辞文献丛考》，国家图书馆出版社2017年12月第1版，第1127页。

与此同时，也有一些人发出了不同的声音。生活在康熙时代的清人郑武在其所著《寄梦堂屈子离骚论文》卷一《大序》中说："夫以一体而兼诗文，岂惟《离骚》有然，即如近代八股文章，岂非经生之小言，而体制亦兼诗文，故其排偶，则诗体也；其纵横变化，则又文体也。故八股而予以文章之名，诚重之也。是以奇才异能之士，出其锦心绣口之才，作为八股文章，雄奇宕逸，香艳幽峭，与《离骚》争光于千载之上。"[①] 郑武对八股文之评价非常之高，称八股体制兼诗文。他甚至认为八股文与《离骚》共"争光于千载之上"，这在楚辞学史上是绝高且绝无仅有的评价。又如梁同书（1723–1815）为鲁笔《楚辞达》所作《序》曰：

> 即自王逸以下，注者不乏，或达其文而不达其辞，达其辞而不达其志。有能疏通证明，使当日屈子之用心，千古若揭者，谁乎？雷川鲁子雁门，深于《离骚》，著《读骚》三十七条，于文章之道曲尽其变。其注骚也，取旧时影响附会之解，辩论而订正之，又自为融贯而条析之，命之曰"楚辞达"。读三十七条，而《骚经》之旨，思过半矣。[②]

梁同书对《楚辞达》评价很高，他认为鲁笔做到了由分析文法而探求《离骚》诗旨和揭示屈子之用心。又，《二余堂丛书》编者师范评《见南斋读骚指略》曰："奇而法，微而显；其释骚也，婉而多风，曲而有直。体二千余年之大文，至是而昭若发蒙，洞若观火。"[③] 章世臣《重印楚辞达序》曰："至其所著二十七条读骚之法，于文章之篇法、段法、句法、字

①郑武：《寄梦堂屈子离骚论文》，《楚辞文献丛刊》第47册，国家图书馆出版社2014年7月第1版，第22–23页。

②鲁笔：《楚辞达》，《楚辞文献丛刊》第49册，国家图书馆出版社2014年7月第1版，第424页。

③鲁笔：《楚辞达》，清嘉庆九年（1804）师范辑《二余堂丛书》小停云馆刊本。

法一一详尽，是又为学古文者暗度金针也，岂徒有裨于骚体也哉？”[①] 以上梁同书、师范和章世臣的评价，均来自为鲁笔的《楚辞达》所作之《序》，虽有溢美抬高之嫌，但亦反映出了当时部分学者的学术兴趣和文学观念。今人毛庆先生评价鲁笔《见南斋读骚指略》“为研究《离骚》艺术特色之重要文献，为前代及清代所独有之文”，“可说是明清研究《离骚》艺术之集大成之作，当在楚辞研究史上具有一定地位。惜前人注意不够，使其长期湮没无闻”。[②]

鲁笔《楚辞达》于乾隆三十一年（1766）初刊，其时朴学之风盛行。鲁笔其人并非名流，亦非耆宿，其诗文集还遭到了禁毁。然而，《楚辞达》自问世之后竟一刊再刊，在其产生的清代就曾经两次再版，于嘉庆九年（1804）和光绪九年（1883）分别重刊。而且，值得注意的是，林仲懿《离骚中正》初刊于乾隆十年（1745），金山钱树本校刊方人杰《楚辞读本》的时间是乾隆三十七年（1772），均是在朴学之风鼎盛的乾隆朝。从清代学者对这些著作的校刊和再版来看，以时文法解《楚辞》在当时是被广泛接受的，在一定程度上反映了在朴学环境下人们对于这种批评形式的认同和接受。

作为明清时期科举考试的专用文体，关于八股时文的存废之争，从康熙到乾隆一直就没有间断，到了五四新文化运动更成为旧文学首当其冲被批评的对象，原因极为复杂，其中时代、政治和文化方面的因素不容忽视。一直以来，很多学者还是贬低排斥评点和时文。杨明先生曾分析过个中缘由：

> 一是以为评点层次低，只不过便于初学，难登大雅之堂；二是因明清评点每多讲文脉、章法，受八股影响，八股文既被否定、排

①鲁笔：《楚辞达》，南京图书馆藏光绪九年（1883）章世臣重印活字本。

②潘啸龙、毛庆：《楚辞著作提要》，湖北教育出版社2003年5月第1版，第217–218页。

斥，则评点也受其累。其实层次之高低，主要取决于评者的眼光、见解，而不在于形式。评点虽显得零碎，也难于发表理论色彩强烈的高言谠论，但从具有真知灼见、艺术感悟的片段之中，正可以归纳、概括出评点者的观点、倾向，而且有血有肉，更为准确。至于讲究意脉、章法，正是我国古人为文的一大优点。不信笔所之，以锤炼求自然，以约束求放达，古代有那么多脍炙人口、流传千古的诗文，与这样的好传统大有关系。①

有的研究者正是因对八股持批判态度，而否定以时文之法阐释《楚辞》的做法。正如黄强先生所说："如同八股文不是孤立形成、毫无来历的一样，八股文章法与技巧也不是一无依傍、凭空产生的。……八股文章法理论中的许多成分实际上是对历代'为文之法'的提炼、集中和定型。"②清代《楚辞》评点固然受到时文影响，讲求文法，但并不代表着《楚辞》评点就毫无价值可言。

综上所述，以时文之法阐释《楚辞》作品，是一个时代文学观念的反映，突显了学者们的学术兴趣和审美观念。从以上各家所举的时文法解《楚辞》作品的例子来看，起承转合的结构分析和带有技术特色的文法分析，在一定程度上对于理解《楚辞》各篇的旨意有启人思致的作用。特别是在朴学之风盛行的一定时期，时文法解决了重考据、轻文意带来的阐释破碎、不连贯的问题。而且，有些时文法的分析还是相当精妙，常有会心之处的。同时，不得不承认的是，以时文之法阐释《楚辞》作品，因一些评语流于点到为止的套话，支离破碎、空泛雷同，故而确实会有不甚合宜和扞格不通之处。因此，我们认为，对于清代学者以时文之法阐释《楚辞》的做法，不能一概而否，要披沙拣金辨证地分析和看待。

---

①赵俊玲：《〈文选〉评点研究》，上海古籍出版社 2013 年 1 月第 1 版，第 1 页。

②黄强：《八股文与明清文学论稿》，上海古籍出版社 2005 年 7 月第 1 版，第 342 页。

第三节 文理血脉:对楚辞章法结构的把握

自宋明以来,楚辞学者在阐释《楚辞》作品时已对文脉有所梳理。然而,与清代楚辞学者相比,却还显得很不够。“宋诗话‘句法’,再加上明代八股时文所遵循的‘文法’,也被评论者移植入诗歌文本的诠释,从而出现了意义探寻让位于结构分析的独特景观。”[①] 清代八股时文作为科举应试之文,士子文人自幼习之,其起承转合的严密组织形式和结构方式,久而久之自然会渗透到他们的思维之中去,而对其思维方式产生影响。在楚辞研究中,这种思维方式被移植到了《楚辞》文本的阐释中来,使得楚辞学者对于作品语意的承接转合即所谓气脉十分敏感,并产生了对文脉贯通的目的和要求。

一、文脉贯通的目的和要求

清代楚辞学者已经把《楚辞》作品的结构、脉络作为其艺术成就予以关注,甚至出现了意义探寻让位于结构分析的阐释原则,重视剖析文脉大义,在文理脉络的梳理和剖析中,更清楚地看到了《楚辞》作品的艺术特色,并由此开辟了《楚辞》文学艺术研究的新途径。朱冀《离骚辩》:“读《骚》须分段看,又须通长看。不分段看,则章法不清;不通长看,则血脉不贯。”[②] 朱冀所云“通长”即指全篇,而“通长看”,才能血脉贯注,实际上就是着眼于全篇之结构。王邦采《离骚汇订·序》曰:“所贵乎能读者,非徒诵习其词章声调已也,必审其结构焉,寻其脉络焉,必考其性情焉。结构定而后段落清,脉络通而后词义贯,性情得而

①周裕锴:《中国古代阐释学研究》,上海人民出版社2003年11月第1版,第273页。
②朱冀:《离骚辩》,《楚辞文献丛刊》第47册,国家图书馆出版社2014年7月第1版,第473页。

后心气平。”[①] 王邦采指出了三步走的读骚策略，即结构→脉络→性情，把结构的审视作为把握作者性情的第一前提。

从汤伟《离骚经贯》、张诗《屈子贯》、董国英《楚辞贯》等著作的命名，即可看出清代楚辞学者们对文脉蝉联而贯通的目的和要求。张诗《屈子贯》之张大受《序》云：“昔苏若兰璇玑织锦，尺幅之中，诗千余首，循环反覆，错综变化，浅识者且不能寻其端绪，究其脉络，况屈大夫之争光日月者，欲一以贯之，难矣！而原雅独能沉思默悟，得其所以断，得其所以乱，因以得其断而不断，乱而不乱。”[②] 王箴《离骚详解》强调其读《离骚》日久后的感觉是“开阖顿挫，始终条理之妙尽出，二千五百言如贯珠焉”。[③] 朱冀《离骚辩》云：“愚谓读《离骚》，如满案散钱，必须用索贯串。”[④] 龚景瀚《离骚笺・自叙》云：“别以鄙意，笺其大意，脉络井然，如丝联而绳贯也。”[⑤] 屈复《楚辞新注》云《离骚》是“长篇大作，原有条贯。和氏之璧，御玺材也，槌碎作零星小玉，连城失色矣。”[⑥] 所谓“条贯”正是指文脉大义，而“零星小玉”则是指繁琐的训诂考证。

①王邦采：《离骚汇订》，《四库未收书辑刊》第五辑第十六册，北京出版社 2000 年 1 月第 1 版，第 98 页。

②张诗：《屈子贯》，《四库未收书辑刊》第七辑第十六册，北京出版社 2000 年 1 月第 1 版，第 3 页。

③王箴：《离骚详解》，《楚辞文献集成》第十八册，广陵书社 2008 年 8 月第 1 版，第 12747 页。

④朱冀：《离骚辩》，《楚辞汇编》第九册，台北新文丰出版公司 1986 年 3 月第 1 版，第 29 页。

⑤龚景瀚：《离骚笺》，《楚辞文献丛刊》第 63 册，国家图书馆出版社 2014 年 7 月第 1 版，第 401 页。

⑥屈复：《楚辞新注》，《续修四库全书》集部第 1302 册，上海古籍出版社 2002 年 4 月第 1 版，第 307 页。

张诗《屈子贯》初刊于康熙四十年(1701),王箴《离骚详解》成书于康熙四十四年(1705),朱冀《离骚辩》初刊于康熙四十五年(1706),王邦采《离骚汇订》初刊于康熙六十一年(1722),屈复《楚辞新注》初刊于乾隆三年(1738),以上楚辞学者虽然都处于朴学正盛的时代,但都突出强调《离骚》之“贯”,重视文脉和结构的阐释。即使是受乾嘉学风影响较大的龚景瀚《离骚笺》,亦强调脉络的贯通。而且,朱冀在《离骚辩》之《管窥总论》中强调说:

> 读《骚》须分段看,又须通长看。不分段看,则章法不清;不通长看,则血脉不贯。旧注之失在逐字逐句求甚解,而于前后呼应阖辟处全欠理会,所以有重复总杂之疑。孰知妙文一线穿就,如五花八门,纵横变化,而其中止齐步伐,队伍森严耶?[①]

朱冀批判了前人旧注琐碎的训诂割裂了文脉大义,主张“妙文一线穿”,强调要有贯穿始终的文脉,兼顾分段和通长之视角,对前后呼应和纵横变化处作细致分析。吴世尚《楚辞疏》之《凡例》起首即云:“《离骚》用意精深,立体高浑。文理血脉,最难寻觅。故先逐句悉其诂训,乃逐节清其义理,庶几上下有接续,前后有贯通。初学开卷,不至蒙于五里雾中也。”[②] 陈本礼《屈辞精义·自序》云:“虽不敢自命注《骚》,然于《骚》之命脉窃有窥于一管,不揣固陋,略为诠释,庶庐山面目得以一洗尘昏于二千年后,不致沉埋于霾云宿雾中,实亦赖屈子之灵,有以阴相默助,以底于成也。”[③] 吴世尚和陈本礼注解《楚辞》处处着眼于文

---

①朱冀:《离骚辩》,《楚辞汇编》第9册,台北新文丰出版公司1986年3月第1版,第21页。

②吴世尚:《楚辞疏》,《楚辞文献丛刊》第55册,国家图书馆出版社2014年7月第1版,第9–10页。

③陈本礼:《屈辞精义》,《楚辞文献丛刊》第63册,国家图书馆出版社2014年7月第1版,第31页。

理之接续，血脉之贯通，力求使全篇浑然一体。

董国英十分重视《离骚》文脉的梳理，其《楚辞贯》卷首余莲《序》云："其书冠《列传》于首，标出'修己'、'取人'两注脚，于《传》引其端，于《骚》畅其旨，步步相承，丝丝入扣，如牟尼珠一线穿成，更无从前复沓难通之苦，洵不负以'贯'名篇也。"[①]余莲此评切中肯綮，全书最重要的结构特征即"修己"、"用人"二柱，不管是在《离骚》注解、眉批中，还是《列传》眉批中，此二柱贯穿全篇。董国英于《离骚》每章之上大多都有眉批，主要功能就是分析字法、句法、章法和结构等，进而疏通《离骚》之脉络。如董国英在《离骚》起首"帝高阳之苗裔兮"四句眉批云："以'正'而生，便注篇末之以正而毙着笔。'贞'字可贯通篇，为屈子一生守正不阿之本。"[②]董氏拈出一"正"字和一"贞"字，把它们与阐释脉络结构相贯通，辨析其在《离骚》字句经营中"可贯通篇"的重要作用。董国英于《离骚》乱词末句"吾将从彭咸之所居"后注曰："于是以'正'而毙，回顾篇首之以'正'而生，为全篇结穴。循首讫尾，无数层折，无数烟波，要无一字不照定此句落笔。读至此句，觉言终而气有余，意足而神尤旺。首尾回环，精神团结，曾有一字外散否？曾有一字不贯否？"[③]正如董国英所云，屈原"以正而生"、"以正而毙"，《离骚》"循首讫尾"、"首尾回环"，由此通篇文脉一贯。黄灵庚先生指出："是书所以名'贯'者盖有二：一则所以贯穿屈子《离骚》、司马迁《屈原列传》，使二者相互印证，合符若一也；二则董氏以'修己'、'用人'为《离骚》全篇之二柱，且统摄始终，一贯到底。"[④]此二"贯"分析得很有道理。

---

①董国英：《楚辞贯》，清道光二十五年（1845）博川正谊斋刻本。

②董国英：《楚辞贯》，清道光二十五年（1845）博川正谊斋刻本。

③董国英：《楚辞贯》，清道光二十五年（1845）博川正谊斋刻本。

④黄灵庚：《楚辞文献丛考》，国家图书馆出版社2017年12月第1版，第1945–1946页。

清代楚辞学者运用“交相击射”、“激射”等来分析作品结构上的似断还连的线索脉络。如江中时《楚骚心解》于《天问》后评曰：“至其用笔之妙，每说一事，于前作无数引子，于后作无数疑浪，步步自为潆洄，交相击射，令读者如入五花八门，迷不可出。然细寻其脉络，或伏线于前，或遥接于后，千头万绪，一丝不乱，百折千回，如往而复，章法何等绵密。”[①] 江中时所云“或伏线于前，或通接于后”，即草蛇灰线法的运用。“交相击射”，即文章学之隐显“激射”的手法，即通过已经说出来的话，去影射没有说出的意思，让读者体会到作者不便说的内在微旨和深切用意。梅冲《离骚经解》于“謇吾法夫前修兮”一章注云：“写与时不合，曰‘非余心之所急’，曰‘非世俗之所服’，两边激射极紧，不合如此，则斯世无可安此身者，乃想得自沉一法，通身归宿，一篇主脑，于此点定。”[②] 又，梅冲在《离骚》“芬至今犹未沬”之后，即其所分第五段之后注曰：“痛斥无道之世，仕进者之不堪如此，使第三段不可变之义从反面激射愈透。”[③] 可见，“交相击射”或言“激射”的双方往往隔得较远，需要读者自己去寻绎脉络，体会笔法之精妙。

清代楚辞学者所追求的文理血脉之贯通，不仅仅局限在一篇作品之内，还延伸至《九歌》和《九章》这样的一组作品中。下面以吴世尚《楚辞疏》和郑知同《楚辞考辨》为例来具体分析。吴世尚在《楚辞疏·凡例》中指出：“《九歌》之词，最为按脉切理之作。盖各就其神而实指之。而情致缥缈，既见其情性功效之所在，又使人有仿佛不可为像之意，可

①江中时：《楚骚心解》，《楚辞文献丛刊》第57册，国家图书馆出版社2014年7月第1版，第146–147页。

②梅冲：《离骚经解》，《楚辞文献丛刊》第60册，国家图书馆出版社2014年7月第1版，第305–506页。

③梅冲：《离骚经解》，《楚辞文献丛刊》第60册，国家图书馆出版社2014年7月第1版，第333–334页。

谓善言鬼神之情状者矣。而向之解者止属在巫保身上，又必欲处处阑入怀王与屈原，所以多首尾衡决，而不能通也。"[①] 此论切当有理。历来对于《九歌》的解读，称谓是最难分辨明晰的。吴世尚指出前人论《九歌》之所以思路混乱而不能贯通，主要在于对《九歌》中巫、君、灵以及予、吾等人称的理解有误。郑知同又在吴世尚论说的基础上，进一步从称呼用语上论述二《司命》的关系。郑知同在《九歌·大司命》篇后"通释"曰："此篇旧解属祭者言。而篇中'余'、'吾'或为司命，或为己称，殊混乱难通。独吴氏认(为)前段皆大司命语少司命之词，确得真诠。今注义多采其说。"[②] 郑知同在《九歌·少司命》篇后"通释"曰："此篇又少司命答大司命之词。吴氏知上篇托为神语，而不知此篇亦然，未全得解也。今属少司命自言，即处处与上篇相应对。"其中，"吴氏"即指吴世尚。郑知同又云："旧解属祭者言，即语多背理。试为辩之：神无偏私，何所阴厚！大司命之言，如许堂皇正大，至少司命忽期之以'与我目成'，岂非邪僻？一不可也；司命何等尊严，而谓'出不与我辞谢'，渎慢已极！二不可也；'从空桑'、'浴咸池'、'晞阳阿'等语，人焉能与神游？况敢相呼'尔'、'汝'？此不比《离骚》役使百神，为寄托之词，三不可也；'独为民正'，出于少司命推重大司命则可，若由人赞少司命，是时二司命同享，有尊者在，将何以处大司命？四不可也。自来注家卒无一悟此理，何哉？"[③] 正如朱熹所云，"《九歌》诸篇，

①吴世尚：《楚辞疏》，《楚辞文献丛刊》第55册，国家图书馆出版社2014年7月第1版，第11–12页。

②蒋南华等：《郑知同楚辞考辨手稿校注》，贵州人民出版社2004年5月第1版，第87页。

③蒋南华等：《郑知同楚辞考辨手稿校注》，贵州人民出版社2004年5月第1版，第95–96页。

宾主彼我之词最为难辨。"[①]郑知同精要地总结出了"四不可",基本上解决了这两篇在称呼上存在的问题。

吴世尚评《九歌》为"最为按脉切理之作",即主要从章法结构立论,其《九歌》总评曰:

《九歌》首二章筮日斋沐,末章成礼传芭,乃一篇大章法也。其间有二篇相承而为章法者,则首二章与《湘君》、《湘夫人》及《大、少司命》也。至各篇各自为章法,则固人人之所能知矣。[②]

吴世尚未局限于各篇内部之章法,而从《九歌》整体及前后篇之关系着眼,梳理出了迎神送神和两两相对的总体结构。吴世尚在《凡例》中说:"《九歌》之《礼魂》,明是送神之曲,非可指为一神也。又云谓'以礼善终'者。夫若此等,则一国中不可以数计,而又谁为祀之之所乎?"[③]又,《礼魂》篇后云:"古注谓以礼善终者,然玩歌词之意,则似是凡祭毕之辞词,乃送神之曲也。"[④]对于《礼魂》的性质,汪瑗最早指出,"此篇乃前十篇之乱辞,故总以'礼魂'题之。前十篇祭神之时,歌以侑殇,而每篇歌后,当续以此歌也。"[⑤]王夫之变用此说,指出《礼魂》"乃前十祀之所通用,而言终古无绝,则送神之曲也。"[⑥]吴世尚亦云"送神之曲",当是受到王夫之的启发。然观吴世尚所论,并非仅仅承袭他人之

①朱熹:《楚辞集注》,上海古籍出版社 1979 年 10 月第 1 版,第 187 页。

②吴世尚:《楚辞疏》,《楚辞文献丛刊》第 55 册,国家图书馆出版社 2014 年 7 月第 1 版,第 179–180 页。

③吴世尚:《楚辞疏》,《楚辞文献丛刊》第 55 册,国家图书馆出版社 2014 年 7 月第 1 版,第 12 页。

④吴世尚:《楚辞疏》,《楚辞文献丛刊》第 55 册,国家图书馆出版社 2014 年 7 月第 1 版,第 179 页。

⑤汪瑗:《楚辞集解》,北京古籍出版社 1994 年 1 月第 1 版,第 144 页。

⑥王夫之:《楚辞通释》,上海人民出版社 1975 年 6 月新 1 版,第 45 页。

说，而是体现出自身独立的思考。除了以《礼魂》"成礼传芭"而为送神之曲外，吴世尚同时点明了"首二章簸日斋沐"，即指《东皇太一》"吉日兮辰良"、《云中君》"浴兰汤兮沐芳"等是作"簸日斋沐"的迎神准备。如此，有迎有送，这正是其所谓《九歌》的"大章法"之所在。而且，吴世尚注意到了二《湘》和二《司命》在篇章结构和内容上的接续，其《楚辞疏·凡例》曰："《九歌》中如《湘君》、《湘夫人》及《大、少司命》，虽各有乐章，而意相承顾。读者须细玩其血脉之暗相注处也。"①

郑知同《楚辞考辨》在吴世尚的基础上，从贯通《九歌》整体及前后篇之关系着眼，进一步采用贯通对比的方法分析二《湘》。如其在《湘君》篇后"通释"曰："此篇自'告余不闲'以上，皆迎神而神不肯来之词。'君不行'三字，是全篇柱意。'望'与'思'两字，是全篇眼目。而所以迎神而神不行，地则由近及远，情则由疏以戚，极恳诚之至。"②郑知同抓住"君不行"和"望"、"思"等关键词，细致分析《湘君》篇的结构。而且，郑知同还从这些关键词出发，对比分析了二《湘》结构和语言上的承接关系。如郑知同在《湘夫人》篇后"通释"云："上篇挨次写求神、见神、闻神语、逮神来，是层层顺递；此篇先拟神降，却了无踪影，直至目断神移，邈不可攀，忽焉出人意表，神不就己，而反要人，是处处逆接。论两篇意境，原是一望一思作线索，却分出如许次第。其妙谛似此，王逸乃以章句杂错目之，真皮相可嗤矣。"③郑知同把《湘君》和《湘夫人》相对比，详细分析两篇在结构接续和文思意境上的精妙之处。历

①吴世尚：《楚辞疏》，《楚辞文献丛刊》第 55 册，国家图书馆出版社 2014 年 7 月第 1 版，第 12 页。

②蒋南华等：《郑知同楚辞考辨手稿校注》，贵州人民出版社 2004 年 5 月第 1 版，第 70 页。

③蒋南华等：《郑知同楚辞考辨手稿校注》，贵州人民出版社 2004 年 5 月第 1 版，第 81 页。

来对于二《湘》中精彩诗句的理解大多都是支离破碎。郑知同在领会屈子之情的基础上，从通篇着眼，并联系前后章，其解说细致入微，非常精到。陈本礼《屈辞精义》亦从章法分析入手，指出“前《湘君》、《湘夫人》两篇，章法蝉递而下，分之为两篇，合之实一篇也。此篇《大司命》与《少司命》两篇并序，则合传体也。”[①] 此外，王邦采、胡文英、蒋骥、顾成天等亦合二《湘》、二《司命》各为一篇，但是上述论者多是仅着眼于《九歌》之篇数为说，而未能如吴世尚、陈本礼和郑知同一样，从文脉章法角度分析其合理性。

二、节段结合：对结构的精细化分解

基于上述文脉贯通的目的和要求，清代楚辞学者已经把结构段落作为《楚辞》的文学成就之一来看待，并不断走向精细化的方向，其采取的最重要的研究方法之一是分节分段解读，有的还节段结合。对《楚辞》作品分段分节解读是建立在分章的基础之上的。东汉王逸《楚辞章句》是逐句训释的注释格局，到宋代朱熹《楚辞集注》有重大改变。朱熹在《楚辞辩证》中说：“凡说诗者，固当句为之释，然亦但能见其句中之训故字义而已，至于一章之内，上下相承，首尾相应之大指，自当通全章而论之，乃得其意。”[②] 朱熹实际上已经站在文学研究的高度，从句、章、篇的角度提出了对《楚辞》作品进行结构分析的要求。陈本礼《屈辞精义·略例》曰：

> 《楚辞》古本不分章句，至朱子始分之。后人有分有不分，然分之眉目始清，脉络亦易于寻觅。盖章犹解也，汉乐府用解者，便于歌

---

①陈本礼：《屈辞精义》，《楚辞文献丛刊》第 63 册，国家图书馆出版社 2014 年 7 月第 1 版，第 341 页。

②朱熹：《楚辞集注》，上海古籍出版社 2001 年 12 月第 1 版，第 170 页。

> 也。其间音节之顿挫，声调之抑扬，悉于解中见之。《楚辞》亦歌也，所谓“行吟泽畔”者，“长歌当哭”之意也。其间章各有旨，句各有意，字各有法，总不欲使人一览而尽。至于音调之高朗，又全乎天籁矣。①

陈本礼明确肯定朱熹是《楚辞》分章的奠基人，他指出分章不仅可以使结构脉络明晰，而且可以明“音节之顿挫，声调之抑扬”。此后的楚辞学者多沿用朱熹分章的做法。到了清代，大部分楚辞学者都在朱熹《楚辞集注》分章的基础之上，进而通过分段、分节来把握《楚辞》作品的结构。

对于《离骚》这样的鸿裁巨制来说，结构分析是理清思路、把握主旨的必不可少的研究方法和途径。在清代楚辞研究中，对《离骚》的分节分段解读十分普遍。清代楚辞学者对《离骚》的段落划分至少有十余种说法：李光地分为两大段，王邦采分为三段、龚景瀚分为三大节十三小节，梁夔谱分为三段十三节，张象津分为三大段十九节，屈复分为五段十八节，颜锡名分为五段，奚禄诒分为七段，戴震分为十段，陈本礼分为十节，董国英分为十一段，鲁笔分为上下两篇十二段，张德纯分为十三节，谢济世分为十四章，毕大琛分为十四节，林云铭分为十七段，黄恩彤分为十七段，吴世尚分为四十三节等。

李光地在《离骚经注》中把《离骚》分为两大段，开头至“岂余心之可惩”为第一段，“女媭之婵媛兮”至末尾为第二段。前半篇写实，是屈原叙述自己的身世经历，并抒发其忧郁之情；后半篇运用寓言，因前半篇“意之未已”，所以后半篇“矢其坚贞”。此二分法明晰畅达，揭示出了《离骚》前后写法不同的原因。后之鲁笔即继承李光地之说着眼于写法之虚实分《离骚》为上下两篇。此后，王邦采《离骚汇订》在

①陈本礼：《屈辞精义》，《楚辞文献丛刊》第63册，国家图书馆出版社2014年7月第1版，第52页。

此基础上又将后半部分分为两段，即从"索藑茅以筳篿兮"至结尾为第三段。此三分法对后世影响很大，此后主张《离骚》分三段的清代楚辞学者基本都是在建立在王邦采"三分法"的基础之上。如张象津《离骚经章句义疏》分《离骚》为三大段十九节，前两段和王邦采完全一致，只不过把最后的"乱曰""自为一节"。梁夔谱《古赋首选》把《离骚》分为三大段再加篇末乱辞，三大段的分法与张象津完全一致，只不过在小节的划分上有所不同，梁夔谱分为十三节，而张象津分为十九节。可见，清代楚辞学者在《楚辞》结构分析方面的承继关系。又如，龚景瀚分《离骚》为三大节十三小节，他所说的是"大节"实际上就是几个小节组成的"段"。其具体分法如下："自篇首至'霑余襟之浪浪'为首一大节，皆言'国无人，莫我知也'，而其中又分七小节"；"自'跪敷衽以陈辞'至'余焉能忍与此终古'为中一大节，皆言'莫足与为美政'也，而其中又分三小节"；"自'索藑茅以筳篿'至末为末一大节，皆言'何怀乎故都'，而'将从彭咸之所居'也，而其中又分三小节"。[①] 龚景瀚认为乱词"犹《诗》之小序也"，是全篇大旨之所在，并以乱词中的诗句来分别概括每一大节的旨意。我们仅从三大节的划分，就能清楚地看到确如他所说的脉络"如丝联而绳贯也"。[②] 此外，从小节划分的角度来看，龚景瀚和梁夔谱二人均分《离骚》为十三小节，划分之节点也大多一致。

节段结合是清代楚辞学者对《离骚》进行结构分析的主要方法。屈复对《离骚》意旨的把握自分节分段始。其《楚辞新注·凡例》云："《楚词》惟《离骚经》最难解，句有同者，意自各别，并非重复。长篇大

---

①龚景瀚：《离骚笺》，《楚辞文献丛刊》第 63 册，国家图书馆出版社 2014 年 7 月第 1 版，第 469–471 页。

②龚景瀚：《离骚笺》，《楚辞文献丛刊》第 63 册，国家图书馆出版社 2014 年 7 月第 1 版，第 401 页。

作，原有条贯，和氏之璧，御玺材也，槌碎作零星小玉，连城失色矣。兹分五段，庶得要领。"[①] 屈复分《离骚》为五大段，十八节。而且，屈复对于《离骚》原文并不像大多清代《楚辞》注本是按照朱熹所分章录，而是按照他自己所分的节录，节旨段意直接接在原文之后，一展卷即一目了然，确实避免了文气支离破碎之弊端。其具体分法是：自篇首至"字余曰灵均"为第一段，"叙世系、祖考、生时、名字，有木本水源、顾名思义之意，言外见分当与国存亡也"[②]；自"纷吾既有此内美兮"至"夫何茕独而不予听"为第二段，凡六小节，"言己之上不见知于楚君，下不见知于盈朝，外不见知于党人，内不见知于骨肉，一片孤忠，无可告语，不得不折衷于前圣矣"[③]；自"依前圣以节中兮"至"余焉能忍而与此终古"为第三段，凡五小节，"折中重华，既得中正，因上叩天阍，拒于阍者，溷浊嫉妒，丈夫中莫能我知，复求之女中，又不可得，乃叹息闺中深远。既不能陈辞，哲王又不能觉寤。我之情怀，终不能发之于世，安能隐忍而与溷浊嫉妒者共此无穷之日月乎？计惟有一死而已"[④]；自"索琼茅以筳篿兮"至"蜷局顾而不行"为第四段，凡五小节，"决之灵氛巫咸，多不入耳之言。风俗变易，君子化为小人，惟余良贵，虽为人弃，一毫未损，不从其求君之占，从其远逝自疏而已。……而终不忍去故乡

①屈复：《楚辞新注》，《楚辞文献丛刊》第 49 册，国家图书馆出版社 2014 年 7 月第 1 版，第 6 页。

②屈复：《楚辞新注》，《楚辞文献丛刊》第 49 册，国家图书馆出版社 2014 年 7 月第 1 版，第 38–39 页。

③屈复：《楚辞新注》，《楚辞文献丛刊》第 49 册，国家图书馆出版社 2014 年 7 月第 1 版，第 54 页。

④屈复：《楚辞新注》，《楚辞文献丛刊》第 49 册，国家图书馆出版社 2014 年 7 月第 1 版，第 69 页。

也”[①]；“乱曰”至篇末为第五段，“既莫足与为美政，吾将从彭咸而死，庶不负命名字之义，而可见祖考于地下也。”[②]至此，我们就知道屈复为何把篇首八句作为第一段，是以祖考命名为全篇之纲领，统摄全篇，收尾呼应，浑然一体。屈复于《离骚》篇后总评又概括道：“通篇五段，以祖考命名为纲领，以‘知’字为针线，以从彭咸而死为主意”；“此篇五段，首段古帝起，末段时王结。煌煌大篇，起结紧严。”[③]屈复分《离骚》为五段，与诸家不同，如此分解，确实使得《离骚》全篇结构紧严，自成体系。

与此同时，也有一些学者有感于部分楚辞学者对《离骚》分段分节过于破碎。如梁夔谱其《古赋首选·凡例》云：“《离骚》段落分者各殊，多失破碎。屈复曰：‘和氏之璧，御玺材也，槌碎作零星小玉，连城失色矣。’兹就蠡见，除乱语外分为三大段。”[④]故而他把《离骚》分为三大段，篇首至“岂余心之可惩”为第一段，“言虽不得君，而志不可变，分五节看”；“女媭之婵媛兮”至“余焉能忍与此终古”为第二段，“言欲往求贤，而人不可得，分五节看”；“索琼茅以筳篿兮”至“蜷局顾而不行”为第三段，“言欲往择主而义不忍去，分三节看”。又如，黄恩彤《离骚分段约说》分《离骚》为十七段，其卷末识语指出前人对于《离骚》结构的把握“皆由未能细绎本文、区分段落所致”，并评曰：

方伯海始有《离骚》当细分段落，自前至后，并无一字重复之

①屈复：《楚辞新注》，《楚辞文献丛刊》第49册，国家图书馆出版社2014年7月第1版，第85页。

②屈复：《楚辞新注》，《楚辞文献丛刊》第49册，国家图书馆出版社2014年7月第1版，第86页。

③屈复：《楚辞新注》，《楚辞文献丛刊》第49册，国家图书馆出版社2014年7月第1版，第86–89页。

④梁夔谱：《古赋首选》，清同治八年（1869）梁氏镜古堂刻本。

说，可谓善读《离骚》者矣。但所分六大段，未免意为割截，且谬为虚中实、实中虚之强解，又于各段分句分章，更属破碎。林西仲章诠句释，用力颇勤，而不免穿凿附会之失。于晴川荟撮诸家，殊有识解，而未能折衷，归于至当。[①]

黄恩彤提到的“方伯海”，即方廷珪，著有《昭明文选集成》；“林西仲”，即林云铭，著有《楚辞灯》；“于晴川”，即于光华，著有《文选集评》。从黄恩彤所云“方伯海始有《离骚》当细分段落”，可见其所寓目的注本评本并不多，明清楚辞学者对《离骚》的分段解读不乏其人。

《离骚》分段“破碎”的代表是吴世尚的《楚辞疏》。吴世尚把《离骚》分作四十三节，大概平均八句即一节，极为细密。吴世尚在把握全篇整体结构的基础上，又十分注意分析各节间的内在联系。如对《离骚》第一节注曰：“首原远祖，以见宗臣无可去之义；次本天亲，以见忠孝乃一致之理；次叙所生之月日，以见己之所得于天者隆；次及所锡之名字，以见亲之所期于己者厚。盖通篇大义，皆檃括于此矣。”[②]第四十三节（乱词）注云：“屈原既作《离骚》，乃更总括一篇之意而为之乱曰。人之所以乐乎生者，以生则有人知我，而吾之生亦有益于当时也。今如吾也，而尚何望哉？已矣乎，通国无一知我者矣，吾又何以生为也。‘既莫足与为美政兮’，而以生自效，大有补于当时；‘吾将从彭咸之所居’，而以死自靖，庶无惭于后世耳。”[③]吴世尚对《离骚》首节和末节的抽绎和概括均精炼深刻，又注意到了首尾及全篇之间的呼应和衔接，

①黄恩彤：《离骚分段约说》，《楚辞文献丛刊》第67册，国家图书馆出版社2014年7月第1版，第51页。

②吴世尚：《楚辞疏》，《楚辞文献丛刊》第55册，国家图书馆出版社2014年7月第1版，第25页。

③吴世尚：《楚辞疏》，《楚辞文献丛刊》第55册，国家图书馆出版社2014年7月第1版，第115页。

其于《离骚》结构章法之分析由此可见一斑。吴世尚于《离骚》篇后总评曰："一篇《离骚》，只有三个字，前文'不去'二字也，乱词一个'死'字也。"[①] 吴世尚对于《离骚》的结构分析虽然较为"破碎"，但他能在纷繁的结构中准确地抓住这三个关键字，确是独具只眼的。

据笔者所见，对《楚辞》作品结构分析较有特色的还有上海图书馆藏佚名《楚辞一管》清代月窥斋刻本。凡一册，四卷，全书无序跋、目录、凡例之类，每卷卷首题有"楚辞一管卷末"、"删补试录"，此本篇次殊异，卷一《离骚》，卷二《九歌》、《天问》，卷三《思美人》《抽思》《惜诵》《远游》《卜居》《哀郢》《涉江》《悲回风》《橘颂》，卷四《招魂》《渔父辞》《大招》。其所题"删补试录"应该指其对于《楚辞》篇次的重新考订并录之于卷末，最大的变化是对《九章》的重新排序，而且把《远游》和《卜居》二篇编入《九章》诸篇之中。《楚辞一管》卷末对于《楚辞》作品全录白文，而以分段、音释、圈点为主。音释主要用夹批，以叶韵为主。圈点有双圈、三圈、尖圈、密点、大截、半截等。从全书来看，此本应是《楚辞一管》一书的卷末附录，其主要目的是为了通过分段、音释和圈点，为初学者提供一种楚辞读本。其分段很有特色，标示明晰，对于所录的全部作品都分"解"和"截"，并用醒目方框标出，例如"此截一解"、"此截三解"、"此截三解中解二句"、"此解三节上解二句"。其所云"解"相当于我们现在所说的节，有的"解"是两句，即其所云"中解二句"、"上解二句"。其所云"截"相当于我们现在所说的"章"。此本的作者和具体刊行年代已不可考，然其结构划分非常精细，笔者推测应该是清代中晚期的本子。

鲁笔《楚辞达》着眼于虚实之写法将《离骚》分作上下两篇，共

①吴世尚：《楚辞疏》，《楚辞文献丛刊》第55册，国家图书馆出版社2014年7月第1版，第115页。

十二段。其《见南斋读骚指略》之“篇章”部分曰："通篇上半篇五段，下半篇七段。上半篇前三段自叙抱道不得于君，而不能自已。后二段论断前文以自解，是实叙法。下半篇纯是无中生有，一派幻境突出。女媭见责因而就重华，因就重华不闻而叩帝阍，因叩阍不答而求女，因求女不遇而问卜求神，因问卜求神不合而去国，因去国怀乡不堪而尽命。一路赶出，都作空中楼阁，是虚写法。一实一虚，相为经纬，如风云顷刻万变而不穷，而两界河山，自分明有主而不乱。"[①] 此段分析十分精彩，尤其是从女媭詈原到最终自沉这“一路赶出”的梳理清晰明了，并准确地指出后半篇“纯是无中生有”，是“虚写法”，可谓一语中的。鲁笔《见南斋读骚指略》之“段落”部分，详细说明了十二段的具体分法。鲁笔着重从《离骚》的内容和文脉进行分段，上下两篇的分法是着眼于写法之虚实，颇为详明，可备一说。鲁笔在《指略》之“气脉”部分云："历代注骚者总是章章气脉不能打通贯注，纵有接卸，不是平钝直衍，则是勉强牵合。须要章章一气相通，又要章章转变不测，在人人意中，又在人人意外，方见奇妙。"[②] 如“女媭之婵媛兮”以下八句，鲁笔注云：

> 二章合一为波澜，上势已完，忽生出女媭一番训斥，为下半篇转关。所谓舟行已穷，忽又无际，绝妙过文。原不过借女媭之言为引起下文之端，乃文章开一步、起一峰之法。西仲不必横加贬责，悔广不必极力推尊，即就其词玩之，亦只识全身远害之情，尚未知清白死直之道，遽以为知几之神，金石不刊之至论，何其

①鲁笔：《楚辞达》，《楚辞文献丛刊》第49册，国家图书馆出版社2014年7月第1版，第431页。

②鲁笔：《楚辞达》，《楚辞文献丛刊》第49册，国家图书馆出版社2014年7月第1版，第434页。

谬也。[①]

鲁笔体会到了“女嬃詈原”一段在结构上的作用，从文脉走向角度切入，反驳林云铭和朱冀，指出二人对此段的理解皆求之过深，不符合《离骚》的文脉特点和创作情境。

董国英《楚辞贯》以鲁笔《楚辞达》为蓝本，其分《离骚》为前后两篇，共十一段，即直承鲁笔之论。其《楚辞贯·凡例》曰：“通篇分十一段。开端至‘心之可惩’分五段，为前半篇。自‘依前圣’至终篇，分六段，为后半篇。前半按实言情，后半凭空结撰，意境顿别，前后绝不相连属，故以女嬃三章承上起下为过文，作一大纽，自不在前五段、后六段之列。”[②]董国英承袭鲁笔之说，指出《离骚》“前半按实言情，后半凭空结撰”，而其十一段的具体分法除“女嬃詈原”三章大体一致。而且，董国英和鲁笔二人均指出“女嬃詈原”三章为过文，只不过鲁笔把此过文作为前五段的过渡语，而董国英认为此过文“不在前五段、后六段之列”。其实，董国英是自相矛盾，因后面“依前圣以节中”至“霑余襟之狼浪”仍标为“第七段”，分明还是将“女嬃詈原”一段作为第六段。因此，董氏十一段之分法，实际上仍是十二段。

清代楚辞学者还把结构划分推广到《离骚》之外的其他作品，而且对作品的结构分析比之前代更趋于精细化。试举三例：

其一，屈复对《楚辞》作品的结构分析涵盖《楚辞新注》全书，他不仅对《离骚》进行分段分节解读，对《九歌》中每一篇都进行分节论释，甚至对《天问》《远游》《卜居》《渔父》《招魂》《大招》都进行分段论释，《天问》分九段，《远游》分八段，《卜居》分四段，《渔父》分四段，《招魂》

①鲁笔：《楚辞达》，《楚辞文献丛刊》第49册，国家图书馆出版社2014年7月第1版，第472页。

②董国英：《楚辞贯》，清道光二十五年（1845）博川正谊斋刊本。

分四段,《大招》分七段。而且,屈复对《九章》和《九辩》中的每一篇也都进行了精细化地分段,便于初学者把握每一篇的结构脉络和主旨。

其二,徐焕龙《屈辞洗髓》对《九章》中的《哀郢》《抽思》《怀沙》《惜往日》《悲回风》五篇也在眉批中细致分段阐释。徐焕龙把《哀郢》篇分为三段:"自'天不纯命'至'江夏流亡',是哀民。自'出国门'至'侘傺含戚',皆哀国哀己。而祸之所始,则以小人用事,君听不聪。'外承欢'至末,所以极言其情态。当分作三段味之。"[①] 又,徐焕龙在《惜往日》眉批曰:"此篇词质而易晓,须分清段落。'惜往日'至'娭气',言怀王;'何贞臣'至'何由',言襄王;'闻百里'至'缟素',援古以自慨;'或忠信'至'使谗谀',概论古今暗主;'自前世'至'如列宿',复言怀王;'乘骐骥'一段,慨怀兼慨襄;然后结言其所以死与其所以作是篇之意。"[②] 徐焕龙实际上把《惜往日》分为七段,每段以简短语言概括段意,从其概括之段意"言怀王"、"言襄王"、"慨怀兼慨襄"等,确实能够对《惜往日》之结构有较为明晰的认识。

其三,朱冀《离骚辩》把《山鬼》分作五节,第一节"先写山鬼之情状,皆从空中设想,非目击此物也";[③] 第二节"叙山鬼为享祭而来,历历写其骑从,写其车骑被带,写其折取芳馨,无一非山间之景物,山鬼之本色";[④] 第三节"写山鬼之享祭,本题之正文已毕,以下又借山鬼之

①徐焕龙:《屈辞洗髓》,《楚辞文献丛刊》第 48 册,国家图书馆出版社 2014 年 7 月第 1 版,第 531–532 页。

②徐焕龙:《屈辞洗髓》,《楚辞文献丛刊》第 48 册,国家图书馆出版社 2014 年 7 月第 1 版,第 555–557 页。

③朱冀:《离骚辩》,《楚辞文献丛刊》第 47 册,国家图书馆出版社 2014 年 7 月第 1 版,第 674 页。

④朱冀:《离骚辩》,《楚辞文献丛刊》第 47 册,国家图书馆出版社 2014 年 7 月第 1 版,第 677 页。

去，拓开笔墨，转出作者胸中主意来”；[①] 第四节“转到招隐正旨”[②]；第五节“语意本上节来，而与下节开合，以束通篇。盖此节言虽或招之，未必能致”。[③] 朱冀以《山鬼》为招隐是否符合原意，我们先不探讨，单来看其五节的分法确实能够帮助读者理清思路。上海图书馆藏佚名《楚词选》抄本即直承朱冀此说，分《山鬼》为五节，亦以《山鬼》为招隐之意。

第四节　对楚辞艺术手法和境界的探寻

清代楚辞文学艺术研究达到了相当的高度，作为艺术思维和创作手法的“虚实”、“寓言”、“幻境”、“实境”、“虚境”等，已成为探讨《楚辞》艺术性的重要范畴。清代楚辞学者对诗歌虚构和想象的艺术特点和本质，已经有了明确的认识，他们真正从文学艺术角度的观照《楚辞》作品虚实艺术的处理，并且把虚实结合作为《楚辞》的重要文学成就来看待，已经上升到了浪漫主义创作论的高度，极大地推动了楚辞文学批评理论的发展。

一、对《楚辞》艺术手法的深刻辨析

《楚辞》虚实的问题自汉代已经开始了讨论，在楚辞学史上产生影响的主要有班固的“虚无说”，刘勰和朱熹的“怪妄说”，晁补之的“寓

①朱冀：《离骚辩》，《楚辞文献丛刊》第 47 册，国家图书馆出版社 2014 年 7 月第 1 版，第 681 页。

②朱冀：《离骚辩》，《楚辞文献丛刊》第 47 册，国家图书馆出版社 2014 年 7 月第 1 版，第 683 页。

③朱冀：《离骚辩》，《楚辞文献丛刊》第 47 册，国家图书馆出版社 2014 年 7 月第 1 版，第 684 页。

言说”。最早是班固指责《离骚》“多称昆仑、冥婚、虙妃虚无之语，皆非法度之正，经义所载”。(《离骚序》)班固站在经师、史官的角度以“虚无之语”指责《离骚》中的神话描写，彻底否定屈原所创造的神话世界。其本质是班固并未把《离骚》作为“诗”来看待，而是看作“经”。刘勰、朱熹亦把《楚辞》中的神话描写视为“怪妄”、“谲怪”之说，这主要与儒家本身对神话的态度有关，尤其是“子不语怪、力、乱、神”。宋代林应辰《龙冈楚辞说》首先用“寓言”解读屈辞的艺术：“且其兴寄高远，登昆仑、历阆风、指西海、陟陞皇，皆寓言也。”[①]宋代晁补之《离骚新序》云：“原之辞，甚者称开天门，驾飞龙，驱云役神，周流乎天而来下，其诞如此，正尔托谲诡以谕志，使世俗不得以其浅议己，如庄周寓言者，可以经责之哉？”[②]晁补之指出屈原是托谲诡之神话形象寓其情志，明确指出这种寄托之辞不可“以经责之”，并把《离骚》后半部分的神话情节视同庄周之寓言。

明代陈第在《屈宋古音义》中提出了“虚以寓实，实不离虚”的辩证之说，并将其虚实艺术论对应到《楚辞》作品之中，分作三类：“《九章》、《卜居》、《渔父》，其言实；《离骚》、《远游》则虚实半；《九歌》纯乎虚者也。”[③]陈第认为《楚辞》作品中的《九章》、《卜居》和《渔父》“其言实”，即都是写实性的作品；《离骚》和《远游》“虚实半”，即是虚实结合的作品，对照《离骚》和《远游》的结构，这种认识无疑是正确的；《九歌》是“纯乎虚”，即完全是虚构性的、超现实的作品，因为陈第对于《九歌》性质的看法不是“祭歌”，而是“寄怀”，他认为《九歌》是屈原“借题托兴，以发其惓勤恳恻之怀”的作品，有着很深的寓意。陈第关于虚

①陈振孙：《直斋书录解题》，上海古籍出版社 1987 年 12 月第 1 版，第 436 页。

②晁补之：《鸡肋集》，明崇祯八年（1635）顾凝远诗瘦阁刻本。

③陈第：《屈宋古音义》，中华书局 2008 年 6 月第 1 版，第 209 页。

实三分法的论述精辟而又具有创新性，积极肯定了虚构和想象手法的运用，朦胧认识到了屈原作品的独特风格。与此相应，汪瑗《楚辞集解》在此基础上建构起初具规模的“寓言”说：

寓言者，寄己之情也。其言虽寓，而其情则真。吾情欲如是，而人不知之，无以自见，于是乎托之以言也。此之寓言，盖与《庄》《列》齐谐、志怪等说大不相同。有寓言而虚者，有寓言而实者。如乘龙跨凤、登天涉云、扣阊阖、登阆风、邅道昆仑、发轫天津等语，皆寓言而虚者也。如回朕车以复路、退修吾初服、不忍与此终古、将远逝以自疏，此寓言而实者也。岂可概视之以为设词耶？[①]

汪瑗以寄情为基本原则，区分为“寓言而虚者”和“寓言而实者”，把寓言和虚实结合起来探讨《楚辞》的艺术特色，颇有见地。汪瑗指出《楚辞》中凡涉及神话怪妄者均是寓言，可见与汉宋诸儒不同，汪瑗认识到了神话的特性，以及屈原“尚虚无”，并借用神话寄兴的目的和意义。这都为清代楚辞学者继续探索《楚辞》作品的艺术思维和手法提供了富有启迪的思路。

清代楚辞学者尤其是《楚辞》评点者，真正从文学艺术角度的观照《楚辞》作品虚实艺术的处理，他们已经把虚实结合作为《楚辞》的重要文学成就来看待。如朱冀《离骚辩》在“灵氛既告余以吉占兮”一章后评曰：

以下乃姑从灵氛之占，而聊设远行之想，非真有是事也。凡粻粮之精，车马之盛，旌旗导从之雍容。名山大川，恣我遊览。蛟龙鸾凤，惟吾指麾。奏九歌，舞韶舞，以怡性情而悦耳目。一切皆行文之揎染，犹画家之着色也。极凄凉中，偏写得极热闹；极穷愁中，偏写得极富丽。笔舌之妙，千古无两。乃注骚家不解此意，

①汪瑗：《楚辞集解》，北京古籍出版社 1994 年 1 月第 1 版，第 90 页。

一一认为实事，不亦愚乎？”①

朱冀指出《离骚》后半部分乃是“聊设远行之想，非真有是事”，一切都是屈原行文的渲染，是虚构和想象。朱冀所云“极凄凉中偏写得极热闹，极穷愁中偏写得极富丽”，确实独具只眼，对屈原精妙的行文手法和艺术思维揭示到位。朱冀盛赞屈原“笔舌之妙，千古无两”，这说明他已经深刻认识到诗中运用虚构来展现神游境界和超现实的想象，以及诗人对生活真实和艺术真实的关系的把握。正如唐彪《读书作文谱》所云：“文章非实不足以阐发义理，非虚不足以摇曳神情，故虚实常宜相济也”。②

又，方人杰在《楚辞读本》中常用“虚”与“实”的二元调和论来评点《楚辞》作品。例如：

文气纵佚窅渺，有不可一世之概。实叙中有虚致，直言中有婉致，回环反覆，一气凝结，挥刀不断，千载如生。（评《惜往日》）③

起笔虚象，妙如实境。（评《东皇太一》）④

方作实笔，妙致仍虚。（评《东皇太一》）⑤

触绪纷来，前节节虚境，皆实而仍不实。（评《湘君》）⑥

①朱冀：《离骚辩》，《楚辞文献丛刊》第47册，国家图书馆出版社2014年7月第1版，第653–654页。

②唐彪：《读书作文谱》，台北伟文图书出版社1977年8月第1版，第81页。

③方人杰：《楚辞读本》，《楚辞文献丛刊》第48册，国家图书馆出版社2014年7月第1版，第302页。

④方人杰：《楚辞读本》，《楚辞文献丛刊》第48册，国家图书馆出版社2014年7月第1版，第327页。

⑤方人杰：《楚辞读本》，《楚辞文献丛刊》第48册，国家图书馆出版社2014年7月第1版，第327页。

⑥方人杰：《楚辞读本》，《楚辞文献丛刊》第48册，国家图书馆出版社2014年7月第1版，第329页。

以虚笔作实，情文备至矣。（评《湘夫人》）①

虚处皆实，诚至之语，神来之文。（评《湘夫人》）②

方人杰在《楚辞》评点中引入了“虚实相生”的文论概念，认为《楚辞》之文有的是切实的描写中平添了几分虚致，有的是虚象却如实实在在的境界，而有的虚境带来的是实又不实的审美感受，颇具辩证法的理论色彩。

李光地、鲁笔、屈复、徐焕龙、方人杰等对《楚辞》“寓言”的表现手法均有所探讨。李光地在《离骚经注》附记中说：“前半篇自皇考命名以至女媭训诫，直述己事；后半篇自陈辞重华以至问占远逝，托意寓言。”③又指出后半篇的“托意寓言”是“意之未已”，因而显得“词微”隐曲，随之招致后人“以为荒幻而不经”的误解。李光地作为理学名臣，对《楚辞》的文学特性有如此识见，实在难能可贵。鲁笔《见南斋读骚指略》曰：“《离骚》多寓言，以比兴为工，人皆知之。但寓言故属假装，人情物理必须真切。若因其假而假之，并正意亦流于诬妄无味。”④鲁笔继承汪瑗提出的“其言虽寓，而其情则真”的原则，强调“人情物理必须真切”，这确实是很重要的原则。屈复《楚辞新注·凡例》云：“篇中神怪草木，既知寓言，何必深求。或比才德，或比君子小人，读者自有会心。”⑤

①方人杰：《楚辞读本》，《楚辞文献丛刊》第48册，国家图书馆出版社2014年7月第1版，第329页。

②方人杰：《楚辞读本》，《楚辞文献丛刊》第48册，国家图书馆出版社2014年7月第1版，第330页。

③李光地：《离骚经注》，《四库全书存目丛书》集部第二册，齐鲁书社1997年7月第1版，第252页。

④鲁笔：《楚辞达》，《楚辞文献丛刊》第49册，国家图书馆出版社2014年7月第1版，第428页。

⑤屈复：《楚辞新注》，《楚辞文献丛刊》第49册，国家图书馆出版社2014年7月第1版，第7页。

徐焕龙《屈辞洗髓》多以寓言来分析《楚辞》作品。如《涉江》"哀南夷之莫吾知兮"眉批曰:"自'哀南夷'以后,皆直赋被放之行途,与所放之处,但带有寓言。"[1]徐焕龙把寓言与"直赋"对举,看来他所说的寓言侧重虚构想象的一面。如《离骚》"众女嫉余之蛾眉兮"二句眉批云:"此又以美女自况。君臣之交,相求若男女,相得如夫妇,故时以美人比君,时或自比,无所不可。如后文许多求女,明比求君,而蔽美嫉妬,蔽美称恶,则又忽比及于己,总属寓言,固不可拘而泥也。"[2]又,"跪敷衽以陈词兮"一章眉批云:"自此以下,尤多寓言,与南华相类。"[3]徐焕龙将《离骚》后半部分的上天翱遊看作是"与南华相类"的寓言,并在此基础上探讨其寓意。如其释《离骚》"折若木以拂日兮,聊逍遥以相羊"云:"圣贤豪杰惟以时日易迈为忧,故承上而反复寓言,以极致其爱日惜阴之志。乃寓言中又有寓意:国有王,犹天有日。楚怀贪秦地,轻绝齐,信张仪,死异土,皆因刚愎卤莽。三间欲以柔顺文理之若木,拂拭其旧染,令其逍遥相羊,然后能从容以详事理耳。"[4]徐焕龙虽于"拂日"之阐释有求之过深的倾向,然而通过探讨寓意,有助于更深一层理解诗意。徐焕龙评《山鬼》篇曰:"魑魅魍魉,不逢为美,何反祀之?此益淫祀。篇中但言鬼媚人,且不能近人,而不及人之敬鬼,是又中伦之言。谓鬼比己,人比君,寄慨慕君,君不答之意,未知果否。然

---

①徐焕龙:《屈辞洗髓》,《楚辞文献丛刊》第48册,国家图书馆出版社2014年7月第1版,第528页。

②徐焕龙:《屈辞洗髓》,《楚辞文献丛刊》第48册,国家图书馆出版社2014年7月第1版,第428页。

③徐焕龙:《屈辞洗髓》,《楚辞文献丛刊》第48册,国家图书馆出版社2014年7月第1版,第437页。

④徐焕龙:《屈辞洗髓》,《楚辞文献丛刊》第48册,国家图书馆出版社2014年7月第1版,第438页。

语句大类寓言，岂山鬼无足重轻，遂借以自写忧怀。”[①] 徐焕龙认为《山鬼》是“寄慨慕君”而“君不答”的寓言之作，这样就能解释诗中鬼媚人而不能近人的矛盾。《山鬼》在《九歌》中确属难题之一，从寓言来阐释的话，其内涵的多义性问题也就迎刃而解了。

方人杰《庄骚读本》中对于庄骚的比较，焦点即在庄骚之“寓言”。然而，方人杰对庄、骚寓言的看法颇为新奇，其《庄骚发凡》云：

以《庄子》为寓言，非也。《庄子》长譬远引，自写处有远有近，指示处有明有晦，独其笔妙，使人急切难会耳。若寓言，则《离骚》有之。一篇之中三致意焉。心所至，笔亦至；心所不至，笔亦无不至。遥情幽思，含毫落墨间，凡天地人鬼、鱼龙百怪，无不网罗发挥，抒写其欲言难言之意。不伦不类，杂沓纷披，以为证则非，以为喻亦非，此则所谓寓言，此则兴、比之所难分，而朱子所不满意者也。[②]

与晁补之、林云铭不同，方人杰认为《庄子》并非是寓言，而《离骚》则属寓言。其评《离骚》曰“不伦不类，杂沓纷披”，“以为证则非，以为喻亦非”，这应该就是方人杰所谓的“寓言”的特征。仔细揣摩《庄骚发凡》全篇文字，此“寓言”既非托兴，又非譬喻，而是介于两者之间的托辞以寓意。方人杰认为《庄子》精严而非寓言，正是因为《庄子》“不涉于虚而涉于实”，“长譬远引，自写处有远有近，指示处有明有晦”。明人汪瑗亦认为《楚辞》之寓言“与《庄》《列》、齐谐、志怪等说大不相同”，因“其言虽寓，而其情则真。吾情欲如是而人不知之，无以自见，于是乎托人以言之”，即《楚辞》之“寓言”纯是托寓主体

①徐焕龙：《屈辞洗髓》，《楚辞文献丛刊》第 48 册，国家图书馆出版社 2014 年 7 月第 1 版，第 489 页。

②方人杰：《楚辞读本》，清乾隆三十七年（1772）《庄骚读本》世春堂刻本。

情志的载体，且有“寓言而虚者”和“寓言而实者”之区别，不可一概视为设词。可见，方人杰与汪瑗的观点大体一致，都是着眼于运用艺术思维角度的“虚实”来界定“寓言”，其所谓“寓言”更侧重于虚构想象的一面。缘此，方人杰在宋玉《神女》篇后总评云：此玉之寓言也，何有于楚王？更何有于神女？只为此明窗净几，佳笔妙墨，更遇此闲情逸兴，自不奈下此一篇妙文耳。读前章起两昔者字，曰云，曰神，曰梦，空中设色，指点多少。今不求其意志所在，徒以淫辞丽句目之，不特辜负作者，亦无以尽文家之极致。”① 方人杰认为《神女》中的楚王和神女只是寓言之虚设，此篇仅是宋玉抒写自己“闲情逸兴”的一篇“妙文”而已。

自明人陈第开始，虚构被看作是为了艺术的目的而采用的艺术形式，不再被当做“谲诡”、“怪妄”而遭受非议。清代楚辞学者在此基础上把虚实结合作为《楚辞》的重要文学成就来看待，他们进一步赏析作品中虚构的神游境界和超现实的想象，甚至触及到了诗人对生活真实和艺术真实的关系的把握。需要指出的是，班固、朱熹的着眼点主要在《楚辞》内容的虚构性，而后世楚辞研究者如汪瑗、鲁笔、蒋骥和郑知同等，则更加侧重《楚辞》的思维手法和意境的艺术性方面，这是文学批评的虚实论在楚辞学领域的发展和深化。

二、对《楚辞》艺术境界的细心寻绎

清代楚辞学者如吴世尚、鲁笔、蒋骥、方人杰等，继续探讨前代学者提出的虚实、寓言说，并引入幻境、虚境、实境等境界说，实际上已经上升到了浪漫主义创作论的高度，极大地推动了楚辞文学批评理论

①方人杰：《楚辞读本》，《楚辞文献丛刊》第 48 册，国家图书馆出版社 2014 年 7 月第 1 版，第 378 页。

的发展。

徐焕龙（1645－？）《屈辞洗髓》初刊于康熙三十七年（1698），是较早提出幻境之说的。只不过徐焕龙的“幻境”说不是针对《离骚》，而是针对《九歌》而言的。徐焕龙在《九歌·湘夫人》“闻佳人兮召余”四句后注云：“旧说谓将附居神处，下文何取如此铺张，且似神有定居，向来离帝舜而别馆他方矣。曰闻曰将，总是积思所幻，幻出妄闻，因设妄想，又幻九嶷并迎之妄见。”眉批曰：“妄想幻境，言之偏极热闹周详。”① 此外，徐焕龙还指出了“幻境”中之“幻象”，其《湘君》注云：“沛吾乘，遭吾道，望涔阳，皆以迎神之舟言，其身则在祭所，此则身往水滨求神之在，而希得其影响。朝，谓候神不至之来朝，然皆意想结成之幻象，而非实有其事也，并下捐玦遗佩亦然。”② 可惜的是，徐焕龙仅是泛论，对于“幻境”、“幻象”均未能深入分析，亦未能构成一个理论体系。

在这之后，蒋骥（1674－1741）和鲁笔（约1675－1747后）都细致论述了“幻境”说，但孰先孰后很难论定。据笔者考证，二人几乎是同时之人，生卒年均极为相近。虽然蒋骥《山带阁注楚辞》雍正五年（1727）初刊，比鲁笔《楚辞达》初刊即乾隆三十一年（1766）早近四十年，但因《楚辞达》的初刊是在鲁笔去世之后近二十年，其具体成书时间并不知晓，故从现有材料来看，还很难论定孰先孰后。鲁笔对《离骚》的结构划分，将其分为上下两篇，即是着眼于写法之虚实。上下两篇共十二段，上半篇五段，下半篇七段，他在《指略》“篇章”部分说：

> 上半篇前三段，自叙抱道不得于君，而不能自已；后二段论

①徐焕龙：《屈辞洗髓》，《楚辞文献丛刊》第48册，国家图书馆出版社2014年7月第1版，第473页。

②徐焕龙：《屈辞洗髓》，《楚辞文献丛刊》第48册，国家图书馆出版社2014年7月第1版，第469页。

断前文以自解，是实叙法。下半篇纯是无中生有，一派幻境突出。女媭见责，因而就重华，因就重华不闻而叩帝阍，因叩阍不答而求女，因求女不遇而问卜求神，因问卜求神不合而去国，因去国怀乡不堪而尽命，一路赶出，都作空中楼阁，是虚写法。一实一虚，相为经纬，如风云顷刻万变而不穷，而两界河山，自分明有主而不乱。看此汪洋大格局，总不离虚实二字。①

这一段论述包含以下三方面的内容：首先，鲁笔谓《离骚》下半篇“纯是无中生有”，此“无中生有”似陆机《文赋》所云“课虚无以责有”之意，“无”是指作家取材并不是现实生活中的真人真事，而是进行的艺术虚构和想象。“生有”则是指作品所创造的艺术形象反映出了现实生活的本质。屈原是借助于超现实描写来抒写其现实的政治理想，以及对现实生活中美丑的爱憎态度。鲁笔的“无中生有”一语，不仅道出了超现实的想象在情感表现上所起的作用，亦指陈了屈骚作品富于创造性的特点。

其次，实叙与虚写相结合。鲁笔在《离骚》“既替余以蕙纕兮”章后云“篇首至此三大段为上半篇实叙立案，以下层层翻新弄虚。”②《见南斋读骚指略·总论》云：“《离骚》以境为奇，识其境异，则耳目一新，处处如从海外飞来，人间得未曾有。”③从鲁笔的论述可以看出他对文学中的虚构和幻想的美学意义，已经有了一定程度的认识。又如其在“陟升皇之赫戏兮，忽临睨夫旧乡。仆夫悲余马怀兮，蜷局顾而不行”

①鲁笔：《楚辞达》，《楚辞文献丛刊》第49册，国家图书馆出版社2014年7月第1版，第431页。

②鲁笔：《楚辞达》，《楚辞文献丛刊》第49册，国家图书馆出版社2014年7月第1版，第464页。

③鲁笔：《楚辞达》，《楚辞文献丛刊》第49册，国家图书馆出版社2014年7月第1版，第429页。

一章的眉端云："本因远逝不闻，反成近忧在目，如此收回，正意出人思议之外，回视前文，绝是一片虚景反衬，先生岂真远逝乎哉！后来相如《子虚》、《上林》，想亦窥此秘妙。"[①] 鲁笔从《离骚》艺术手法的辩证性入手，探讨实叙与虚写相结合产生的艺术效果，并指出这正是《离骚》的"汪洋大格局"之所在，这不仅仅是文学的虚实论在楚辞学领域的发展和深化，更是对《楚辞》浪漫主义艺术创作论的大胆揭示。

第三，与"虚实"、"寓言"相联系，鲁笔提出了"幻境突出"说。鲁笔用"幻境突出"来概括《离骚》下半篇的艺术表现特点，他认为"女媭见责"、"就重华"、"叩帝阍"、"求女"、"去国怀乡"等一系列情节，"都作空中楼阁"，是幻境的呈现。文艺学范畴内的"幻境"主要有两层含义：一是虚幻神异之境况，二是幻想或梦境中出现的理想境界，具体到创作中，则是指作家所描写的想象中的艺术境界。鲁笔认为屈原欲通过呈示幻境的方式反映现实生活的本质，表现其理想与现实冲突之剧烈。与此同时，屈原借助充满象征意味的虚幻之境，正是为了在更大的程度上，用更加动人的诗境表现情感。

鲁笔《楚辞达》把涉及到屈骚艺术特征的"寓言"、"虚实"与"幻境"结合起来进行论述。鲁笔用"幻境突出"来概括《离骚》下半篇的艺术表现特点，他认为"女媭见责""就重华""叩帝阍""求女"和"去国怀乡"等一系列情节，"都作空中楼阁"，是幻境的呈现。文艺学范畴内的"幻境"主要有两层含义：一是虚幻神异之境况，二是幻想或梦境中出现的理想境界，具体到创作中，则是指作家所描写的想象中的艺术境界。鲁笔认为屈原欲通过呈示幻境的方式反映现实生活的本质，表现其理想与现实冲突之剧烈。与此同时，屈原借助充满象征意味的虚幻

①鲁笔：《楚辞达》，《楚辞文献丛刊》第49册，国家图书馆出版社2014年7月第1版，第502页。

之境，正是为了在更大的程度上，用更加动人的诗境表现情感。

蒋骥在《山带阁注楚辞》中引入"本意"与"客意"的概念来阐释其"幻境"之说。其《山带阁注楚辞·楚辞余论》卷上云：

> 《楚辞》章法绝奇处，如《离骚》本意，只注"从彭咸之所居"句，却用"将往观乎四荒"开下半篇之局，临末以"蜷局顾而不行"跌转；与《思美人》本意，只注"思彭咸之故"句，却用"聊假日以须时"开下半篇，临末以"愿及日之未暮"跌转；《悲回风》本意，未欲遽死，却用"托彭咸之所居"开下半篇，临末以"任重石之何益"跌转；《招魂》本意，只注"魂兮归来哀江南"句，却全篇用巫咸口中，侈陈入修门之乐，临末以乱词发春南征跌转，机法并同。纯用客意飞舞腾那，写来如火如锦，使人目迷心眩，杳不知町畦所在，此千古未有之格，亦说骚者千年未揭之祕也。故于《骚经》以求君他国为疑，于《招魂》以谲怪荒淫为诮，而不知皆幻境也。观云霞之变态，而以为天体在是，可谓知天者乎？①

揣摩蒋氏之语，可知其所谓"本意"是指作者的主旨和意图，"客意"是指为表现作者的主旨和意图所生发出的艺术想象。而对应到上引末句的比喻来看，本意即如天之本体，而客意则为天上的云霞。如《离骚》之本意在"从彭咸之所居"，却用"往观乎四荒"为客意而驰骋想象，作为诗人内心自我矛盾与挣扎的艺术表现，临末又用"蜷局顾而不行"跌转至本意上来。其他诸篇"机法并同"，即"纯用客意飞舞腾那，写来如火如锦，使人目迷心眩，杳不知町畦所在"，而这就是"幻境"。前人因不知其所写为幻境、客意，"故于《骚经》以求君他国为疑，于《招魂》以谲怪荒淫为诮"。从蒋骥所云"说骚者千年未揭之祕"之语可知，他应是未看到鲁笔的幻境说。但鲁笔是不是承蒋骥之说则未敢遽断，亦

①蒋骥：《山带阁注楚辞》，上海古籍出版社 1984 年 10 月新 1 版，第 184 页。

或是二人的不谋而合。此外，蒋骥还论述了与“幻境”相关的“幻语”“幻景”“谩语”和“漫兴语”，从屈赋的语言艺术特征及其所创造的艺术境界来充实“幻境”说。

郑知同在前人的基础上，进一步从艺术境界的角度揭示楚辞文本所独具的文学之审美特性。郑知同在《九章·涉江》篇后“通释”曰：“盖首章（欣按：指《惜诵》）规橅《骚》经，按部就班，低徊层折说来。此章特以奇伟之笔接之，始见变化。然篇中不及思君忧国，衹发摅羁愁落寞一边，而略以行舟淹回水次，隐隐见不忍去国之意。特留登山临水，步步回思一段情绪，作下篇（欣按：指《哀郢》）地位。此行文浅深层递之分际也。”[①] 郑知同此段文字指出了《九章》前三篇之间的内在关联和层次。他认为《九章》第一篇《惜诵》是仿效《离骚》“按部就班”，娓娓道来；第二篇《涉江》不言志，而只是写景和烘托情绪；到了第三篇《哀郢》才开始写心系故都、思君忧国，这就是屈子行文由浅入深、层层递进的典型例证。接下来郑知同又说：

> 且下篇（欣按：指《哀郢》）心系故都，始着入“去终古之所居，今逍遥而来东”，“哀州土之平乐，悲江介之遗风”等语，以国中之可乐与边鄙之可悲，两面对勘，是以实境形实境。此篇（欣按：指《涉江》）乃先设一灵山缥缈，欢娱忘老之处，用作反衬。是以虚境形实境。此文家虚实相参、差避雷同之轨则也。《涉江》文词之妙无以复加。[②]

郑知同认为虚实不仅体现在楚辞的艺术思维和艺术写法上，他在此基础上又提出了楚辞艺术境界的虚实论。郑知同指出《哀郢》展示的两

---

①蒋南华等：《郑知同楚辞考辨手稿校注》，贵州人民出版社 2004 年 5 月第 1 版，第 156 页。

②蒋南华等：《郑知同楚辞考辨手稿校注》，贵州人民出版社 2004 年 5 月第 1 版，第 156 页。

种境界是以“国中之平乐”来对比“边鄙之可悲”,这是“以实境形实境”,即用现实的境界来表现现实的境界。而《涉江》先是写“驾青虬兮骖白螭,吾与重华游兮瑶之圃。登昆仑兮食玉英,与天地兮同寿,与日月兮齐光”,此即“灵山缥缈,欢娱忘老”之虚境,这一虚境的呈现是为了反衬下文“幽独处乎山中”的实境。由此郑知同进一步把《涉江》和《哀郢》两篇进行了对比,指出如此“虚实参差”是避免雷同的准则。郑知同简明地指出了两篇中艺术境界虚实之间的关系,充实了“幻境”说。这不仅能够引领读者体会《九章》各篇的艺术特色,而且也开拓了读者进行文学艺术鉴赏的视野。

方人杰《楚辞读本》旁批中有大量关于意境、“文境”的评论,亦已深入至“实境”和“虚境”层面的探讨。如《悲回风》“入景响之无应兮”旁批曰:“文境无思不入”①;“借光景以往来兮,施黄棘之枉策”旁批曰:“接入实境矣,终无际涯,知其愤懑何限”②;《湘君》“君不行兮夷犹”句旁批曰:“惝恍高超,文中神境”③;《卜居》“尺有所短,寸有所长”旁批曰:“长风一扫,万里无云,文境超绝”。④

以上清代楚辞学者徐焕龙、蒋骥和鲁笔在前人论虚实、寓言的基础上提出“幻境”之说,而郑知同、方人杰又提出了“虚境”、“实境”说,进一步从艺术境界的角度揭示《楚辞》文本所独具的文学之审美特性。

---

①方人杰:《楚辞读本》,《楚辞文献丛刊》第48册,国家图书馆出版社2014年7月第1版,第306页。

②方人杰:《楚辞读本》,《楚辞文献丛刊》第48册,国家图书馆出版社2014年7月第1版,第307页。

③方人杰:《楚辞读本》,《楚辞文献丛刊》第48册,国家图书馆出版社2014年7月第1版,第328页。

④方人杰:《楚辞读本》,《楚辞文献丛刊》第48册,国家图书馆出版社2014年7月第1版,第338页。

三、对《楚辞》创作心理的精彩揭示

同是具有虚幻性和超越性特点的“梦”与文学之邂逅，自《诗经》时代就已开始。然而，“梦”作为细致描写的对象和创作表现手法，则为屈赋之前所未有。因梦具有虚拟、抒情等功能，可以通过梦象建构和梦境描写，突破现实障碍，展示自己的理想世界，实现情感超越。清人吴世尚在《楚辞疏》中评《离骚》云“特其寄托幽遥，循由绵邈。其情至实，其景纯虚。开眸而梦绕九天，讯言而神游万里”。[①]吴世尚指出《离骚》是梦幻艺术的华章，且首次提出了“白日梦”的创作心理论，开超现实想象艺术思维之范例。下面我们来分析吴世尚自成体系的“梦”理论：

首先，入梦、出梦与占梦。吴世尚《楚辞疏·自序》云：“《骚》浮游六极，绵络十代，俄而入梦，俄而出梦，俄而占梦，无迹可寻。同一香草，有以己言，有以人言；共一游行，有在寐中，有在寤中。层而非复，脱而不绝。”[②]吴世尚在“怀朕情而不发兮，余焉能忍与此终古”句的注中申发：

> “耿吾既得此中正”，乃入梦之始。其入也，何其明白而从容。“焉能忍与此终古”，乃出梦之终，其出也，何其瞀乱而迫蹙。如梦中之所行，原亦无怀石沉渊之事矣，岂非中正乎？唯其不能忍与终古也，此梦之所以醒也。不然原不待死于汨罗，而先闷死于此陈词之日矣。此千古第一写梦之极笔也！而中间颠倒杂乱，脱离

①吴世尚：《楚辞疏》，《楚辞文献丛刊》第55册，国家图书馆出版社2014年7月第1版，第118页。

②吴世尚：《楚辞疏》，《楚辞文献丛刊》第55册，国家图书馆出版社2014年7月第1版，第4页。

复叠，恍恍惚惚，杳杳冥冥，无往而非梦景矣！[①]

吴世尚此段剖析切实精到，从《离骚》全篇所表现之情意立言，指出从入梦到出梦中间一大段是屈原将自己的梦境经验进行艺术再现，其精神信念、理想追求、孤独悲苦藉由梦境而清晰呈现。吴氏认为屈原之所以“乱而迫蹙”的“出梦”，是因“其不能忍与终古”，可见其在梦中，自我意识并未泯灭，而是一直保持着警戒。正如朱熹所云：“寐也无主，然其中实未尝泯，而有不可测者存，呼之则应，惊之则觉，则是亦未尝无主，而未尝无妙也。”（《朱文公文集》卷四十四）如此，则可以说屈原游心于梦，却又不执着于梦，在梦醒回到现实以后又能做出理性的决定。吴世尚认为《离骚》中屈原命灵氛占卜的对象正是此前的“求女”之梦。而屈原“欲从灵氛之吉占兮，心犹豫而狐疑”，又邀巫咸降神。由此可见，《离骚》中的“占梦”，从表面上看来是为了寻求神灵的启示，显示出一定的神秘色彩。然而，屈原的志节却通过占梦而不断强化和坚定。屈原相信占梦，娴熟于占梦活动，却又能理智面对而不致迷失方向，流露出人类心灵的自然情怀，可见其关注的焦点是现实人生。

傅正谷《中国梦文学史》指出，《离骚》是一部“完整的梦幻作品与典型的结构形式”和“白日梦式的不朽长诗”。[②]他认为《离骚》可分为三部分：从开头至“伏清白以死直兮，固前圣之所厚”，是为“梦因”或“幻因”；从“悔相道之不察兮，延伫乎吾将反”至“仆夫悲余马怀兮，蜷局顾而不行”一大段为“梦境”或“幻境”；末尾“乱曰”以下则称为“梦破”或“幻破”。其所谓的“梦因”、“梦境”、“梦破”，与吴世尚所云“入

①吴世尚：《楚辞疏》，《楚辞文献丛刊》第55册，国家图书馆出版社2014年7月第1版，第83–84页。

②傅正谷：《中国梦文学史》，光明日报出版社1993年5月第1版，第103–108页。

梦”、“梦景”、“出梦”全无二致。日本学者竹治贞夫的《离骚——梦幻式的叙事诗》一文，把《离骚》分作五大段：第一段（至“惟昭质其犹未亏”）叙述屈原在现实中的体验和感慨，第二段以下四段转向梦幻世界，进行追求理想的大漫游。“梦幻形式的叙事时时因感情的喷发而直指现实”，“到了末节的‘忽临睨夫旧乡’则完全回到了现实界，以‘仆夫悲余马怀兮，蜷局顾而不行’二句为宏大的幻想曲写了休止符”。[①] 竹治贞夫在文中虽未直接引用吴世尚《楚辞疏》中的论说，然明显是受到了吴世尚的启发。

其次，以“白日梦”解释《离骚》中间一段的创作心理。吴世尚在“跪敷衽以陈辞兮，耿吾既得此中正”后评曰：

> 自此以下，至“忍与此终古”，皆屈原跪而陈词重华，冥冥相告。而原遂若梦非梦，似醒不醒，此一刻之间之事也。故其词忽朝忽暮，倏东倏西，如断如续，无绪无踪，惝恍迷离，不可方物，此正是“白日梦”境。尘世仙乡，片晷千年，尺宅万里，实情虚景，意外心中，无限忧悲，一时都尽，而遂成天地奇观，古今绝调矣！须知此是幻梦事，故引用许多神怪不经之说。相如、扬雄不识此意，遂一切祖之，真是痴人前说不得梦也。然屈原明明说梦，又不说出梦来。而千百年来，亦竟无有人知此段之文为梦境者，甚矣，好学深思，心知其意者之难也。[②]

吴世尚此段论述颇为精彩。他认为在“跪敷衽以陈辞兮”之后，屈原进入了一种“若梦非梦，似醒非醒”的特殊心理状态，即“白日梦”。他

①尹锡康、周发祥：《楚辞资料海外编》，湖北人民出版社 1986 年 3 月第 1 版，第 225-253 页。

②吴世尚：《楚辞疏》，《楚辞文献丛刊》第 55 册，国家图书馆出版社 2014 年 7 月第 1 版，第 63-64 页。

由此对“白日梦”状态下的文词表现特点作了细致描绘：“忽朝忽暮，倏东倏西，如断如续，无绪无踪，惝恍迷离，不可方物”；对“白日梦”状态下的情感和意识特征作了精到分析：“尘世仙乡，片晷千年，尺宅万里，实情虚景，意外心中，无限忧悲，一时都尽。”吴世尚所云“白日梦”的涵义比较复杂，它既是创作心理状态，同时又是表现对象。“白日梦”是创作中的一种特殊状态。毛庆先生指出，吴世尚的“白日梦”理论早于弗洛伊德180多年，其首创权应归吴世尚所有。“‘白日梦’这个创作心理状态的提出，决非是吴世尚一时心血来潮或偶然灵感勃发，而是出现在对创作心理的基本道理有了较系统的了解，对屈原的心理特质有了深入研究之后，其间必经过长期的思考琢磨过程。”①“白日梦”在尚未诉诸语言文字等传播媒介之前，是较为接近梦的成分，而经具体实践形成文学作品之后，又与梦有所区隔。因此，“白日梦”是游离于梦与文学创作之间的一种状态。我们今天所说的“白日梦”，一般是指精神病患者的心理幻象。对于正常人来说，“白日梦”实际上是半睡半醒状态下的一些心理幻觉和想象，与吴世尚所云“若梦非梦，似醒非醒”的特征正相吻合。

第三，吴世尚把“庄周梦蝶”与《招魂》联系起来。《凡例》云：

> 《招魂》，原自招也。奚为通篇纯是自诳之语，《庄子》有之矣。“昔者庄周梦为蝴蝶，栩栩然蝴蝶也。自喻适志。俄然觉，则蘧蘧然周也。”此即《招魂》之机轴也。盖既以魂为非我而招之，而魂亦绝不知有我之为我。②

---

①毛庆：《吴世尚与弗洛伊德关于“白日梦”理论之比较》，《职大学报》2007年第3期，第59页。

②吴世尚：《楚辞疏》，《楚辞文献丛刊》第55册，国家图书馆出版社2014年7月第1版，第15–16页。

吴世尚认为《招魂》是屈原自招生魂，而"通篇纯是自诳之语"，似以自己入他人之口，已达到所招之魂与自己两相不知的境界，正如庄周梦蝶一样。吴世尚《庄子解》卷一云："庄周胡蝶，不知周梦为蝶，不知蝶梦为周。梦则栩栩，窅无周形；觉则蘧蘧，毫无蝶想。浑乎？忘乎？其化矣乎？"[①]而《招魂》荒幻幽奇的风格，也正因为这是屈原自招生魂，正如吴世尚在《大招》篇后总论所云：

> 至《招魂》之幽奇超肆，则以托为神鬼之言，便不妨说人无理之理，无事之事，四方上下，无非杀人食人之处也可。何也？彼原是鬼语也，且不如是，则彼离散之魂既去恒干，而舍乐处，其肯听吾招入修门而反故居乎？此皆欲其生之辞，而又自招其魂，故不嫌于太奇也。[②]

吴世尚从表现手法入手，指出《招魂》是屈原自招其魂。《凡例》云："《招魂》之前半篇以惊吓为阑截，后半篇以引诱为系缚。此最是'招'字中说不出的神理。而世之儒者，莫不纷然议之。甚矣，作之难，知之不易也。"[③]对于《招魂》的作者和作意，吴世尚遵从林云铭之说，认为是屈原自招："近世林西公之言以二《招》皆灵均之笔。且曰《招魂》，原自招也；《大招》则原之招怀王也。其理信而词可征，虽余无以易之。"[④]《招魂》"前半段则极力抒写四方上下之不祥"，"后半段则极力抒写楚

①吴世尚：《庄子解》，清雍正四年（1726）刻本。

②吴世尚：《楚辞疏》，《楚辞文献丛刊》第55册，国家图书馆出版社2014年7月第1版，第483–484页。

③吴世尚：《楚辞疏》，《楚辞文献丛刊》第55册，国家图书馆出版社2014年7月第1版，第16页。

④吴世尚《楚辞疏》，《楚辞文献丛刊》第55册，国家图书馆出版社2014年7月第1版，第411–412页。

国之可乐”,“至于乱辞一段,原之实情于斯见矣”。[①] 吴世尚认为《招魂》是屈原自招而托为神鬼之言,故其“幽奇超肆”也就很好理解了。而这也正是吴世尚没有把同是写招魂内容的《大招》也同庄周梦蝶联系起来的原因。因吴世尚认为《大招》是屈原招怀王死魂,“《大招》之平淡醇古,则以臣招其君,立言自有体要,故四方之不可往也。语语典实,绝无荒谬怪僻之谈,而又去上天下地而不言,以避屑越之罪,至其所谓逞志而究欲者,亦皆礼之所有,分之所宜,而非有荒淫逸欲不可为训者也”。[②] 吴世尚指出《大招》是臣招君魂,风格、写法自然与《招魂》不同。

作为浪漫主义的源头,《楚辞》与《庄子》在运用梦题材方面都展现了极高的艺术水平。吴世尚认识到了这一点,他在《招魂》篇后论曰:“余读《招魂》之篇,叹其变幻离奇,有镜中之镜,影外之影,与《天问》同一机轴,信非屈原不能作,亦犹《庄》之内篇之有《齐物论》,外篇之有《知北游》,杂篇之有《庚桑楚》,皆天下之至文也。太史公读之而悲其志,其志岂易知哉,岂易言哉!”[③] 与《楚辞》以梦抒情述志不同的是,《庄子》是以梦说理,除了庄周梦蝶之外,《齐物论》中还有“梦饮酒者,旦而哭泣,梦哭泣者,旦而田猎。方其梦也,不知其梦也。梦之中又占其梦焉,觉而后知其梦也。且有大觉,而后知此大梦也。而愚者自以为觉,窃窃然知之。”《庄子》意在阐述齐物我、人生如梦等哲理,与屈原以梦境展现其创作心理和表现对象还是有区别的。

---

①吴世尚《楚辞疏》,《楚辞文献丛刊》第55册,国家图书馆出版社2014年7月第1版,第448–449页。

②吴世尚:《楚辞疏》,《楚辞文献丛刊》第55册,国家图书馆出版社2014年7月第1版,第447页。

③吴世尚:《楚辞疏》,《楚辞文献丛刊》第55册,国家图书馆出版社2014年7月第1版,第447页。

一些学者已经注意到了屈原作品中所体现出来的“梦魂”观念。如《九章·惜诵》“昔余梦登天兮,魂中道而无杭”,就是用魂游来说明其登天之梦,诗中回想自己曾经做过的一场梦。翟振业先生认为此梦即是《离骚》后半所描述的登天之梦。《抽思》中亦有“惟郢路之辽远兮,魂一夕而九逝”、“愿径逝而未得兮,魂识路之营营”。《招魂》中上帝手下有“掌梦”神,王逸注云“招魂者,本掌梦之官所主职也”,可见,占梦与招魂之间是有关联的,“人之梦也,占者谓之魂行”(王充《论衡·纪妖》)。然而,从屈原对占梦的态度和理性的判断来看,我们只能说《楚辞》反映的是梦魂方式的借用,屈原化梦境经验于作品之中,同时又以梦作为创作技法,可见其对梦有着颇为理性的认知。

屈原人格特质中充满理想色彩和浪漫情怀,而“梦”的性质和功能恰好能满足和体现其奇异的个性气质的需要。此外,屈原的怨愤、绝望和自信更是激发其创作的巨大动力。屈原梦境中最常见的景象,就是彷徨失路而上天入地寻求出路。不管是描写梦境还是以梦作为创作手法,均为长篇抒情诗作的布局谋篇开拓了全新的天地和境界。尽管前人已经注意到了《离骚》和《招魂》奇幻的风格特征。然而这仅仅是对表现手法和作品风格的阐释。吴世尚注重发掘《楚辞》中“梦”的内容和表现特点,深入到了创作心理层面,实开后世《楚辞》心理学研究之先河。

综上所述,清代楚辞学者将楚辞的文学艺术提高到相当高的地位,他们“把形式问题提升到这样的高度来对待,不仅意味着一种从审美的意义上建立起来的艺术价值观,而且更重要的是对艺术形式的美学特质的认识向前跨进了一大步:不再把形式仅仅当作表现观念、情感的工具。”[①] 于是,《楚辞》的艺术经典地位形成,而楚辞研究也由经

①敏泽:《中国文学思想史》,湖南教育出版社 2004 年 4 月第 1 版,下册第 338 页。

学、理学向文学转变，开启了近代楚辞文学研究的先河。

第五节　“象喻”式批评方法的运用

在清代《楚辞》研究中，“象喻”式批评方法非常普遍且独具特色。“象喻”是一种常见的文学批评方法。象，即形象、意象；喻，即比喻、隐喻，实际上就是以具体的形象、意象作比喻。其思维方式上的特点是直观，外在表现形式为比喻。作为我国传统诗歌源头的诗骚，已然展现出了丰富的“象喻”世界。《诗经》的比兴手法和《楚辞》的香草美人，都是“象喻”的典型运用。在古代楚辞学史上，“象喻”式批评肇始于东汉王逸《楚辞章句》：“《离骚》之文，依《诗》取兴，引类譬喻：故善鸟香草以配忠贞，恶禽臭物以比谗佞，灵修美人以媲于君，宓妃佚女以譬贤臣，虬龙鸾凤以托君子，飘风云霓以为小人。”[①]到了明代，随着《楚辞》评点达至顶峰，“象喻”式批评大量涌现。例如：

> 《远游》神摇蓬岛，兴极昆仑，即子晋吹笙，王母奉觞，广乐齐鸣，灵圉毕寿，无复踰此者。（陆时雍《读楚辞语》）[②]
>
> 《东皇太一》、《云中君》似疏星滴雨，寥落希微，正其情境雅合，着一丽语不得，着一秾语不得。（陆时雍《读楚辞语》）[③]
>
> 《九辩》得《离骚》之清，《九歌》之峭，而无《九章》之婉，其佳处如梢云修竿，独上亭亭，孤秀槮疏，物莫与侣。（陆时雍《读楚辞

①王逸：《楚辞章句》，上海古籍出版社 2017 年 11 月第 1 版，第 2 页。

②陆时雍：《楚辞疏》，《楚辞文献丛刊》第 40 册，国家图书馆出版社 2014 年 7 月第 1 版，第 424 页。

③陆时雍：《楚辞疏》，《楚辞文献丛刊》第 40 册，国家图书馆出版社 2014 年 7 月第 1 版，第 427–428 页。

语》)[①]

《招魂》绚丽,千古绝色,正如天人珠被,霞烂星明,出银河而下九天者,非人世所曾得有。(陆时雍《读楚辞语》)[②]

予读《楚辞》,观其悲壮处,似高渐离击筑,荆卿和歌于市,相乐也,已而相泣,旁若无人者。悽惋处,如穷旅相思,当西风夜雨之际,哀蛩叫湿,残灯照愁;幽奇处,似入山径无人,但闻猩啼蛇啸,木魅山鬼,习人语,来向人拜;艳逸处,似美人走马,玉鞭珠勒,披锦绣,佩琳琅,对春风唱一曲《杨白花》;仙韵处,似王子晋骑白鹤,驻缑山最高峰,吹玉笙,作凤鸣,挥手谢,时人人皆可望,不可到。(蒋之翘《七十二家评楚辞》)[③]

从上述例子可以看出,明代《楚辞》评点既有疏星滴雨般的短小譬喻,又有彩丽竞繁的大段排比。他们采用的"象喻"式批评的主要着眼点在于通过譬喻和气势纵放的语句描绘出了一幅幅传神而又眩目的画面,构建出了神妙变幻的诗一般的意境,有光感、有颜色、有声响、有触感,留下可以想象再创造的广阔空间。就这样,"象喻"式批评,经由前代文人的阐释实践,尤其是明代《楚辞》评点之风的盛行,以强劲的势头蔓延至清代《楚辞》研究领域。

一、自然地理之喻:文脉构思

在清代楚辞学纷繁的"象喻"式批评中,有一类非常突出且有特

①陆时雍:《楚辞疏》,《楚辞文献丛刊》第40册,国家图书馆出版社2014年7月第1版,第435页。

②陆时雍:《楚辞疏》,《楚辞文献丛刊》第40册,国家图书馆出版社2014年7月第1版,第438页。

③蒋之翘:《七十二家评楚辞》,《楚辞文献丛刊》第27册,国家图书馆出版社2014年7月第1版,第97-98页。

色，即自然地理之喻。从文学发生论的角度来看，文学的发生与自然之间本身就有内在联系。关于这一点，中国古代文论中早有论及。钟嵘《诗品》云："气之动物，物之感人，故摇荡性情，形诸舞咏。"自然地理与文学在源流和结构等层面的相似是这一取譬机制的动因。举例如下：

黄河西来，千回百折，至海门又一束，方另成异观。（方人杰《楚辞读本》评《远游》）[①]

大起大落，势如八月之潮。（方人杰《楚辞读本》评《少司命》）[②]

文如叠浪，清彻无翳。（方人杰《楚辞读本》评《渔父》）[③]

为词甚简而意已周，为境极危而志弥暇，绰乎如灵洞之归云，神间之纳海，极恢奇变化而不离乎宗者也，读者其深味之。（张德纯《离骚节解》评《离骚》）[④]

四荒句已提起，下可直接，忽又想到女媭之言，即从中插入，为平中一突。文章之势如山如海，山虽万里緜直，自有冈峦起伏；海虽一往奔注，自有波涛上下。下段灵氛巫咸亦同此法。（梁夔谱《古赋首选》评《离骚》）[⑤]

前以突起，后以秃住，而中间灏灏瀚瀚如波涛夜涌，忽起忽

---

①方人杰：《楚辞读本》，《楚辞文献丛刊》第 48 册，国家图书馆出版社 2014 年 7 月第 1 版，第 310 页。

②方人杰：《楚辞读本》，《楚辞文献丛刊》第 48 册，国家图书馆出版社 2014 年 7 月第 1 版，第 331 页。

③方人杰：《楚辞读本》，《楚辞文献丛刊》第 48 册，国家图书馆出版社 2014 年 7 月第 1 版，第 339 页。

④张德纯：《离骚节解》，《楚辞文献丛刊》第 53 册，国家图书馆出版社 2014 年 7 月第 1 版，第 192 页。

⑤梁夔谱：《古赋首选》，清同治八年（1869）梁氏镜古堂刻本。

落；又如云龙变化，倏隐倏现。（陈本礼《屈辞精义》评《天问》）[①]

前写詹尹肯卜，如堤决黄河，万顷波涛，百道争流，便生出一篇滔滔滚滚文字；后写詹尹不肯卜，如风起长空，千山烟雨，一时吹散，便收拾一篇滔滔滚滚文字。（江中时《楚骚心解》评《卜居》）[②]

可以说，这些"象喻"式批评化抽象为形象，营造气氛，造足气势，极具感染力、表现力和创造力，可以说亦是一种创作体验。择取具有强烈画面感的自然景物，绘声绘色，通过对时节、气象，以及布局的设定，或取其磅礴的气势，或取其摧枯拉朽的力量，在不知不觉间代替了逻辑判断和理性分析，给读者带来具有强烈印象感的审美体验。尤其是上引方人杰、梁夔谱、陈本礼和江中时均用到的江、河、海之波涛的象喻，用来形容文脉的起落和恢宏的气势，这可以说是基于美感生成和审美体验的共性而形成的具有特定审美意蕴的自然物象。

循此，自然地理的"象喻"式批评还延伸至《楚辞》作品结构和文脉的分析，以陈本礼《屈辞精义》为典型。例如：

右第一节序文，凡十一解，起如昆仑起祖，来脉甚远；落如峰窝结穴，其义甚深，其气甚厚，非一邱一壑所能尽其蕴也。[③]

右第五节，凡十三解，已上女嬃陈词，遥承上文"悔相道"章来，草蛇灰线，至此一结。以下层峦叠翠，重复开障，大有山断云连之势。[④]

---

①陈本礼：《屈辞精义》，《楚辞文献丛刊》第63册，国家图书馆出版社2014年7月第1版，第203页。

②江中时：《楚骚心解》，《楚辞文献丛刊》第57册，国家图书馆出版社2014年7月第1版，第235页。

③陈本礼：《屈辞精义》，《楚辞文献丛刊》第63册，国家图书馆出版社2014年7月第1版，第84页。

④陈本礼：《屈辞精义》，《楚辞文献丛刊》第63册，国家图书馆出版社2014年7月第1版，第105页。

> 右第九节，凡七解，已上又借巫咸菱蔽、嫉妒二语，将兰芷变态历数一番，落到“兹佩”，欲再为求女计，以起下文“远逝”之端。其文思缥缈，大有手挥五弦、目送飞鸿之致，又如华严楼阁，弹指即现，岂非井蛙、尺蠖所能测量哉？[①]

陈本礼所云之“解”即朱子所分之“章”，通常为四句。陈本礼的结构分析颇有个性特点，亦有着浓郁的文学意味。他所说的“草蛇灰线”、“手挥”和“目送”等是明清小说评点的常用语。堪舆术中的“草蛇灰线”，是指地理一脉贯通而又若隐若现、若断若续的态势，在小说评点中主要用来形容小说中若有若无、隐约可寻的线索。清代楚辞学者借用“草蛇灰线”这个术语来形容作品结构上的似断还连的线索脉络。如鲁笔《楚辞达》于“冀枝叶之峻茂兮”四句后注曰：“此章就上章顺推反跌，二章合为一束。因我离别，并哀诸贤，遥应众芳作余波，以束上段。反起下党人竞进，极离合关照、草蛇灰线之妙。”[②]鲁笔和陈本礼用到“草蛇灰线”，指的都是章法的埋伏照应。朱冀《离骚辩》在“指九天以为正兮，夫惟灵修之故也”后按云：“凡章内所有复用字，如芳、美、姱等类，不可枚举。一切皆文中筋脉遥应处，用草蛇灰线法也。”[③]朱冀通过《离骚》中字法的埋伏照应为例，指出《离骚》于“筋脉遥应”之处大多用“草蛇灰线法”。由以上论述可知，清代楚辞学者借用“草蛇灰线”来指涉包括字法、句法和章法的埋伏照应。陈本礼所云“手挥五弦，目送飞鸿”，出自晋嵇康《赠兄秀才公穆入军》，本指手眼并用，

---

①陈本礼：《屈辞精义》，《楚辞文献丛刊》第63册，国家图书馆出版社2014年7月第1版，第130页。

②鲁笔：《楚辞达》，《楚辞文献丛刊》第49册，国家图书馆出版社2014年7月第1版，第458页。

③朱冀：《离骚辩》，《楚辞文献丛刊》第47册，国家图书馆出版社2014年7月第1版，第535页。

运用自如。后来“手挥目送”被引入小说评点中，主要用来指意义双关，转换自然，意在言外，不着痕迹。陈本礼借用“手挥目送”来形容《离骚》构思之精巧，行文缴结之精妙。可见，“古典文学的众多文体之间存在着某些可以相互借鉴的共性，尤其是在文学作品的结构论层面，有相似的法度可循”。

“龙脉”和“结穴”是古代堪舆术、风水学常用的范畴。“龙脉”指的是一种特殊的地理形态，因地脉以山川走向为其标志，故风水家称之为龙脉，即是随山川行走的气脉。“结穴”是指“地势起伏行走而于某个地理位置停蓄并融结为穴”[①]，亦即风水学所谓的藏风蓄水的“风水宝地”。在清代楚辞学著作中，用“龙脉”和“结穴”分析《楚辞》作品结构颇为常见。例如胡濬源《楚辞新注求確》中胡云会“识语”曰：“《离骚》譬如大地，一著其远龙发脉，自有绝大力量，至迎送、过峡、起伏、回顾、脱聚、结局，奇异之中俱是位置天然；堪舆家苟不明理气形势，从何以知其妙处，读斯赋者亦然。”[②]胡云会明晰地指出了古代堪舆术与《离骚》的行文之间形成的某种可以契合的联系，将龙脉及其发将、过峡、脱聚等运行的态势走向，比作诗文的体势布局，包括行文须讲究的开阖起伏、交接转折等流转变化。其中“过峡”是指“龙脉运行经过的地势交接处，古代堪舆家认为龙脉须于此交接、跌断之处完成脱卸，方有融结，才可结得真穴”。[③]又，徐焕龙《屈辞洗髓》评《天问》云：“一篇结穴，全在此末段。篇内或相承而问，或突如其问，或遥接而问，章法奇，语调长短错综，变换百出。”[④]陈本礼《屈辞精义》评《离骚》曰：

①龚宗杰：《古代堪舆术与明清文学批评》，《文学遗产》2019年06期，第116页。
②胡濬源：《楚辞新注求確》，南京大学出版社2017年12月第1版，第52–53页。
③龚宗杰：《古代堪舆术与明清文学批评》，《文学遗产》2019年06期，第114页。
④徐焕龙：《屈辞洗髓》，《楚辞文献丛刊》第48册，国家图书馆出版社2014年7月第1版，第519页。

“右第一节序文，凡十一解，起如昆仑起祖，来脉甚远；落如峰窝结穴，其义甚深，其气甚厚，非一邱一壑所能尽其蕴也。”[①] 陈本礼把“来脉”与“昆仑起祖”相对应，亦即来龙之源的“龙脉”。在古代风水学中，昆仑被视为万山之祖、龙脉之源。陈本礼借此强调可作为“序文”的《离骚》第一节，在内容和思想取法乎上，导源之正。陈本礼所说的“非一丘一壑所能尽其蕴”的“结穴”主要是指文脉的聚集之处。

从以上诸家描述的“结穴”来看，既可以指整篇文章的最终收束处，也可以指一大段的收拾归结处。王棠《燕在阁知新录》评《离骚》曰：“‘吾将从彭咸之所居’，此是屈子《离骚》大结穴，亦是屈子一生大结穴。”[②] 王棠把《离骚》中的“吾将从彭咸之所居”作为《离骚》的结穴，亦作为屈子一生的结穴。正如董国英《楚辞贯》评《离骚》曰：“于是以‘正’而毙，回顾篇首之以“正”而生，为全篇结穴。循首讫尾，无数层折，无数烟波，要无一字不照定此句落笔。”[③] 屈原是“以正而生”、“以正而毙”，《离骚》“循首讫尾”，“首尾回环”，由此通篇文脉一贯。

清代楚辞学者多选用富有动态效果之象喻，以呈现《楚辞》作品结构和行文之变化。如朱冀《离骚辩》云：“行文一波未平，一波复起，正犹神龙出没，东云现麟，西云露爪，令人不可捉摸。”[④] 很多楚辞学者还经常用“波澜”一词来形容楚辞结构的变化多端和文脉的动荡起伏。如贺贻孙《骚筏》分析女媭詈原一段说：“无端插此一段作波澜，

---

①陈本礼：《屈辞精义》，《楚辞文献丛刊》第 63 册，国家图书馆出版社 2014 年 7 月第 1 版，第 84 页。

②王棠：《燕在阁知新录》，《续修四库全书》第 1147 册，上海古籍出版社 2002 年 4 月第 1 版，第 106 页。

③董国英：《楚辞贯》，清道光二十五年（1845）博川正谊斋刻本。

④朱冀：《离骚辩》，《楚辞文献丛刊》第 47 册，国家图书馆出版社 2014 年 7 月第 1 版，第 621 页。

妙甚。尤妙在不作答语，便接以‘依前圣以节中’云云，盖吾行吾意，付之不辩也。笔法高绝，《史记》聂政姊一段波澜，从此脱出。”[①] 又如，吴世尚《楚辞疏·自序》云：“世所传《楚辞》注，王逸、洪兴祖逐句而晰，大义未明；朱子提挈纲维，开示蕴奥，而于波澜意度处，尚多略而未畅。”[②] 吴世尚用“波澜意度”多略而未畅指出旧注不顾章法，不贯血脉之病。郑知同《楚辞考辨》在《九章·思美人》篇后通释曰：“看他波澜层折，开阖动荡，节节相生，真令人寻味不尽。”[③] 又，郑知同在《九章·哀郢》篇后通释曰：“若其行文，《九章》虽各分柱意，而亦多添设波澜。独此一篇一意到底，不旁及他事，结构最为明著。”[④] 郑知同指出《九章》虽然各篇主旨不同，然而各篇结构变化多端，文脉起伏层折。再如：

中间正文，却是波澜；前后波澜，却是正文。（方人杰《楚辞读本》评《卜居》）[⑤]

此用“悔”字，作一顿挫波澜；设一灵氛作波澜；灵氛之言难恃，且再问巫咸，又一波澜。（胡濬源《楚辞新注求确》评《离骚》）[⑥]

反顾篇中无数波澜，总从一片忧国忧民熟肠迸出。（董国英

---

①贺贻孙：《骚筏》，《四库未收书辑刊》第十辑第十三册，北京出版社2000年1月第1版，第5页。

②吴世尚：《楚辞疏》，《楚辞文献丛刊》第55册，国家图书馆出版社2014年7月第1版，第19页。

③蒋南华等：《郑知同楚辞考辨手稿校注》，贵州人民出版社2004年5月第1版，第175页。

④蒋南华等：《郑知同楚辞考辨手稿校注》，贵州人民出版社2004年5月第1版，第160页。

⑤方人杰：《楚辞读本》，《楚辞文献丛刊》第48册，国家图书馆出版社2014年7月第1版，第338页。

⑥胡濬源：《楚辞新注求确》，南京大学出版社2017年12月第1版，第19、38、39页。

《楚辞贯》评《离骚》)[①]

先生自叙至“前圣所厚”,已是百炼南金,特下一悔字,翻起波澜,重复检点,加倍写出工夫之细密。……若无此波澜洄洑,则一直文字,望而易尽。(林仲懿《离骚中正》)[②]

此外,朱冀《离骚辩》中“波澜”一词出现了六次之多,如评《离骚》“洋洋大文,一起一落,如江海潮汐,波澜无际,何尝有半语支离”。[③] 朱冀《离骚辩》中还有“生波澜法”。朱冀在“世幽昧以眩曜兮,孰云察余之善恶”后按云:“大夫闻言自念,我国如此,举世可知,恐去亦无益,此即柳下惠‘何必去父母之邦’意。盖大夫宗臣,本无去理,后不妨姑设一去想者,乃行文宽一步,生波澜法,所以务极其致,逼到彭咸耳。其实合下主意,决不忍离宗国也。故先下此一笔,下文再拓开转入,读者须审其宾主轻重之所在。”[④] 又如“虽体解吾犹未变兮,岂余心之可惩”,朱冀按云:“余之好修,出自天性,矢以终身。即因此支解,亦未之有变。岂见疏见替,所能惩予心而使之改节乎?此又一束,上文无数波澜,至此一齐收结矣。下文又矗奇峰。”[⑤] 朱冀“《离骚辩》中几乎处处注意脉络结构、章法文气,亦颇有见解合理之处”。[⑥] 以上清代楚辞学者所说

---

①董国英:《楚辞贯》,清道光二十五年(1845)博川正谊斋刻本。

②林仲懿:《离骚中正》,《四库全书存目丛书》集部第二册,齐鲁书社1997年7月第1版,第315–316页。

③朱冀:《离骚辩》,《楚辞文献丛刊》第47册,国家图书馆出版社2014年7月第1版,第652页。

④朱冀:《离骚辩》,《楚辞文献丛刊》第47册,国家图书馆出版社2014年7月第1版,第626页。

⑤朱冀:《离骚辩》,《楚辞文献丛刊》第47册,国家图书馆出版社2014年7月第1版,第571页。

⑥潘啸龙、毛庆:《楚辞著作提要》,湖北教育出版社2003年5月第1版,第124页。

的“波澜”、“波澜意度”、“波澜层折”和“生波澜法”，均是着眼于《楚辞》作品章法结构之文脉。

由此可以看出，与明代楚辞学者运用自然地理之象喻，主要着眼于作品的语言特点和整体风格不同，清代楚辞学者更进一步把自然地理之象喻，推广运用到了《楚辞》作品的文脉构思和情感表现上来。他们一方面抓住山川地理规律和行文法则之间的相似性展开论述，一方面借用小说评点中已经成型的批评术语，如“草蛇灰线”、“手挥目送”等作比况。由此亦可看出清代学者对于当时不同文体之间的评点的相互借鉴和评点理念方面的融通。

二、声音图画之喻：情感体悟与诗画融通

声音之喻是借由人体通感的生理机能，通过对节奏、音节和气势的描摹，把对《楚辞》作品内容和情感的体悟充满想象力地呈现出来。而且，声音之喻与自然地理之喻总是交织在一起的。试举几例：

“命灵氛”“要巫咸”两段皆故为宽缓之言，以收其繁弦急节之音，所谓曲终奏雅也。（王萌《楚辞评注》引胡克宽评《离骚》）[①]

自“重华陈辞”以后，飘然上征，上下求索，问灵氛，要巫咸，穷天极地，遊行媮乐，忽然临睨故乡，悲不自禁，如听繁声而忽寂，如看蜃楼而忽散，如梦华胥而忽醒，令读者神摇目眩，天下大观，于此极矣。（王萌《楚辞评注》引朱栻评《离骚》）[②]

《九章》体裁与《骚》一也，而各因其时各纪其事，故虽音节悲凉，而部伍分明，颇为易识。唯《悲回风》篇，则急鼓繁弦，深巷短

①王萌：《楚辞评注》，南京大学出版社 2017 年 12 月第 1 版，第 25 页。
②王萌：《楚辞评注》，南京大学出版社 2017 年 12 月第 1 版，第 30 页。

兵时矣。(吴世尚《楚辞疏》评《悲回风》)[①]

奇艳如剡锦剪翠,然望中皆黯淡之气,此长歌悲于痛哭哉!(方人杰《楚辞读本》评《离骚》)[②]

如置身在溆浦山中,听哀猿夜叫也。(陈本礼《屈辞精义》评《涉江》)[③]

上引吴世尚所云“急鼓繁弦,深巷短兵”,通过音声的急促繁密形象地传达出了《九章·悲回风》情感的激切和迫近。方人杰用“长歌”和“痛哭”之声来形容《离骚》中屈原第一次上征时的心情,于“奇艳”的文字背后读出了屈子悲痛欲哭之情。陈本礼用“忽起忽落”的“波涛夜涌”和“倏隐倏现”的“云龙变化”来呈现《天问》文脉的层折变化。陈本礼《屈辞精义》于《九章》题后曰:“朱子浅视《九章》,讥其直致无润色,而不知其由蚕丛鸟道、巉岩绝壁而出,而耳边但闻声声杜宇啼血于空山夜月间也。”[④] 陈本礼不满于朱熹对《九章》“直致无润色”的评价,用到了山川地理和声音两种象喻来反驳:“蚕丛鸟道、巉岩绝壁”即是山川地理之象喻,出自李白《蜀道难》,形象地展现了屈原《九章》辞旨之幽深;“声声杜宇”、“哀猿夜叫”,借子规和猿哀怨的叫声来展现《九章》语言传神的艺术功力。又如徐焕龙《屈辞洗髓》评《离骚》云:

是故读屈词,如听琴音。此篇如《秋鸿》三十段,备极《广陵

①吴世尚:《楚辞疏》,《楚辞文献丛刊》第55册,国家图书馆出版社2014年7月第1版,第14页。

②方人杰:《楚辞读本》,《楚辞文献丛刊》第48册,国家图书馆出版社2014年7月第1版,第265页。

③陈本礼:《屈辞精义》,《楚辞文献丛刊》第63册,国家图书馆出版社2014年7月第1版,第274页。

④陈本礼:《屈辞精义》,《楚辞文献丛刊》第63册,国家图书馆出版社2014年7月第1版,第239页。

散》之遗韵。他篇虽妙，亦特《潇湘水云》、《洞天春晓》、《阳春》、《白雪》、《梦蝶》、《御风》诸操而已。余僻琴，家贫无以整旧桐，又厌时琴，每以此当之。[①]

徐焕龙评《离骚》的这一段话读来颇有兴味，全以古琴曲作喻。他对《离骚》篇评价甚高，其地位相当于古琴曲中的《秋鸿》和《广陵散》。《秋鸿》是篇幅最长的古琴曲之一，凡三十六段，以飞翔凌空的秋日的鸿雁为喻，抒写怀才不遇者心情；《广陵散》是著名的古琴曲之一，主要抒发愤慨不屈的浩然之气。徐焕龙认为《离骚》之外的其他篇章，就像古琴曲中的《潇湘水云》《洞天春晓》《阳春》《白雪》《梦蝶》《御风》等，虽也美妙动听，然而韵味远不及《离骚》。看来，徐焕龙对琴曲颇为熟悉，以此譬喻，形象生动。徐焕龙还说他喜欢琴，但是因家贫买不起桐木古琴，于是就把《离骚》当作古琴来赏玩，这样的象喻之阐释确实让人有耳目一新之感。

一些清代楚辞学者本着诗画相通的理念，在《楚辞》注解和评点中不仅援引诗论，还融汇画论。如朱冀《离骚辩》评《离骚》曰："一切皆行文之揎染，犹画家之着色也。极凄凉中偏写得极热闹，极穷愁中偏写得极富丽。笔舌之妙，千古无两。"[②] 又如，陆时雍《楚辞疏》评曰："《涉江》一笔两笔，老干疏枝。《哀郢》细画纤描，着色着态，神韵要自各足。"[③] 陆时雍运用绘画语言来比较《涉江》和《哀郢》的不同的描写方法。《涉江》篇最突出的特点是诗中有一段记行的文字，路径清

①徐焕龙：《屈辞洗髓》，《楚辞文献丛刊》第 48 册，国家图书馆出版社 2014 年 7 月第 1 版，第 459 页。

②朱冀：《离骚辩》，《楚辞文献丛刊》第 47 册，国家图书馆出版社 2014 年 7 月第 1 版，第 654 页。

③陆时雍：《楚辞疏》，《楚辞文献丛刊》第 40 册，国家图书馆出版社 2014 年 7 月第 1 版，第 416 页。

晰，诗意明白如话，故而陆时雍用“老干疏枝”来形容这种粗线条的描写手法；而《哀郢》不同，诗中描绘了一幅幅悲惨的画面，一幕幕摧肝裂肺的情景，且交织着复杂矛盾的心理活动，故而陆时雍用“细画纤描，着色着态”来形容。正如邹一桂《小山画谱》所云“新枝方可着花，老干从无附萼”，这两首诗虽写法不同，然各具特色，充分展现了屈原诗歌高超的艺术功力。又如，江中时《楚骚心解》于卷四《招魂》篇后解曰：

> 篇中招魂徕归，备极人间之乐事，末结之以“魂兮归来，哀江南”。陡觉前半如蜃楼海市，一时灭没，真是奇绝妙绝。篇中写不祥处，写乐处，奇诡艳丽，宛如在目。陆时雍谓“举景而得趣，举貌而得态，举色而得意，举馔而得味，举声而得会”。方之顾虎头为人写照，先察其神情，种种入手，一略举笔真形，不由不意致周旋，精神飞越，乃信文人之才，无所不可。[①]

江中时此段论述主要是从艺术审美的角度出发，指出《招魂》“奇诡艳丽，宛如在目”，并把这种艺术手法与东晋画家顾恺之（小字虎头，故称“顾虎头”）“传神写照”之手法相比拟，极力推崇屈原之诗才。

郑武《寄梦堂屈子离骚论文》中大量融汇画论来品评《楚辞》诗句，如《思美人》眉批云：“悬宰论画云：小树最要淋漓，简枝繁影，欲如文君之眉与黛。观此可悟《楚词·九章》诸篇”。[②] 欣按：悬宰，即明代画家董其昌（1555—1636），字玄宰，号思白，香光居士。董其昌《画禅室随笔》卷二：“盖小树最要淋漓约略，简于枝柯而繁于形影，欲如文君

①江中时：《楚骚心解》，《楚辞文献丛刊》第57册，国家图书馆出版社2014年7月第1版，第257页。

②郑武：《寄梦堂屈子离骚论文》，《楚辞文献丛刊》第47册，国家图书馆出版社2014年7月第1版，第138页。

之眉与黛,色相参合,则是高手"。[①] 郑武评《离骚》"皇天无私阿兮,览民德焉错辅"曰:"句法之妙,如李营丘画树,千曲万曲,无复直笔也。"[②] 按:李营丘,即五代宋初画家李成。又如,郑武评《怀沙》"日昧昧其将暮"句曰:"董北苑《落照图》,逊其孤峭。"[③] 按:董北苑,即五代南唐画家董源。郑武以其画作与《楚辞》诗句作风格上的比较,以此点明《怀沙》风格的"孤峭"。郑武评《涉江》"乘舲船余上沅兮,齐吴榜以击汰"二句云:"文章之妙,如在扁舟看程孟阳吟诗作画也。"[④] 按:程孟阳,即明代书画家程嘉燧。再如,郑武评《湘君》"望涔阳兮极浦"句曰"马麟《秋水烟平图》"[⑤];评"桂棹兮兰枻,斲冰兮积雪"曰"赵文敏《江天暮雪图》"[⑥]。这些均是以前代画家马麟和赵孟頫之画作直接品评《楚辞》诗句。可见,郑武本人对历史上著名的画家画作非常熟悉,其鉴赏画作亦有较高水平,故而能够以其对画作的感受阐释《楚辞》作品的风格特征。

作为清代扬州的著名人物,陈本礼集藏书家、鉴赏家和诗人于一身,其《屈辞精义·自序》云"曾写《江上读骚小影》",故而他能凭借在绘画和鉴赏方面的眼光和体验,来解读《楚辞》的文本。陈本礼《屈辞

---

① 董其昌:《画禅室随笔》,上海远东出版社 1999 年 1 月第 1 版,第 103 页。
②郑武:《寄梦堂屈子离骚论文》,《楚辞文献丛刊》第 47 册,国家图书馆出版社 2014 年 7 月第 1 版,第 61 页。
③郑武:《寄梦堂屈子离骚论文》,《楚辞文献丛刊》第 47 册,国家图书馆出版社 2014 年 7 月第 1 版,第 141 页。
④郑武:《寄梦堂屈子离骚论文》,《楚辞文献丛刊》第 47 册,国家图书馆出版社 2014 年 7 月第 1 版,第 126 页。
⑤郑武:《寄梦堂屈子离骚论文》,《楚辞文献丛刊》第 47 册,国家图书馆出版社 2014 年 7 月第 1 版,第 82 页。
⑥郑武:《寄梦堂屈子离骚论文》,《楚辞文献丛刊》第 47 册,国家图书馆出版社 2014 年 7 月第 1 版,第 82 页。

精义·略例》曰：

> 烹词吐属之妙，天籁生成。其凄其处如哀猿夜叫，醲郁处如旃檀香焚，鲜艳处如琪花绽蕊，苍劲处如古柏参天；其绘声绘色处如吴道子画诸天，无美弗备；其经营惨澹处如神斧鬼工，巧妙入微。然又皆从至性中流出，非斤斤以篇章字句矜奇炫巧也。[①]

陈本礼所用之象喻如“哀猿夜叫”、“旃檀香焚”、“琪花绽蕊”、“古柏参天”，有凄厉的声音，有醲郁的香味，有或鲜艳或苍劲的观感，综合运用听觉、嗅觉和视觉，纷至沓来，令人应接不暇。尤其是陈本礼形容屈原诗文“绘声绘色处如吴道子画诸天，无美弗备”，用唐代“画圣”吴道子“无美弗备”之画来做比，为读者呈现出了无限的想象空间。

而且，陈本礼在“象喻”式批评的基础上，又创造性地以“文图转换”的方式展现《楚辞》的立言之妙，如《九章·涉江》“乘鄂渚而反顾兮”四句后，陈氏注曰：“一幅《秋山行旅图》”。[②]在“乘舲船余上沅兮”四句后，陈本礼笺云：“此又一幅《清江泛棹图》也。一叶孤帆，沙汀夜泊，淹回难进，能不令迁客魂销于江上耶？”[③]陈本礼将自己对《涉江》文本的审美感受，逆向幻化为自然之境，并用描绘性的语言浓缩到具体的画面之中。这样，我们读者再通过其画面创设出的情境来体会诗意，这样的阐释能够打破诗人、注释者和读者的界限，帮助读者更好地从风格意境上把握作品。

陈本礼这种“文图转换”的方式，在《天问》篇中发挥到了极致。陈

---

①陈本礼：《屈辞精义》，《楚辞文献丛刊》第63册，国家图书馆出版社2014年7月第1版，第48页。

②陈本礼：《屈辞精义》，《楚辞文献丛刊》第63册，国家图书馆出版社2014年7月第1版，第271页。

③陈本礼：《屈辞精义》，《楚辞文献丛刊》第63册，国家图书馆出版社2014年7月第1版，第271页。

本礼在《天问》题后"发明"曰："此屈子题图之作，非渺茫问天词也。"[①]陈本礼大胆质疑王逸以来的"问天"之说，指出《天问》是屈原的题图之作。陈本礼在《天问》题后"发明"又曰："昔当涂萧尺木曾画《离骚》、《九歌》等图，而《天问》止五十四图，未及此书之半。乾隆壬寅，特命内廷诸儒补绘《离骚》、《九章》、《招魂》、《大招》、《香草》等图，惟《天问》未补，不无有望于来兹。"[②]萧云从所绘之《离骚图》，现存《三闾大夫卜居渔父图》、《九歌》九图、《天问》五十四图，凡六十四图。乾隆帝在四库呈览时得见此图，惜其佚阙不全，命补绘其余各篇插图，由工部主事派充四库馆绘图分校官门应兆耗时两年完成。门氏除临摹萧氏原作六十四幅外，又补绘了九十一幅，共计一百五十五图，名为《钦定补绘萧云从离骚全图》。陈本礼遗憾于萧云从所绘之"《天问》止五十四图，未及此书之半"，且门应兆所补未及《天问》，于是精读《天问》全篇，进而把《天问》文本转换成用文字描述之图画，总计达一百一十五图。陈本礼题图的体例不甚一致，有的是一句一图，如"箕子佯狂"后"题《箕子为奴图》"；有的是两句一图，如"冯翼惟像，何以识之"后"题《混沌初开图》"；有的是一章一图，如"夜光何德"四句后"题《月之顾菟图》"。《天问》题图虽不算是严格意义上的"象喻"式批评，然而这体现出了陈本礼对《天问》性质的认识，以及他诗画融通的阐释理念。

值得注意的是，采用"象喻"式批评方法的清代楚辞学者，如方人杰、吴世尚、江中时、陈本礼，往往同时采用了"直觉感悟法"。他们取譬设喻注重感性，并通过譬喻构建出一幅幅具体传神的画面，这样更容易设身处地感悟屈子之心灵。"文学语言的特性，在于它的主观表

①陈本礼：《屈辞精义》，《楚辞文献丛刊》第63册，国家图书馆出版社2014年7月第1版，第139页。

②陈本礼：《屈辞精义》，《楚辞文献丛刊》第63册，国家图书馆出版社2014年7月第1版，第140页。

现,尤其是诗,它的语言不能只当作指涉一个客观事实或概念的符号而已。其符号本身就是一种意象,对读者施以暗示,而引领读者朝向语言之外,去体会主观的心灵活动”。[①]

由以上分析可知,“象喻”式批评是建立在共同的审美经验的基础上,它不是采用语言和逻辑分析,而是用艺术形象的方式诉诸直觉想象,利用人体通感的生理机能,来唤起读者对作品内在风神和韵味的审美感受,而这正反应出了部分清代楚辞学者重视直觉感悟的反诠释倾向。

三、生命之喻:结构分析的三个层面

钱钟书先生在上世纪三十年代发表的《中国固有的文学批评的一个特点》一文就曾经提出中国文学批评的一个特点,即“把文章通盘地人化或生命化(animism)”、“把文章看成我们自己同类的活人”。[②] 敏泽先生在《中国美学思想史》中指出了“我国审美评价一个最鲜明的民族特点:人化的美学评价”。[③] “文学批评中的‘生命之喻’,从哲学上看,是受了中国古代‘近取诸身,远取诸物’(《周易·系辞上》)的象征性思维方式影响而产生的,以人拟文正是‘近取诸身’的自然而然的结果”。[④] 其实,如果追本溯源的话,“它起源于人对自身人体生命的认识,

---

①颜昆阳:《李商隐诗笺释方法论——中国古典诠释学例说》,台北里仁书局 2005 年 11 月第 1 版,第 116 页。

②该文原载《文学杂志》第 1 卷,第 4 期,1937 年 8 月。转引自周发祥等编:《碰撞与融汇——比较文学与中国古典文学》,外语教学与研究出版社 2006 年 4 月第 1 版,第 284 页。

③敏泽:《中国美学思想史》,岳麓书社 1987 年 7 月第 1 版,第 512 页。

④吴承学:《生命之喻——论中国古代关于文学艺术人化的批评》,《文学评论》1994 年第 1 期,第 54 页。

审美首先也是从对人体生命运动的观照开始”。[1] 批评家们清楚地看到了艺术结构与生命结构的相似之处,即文学作品与人的生命一样,是具有统一的、完整的生命特性的,因而以此来取譬设喻是自然而然的。

在清代楚辞学著作中,生命之喻的运用颇为突出。文学批评中的生命之喻“往往离不开三方面意义:外在的形体(皮肉肌肤)、内在的身体结构(骨骼)、内在的精神及其灌注(灵气、血脉)。”[2] 在清代楚辞研究的结构分析中,生命之喻的运用也主要是在这三个层面展开的。例如:

> 总要理会全局血脉,再寻出眼目来,任他如何摇曳,如何宕轶,出不得这个圈子。(林云铭《楚辞灯》)[3]

> 至于文中有绪,如人之耳目口鼻,位置天然,不容紊乱者也。(朱冀《离骚辩》)[4]

> 窃以为惟“守死善道”四字,可作通篇骨子,可贯前后血脉,而卒章“与为美政”四字,则又文中之眼目,大夫项下之骊珠也。(朱冀《离骚辩》)[5]

> “少歌”四句乃一篇之筋节,而“抽思”二字,又“少歌”之眼目,

---

①韩湖初:《“生命之喻”探源——对一个中、西共同的美学命题的认识与思考》,《文学评论》1995 年第 3 期,第 124 页。

②韩湖初:《“生命之喻”探源——对一个中、西共同的美学命题的认识与思考》,《文学评论》1995 年第 3 期,第 122 页。

③林云铭:《楚辞灯》,《楚辞文献丛刊》第 47 册,国家图书馆出版社 2014 年 7 月第 1 版,第 432 页。

④朱冀:《离骚辩》,《楚辞文献丛刊》第 47 册,国家图书馆出版社 2014 年 7 月第 1 版,第 514 页。

⑤朱冀:《离骚辩》,《楚辞文献丛刊》第 47 册,国家图书馆出版社 2014 年 7 月第 1 版,第 482 页。

而遂以是而名其篇也。(吴世尚《楚辞疏》)[①]

斯世无可安此身者,乃想得自沉一法,通身归宿、一篇主脑于此点定。(梅冲《离骚经解》)[②]

屈原作《离骚》,以执中作骨子,执中又以主敬作骨子。(林仲懿《离骚中正》)[③]

细寻其金针,实开文法众妙之门,三后尧舜是一篇主脑。(林仲懿《离骚中正》)[④]

自疏对面映出一亲字,为全篇骨子。(谢叶辰《离骚经批点》)[⑤]

读楚词者,俱患不细寻主脑以通脉络。(郑知同《楚辞考辨》)[⑥]

读《楚词》当先识得各章主脑。然后于其词之相似处,辨认虚实、宾主。见得复处却不是复,方能悉其指归,领其妙用也。(郑知同《楚辞考辨》)[⑦]

从以上例子可以看出,主脑、眼目、血脉、骨子、筋节、气、神等关涉

①吴世尚:《楚辞疏》,《楚辞文献丛刊》第55册,国家图书馆出版社2014年7月第1版,第308页。

②梅冲:《离骚经解》,《楚辞文献丛刊》第60册,国家图书馆出版社2014年7月第1版,第306页。

③林仲懿:《离骚中正》,《楚辞文献丛刊》第57册,国家图书馆出版社2014年7月第1版,第313页。

④林仲懿:《离骚中正》,《楚辞文献丛刊》第57册,国家图书馆出版社2014年7月第1版,第294页。

⑤谢叶辰:《离骚经批点》,《清代稿钞本》八编第三七四册,广东人民出版社2017年8月第1版,第416页。

⑥蒋南华等:《郑知同楚辞考辨手稿校注》,贵州人民出版社2004年5月第1版,第72页。

⑦蒋南华等:《郑知同楚辞考辨手稿校注》,贵州人民出版社2004年5月第1版,第170页。

到上述三个层面，即形体、结构和精神的范畴俯仰皆是。"主脑"即主旨之义。诗的主旨之于诗，就如同大脑之于人体。明末清初的戏剧大师李渔（1611–1680）在其《闲情偶寄》中运用生命象喻系统地阐述了戏剧创作的结构问题，提出了"立主脑"的观点："古人作文一篇，定有一篇之主脑。主脑非他，即作者立言之本意也。"① 上引林仲懿说"三后尧舜是一篇主脑"、梅冲说"自沉"是"一篇主脑"、郑知同说"读《楚词》当先识得各章主脑"，可以看出"主脑"既可以指一篇作品的主旨，也可以指作品中一章的主旨，即宏观的篇旨和微观的章旨。而且，值得注意的是，李渔提出的"立主脑"是从作者创作的角度，尤其是创作论中的结构论角度提出的。而上述楚辞学者均是从读者接受的角度，即从指导阅读方法的角度，强调"主脑"即主旨之义对于理解作品的重要意义。"眼目"即作品中反映主旨的关键词。"筋节"如同人体之关节，偏向于作品重要而有力的转折连接，提倡具有顿挫和灵动之感。清代楚辞学者善于把"主脑"、"眼目"、"筋节"与阐释文脉、结构、章法相贯通，辨析它们在文句经营和结构意义上的关键作用。

血脉流贯是人生命延续的前提条件，而诗文的血脉贯通则是诗文生命存在的必要条件。从上所引林云铭所云"总要理会全局血脉"可以看出，一些楚辞学者认为《楚辞》作品的行文虽是忽隐忽现的，但无疑是贯通的，只是有的显露，有的隐微。这就如同人身上的血脉，虽然没有外露，但始终是贯通的。吴世尚《楚辞疏》之《凡例》起首即云："《离骚》用意精深，立体高浑。文理血脉，最难寻觅。"② 朱冀《离骚辩》："读《骚》须分段看，又须通长看。不分段看，则章法不清；不通长看，则血

①李渔：《闲情偶寄》，浙江古籍出版社 2000 年 12 月第 1 版，第 11 页。

②吴世尚：《楚辞疏》，《楚辞文献丛刊》第 55 册，国家图书馆出版社 2014 年 7 月第 1 版，第 9–10 页。

脉不贯。”[①] 吴世尚和朱冀注解《楚辞》处处着眼于文理之接续，血脉之贯通，力求使全篇浑然一体。“古人的‘生命之喻’实际上反映了传统美学对于艺术本质的某些观念，即把艺术形式视成一种具有内在生命力的有机的动态整体。”[②] 在这个有机的动态整体中，血脉的流贯无疑是关键之所在，它使得文学作品成为了独立自足的、蕴涵着性情与生命力的统一体。王邦采《离骚汇订・序》曰："所贵乎能读者，非徒诵习其词章声调已也，必审其结构焉，必寻其脉络焉，必考其性情焉。结构定而后段落清，脉络通而后词义贯，性情得而后心气平。”[③] 王邦采指出了三步走的读骚策略，即结构→脉络→性情，他把脉络的疏通作为结构审视与把握性情的中间关键性环节。

“神”和“气”是明清楚辞评点中颇为常见的范畴。宋代严羽《沧浪诗话》在明清两代产生了极大的影响，尤其是清代王士禛在此基础上提出了著名的“神韵”说，成为康熙诗坛主流诗学理论之一，泛滥一时。作为其诗歌审美理想境界的概括，“神”主要侧重诗歌的风韵内涵，既包括诗境中的人，同时蕴含着渗透诗人情性、风度和气质的境外之味。“气”是中国哲学的一个基本范畴，自孟子提出“吾善养吾浩然之气”之后，曹丕《典论・论文》“文以气为主”，首次把“气”引入文学批评中，它一方面指涉创作主体的气质个性，一方面提倡壮健的气势。延伸至清代，批评家常用“神”、“气”或者“神气”结合来品评诗歌。张诗《屈子贯・凡例》云：“从来注《楚辞》者甚多，苦未有联络其神气者，

---

①朱冀：《离骚辩》，《楚辞文献丛刊》第 47 册，国家图书馆出版社 2014 年 7 月第 1 版，第 473 页。

②吴承学：《生命之喻——论中国古代关于文学艺术人化的批评》，《文学评论》1994 年第 1 期，第 56 页。

③王邦采：《离骚汇订》，《四库未收书辑刊》第五辑第十六册，北京出版社 2000 年 1 月第 1 版，第 98 页。

即考亭夫子，亦仅详于物类音释，与其意之大都耳。予不揣，依考亭《诗经》圈下注法，使其神气联络而已。”[①] 张诗所云之“神气”亦是清代文论的重要范畴。刘大櫆《论文偶记》曰：“行文之道，神为主，气辅之”；“神气者，文之最精处也；音节者，文之稍粗处也；字句者，文之最粗处也。”[②] 刘大櫆在阐述其“因声求气”的学文方法时，指出“神气”是“文之最精处”，主要是指文章中所呈现的精神气脉和气势魅力等审美意蕴。张诗所云之“神气联络”亦主要着眼于作品精神气脉之连贯。又如，方人杰《楚辞读本》于《九章·惜往日》篇后评曰：“文气纵佚窅渺，有不可一世之概，实叙中有虚致，直言中有婉致，回环反覆，一气凝结，挥刀不断，千载如生。”[③] 可以看出方人杰所说的“文气”之贯注取决于诗人的安排。在诗人“不可一世”的气概之下，不管是虚实直婉的交织，还是“回环反覆”的叹咏，都是诗人内在的精神气韵外化为“一气凝结”的“文气”。

由以上例子可知，清代楚辞学者所说的“神”、“气”和“神气”，既包含创作主体内在的精神气质，又包括驾驭作品外在结构的勾连技巧。正如吴承学先生所说，“生命之喻反映中国古代传统的美学思想，即推崇生机勃勃、灵动自由、神气远出的生命形式，要求文学艺术应具有和生命的运动相似相通的形式”。[④] 可见中国文学批评中的生命之喻是古人物我合一同构思维的突出表征。

---

①张诗：《屈子贯》，《四库未收书辑刊》第七辑第十六册，北京出版社 2000 年 1 月第 1 版，第 4 页。

②刘大櫆：《论文偶记》，人民文学出版社 1959 年 11 月第 1 版，第 3、6 页。

③方人杰：《楚辞读本》，《楚辞文献丛刊》第 48 册，国家图书馆出版社 2014 年 7 月第 1 版，第 302 页。

④吴承学：《生命之喻——论中国古代关于文学艺术人化的批评》，《文学评论》1994 年第 1 期，第 56 页。

四、"水月镜花"与反诠释倾向

在明清楚辞学纷繁的"象喻"式批评之中,"水月镜花"是颇具代表性的。周裕锴先生曾说:"尽管理学在南宋后期取得统治地位,并在元明两朝一直成为官方哲学,但在经典阐释方面陈陈相因,失去活力,显出一种新的平庸和保守。朱熹《诗集传》以'赋'、'比'、'兴'说《诗》的方法因追随者的拙劣模仿而变为僵死的模式。而杜诗笺注也因牵强史事走入穿凿附会的歧途。与之相对照,倒是严羽的《沧浪诗话》以'别趣'论诗,显示出对象喻性诗歌文本的超语言性的深刻认识,'水月镜像'之喻成为元明清诗学中一切反诠释思潮的源泉。"[①] 因而我们可以借由追溯文学批评领域"水月镜花"之喻的渊源,来探索明清诗学中反诠释理念的由来。

宋代以降,禅学风靡。批评家往往借用佛经形象来传达对诗歌的体味。"水月镜花"原本是佛经用来比喻诸法虚妄、无自性、无实体、万事皆空的佛法大意,经由南宋诗论家严羽"大抵禅道惟在妙悟,诗道亦在妙悟"的解码并融合,自然而然地渗透到了中国古代诗学中。严羽《沧浪诗话》云:"诗者,吟咏情性也。盛唐诸人惟在兴趣,羚羊挂角,无迹可求。故其妙处透彻玲珑,不可凑泊,如空中之音,相中之色,水中之月,镜中之像,言有尽而意无穷。"[②] 严羽用"透彻玲珑"、"不可凑泊"来形容盛唐诗歌的妙处,"透彻玲珑"就是指"能够将作者的美感经验毫无窒碍的、充分的表达,让读者再度体味这份美感经验"。"不可凑泊"是指不能把诗当做实事记录,不能将诗所表现出的意境,落实到现

①周裕锴:《中国古代阐释学研究》,上海人民出版社 2003 年 11 月第 1 版,第 272–273 页。

②严羽:《沧浪诗话校释》,人民文学出版社 1961 年 5 月第 1 版,第 26 页。

实世界的某些场景。[①] 而后严羽连用四个佛经象喻，即“空中之音，相中之色，水中之月，镜中之像”都是对“透彻玲珑”与“不可凑泊”的进一步说明，用来比喻诗歌虚幻无常，不能征实，不着痕迹的风格意境。

严羽的阐释仍是朦胧的象喻式批评，到了明代的谢榛，才说得更为明确，其《四溟诗话》卷一云：“诗有可解，不可解，不必解，若水月镜花，勿泥其迹可也。”[②] 实际上就是指不能从字面上作简单理解的风格意境。明代“前七子”之王廷相云：“夫诗贵意象透莹，不喜事实粘着。古谓水中之月，镜中之影，可以目睹，难以实求是也。”[③] 明代胡应麟《诗薮》云：“作诗大要不过二端：体格声调，兴象风神而已。……譬则镜花水月，体格声调，水与镜也；兴象风神，月与花也。必水澄镜朗，然后花月宛然。”[④] 胡应麟把“体格声调”比喻成水与镜，把“兴象风神”比喻成月与花，而且强调诗歌语言须如水之澄净、镜之明朗，其诗的审美意象才会达到自然精妙的境地。

延伸至楚辞学领域，“水月镜花”、“镜花水月”也成了明清楚辞学者描述《楚辞》文本的常用术语，举例如下：

> 且夫骚本诗类，诗人之意，镜花水月，岂可作实事实解会？惟应以微言导之。（李陈玉《楚辞笺注》）[⑤]
>
> “将”字仍是虚拟，以起下文求女之端。一篇水月镜花文字，

---

①陈国球：《论诗论史上一个常见的象喻——“镜花水月”》，《古代文学理论研究》第九辑，1984年4月，第222页。

②谢榛：《四溟诗话》，人民文学出版社1961年1月第1版，第3页。

③王廷相：《王廷相集》第二册，中华书局1989年9月第1版，第502页。

④胡应麟：《诗薮》，中华书局1962年11月第1版，第100页。

⑤李陈玉：《楚辞笺注》，《续修四库全书》集部第1302册，上海古籍出版社2002年4月第1版，第2页。

读者勿认为实有其事,则痴人说梦矣。(陈本礼《屈辞精义》)[①]

与前《湘君》章,词若重复,意实迥别。一篇水月镜花文字,使后世读者从何摸索? (陈本礼《屈辞精义》)[②]

看来两段中句句是颂橘,句句不是颂橘,但见原与橘,分不得是一是二,彼此互映,有镜花水月之妙。(林云铭《楚辞灯》)[③]

总要放开眼孔,看得天地间所有。原任人取携而不禁,谓是游戏神通也可,谓是镜花水月也亦可。凡篇中一切寓言,皆当作如是观。(朱冀《离骚辩》)[④]

初番是写其不遂,此两番不遂只用两"恐"字,妙,以不了了之。盖明是镜花水月,何必认真说到极处。(董国英《楚辞贯》)[⑤]

看《离骚》须如镜花水月,看之可象而不可著,若着象以求,无有是处。看《离骚》须如天上风云,看之顷刻变化万状,初无定形,若执定法以求,无有是处。(鲁笔《见南斋读骚指略》)[⑥]

"水月镜花"之喻依托的文字是"言外之言",即含蓄委婉之语。正如谢榛《四溟诗话》中提及空同子(即李梦阳)的诗论,"古诗妙在形容,所谓水月镜花,言外之言"。[⑦] 以上各家对于"水月镜花"之喻的运用大体上都是指:诗歌是借助具体的形象来表情达意的,正像"水月

---

①陈本礼:《屈辞精义》,上海古籍出版社 2017 年 6 月第 1 版,第 31 页。

②陈本礼:《屈辞精义》,上海古籍出版社 2017 年 6 月第 1 版,第 220 页。

③林云铭:《楚辞灯》,华东师范大学出版社 2012 年 6 月第 1 版,第 111 页。

④朱冀:《离骚辩》,《楚辞汇编》第九册,台北新文丰出版公司 1986 年 3 月第 1 版,第 208 页。

⑤董国英:《楚辞贯》,清道光二十五年(1845)博川正谊斋刊本。

⑥鲁笔:《楚辞达》,《楚辞文献丛刊》第 49 册,国家图书馆出版社 2014 年 7 月第 1 版,第 428 页。

⑦谢榛:《四溟诗话》,人民文学出版社 1961 年 1 月第 1 版,第 60 页。

镜花”一般既真实又虚幻，既可感又不可索。读者只能借助自己已有的审美经验去心领神会，进而把握诗歌的旨意。然而，对于诗中如“水月镜花”一般的象是虚拟的，是不能征实的。循此，一些楚辞学者在博采众说时强调辑录足以发明言外之意的，如陈本礼《屈辞精义·略例》曰：“采辑众说，皆掇其能阐扬奥义，或足发明言外之义者。探元珠于赤水，识良璧于荆山，要在机神切中肯綮。若语无关乎痛痒，或似是而非，或凿空谬赞，老生常谈，概置弗录。”①

一些楚辞学者在注解中强调要领会言外之意、味外之旨。如朱冀《离骚辩》在“忽临睨夫旧乡，仆夫悲余马怀兮，蜷局顾而不行”后按云：“蜷局回顾，正为怀字写照。不行，亦只是说马。所以妙绝，便把已之系心宗国，不忘故君，一一俱在言外吞吐，曲终余韵，真觉意味无穷。”②朱冀强调领会诗句讲求的是诗人诗作的“言外”之意，而不是诗歌文本所体现出来的字面意义。又如，鲁笔在《楚辞达》中亦多次指出并分析《离骚》部分诗句所蕴含的言外之意。如鲁笔于“怨灵修之浩荡兮”四句眉批云：“‘浩荡’二字，妙于立言，似止谓其君心之侈大，粗而不细，浮而不实；浮而不实，自然昏昧，意俱在言外。”③鲁笔强调只可神到意会，不可言传实指。又如“览察草木其犹未得兮”四句注云：“从上章挑起，又推进一层，与上分浅深，总见故国人心愈趋愈下，是非之

①陈本礼：《屈辞精义》，《楚辞文献丛刊》第 63 册，国家图书馆出版社 2014 年 7 月第 1 版，第 48 页。

②朱冀：《离骚辩》，《楚辞汇编》第九册，台北新文丰出版公司 1986 年 3 月第 1 版，第 217–218 页。

③鲁笔：《楚辞达》，《楚辞文献丛刊》第 49 册，国家图书馆出版社 2014 年 7 月第 1 版，第 464 页。

本念日亡，不可与同处，意自在言外。”[①]文本有多种层面，有言内之事，亦有言外之意。鲁笔《见南斋读骚指略·总论》云：“《离骚》乃风雅之文，非传记之文。传记可以直指，风雅必用曲传，言在此旨在彼，无端中起端，无绪中抽绪，或旁见，或侧出，或泛演，愈借愈奇，愈流荡滛佚，以为愈远。若质言之，则索然矣。”[②]既然《离骚》是水月镜花式的象喻式文本，“言外之意”并不是明白确定的，那就只能“曲传”，而不能“质言”。而且，这种言外之意是完全不能确定的，是具有缥缈朦胧的情思韵味的。

“神”和“神韵”是清代《楚辞》评点中颇为常见的范畴。宋代严羽《沧浪诗话》在明清两代产生了极大的影响，尤其是清代王士禛在此基础上提出了著名的“神韵”说，成为康熙诗坛主流诗学理论之一，泛滥一时。王士禛上承钟嵘的“滋味”说、司空图的“韵外之致”以及严羽的诗歌理论发展而来，以“不着一字，尽得风流”为最高境界，要求诗歌具有含蓄深蕴、言尽意不尽的风格特点，对清幽淡远、不可凑泊的风神韵致特别推崇。因此，清人谈艺论文重“神”已成为一种潮流。如方人杰《楚辞读本》于《九章·抽思》“乱曰”几句旁批云：“前已尽情尽义，一结浩渺，神韵无穷。”[③]鲁笔《楚辞达》于《离骚》乱词眉端评曰：“乱词收结完密，意义无穷，神韵不尽。”[④]二人都已明确点出“神韵”

①鲁笔：《楚辞达》，《楚辞文献丛刊》第49册，国家图书馆出版社2014年7月第1版，第492页。

②鲁笔：《楚辞达》，《楚辞文献丛刊》第49册，国家图书馆出版社2014年7月第1版，第429页。

③方人杰：《楚辞读本》，《楚辞文献丛刊》第48册，国家图书馆出版社2014年7月第1版，第289页。

④鲁笔：《楚辞达》，《楚辞文献丛刊》第49册，国家图书馆出版社2014年7月第1版，第503页。

二字。从方人杰《楚辞读本》和鲁笔《楚辞达》来看,他们论骚明显受到“神韵”说的影响。“神韵”说所涵摄的几个重要的范畴,如“妙”、“神”、“风致”、“玲珑”、“镜花水月”等,在方人杰和鲁笔二人的著作中大量出现。尤其是“妙”字俯仰皆是,不管是眉批、旁批,还是在注文中,“精妙”、“奇妙”、“妙绝”、“绝妙”等字眼不绝如缕。如方人杰于《哀郢》“承欢之汋约兮”句右评:“并得其情性,妙绝”;又,于《湘夫人》“时不可兮骤得”句右评:“‘骤’字是‘再’字转身,妙绝。”鲁笔于“众女嫉余之蛾眉兮”句右评:“绝妙风致。”师范《〈楚辞达〉序》曾经描述鲁笔体会到的灵感顿悟之机:“间尝独往深山空谷中,四顾无人,划然一啸,忽心关震动,如乐出虚。然则此书之成,要亦当其划然一啸时欤?”[①]可见其受到严羽“妙悟”说及以禅喻诗的影响,强调在欣赏体味的过程中虚静沉思,讲求瞬间的心领神会,把握神髓。

严羽在《沧浪诗话》中指出“诗之极致有一,曰入神。诗而入神,至矣,尽矣,蔑以加矣。”[②]“入神”作为严羽评论诗歌的最高标准,是指诗歌达到了出神入化的美的境界。方人杰于《哀郢》“焉洋洋而为客”句右评曰:“心不与俱去也,一笔写两层,惨伤都在境外,工妙入神。”作为其诗歌审美理想境界的概括,“神”主要侧重诗歌的风韵内涵,既包括诗境中的人,同时蕴含着渗透诗人情性、风度和气质的境外之味。鲁笔《指略·总论》云:“看《离骚》,先须得其篇法、段法、章法、句法、字法,识其轻重主要之所在,然后玩其词调,审其音节,按其气骨,讨其神味,挹其风韵,能事毕矣。若徒究义理,斯为钝根。”鲁笔所说的“神味”“风韵”正是“神韵”说的主要内涵和主张。郭起元《介石堂集》

---

①鲁笔:《楚辞达》,清嘉庆九年(1804)师范辑《二余堂丛书》小停云馆刊本。

②严羽:《沧浪诗话校释》,人民文学出版社 1961 年 5 月第 1 版,第 8 页。

中载鲁笔评《重修盱眙县鼓楼记》云："短篇中风神宕往。"[①] 其中的"风神"亦是此意。鲁笔《指略·总论》曰："人止知《离骚》以敷陈涂泽为工，不知《离骚》句句玲珑、字字玲珑，如一座琉璃屏，无不实在，无不空灵，所以与汉赋不同。"鲁笔此处所描述的《离骚》"玲珑""空灵"的艺术境界，亦渊源于"神韵"说。可见，方人杰和鲁笔二人的文学观念显然受到了这股文学思潮的影响，与传统的诗文批评理论是一脉相承的。

方人杰《楚辞读本》的编写目的和用途就是提供一种可供参考的读本，而无意于究义理等的楚辞研究。至于文本之本义与作者之意图，他在《凡例》中强调"读者之心与作者之心，当自有旷然相遇处"，言外之意即在内容方面，他不会作过多的阐释。而且，从选辑的前贤评论和他的自评来看，方人杰对《楚辞》作品的阐释明显有一种反诠释的倾向。如《渔父》篇后，他选辑了四家之评，即李贺、洪迈、陆时雍和李贽，录其中两家如下：

读此一过，居然觉山月窥人，江云罩笠，光景宛宛在目。（李长吉）[②]

寒鸦几点，孤云匹练，疏冷绝佳，至语标会，总不在多也。（陆昭仲）[③]

这两条评论是评点《渔父》的名句，颇为精简，描述的是他们对作品欣然会意的主观感受和印象式评点，与《远游》篇的内容旨意没有什么关联。而方人杰对《渔父》的评语也是如此点到为止："只此一篇，

①郭起元：《介石堂集》卷七，清乾隆十一年（1746）刻本。

②方人杰：《楚辞读本》，《楚辞文献丛刊》第48册，国家图书馆出版社2014年7月第1版，第340页。

③方人杰：《楚辞读本》，《楚辞文献丛刊》第48册，国家图书馆出版社2014年7月第1版，第340页。

具见品格，长公‘琼楼玉宇，高处不胜寒’，有此清绝否？”[①] 方人杰所云之“清绝”，与上引陆时雍的“疏冷”之评相似，其着眼点都是作品的整体风格和意境，而这种“清绝”、“疏冷”的文本是很难用语言去分析描述的，因此不宜作过多的阐释。

方人杰《楚辞读本》对《天问》一篇的总评只有十六字：“如读异书，平地增人，今古常变，无穷情事。”[②] 此十六字完全是他读《天问》的主观感受，与《天问》的具体内容几乎没有什么关联。又如其评首四句云：“开口便觉大奇，只‘遂古’二字，不知管下多少问端”。[③] 可见，方人杰把《天问》看成是奇异不经之文，循此，他在《天问》篇后选辑的诸家评论也大都有此倾向，例如：

《天问》字法奇，句法奇，章法奇，乱而无序，正是大奇。若以事之怪僻为奇，又失所为奇矣。（桑悦）[④]

《天问》一篇，原屈子不顾其可问不可问，只是矢口而谈，纵笔所之，以发吾之牢骚焉。故后之读者，亦不必论其言之经与否也。柳宗元乃作《天对》，非其意矣。且事每于发难生情，一经说出，纵解颐之论，亦觉无味矣。（蒋之翘）[⑤]

方人杰在《天问》的旁批和眉批中均有类似评论，如评“日安不到”四

①方人杰：《楚辞读本》，《楚辞文献丛刊》第48册，国家图书馆出版社2014年7月第1版，第340页。

②方人杰：《楚辞读本》，《楚辞文献丛刊》第48册，国家图书馆出版社2014年7月第1版，第326页。

③方人杰：《楚辞读本》，《楚辞文献丛刊》第48册，国家图书馆出版社2014年7月第1版，第317页。

④方人杰：《楚辞读本》，《楚辞文献丛刊》第48册，国家图书馆出版社2014年7月第1版，第325页。

⑤方人杰：《楚辞读本》，《楚辞文献丛刊》第48册，国家图书馆出版社2014年7月第1版，第326页。

句旁批云:“荒幻如读异书,不可以理论情求”;评“白霓婴茀”四句云:“离奇惝恍,其情可悯,其理不可求”。[①]又如《天问》“列击纣躬,叔旦不嘉”几句眉批曰:“兴亡遇合,感慨悲愤之意如万斛泉随地涌出,总是一腔不平之痛,曲折变态,不可以常理求之。”[②]实际上,方人杰对《天问》的评价直承明代陆时雍的看法。陆时雍《读楚辞语》曰:“《天问》不可以理论,不可以情求,逆其意者,当得之寥廓之表,窈冥之中耳。”[③]方氏“不可以理论情求”之语,直接脱胎于陆时雍“不可以理论,不可以情求”之论。我们再继续向上追溯,宋代严羽《沧浪诗话》曰:“夫诗有别材,非关书也;诗有别趣,非关理也。”[④]钱钟书先生就评价严羽“就是以‘不说出来’为方法,想达到‘说不出来’的境界”。[⑤]从这一个例子就可以窥见,从严羽到陆时雍,再到方人杰,诗歌评点由宋至明再到清代反诠释倾向的由来,以及经由的路径。

正如周裕锴所说:“诗歌评点虽然也具有解释文本的功能,但它放弃了对所谓‘本事’、‘故实’、‘本意’、‘本义’的孜孜不倦的追求,而每每只将诗歌当作一个具有超历史、超理性、超学问、超意图的纯美学文本来理解。显然,这种评点与其说是一种诠释,不如说是对传统诠释形式——笺注的解构。”[⑥]很多楚辞学者主要是从文学本位的角度出发,以“水月镜花”来形容《楚辞》空灵虚幻、难以捉摸的艺术境界和审

①方人杰:《楚辞读本》,《楚辞文献丛刊》第48册,国家图书馆出版社2014年7月第1版,第318–319页。

②方人杰:《楚辞读本》,《楚辞文献丛刊》第48册,国家图书馆出版社2014年7月第1版,第321页。

③陆时雍:《楚辞疏》,《楚辞文献丛刊》第40册,国家图书馆出版社2014年7月第1版,第425页。

④严羽:《沧浪诗话校释》,人民文学出版社1961年5月第1版,第26页。

⑤钱钟书:《宋诗选注》,人民文学出版社1989年9月第2版,第266页。

⑥周裕锴:《中国古代阐释学研究》,上海人民出版社2003年11月第1版,第289页。

美感受，以“神韵”来统摄《楚辞》的风韵内涵和境外之味。由此，“水月镜花”和“神韵”也成为了具有反诠释倾向的楚辞学者的最好借口。

综上所述，清代部分楚辞学者在文理血脉和章法结构的分析方面确实做出了很大贡献。但是不得不指出的是，他们中的一部分所秉持的义理分析让位于结构探寻的阐释原则，把形式问题拔高到凌驾于内容之上，这不可避免地会出现问题，正如蒋骥《山带阁注楚辞》之《序》中说“或眩于章法之变幻，则无以知本旨之所存；昧于字义之深隐，则无以知意理之所在。”[1]

①蒋骥：《山带阁注楚辞》，《楚辞文献丛刊》第51册，国家图书馆出版社2014年7月第1版，第205页。

第五章 朴学之风与清代楚辞学

王国维曾经说:“我朝三百年间,学术三变:国初一变也,乾嘉一变也,道咸以降一变也。……国初之学大,乾嘉之学精,道咸以降之学新。”① 乾嘉时期,天下大定。清廷采取各种手段加强对思想文化领域的控制,一方面以科举笼络文士,组织学者编纂各种大型类书、丛书,另一方面则以钳制思想异端而屡兴文字狱,由此使得清初学者倡导的经世致用学风大为削弱。随着清初经世致用学风的渐次转移,学术研究悄然敛去了思想的锋芒,而归于质朴。“士大夫得肆意稽古,不复视为经世之具,而经史、小学、专门之业兴焉。”② 清代的学术研究开始向求实切理、重视名物训诂的方向发展,学者们致力于治经考据,在学术史上称其为“朴学”。

第一节 朴学背景下的清代楚辞研究

乾隆、嘉庆时期是长于考证的“朴学”发展的鼎盛时期。周裕锴

①王国维:《观堂集林》卷二十三,《王国维遗书》第四册,上海古籍书店 1983 年 9 月第 1 版,第 26 页。

②王国维:《观堂集林》卷二十三,《王国维遗书》第四册,上海古籍书店 1983 年 9 月第 1 版,第 26 页。

先生在论及清代经学阐释学时说，清代学者“在很大程度上把阐释活动当作一种知识的考证，无论是本文的复原，本义的重建，还是本事的指认，本意的推测，无不以‘实事求是’为圭臬，甚至可以一言以蔽之曰：‘阐释即实证’。”[①] 此风蔓延至楚辞学领域，主要体现在以下两个方面。

一、严谨朴实的学者态度

乾嘉学派是清朝前期出现的一个学术流派，由于学派在乾隆、嘉庆两朝达到鼎盛而得名。因主要采用汉代儒生训诂、考订的治学方法，与着重理气心性抽象议论的宋明理学有很大的不同，所以有“汉学”之称。由于此学派学风朴实严谨，重实证而又有“朴学”、“考据学”之称。主要创始人是明遗民顾炎武，其后的主要代表人物有阎若璩、钱大昕、段玉裁、王念孙、王引之等。乾嘉学者对经学、史籍、诸子无所不治，然而《楚辞》的考据之学真正形成一种风气，实是因乾嘉学派的兴起才得以实现，以严谨朴实的学者态度从事楚辞研究成为主流。毛奇龄、蒋骥、胡文英、戴震等重视运用朴学的思维和方法，在典实考证、名物训诂方面取得了足以傲视前人的成就。周建忠先生在《楚辞与楚辞学》一文中说：“古代楚辞学史揭示了、同时也被后来的研究实践不断证明的一个研究规律：每一种学术派别、研究方法的出现，总是与当时的文化学术思潮相联系。任何摆脱时代制约的努力，往往正是时代思潮的反映。”[②] 诚然，清代朴学风潮延及楚辞研究领域，出现了一批具有朴学倾向的楚辞学者，其中既有如毛奇龄、蒋骥、胡文英、朱骏声，又有乾嘉学派的代表人物如戴震、江有诰、王念孙、俞樾、孙诒让、武延绪等，他们运用朴学的思维方法研究楚辞，在训释字词和审定音韵方面

---

①周裕锴：《中国古代阐释学研究》，上海人民出版社 2003 年 11 月第 1 版，第 366 页。
②周建忠：《楚辞与楚辞学》，《云梦学刊》2004 年第 1 期，第 7 页。

取得了突出的成就。清代后期，此风气仍未消歇，江有诰、王念孙、俞樾、孙诒让、武延绪等在研究中运用朴学的思维方法及因声求义的音韵训诂方法取得了一定的成就。

清代具有朴学特色的楚辞学著作主要有：毛奇龄《天问补注》、蒋骥《山带阁注楚辞》、胡文英《屈骚指掌》、戴震《屈原赋注》、江有诰《楚辞韵读》、陈远新《屈子说志》、龚景瀚《离骚笺》、朱骏声《离骚补注》、丁晏《楚辞天问笺》、俞樾《读楚辞》《楚辞人名考》、孙诒让《札迻·楚辞》和武延绪《楚辞札记》等。已佚的有桂达生的《楚词王注疏》十七卷《楚词异解辑案》八卷、于卺《楚词新志》、龚丽正《楚词名物考》、张鉴《楚词释文》十七卷等。校勘和辑佚是乾嘉学派治学的重要组成部分，在楚辞研究领域产生了一些楚辞学著作，如陆增祥《楚辞疑异释证》八卷、毛祥麟《楚辞校文》三卷、黄之纪《楚辞刊误》一卷、王筠《楚辞校》五册（已佚）、徐鼒《楚辞校注》（已佚）、姚东升《楚辞佚文》、李文炤《楚辞集注拾遗》（已佚）等。

在楚辞研究领域，以严谨朴实的学者态度，从事学术研究成为主流，重视训诂考据的朴学之风亦逐渐蔓延。成书于康熙时期的毛奇龄《天问补注》即已呈现出较为明显的朴学特色。毛奇龄运用史料等考证并补注朱熹《楚辞集注》之疑阙，凡三十四则，广征博引，对《天问》中的名物、地理引证资料丰富翔实，对前人注释屡有拨正之功，同时亦为后世研究楚辞、注解《天问》提供了重要的参考资料。蒋骥《山带阁注楚辞》的撰写始于康熙四十七年（1708），至雍正五年（1727）刊行，历时二十年而成。蒋骥以求真务实的学术原则，用朴学的思维方式和表述形式，考订屈原生平经历、楚辞地理、名物训诂、音韵等，几乎涵盖楚辞学范畴中的所有内容。卷首“采摭书目”所列达上百种之多，资料翔实，注中引证博赡，言必有据。蒋骥《山带阁注楚辞·自序》云：“大要尤在权时势以论其书，融全书以定其篇，审全篇以推其节次句字之义。"[①]其所撰《楚世家节略》博采诸书，附按语十三条，夹注三十余条，在详细考索当时历史背景的基础上，钩稽屈原生平事迹本末，包括屈原的政治历程和主张、与楚国及楚王的关系，以补充《史记·楚世家》和林云铭的《楚怀襄二王在位事迹考》。蒋骥对屈原被放逐之后的行迹、方位和路线多有探究，将其研究成果绘成《考正地图》五帧：《楚辞地理总图》、《抽思、思美人路图》、《哀郢路图》、《涉江路图》、《渔父、怀沙路图》，并在此基础上推测屈原作品各篇的写作时地。虽亦有误断错谬之处，然正如《四库全书总目提要》所评"征实之谈，终胜悬断"，其征实谨慎的治学态度，开清代楚辞研究朴学风气之先。

戴震《屈原赋注》是继蒋骥《山带阁注楚辞》之后，乾嘉时期楚辞学的代表性著作。作为皖派朴学的创立者，戴震凭借其深厚的朴学功力，对字句、名物和典章制度的考释多精核允当。梁启超先生曾指出："东原以赡博之学，综核之识，深湛之思，每治一学，必期于深造自得。盖自东原出，然后清代考证学之壁垒始确立焉。"[②]姜亮夫先生曾说："戴震的书引用典章制度多有可采"；"戴震是语言学家，他的注在语言文字方面有许多新发现，超过了洪兴祖的《补注》"；"本书以大义贯文旨，以训诂明大义，不为空疏皮傅破碎逃难之说，……过明、清诸家远矣，洪、朱而后，谨严笃实博雅精约，无过此书者"。[③]戴震在征引文献方面十分谨慎，尽量采先秦古籍作为释义之根据。戴震在《屈原赋注·自序》中批评以往"说《楚辞》者，既碎义难逃，未能考识精核，且弥失其所以著书之指"[④]，故戴震在"考识"方面，更力求做到"精核"无误。戴震《与姚孝廉姬传书》云："所谓十分之见，必征之古而靡不条贯，

①蒋骥：《山带阁注楚辞》，上海古籍出版社2019年3月第1版，第2页。
②梁启超：《近代学风之地理的分布》，《清华学报》1924年第1期，第25页。
③姜亮夫：《楚辞书目五种》，中华书局1961年12月第1版，第202页。
④戴震：《屈原赋注》，中华书局1999年12月第1版，第4页。

合诸道而不留余议,巨细毕究,本末兼察。"[①] 即是用古书参互验证而无不相合。戴震在考据学上的精湛造诣,主要集中在小学、历算和水地等方面。戴震多运用"因声求义"的训诂方法及其方言学的知识和成果阐释屈原作品中的字义。戴震在《屈原赋注》中多以其自然科学的研究成果融会作注,如他对于天文历算素有研究,因而在《天问》的注解中,对月之盈亏、地球形状、寒暑昼夜节气变化等,即大量择采天文历算之研究成果。《屈原赋注·通释》上卷考证山川地名凡四十余条,下卷考辨草木鸟兽虫鱼凡五十余条。因戴震对名物、地理有着深入的研究,故这些考证具有相当重要的参考价值。

二、实地考证的治学方法

蒋骥《山带阁注楚辞》和胡文英《屈骚指掌》在清代乃至整个古代楚辞地理研究方面颇为突出。二人均为常州府武进县人,蒋骥(1674–1741)的生活年代略早于胡文英(1723–1790),《山带阁注楚辞》的初刊比《屈骚指掌》早近六十年。而且,胡文英《屈骚指掌》有明确引用蒋骥《山带阁注楚辞》的观点。因此,胡文英的楚辞地理研究在一定程度上受到蒋骥的影响是确定的,如《九章》中的地名鄂渚、辰阳、溆浦、枉山等,二人的解释基本一致。然而,与蒋骥不同的是,胡文英《屈骚指掌》采用的是类似于今天田野调查的实地考证的治学方法。他在《凡例》中曾说:"余两涉楚南,三留楚北,询之耆宿,按之众图,绎之屈子之书,髣髴之所涉,得什一于千万,以俟博物好游君子,考而证之。其涉境之然否,当益著也"。[②] "两涉楚南,三留楚北",胡文英不止一次

①戴震:《戴震文集》卷九,中华书局 1980 年 12 月第 1 版,第 141 页。
②胡文英:《屈骚指掌》,《楚辞文献丛刊》第 59 册,国家图书馆出版社 2014 年 7 月第 1 版,第 323–324 页。

来到楚地实地考察,而且向当地耆宿询问有关屈原的事迹传说,其所云“按之众图”应该是指之前《楚辞》注本中的地图,在胡文英之前,现存《楚辞》注本中有地图的有蒋骥《山带阁注楚辞》和夏大霖《屈骚心印》。夏大霖《屈骚心印》卷首有《七国舆图》一帧,其所涉范围甚广,可见胡文英所说的“按之众图”应该主要是指蒋骥《山带阁注楚辞》中的《楚辞地图》五帧。

胡文英在《凡例》中说:“屈子所涉之地,不无陵谷变迁,然其有功于民物,灵爽光昭,大概不泯,故其所过所止之地,辄有古迹俎豆之存。惟王逸以下,误以今之湖南为江南,是以湖南湖北江南之地名,确有可据者,反置之不论。其逆流顺流,东西南北水陆路径,俱不分明,则屈子之志,亦因之以晦。”[①] 缘此,胡文英十分注重对屈原作品写作时地的考证。胡文英在《离骚》题后曰:“《离骚》先述祖父,中及其姊,末曰国无人,玩其严整,应是初被疏放时,回秭归故居所作。秭归即今宜昌府归州。”[②] 历代楚辞研究者对于《九歌》的创作时地,大多承袭王逸“沅湘之间”说,胡文英则不然。他认为《九歌》同《九章》一样,非一时一地之作,并对其中个别篇章作了时地的考证。如《河伯》解题曰:“河伯,黄河之神也。楚自威王灭越之后,掠地至鲁,皆属楚境,故滨河土俗祀之。屈子过之,因为作乐章以寓意。王逸谓作于湘沅之间者,谬也。”[③] 胡文英认为此篇为屈原经过黄河时所作,而《国殇》和《礼魂》均作于郢都。

与《九歌》时地的考证相比,胡文英对于《九章》各篇时地的考证

①胡文英:《屈骚指掌》,《楚辞文献丛刊》第59册,国家图书馆出版社2014年7月第1版,第323页。

②胡文英:《屈骚指掌》,《楚辞文献丛刊》第59册,国家图书馆出版社2014年7月第1版,第345页。

③胡文英:《屈骚指掌》,《楚辞文献丛刊》第59册,国家图书馆出版社2014年7月第1版,第411页。

则更为具体。他在《九章》题后解题曰："《九章》之作，非作于一处一时，《惜诵》篇自郢都将往江南时作；《涉江》由武昌至辰州时中途作；《哀郢》，怀王将入秦，迁屈子于岳州时作；《抽思》、《思美人》作于今之江南；《怀沙》、《惜往日》作于今之湖南；《橘颂》不知作于何地；《悲回风》作于郢都。"[①]可见，胡文英将"江南"与"湖南"分别开来，"旧注误以今之湖南为江南，又未明水陆程途形势，遂至舍明据而就空谈，今为之分疏别白，庶不至诬古人而误后人也"。[②]而且，他在《抽思》、《思美人》、《招魂》的注释中又具体阐释了他对"江南"地望的独特见解。如于《抽思》"有鸟自南兮，来集汉北"后注曰："自南，自郢都也。汉北，江南之地也。汉水自西来，东注于汉口大江，又极东即为今江西地，极南即为今湖南地，极北即为今江南地，斜带西北为河南地，斜带东北为江西地，然江西不可为汉北，以其与汉水对也。惟河南、江南可称汉北，然河南至楚无水道，且与楚至近，不得曰逴远，亦并非异域，则汉北为江南可无疑矣。"[③]

循此，胡文英在《涉江》题后详细考察屈原流放路线："按屈子由今之武昌府启行，将济临湘县江，故曰'将济江湘'，不忘郢都。登武昌高处以望荆州府，则为'反顾'矣，故曰'乘鄂渚而反顾'。由武昌之通山县、崇阳县、通城县，至岳州府之临湘县渡江。至方台山舍车就舟，故曰'邸车方林'。由方林乘舟泝沅江而上，故曰'乘舲上沅'。经过常德府城南枉山陼，故曰'朝发枉陼'。由枉陼穷沅水而上，即为辰州府

①胡文英：《屈骚指掌》，《楚辞文献丛刊》第59册，国家图书馆出版社2014年7月第1版，第453页。

②胡文英：《屈骚指掌》，《楚辞文献丛刊》第59册，国家图书馆出版社2014年7月第1版，第453页。

③胡文英：《屈骚指掌》，《楚辞文献丛刊》第59册，国家图书馆出版社2014年7月第1版，第482页。

城西南，故曰‘夕宿辰阳’。由城西南入溆浦县溪河，故曰‘入溆浦’、‘余儃佪’。”[①] 可谓实事求是，一线贯穿，历历在目。前代研究者虽认识到了《九章》非一时一地的创作，然从未如胡文英这样花费如此大的气力，从文学地理学的角度来进行逐篇考证。虽然其考辨的个别结论还有待商榷，但是此“征实”之风气“终胜悬断”。

胡文英对《楚辞》地理用力颇深，正如王鸣盛《序》所云：“余读其书，于地理名物考索最精，不为空言疏释，而骚人之旨趣自出。”[②] 胡文英继承和发展蒋骥所开创的《楚辞》地理研究，撰写了《沧浪水考》和《云梦泽考》两篇楚辞地理专论。在《渔父》篇后所附《沧浪水考》一文中，胡文英引用《尚书·禹贡》、刘澄之《永初山水记》和地方志等文献资料，指出沧浪水在“今泽口所通长湖地”，“在沔阳之南，江陵之北”，并反驳了郦道元《水经注》中认为沧浪之水为“武当县北四十里”的说法。胡文英曾亲自来到长湖边上，并详细描述了他所亲见之长湖：“浅者浊而深者清，动者浊而静者清，彼浊此清，时浊时清。余亲见其形如此，辨之以俟知者”。[③] 在《招魂》篇后所附《云梦泽考》一文中，胡文英先引用《禹贡》《尔雅》《国语》《左传》中的相关材料，并结合他亲历所见，指出云梦泽以汉江为界，汉江以北为云，即当时的竟陵县，如今的天门县一带；汉江以南为梦，即沔阳潜江一带，大致在江陵以东。此外，胡文英还通过大禹治水、楚子涉雎等故事说明古人在云梦泽一带的活动。

---

①胡文英：《屈骚指掌》，《楚辞文献丛刊》第 59 册，国家图书馆出版社 2014 年 7 月第 1 版，第 463 页。

②胡文英：《屈骚指掌》，《楚辞文献丛刊》第 59 册，国家图书馆出版社 2014 年 7 月第 1 版，第 309 页。

③胡文英：《屈骚指掌》，《楚辞文献丛刊》第 60 册，国家图书馆出版社 2014 年 7 月第 1 版，第 29 页。

胡文英治学态度谨慎认真，他实地考证的对象不仅仅是楚地之山川地名，还包括楚地之鸟兽草木等名物都进行了详尽的考辨，征引的书目有《尔雅》《说文解字》《孔子家语》《山海经》《史记》《本草纲目》等。胡文英《屈骚指掌·凡例》曰："屈骚所用禽鱼草木，仅《毛诗》十分之一，惟《天问》、二《招》多山经海志怪异之物，不可悉究，余者正宜真知确见，以无负多识之训，即不知者亦当阙疑，以俟天下后世广搜博识，以得其真，则传疑犹传信也。古人博物，如扬子云、郑康成、郭景纯、张楫、陆玑，极为留心，尚多谬误。余于书中鸟兽草木，必闻见确切，曲释其形，并考南北土名，俾博物君子，知其是而然之，知其非而辨之。其有旧说游移淆混者，必阙疑而不敢仍袭。诚以千百万人之心思，共攻此一物，则不忧不得其真。若徒剿说雷同，岂学者实践之功哉？"①可见，胡文英的考辨态度十分审慎。

胡文英曾多次涉楚，对名物的考证详实且富有特色，主要体现在通过实地考察，辨析草木禽鱼的南北不同的叫法、俗名、形色、习性和功用等。如《离骚》"杂申椒与菌桂兮，岂惟纫乎蕙茝"，胡文英注云："申椒，申地所产之椒。菌桂，即今之肉桂，叶如柿而狭长，枝干稠直，皮色如西北方之白杨。李时珍以为木犀，非也。黄山谷曰：'蕙一茎数花，兰一茎一花。'茝，香草，方赤茎，叶如马兰头草，紫苞开小白花，通体俱香，荆豫名解汗草，鄂黄名醒头香，吴名醒头草，北方曰茝康草。"②胡文英指出"菌桂"即当时所说的肉桂，二者为一物，只是古今叫法不同，并反驳李时珍以菌桂为木犀的说法。对于"蕙"，胡文英根据黄庭

①胡文英：《屈骚指掌》，《楚辞文献丛刊》第59册，国家图书馆出版社2014年7月第1版，第321–322页。

②胡文英：《屈骚指掌》，《楚辞文献丛刊》第59册，国家图书馆出版社2014年7月第1版，第348页。

坚《书幽芳亭》一文中“一干一花而香有余者兰，一干五七花而香不足者蕙”，说明蕙与兰的区别。胡文英对“莔”的注释也颇为详细，包括茎、叶、花的形状、颜色和气味都作了描述，还罗列了荆豫、鄂、吴和北方等不同地域对“莔”的不同称谓。

胡文英对吴楚方言有专门的研究，著有《吴下方言考》，搜集江南一带方言俗语，用古训和其他方言互证，他把这些研究成果运用到楚辞研究中，很有说服力。胡文英《屈骚指掌·凡例》曰：“屈骚之音，楚音也。然楚地甚广，上至今之湖南北，下至今之上下江。江西，大抵楚辞之音；楚南北音十居其七，上下江音十居其三，秦燕豫粤之音亦多有之，第学者多泥沈约韵书。沈吴音，往往与楚音不同，然欲强屈子从沈约则过矣。予尝求土音于楚中学者，多不能得。惟于童稚舟舆之际，恒有领会。故于《楚辞》之音约分三等，其同声相谐者，不论唇舌齿喉，平上去声，概从古韵相通，盖后世古诗犹然，况屈骚乎？至不同声者，乃取土音读之，无可读者阙之，皆以自然为贵，不欲强古人以不适也。”[①] 可见，胡文英对于《楚辞》音韵也有较为通达的认识。

胡文英不惧艰辛，涉楚研骚的精神令人感佩。胡文英时地考证的一大特色即王鸣盛《序》所云“稽之往籍，按之目验”，将文献典籍的记载与实地考察相结合，做到了言之有据。“既具有考据派严谨务实的特点，又能克服考据派繁冗且割裂文意的问题，兼备章句派注重文意连贯的特征，反映了清代楚辞研究由重考据向兼顾文意阐释的发展趋势。”[②]

①胡文英：《屈骚指掌》，《楚辞文献丛刊》第 59 册，国家图书馆出版社 2014 年 7 月第 1 版，第 325 页。

②林冉：《胡文英与〈屈骚指掌〉研究》，郑州大学 2017 年度硕士学位论文，第 47 页。

第二节　戴震《屈原赋注》的朴学成就

戴震（1724–1777），字东原，又字慎修，号杲溪，徽州府休宁县人。戴震生长于“程朱阙里”的徽州地区，受乡俗习染，少时即系心儒学，有志闻道。作为乾嘉时期朴学皖派的创立者，戴震治学重视实证。戴震《古经解钩沉序》云：“经之至者，道也；所以明道者，其词也；所以成词者，未有能外小学文字者也。由文字以通乎语言，由语言以通乎古圣贤之心志，譬之适堂坛者之必循其阶，而不可以躐等。”[①] 戴震指出其治学途径是以音训字——以字释词——以词明道。

《屈原赋注》成书于乾隆十七年（1752），戴震时年三十岁。《续修四库全书总目提要》评戴震《屈原赋注》云：

> 戴氏一代大儒，尤邃于声音文字之学，于治经之暇，以余力为屈赋作注，宜其能得骚人之旨，与空穿凿者固自有别。今核其书，训诂字句则简质切当，诠释文义则疏通明畅。其中如释“三后之纯粹兮”，三后指“楚之先君，贤而昭显者”；“夏康娱以自纵”谓“康娱连文，篇中凡三见，不应以为夏太康、宓妃之所在”，若此之类，说皆确切不易。他如谓《九歌·东皇》等篇，皆就当时祀典赋之，非祠神所歌；《九章》无次第，不尽作于顷襄王时。其说虽异于王氏《章句》，亦足备说者之一解。卢氏称其“指博而辞约，义创而理确”者，诚非虚美之词也。[②]

此段提要的撰者张寿林对戴震及《屈原赋注》的评价颇高，“训诂字句

---

①戴震：《戴震文集》卷十，中华书局 1980 年 12 月第 1 版，第 146 页。

②中国科学院图书馆整理：《续修四库全书总目提要》（稿本）第 19 册，齐鲁书社 1996 年 12 月第 1 版，第 492 页。

则简质切当，诠释文义则疏通明畅”，主要肯定其文字训诂和义理阐发两不偏废。卢弼《〈屈原赋注〉序》云：“微言奥指，具见疏抉，其本显者不复赘焉。指博而辞约，义创而理确。”[①]亦是此意。张舜徽先生说：“徽州为朱子故乡，流风未歇，延及清代，故治名物考证之学者，犹不废义理。”[②]戴震的治学方法是由声音以求文字，由文字以求训诂，由训诂以求典章制度，由典章制度以求义理。姜亮夫先生云：“清人《楚辞》之作，以戴东原之平允，王闿运之奇邃，独步当时，突过前人，为不可多得云。”[③]姜亮夫先生以“平允”评价《屈原赋注》，即是着眼于其朴学的风格。戴震《屈原赋注》代表了乾嘉朴学在楚辞方面的研究成果。戴震对文字音韵训诂、名物典章制度和天文地理历算等，均有精湛研究。《屈原赋注》的朴学成就即主要体现在对文字音韵训诂、名物地理和天文历算的考释方面。

首先，在文字音韵训诂方面，运用因声求义的训诂方法，以其转语理论来作为依傍，解释语言中的音转现象；重视运用其方言学研究成果注释屈赋中的方言词。

戴震继承顾炎武（1613–1682）所提倡的“读九经自考文始，考文自知音始”（《答李子德书》）的治学路径，深刻认识到声音与训诂的内在联系，指出“故训声音，相为表里”（《六书音均表序》），“疑于义者以声求之，疑于声者以义正之”（《转语二十章序》）。因声求义的训诂方法肇始于先秦时期，经南宋戴侗、明末方以智等的发展，至清代，因古音学的重大突破而更加理论化、系统化。戴震是清儒中较早提出“因声求义”并作出应用示例的，其训诂实践实起着导夫先路的作用，后之

①戴震：《屈原赋注》，中华书局1999年12月第1版，第3页。
②张舜徽：《爱晚庐随笔》，华中师范大学出版社2005年12月第1版，第306页。
③姜亮夫：《楚辞书目五种》，中华书局1961年12月第1版，第247页。

段玉裁、王念孙、王引之父子均受到戴震的影响，并将此原理的应用推向极致，取得了很大的成就。

例如《离骚》“心犹豫而狐疑兮”，洪兴祖《楚辞补注》云：“吾以为人将犬行，犬好像在人前，待人不得，又来迎候，此乃豫之所以为未定也。”[①] 此后，朱熹、蒋骥等皆沿袭洪氏之注，以“犹豫”与“狐疑”对举，囿于字形，拆释单字，以“犹”为兽名。戴震则明确注云：“按犹豫双声，凡叠韵双声字，其义即存乎声。”[②] 指出“犹豫”是双声字，与字形无关，其义存于声中。按：“犹豫”双声之说，在戴震之前有歙县黄生，其《义府》曰：“犹豫，犹容与也。容与者，闲适之貌；犹豫者，迟疑之情。字本无义，以声取之尔。俗人妄生解说为兽性多疑，此何异以蹲鸱为怪鸟哉？考诸传记，惟《文帝纪》作‘犹豫未定’，《杨敞传》‘犹与无决’，《陈汤传》‘将卒犹与’，《后汉·来歙伏隆传》皆作‘冘（即尤字）与未决’。盖以声状意，初无一定之字，妄解兽名者，是眼缝自未开尔。”[③] 黄生通过列举《史记》和《后汉书》中的例子，指出以声取义，本无定字，如“犹豫”、“犹与”、“尤与”等。而在戴震之后则有高邮王念孙，其《广雅疏证》曰：“犹豫，字或作犹与，单言之则曰犹，曰豫。……合言之则曰犹豫，转之则曰夷犹，曰容与。《楚辞·九歌》‘君不行兮夷犹’，王注云：‘夷犹，犹豫也。’《九章》云‘然容与而狐疑’，容与亦犹豫也。案：《曲礼》云：‘卜筮者，先圣王之所以使民决嫌疑，定犹与也。’《离骚》云：‘心犹豫而狐疑兮’，……嫌疑、狐疑、犹豫、蹢躅，皆双声字。狐疑与嫌疑，一声之转耳，后人误读狐疑二字，以为狐性多疑，故曰狐疑。又因《离骚》犹豫、狐疑相对成文，而谓犹是犬名，犬随人行，每豫在前，待人不

---

①洪兴祖：《楚辞补注》，中华书局 1983 年 3 月第 1 版，第 33 页。

②戴震：《屈原赋注》，中华书局 1999 年 12 月第 1 版，第 105 页。

③黄生：《义府》，商务印书馆 1936 年 6 月第 1 版，第 65 页。

得，又来迎侯，故曰犹豫；或又谓犹是兽名，每闻人声即豫上树，久之复下，故曰犹豫；或又以豫字从象，而谓犹豫俱是多疑之兽。……夫双声之字，本因声以见义，不求诸声，而求诸字，固宜其说之多凿也。”[①] 王念孙指出前人所解多被字形所迷惑，望文生训。由此，通过对“犹豫”一词的阐释，可以略窥戴震因声求义训诂方法的渊源和传播路径。黄生是明末清初歙县人，于文字训诂之学颇有根柢，注重因声求义，辨析古今音变，考证字词语源，对徽派朴学的治学体系影响深远。戴震即曾访求黄生所著《字诂》、《义府》二书，并推荐收入《四库全书》。王念孙为戴震弟子，承袭戴震以古音求古义的训诂方法。此外，戴震在《屈原赋注》中有引东汉刘熙《释名》（凡四例）、南宋戴侗《六书故》（凡三例），二书均是前代因声求义声训著作之代表。

戴震注重运用其方言学成果解说屈赋中的特殊词汇。戴震对古代方言学有着深入的研究，先后撰成《方言疏证》和《续方言》两部著作。《屈原赋注》引用扬雄《方言》及郭璞注达二十余条，可见戴震是有意识地尽量用古楚方言解字释词。如《离骚》“汩余若将不及兮，恐年岁之不吾与。朝搴阰之木兰兮，夕揽洲之宿莽。日月忽其不淹兮，春与秋其代序。惟草木之零落兮，恐美人之迟暮”八句，戴震注曰：“汩，《方言》云：‘疾行也，南楚之外曰汩。’搴，《说文》云：‘拔取也。’南楚语小阜曰毗，大阜曰阰。擥，《说文》云‘撮持也。’宿莽，犹《礼记》之称宿草，谓陈根始复萌芽者。《方言》云：‘莽，草也。南楚曰莽。’《尔雅》：‘淹，久也。’惟，思也。”[②] 此外，《屈原赋注》的初稿及《音义》中大量标注方音，以声训正其义。例如《离骚》“长太息以掩涕兮，哀民生之多艰。余虽好修姱以鞿羁兮，謇朝谇而夕替”，艰、替音读历来聚讼。戴震《音

①王念孙：《广雅疏证》，上海古籍出版社1983年6月第1版，第752页。
②戴震：《屈原赋注》，中华书局1999年12月第1版，第8页。

义》注曰："艰，读如姬，盖方音。"[①]江永《古韵标准》曰："古艰亦有从喜作囏者，因之有基音。"戚学标《汉学谐声》："艰，籀文囏。"三人之说可相互印证。今人刘永济、游国恩即从戴氏之说。戴震因声求义的音韵训诂方法还表现在大量运用转语理论，对此笔者在本章第二节有专门论述，兹不赘言。

其次，在名物地理和典章制度的考释方面，戴震以其广博深邃的学识为根柢，参互考证，考识精核。

戴震《屈原赋注》对名物地理和典章制度的考释，突出体现在《通释》二卷，其上卷考证山川地名，下卷考辨草木鸟兽虫鱼，其中又以地理考释更具特色。正如戴震《与是仲明论学书》所云："不知古今地名沿革，则《禹贡》职方失其处所。"[②]地名沿革是读《楚辞》，尤其是《离骚》和《九章》各篇的理解障碍之一。要返回作者创作时的原始状态，了解文本创作的背景，也需要有地理知识的支撑。戴震《通释》卷上释"洞庭"云："洞庭，《春秋传》所谓江南之梦，《韩非》书所谓五湖，《战国策》所谓五渚，以湘、资、沅、微、澧五水之所会，故称五矣。或谓之巴丘湖，或谓之重湖，在长沙下雋西北，今湖南岳州府巴陵县西南也。"[③]戴震对洞庭地名沿革和地理位置的阐述清晰明了，扫清了因地名沿革而造成的理解障碍。又如戴震《通释》卷上释"夏水"曰："夏水，首受江入沔，合沔以会于江。其所经之地，皆在楚纪郢以东。汉高帝置江夏郡，今湖北之汉阳、武昌、黄州及安陆、德安东南境是。"[④]戴震对夏水的流经区域和历史建置的交代具体明晰。再如《九章·涉江》"乘鄂渚而反

①戴震：《屈原赋注》，中华书局1999年12月第1版，第103页。
②戴震：《戴震文集》，中华书局1980年12月第1版，第140页。
③戴震：《屈原赋注》，中华书局1999年12月第1版，第86页。
④戴震：《屈原赋注》，中华书局1999年12月第1版，第90页。

顾兮”中“鄂渚”,王逸仅注为“地名”,洪兴祖补注“鄂州武昌县地是也,隋以鄂渚为名”,朱熹注沿袭洪说,诸家所释均不甚明确。戴震《通释》卷上释“鄂渚”曰:

鄂渚,在今湖北武昌府江夏县西,江中黄鹄矶上三百步。汉之江夏、沙羡,界楚东鄂不远矣。刘子政《说苑》所称“昔鄂君乘青翰之舟,下鄂渚,浮洞庭”即此也。[①]

戴震如此考证简明扼要,准确而又具体地指明了鄂渚到底在哪里,即今武汉市武昌区黄鹄山上游三百步的长江中。戴震所云武昌府江夏县即今天的武汉市武昌区,黄鹄矶即今蛇山西北,又名黄鹤山,上有黄鹤楼。王夫之《拟阮步兵述怀》诗云:“送客游鄂渚,悲吟望鹄矶。”此与屈原《九章·涉江》中行走路线正相吻合。正如毛庆先生所说,“由于年代久远,屈赋中之地名,诸说多有不同,戴震或取一说,或独立考证,一般不并列歧义。”[②] 由此可见戴震治学态度之严谨。

在名物考释方面,戴震主张“不知鸟兽、虫鱼、草木之状类名号,则比兴之意乖”。[③] 如戴震《通释》卷下释“江离”曰:“江离,大叶芎藭也。芎藭似藁本,《春秋传》谓之山鞠穷。其苗谓之江离。小叶者谓之蘪芜,似蛇床。”[④] 比之王逸释为“香草名”更加详明。又,戴震在《屈原赋注初稿》中指出诸家之异同得失:“《尔雅》又名蕲茝,《本草》又名薇芜。《淮南氾论训》:‘夫乱人者,芎藭之与藁本也,蛇床之与蘼芜也,此皆相似者。’《说林训》:‘蛇床似蘼芜而不能香。’《博物志》:‘芎藭苗曰江离,根曰芎藭。’今人不知江离,概名蘼芜矣。吴录云:‘海水中生江离,正

①戴震:《屈原赋注》,中华书局1999年12月第1版,第89页。

②潘啸龙、毛庆:《楚辞著作提要》,湖北教育出版社2003年5月第1版,第194页。

③戴震:《戴震文集》,中华书局1980年12月第1版,第140页。

④戴震:《屈原赋注》,中华书局1999年12月第1版,第93页。

青，似乱发。'盖《本草》之海藻，误以为江离。"[1] 为了使考释简明，戴震在刻本中删去了诸家之说。又如《九歌·湘君》"薜荔拍兮蕙绸"，王逸释"拍"为"搏壁"，又云"以薜荔搏饰四壁"，戴震引东汉刘熙《释名》"搏壁，以席搏著壁"作进一步解说，"此谓舟之合閤搏壁矣"。[2]"合閤"，扬雄《方言》第九："（船）首谓之合閤，或谓之艗艏。"郭璞注："今江东呼船头屋谓之飞閤是也。"[3] 如此，"薜荔拍"则为以薜荔编结之席装饰船头屋的四壁，其义就更为明确了。正如刘师培《南北考证学不同论》所云："戴氏之学，先立科条，以慎思明辨为归。凡治一学、立一说，必参互考验，曲证旁通，以辨物正名为基，以同条共贯为纬。"[4]

第三，戴震注解《天问》，大量择采古代天文历算之学。

随着西学东渐，徽派朴学亦吸收引进自然科学的研究方法，并广泛运用于学术研究和考据实践中。江永的历算研究即博采西法之长，戴震亦受其影响，将其自然科学的研究成果引入考证注释，这尤其体现在《天问》篇中戴震对月之盈亏、地球形状、寒暑昼夜节气变化等的注解。如"夜光何德，死则又育？厥利为何，而顾兔在腹"几句在《天问》注释中颇有争议，戴震注曰：

> 夜光，月也。德，常德也，如刚德不变其刚，柔德不变其柔之谓。疑月何德，而死乃复育，如是终古乎？死，即所谓死霸也。育，生也，所谓生霸也。月之行下于日，其浑圜之体，常以半圜向日而有光，人自地视之，惟于望得见其向日之半，故光盛满。晦朔，则光全在上而下暗，余皆侧见而阙。谓之死、谓之生者，据人目所见云然。[5]

①戴震：《屈原赋注》，中华书局1999年12月第1版，第136页。

②戴震：《屈原赋注》，中华书局1999年12月第1版，第25页。

③扬雄：《方言》，商务印书馆1936年6月第1版，第85页。

④刘师培：《刘师培学术论著》，浙江人民出版社1998年6月第1版，第152页。

⑤戴震：《屈原赋注》，中华书局1999年12月第1版，第38页。

此注释简明易懂。《初稿》所述内容与此大体一致,而文字略详,如释“顾兔在腹”云“月中有黑影,今步算家谓之月驳,乃其坳突处不受日光尔”。[①]朱熹《楚辞集注》引沈括之说释月光盈亏之故较近于事实,而戴震以“生霸”、“死霸”释此二句更合乎科学。游国恩先生《天问纂义》云:“详其文义,死育俱当指月魄言,戴说是也。”[②]

又如《天问》“何所冬煖?何所夏寒?”戴震注曰:

日发敛于赤道外内四十余度之间。《虞夏书》以璿玑、玉衡写天,遗制犹见于《周髀》(非汉之浑天仪)。赤道者,中衡也。日自北发南,冬至当外衡;自南敛北,夏至当内衡。春秋分当中衡。中土在内衡之下以北,其外衡之下以南,寒暑与中土互易。中衡之下,两暑而无,寒暑渐退,如春秋分,乃复南北极下,凝阴常寒矣。《周髀》谓“北极左右,夏有不释之冰。中衡左右,冬有不死之草”。举其概云耳。地为大气所举,日之正照,气直下行,故暑。非正照之方,气不易到,则寒。寒暑之侯,因地而殊,固其宜也。[③]

戴震既运用其天文研究的知识,又引用《周髀》来说明地球上不同地方的寒暑变化问题,已经将《天问》中提出的气候变化问题,与天体运动问题联系起来阐释其根源。李开《戴震评传》指出:《天问》中有的注释使人感到,作者简直是在用当时的自然科学成就写“天对”。从《屈原赋注》中引用的古代天文知识来看,这时戴震对古代天文的研究已经趋于成熟了。[④]

需要注意的是,戴震《屈原赋注》对于《天问》篇之注绝大部分都

---

①戴震:《屈原赋注》,中华书局1999年12月第1版,第178页。

②游国恩:《游国恩楚辞论著集》第二卷,中华书局2008年4月第1版,第61页。

③戴震:《屈原赋注》,中华书局1999年12月第1版,第41页。

④李开:《戴震评传》,南京大学出版社1992年8月第1版,第68–70页。

十分简略，甚至有三十余章只字未注，原因何在？下面先来看戴氏对《天问》篇之解题：

> 问，难也。天地之大，有非恒情所可测者，设难疑之。而曲学异端，往往骛为闳大不经之语，及夫好诡异而善野言，以凿空为道古。设难诘之，皆遇事称文，不以类次，聊舒愤懑也。篇内解其近正，阙所不必知，虽旧书雅记，其事概不取也。（刻本）[①]
>
> 问，难也。天地之大，有非人之智所能测者，设难以疑之。而曲学异书，往往骛为闳大不经之语，设难以诘之。其称述人事，借陈三代兴亡之迹，皆归于天命，然天不可知，故冀幸人事之改，而天或为之转移，此《天问》之所以作也。当时如邹衍之流，著书多怪异，《山海经》、《淮南鸿烈》盖本之。亦有因是篇而傅会者，不足据以为证也。且怪异之谭，屈子已诘其非，则固有不必存者矣。（《初稿》）[②]

今通行本（即刻本）的解题内容主要包括两层含义：一是屈原对于天地之间难以解释的问题提出疑问，二是指责后人对这些问题所作出的荒诞不经的解释。《初稿》之解题除包含这两层含义之外，又探讨了《天问》的创作动机，即因屈原在《天问》中称述人事皆归于天命，但天命又不可知，所以屈原通过创作《天问》反思历史人事，或可为改变国家之现实命运提供借鉴；同时指出《天问》是屈原抒发“愤懑”之作。我们详考《天问》部分戴震之注，有关天文地理之诗句，戴氏多详注；而有关古史部分则多简略，甚至直接略过而不加注，而下注之处又大多是对字词的训诂，所引之书也多为《尔雅》《说文》《素问》《周髀算经》等。与明清之际一些楚辞学者藉由注解《天问》而借古

---

①戴震：《屈原赋注》，中华书局1999年12月第1版，第36页。

②戴震：《屈原赋注》，中华书局1999年12月第1版，第176页。

讽今，以抒发对国家民族危亡的忧愤，形成了鲜明的对照。戴震注骚之时正值清廷文字狱大兴之时，对此种内容的文字注释持谨慎的态度，是可以理解的。

戴震对于屈赋中神话传说，多斥为“不经之说”，抱不必深求的态度。正如其在《离骚》注中云：“战国时，言仙者托之昆仑，故多不经之说。篇内寓言及之，不必深求也”。[①] 戴震虽把神话当作“寓言”，然不同于晁补之、汪瑗等藉由寓言探索楚辞的艺术性，而是拘守儒家“不语怪力乱神”的立场和征实稽据的态度，把楚辞中的神话内容斥为“不经之说”。此外，戴震对于民俗传说亦持怀疑的态度。例如，他在《湘君》题后曰：

> 《史记》：“始皇问博士曰：‘湘君何神？’博士对曰：‘闻之，尧女，舜之妻，而葬此。’”盖统言之，但曰湘君，分别言之，正妃称君，次妃降称夫人。楚人因二妃之葬在黄陵，奉以为湘水神，本民间不经之说，二妃固不随愚民俗议，而享其亵越之祭矣。屈原为歌辞，托意于神既不来，巫犹竭诚尽忠思之，用输写其事君之幽思如是也。[②]

戴震对于秦博士之语虽斥为“愚民俗议”、“民间不经之说”，但戴氏已经承认这是民俗，如此之说只是因其对民俗有偏见。王夫之《楚辞通释》亦指斥秦博士之说为“妄说”。实际上，这与班固批屈骚中涉及的神话和传说的描写“非法度之正、经义所载”相类似，皆是用儒家正统的文艺观来规枉文学作品。戴震对于屈骚中神话、传说、民俗等内容均持怀疑，甚至排斥的态度，显示了其学术理论在一定程度上的局限性。实际上，神话、传说和民俗对古代文学研究的价值是不容低估的。

戴震于乾隆三十八年（1773）受纪昀等人推荐，以举人受特召拟

①戴震：《屈原赋注》，中华书局1999年12月第1版，第20页。

②戴震：《屈原赋注》，中华书局1999年12月第1版，第26页。

派为《四库全书》分校官，入馆后派任纂修官。李中华、朱炳祥《楚辞学史》[①]和高路明《古籍目录与中国古代学术研究》[②]等指出《四库全书总目》"楚辞类"提要"多出自戴震之手"，笔者认为此说有其合理之处。因为《四库全书总目》"楚辞类"《提要》（以下简称《提要》）之总序及各书的提要文字有着一以贯之的见解，而这与戴震的楚辞观是一脉相承的。戴震主张把屈原赋看作是有着恻隐寄兴的"诗人之赋"，要通观全篇，不可以诂经之法作注；受实事求是治学主张的影响，以汉学注重实证考据衡量《楚辞》注本，反对穿凿附会和无所依据的妄加臆测，由此对明清楚辞研究中出现的新风气和新观点持排诋态度。而且，戴震在去世当年即乾隆四十二年（1777），曾在写给段玉裁（1735–1815）的书信中说："今夏纂修事似可毕，定于七八月间乞假南旋就医，觅一书院糊口，不复出矣。竭数年之力，勒成一书，明孔、孟之道。余力整其从前所订于字学、经学者。《四库全书》例于现在人撰述不录，仆之《考工记图》、《屈原赋注》，巳年江南巡抚曾取以进馆中，依例去之。今大著（欣按：指段玉裁《六书音韵表》）亦不得抄入。"[③]显然，戴震晚年仍为《屈原赋注》未能列入《四库全书》而抱憾。

第三节　清代楚辞音韵研究的成就

清代学术成就之巨，在很大程度上得益于古音学的兴盛。而这与乾嘉学派重音韵之学有直接的关联。自明代陈第作《毛诗古音考》、《屈

---

①李中华、朱炳祥：《楚辞学史》，武汉出版社 1996 年 10 月第 1 版，第 239 页。

②高路明：《古籍目录与中国古代学术研究》，江苏古籍出版社 1997 年 10 月第 1 版，第 188 页。

③张岱年主编：《戴震全书》第六册，黄山书社 1995 年 10 月第 1 版，第 542 页。

宋古音义》论证了古今音的不同,打破了长期以来在音韵学上占统治地位的叶韵之说,清代古音学在此基础上更取得了引人注目的进展和成就。在楚辞音韵研究领域,亦产生了不少成果,如王念孙《毛诗群经楚辞古韵谱》、方绩《屈子正音》三卷、江有诰《楚辞韵读》、马邦举《楚辞字声考略》七卷、蒋曰豫《离骚释韵》一卷、李寿蓉《离骚音韵》一卷等。已佚的楚辞学著作有:顾凤毛《楚词均考》、罗咏《楚词正音》四卷、王席丰《离骚音释》、时庸劢《离骚正韵》一卷等。本节以戴震《屈原赋注音义》、方绩《屈子正音》和江有诰《楚辞韵读》三部著作为代表,探讨清代楚辞音韵研究的特点和成就。

一、《屈原赋注·音义》析论

(一)《音义》的撰者为戴震补说

《屈原赋注·音义》的撰者问题在很长一段时期内,称得上是楚辞学史上的一大疑案。《屈原赋注》初刊于乾隆二十五年(1760),即汪氏不疏园刊本,此本前有卢文弨序,后有汪梧凤记,未标注卷次。汪梧凤跋云:"右据戴君注本为《音义》三卷。自乾隆壬申秋,得《屈原赋戴氏注》九卷读之,常置案头,少有所疑,检古文旧籍详加研核,兼考各本异同,其有阙然不注者,大致文辞旁涉,无关考证。然幼学之士,期在成诵,未喻理要,虽鄙浅肤末,无妨俾按文通晓,乃后语以阙疑之指,用是稍为埤益。又昔人叶韵之谬,陈季立作《屈宋古音义》为之是正,惜陈氏于切韵之学殊疏,未可承用。兹一一考订,积时录之,记在上端,越今九载矣。爰就上端钞出,删其繁碎,次成《音义》,体例略拟陆德明《经典释文》也。庚辰仲春歙汪梧凤。"①

光绪十七年(1891),广雅书局据汪氏不疏园本重刻,此即通常所

①戴震:《屈原赋注》,中华书局 1999 年 12 月第 1 版,第 127–128 页。

说的《广雅书局丛书》本。此本标有卷次,《音义》题下书“休宁戴震撰”,书后无汪梧凤记。民国十二年(1923)湖北沔阳卢氏编印《湖北先正遗书》影印精钞本《戴注屈原赋》。此本前有卢序,后有汪梧凤记,附有卢弼(1876–1967)记云:“戴东原注《屈原赋》九卷,汪梧凤为《音义》三卷,乾隆庚辰自刊行,传本颇少,广雅书局重雕本误以《音义》为戴氏所撰,又将《序》文《通释》之《音义》及汪《跋》均删去,致汪氏苦心著述全湮没。余于厂肆得精钞本,卷中‘甯’作‘寧’,‘�’作‘諄’,决为汪刻以前之旧钞,殊足珍也。”[①] 此后又记曰:“顷阅段玉裁所编戴氏《年谱》云:‘此书《音义》三卷,亦先生所自为,假名汪君’云云。余前跋方为汪氏申辩,然东原极贫,汪为歙巨族,嫁名于彼刻书以传,或亦意中事。抱经《序》亦言有为之梓行者,当系指汪氏而言。严铁桥之稿多托名他人,事亦相类。但广雅翻本全抹杀,未免无识耳。”[②] 许承尧(1874–1946)于丙子(1936)冬跋影印戴震《屈原赋注》初稿本云:“《音义》三卷,段氏谓先生所自为,托名汪君。此本《音义》、《通释》尚未析出,知段说不谬。汪《跋》殆亦先生自作,检《松溪文集》无之也。因附印此本于刻本后,俾览者得参证焉。”[③]

汤炳正先生《关于楚辞学史上的一起疑案——论〈屈原赋注音义〉的撰者问题》[④] 一文,从《音义》的体例出发提出了一个重要的问题,“《音义》既为屈赋作音释义,亦为戴氏的《序》《注》《通释》作音义”,为戴注作《音义》,这正是汪梧凤《跋》中所云仿《经典释文》的体例而为,由此论证《音义》作者为汪梧凤。徐道彬《戴震〈屈原赋注·音义〉

①戴震:《屈原赋注》,中华书局1999年12月第1版,第129页。
②戴震:《屈原赋注》,中华书局1999年12月第1版,第129页。
③戴震:《屈原赋注》,中华书局1999年12月第1版,第194页。
④汤炳正:《楚辞类稿》,巴蜀书社1988年1月第1版,第102–120页。

析疑》[①]一文，主要考察《屈原赋注》及《音义》文本，论述《音义》为戴震自作而托名汪梧凤。蔡锦芳、崔富章《戴震〈屈原赋注〉后所附〈音义〉撰者考》[②]一文，从考察戴震、汪梧凤二人的学行入手，首先论证有关汪梧凤的传记资料显示其可能未撰《音义》，随后考察《音义》中体现的戴震的学术心得，包括以《离骚》三十四个韵脚字为例，比较《音义》和其晚年所著《声类表》的分类异同，以戴震部分文章中所涉音注字例参照《音义》相关条目，以及戴震在毛诗、方言、天问历算等方面的研究成果在《音义》中的体现，详细论证了《音义》三卷实为戴震自作。笔者亦认为，《音义》基本上可以断定全部出自戴震之手。下面笔者将戴震《屈原赋注初稿》中的注音与《音义》作精细比较，为《音义》乃戴震作略为补证。

徐道彬在《戴震〈屈原赋注·音义〉析疑》一文中指出“《音义》三卷的条目和内容完全采自并配套于刻本”。笔者通过仔细比较和统计，《音义》中共有98个条目是注音或解释戴震的序和注文中的字和词，其中有35条是《初稿》中所没有的，而在刻本中则全部都有。需要说明的是，《音义》三卷的条目和内容是配套于刻本的，但不能说“完全采自”刻本，因为《音义》部分条目的内容明显参考了《初稿》，有一些条目已明显是在照搬《初稿》之内容，兹举二例：

1.《离骚》“九疑缤其并迓”之“迓”：

古读若“御”，或讹作“迎”，因《九歌》文误。(《初稿》)[③]

①徐道彬：《戴震〈屈原赋注·音义〉析疑》，《文献》2001年第3期，第206-211页。

②蔡锦芳、崔富章：《戴震〈屈原赋注〉后所附〈音义〉撰者考》，《文史》第59辑，中华书局2002年7月，第193-214页。

③戴震：《屈原赋注》，中华书局1999年12月第1版，第153页。

古音御，或讹作“迎”，因《九歌·湘夫人》文误。(《音义》)[①]

2.《离骚》“曰勉升降以上下兮”四句：

江先生曰：“此似因《诗》‘决拾既次’章，‘调’、‘同’二字而误，《诗》本以首尾句为韵，而中间二句非韵，古人读书，亦未必无偶误也。”(《初稿》)[②]

江慎修先生《古韵标准》云：“《小雅》：‘决拾既次，弓矢既调。射夫既同，助我举柴。’以首句与第四句韵，中二句非韵。犹之‘民之未戾，职盗为寇。凉曰不可，覆背善詈。’‘戾’、‘詈’韵，而‘寇’、‘可’非韵也。屈子盖效《诗》中之韵。古人读书不必无偶相涉误。”(《音义》)[③]

上述两条《初稿》和《音义》的表述惊人相似。《音义》相比于《初稿》经增删、修改、润色，在用字、释义等方面已有很大不同，但不能排除有一些释义与见解会沿用下来。

笔者将戴震《屈原赋注初稿》中的注音与《音义》作精细比较。因《初稿》仅存《离骚》《九歌》《天问》，为客观起见，亦只以此三篇作为对象比较。另外，因《初稿》仅仅针对韵脚字或注音、或以《广韵》为准标明韵部，而《音义》所涉则不单是韵脚字，还有为句中疑难字注反切，故笔者仅对《初稿》和《音义》中均有明确注音的82个韵脚字作比较(不包括同一韵脚字重复出现)。主要有以下三种情况：

1.《初稿》与《音义》对韵脚字的注音相同。

此种情况的韵脚字共有43个，占总数的52.4%。如《离骚》中“哀民生之多艰”之“艰”，《初稿》注：“转读如姬，方音。”[④]《音义》注：“读

①戴震：《屈原赋注》，中华书局1999年12月第1版，第106页。

②戴震：《屈原赋注》，中华书局1999年12月第1版，第154页。

③戴震：《屈原赋注》，中华书局1999年12月第1版，第106页。

④戴震：《屈原赋注》，中华书局1999年12月第1版，第141页。

如姬，盖方音。”[①] 又如《九歌·大司命》之“折疏麻兮瑶华”之“华”，《初稿》注：“古读若敷。”[②]《音义》注：“古音敷”。[③] 再如，《天问》中“胡维嗜不同味，而快朝饱”之“饱”，《初稿》注：“转读如闭，楚方音。”[④]《音义》亦注曰：“读如闭，盖方音。”[⑤]

2.《初稿》中对韵脚字的直音注音，至《音义》则改用反切注音。

此种情况的韵脚字共有 26 个，占总数的 31.7%。如《离骚》中“又重之以修能”之“能”，《初稿》注：“古读若耐”[⑥]，而《音义》则改作“古音奴异切”。[⑦] 又如《九歌·大司命》中“灵衣兮披披”之“披”，《初稿》注：“古读若玻。”[⑧] 而《音义》则改作“古音铺戈切”。[⑨] 再如《天问》之“简狄在台”之“台”，《初稿》注：“古读若题，与诒韵。”[⑩] 至《音义》则改为“古音田怡切”。[⑪]

3.《初稿》和《音义》对韵脚字同是反切注音，但切字有所不同。

此种情况的韵脚字共有 7 个，占总数的 8.5%。如《离骚》中“维昭质其犹未亏”之“亏”，《初稿》注：“古读去何切。”[⑫] 而《音义》则注“古

①戴震：《屈原赋注》，中华书局 1999 年 12 月第 1 版，第 103 页。
②戴震：《屈原赋注》，中华书局 1999 年 12 月第 1 版，第 167 页。
③戴震：《屈原赋注》，中华书局 1999 年 12 月第 1 版，第 109 页。
④戴震：《屈原赋注》，中华书局 1999 年 12 月第 1 版，第 182 页。
⑤戴震：《屈原赋注》，中华书局 1999 年 12 月第 1 版，第 114 页。
⑥戴震：《屈原赋注》，中华书局 1999 年 12 月第 1 版，第 135 页。
⑦戴震：《屈原赋注》，中华书局 1999 年 12 月第 1 版，第 101 页。
⑧戴震：《屈原赋注》，中华书局 1999 年 12 月第 1 版，第 167 页。
⑨戴震：《屈原赋注》，中华书局 1999 年 12 月第 1 版，第 109 页。
⑩戴震：《屈原赋注》，中华书局 1999 年 12 月第 1 版，第 187 页。
⑪戴震：《屈原赋注》，中华书局 1999 年 12 月第 1 版，第 116 页。
⑫戴震：《屈原赋注》，中华书局 1999 年 12 月第 1 版，第 143 页。

音去戈切”。[①] 又如《九歌·河伯》中“驾两龙兮骖螭”之“螭”,《初稿》注:“古音丑戈切。”[②] 至《音义》则注“古音痴戈切”。[③] 再如《天问》中“受礼天下,又使至代之”之“代”,《初稿》注:“古音鱼既切。”[④]《音义》则改为“古音徒既切”。[⑤]

由此可见,《初稿》和《音义》均有明确注音的 82 个韵脚字中,有一半以上(52.4%)是完全相同的;有 31.7% 是改直音为反切;有 8.5% 是改切字。而后两种情况绝大多数韵脚字的实际音读并未改变。基于戴氏力求“十分之见”的治学思想,改直音为反切或是改变切字,正是其治学精益求精的表现。据段玉裁《戴东原先生年谱》可知,戴震于乾隆四十二年(1777)去世前二十日,用五天时间著成《声类表》九卷,将《广韵》二百零六部分为九大类二十五部,该表每一大类为一卷,将《广韵》各韵分别纳入其古韵九大类二十五部的体系之中。作为戴震音学理论实践之载体,《音义》中的音注分类与《声类表》相比较,除一小部分有所不同外,绝大部分是吻合的。毕竟《音义》成于早年,而《声类表》是戴震的绝笔之作,中间相隔十七年,可看作是戴震音韵学理论臻于成熟之表现。

(二)转语理论在《屈原赋注》中的体现

不同地域不同时代的人,在使用同一语词表达同一意义时,其语音会按照一定规律发生转变。这种意义不变而语音有所变易的现象,即为“转语”。“转语”之名称始见于扬雄《方言》,扬雄亦用“语之

①戴震:《屈原赋注》,中华书局 1999 年 12 月第 1 版,第 104 页。
②戴震:《屈原赋注》,中华书局 1999 年 12 月第 1 版,第 170 页。
③戴震:《屈原赋注》,中华书局 1999 年 12 月第 1 版,第 110 页。
④戴震:《屈原赋注》,中华书局 1999 年 12 月第 1 版,第 191 页。
⑤戴震:《屈原赋注》,中华书局 1999 年 12 月第 1 版,第 118 页。

转”;晋代郭璞注《方言》用“语声转”“语转”“声转”“声之转”等术语。戴震所著书中引《方言》及郭璞注甚多,仅《屈原赋注》即引用二十余条。戴震特别注重古今音声的变化和方言音的不同,《屈原赋注》中多次出现“语之转”、“一声之转”,正是戴震运用转语来解释语言中的音转现象,是其转语理论的实践。今定本《屈原赋注》凡十一例:

《离骚》“矫菌桂以纫蕙兮”:矫,举也,语之转。

《离骚》“索琼茅以筳篿兮”:以,犹与也,语之转。

《离骚》“苏粪壤以充帏兮”:苏,索也,语之转。

《九歌·东皇太一》“盍将把兮琼芳”:把,秉也,语之转。

《九章·惜诵》“心菀结而纡轸”:菀,犹缊也,郁也,语之转。

《九章·涉江》“淹回水而疑滞”:疑,止也。疑、凝,语之转。

《九章·哀郢》“悲江介之遗风”:介,闲也,语之转。

《九章·怀沙》“易初本迪兮”:迪,犹导也,达也,语之转。

《远游》“无淈而魂兮”:而,女也。尔、女、而、戎、若,语之转。

《远游》“神要眇以淫放”:淫,游也,语之转。

《远游》“夕始临乎于微闾”:于微闾即《职方》、《尔雅》之医无闾,语之转耳。

《通释》部分凡七例:

卷上“盟之为孟”:语之转也。其地有津,谓之盟津。

卷上“于微闾山”:在今盛京锦州府广宁县西十里。《周官职方氏》:“东北曰幽州,其山镇曰医无闾”是也。汉之辽东、无虑,语转字殊,地名显然矣。

卷下“蕙”:《春秋传》谓之薰。薰、蕙,语之转。

卷下“留夷”:《诗》谓之芍药,《广雅》谓之挛夷。留、挛,语之转。

卷下“鹈鴂”:《春秋传》谓之伯赵,《尔雅》谓之伯劳,《夏小正》谓之百鹩,《礼注》谓之博劳。字随语转,类如是矣。

卷下“鸱”:今之鹞也。《诗》谓之鸢。鸢、鹞,语之转。

卷下“鹜”:今之鸭。《内则》谓之舒凫。鹜、鸭,语之转。

《音义》部分仅一例:

《离骚》“岂珵美之能当”:当,对也,语之转。

《初稿》中凡七例:

离骚,即牢愁也,盖古语。扬雄有《畔牢愁》。离、牢,一声之转,今人犹言牢骚。

《离骚》“畦留夷与揭车兮”:留夷,《诗》谓之芍药,《广雅》谓之挛夷,……余谓留夷、挛夷,一声之转。

《离骚》“矫菌桂以纫蕙兮”:矫,举也,一声之转。

《离骚》“索琼茅以筳篿兮”:以,犹与也,一声之转。

《离骚》“苏粪壤以充帏兮”:苏,犹索也,一声之转。

《天问》“皆归射鞫”:射、斁,古字通,斁,厌也。一声之转。

《天问》“玄鸟致贻”:玄鸟,亦谓之燕。燕,《尔雅》谓之乙,或谓之鷾鸸。即乙而二声也。见《庄子》。燕、乙,一声之转。

戴震在《初稿》中无一例外地称之为“一声之转”,至定本则又一律改为“语之转”。考之戴震“一声之转”的术语,应来自戴侗《六书故》。戴侗,字仲达,永嘉人,南宋文字学家,著有《六书故》三十三卷。据统计,《六书故》中明确指出“一声之转”的凡十例。其卷九“女”条云:“吾、印、我、台、予,人所以自谓也。尔、女、而、若,所以谓人也,皆一声之转。”(文渊阁《四库全书》本)上所列戴震注《远游》“无淈而魂兮”条:“而,女也。尔、女、而、戎、若,语之转”,与戴侗《六书故》所云如出一辙。曾广源《戴东原转语释补》卷一云:“元戴仲达著《六书故》,始传声训四目：曰声义相通，曰声义相近，曰同声，曰一声之转。"① 由此可推知，戴震的转语理论是沿着刘熙、戴侗等的因声求义的声训理路发展而来。

戴震于乾隆二十八年（1763）所作《论韵书中字义答秦尚书蕙田》一文云：

> 字书主于故训，韵书主于音声，然二者恒相因。音声有不随故训变者，则一音或数义；音声有随故训而变者，则一字或数音。大致一字既定其本义，则外此音义引伸，咸六书之假借。其例或义由声出，如"胡"字，惟《诗》"狼跋其胡"，与《考工记》"戈胡"、"戟胡"用本义。至于"永受胡福"，义同"降尔遐福"，则因"胡"、"遐"一声之转，而"胡"亦从"遐"为远；"胡不万年"、"遐不眉寿"又因"胡"、"遐"、"何"一声之转，而"胡"、"遐"皆从为"何"。又如《诗》中曰"宁莫之知"、曰"胡宁忍予"、曰"宁莫我听"、曰"宁丁我躬"、曰"宁俾我遁"、曰"胡宁瘨我以旱"，"宁"字之义，传《诗》者失之，以转语之法类推，"宁"之言乃也。凡故训之失传者，于此亦可因声而知义矣。②

戴震曾撰《转语二十章》，作于乾隆十二年（1747）《转语二十章序》云："昔人既作《尔雅》《方言》《释名》，余以谓犹阙一卷书，创为是篇，用补其阙。俾疑于义者，以声求之，疑于声者，以义正之。"③ 其中所说的"疑于义者以声求之，疑于声者以义正之"，正是其音转理论的基本原理。细化则为"同位为正转，位同为变转"，"凡同位则同声，同声则可以通乎其义。位同则声变而同，声变而同则其义亦可以比之而

---

①曾广源：《戴东原转语释补》卷一，民国十八年（1929）十二月海事编译局印，第45页。

②戴震：《戴震文集》卷三，中华书局1980年12月第1版，第48页。

③戴震：《戴东原集》，商务印书馆民国二十五年（1936）国学基本丛书简编本，第74页。

通"。① "同位"指发音部位相同,而发音方法有变,戴氏称之为"正转",实际上指同一声类中同一母位,亦即同一声母。"位同"是不同声类中的同一母位,戴氏称之为"变转"。《转语二十章序》云:"今别为二十章,各从乎声,以原其义。"② 这里"声"即指声母,戴震是立足于声母来谈转语的。《音义》卷上云:"凡叠韵双声字,其义即存乎声。"③ 主要通过声母在发音部位和发音方法上的对应或转化关系,推求词语之间的同义或近义关系。

从《初稿》的"一声之转"到定本的"语之转",可以看出戴震转语理论的发展。其所谓"一声之转"均是同位正转,而绝大部分又是双声正转。如《初稿》与定本中均有的"以"、"与"例:以,羊巳切,《声类表》卷二止韵,三章喻母;与,余吕切,《声类表》卷一语韵,三章影母。影、喻同位,是为同位正转。又如"矫"、"举":矫,居夭切,《声类表》卷四小韵,一章见母;举,居许切,《声类表》卷四语韵,一章见母。是为双声正转。刘永济极为赞赏戴震《屈原赋注》中古音、方音及音转理论,其所著《屈赋通笺》多承戴氏因声求义之法。需要说明的是,转语是语词因声音有变转而别为一意义相通的语词。虽然代表的是相同或相通的意义,但与音韵了无相涉,或是虽与声韵相关,但代表的意义各不相同,便不能看做是转语,而是同义词或同源词。

二、方绩《屈子正音》析评

方绩(1752–1816),字展卿,晚自号牧青,乾隆诸生,桐城人。方泽之孙,方东树之父。师事刘大櫆、姚鼐,为文高古雄迈,造语奇崛,亦擅

①戴震:《戴震集》,上海古籍出版社 1980 年 5 月第 1 版,第 107 页。
②戴震:《戴东原集》,商务印书馆民国二十五年(1936)国学基本丛书简编本,第 73 页。
③戴震:《屈原赋注》,中华书局 1999 年 12 月第 1 版,第 105 页。

作诗，诗学韩愈、黄庭坚。姚鼐对方绩的诗文很是推崇，让自己的长子姚景衡拜其为师。方绩校正史传诸子百家钞录凡数百卷，著有《经史劄记》十二卷、《鹤鸣集》六卷、《屈子正音》三卷、《古文辞》一卷。光绪《重修安徽通志》卷二百二十三“人物志 文苑”有传。

《屈子正音》成书于乾隆四十七年（1782）。分上、中、下三卷，卷上为《离骚》、《九歌》，卷中为《天问》、《九章》，卷下为《远游》、《卜居》、《渔父》、《招魂》。现存主要有三种版本：道光七年（1827）邓廷桢刊本、光绪六年（1880）方氏网旧闻斋重刊本、光绪十年（1884）名德堂重刻袖珍本。

邓廷桢（1776–1846）《〈屈子正音〉序》云：“余不敏，于形声训诂之学，尝涉猎而未精。喜先生是书足为屈子音读善本，爰为雕板，以传于世。而间附鄙说于后，则以墨围‘今按’云云以识别之，用朱子《韩文考异》例也。”[①] 可见，书中“今按”以下为邓廷桢之说，邓氏多据江永、戴震、段玉裁、孔广森之书订补。卷末附有方东树致邓廷桢书启一通，此书启亦载于方东树《考槃集文录》卷十二，题为《谢邓中丞启》，谓“子细详论，究其巢穴，复命贱子率据胸臆见知，逐条申答，以求至是……谨将所下纠签，悉列注中，依以为凭，庶览者去疑无壅，宿滞豁如。”可见，书中“东树按”以下是方东树辨证之说。由此可知，此书实为方绩、邓廷桢、方东树三人合著。

管同《因寄轩文集》二集卷四有《屈子正音序》（欣按：题后有小字“代”），与邓廷桢《序》在内容上大同小异而比之略简。管、邓二人同为姚鼐弟子，邓廷桢长管同四岁。道光五年（1825）管同中举，第二年邓廷桢被提拔为安徽巡抚，深慕管同之名，延请他入其幕府并课其子读书，对其优礼相待。同时，邓廷桢还开设八箴堂，广泛招纳当时文

①方绩：《屈子正音》，清道光七年（1827）邓廷桢刊本。按：以下所引《屈子正音》均出自此本，不另注。

界名流，管同亦与其中，一时幕府人才济济。此间管同代邓廷祯作了一些文章，如《包孝肃公像记》、《重刻荒政辑要序》等。考方东树《考槃集文录》卷三亦有《刻〈屈子正音〉序》（按：题后有小字“代”），与今所见邓廷桢《序》几近相同，末以小字“自记云……”[①]，主要申辩《序》中所列诸家称字与称氏的问题。因此，笔者疑今所见之邓廷桢《序》，是邓氏刊书时方东树增衍管同代作之《序》而成。

方绩《屈子正音·自叙》云：“此以《广韵》为主，其《广韵》之谬者，以古音正之。吴才老《韵补》，朱子依以读经，固愈于《礼部韵》，然其中误者亦不少，今悉正之。”《〈屈子正音〉序》云：“桐城方展卿先生著《屈子正音》三卷，其恉据《韵补》以正唐韵之误，而于吴说之疏谬者，复引经传及西汉先秦古书，疏通以证明之，庶几读应雅故矣。”可见此书之作，虽名为“屈子正音”，实则是正《广韵》、《韵补》之误。全不关章句大义，唯于屈赋之入韵字后随文下注。

方绩说古韵必先引《广韵》反切为据。例如《离骚》：“日月忽其不淹兮，春与秋其代序。惟草木之零落兮，恐美人之迟暮”，方绩于“序”字后注：“《广韵》八‘语’，徐吕切。”于“暮”字后注：“《广韵》十一‘暮’，莫故切。”《广韵》反切之音与古音不合者，据《韵补》以辨正之。如《九歌·湘夫人》：“捐余袂于江中，遗余褋兮澧浦。搴芳洲兮杜若，将以遗兮远者”，方氏于“浦”字后注：“《广韵》十‘姥’，滂古切。”于“者”后注：“古音渚。《诗·绸缪》三四章并同，《韵补》收入八‘语’。《广韵》四十五‘马’误。”如《韵补》亦非古音，则援引经传及先秦汉代古书辩证之，方绩所援引以《诗经》为多。例如《离骚》“謇吾法夫前修兮，非世俗之所服”，方绩于“服”字后注：“古音蒲北反。《诗·关雎》二章、《有

①方东树：《考槃集文录》，《清代诗文集汇编》五〇七册，上海古籍出版社2010年12月第1版，第163页。

狐》三章、《葛屦》首章、《蜉蝣》二章、《采薇》五章、《六月》首章、二章、三章、《文王》四章、《下武》四章、《文王有声》六章、《荡》二章、《泮水》五章并同。《广韵》入一‘屋’，误。”

《屈子正音》对屈子作品中有争议的韵字多有考证。例如，《天问》“雄虺九首，儵忽焉在。何所不死，长人何守”一章，方绩于“守”字后注曰：“《礼记·礼运》与考韵，《管子白心篇》与‘葆’、‘道’韵，《淮南子主术训》与‘好’韵，《史记》太史公自序与‘巧’韵，此字当与‘首’同韵。”邓廷桢补充道：“‘守’当与‘首’同韵，‘在’与‘死’韵，首尾为一韵，中二句为一韵，为用韵之变体，法始于《诗》。如《周颂·思文》‘稷’与‘极’韵，‘天’与‘民’韵，《车攻》五章亦然。”[1] 又如《离骚》：“长太息以掩涕兮，哀民生之多艰。余虽好修姱以鞿羁兮，謇朝谇而夕替”，对于此章“艰”、“替”之不韵，历来聚讼。姚鼐《古文辞类纂》云：“疑误倒，盖涕与替为韵。”方绩注曰：“涕与替韵，中二韵间，古人用韵之活也。”邓廷桢按云：“替当与涕韵，或转写倒置耳。《天问》之‘雄虺九首’与‘长人何守’为韵中间二句，则屈子自有此例。又‘伏匿穴处’四句，云与言韵，长与庚韵，亦此例也。”邓廷桢指出当以首尾二句为一韵，中间二句为一韵，即“涕”与“替”韵、“艰”与“羁”韵；同时又举出屈赋中的其他两例：例一即上述之例，例二是《天问》“伏匿穴处，爰何云。荆勋作师，夫何长。悟过改更，我又何言。”《屈子正音》注曰：“‘更’与‘长’韵，隔句韵也。”方东树在历数诸家之说后，仍赞同邓廷桢之说：“似转写倒置之说为长，仍以替韵涕也。”除此之外，还有一例，《离

①按：马其昶《屈赋微》引方绩此说。此句韵多有异说。江有诰《楚辞韵读》曰“在，叶徂九反”，与“首”、“守”为“之幽通韵”。刘永济先生《屈赋通笺》以“在”为“有”之误，首、有、守正叶。黄灵庚先生认为上二句“首”“在”属之幽通韵，下二句之“死”当从一本作“老”，与“守”同协幽韵。（《楚辞章句疏证》）

骚》“曰勉升降以上下兮，求榘镬之所同。汤禹严而求合兮，挚咎繇而能调”，方绩曰：“盖据《诗·车攻》五章，首尾为一韵，中二句为一韵。”陈第《屈宋古音义》、江永《古韵标准》亦引《小雅·车攻》“决拾既佽，弓矢既调；射夫既同，助我举柴”为证，指出此处可能是屈原据《诗经》而为韵。

方绩论古韵依古书韵例，实事求是，不强为之说。正如其在《卜居》篇末论曰：

> 古人之音，后人不能强为之解。如《诗》用风字必入侵韵，与林、心等字为韵。后人遂据以为风不入东韵矣。而古人侵与东多混为一韵，《易屯象传》禽与穷韵，《比象传》中终与禽韵，《恒象传》深与中容终凶功韵，《艮象传》心与躬正终韵。如以为夫子生于周季世，变风移为方音所限，则《诗》其正矣。然《诗·七月》八章冲与阴韵，《云汉》二章临与躬韵，《荡》首章谌与终韵，下至屈原《天问》亦沈与封韵。是或古有此音，后人弗觉。如执后人所协之音，谓古人之有异，抑亦过矣。

方绩据《易象传》和《诗经》用韵之例，指出风、躬、终、中诸字是古有此音。又，杨钟义《雪桥诗话三集》卷九：

> 桐城方绩展卿纂《屈子正音》三卷，以《广韵》为主，《广韵》之谬者以古音正之，又以朱子《集注》专用吴才老《韵补》，其中沿讹，多所厘正。邓嶰筠尚书又审定疑义，雕板以传。《离骚》“好修以为常”与下“惩”字为韵，邓云“常”本“恒”字，汉人避讳改作，非阳可通蒸也。《九章》“岂至今其庸亡”与下“完”字为韵，邓云“亡”、“完”不叶，据王逸注，“完”当作“光”。《离骚》“惟庚寅吾以降”，方云：“降”，古音户工反，《广韵》入四“江”，古音东、冬、钟、江、阳、庚为一韵。邓谓顾亭林《唐韵正》、孔㢸轩《诗声类》、段懋堂《音均表》，皆不言东、冬、钟、江与阳、庚相通。《九歌》“风飒飒

兮木萧萧"与下"忧"字为韵，方云"忧"字，古与萧、宵、肴、豪同韵，《广韵》入十八尤，误。邓谓《诗声类》以幽、尤、萧为一部，《音均表》以尤、忧为一韵，而以萧、茅等字隶之，萧从肃字，读若啸，《广韵》与游、求、忧等字入十八尤，不误，俱极精当。[①]

杨钟义对《屈子正音》中方绩、邓廷桢之音释称赞有加，即主要着眼于其正《广韵》、《韵补》之误。如上引《离骚》"惟庚寅吾以降"，方绩于"降"字后注云："古音户工反。《诗·草虫》首章、《出车》五章、《旱麓》二章、《凫鹥》四章、《礼记·月令》并同。《广韵》分入四'江'，误。宋吴棫《韵补》收江降入东韵，是。然以四'江'古通'阳'，或转入'东'，非也。古音东冬钟江阳唐本为一韵，顾氏亭林谓江与阳南北朝以前不通，唐以下始杂入阳韵，是未考古东冬钟江与阳唐通也。"方绩先援引《诗经》有关诗章及《礼记》作为其说韵之补证，然后辨顾炎武《唐韵正》说韵之失考。随后，邓廷桢补充道："今按顾亭林《唐韵正》云四'江'古与一'东'二'冬'三'钟'通为一韵，孔㢲轩《诗声类》云一'东'三'钟'四'江'古音合为一部，段懋堂《音均表》以东冬钟江为一部，皆不言东冬钟江阳唐为一部。"[②]

马其昶《屈赋微》引用《屈子正音》中方绩、邓廷桢和方东树之音释近十条，另外还有至少五条今定本无，而在稿本《屈赋晢微》中是有的。然而，诚如邓廷桢《〈屈子正音〉序》所言："先生此书作于乾隆壬寅，其时顾氏书虽行，而江氏、戴氏之书犹未盛出，段氏、孔氏抑又后矣。故其分部审音如鱼、侯、萧、尤之类，不能无小失。继起者易周，而作始者难密，斯固古今之通趣与？"[③] 方绩音注之疏正在其"分部审音"，而

①杨钟义：《雪桥诗话三集》，北京古籍出版社 1991 年 8 月第 1 版，第 389–390 页。
②方绩：《屈子正音》，清道光七年（1827）邓廷桢刊本。
③方绩：《屈子正音》，清道光七年（1827）邓廷桢刊本。

且《广韵》以反切注音，与屈赋之韵字有合者，亦有不合者，合者固然是先秦古音，不合者不可如方绩一概斥之曰"误"，因为《广韵》毕竟不是先秦古音之韵书。邓廷桢、方东树订补此书之时，正值古音学盛行的嘉庆、道光时期，此时江永、戴震、段玉裁、孔广森之书均已出，故二人之订补于古今说韵之歧异处多有论列，辩驳亦多得当。[①]

三、江有诰《楚辞韵读》研究

梁启超先生《清代学术概论》在谈到清代朴学之风时，有"喜专治一业，为'窄而深'的研究"一条。[②]古音学恰能集中体现朴学的这种精神，而"喜专治一业，为'窄而深'的研究"，江有诰正是其代表人物。江有诰（1773-1851），字晋三，号古愚，徽州府歙县人，恩贡生。年二十二为学官弟子，无意为科举业，专治音韵之学，心无旁骛，深思好学。江有诰著作宏多，汇为《江氏音学十书》，包括《诗经韵读》《群经韵读》《楚辞韵读》《先秦韵读》《汉魏韵读》《廿一部韵谱》《谐声表》《入声表》《唐韵四声正》《四声韵谱》。江有诰的音论多见于其《江氏音学十书》卷首之《凡例》：

> 自周沈四声定而古音失，法言《切韵》作而古音之部分失，宋吴才老首复古韵，特未免随文牵就，于古之正音、古之部分，盖茫乎未之知也。郑氏庠作《古音辨》，始分六部，虽分部至少，而仍有出韵。盖专就唐韵求其合，不能析唐韵求其分，宜无当也。明陈季立始知叶音即古本音，诚为笃论，然于古韵部分亦未之知也。国朝昆山顾氏始能离析唐韵，以求古韵，故得十部，然犹牵于汉以后音也。婺源江氏始专就《三百篇》以求古韵，故得十三部，

①潘啸龙、毛庆：《楚辞著作提要》，湖北教育出版社2003年5月第1版，第239-240页。
②梁启超：《清代学术概论》，东方出版社1996年3月第1版，第44页。

然犹惑于今人近似之音也。金坛段氏始知古音之绝不同今音，故得十七部。古韵一事，至今日几如丽中天矣。取而譬之，吴才老，古音之先导也；陈季立，得其门而入也；顾氏、江氏，则升堂矣；段氏，则入室矣。[①]

江有诰对古音学史的总结和评价客观公允，当然对于自己则不便言之。段玉裁对江有诰颇为推许，誉其书“精深邃密”、“集音学之成”。夏炘总结古韵学史云：“自宋郑庠分唐韵为《诗》六部，粗具梗概而已。顾氏博考群编，厘正唐韵，撰《音学五书》，遂为言音韵者之大宗。嗣后江氏、段氏精益求精，并补顾说之所未备。至于王、江两先生出，集韵学之大成矣。”[②]“顾氏”即顾炎武，“江氏”为江永，“段氏”指段玉裁，“王、江”即王念孙、江有诰。然而，作为清代古音学的集大成者，江有诰的古音学长期以来未能得到足够的重视。

古音学研究中最受重视的当属上古韵部的划分。江有诰在精研顾炎武（1613–1682）《音学五书》、江永（1681–1762）《古韵标准》、段玉裁（1735–1815）《六书音韵表》几家分部的基础上，分古韵为二十部。后来江有诰受孔广森（1752–1787）《诗声类》中“东、冬”分立的启发，改“冬”为“中”，统古韵为二十一部：之部第一、幽部第二、宵部第三、侯部第四、鱼部第五、歌部第六、支部第七、脂部第八、祭部第九、元部第十、文部第十一、真部第十二、耕部第十三、阳部第十四、东部第十五、中部第十六、蒸部第十七、侵部第十八、谈部第十九、叶部第二十、缉部第二十一。

---

①江有诰：《江氏音学十书》，《续修四库全书》经部第248册，上海古籍出版社1996年版，第9页。

②夏炘：《诗古韵表廿二部集说》，《续修四库全书》经部第248册，上海古籍出版社1996年版，第313页。

江有诰的二十一部主要是在段玉裁十七部的基础上形成的。江氏的分部与上述三家的区别主要有:祭部独立、东中分立、别立入声韵部叶部和缉部。其中,祭部独立和别立叶部缉部是他的发明,对顾炎武、江永、戴震、段玉裁、孔广森几家有证实、匡补之功。陈第认为古无四声,顾炎武"四声一贯"认为虽有四声但可以随时转化。江有诰开始亦持古无四声之说,随其钻研的日益精深,他发现先秦语音中的确存在四声,其《再寄王石臞先生书》云:"有诰初见亦谓'古无四声'说,载初刻《凡例》。至今反复䌷绎,始知古人实有四声,特古人所读之声与后人不同。"修正之前的错误认识,肯定古音有四声。

《楚辞韵读》中有大量的音注材料和韵例,是其古韵分部和阴入相配等理论的实践成果。《楚辞韵读》的现存版本主要有嘉庆十九年(1814)自刻小学各书本、嘉庆二十四年(1819)《音学十书》本、咸丰二年(1852)《江氏音学十书》本、民国二十三年(1934)渭南严氏《音韵学丛书》本等。《楚辞韵读》包含三部分:《楚辞韵读》、《楚辞韵读古音释》和《宋赋韵读》。《楚辞韵读》录《离骚》《九歌》《天问》《九章》《远游》《卜居》《渔父》《九辩》《招魂》《大招》之原文,于用韵之字,外加墨圈,一韵之末,标明韵部,若非同部,则以"通韵"、"合韵"、"借韵"释之。《楚辞韵读古音释》将各篇的韵字拈出归入相关的韵部,而后以古音注之,多用直音,无直音则以切音代之,标明声调。《宋赋韵读》录宋玉《风赋》《高唐赋》《神女赋》《登徒子好色赋》《大言赋》《小言赋》《钓赋》《笛赋》《舞赋》九篇之韵字,体例与《楚辞韵读》相同。

当古韵分部的基本格局形成以后,古音学的关键在于能否将韵部系统化。诚如段玉裁《〈江氏音学十书〉序》所云:"余与顾氏、孔氏皆一于考古,江氏、戴氏则兼以审音。而晋三于二者尤深造自得。……于前人之说皆择善而从,无所偏徇,又精于呼等字母之学,不惟古音大明，亦且使今韵分为二百六部者得其剖析之故。”[①] 江有诰不仅在考证上古韵部方面有所创见，还能够在考古与审音并重的基础上，使韵部更为系统化。道光元年（1821）王念孙复函云：“江（永）之书仍未尽善，辄以己意重加编次，分古音为二十一部，未敢出以示人。……及奉读大著，则与鄙见如趋一轨，不觉狂喜！”王力先生称江有诰为“清代古音学的巨星”，洵非虚誉。黄灵庚先生评《楚辞韵读》云：“是书韵例，则井然有序，轸畦甚严，断非苟且蝇营者可比”；“综观是书注音，与古韵古音合者十之九也，鲜有差舛之处。则江氏可谓知音之选者也。”[②] “通韵”、“合韵”和“借韵”说是江有诰古韵研究的重要内容。

（一）“通韵”、“合韵”、“借韵”

“通韵”、“合韵”、“借韵”，均是指非同一韵部的字押韵的情况，而三者的区别在于韵字所属韵部的关系之远近。道光十二年（1832）冬月，江有诰《再寄王石臞先生书》云：“二十一部之分，瞭然不紊，而亦间有通用、合用者，不得泥此以窒其余也。”[③] 江有诰《古韵凡例》云：“古有正韵，有通韵，有合韵。最近之部为通韵，隔一部为合韵。”[④] 江有诰根据韵部之远近，分为通韵、合韵和借韵三种类型。在《楚辞韵读》中，通韵 36 例，合韵 13 例，借韵 6 例，总计 55 例。下面根据类型具体举例如下：

1. 通韵。《楚辞韵读》中的通韵共有 11 种：之幽、鱼歌、歌支、支脂、

---

①江有诰：《江氏音学十书》，《续修四库全书》经部第 248 册，上海古籍出版社 1996 年版，第 1 页。按：笔者所据版本即为此本，因举例繁多，不一一标注页码。

②潘啸龙、毛庆：《楚辞著作提要》，湖北教育出版社 2003 年 5 月第 1 版，第 222 页。

③汪寿明：《中国历代音韵学文选》，华东师范大学出版社 2003 年 6 月第 1 版，第 137 页。

④江有诰：《江氏音学十书》，《续修四库全书》经部第 248 册，上海古籍出版社 1996 年版，第 12 页。

脂祭、元文、文真、真耕、耕阳、阳东、东中。其中，之幽、元文、文真、真耕四种韵例较多，占通韵总数的67%。下面各举一例分析：

例1：雄虺九首，倏忽焉在。何所不死，长人何守。(《天问》)

江有诰注："在，叶徂九反。之幽通韵。""首"、"守"属幽部第二，"在"属之部第一。为相邻韵部，故为通韵。"之幽通韵"在江氏《楚辞韵读》中共5例。

例2：悟过改更，我又何言？吴光争国，久余是胜。何环穿自闾社丘陵，爰出子文？(《天问》)

江有诰注："文，叶音亠。元文通韵。""言"属元部，"文"属文部。元部第十，文部第十一，相邻韵部，故为通韵。江有诰《楚辞韵读》中"元文通韵"凡6例。

例3：舜闵在家，父何以鳏。尧不姚告，二女何亲。(《天问》)

江有诰注："鳏，音昆。文真通韵。""鳏"古属文部，"亲"属真部。文部第十一，真部第十二。"文真通韵"是《楚辞韵读》中最普遍的通韵种类，韵例最多，共7例。

例4：嘉南州之炎德兮，丽桂树之冬荣。山萧条而无兽兮，野寂漠其无人。载营魄而登霞兮，掩浮云而上征。(《远游》)

"荣"、"征"属耕部第十三，"人"属真部第十二。二部相邻，是为"最近之部"，故江氏于"均"字后注"真耕通韵"。《楚辞韵读》中"真耕通韵"凡6例。

2. 合韵。《楚辞韵读》中的合韵分两种类型：二部合韵和三部合韵。其中，二部合韵有6种(元真、歌脂、真阳、鱼支、脂元、宵鱼)，凡10例。试举两例分析：

例1：屈原曰：吾闻之，新沐者必弹冠，新浴者必振衣。(《渔父》)

江有诰注："冠，音涓。衣，叶音烟。脂元合韵。""冠"古属第十元部，"衣"属第八脂部，中间隔有一部。

例2:魂乎无南,南有炎火千里,蝮蛇蜒只。山林险隘,虎豹蜿只。鰅鳙短狐,王虺骞只。魂乎无南,蜮伤躬只。(《大招》)

江有诰注:"躬,当作身,叶音羶。元真合韵。"江氏归"蜒""蜿""骞"于元部,归"躬"于真部。元部第十,真部第十二。

《楚辞韵读》中的二部合韵凡十韵例,均为江有诰所云"隔一部",即中间仅隔有一部。江有诰《楚辞韵读》中的三部合韵只有三例:

(1)幽宵侯合韵

临沅湘之玄渊兮,遂自忍而沉流。卒没身而绝名兮,惜壅君之不昭。君无度而弗察兮,使芳草为薮幽。焉舒情而抽信兮,恬死亡而不聊。独障壅而弊隐兮,使贞臣为无由。闻百里之为虏兮,伊尹烹于庖厨。(《九章·惜往日》)

江有诰注:"昭,叶音周。聊,音留。厨,池藘反。幽宵侯合韵。"江氏归"流""幽""聊""由"入幽部,归"昭"于宵部,归"厨"于侯部。幽部第二、宵部第三、侯部第四。

(2)东中侵合韵

愿赐不肖之躯而别离兮,放游志乎云中。乘精气之抟抟兮,骛诸神之湛湛。骖白霓之习习兮,历群灵之丰丰。(《九辩》)

江有诰注曰:"湛,都森反。东中侵合韵。"江氏归"中"于中部,归"湛"于侵部,归"丰"入东部。东部第十五,中部第十六,侵部第十八。

(3)文真耕合韵

魂兮归来!君无上天些。虎豹九关,啄害下人些。一夫九首,拔木九千些。豺狼从目,往来侁侁些。悬人以娭,投之深渊些。致命于帝,然后得瞑些。归来归来,往恐危身些。(《招魂》)

江有诰注:"千,音亲。渊,一均反。文真耕合韵。"江氏归"天""千""渊"于真部,归"人""侁""身"于文部,归"瞑"入耕部。文部第十一,真部第十二,耕部第十三。

"幽宵侯"与"文真耕",在江有诰的韵部次序中是三个顺次相连的韵部。"东中侵",则是其中有两个韵部中间隔一韵部。由此可见,江有诰《楚辞韵读》中的三部合韵,是相邻韵部或其中两个韵部中间隔一韵部均可。

3. 借韵。《楚辞韵读》中的借韵凡 6 例。或因其韵例较少,江有诰对于借韵没有明确的说明,不过我们可以通过分析这 6 个韵例来理解江有诰的借韵:

> 例 1:长太息以掩涕兮,哀民生之多艰。余虽好修姱以鞿羁兮,謇朝谇而夕替。(《离骚》)

江有诰于"替"字后注"脂文借韵"。江氏归"艰"于第十一文部,"替"则为第八脂部之入。

> 例 2:民生各有所乐兮,余独好修以为常。虽体解吾犹未变兮,岂余心之可惩。(《离骚》)

江氏于"惩"字后注"阳蒸借韵"。归"常"于第十四阳部,归"惩"于第十七蒸部。

> 例 3:比干何逆,而抑沈之。雷开何顺,而赐封之。(《天问》)

江有诰注此二句为"东侵借韵",江氏归"沈"于第十八侵部,归"封"于第十五东部。

> 例 4:揽大薄之芳茝兮,搴长洲之宿莽。惜吾不及古人兮,吾谁与玩此芳草。(《九章·思美人》)

江氏在此句后注曰"幽鱼借韵"。"莽",音姥,江氏归入第五鱼部,"草"则属第二幽部。

> 例 5:魂兮归来!君无下此幽都些。土伯九约,其角觺觺些。敦脄血拇,逐人駓駓些。参目虎首,其身若牛些。此皆甘人,归来归来!恐自遗灾些。(《招魂》)

江有诰注云"之鱼借韵","都"为第五鱼部字,"觺"、"駓"、"牛"(音疑)、"灾"(音兹)属第一之部。

例6:步及骤处兮,诱骋先。抑骛若通兮,引车右还。与王趋梦兮,课后先。君王亲发兮,惮青兕。(《招魂》)

江有诰于"诱骋先"后注:"先,叶音仙。"句末注:"兕,叶音涎。脂元文借韵。"此为三部借韵,"还"(音旋),为第十元部字,"先"为第十一文部字,"兕"为第八脂部字,即为"脂元文借韵"。又,江有诰虽注"先,叶音仙",但仍把它看作是文部字,虽注"兕,叶音涎",但仍把它看作是脂部字。这说明在他心目中,某字归某韵部还是固定的、明确的。

上面所列举的前四例韵脚字所属之韵部皆是中间相隔二部,例5中间隔有三部。可见,江有诰所谓之"借韵",主要是指异部相押中韵部较远,中间隔有二部或三部的情况。韵部间隔的多少,实际上主要是元音相近的程度如何。王力先生指出江有诰的"借韵",其实是元音相同的对转,比之元音相近的旁转更有通韵的理由。

合韵说为段玉裁首倡:"凡与今韵异者,古本音也。其与古本音有龃龉不合者,古合韵也。"段氏在《答江晋三论韵》中指出:"合韵之说,浅人以今与古不合而名之,仆则以古与古不合而名之。"① 江有诰《古韵凡例》云:"《诗经》用正韵者十之九,用通韵者百中之五六,用合韵者百中之一二。……知其合乃愈知其分,即其合用之故,而因以知古部之次第,并可知唐韵误合之由。"② 王力先生评价云:"江氏此论,最为通达。所谓最近之部为通韵,实际上是元音相近。所谓隔一部为合韵,实际上是元音稍远。所谓'知其合乃愈知其分',和段氏所谓'谓

①江有诰:《音学十书》,中华书局1993年7月第1版,第4页。

②江有诰:《江氏音学十书》,《续修四库全书》经部第248册,上海古籍出版社1996年版,第12页。

之合而其分愈明，有权而经乃不废’之说若合符节，这是颠扑不破的真理。”[①]

需要指出的是，江有诰在理论上虽主张以通韵、合韵“知古韵之次第”，但在实际操作中却颠倒了过来。诚如王力先生在《清代古音学》中指出的那样：“江氏凭韵部次第来决定通韵、合韵，是不十分合理的。”[②]江有诰依据他所定的韵部次序来说通韵、合韵，显然是因果倒置了。正是因为有通韵、合韵的情况，才显示出这些韵部之间的远近关系。因此，江有诰应该践行其理论，根据异部相押的事实和相关韵部的排序情况，来确定通韵、合韵和借韵，并以此来证明其韵部理论的合理性。

（二）韵字的注音与“叶音”考辨

江有诰《楚辞韵读》于入韵字与今音不同者，仿陈第《屈宋古音义》以古音注之，且多用直音，若无适当的直音字，则注以反切。《楚辞韵读古音释》将各篇的韵字拈出集中按其古韵部分类并注音，有多个读音的一并列在同一韵字下。据统计，江有诰在《楚辞韵读》中有明确注音或是标明声调的韵字一共有351个（包括同一韵字重复出现的情况）。

江有诰对韵脚字的注音主要有四种方法：一是直音法，即用同音同调字注音，所用术语为“音×”。例如《九章·抽思》之“汉北”，江氏在“北”字后注云：“音逼。”《楚辞韵读》总计有117个韵字用直音注音，占总数的33%。二是反切法，所用术语为“××反”。例如江有诰在《离骚》“贯薜荔之落蕊”之“蕊”字后注曰：“如果反。”《楚辞韵读》中共有73个韵字用反切注音，占总数的21%。三是仅标明声调，即“（平、上、去、入）声”，例如江有诰在《九歌·少司命》“秋兰兮蘼芜”

①王力：《清代古音学》，中华书局1992年8月第1版，第213页。
②王力：《清代古音学》，中华书局1992年8月第1版，第215页。

之“芜”字后云：“上声。”《楚辞韵读》中此种情况共有83个韵字，占总数的24%。四是比拟法，即先用直音字，而后标明声调。例如江有诰在《离骚》“吾将上下而求索”之“索”字后曰：“素入声。”《楚辞韵读》中共有43个韵字用此法注音，占总数的12%。

此外，江有诰《楚辞韵读》中还有35个韵字用叶音注音，占总数的10%。传统意义上的叶音是指对韵脚字改读他音而后押韵。江有诰在《古韵凡例》中云：“明陈季立始知叶音即古本音，诚为笃论。”[①] 可见江有诰赞同陈第的观点，认为押韵当以古音为韵，并借鉴了陈第的研究成果。通过比较可以看出，江有诰所注的“叶音”和陈第所注的直音，绝大多数是相同的。由此可知，江有诰注这些字的叶音即是他心目中的古音，并不是传统意义上的以“叶音”改古音。正如黄灵庚先生所说：“是书于入韵字或有与今音异者，则悉以古音注之，而非‘叶音’而改也。”[②] 江有诰《古韵凡例》云：

> 顾氏谓古人一字止有一音（四声互用，不在此例），嘉定钱氏讥其固滞。然两汉魏晋固有一字数音者，若三代之文则无此也。至通韵、合韵，则不得不迁就其音，故以叶别之，然亦不过百中一二而已，其古音与今音同者，虽隔部亦不注，以免文繁。[③]

江有诰指出三代之文有一字多音的现象，在通韵、合韵处为“迁就”韵字的多音问题，只好加注叶音。不注叶音的韵字就是他认为古今相同的音，而注叶的韵字是他认为古今不同的音。江有诰在《群经韵读·凡

①江有诰：《江氏音学十书》，《续修四库全书》经部第248册，上海古籍出版社1996年版，第9页。

②潘啸龙、毛庆：《楚辞著作提要》，湖北教育出版社2003年5月第1版，第222页。

③江有诰：《江氏音学十书》，《续修四库全书》经部第248册，上海古籍出版社1996年版，第11页。

例》中云："有字从今音可谐而古则非正音。如'裘'字，今音求，古音其，既以其音为正，则读求者仍须从叶。'明'字古音芒，今音鸣，既以芒音为正，则读鸣者仍须从叶。"[①]《九章·惜诵》"恐情质之不信兮，故重著以自明。矫兹媚以私处兮，愿曾思而远身"，江有诰注："明，叶音鸣。真阳合韵。"明，古音芒，属阳部，"身"属真部，故曰真阳合韵。可见，江有诰所注的叶音是其经过考证，在多音中确定的古音。

当然，从当今学界的观点来看，江有诰考证出来的结果或许有些不合古音之处，而这毕竟还是少数，不能因此而抹杀其古音学的贡献和成就。正如江永《古韵标准》所云："唐人叶韵之叶字亦本无病，病在不言叶音是本音，使后人疑诗中又自有叶音耳。叶韵，六朝人谓之协句，颜师古注《汉书》谓之合韵，叶即协也，合也，犹俗语言押韵，故叶字本无病。"[②]因此，我们不能看到江有诰书中用了"叶"字就不分情况地加以否定和批判，而应当进一步分析鉴别。通过考察江有诰的叶音，不仅有助于客观准确评价江氏的音学成就，而且有助于更加深入地认识及重新审视叶音说。最后，不妨引用王力先生的一段总结性评价作结："江氏是区区一个贡生，他在古韵学上的成就超越前辈。他得力于等韵之学。段、孔只懂得考古，不懂得审音。戴氏自夸他能审音，而他的等韵学并不高明。江有诰审音之精，还胜过江永一筹。江有诰考古之功又不让于段、孔，所以我们说，江有诰是清代古音学的巨星。"[③]

---

①江有诰：《音学十书》，中华书局1993年7月第1版，第93页。
②江永：《古韵标准》，中华书局1982年12月第1版，第5页。
③王力：《清代古音学》，中华书局1992年8月第1版，第108页。

第六章　地域文化视野下的清代楚辞学

“楚辞”之所以称“楚”，最重要的原因即在于它受到南国山水和观念的濡染，体现出鲜明的楚地域文化之特质，在声韵情调、精神风貌及审美取向等方面，具有与中原文化迥然不同的浓郁的南方文化特征。游国恩先生说：“楚国的地理在我国有特殊的地位：他有九嶷衡岳的高山，有江汉沅湘的长流，有方九百里的云梦泽，有坼吴楚、浮乾坤的洞庭湖；森林鱼鳖，崖谷汀洲，鹤唳猿啼，水流花放，无一非绝好的文学资料。”[①] 杨义先生在《楚辞诗学》中指出：“长江文明与荆楚艺术，是楚辞的母体”；“楚辞，尤其是作为其主体的屈原赋那种奇诡雄丽的思维方式，那种多姿多彩的形式创制，那种兼融多元文化智慧的艺术意蕴，那种原始与文明对话的审美风貌，都与长江文明的母体遗传有着深刻的联系。”[②]

第一节　清代楚辞学的地域分布

明清时代，随着区域经济的普遍开发，交通传播的发达深广，多元

①游国恩：《游国恩楚辞论著集》第三卷，中华书局2008年4月第1版，第36页。

②杨义：《楚辞诗学》，人民出版社1998年10月第1版，第15页。

的地域文化传统，包括人文学术的地域性特征日益凸显。蒋寅先生指出，“文学史发展到明清时代，一个最大特征就是地域性特别显豁起来，对地域文学传统的意识也清晰地凸显出来。”① “清代的文坛基本是以星罗棋布的地域文学集团为单位构成的”，比如桐城派古文、常州派骈文、吴江派戏曲、浙西词派和虞山诗派等。② 与此相应，清代的学术派别亦大多以地域冠名，如皖派、吴派、浙东学派、扬州学派、常州学派等。这些地域性流派显示了地域对文学及学术发展的作用。与楚辞在传统目录学的独特位置相应，楚辞学在传统学术中的地位亦比较特殊。与上述大多是经史学派不同，楚辞学是具有自身特定的作品范围、研习传统和研究格局的专门之学，主要以个体研究为主，兼及小范围内的群体批评，因此很难形成地域性派别。然而，楚辞学与地域学术文化有着密切的联系，尤其是清代楚辞学的地域性特征至为凸显。

笔者在第一章中就调查考证所知的清代楚辞学著作进行考录，现存清代楚辞学著作有 124 种，已佚的清代楚辞学著作有 130 余种。笔者根据各省、府、县（州）的地方志，以及楚辞书目类著作如饶宗颐《楚辞书录》、姜亮夫《楚辞书目五种》、崔富章《楚辞书目五种续编》、潘啸龙、毛庆《楚辞著作提要》、崔富章《楚辞书录解题》、周建忠《五百种楚辞著作提要》、黄灵庚《楚辞文献丛考》等，对现存有楚辞学著作的清代楚辞学者的籍贯分布进行分省汇总，并把到目前为止搜集到的各个地方志中记载的曾有楚辞著作（已佚或未见）传世的楚辞学者归入所在省区、府州，并汇总人数及所占百分比，列表如下：

①蒋寅：《清代文学论稿》，凤凰出版社 2009 年 6 月第 1 版，第 60 页。

②蒋寅：《清代诗学与地域文学传统的建构》，《中国社会科学》2003 年 05 期，第 167 页。

清代楚辞学者占籍政区分布表

所在省区	所在府州	现存有楚辞著作的楚辞学者	已佚或未见楚辞著作的楚辞学者	人数及百分比
江苏	江宁府	陈玚、端木埰、尚兆山、梅冲、黄之纪、张道绪	梅曾亮、汤伟、张正纲、陈殿夔、端木瑚、徐鼒、贺鸣谐	70人 24.7%
	扬州府	陈本礼、王念孙、徐天璋	罗咏、顾凤毛、桂达生	
	常州府	王邦采、蒋骥、徐焕龙、徐瑶、胡文英、丁履恒、蒋曰豫	沙张白、蒋金式、任晟、邵煊、李蓁、蒋炎光、杨甲先、陈朝熙、吴金书、刘辰锡、高元标	
	镇江府	贺宽、高秋月、曹同春、颜锡名、陈培寿	刘始兴、陈银(女)	
	苏州府	朱冀、朱骏声、张德纯、任兆麟	任大任、陈必诚、章梦昜、汤濩	
	松江府	顾大申、顾成天、姚培谦、刘维谦、丁繁滋、毛祥麟	闵如璧、于鬯、王金持	
	淮安府	丁晏	王之桢、邱闻衣	
	通　州		袁邦鼎、姜任修	

续表

所在省区	所在府州	现存有楚辞著作的楚辞学者	已佚或未见楚辞著作的楚辞学者	人数及百分比
江苏	太仓州	张诗、王箴、陆增祥	何忠相	
安徽	徽州府	戴震、方人杰、江有诰	洪舫、胡珊、潘宗硕、吴大先、王棠、董昌玙、胡匡衷、江嗣珏	25人 10%
	安庆府	钱澄之、方苞、方绩、鲁笔、马其昶	姚景衡、邓艺孙、马徵麐、王席丰	
	庐州府		任自举、许齐卓、会鳌	
	池州府	吴世尚		
	太平府	萧云从		
山东	济南府	张象津	艾元征、任尚德	23人 9.2%
	兖州府	邱仰文、黄恩彤、马邦举	赵诚品、董淑昌	
	登州府	林仲懿、牟庭	王善宝	
	莱州府		薛世道、黄德静、王克掞	
	泰安府		张坦、张鼎文	
	曹州府		时庸劢	
	青州府	田砚池	辛时震、王筠	

续表

所在省区	所在府州	现存有楚辞著作的楚辞学者	已佚或未见楚辞著作的楚辞学者	人数及百分比
山东	胶　州		杨方柽	
	济宁州		张荣泰、张焴	
浙江	杭州府	方椠如、高钟、赵一清、董国英	龚丽正	22人 8.8%
	嘉兴府	周拱辰、祝德麟、姚应龙	查慎行、张翊清、朱乾、杨万清	
	温州府	孙诒让		
	衢州府	夏大霖		
	湖州府	沈无咎、俞樾	张鉴	
	宁波府		陈良佐、郑兆龙	
	绍兴府	毛奇龄、韩泰青		
	金华府		朱日知	
湖南	长沙府	彭申甫、毕大琛、李寿蓉、王闿运、曹耀湘	萧大丰、刘世澍、唐文华、李文炤、廖志灏、欧阳始亨、谢宝鏐	21人 8.4%
	衡州府	王夫之、丁元正	唐传谷	
	郴州		郭启悊	
	宝庆府		杨可震、邓显鹤、周思仁	
	辰州府		张嘉韶	
	岳州府		唐允是	

续表

所在省区	所在府州	现存有楚辞著作的楚辞学者	已佚或未见楚辞著作的楚辞学者	人数及百分比
福建	福州府	林云铭、龚景瀚、陈九龄	林豫吉、陈勤宣	17人 6.8%
	邵武府	江中时	李大儒、何长聚	
	漳州府	许清奇	陈祖虞	
	泉州府	李光地、李光坡、李光墺、李光型	陈洪书、詹人士	
	兴化府		郑泰枢	
江西	南昌府	胡濬源、熊镜心、夏献云	邹谦吉	14人 5.6%
	吉安府	李陈玉、贺贻孙		
	抚州府		何辉亡、罗以靖	
	瑞州府	陈远新		
	袁州府	林有席、辛绍业		
	饶州府		胡翘元、叶瑶生	
	宁都州	陈大文		
湖北	黄州府	奚禄诒、刘梦鹏	徐子芳	12人 4.8%
	武昌府		熊仕征、杨懋官、胡兴遐	
	汉阳府	杨金声	王希质	
	安陆府	王萌	向大观、何惺、胡瑶华（女）	
广东	广州府	梁夔谱、郑武	罗国器、邓允恭、曾昆泉	10人 4%

续表

所在省区	所在府州	现存有楚辞著作的楚辞学者	已佚或未见楚辞著作的楚辞学者	人数及百分比
广东	惠州府		廖贞	
	高州府	吴懋清		
	肇庆府	谢叶辰		
	雷州府	陈昌齐、邓启南		
直隶	顺天府	刘献廷	朱璘、查景绥、张毓棠	9人 3.6%
	广平府	武延绪		
	保定府	王树枏		
	河间府	庞垲		
	正定府		高毓麒	
	天津府		刘鹤鸣	
四川	资州	廖平	王廖	5人 2%
	重庆府		高继光	
	叙州府	刘光第		
	嘉定府		李拔	
贵州	遵义府	郑知同		4人 1.6%
	贵阳府		黄国瑾	
	黎平府		张应诏	
	大定府		冯云祥	

续表

所在省区	所在府州	现存有楚辞著作的楚辞学者	已佚或未见楚辞著作的楚辞学者	人数及百分比
广西	桂林府	谢济世	卿彬	3人 1.2%
	思恩府		张鹏展	
陕西	同州府	屈复、强望泰	刘玉珂	3人 1.2%
河南	陈州府		张华	2人 0.8%
	卫辉府	贺际运		
地域无考		佚名		8人 3.2%
总计		119人	129人	248人

说明：本表的统计数据中，“人数及百分比”指该省区的楚辞学者人数以及与整个清代楚辞学者人数的比例。

从表中所列在各大省区的分布来看，共计248位清代楚辞学者来自15个省。其人数由多到少依次为：江苏、安徽、山东、浙江、湖南、福建、江西、湖北、广东、直隶、四川、贵州、广西、陕西、河南。分布密度呈现出由东南向西北递减的趋势。刘树胜先生分析其原因主要有四个方面：得风气之先的文化中心的影响、作为强势后盾的经济实力的影响、得天独厚的地方文脉的影响、文化传媒和藏书刻书风气的影响。[①]清代楚辞学者占籍前两位的分别是江苏、安徽，两省共计95人，占全国总数的近四成（38.3%）。这一统计结果，与清代学术的地域分布正相吻合。两省之中，仅江宁府、常州府、徽州府、安庆府，这四府产生的楚辞学者人数就多达51人，占总数的五分之一以上（20.5%）。江苏一省所产生的楚辞学者占总数的28.2%，全国各府州中以江苏常州府为最。即使是同一省份内部，发展状况也不是平均分配的。就前两位的江苏、安徽两省省内来说，也存在着较大的差异。江苏省出产的清代楚辞学者有70人，其中数量居于前两位的是常州府18人，江宁府13人；数量居于后两位的是淮安府3人，通州2人。安徽省出产的清代楚辞学者有25人，其中数量居于前两位的是徽州府11人，安庆府9人，而池州府、太平府均只有1人。

为了直观呈现清代楚辞学的地域分布，根据各省楚辞学者数量和著述数量，以图1《清代楚辞学地域分布图》特为标识。

从地理分布的角度来研究学术的发展演变，肇始于梁启超所撰《近代学风之地理的分布》一文。梁启超指出："大江下游南北岸及夹浙水之东西，实近代人文渊薮"，"浙江与江南——江苏、安徽同为近代

①刘树胜：《由古代楚辞研究著述者的籍里看楚辞研究的失衡》，《职大学报》2013年第6期，第9–18页。

文化中心点”。[①] 清代楚辞学的地域分布是与清代学术发展的地理分布相一致，聚集在一个整体性的文化区域，称之为“江南文化圈”。

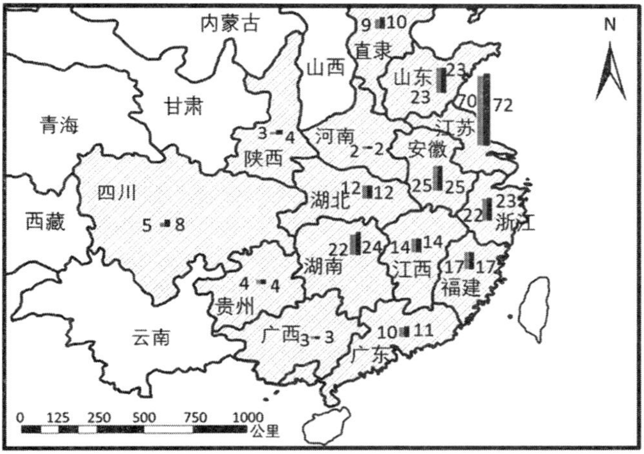

图例　有楚辞学者及著述的省份

其他省份

学者及著述分布柱状图，其中 为学者数量， 为著述数量

图 1　清代楚辞学地域分布图

一些出身故楚之地，或者流寓长江流域的楚辞学者，大多是受到屈原精神及楚地域文化的感发开始研究《楚辞》的。东汉王逸即是因“与屈原同土共国，悼伤之情与凡有异”，而创作《九思》并注《楚辞》。明代李陈玉虽是江西人，然“江与楚介”，和屈原有着相似的地域文化之背景，而其笺注《楚辞》，正是受此感发而为之。李陈玉《楚辞笺注》之钱继章《跋》云：“江与楚介，春秋时隶吴，吴亡遂折入于楚，今称兄

①梁启超：《近代学风之地理的分布》，《清华学报》1924 年第 1 期，第 2 页。

弟之国。士大夫率刻厉名节,持论高亢。而楚则锋距尤甚焉,其风土激壮,有固然者。……先生北望陵阙,流涕汍澜,屈平之《涉江》而《哀郢》也。既而遁迹空山,寒林吊影,乱峰几簇,哀猿四号,抱膝拥书,灯昏漏断,屈平之《抽思》而《惜诵》也。先生之志,非犹屈平之志乎?"[①]又如,奚禄诒是湖北黄州府黄冈县人,著有《楚辞详解》五卷。梁机《〈楚辞详解〉序》云:"黄冈苏岭奚先生,讳禄诒,三闾之乡人也。感先贤之忠正,讽诵其文章,取《骚》而注之,所见固有在矣。"[②]可见,一部分明清楚辞学者确实是基于后世楚人的乡关情怀和地方文脉潜移默化的影响而研究《楚辞》的。

再如,屈复(1668–1745)自称是屈子之后裔,他在《楚辞新注·自序》中说到:"夫吾家自汉迁关中,至今已忘乎为楚人矣"。[③]屈复在《自序》中阐述了他注《楚辞》的两点原因:其一,"余幼好《楚辞》,多不解。稍长,读诸家所注,愈不解。然往往一吟其可解者,则回风雨雪,身置湘沅"。[④]其二,借注《楚辞》来表达对故国的怀念。"甲戌春,由梁晋燕赵登泰山,观沧海,谒夫子庙庭,得睹车服礼器,窃叹世吾斯世,而道斯吾道也。既游吴越,访古金陵,俯仰延伫,而不能去。遥望荆郢,郁葱之气,涌耀夕阳乱流间,若咫尺可到。此非吾二千年之故国耶?将扬帆破浪,问'江介之遗风',与所谓'两东门'者,不果。而美人芳

---

①李陈玉:《楚辞笺注》,《续修四库全书》集部第1302册,上海古籍出版社2002年4月第1版,第5页。

②奚禄诒:《楚辞详解》,清乾隆九年(1744)知津堂刻本。

③屈复:《楚辞新注》,《续修四库全书》集部第1302册,上海古籍出版社2002年4月第1版,第301页。

④屈复:《楚辞新注》,《续修四库全书》集部第1302册,上海古籍出版社2002年4月第1版,第301页。

草，益渺渺兴怀，乃集《楚辞新注》。”[①] 谢济世(1689–1756)，广西桂林府全州人，康熙五十一年(1712)壬辰进士。晚年“旋因乞养，外转湖南，又得溯汨罗之江，弔灵均之墓。自此方舟督运，冬去夏归，每泊湘阴，辄酹酒朗读竟夕。光阴殂谢，三载于兹，觉一篇十四章，血脉流贯，爿片分明，语诞而情真，辞复而义别，无不可解也”[②]，故而作《离骚解》。

地缘关系与亲缘关系是地域人文学术形成的重要链条，而这两种关系又是相互涵摄的。陈寅恪先生指出：“东汉以后学术文化，其重心不在政治中心之首都，而分散于各地之名都大邑。是以地方大族盛门乃为学术文化之所寄托。……汉族之学术文化变为地方化及家门化矣。故论学术，只有家学之可言，而学术文化与大族盛门常不可分离也。”[③] 诚如斯言，同一地域的世家大族往往成为一方学术、学派之滥觞，家族、家学与学术、学派相辅相成，密切交融。例如清代桐城世家大族以师友、姻亲关系链接起深密的关系网，相对于其间的文人学者来说，又因地域风气相互激发形成家族链、师承链。以清代桐城楚辞学者举例来说，作为家学之一的楚辞学，父子传承如姚鼐与姚景衡、方绩与方东树、梅冲与梅曾亮，祖孙传承如马其昶与马茂元等。师承链如姚鼐师从桐城方绩的祖父方泽，方绩受业于姚鼐，而姚鼐长子姚景衡又师从方绩，姚鼐之孙又受业于方绩之子方东树，授受渊源，延及数世。可见，家族和师承是桐城楚辞学乃至桐城派学术传承的重要脉络。

①屈复：《楚辞新注》，《续修四库全书》集部第1302册，上海古籍出版社2002年4月第1版，第301页。

②谢济世：《离骚解》，《楚辞文献丛刊》第56册，国家图书馆出版社2014年7月第1版，第304页。

③陈寅恪：《金明馆丛稿初编》，三联书店2001年6月第1版，第148页。

可见桐城一地的楚辞研究因地域之机缘、家族之纽带、师承之熏染而相互推引，形成了文学经典研读与地域文化传统相资相生的范例。

第二节 桐城与桐城派的楚辞学

作为故楚之地的安徽，襟江带淮，是我国最早的文化发达地域之一。桐城地处皖中偏西南，长江北岸。方东树曾说："桐城于地势尤当其秀，毓山川之灵独多，人文最盛。"[①] 桐城自古有"七省通衢"之称，接江趋淮，河埠陆驿，车水马龙。明王朝开国建都金陵，后虽迁都北京，然而金陵仍保留都制，桐城地属京畿上游临近地带，加之交通便易，赴京求学、应试、游仕之人甚众。

钟灵毓秀，桐城素有尚文重教之风，自古即为皖地的文化重镇、人文渊薮。明嘉靖后，政治日趋腐朽，激起士人讲学之风。方学渐开桐川馆，人数众多，影响益大。明季，桐城一隅，讲学之风正盛，结社之风又骤然兴起，钱澄之、方以智等主盟云龙社。由于结社者都是知名之士，有声艺林，影响所及，风靡一时。桐城人文勃然兴起，鸿儒荟萃，文风昌盛，经学文章盛极一时，人文盛况绵历数百年。据记载，在明代桐城就已经有社学二十几所，明末清初县内已是私塾遍布，书香四溢，学风熏染，书院林立。地方官重教兴学，鼎盛时期全县境内有私塾一千七百余所，有书院、学堂近十所，学风浓厚，仕风兴盛，为科举的繁盛奠定基础，同时对桐城的文化教育传统起到了不可忽视的促进作用。据《明清进士题名碑录索引》等文献记载，明清两代桐城考取进士者达二百六十余人，举人六百人，贡生五百余人。

桐城文化的勃兴与世家大族密不可分。明中叶后，科举的繁盛

①方东树：《刘悌堂诗集序》，《仪卫轩文集》卷五，清同治七年（1868）刻本。

催生了张、姚、马、方、左、刘等著姓望族。方氏是明清时期桐城最负盛名的文化世家之一，族裔众多，以仕宦、治学、诗文著称于世。马其昶《桐城耆旧传》曰："桐城之方最著者，曰桂林，曰会宫，曰鲁谼，皆自徽州来迁，然皆各自为族。"[①] 相比之下，桂林方在仕宦、文学等方面的成就均高出其他两支。桂林方自始迁祖德益公宋末徙桐城，自明中叶人材蔚起，产生诸如方学渐、方大镇、方孔炤、方文、方以智、方其义、方中履、方中发、方苞等数十位有名当时的文人学者，或仕宦朝廷，或著述林下，多笃守忠孝节义之家风，秉直为臣，饱学为儒。鲁谼方始迁祖宋末由婺源走猎入桐城，定居于县西北十公里的鲁谼山。传至雍、乾间方泽以文学名于当时，姚鼐尝从受业。自此鲁谼方文学传统之筋脉大开，方泽孙方绩师事刘大櫆、姚鼐，为文高古雄迈，桐城派代表人物方东树、方宗诚都是鲁谼方的佼佼者。通过师承、交游、姻娅等关系，师友、同好之间进行着文章学问的开放性交流。所谓"桐城派"，指的是明末清初兴起的以"古文"写作为主的一个艺术流派，也包括"桐城学派"和"桐城诗派"在内。桐城派正是孕育于文化氛围浓厚的桐城，又恰好与当时的政治、学术、文学发展流变相吻合，从而发展壮大以至名扬天下。不管是桐城派、桐城学派，还是桐城诗派，都在楚辞研究方面作出了贡献。

桐城派对清代楚辞学的发展起到了很大的推动作用，从产生的楚辞学文献即可看出这一点。现存清代桐城楚辞学文献主要有钱澄之《庄屈合诂》不分卷、方苞《离骚正义》一卷、方绩《屈子正音》三卷、马其昶《屈赋微》二卷。此外，姚鼐《古文辞类纂》、梅曾亮《古文词略》、方东树《昭昧詹言》、吴汝纶《古文辞类纂评点》中均有楚辞论述，他们主要是作为古文家兼诗人参与治骚的。此外，梅曾亮的父亲梅冲亦是姚鼐弟子，著有《离骚经解》一卷。梅曾亮还著有《离骚解》，惜乎已佚。

①马其昶：《桐城耆旧传》，黄山书社 1990 年 2 月第 1 版，第 396 页。

姚景衡是姚鼐长子，师事方绩，著有《楚辞蒙拾》，亦已佚。可见，桐城派中的重要人物几乎都有相关的楚辞学著作或是相关论述，如上所列之钱澄之是桐城派先驱，方苞、姚鼐是“桐城三祖”之二；梅曾亮作为“姚门四杰”之一，是继姚鼐之后桐城派的领袖；方东树是方绩之子，是继“三祖”之后桐城派的重要代表人物；吴汝纶作为“曾门四弟子”之一，是桐城派晚期的古文大家；马其昶又是吴汝纶、张裕钊等桐城派大家的弟子，被称为“桐城派殿军”。本节主要研究桐城派各家的楚辞研究。

一、男女君臣之喻：方苞的《离骚》论

方苞（1668–1749），字凤九，又字灵皋，号望溪。安庆府桐城县人。康熙四十五年丙戌进士。《离骚正义》之体例不同于其它注本，非笺亦非注，绝少论评前人之说，而以发挥义理、阐明辞旨为主。虽绝少征引前人训解，但又能熔铸前贤之疏与注，阐明精义要旨。方苞《离骚正义》中有多处阐释明显借鉴钱澄之的《离骚》论说。如对于《离骚》中最后一次游历，其行程始终指向西方的原因，方苞在“朝发轫于天津兮”以下十六句后注云：

> 曰昆仑、曰西极、曰流沙、曰赤水、曰西皇、曰不周、曰西海，皆以西为言，何也？原既反覆审处，知浊世不可以终变，旧乡不可以久留，而决意远逝以自疏，盖日暮途穷，将“从彭咸之所居”矣。日薄西山，万物归暝，故托言出游于此。《九章》“指嶓冢之西隈”、“与纁黄而为期”亦此意也。①

钱澄之在“邅吾道夫昆仑兮”四句后诂曰：“昆仑在西，西为日没

①方苞：《离骚正义》，《楚辞文献丛刊》第53册，国家图书馆出版社2014年7月第1版，第49–50页。

之方，由昆仑以益西，所谓日暮穷途也。”又，钱氏在《屈诂·离骚总诂》中云：“今兹之游，指西海以为期，西为万物归宿之地，原生平万念于此尽矣。此所以为远逝，所以为自疏之术。迨复临睨乎故乡，仆悲马怀，则仍不能疏也，终之以‘从彭咸之所居’。骨化形消，此志不泯，原之谓矣。”[①]通过比较可以看到，不仅方苞的诠释理路与钱澄之如出一辙，其用语亦是明显借鉴钱氏之诂。

方苞《鹰青山人诗序》云：“苞童时，侍先君子与钱饮光、杜于皇诸先生，以诗相唱和，慕其铿锵，欲窃效焉。”[②]方苞所撰《田间先生墓表》记叙了钱澄之青年时曾在大庭广众之下指斥阉党余孽，在神采飞扬的描述中钦慕之情溢于言表。方苞曾亲聆钱澄之的教诲，《田间先生墓表》载：

> 苞未冠，先君子携持应试于皖，反过枞阳，宿家仆草舍中。晨光始通，先生扶杖叩门而入，先君子惊问。曰：“闻君二子皆吾辈人，欲一观所祈向，恐交臂而失之耳！”先君子呼余出拜，先生答拜，先君子跪而相支柱，为不宁者久之。因从先生过陈山人观颐，信宿其石岩。自是先生游吴、越，必维舟江干，招余兄弟晤语，连夕乃去……先君子闲居，每好言诸前辈志节之盛以示苞兄弟。然所及见，惟先生及黄冈二杜公耳。杜公流寓金陵，朝夕至吾家。自为儿童捧盘盂以侍漱涤，即教以屏俗学，专治经书古文，与先生所勖不约而同。[③]

钱澄之劝勉方苞摒弃俗学八股，专治经学古文。作为桐城遗老，这样

①钱澄之：《庄屈合诂》，黄山书社 1998 年 8 月第 1 版，第 186–187 页。

②方苞：《方苞集》卷四，上海古籍出版社 1983 年 5 月第 1 版，上册第 102 页。按：钱澄之，字饮光。杜于皇，即明遗民诗人杜濬（1611–1687）。

③方苞：《方苞集》卷十二，上海古籍出版社 1983 年 5 月第 1 版，上册第 336–337 页。按：“黄冈二杜公”指明遗民诗人杜濬、杜岕兄弟。

关心后辈的成长，亲身对其进行有益的教育，对后辈的影响无疑是深远的。马其昶《桐城耆旧传》云："望溪少时承其（按：指钱澄之）绪论，后遂蔚为儒宗。"[1]由此亦可看出地域因素对于学者治学的深远影响。

方苞《离骚正义》中仅有一处直接征引，即在《离骚》首节之后云："清溪李氏曰：不近称熊绎而远溯高阳，大夫不得祖诸侯之义。"[2]此"清溪李氏"即是与方苞同为康熙名臣的李光地（1642–1718），康熙九年（1670）进士，由庶吉士授翰林院编修，历任直隶巡抚、吏部尚书等，官至文渊阁大学士。康熙五十年（1711）方苞因戴名世《南山集》案发被牵连入狱，后因李光地力救被赦免死罪。李光地著有《离骚经注》一卷附《九歌注》一卷，问世于康熙五十八年（1719），早于方苞《离骚正义》二十七年。《离骚正义》中有多处阐释明显受到李光地《离骚经注》之影响。因二人均重在阐发屈骚的君臣伦理大旨，所以在一些具体问题的看法上多有相合。

《离骚》的"男女君臣之喻"，发轫于王逸《楚辞章句》"灵修美人，以譬于君；宓妃佚女，以譬贤臣"，朱熹《楚辞集注》进一步指出"寓情草木，托意男女"，其《楚辞辩证》又云："《离骚》以灵修、美人目君，盖托为男女之辞而寓意于君，非以是直指而名之也。"[3]陆时雍《楚辞疏·自序》云："或问乎《离骚》曷离尔？曰：义取诸夫妇也。曷君臣而夫妇之？屈原深被宠眷，诸臣莫与比肩，上官大夫、靳尚之徒，心害其

①马其昶：《桐城耆旧传》卷七，黄山书社 1990 年 2 月第 1 版，第 228 页。

②方苞：《离骚正义》，《楚辞文献丛刊》第 53 册，国家图书馆出版社 2014 年 7 月第 1 版，第 3 页。

③朱熹：《楚辞集注》，上海古籍出版社 2001 年 12 月第 1 版，第 172 页。

能，而谗间构之，王懵不寤，赐之远去，其离穷矣。”① 陆时雍把屈原与楚王的关系比作夫妇，虽非首创，然指出原本“深被宠眷”的屈原，其“离”而无法遇合主要是“王懵不寤”所导致的，进一步指出了夫妇君臣之比所蕴含的政治意义，使“男女君臣之喻”更趋明朗和现实化。钱澄之《屈诂》云：“臣之于君，犹女之于夫。故《坤》曰：地道也，臣道也，妻道也。”② 方苞又在钱澄之的基础上有所申发，如其在“朝吾将济于白水兮，登阆风而绁马。忽反顾以流涕兮，哀高丘之无女”四句后注云：

> 古人以男女喻君臣，盖地道也，妻道也，臣道也。以佐阳而成终一也，有男而无女则家不成，有君而无臣则国不立。故原以众女喻谗邪，以蛾眉自喻，盖此义也。高邱，楚山名。济白水，登阆风，喻将远逝以自疏也。高邱无女，喻楚国之无臣也，意谓群邪塞路，我复远逝，则楚国为无臣矣，故忽反顾而为之流涕也。③

方苞着眼于宗法制度下家国组织结构的一致性，从我国古代社会特有的伦理结构入手，指出男女、君臣是维系家国的基本社会关系。历代楚辞学者对《离骚》“求女”喻意的论说多有分歧，或云求贤臣，如王逸、洪兴祖、王夫之、李光地；或谓求贤君，如朱熹、汪瑗、李陈玉、蒋骥；或曰求贤妃，如赵南星、钱澄之、陈本礼；或云求通君侧之人，如梅冲、梅曾亮、胡文英。方苞认为求女喻求臣，李光地指出叩帝求女是为了悟君求贤。二人对于“求女”具体喻意的看法虽不尽相同，然而，其实质和诠释之内在理路则是基本一致的，均是承王逸“求臣”之说，由分析

①陆时雍：《楚辞疏》，《续修四库全书》集部第1301册，上海古籍出版社2002年4月第1版，第358页。

②钱澄之：《庄屈合诂》，黄山书社1998年8月第1版，第145页。

③方苞：《离骚正义》，《楚辞文献丛刊》第53册，国家图书馆出版社2014年7月第1版，第29–30页。

此段诗文中相关意象的内在喻意，进而阐释其求臣、求贤之旨意。为明晰体现并比较二人的论说，现列表如下：

	王逸《楚辞章句》	李光地《离骚经注》	方苞《离骚正义》
悬圃	"神山，在昆仑之上"	"喻王居"	"喻君所"
灵琐	"灵以喻君"，锁为"楚王之省阁"（王逸）	"王居所以启闭"	"喻君所"
高丘无女	"女以喻臣"；"无女，喻无与己同心也"	"哀伤楚国上位之无人"	"喻楚国之无臣"
下女	"喻贤人之在下者"	"贤人之在下者"	"喻亲臣重臣，能为己解于君者"
宓妃	"神女，以喻隐士"；"求隐士清洁若宓妃者"	"行与时乖，泉石自嬉，傲世自逸，不知君臣之礼"的"在下之士"	"喻上官靳尚辈"、喻"怙其势宠"之臣
有娀之佚女	"佚，美也"；"以喻贞贤"	"来自他邦"之"游士"	"喻王之亲暱未在位而为王所信，或故旧之臣已去位而为王所重者"
有虞之二姚	少康之"二妃"	"寓意于嗣君，欲及其未继而为之求贤以导辅"	嗣君"如少康未有家室之时，庶或留有虞之二姚"

从上表来看，方苞或直承李光地之说，或引申其说。细分析，二人论说的内在理路亦颇相似。例如李光地认为："佚女，喻游士也。游士来自他邦，楚系高阳，与高辛别氏，故佚女以有娀言之。……惟有凤皇好德，可以为媒，然恐受他邦之托。而女非高阳氏有矣，于是浮游顾望，欲及少康之未室，为之定有虞之二姚，盖寓意于嗣君，欲及其未继而为之求贤以导辅，庶几异日如少康之赫然中兴，不失旧物也。"[①] 而方苞的

①李光地：《离骚经注》，《四库全书存目丛书》集部第二册，齐鲁书社 1997 年 7 月第 1 版，第 249 页。

看法是：

> 高辛喻君也，凤皇喻贤士也，意谓欲喻自适而不可不独守身之义宜然，且安知不有抢潜德而未见者。佚女既受而为之诒，先我而达于高辛，我虽枉己以求，亦未必其有合。盖申明自适不可之义，又起下有待于后，不得已之极思也。①
>
> 少康，喻君之嗣子也。帝阍既不可叩，左右莫肯为言，欲远逝以自疏，而又无可托足，故欲浮遊逍遥，以有待于嗣君，嗣君未与邪佞相合，或尚能亲忠直，如少康未有室家之时，庶或留有虞之二姚也。②

李光地、方苞二人对于佚女之具体喻指虽有不同，但对于“凤凰既受诒兮，恐高辛之先我”，均解释为因无得力之引荐，而恐为他国君王所求募而去，又因此推出“及少康之未家”而“留有虞之二姚”是寓意有待于嗣君的结论。后之龚景瀚《离骚笺》亦循二人之阐释而以少康为君嗣之喻。对此，正如游国恩先生所驳斥：“以少康为指顷襄者，则但以《史记》本传有关记事比附之，而全然不顾本篇之意义及文例，此类曲说皆似是而非，最易惑人，读者所宜详察。”③李光地、方苞对于“求女”中各女喻义之探讨均有求之过深的倾向。对此，马茂元先生曾指出：“至于哪一类的女性是影射哪一种人，则文学作品里的艺术形象不同于哲学社会科学的逻辑思维，是不可能刻舟求剑机械地加以分类的。”④

方苞认为“跪敷衽以陈辞兮”以下“虽假托荒忽之辞，而按之各有

①方苞：《离骚正义》，《楚辞文献丛刊》第53册，国家图书馆出版社2014年7月第1版，第34页。

②方苞：《离骚正义》，《楚辞文献丛刊》第53册，国家图书馆出版社2014年7月第1版，第34–35页。

③游国恩：《游国恩楚辞论著集》第一卷，中华书局2008年4月第1版，第336页。

④马茂元：《楚辞选》，人民文学出版社1998年8月第1版，第29页。

喻义”。除上文已引之与求女相关的喻义之外还有："驷虬乘翳"喻己之材美可用也"；"饮马咸池，总辔扶桑，自喻长驾远驭之志也"；"前望舒使先驱"四句"喻众贤以辅治也"；"凤鸟喻贤德"；"总总离合、陆离上下喻邪佞之充塞也"；"结幽兰喻所怀芳洁之道"；"高辛，喻君也，凤凰喻贤士也"等。对此，潘啸龙师指出：《离骚》后半篇中的非现实意象，尤其是神话传说的意象，是在幻化诗境、造成"变形"和提供超越现实的无限抒情空间上，被诗人驱使运用的。王逸以来的不少楚辞注释家，往往对这些意象也妄加穿凿，寻求其某种隐藏的喻意，就未免求之过深了。[①]

方苞在"保厥美以骄傲兮，日康娱以淫游。虽信美而无礼兮，来违弃而改求"后注云："人臣无德而怙其势宠，犹女之无礼而恃其色美也。康娱淫游尚何美之有，曰保厥美，曰信美者，盖以色言之，为怙其势宠之喻也。"方苞认为此章之"美"是"以色言之"，并由此推出宓妃喻怙其势宠之臣。因诗中"于宓妃实指其恶，曰骄傲，曰康淫，而有娀无讥焉。则宓妃以喻上官靳尚辈，而有娀非其伦也。"方氏注意到宓妃与"有娀之佚女"等不同，因诗人"于宓妃实指其恶，曰骄傲，曰康淫"，可见与"有娀之佚女"、"有虞之二姚"等未能找见不同，宓妃是可以觐见的。然而，方苞以宓妃喻"怙其势宠之臣"如"上官靳尚辈"，清末王树枏《离骚注》又以"保厥美"二句指"王之庶子子兰辈"，均不甚妥当。对此，笔者赞同潘啸龙师的观点：求女当指求遇合于君（即"两美其必合兮"之意），多方求女即象征一次又一次地求合于君王的努力。《离骚》前半篇的"男女君臣之喻"，暗示诗人在怀王时期的经历；后半篇的"求女"不遇，则暗示诗人已认清当时的楚国已无明君。正是在这

①参阅潘啸龙：《〈离骚〉的抒情结构及意象表现》，《中国社会科学》1993年第6期，第187–189页。

样屡遭打击、处于理想破灭的境地，诗人也才会生出“去国远逝”的犹豫之情。①

方苞作为古文大家，行文简洁，能做到熔铸前贤之注，阐发屈骚之精义要旨。然而，因其主要出发点是阐发君臣伦理之大旨，故不免有穿凿臆测之处。陈本礼《屈辞精义》把方苞《离骚正义》列入“参引诸家”三十七家之一，其卷一《离骚》部分引方苞《离骚正义》达十二条之多，后世龚景瀚《离骚笺》、梅冲《离骚经解》等颇受其影响。

二、从姚鼐到吴汝纶：归辞赋、重辞章

姚鼐（1731–1815）《古文辞类纂》于乾隆四十四年（1779）纂成，为其主讲扬州梅花书院时应弟子请教古文法而编。此后几十年间姚鼐时加厘定，几经改易，直至晚年于钟山书院定稿，凡十三类约七百篇。其《序目》曰：

> 辞赋类者，风雅之变态也。楚人最工为之，盖非独屈子而已。余尝谓《渔父》及《楚人以弋说襄王》、《宋玉对王问遗行》，皆设辞无事实，皆辞赋类耳。太史公、刘子政不辨，而以事载之，盖非是。辞赋固当有韵，然古人亦有无韵者，以义在托讽，亦谓之赋耳。汉世校书有《辞赋略》，其所刻者甚当。昭明太子《文选》分体碎杂，其立名多可笑者。后之编集者，或不知其陋而仍之。余今编辞赋，一以《汉略》为法。古文不取六朝人，恶其靡也，独辞赋则晋宋人犹有古人韵格存焉。惟齐梁以下，而辞益俳而气益卑，故不录耳。②

①参阅潘啸龙：《论〈离骚〉的“男女君臣之喻”》，《文学遗产》1987年第2期，第31–38页。

② 姚鼐：《古文辞类纂》，中国书店1986年6月第1版，第22页。按：以下所引《古文辞类纂》均出此本，不另注。

姚鼐认为《渔父》、《楚人以弋说襄王》等文中的主客问答均是虚构的，并非实有其事，而司马迁和刘向未能加以分辨，如司马迁将《渔父》视为真实的史实录入《屈原列传》，又将《楚人以弋说襄王》写进了《楚世家》；刘向亦把《渔父》和《宋玉对王问遗行》看作实录编入《新序》一书。姚鼐准确把握住了辞赋体裁特征的两个关键点：一是形式上的主客问答，一是内容上的非事实之假设，这样就将辞赋与历史记载明确区分开来，由此可见姚鼐对辞赋虚构性和文章艺术性的深刻认识。姚鼐生当乾嘉考据之风盛行之时，作为古文家，他不仅提出了"义理""考据""词章"不可偏废之论，其编《古文辞类纂》亦有为词章之学张目之用意。姚鼐有意开拓古文学习与实践的理论视域，颇有深意地特设"辞赋类"，将"古文"扩大至"古文辞"，体现了姚鼐对文章文学性的彰显与强调。

姚鼐《古文辞类纂》"辞赋类"、"哀祭类"共选录辞赋 78 篇，占总数（708 篇，以李承渊刻本为准）的 11%，大大多于之前的古文选本。其编辞赋"一以《汉略》（欣按：即《汉书·艺文志·诗赋略》）为法"，他不赞同《文选》于赋体外别立骚体的做法，而是效仿《汉书·艺文志》录楚辞入赋体。姚鼐《古文辞类纂》"辞赋类"收录屈原《离骚》《九章》《远游》《卜居》《渔父》，宋玉《九辩》《招魂》《风赋》《高唐赋》《神女赋》《登徒子好色赋》《对楚王问》，景差《大招》等，"哀祭类"收录屈原《九歌》、贾谊《吊屈原赋》等。[①]姚鼐对辞赋文体的认定确实有一定的道理，如《文选》录《离骚》于骚体，录班固《幽通赋》和张衡《思玄赋》入赋体，实际上它们都是仿骚之作，与《离骚》体制相同，而其称"赋"的原因正是汉人视骚体为赋的观念使然；班固、刘勰等均视屈骚为辞赋之宗，而

①按：《招魂》、《大招》，道光吴启昌刻本入"哀祭类"。

《文选》却将骚、赋割裂开来。[①]

《古文辞类纂》编纂的主要目的是为传授弟子提供古文门径，而大量选录辞赋，意在指导弟子锻炼文才，成就辞章之美。而在此之前，桐城派始祖方苞受古文“助流政教”道统观念的影响，鄙薄“藻丽俳语”。如其《答申谦居书》云：“盖古文之传，与诗赋异道。魏晋以后，奸佥污邪之人而诗赋为众所称者有矣，以彼瞑瞒于声色之中，而曲得其情状，亦所谓诚而形者也。”[②] 贬责辞赋以“声色”消解了古文的政教功用。其所编《古文约选》所选限于两汉和唐宋八大家的散文，几乎未选辞赋，亦是受其古文观念的影响。这种观念至姚鼐的叔父姚范有所改变，其《援鹑堂笔记》云：“文字自是贵藻丽奇怪，屈宋以来，再变而为相如、子云，皆如此。”[③] 刘大櫆《论文偶记》亦明确指出：“文贵华，华正与朴相表里，以其华美，故可贵重”，又云：“天下之势，日趋于文，而不能自已。上古文字简质。周尚文，而周公、孔子之文最盛。其后传为左氏，为屈原、宋玉，为司马相如，盛极矣。”[④] 高度肯定屈原、宋玉及司马相如辞赋的艺术成就。姚鼐重视选录辞赋，尤其是楚辞，正是继承了姚范、刘大櫆的辞赋观，对方苞的古文观念有所反拨，而这种反拨还体现在其对辞赋“声色”等的重新定位上。姚鼐《古文辞类纂·序目》云：

凡文之体类十三，而所以为文者八：曰神、理、气、味、格、律、声、色。神、理、气、味者，文之精也；格、律、声、色者，文之粗也。然苟舍其粗，则精者亦胡以寓焉？学者之于古人，必始而遇其粗，

①参阅汪祚民《〈古文辞类纂〉重视辞赋选录的理论指归》，《安庆师范学院学报》2006 年第 6 期，第 71 页。

②方苞：《方苞集》卷六，上海古籍出版社 1983 年 5 月第 1 版，第 164 页。

③姚范：《援鹑堂笔记》卷四十四，清道光十五年（1835）刻本。

④刘大櫆：《论文偶记》，人民文学出版社 1959 年 11 月第 1 版，第 9 页。

中而遇其精，终则御其精者而遗其粗者。

又，姚鼐《与石甫侄孙莹》云：“文章之精妙，不出字句声色之间，舍此便无可窥寻矣。”[①] 把音节、字句辞藻看作是由粗至精的古文习作鉴赏的入门途径。姚鼐《序目》中以精粗划分文章八要素，明显是对其师刘大櫆文论思想的进一步阐发。刘大櫆《论文偶记》曰：“行文之道，神为主，气辅之”；“神气者，文之最精处也；音节者，文之稍粗处也；字句者，文之最粗处也。然论文而至于字句，则文之能事尽矣。盖音节者，神气之迹也；字句者，音节之矩也。神气不可见，于音节见之；音节无可准，以字句准之。”[②] 这就是刘大櫆“因声求气”的学文方法，他认为“神气”是文章中所呈现的精神气脉和气势魅力等审美意蕴。“神气”虽是“文之最精处”，是精微、只可意会的，却可以通过具体可感的“音节”、“字句”来领略和炼就，这就展示出了他的古文审美结构的三个层面。姚鼐在刘大櫆的基础上总结出文章八字诀，“神理气味”对应“神气”，“格律声色”对应“音节”、“字句”，在容涵上均有所增加，比之刘大櫆所构建的古文审美结构更加完善了。

近人游国恩先生曾说：“自汉至今，注《楚辞》者不下百余家，然大别可分为四派：一为训诂派，王逸可为代表；一为义理派，朱子、王夫之可为代表；一为考据派，吴仁杰、蒋骥等可为代表；一为音韵派，陈第、江有诰等可为代表。”[③] 卫仲璠先生则指出，除此四派之外，尚有以姚鼐和梅曾亮为代表的“词章派”。[④] 梅曾亮（1786–1856）是继姚鼐之后桐城派的领袖人物，著有《离骚解》，已佚。《古文词略》卷十八“词赋类”

①姚鼐：《姚惜抱尺牍》，上海新文化书社1935年5月第1版，第79页。

②刘大櫆：《论文偶记》，人民文学出版社1959年11月第1版，第3、6页。

③游国恩：《游国恩楚辞论著集》第三卷，中华书局2008年4月第1版，第184页。

④卫仲璠：《离骚集释》，商务印书馆1936年5月第1版，第1页。

收录屈原《离骚》、《九章》（选五）、《卜居》、《渔父》、宋玉《九辩》（前四首）、《风赋》等。卷十七“哀祭类”收录屈原《九歌》（录七首）、宋玉《招魂》。笔者认为除姚鼐、梅曾亮外，曾国藩（1811–1872）和吴汝纶（1840–1903）亦为“词章派”的代表。曾国藩的楚辞论说主要在其所编的《经史百家杂钞》中，“词赋之属”收录屈原《离骚》《九歌》《九章》《卜居》《远游》和宋玉《九辩》等，“哀祭之属”收宋玉《招魂》等。吴汝纶的楚辞论说主要在其《古文辞类纂评点》（包括评点一卷，诸家评识一卷，校勘记二卷）中。

梅曾亮、曾国藩和吴汝纶三家对古文总集的分类编选是有着一脉相承的渊源的，即直承姚鼐的《古文辞类纂》或在其基础上略有改动。如梅曾亮所编《古文词略》，其《凡例》云：“姚姬传先生定《古文辞类纂》，盖古今之佳文尽于是矣。今复约选之，得三百余篇，而增诗歌于终。”① 虽然曾国藩《经史百家杂钞》在选编思路上与《古文辞类纂》一脉不甚相同，骈散兼收，采辑经史诸子较多，然其《序例》云：“姚姬传之纂古文辞，分为十三类，余稍更易为十一类”，“论次微有异同，大体不甚相远”。② 后之梅曾亮《古文词略》录楚辞入“词赋类”，曾国藩《经史百家杂钞》录楚辞入“词赋之属”，均是直承姚鼐的辞赋观。因此，卫仲璠先生以“词章派”标示姚鼐和梅曾亮楚辞论说之特点是有其合理性的。

姚鼐、梅曾亮、曾国藩和吴汝纶四家的楚辞论说亦均是在古文辞的阐释语境中展开的。尤其是四家对《离骚》结构的分析和阐释更明显体现出重视辞章的共同特点。笔者通过考察比较发现，此四家的《离骚》论说有着明显的承继关系。梅曾亮对其父梅冲的《离骚》论多有择采，父子二人均曾受业于姚鼐，吴汝纶是曾国藩的弟子。故笔者以

①梅曾亮：《古文词略》，清同治六年（1867）合肥李氏校刊本。

②曾国藩：《经史百家杂钞》，岳麓书社 1987 年 6 月第 1 版，第 1 页。

姚鼐、梅曾亮、曾国藩、吴汝纶四家对《离骚》章节旨意的阐释为例，呈现四家楚辞论说的因革关系，并借此一窥基于地域因素而产生的楚辞研究的家族、师承的传播路径。如《离骚》首句至“固前圣之所厚”一大段，四家之说如下：

<table>
<tr><th>姚鼐说</th><th>梅曾亮说</th><th>曾国藩说</th><th>吴汝纶说</th></tr>
<tr><td>“帝高阳之苗裔兮”至“哀众芳之芜秽”
以上言以道事君，见疑而不改。</td><td rowspan="3">“帝高阳之苗裔兮”至“固前圣之所厚”
以上言以道事君，谗人之害己，而将滨于死。</td><td>“帝高阳之苗裔兮”至“哀众芳之芜秽”
以上言以道事君，见疑而不改。</td><td>“帝高阳之苗裔兮”至“来吾道夫先路”
言及时自修而致之君。</td></tr>
<tr><td rowspan="2">“众皆竞进以贪婪兮”至“固前圣之所厚”
以上言谗人之害，而将挤于死。</td><td rowspan="2">“众皆竞进以贪婪兮”至“固前圣之所厚”
以上言谗人之害，而将挤于死。</td><td>“昔三后之纯粹兮”至“伤灵修之数化”
以上事君不合。</td></tr>
<tr><td>“余既滋兰之九畹兮”至“固前圣之所厚”
以上见排同列。</td></tr>
</table>

从上表可以看出，姚鼐把这一大段分做两节，梅曾亮合姚鼐之两节为一，曾国藩直承姚鼐之分节及节旨，吴汝纶又分做三节。虽然，四家对于《离骚》章节的划分虽然不尽相同，但各家对于《离骚》节旨的分析则明显有承继关系，甚至有的用语均极为相似(表中以下划线标示)。如《离骚》“悔相道之不察”至“岂予心之可惩”一节，姚鼐曰：“以上言欲退隐，不涉世患而不能也。”吴汝纶云：“以上穷无可入，欲变而不能。”比之姚鼐之语略有变化，而梅曾亮、曾国藩之释与姚鼐之语只字未差。又如“女媭之婵媛兮”至“霑余襟之浪浪”一段，姚鼐、曾国藩和吴汝纶均以“夫何茕独而不予听”以上为女媭之词，“依前圣以节中兮”以下为屈原陈辞重华。惟梅曾亮与三家小异，认为女媭之词止于“独判离而不服”，而属“众不可户说兮”四句为屈子之词，此处当是承

其父之说，梅冲《离骚经解》注此四句云："因姊言而叹众之莫察余情也。"① 梅冲、梅曾亮如此为说，当是认为句中的"余"、"予"是屈原自指。实际上，女媭是代屈原设辞，以站在屈原一边的口气说话。因此，此四句宜仍属女媭之词。

《离骚》中灵氛占卜之辞起讫，多所分歧：姚鼐认为自"勉远逝而无狐疑兮"至"谓申椒其不芳"皆灵氛之词；方苞、梅曾亮、曾国藩、吴汝纶和马其昶均以灵氛之言止于"尔何怀乎故宇"句。又，曾国藩认为答灵氛之词应止于"心犹豫而狐疑"，恐有误。因为"欲从灵氛之吉占兮，心犹豫而狐疑"二句是屈原对自己复杂矛盾的心理活动的描述，为下文的巫咸降神作铺垫，故不应属为屈子之答词。又如《离骚》中巫咸降神一节，四家之说如下：

姚鼐说	梅曾亮说	曾国藩说	吴汝纶说
"欲从灵氛之吉占兮"至"周流观乎上下" 以上皆巫咸之词。	"欲从灵氛之吉占兮"至"恐嫉妒而折之" 灵氛之言劝其去而已，巫咸之言则欲其留而求合。巫咸言止此。 "时缤纷其变易兮"至"周流观乎上下" 此下答巫咸之辞，言留以求合之不可，故极言时俗从流之态，以见己之必不同也。	"巫咸将夕降兮"至"周流观乎上下" 以上"升降上下"起至"百草不芳"止，巫咸之词。 "琼佩偃蹇"起至"揭车江蓠"止，屈子答巫咸之词。	"欲从灵氛之吉占兮"至"周流观乎上下" 巫咸言止好修之害句，以下答辞。巫咸劝其诡道以避害，引他贤变易者以为证也。兰为可恃以下，答缤纷变易意；兹佩可贵以下，答升降求合意。言他人虽变，我则不能改也。

①梅冲：《离骚经解》，清嘉庆二十年（1815）刊本。

巫咸之辞至何句止，诸家亦多有分歧：姚鼐认为直至“周流观乎上下”均为巫咸之辞；梅曾亮承其父梅冲之说，认为巫咸之辞止于“恐嫉妒而折之”，马其昶从之；而方苞、曾国藩认为当止于“使夫百草为之不芳”；钱杲之、吴汝纶又认为当止于“莫好修之害也”。刘永济先生指出：“梅氏谓‘时缤纷其变易’以下，为屈子之辞，最当。前已详著其义，今按上文答灵氛则曰‘世幽昧以昡曜’，此文答巫咸则曰‘时缤纷其变易’，辞意隐然相对，尤足证成此说。”①刘氏将上文“世幽昧以昡曜”归为屈子自念之辞，故此处以“时缤纷其变易”归于屈子。实际上，关键点并不在于此，而在于对“孰云察余之善恶”中“余”的理解。多数注家均以“余”为屈子自称，所以王逸以为此句是屈子答灵氛语，朱熹又以为是屈子闻灵氛言而自念。此“余”当与上文女媭一段中“孰云察余之中情”是一样的句法，即设为灵氛之言，“余”是灵氛代屈子自称。巫咸之言当从方苞、曾国藩止于“使百草为之不芳”句。

对于“巫咸降神”的理解，自从梅曾亮明确提出巫咸“欲其留而求合”之见解后，影响颇广。如吴汝纶在此基础上进一步指出“巫咸劝其诡道以避害”，并认为巫咸所说的“勉升降以上下兮”就是“与世浮沉”之意；马其昶《屈赋微》直接引用梅曾亮之语；马茂元《楚辞选》指出“升降上下”二句是巫咸之言的中心意旨，“犹言随高就低”，迁就现实，是为了在政治上求同存异。近人刘永济、游国恩、张叶芦、陈子展等均承此说。

总之，姚鼐、梅曾亮、曾国藩和吴汝纶的楚辞论说，均是在古文辞的阐释语境中展开的。道光中后期梅曾亮在京师俨然成为古文领袖，曾国藩曾多次前往问学，并以桐城正宗目之。王先谦《续古文辞类纂序》云：“昔日梅、曾诸老声气冥合，箫管翕鸣，邈然不可复得。”可见梅、

①刘永济：《屈赋通笺 笺屈余义》，中华书局2007年10月第1版，第68页。

曾二人过往甚密。梅曾亮是姚鼐的学生，曾国藩于古文之道私淑姚鼐，曾撰写过一篇《圣哲画像记》，从历代圣哲中拣选出三十二位，姚鼐即入列其中，曾氏云："姚先生持论闳通，国藩之粗解文章，由姚先生启之也。"①吴汝纶是曾国藩的弟子，曾国藩对《离骚》章旨的阐述多来自于姚鼐之说，而吴汝纶对姚鼐、梅曾亮和曾国藩三家之说均有选择性的借鉴。从他们对于《离骚》章节的划分、旨意的探讨，可以看出桐城派各家的承袭关系，四家的《离骚》论说多是在"大同"中存有"小异"，正显示了桐城派学人不完全拘守前人之说、独立思考的治学态度，同时亦体现了桐城派论文重词章的特点和审美价值取向。

三、父子承继：梅冲、梅曾亮论《离骚》

梅曾亮是姚鼐之后桐城派的领袖人物，著有《离骚解》，已佚。其《古文词略》卷十八"词赋类"中载有其研骚论述十四条。其父梅冲亦为姚鼐弟子，著有《离骚经解》。此书为稀见清代楚辞学著作，现仅见上海图书馆古籍阅览室有一藏本，即嘉庆二十年(1815)刊本。现如今，研究者对此人此书关注不多，仅见潘啸龙主编《楚辞著作提要》、周建忠《五百种楚辞著作提要》有所涉及。笔者通过对父子二人阐释《离骚》的比较，可以看出，梅曾亮关于《离骚》的见解主要是对其父梅冲观点的阐发或深化。梅冲《离骚经解・自叙》云：

《离骚》之作，至今二千一百年矣，知者盖无人焉。千古之不得于当时，又不得于后世，未有如屈子者也。……朱子以来，说者益多，明以前大约皆如王世贞所云"总杂重复，兴寄不一，不暇致铨，故乱其绪"，以不可解解之而已。夫世焉有不可解，曰乱曰杂

①曾国藩：《曾国藩文选》，涂小马等选注评点，苏州大学出版社2001年9月第1版，第338页。

曰复，而可以为文者哉？既以为乱杂重复而不可解，则文既不明，心亦不见，而其道终晦。宜朱子有不知学于北方，醇儒庄士或羞称之云云也。呜呼！沉冤之阨于千古，孰有如屈子者哉！以余观之，则不乱不杂不重复，而无不可解。凡后人之妄加测度而拟议者，已无不反覆自明。①

梅冲有感于屈子及《离骚》不为历代治骚者所真正了解。梅冲批评明代王世贞云屈骚“总杂重复”，而“以不可解”解《离骚》是错误的，认为屈子自明其道，是后人“妄加测度”而云其不可解。屈子之道始终不明，无怪乎朱子有“不知学于北方，醇儒庄士羞称之”之语。梅冲在完成《离骚经解》后曾示与友人管同。管同有《与梅孝廉论离骚书》，曰：

古今注骚者，如王逸、洪兴祖，其用意固已勤矣，大要专心名物训诂，置意不求。朱子欲求其意者也，牵于兴赋，亦不能尽得。至近世若张凤翼、林云铭，盖无足道矣。夫注骚者，节次不分，则言辞多杂；言辞多杂，则意旨不明，是皆读之不精之故耳。而谓《离骚》兴寄不一，非可言诠，一以《史记》所云“三致意”者了之，是使屈子、史公交受过矣。及见尊解，则首能分其节次；节次既分，则言辞不杂；言辞不杂，则意旨随之而皆明，虽不敢谓古人之意未当如此，而其间不得古人之意者，必已寡矣。此解出而诸注固当尽掩也。②

管同指出屈骚难晓是历代骚注的拖累使然，同时亦指责王世贞“兴寄不一”之论；在总结评价前代治骚者的基础上，指出梅冲《离骚经解》

---

①梅冲：《离骚经解》，《楚辞文献丛刊》第 60 册，国家图书馆出版社 2014 年 7 月第 1 版，第 291–293 页。

②管同：《因寄轩文集》，《续修四库全书》集部第 1504 册，上海古籍出版社 2002 年 4 月第 1 版，第 434 页。

能分节次，明意旨，并盛赞云“此解出而诸注固当尽掩”。管同《与梅孝廉论〈离骚〉书》又曰：“同囊者亦尝注解其书，其分节幸多与尊意合，今呈上，望教诲之。”[①] 由此可知，管同亦曾注解《离骚》，并将其与此书信一同交给梅冲。从梅冲在注中有引用管同之论，可知其根据管同呈示的《离骚》注解，对其《离骚经解》作了修改。梅冲《自叙》云：“友人管翼之同，高才笃学，所解适相符合。录取说之相发者，特著姓氏，不欲掠美，不敢掩美也。”[②] 梅冲长管同十八岁，皆为姚鼐弟子，由此可见同门学友之间的切磋。

梅冲把《离骚》分作七段，以“帝高阳之苗裔兮”至“固前圣之所厚”为第一段，“悔相道之不察兮”至“岂余心之可惩”为第二段，“女嬃之婵媛兮”至“霑余襟之浪浪”为第三段，“跪敷衽以陈辞兮”至“予焉能忍而与此终古”为第四段，“索琼茅以筳篿兮”至“至今犹未沫”为第五段，“和调度以自娱兮”至“蜷局顾而不行”为第六段，乱词为第七段。

梅冲对于《离骚》结构的深入剖析不仅表现在对《离骚》分段，更重要的是特别注重分析各段之间的呼应转承。如释“虽体解吾犹未变兮”云：

> “变”字是中后要紧关目，前段既将正旨煞足，固只有一死而已。然须臾未死，未尝不冀君之一悟，俗之一改也。则犹望君之我用也。而屈子之世，非自变而从时，则万无见用之理。天下滔滔，贤愚皆变，后段所痛诋者是也。屈子欲用世，而断不能自变，故承前第一段之后即欲透发不可变之义。……而此处用正笔直透，曰

---

①管同：《因寄轩文集》，《续修四库全书》集部第 1504 册，上海古籍出版社 2002 年 4 月第 1 版，第 434 页。

②梅冲：《离骚经解》，《楚辞文献丛刊》第 60 册，国家图书馆出版社 2014 年 7 月第 1 版，第 295-296 页。

“虽体解吾犹未变”，怒雷破山，却止电光一闪。后段女媭乃直教他变，而痛说不可变，却不见有“变”字，文笔之善，为隐闪如此。[①]

此段分析明晰透彻，极见功力。从一个“变”字展开，不仅点明了前后段、节之间的呼应转承关系，而且对于潜在文脉、文笔波澜亦深有领会；并自创一术语“隐闪”来形象说明此种创作技巧。对此，梅冲有所说明：“隐避一层是为屈子谋者第一要着，而屈子断断不能，故用作一小段，先轻轻撇过，而趁势醒一‘变’字，以启下十三节。”[②]剖析明晰精准，无需再做解释。

梅冲《离骚经解》在“跪敷衽以陈辞兮，耿吾既得此中正”句后注云：“道之不可变，以中正故也。因陈词而告，君之心愈不容已，乃欲上征求通于君也。”[③]可见，梅冲认为屈子之道原本就是圣人之道、中正之道。梅曾亮于《离骚》“耿吾既得此中正”后注云：“因女媭之言而自疑行之过激，及就正重华，而知中正之无可悔也。则又将以此道望之吾君吾相矣。所谓‘一篇之中三致意’者也。”[④]吴汝纶云：“因女媭之言就正于舜，言得道则兴，失道则亡。从古如此，故不敢阿谀以绊身。”[⑤]马其昶《屈赋微》先后引梅曾亮、吴汝纶二人之说以释陈辞重华及“中正”之义。实际上，是梅曾亮承其父梅冲之说，而后为吴汝纶、马其昶所采，由此亦可窥见《楚辞》阐释中地域、家族及师承的传播路径。

---

①梅冲：《离骚经解》，《楚辞文献丛刊》第 60 册，国家图书馆出版社 2014 年 7 月第 1 版，第 311–313 页。

②梅冲：《离骚经解》，《楚辞文献丛刊》第 60 册，国家图书馆出版社 2014 年 7 月第 1 版，第 313 页。

③梅冲：《离骚经解》，《楚辞文献丛刊》第 60 册，国家图书馆出版社 2014 年 7 月第 1 版，第 319 页。

④梅曾亮：《古文词略》，清同治六年（1867）合肥李氏校刊本。

⑤姚鼐：《古文辞类纂》，徐树铮集评，吉林人民出版社 1998年 10月第 1版，第 753页。

历代治骚者对于《离骚》“求女”寓意的解说可谓众说纷纭，主要有求贤臣、求贤君、求贤妃三种说法。梅冲认为第四大段即“跪敷衽以陈辞兮”至“焉能忍而与此终古”，又当分作两小段：“一欲自通于君，一欲结君之左右以转通于君。盖君虽见弃，而己竟无一腔至诚恻怛，缠绵固结，必不可解之意，婉转求达而决然以死，屈子之心岂若是恝哉！则此两段千方百计以求上达，正是‘固前修以菹醢’之实心实力，所谓冀幸君之一悟、俗之一改者，乃《离骚》正文屈子精忠正在此处。”[①]梅冲所云“两小段”的分界即在“好蔽美而嫉妒”，实际上就是把叩帝和求女明划开来。梅冲解“求女”一段（“朝吾将济于白水兮”至“好蔽美而称恶”）曰：

> 君不可见，冀得君之左右而通之，所谓‘无人乎穆公之侧，则不能安子思’也。且欲与为政，必朝有志同道合者，而后可有为，故不惮屈意求之。先求虙妃，欲结其贵宠者也。既不能，又思结引其在下之贤，及嗣君左右之未入恶党者，皆以力弱不能固结，而为党人所得，无一可为己助者。有感叹世之嫉贤蔽美而已，要知此辈正所谓嫉蛾眉之众女也，知其嫉妬不可合，而不惜四路奔走，重重请托，以要结之，正孤忠之不能自已者，加此一番钻天入地、百折不磨之精诚，而终归无益，庶可告无憾而即死矣。[②]

梅冲此论，对其子梅曾亮的“求女”即“求通君侧之人”说颇有启发。梅曾亮《古文词略》卷十八《离骚》“好蔽美而嫉妒”后注云：“以上言君之不可求，而归罪于左右之蔽障，此以下言求所以通君侧之人，皆指

①梅冲：《离骚经解》，《楚辞文献丛刊》第60册，国家图书馆出版社2014年7月第1版，第325页。

②梅冲：《离骚经解》，《楚辞文献丛刊》第60册，国家图书馆出版社2014年7月第1版，第323–324页。

楚之君臣。”[①]然而，“通君侧”名之由来，实际上是梅冲变用《孟子》之语，《孟子·公孙丑下》：“昔者鲁穆公无人乎子思之侧，则不能安子思。”梅冲以“下女”为“侍女”，“宓妃”喻近臣之贵宠者，“有娀之佚女”为“在下之贤”，“有虞之二姚”为“贤后之未合党人者”或“嗣君左右之未入恶党者”，将多方所求之女的内在喻意明白揭示了出来，这是他的重要发明。可惜的是，梅冲没能一以贯之地指出“高丘无女”的喻意，而仅仅释以帝阍旁无人“为之缓颊或引手”。又，梅冲释“及少康之未家兮，留有虞之二姚”句云：“或曰：少康比顷襄，盖欲先结嗣君左右也，说亦佳。”[②]李光地、方苞、龚景瀚均以少康比嗣君顷襄王，梅冲在《离骚经解·自叙》中评方苞《离骚正义》能得其大意，此“或曰”当是采方苞之说。

方苞对于求女一段喻意的剖析颇为细致，梅冲继承并申发其说。如方苞以宓妃喻“怙其势宠”之臣，梅冲则以宓妃喻近臣之贵宠者，何其相似；方苞又指出“以众女比谗邪，则下女乃喻亲臣重臣，能为己解于君者”，已兆出“通君侧之人”说之端绪。胡文英《屈骚指掌》曰：“高邱无女，喻君侧无贤人，苏长公词‘琼楼玉宇，高处不胜寒’，亦此意也。”又云：“虙妃，帝者之祥；有娀，王者之祥；二姚，中兴霸者之祥。《易》妻道也，臣道也。故屡以贤女喻贤臣，求达吾忱也。”[③]由此可见，“求女”即“求通君侧之人”说有着一个逐步形成的过程，至梅冲、梅曾亮更趋深入和明朗化。

游国恩《离骚纂义》云：“此文所谓女者，非指君，亦非指臣，乃隐

①梅曾亮：《古文词略》，清同治六年（1867）合肥李氏校刊本。

②梅冲：《离骚经解》，《楚辞文献丛刊》第60册，国家图书馆出版社2014年7月第1版，第323页。

③胡文英：《屈骚指掌》，《续修四库全书》集部第1302册，上海古籍出版社2002年4月第1版，第562-563页。

喻可通君侧之人耳，梅曾亮说得之”。游先生同样指出：“盖前节既以见帝不遂者喻君之不可再得，而又推言君之所以不己知者，由于世之溷浊，好蔽美嫉妒之故；此节复设言求女，以隐喻求通君侧之人也。”[①]与梅冲所言如出一辙。褚斌杰《楚辞要论》亦认为求女“乃隐喻可通君侧之人”。[②]可见，梅氏父子“求通君侧之人”说对现当代楚辞学者影响深广。

对于《离骚》中灵氛占卜与巫咸降神的迭出，历代楚辞学家大多认为灵氛与巫咸均是劝屈原去国远逝。管同《与梅孝廉论离骚书》：“‘反初服’一节，同意不与尊意同。‘求女’一节，同意分在上；在下者‘巫咸’一节，同谓巫咸劝屈子留以求合，屈子斥之，后所言皆与相应。”[③]管同认为巫咸是劝屈子留以求合，梅冲接受并采纳管同之观点，在注中加按语云：“巫咸之言隐跃不发，但泛论君臣遇合之道，在矩矱之同，果有如古圣贤好修之君自然有合。原是正论，而曰‘勉升降以上下’，似有‘道隆则从而隆，道污则从而污’之意。又曰‘操筑’、曰‘鼓刀’、曰‘讴歌’，皆贬损以自污者，不明言往他国，亦不明言留楚国，但言及时仕进，似不妨贬损从时者，故下文答之云云。”[④]又，梅冲总结第五大段即灵氛占卜、巫咸降神部分云：

> 设为灵氛巫咸之说，而已答之之词也。后人所谓“以彼其才游诸侯，何国不容？”屈子宁不计及，则此层原是必应补之义，乃前答灵氛以“世幽昧以眩曜”，孰察美恶，后答巫咸以“时缤纷以

①游国恩：《游国恩楚辞论著集》第一卷，中华书局 2008 年 4 月第 1 版，第 294 页。
②褚斌杰：《楚辞要论》，北京大学出版社 2003 年 1 月第 1 版，第 173 页。
③管同：《因寄轩文集》，《续修四库全书》集部第 1504 册，上海古籍出版社 2002 年 4 月第 1 版，第 434 页。
④梅冲：《离骚经解》，《楚辞文献丛刊》第 60 册，国家图书馆出版社 2014 年 7 月第 1 版，第 329 页。

> 变易”，何可淹留，两意相承，灵氛明劝其去，而不答以不可去；巫咸不明言去，而答词与前一气相发，且明曰“何可淹留”，若曰滔滔者，天下皆是也。所谓“直道而事人焉，往而不三黜；枉道而事人，何必去父母之邦。”并不说父母之邦不可去，盖本无可往，说不到义之不当去也。此又立说之超也。[①]

梅冲指出“巫咸之言隐跃不发”，“不明言留楚国”，然从屈原之答词“何可淹留”可推想巫咸意在劝其留以求合。实际上，在此之前，钱澄之、吴世尚均已透出此意，如钱澄之《屈诂》云：“咸以为臣之道，惟尽其所得为者，则原守其道不变，可也。此固原所乐闻，其如时之不可为何？若原遽从氛占，无咸一段戒勉，失其所为原矣。此是借咸言，以发挥己之本志。”[②] 又云：“灵氛劝其远逝，哂其局于楚也，亦犹太史公所云‘以彼其才游诸侯，何国不容’之意。巫咸之言，犹是人臣守正之道，原之本志也。原欲从灵氛之占，而更借咸言以自审。盖欲尊咸之正训以自励，而从氛之吉占以远害也。”[③] 吴世尚《楚辞疏》亦有类似说法。只是钱澄之、吴世尚二人均未明确说出巫咸劝其留以求合。

梅曾亮《古文词略》卷十八在《离骚》“求榘矱之所同”后注曰：“灵氛之言劝其去而已，巫咸之言则欲其留而求合，‘勉升降’二句，求合之大旨也。”[④] 于“又何可以淹留”后注云：“以下答巫咸之词，言留以求合之不可，故极言时俗从流之态，以见己之必不同也。”[⑤] 又，于“灵氛既告余以吉占兮”后注曰：“灵氛欲其去，既答以去之无益；巫咸欲其留以

---

①梅冲：《离骚经解》，《楚辞文献丛刊》第 60 册，国家图书馆出版社 2014 年 7 月第 1 版，第 331–332 页。

②钱澄之：《庄屈合诂》，黄山书社 1998 年 8 月第 1 版，第 175 页。

③钱澄之：《庄屈合诂》，黄山书社 1998 年 8 月第 1 版，第 186 页。

④梅曾亮：《古文词略》，清同治六年（1867）合肥李氏校刊本。

⑤梅曾亮：《古文词略》，清同治六年（1867）合肥李氏校刊本。

求合，尤有所不能。呜呼，屈子者，去耳，留耳，死耳？故不得已，仍从灵氛之吉占焉，而卒亦不忍，则死从彭咸焉而已。”[①] 梅曾亮直接点明巫咸是劝屈原留以求合，游国恩先生赞同梅曾亮之说，指出巫咸降神“其意与灵氛绝不同”，“此其意一则以尼其行，一则姑留以待时，虽托诸聪明正直之口，实为屈子肺腑之言。”[②] 由此可见，“巫咸劝留以求合”说有着一个逐步形成的过程，钱澄之、吴世尚发端在前，中有管同、梅冲继续阐发，至梅曾亮始发扬光大，后有吴汝纶、马其昶、马茂元承之，直至现当代仍不乏沿袭此说之学者。上述诸家均为桐城学者，由此亦可见地域纽带对于学者治学的深远影响。

四、方东树《昭昧詹言》的楚辞论

方东树（1772–1851），初名巩至，字植之，别号副墨子，晚年自号“仪卫”，安庆府桐城县人，是继“三祖”之后桐城派的重要代表人物之一。乾隆五十八年（1793），赴江宁钟山书院，投姚鼐门下与梅曾亮、管同等一道学习。同年入县学补弟子生员，逾数年补增广生。自弱冠之年起，他先后应乡试十次，连连失利，至道光七年（1827）始不复应。嘉庆三年（1798），方东树应陈用光之聘，授经于江右新城陈家，历时三年。又应姚鼐之邀，于江宁书院课其长孙学业。嘉庆二十四年（1819）三月，方东树应两广总督阮元之邀前往助修《广东通志》。《昭昧詹言》是其晚年完成的诗学理论著作，被称作是桐城派诗话的扛鼎之作。桐城方氏学术文化积淀深厚，楚辞学是其家族传统家学之一。

方东树《解招魂》一卷，著录于《昭昧詹言》卷十三中。方东树盛赞屈原云：“屈子以忠清之志，发哀怨之思，上览黄虞，下骖箕比，蔚为

①梅曾亮：《古文词略》，清同治六年（1867）合肥李氏校刊本。

②游国恩：《游国恩楚辞论著集》第一卷，中华书局2008年4月第1版，第387–388页。

千古词宗。岂特楚国之良，实系斯文之寄。《离骚》二十五篇，历世作者奉为方圆，并驱六经，藐世独立。”[1] 又云：“尝谓朱子之注《楚词》，其义理所存，比与孔子删诗而无让也。玄文隐志，固已抉剔无遗，惟《招魂》一篇，大旨犹昧。不揣浅陋，间尝通之。虽未知必然与否，抑千虑一得，姑陈其说，以俟来学之折衷云尔。”（卷十三／一）方东树指出《招魂》篇“数千年文义瞢暗，曾未有确揭其本事者。故或以为原所作以招怀王，或以为宋玉作以招师，是皆泥题目字面而滞会之也。又或以为施之生前，或更执‘去恒干’、‘像设’等语，以为确施于死后，尤为寱语不悟。既题曰《招魂》，则此等言句皆本分料语，岂可以文害辞，以辞害意，而不寻其全文作旨本意邪？”（卷十三／二）方东树认为前人对《招魂》作者以及所招对象的争论，均是拘于题目而仅停留在表层的无稽之谈，而未能深究其本事，探寻其旨意。方东树在总结批判前人观点之后提出自己的看法：

> 窃意“招魂”者，古之复礼，所亲死而冀其或反，尽爱之道，祷祠之心，甚盛意也。屈子以楚之将亡也，如人将死而魂以去身，冀陈忠谏而望其复存，忠臣之情，同于孝子，故托“招魂”为名而隐其实。其称名命意，乃以比体为赋体，犹荀子《请成相》也。陈季立略悟其旨，而又以确为招原而兼托讽，则犹惝惚弗察也。且以为宋玉招师，则中间所陈荒淫之乐，皆人主之礼体，非人臣所得有也，况又可谓玉之有所讥于原乎，益非事实矣。若以为原之招怀王，则前后一起一结，辞意安传安施而不可通矣。吾以为此确为原所作。（卷十三／二）

方东树认为《招魂》是屈原因楚国之将亡，而托“招魂”之名比其“冀

①方东树：《昭昧詹言》，人民文学出版社1961年10月第1版，第345页。按：下文所引《昭昧詹言》均出此本，为免繁冗，直接于引文后标明卷数与则数，不另加注。

陈忠谏”而望楚国复存之意，指出太史公所云“其存君兴国而欲反覆之，一篇之中三致意”正是《招魂》之旨。方东树所云“且以为宋玉招师，则中间所陈荒淫之乐，皆人主之礼体，非人臣所得有也”，确为别具只眼之见。郭沫若先生提出《招魂》中“文辞中所叙的宫庭居处之美，饮食服御之奢，乐舞游艺之盛，不是一个君主是不能够相称的”，[①]钱钟书先生指出《招魂》所招的是为猎于云梦为青兕所慑而丧之魂，“《招魂》所夸宫室之美、声色之奢，非国君身份不办，特未必即属楚怀王。”[②]二人的看法显然是受到了方东树的启发。“陈季立”即明人陈第，他在《屈宋古音义》卷三《招魂》题后引张凤翼之言云“古者人死，则以其服，升屋而招之。此必原始死而玉作以招之也。旧注皆云施之生时，欲以讽楚王，殊未妥。”陈第认为《招魂》是宋玉招其师屈原之亡魂。又，陈第在《招魂》篇后论曰：

> 《招魂》作于屈原既死之后，张凤翼之言是也。今观其词云：“去君之恒干。”又曰“像设君室”。夫苟未死，何云去干？又何云设像也？玉愍其师沉于汨罗，其魂必散于天地四方矣。故托巫阳招之，无非欲其魂之反也。其危苦伤悼之情，可想矣！然叙怪诞，侈荒淫，俱非实义，直至“乱曰”数语，乃写其本色。意以原之南征，值王之畋猎，欲引之通途，而王方射兕淹留也。以致道途荒秽，不可以归。江水草木，极望伤心，此江南之可哀者也！原生而惓惓楚国，死而不动心于危乡乎？故以哀江南终之。夫魂之归以哀江南，则所谓入修门，反故居者，皆不足为喜乐矣。是此篇之作，悲其师之不用，痛其国之将亡，而托之招魂。意谓外有怪诞，内有荒

①郭沫若：《屈原研究》，《郭沫若全集》历史编第四卷，人民出版社1982年9月第1版，第36–37页。

②钱钟书：《管锥编》第二册，中华书局1979年8月第1版，第631页。

淫，怪诞暗指张仪辈之变诈吞噬，荒淫则楚之所以乱也。旧注皆未之及，愚故揭而章之，以见玉之用心，婉而实深，缓而实切。先自处于无罪之地，而后微谈以冀人之晓也。悲夫！悲夫！[1]

方东树所说的"陈季立略悟其旨"，即是指陈第此段文字中"叙怪诞，侈荒淫，俱非实意，直至'乱曰'数语，乃写其本色"；"痛其国之将亡，而托之'招魂'"。方东树当是受陈第的启发，提出《招魂》非真招魂，而是假托之作，是托"招魂"为名而隐其实的见解。然而，陈第和方东树对于《招魂》所隐之"实"的看法又不同，陈第认为所隐之"实"为宋玉悲屈原之不用，痛楚国之将亡；而方东树理解的欲隐之"实"是欲复存君兴国的忠谏之思。方东树《解招魂》结合诗句分析曰：

其起曰"长离殃而愁苦"，结曰"哀江南"，一意贯串，文义隐閟而又极明豁。"长离殃"者，已永谪于江南也。"愁苦"者，非为一己，乃哀国事也。其哀其愁苦何也？哀其外多祟怪，内有荒淫，其死征如魂已去身而不知反归也。此原放于江南，浮夏上沅时所作，故望其复存；而已在江南，目极江枫千里，抱此哀痛也。既讽其荒淫，而复以荒淫招之，何也？曰：此于言为从顺，理体当然也。王者之居，非同俭陋，既言其外之害，则不得不陈其内之乐，题面当如是也。而极其奢靡，则荒淫意亦在言外。此文用意既隐曲迷离，全用比兴体，岂可以寻常正言直谏之义例之乎？（卷十三/二）

从此段文字可以看出，方东树认为《招魂》是用意隐曲、"全用比兴体"的假托之作，实际上是受其自身诗学观念的影响。其《昭昧詹言》多次以"魂"、"魄"论诗："所谓魂者，皆用我为主，则自然有兴有味。否则有诗无人，如应试之作，代圣贤立言，于自己没涉"；"魂气多则成生活相，魄气多则为死滞。"（卷十八/二）方东树认为有"魂"之诗是主

---

[1] 陈第：《屈宋古音义》卷三，中华书局2008年6月第1版，第242页。

观之性情蕴藏于客观之中，是有象外之兴、言外之味的诗；而有“魄”之诗则是客观的典故、藻饰掩盖主观之性情面目的诗。可见，其所谓诗之“魂”、“魄”乃是一种形象的比喻。而其所云之“魂”，即是强调诗的比兴手法。方东树还多次强调“情有余味不尽”的“兴在象外”，即在具体的比象之外有所寄托，言在此而意寄于彼，才能尽余味不尽之妙。缘此，方东树认为《招魂》之作并非是真正用于招魂的应用文，而是屈子所作托兴寄意之文学作品。其《解招魂》又云：

> 意原初放时，适值王之猎梦，即事寄意，兼著其时也。其曰“引车右旋”，古者右为正为贵，左为邪为贱。故王制诛左道，秦汉发戍卒，取闾左。原自言右骋先驱，欲抑其邪骛，顺若以通于荡平正直之大道，即所谓‘来吾道夫先路’也。惟“君王先发兮惮青兕”，以一句当猎事一大段。虽古人笔力强，文字不拘，究似迫而不备。详思未解，疑有阙文。“朱明承夜”，欲其就明去暗，弃秽改度，而不可再稍淹缓。假使“皋兰被径”，则大道芜没不可复识矣。又即其所见“江枫”“千里”“目极”“伤心”，即“郢夏”“芜两东门”之意，而终以七字结之。七字作两层，“魂兮归来”，言望王改行率德；“哀江南”三字，言己所在之地，以致意也。此指顷襄王，非怀王也。（卷十三／二）

方东树认为《招魂》乃是顷襄王即位，放逐屈原后不久，适值楚王涉猎云梦，屈原即此事作此篇以寄存君兴国之意。方氏此说当是受陈第之启发，即上所引“意以原之南征，值王之畋猎，欲引之通途，而王方射兕淹留也。以致道途荒秽，不可以归”。此外，方东树又因篇中于射猎一事仅书一句，疑此处有阙文。

管同（1780–1831）《因寄轩文集》初集卷三中有《读招魂》一文，与方东树之见解颇有相类之处。其文曰：

> 旧皆谓《招魂》为宋玉作，太史公赞屈原曰：“予读《离骚》《天

> 问》《招魂》《哀郢》,悲其志。《招魂》亦原之为耳,岂玉作哉? 其文之旨,首言魂魄离散,盖谓故国难安,亦尝有九州相君之志矣。《卜居》所云心烦虑乱时也,顾以义不可去,故招使归来,然招之必托于帝告巫阳者,何也? 孝子之于亲,天性也;忠臣之不忍离君,亦天命而已矣。其文之中至乱辞之首,乃盛陈楚邦繁盛,则意讥顷襄,犹庄辛论幸臣之旨,父死于秦,不思报复,而乃逞声色纵猎游。侈陈之,正以见王之不道,而难与有为也。其文辨博闳丽,殊不易晓,故于篇终明见其意曰:魂兮归来,哀江南。君子之居季世也,欲他去,则于义难安;欲不去,则其忧不可解,在位而极言之,犹冀其君之一悟也。而为君者,必屏弃放逐,遏其身而杜其口,虽不去,亦何能为哉? 则戚戚焉,惟日忧故国之将亡而已矣。①

与方东树《解招魂》一致,管同亦认为《招魂》并非"招魂"之作,而是屈原"忧故国之将亡"所作,意在讥讽顷襄王不思为父报仇。管同指出《招魂》篇文辞"辨博闳丽",旨意"殊不易晓",与方东树所云《招魂》篇"用意隐曲迷离"正相一致。管同所云"孝子之于亲,天性也;忠臣之不忍离君,亦天命而已",与方东树所云"忠臣之情,同于孝子"之语亦如出一辙。管同、方东树同为姚门弟子,关系甚笃。从二人对于《招魂》之看法如此相似,可以看出同门学友之间的交流和切磋。

方东树步遵宋学,标榜朱熹,以卫道自居。其《解招魂》云:"余生平遵信朱子,如天地父母之不敢倍";"朱子之注《楚辞》,其义理所存,比于孔子删《诗》而无让也",甚至已将朱熹注《楚辞》与孔子删《诗》等同起来。方东树云:"诗以言志,如无志可言,强学他人说话,开口即脱节。此谓言之无物,不立诚。若又不解文法变化精神措注之妙,非

①管同:《因寄轩文集》,《续修四库全书》集部第1504册,上海古籍出版社2002年4月第1版,第421页。

不达意,即成语录腐谈。是谓言之无文无序。若夫有物有序矣,而德非其人,又不免鹦鹉、猩猩之诮。庄子曰:'真者,精诚之至也。'不精不诚,不能动人。尝读相如、蔡邕文,了无所动于心。屈子则渊渊理窟,与《风》《雅》同其精蕴。"(卷一/六)方东树指出正是因为屈原内在的"精诚"之志,才能写出如此具有"精蕴"的文字来。方东树又云:"屈子、杜公时出见道语、经济语,然惟于旁见侧出,忽然露出乃妙;若实用于正面,则似传注语录而腐矣。"(卷一/三四)方东树所云"见道语"主要指忠君孝亲,"经济语"则是经世济民,对此要"旁见侧出",即通过艺术手段委婉曲折地表现出来,否则就是"传注语录"的陈腐说教了。方东树《昭昧詹言》云:

> 屈子之词与意,已为昔人用熟,至今日皆成陈言,故《选》体诗不可再学,当悬以为戒。……夫屈子几于经,浅者昧其道而袭其辞,安得不取憎于人。朱子论柳宗元对《天问》,以为学未闻道,而夸多衒巧之意,犹有杂乎其间。柳此文乃以证屈子者而犹然,况不及柳者乎?(卷一/三三)

方东树认为"诗文以避熟创造为奇","熟"即是指人们所习见的。他倡导的"学诗之法"特别强调避熟:一曰"创意艰苦",避凡俗浅近习熟迂腐常谈,凡人意中所有。二曰"造言",其忌避亦同创意,及常人笔下皆同者,必别造一番言语,却又非以艰深文浅陋,大约皆刻意求与古人远。三曰"选字",必避旧熟,亦不可僻。四曰"隶事避陈言"。(卷一/二八)又,方东树曰:"去陈言,非止字句,先在去熟意:反前人所已道过之意与词,力禁不得袭用;于用意戒之,于取境戒之,于使势戒之,于发调戒之,于选字戒之,于隶事戒之;反经前人习熟,一概力禁之,所以苦也。"(卷九/二)方东树认为《招魂》篇即是非"熟意"的创格之作:"吾读屈子他篇,未暇悉论,窃以创意创格造言,未有侔于《招魂》者也。"(卷一三/二)

方东树本其师姚鼐"诗文一理"的原则,把桐城派的文法理论移来论诗，阐发了桐城派的诗学主张。清人郑福照在《方仪卫先生年谱》中总结方东树的论诗宗旨云："大略古人诗当求之于义理，蕴蓄本领根源、精神气脉，不可袭其形貌，宜力守韩公'陈言务去'之戒，及山谷'随人后计终后人'二语，而又以文从字顺，各识其职为贵。"[①] 方东树释"文""理""义"的涵义云："文者辞也，其法万变，而大要在必去陈言。理者所陈事理、物理、义理也。见理未周，不赅不备；体物未亮，状之不工；道思不深，性识不超，则终于粗浅凡近而已。义者法也，古人不可及，只是文法高妙，无定而有定，不可执著，不可告语，妙运从心，随手多变，有法则体成，无法则伧荒。"（卷一/二〇）

方东树十分注重《楚辞》对后世文学的影响，其《昭昧詹言》云：

> 景纯《游仙》，本屈子《远游》之旨，而撮其意，遂成此制。……何义门云："景纯之《游仙》，即屈子之《远游》也。"章句之事，何足以知之？余谓屈子以时俗迫阨，沉浊污秽，不足与语，托言己欲轻举远游，脱屣人群，而求与古真人为侣，乃夷齐《西山之歌》、《小雅》病俗之旨，孔子浮海之志，非真欲服食求长生也。至其所陈道要，司马相如《大人赋》且不能至，何论景纯。若景纯此诗，正道其本事。（卷一/一一四）

方东树认为《远游》是屈原遣忧抒怀之作，仅是托言欲轻举远游，并非真欲服食求长生，而郭璞《游仙诗》亦是此意。方东树指出《六龙安可顿》收四句即《远游》"惟天地之无穷四句意"；《杂县寓鲁门》学古艳歌《今日乐上乐》篇，其实从《远游》来；《晦朔如循环》皆用《远游》语；《阳谷吐灵曜》全是《远游》之意与辞。

方东树《昭昧詹言》云："以《六经》较《庄子》，觉《庄子》意新奇佻巧；以《六经》较屈子，觉屈子辞肤费繁缛。然而一则醒豁呈露，一

①郑福照：《方仪卫先生年谱》，清同治七年（1868）《仪卫轩文集》刻本。

则沉郁深痛，皆天地之至文也。所以并驱《六经》中，独立千载后。”（卷一／一三）方东树高度肯定庄、屈，谓为“天地之至文”，并以《六经》作为衡量标准指出庄、屈的大不同。又云：

> 庄以放旷，屈以穷愁，古今诗人，不出此二大派，进之则为经矣。汉代诸遗篇，陈思、仲宣意思沈痛，文法奇纵，字句坚实，皆去经不远。阮公似屈，兼似经；渊明似庄，兼似道。此皆不得仅以诗人目之。其后惟杜公，本小雅、屈子之志，集古今之大成，而全浑其迹。韩公后出，原本《六经》，根本盛大，包孕众多，巍然自开一世界。（卷一／一四）

方东树所云庄之“放旷”、屈之“穷愁”，实即上引“醒豁呈露”“沉郁深痛”之注脚。钟嵘《诗品》从文学源流角度将魏晋至南朝的诗人归源《国风》《小雅》《楚辞》中，而如曹植、阮籍、左思等重要作家则同祖风雅骚。方东树虽以庄、屈为古今两派诗人之引领者，然与钟嵘所列重要作家同祖风骚实是一致，只不过方东树把庄子的地位提至与屈子相对等，而二子仍在《六经》之下。如阮籍，清人何焯（1661–1722）认为“阮公源出于《骚》，而钟记室以为出于《小雅》”。对此，方东树曰：“愚谓《骚》与《小雅》，特文体不同耳。其悯时病俗，忧伤之旨，岂有二哉？阮公之时与世，真《小雅》之时与世也，其心则屈子之心也。以为《骚》，以为《小雅》，皆无不可。而其文之宏放高迈，沈痛幽深，则于《骚》、《雅》皆近之。”（卷三／二）方东树之所以对杜甫、韩愈推崇备至，正是因“杜、韩之导源《经》、《骚》，津逮汉魏”。可见，方东树对《楚辞》的地位是很看重的。推崇诗骚、汉魏诗，既是其复古思想的反映，又是其性情诗学观的要义。

五、桐城派殿军马其昶的楚辞学

马其昶（1855–1930），字通伯，晚年号抱润翁，安庆府桐城县人。清末民初著名学者，被誉为桐城派之殿军。马其昶《屈赋微》对“屈赋”

二十五篇的界定，采王夫之之说，定《礼魂》为《九歌》前十篇所通用之送神曲，不自为篇数。故从《离骚》至《渔父》为二十四篇，加上《招魂》一篇，凡二十五。马其昶对前人注解采撷极广，博采众说并广采各家之长，锤炼熔铸抒以己见。马其昶引用诸家之说的情况比较复杂，有原文引用、择取引用、断章引用、错杂引用及变化引用等，主要根据各家的观点和注评特点选用。

据笔者统计，《屈赋微》中征引历代注屈之论总计五十一家（详见下表）。

时代	注家	条数	时代	注家	条数	时代	注家	条数
汉	王逸	357	清	毛奇龄	17	清	俞正燮	1
三国	张揖	1	清	方苞	5	清	邓廷桢	4
唐	李善	3	清	屈复	2	清	马瑞辰	1
唐	五臣注	44	清	蒋骥	21	清	苗夔	1
唐	司马贞	1	清	戴震	1	清	梅曾亮	9
宋	洪兴祖	282	清	姚鼐	7	清	朱骏声	2
宋	朱熹	116	清	孙志祖	3	清	许庆宗	1
宋	吴仁杰	1	清	陈本礼	1	清	张文虎	1
宋	钱杲之	1	清	戚学标	16	清	陈澧	2
宋	王观国	1	清	王念孙	10	清	曾国藩	1
明	杨慎	1	清	龚景瀚	7	清	俞樾	9
明	陈第	2	清	方绩	4	清	张裕钊	1
明	黄文焕	2	清	姚文田	1	清	吴汝纶	21
明	钱澄之	26	清	钱枚	1	清	夏炘	2
明	王夫之	173	清	张惠言	11	清	孙诒让	10
清	李光地	3	清	王引之	4	清	李详	5
清	何焯	3	清	方东树	1	清	姚永朴	9

（总计：51 家，1209 条）

具体说来,《屈赋微》征引王逸、五臣注、洪兴祖、朱熹和王夫之五家达972条,占总数的80%。王逸《楚辞章句》、洪兴祖《楚辞补注》和朱熹《楚辞集注》是为后世楚辞学者所重视的、影响巨大的,被称作是里程碑式的楚辞学专著。王夫之的《楚辞通释》是清初著名的楚辞注本,因其著书动机和观点与马其昶有相类之处,故《屈赋微》对篇章旨意的阐释多引王氏之论。而如钱澄之、姚鼐、方苞、马瑞辰、梅曾亮、吴汝纶、姚永朴等,与马其昶既是同里,又同属桐城派。姚氏与马氏又是多重姻亲关系,吴汝纶是马其昶的业师,姚永朴是其妹夫。引王念孙、俞樾、孙诒让三位徽派朴学家之注则主要侧重字词释义。从注家身份来看,既有理学名家,又有经世学者;既有明遗民,又有仕清名臣,几乎囊括了自汉至晚清民初所有的注屈名家。由此可见,马其昶在择采注家时不存有门户之见。

姜亮夫先生说:"凡古今释屈文之重要可采者,大抵略遍,由博而反之于约,可为清代说屈赋者之殿。"[①] 马其昶虽征引五十一家之说,然《屈赋微》并非卷帙浩繁之作,正是因其自具炉锤,精于裁断,做到了由博返约。如《离骚》"昔三后之纯粹兮"句,关于"三后"之训解,王逸认为指禹、汤和文王,朱熹又疑为三皇,或少昊、颛顼和高辛。汪瑗《楚辞集解》认为当指楚之先君耳,并推测为祝融、鬻熊、熊绎。王夫之《楚辞通释》注曰:"三后,旧说以为三王,或鬻熊、熊绎、庄王也。"[②] 戴震《屈原赋注》云:"三后,谓楚之先君贤而昭显者,故径省其辞,以国人共知之也。今未闻。在楚言楚,其熊绎、若敖、蚡冒三君乎?犹《下武》言'三后在天',共知为太王、王季、文王。"[③] 马其昶引在稿本《屈赋晢微》中

①姜亮夫:《楚辞书目五种》,中华书局1961年12月第1版,第252页。
②王夫之:《楚辞通释》,上海古籍出版社2018年12月第1版,第6页。
③戴震:《屈原赋注》,上海古籍出版社2018年11月第1版,第9页。

引王夫之注曰："三后，鬻熊、熊绎、庄王也。"[①] 而在今定本《屈赋微》中则改为："其昶案：熊绎为楚始封君，若敖、蚡冒为楚人之所常诵，三后当指此。将溯皇舆之启，故述先君以戒后王。栾武子曰：'楚自克庸以来，其君无日不讨国人，而训之于民生之不易，祸至之无日，戒惧之不可以怠。训之以若敖、蚡冒，筚路蓝缕，以启山林。'文十六年，楚灭庸。杜注云：'《传》言楚有谋臣，所以兴。'即此所云'固众芳之所在'也。"[②] 显然，马其昶对"三后"的看法有个变化的过程，开始择采王夫之之说，后来又改为继承戴震之说并进一步申述发挥，使此说更加完备。如今，"三后"指楚之先君已经成为定论。

《屈赋微》中的"其昶案"多用以概括篇章结构，阐发涵义内蕴。如《九章·惜诵》篇，首句至"有招祸之道也"，其昶案："以上惜诵之始，犹冀君知。"从"思君其莫我忠兮"至"中闷瞀之忳忳"，其昶案："以上因惜诵而遇罚。"从"昔余梦登天兮"至"又何以为此援也"，其昶案："以上占梦，戒其直言见忌。"于全篇末句后案："以上留既有患，去又不忍，惟有清洁自保，媚兹幽独而已。此惜诵后无聊之思也。"要言不烦，寥寥数语，即勾勒出全篇各部分的主要内容和诗情文心。

《屈赋微》凡清人之解说精要者大抵荟萃，所引文献中有相当一部分来自于清人文集、笔记、书信中的研屈论述，具有较高的文献价值。尤其是征引和择采桐城派各家如方苞、姚鼐、姚永朴、方东树、梅曾亮、马瑞辰、吴汝纶等的楚辞论说，从一个侧面展示了桐城派学术的研究风貌。马其昶的楚辞研究体现出兼收并蓄、博观约取的特点，而其吞

①马其昶：《屈赋微》，《楚辞文献丛刊》第68册，国家图书馆出版社2014年7月第1版，第6页。

②马其昶：《屈赋微》，《楚辞文献丛刊》第67册，国家图书馆出版社2014年7月第1版，第325页。

吐庞杂、精于裁断的学术功力使得其注释风格做到了由博返约，亦彰显了其作为桐城派殿军雅洁的特点。

马其昶在屈原评价方面，提出了著名的“宗国祖气”之说。《屈赋微·自叙》云：

> 淮南王安序《离骚传》，以谓“兼《国风》、《小雅》之变，推其志，与日月争光”。太史公采其说入《本传》，而益反复明其存君兴国之念，无可奈何而继之以死。悲夫！死，酷事耳，志定于中，而从容以见于文字，彼有以通性命之故矣。岂与夫匹妇匹夫，不忍一时之悁忿，而自裁者比乎？天地之气，储与扈冶，为人物之所公得，而其间条缕分晰，乃至杪忽不相越紊。宗国者，人之祖气也。宗国倾危，或乃鄙夷其先，故而潜之他族，冀绵须臾之喘息。吾见千古之贼臣篡子，不旋踵而即于亡者。其祖气既绝，斯无能独存也。事可为，则单瘁心力；善吾生，且善人物之生。一人一物之生不善，即吾之气不有亏乎？事不可为，则返其气于太虚，太虚不毁，彼其浩然者，自旁礴而长存，吾又未见屈子之果为死也。[1]

马其昶明确指出屈原之死与“不忍一时之悁忿”而轻生自裁者有着根本性的区别，即屈原是因其存君兴国之志无法实现而赴死的。毛庆先生指出马其昶此语“很可能是针对俞樾的”[2]，笔者认为有理。俞樾（1821–1907）论屈原云：“彼屈原者一为上官大夫、令尹子兰所谗，则幽愁憔悴，继之以死，何其小也！太史公曰：‘屈原之作《离骚》，盖自怨生焉。’今读其词，乃如妇人女子失意于人。所为者，君子不怨天不尤人，知我者，其天乎，又何怨？……彼上官大夫、令尹子兰何人哉？而

---

①马其昶：《屈赋微》，《楚辞文献丛刊》第 67 册，国家图书馆出版社 2014 年 7 月第 1 版，第 320–321 页。

②潘啸龙、毛庆：《楚辞著作提要》，湖北教育出版社 2003 年 5 月第 1 版，第 258 页。

原为之死也。贾谊吊屈原，惜其不能去而死于楚，然而滔滔者天下皆楚也，原无往而不死也，故必如柳下惠，而后可以不死也。”[1]俞樾对屈原之怨、屈原之死均表现出极度的不理解，而马其昶则从个人与国家民族的依存关系立论，严厉指出贼臣汉奸背叛国家民族而使其“祖气”断绝，自食其失根不能独存之可悲后果。马其昶由此盛赞屈原的民族气节和爱国精神，指出屈原不忍离开楚国，终以死明志，是“返其气于太虚”，太虚不毁则浩气长存，因此屈子虽死而其爱国之精神永存。此《自序》作于光绪三十一年（1905），在当时从“宗国祖气”立论阐发屈原的爱国精神，无疑具有深刻的现实意义，渗透着反君主专制思想，体现了时代的要求和进步的民主意识。

马其昶《屈赋微》征引王夫之《楚辞通释》达173条。笔者统计出马其昶稿本《屈赋晢微》中有而定本《屈赋微》中没有的又有13条，加之定本的173条，多达186条。王夫之盛赞屈原为“千古独绝之忠”，指出其所“忠”的对象始终是自己的国家，而屈原之“怨”亦是出于忧国忧民之忠。屈原之怨在于“君昏国危”、“奸邪误国”，而决非一己之穷困得失。王夫之指出屈原是“以己之用舍系国之存亡”，“刘向、王逸之流，惟不知此故，但以不用见逐为怨。使其然，则原亦患失之小丈夫而已，恶足与日月争光哉？”[2]王夫之明确将屈原的忠君爱国精神与民族危亡紧密联系起来，这与马其昶所持的屈原爱国论正相一致，故《屈赋微》引王夫之《楚辞通释》为多。例如马其昶在《九章·悲回风》“心絓结而不解兮，思蹇产而不释”句后引王夫之注云：“此复言子胥死而吴亡，申徒沉而殷灭。君不闵己之死而生悔悟，则虽死无益，心终不能

①俞樾：《宾萌集》，《续修四库全书》集部第1550册，上海古籍出版社2002年4月第1版，第8页。

②王夫之：《楚辞通释》，上海人民出版社1975年6月新1版，第88页。

自释。盖原爱君忧国之心，不以生死而忘，非但愤世疾邪，婞婞焉决意捐生而已。”①引王夫之之语意在强调屈原自沉绝非婞婞捐生，实出于其忠君爱国之诚心。

关于《九歌》的作意，马其昶首先引“何焯曰：《汉志》载谷永之言，云：‘楚怀王隆祭祀，事鬼神，欲以邀福，助却秦军，而兵挫地削，身辱国危。’则屈子盖因事以纳忠，故寓讽谏之词，异乎寻常史巫所陈也。”②然后加案语云：

> 怀王既隆祭祀，事鬼神，则《九歌》之作，必原承怀王命而作也。推其时当在《离骚》前。《史》称原博闻强志，明治乱，娴辞令。怀王使原造宪令，上官大夫谗之，王曰每一令出，原曰非我莫能为。虽非其实，然当时为文，要无出原右者。彼怀王撰词告神，舍原谁属哉？案怀王十一年为从长攻秦，十六年绝齐和秦，旋以怒张仪，故复攻秦，大败于丹阳，又败于蓝田。吾意怀王事神，欲以助却秦军，在此时矣。③

又，马其昶《抱润轩文集》卷二中有《读〈九歌〉》，此文作于同治十一年壬申（1872）。

> 《九歌》之作，原承怀王命而作也，推其时在《离骚》前。……曰“举长矢兮射天狼”，天狼者，秦分野也。其后十八年与秦和，张仪来谢，原使从齐来，曰何不诛仪？二十年齐湣王为从长，又合齐而倍秦。二十四年，复与秦和，楚之衰自怀王始。今读原所为

---

①马其昶：《屈赋微》，《楚辞文献丛刊》第67册，国家图书馆出版社2014年7月第1版，第441页。

②马其昶：《屈赋微》，《楚辞文献丛刊》第67册，国家图书馆出版社2014年7月第1版，第348页。

③马其昶：《屈赋微》，《楚辞文献丛刊》第67册，国家图书馆出版社2014年7月第1版，第348–349页。

> 辞前后著其事神之敬，无己之情。《云中君》见神贶之无私，《湘君》、《湘夫人》反覆于盟誓之不可信，修政之宜及时。河伯非楚境内山川，遥望僭祭之非礼，即神所弗格。《山鬼》明淫祠祷祀之无益，而《大司命》、《少司命》因其祈福上陈性命之情，祝宜子，被不祥，而隐动其为民父母之心。至所谓事神若鬼，欲以助却秦军者，则为盛言当时声色之娱嬉，兵祸之惨怛，利害明白昭著如此，倘所谓卓荦大计非耶？怀王不寤忠谏之指，竟虏于秦，为世大僇，无足怪。乃至千百世读其文，亦无能通知其意者，或且疑其章句错杂，悲夫！古今贞臣、烈士，孤苦不可告语之怀，不吾知则已矣，而祸衅卒构于家国，兹屈子所为痛心也，甚矣哉，儿童之见也！当怀王时，乃欲持孱楚媚鬼神以却虎狼之强秦也，宁有幸乎哉！[1]

对于《九歌》之《东君》，许多楚辞学者均肯定其有所寄托，即使是持《九歌》性质为祭歌的学者如王夫之、钱澄之，亦指出《东君》“事与情会而因寄所感”[2]、“举矢操弧，大有感慨时事，摅写愤懑之情。盖借题以喻志也。”[3]李光地解《东君》云：“是时当襄王之初，犹望以复仇开治之事，故以出震继离之意况之，井鬼为秦分，章末射狼意有在矣。《诗》曰：‘出纳王命’、‘王之喉舌’。故此司为天之北斗，原之初年即其任也。又曰：‘维北有斗，不可以挹酒浆。’斗能调和元气，而使膏泽下于民者，欲王报怨雪耻之后复引用贤臣施惠。百姓惓惓属望，盖在于斯。”[4]戴震《屈原赋注》释《东君》之末章云：“此章有报秦之心，故举秦分野之星言

①马其昶：《抱润轩文集》，《续修四库全书》集部第1575册，上海古籍出版社2002年4月第1版，第685–686页。

②王夫之：《楚辞通释》，上海人民出版社1975年6月新1版，第39页。

③钱澄之：《庄屈合诂》，黄山书社1998年8月第1版，第209页。

④李光地：《九歌注》，《四库全书存目丛书》集部第二册，齐鲁书社1997年7月第1版，第257页。

之。用是知《九歌》之作，在怀王入秦不反之后，歌此以见顷襄之当复仇，而不可安于声色之娱也。”[①] 多以讽谏顷襄王当复仇为说。马其昶在《屈赋微》于《东君》“举长矢兮射天狼”句后引梅曾亮曰：“天狼者，秦之分野，举长矢而射之，此一发之乐也。北斗、桂浆，归而饮；至撰辔高驰，所谓翩然翱翔，不可复制。”又于末章后案云：“日冥之时，东行而反，则暾将出时之为西行可知。秦在西也，谷永谓怀王隆祭祀，欲以助却秦军，此章正其祝神却秦之词。”[②]

又，马其昶在《国殇》篇后案云：“怀王怒而攻秦，大败于丹阳，斩甲士八万，乃悉国兵复袭秦，战于蓝田，又大败。兹祀国殇，且祝其魂魄为鬼雄，亦欲其助却秦军也。原因叙其战斗之苦，死亡之惨，聆其音者，其亦有恻然动念者乎？”[③] 可见，马其昶是因其所持《九歌》为承怀王命作来“助却秦师”之说来判定《国殇》的背景的。考丹阳之战在怀王十七年，除此，秦楚在怀王二十八年、二十九年、顷襄王元年均有死伤惨烈之战事。因此，此篇所赋当指历次战役而言。正如其孙马茂元《楚辞选》所云：“战国后期，巫风在汉北地区还是这样的浓厚，似乎不大可能；也没有任何有关记载，可以作为旁证。假如《九歌》之作，是承怀王之命，为了向神明祈福来退却秦军，则祭祀的目的，必然成为歌辞所明确表现的主题，而且所祭的神祇，也必然和这一目的相适应；可是事实上并不是如此。”[④] 潘啸龙师亦指出：如《九歌》真为“助却秦师”之用，其内容当与秦之《诅楚文》相去不远，然《九歌》之内容却与其大

①戴震：《屈原赋注》，中华书局 1999 年 12 月第 1 版，第 31 页。

②马其昶：《屈赋微》，《楚辞文献丛刊》第 67 册，国家图书馆出版社 2014 年 7 月第 1 版，第 361 页。

③马其昶：《屈赋微》，《楚辞文献丛刊》第 67 册，国家图书馆出版社 2014 年 7 月第 1 版，第 365 页。

④马茂元：《楚辞选》，人民文学出版社 1998 年 8 月第 1 版，第 49 页。

相径庭；尤其是《国殇》篇中大肆渲染楚之将士英勇战死、身首相离的景象，如若作为承怀王之命而作的祭神歌乐，岂不是犯了预示凶兆之大忌？[①] 可见，马其昶的《九歌》"助却秦师"说，虽乃《九歌》研究中的新创之说，且影响到当代，但实际情况确如其孙马茂元所说，事实上恐怕"并不是如此"。

清代楚辞学者不时在屈赋中找到隐喻"秦国"的线索，以此抉发政治方面的喻意。如李光地解《离骚》末段之"西极"、"西皇"、"西海"等，即从当时天下大势的角度推测屈原所指当为秦国。马其昶于《离骚》"昔余至乎西极"后先引李光地之语："是时山东诸国政之昏乱，无异南荆，惟秦强于刑政，收纳列国贤士，士之欲急功名舍是莫适归者，是以所过山川悉表西路"[②]，再引姚永朴曰："李文贞以为西指秦，言是也。当时六国之必并于秦，无智愚皆知之。《荀子·强国篇》言之尤详"。[③] 此"李文贞"即李光地。马其昶又于《离骚》"指西海以为期"后引梅曾亮曰："所指多西方之地，亦删《书》终《秦誓》之意也。时五国皆昏乱将亡，度往而乐者，惟秦耳，而屈子能适秦哉？"[④]

马其昶认为《招魂》是屈原招怀王亡魂，并冀望以此激发顷襄复仇之志。在天地四方招魂之后，马其昶案云："此正叙皋复招魂之事。《礼》疏云：'凡复者，缘孝子之心，望得魂气复反。'盖既复而后行死事，若怀王未死，不能豫凶事也。以上言怀王羁魂于外之愁苦，以下则盛

①参阅潘啸龙：《九歌六论》，《中国社会科学》1986 年第 4 期，第 117–134 页。

②马其昶：《屈赋微》，《楚辞文献丛刊》第 67 册，国家图书馆出版社 2014 年 7 月第 1 版，第 346 页。

③马其昶：《屈赋微》，《楚辞文献丛刊》第 67 册，国家图书馆出版社 2014 年 7 月第 1 版，第 347 页。

④马其昶：《屈赋微》，《楚辞文献丛刊》第 67 册，国家图书馆出版社 2014 年 7 月第 1 版，第 463 页。

陈楚宫室服御之崇丽娱乐，凡所陈，皆生人之趣也，死则无此矣。纵招魂归来，已不能复用。此盖讽谏顷襄，动其哀死之心，而激其不共戴天之志。故又以射猎终之，自来解者皆失其旨。”[1] 马氏认为当是在怀王死后行复礼，如若未死，此举是十分不吉利的“豫凶事”；并指出《招魂》后半篇盛陈宫室淫乐，意在讽谏顷襄，激发其复仇之心。“以上歌舞赛戏之乐，自像设君室至此，穷极珍靡，皆欲其妥先王之魂，则嗣君之当复仇，而未忍溺于宴乐，意自可见。其辞虽丽，其旨则哀。”[2] 马其昶释“魂兮归来哀江南”云：“哀江南者，怀王西入秦，终不反。所望其归来者，魂耳，故足哀也。此文以掌梦发端，以趋梦作结，以崇极孝养、振武刷耻为其微旨之所寄。”[3] 马其昶在《屈赋微》中多次强调嗣君顷襄当复仇、“振武刷耻”，蕴含着他作为传统学者面临国家动荡、社会变革时的个人思考。马其昶在辛亥革命后任安徽高等学堂监督、参政院参政等职，当时袁世凯阴谋称帝，企图笼络其参与“筹安会”，马其昶坚决拒绝，并立即出京。清末民初，挽救时局、振兴中华是摆在国人眼前最重要的事情，由此中国学术亦开始再度转型。马其昶《屈赋微》既包含对其学脉渊源的承继，又承载着清末民初学人寻求救世良方并调适自身以适应时代变革之努力，其中透露出新的时代精神，开启了近代楚辞研究之新声。

综上所述，桐城派各家的楚辞论大多言中有据，条理秩然，无陈言芜词，体现了桐城派雅洁的特点。梅曾亮关于《离骚》的主要观点，如

①马其昶：《屈赋微》，《楚辞文献丛刊》第 67 册，国家图书馆出版社 2014 年 7 月第 1 版，第 463 页。

②马其昶：《屈赋微》，《楚辞文献丛刊》第 67 册，国家图书馆出版社 2014 年 7 月第 1 版，第 471 页。

③马其昶：《屈赋微》，《楚辞文献丛刊》第 67 册，国家图书馆出版社 2014 年 7 月第 1 版，第 472–473 页。

求女"为求通君侧之人"、"巫咸欲其留以求合"等,均是对其父梅冲观点的阐发或深化。因梅曾亮一度在京师的古文领袖地位及桐城派正宗之身份,其楚辞论说对晚清桐城派学者,乃至现当代楚辞学者均有一定程度的影响。桐城派楚辞研究不独沿袭和借鉴这一条路径,还有后学对前贤论说的怀疑与商榷。基于地域之纽带连结起来的桐城派各家,包括方苞、姚鼐、梅曾亮、方东树、吴汝纶、马其昶等均有各自的楚辞论说,隐然成了楚辞学中崛起的一支雄奇壮伟的"桐城"之师,对现当代楚辞学影响甚巨。

第三节 湖湘地域传统与楚辞研究

楚文化是长江流域文化中一种极为重要的文化形态,湖湘地区则是楚民族的发祥地,也是楚文化的核心区域。湖南地理形态大致是山区和丘陵各占一半,且偏隅西南,交通不便,故而在文化上受中原文化浸润较少。曾国藩在《〈湖南文征〉序》中说:

> 湖南之为邦,北枕大江,南薄五岭,西接黔蜀,群苗所萃,盖亦山国荒僻之亚。然周之末,屈原出于其间,《离骚》诸篇为后世言情韵者所祖。逮乎宋世,周子复生于斯,作《太极图说》、《通书》,为后世言义理者所祖。两贤者皆两无师承,创立高文,上与《诗经》、《周易》同风,下而百代逸才举莫能越其范围,而况湖湘后进沾被流风者乎?①

曾国藩指出湖南是屈原生活及流放的地域,屈原作品"为后世言情韵者所祖",肯定屈原作为中国文学之祖的地位,尤其是作为开启湘楚文化之风、影响"湖湘后进"的源头作用。钱基博先生在《近百年湖南学

①罗汝怀:《湖南文征》,岳麓书社2008年9月第1版,第2页。

风》中承袭曾国藩之论，指出屈原与周敦颐“一为文学之鼻祖，一为理学之开山”，沾被无数南楚后学。钱先生还说因湖南“风气闭塞，常不为中原人文所沾被。抑亦风气自创，能别于中原人物以独立”，“罔不有独立自由之思想，有坚强不磨之志节；湛深古学而能自辟蹊径，不为古学所囿；义以淑群，行必厉己，以开一代之风气，盖地理使之然也”。[①] 杨义《屈原诗学与湖湘文化》一文也指出屈原在湖湘创作的诗歌“把诗性文明的开拓伸展到当时还处在原始洪荒的江南湖湘之地，既把中原文明的历史理性精神渗透到南方神话巫风的想象之中，又从南方神奇多情的想象里拓展了中原典雅节制的诗学世界，从而为中国诗性文明的博大和辉煌提供了一个与《诗经》同等重要的源头”。[②] 可见，屈原作为湖湘文化尤其是文学艺术的奠基人其重要的源头地位。

由此，湖湘地域传统以显性或隐性的方式，镌刻在湖湘士人的精神世界，进而渗透其学术研究之中。湖南有着悠久的经世致用的实学传统，宋代以来经由周敦颐、胡安国、张栻等的学术传承，经世之学逐渐发展积淀成为湖湘区域性学风，经历了元明的沉寂之后，到明末清初王夫之接续，至清末曾国藩、王闿运的继承和发展，影响湖湘千余年，对中国文化发展具有重大影响。这些湖湘学者有着前后相承的学术传统，这一具有稳定性地域特征的学风和学术传统，在楚辞研究中表现得至为突出。本节首先对湖湘楚辞学的地域分布进行统计，然后以有传世楚辞学著作的清代湖南学者如王夫之、丁元正、毕大琛、王闿运、曹耀湘等的楚辞研究为主，探讨他们的楚辞研究是如何从地域角度观照《楚辞》，又是如何体现地域传统学术旨趣。

①钱基博：《近百年湖南学风》，岳麓书社 2010 年 1 月第 1 版，第 1 页。

②杨义：《屈原诗学与湖湘文化》，《湖南文理学院学报》2006 年第 4 期，第 2 页。

一、湖湘楚辞学的地域分布和概况

梁代刘勰在《文心雕龙》中总结《楚辞》"惊采绝艳"艺术风格的形成原因有两个方面：一是时代之风气。"方是时也，韩、魏力政，燕赵任权，五蠹六虱，严于秦令；唯齐、楚两国，颇有文学。齐开庄衢之第，楚广兰台之宫，孟轲宾馆，荀卿宰邑，故稷下扇其清风，兰陵郁其茂俗，邹子以谈天飞誉，驺奭以雕龙驰响，屈平联藻于日月，宋玉交彩于风云。观其艳说，则笼罩《雅》、《颂》，故知暐烨之奇意，出乎纵横之诡俗也。"① 二是地域之影响。"若乃山林皋壤，实文思之奥府。略语则阙，详说则繁。然屈平所以能洞监《风》之情者，抑亦江山之助乎？"② 刘勰从时空两个维度，将对《楚辞》奇艳原因的探求，置于战国时代纵横游说及南国山川奇丽的大背景中考察，思虑周详又别具只眼。王萌《〈楚辞评注〉序》亦评价云："惟是恢诡谲怪，卓荦骀荡，天生异才，未易有两。而宋玉又起而继之，皆楚山川灵奇之所钟。故其惊才风逸，壮志烟高，不谋而同，诚有如刘勰之所云者。"③

王夫之《楚辞通释》曰："楚，泽国也；其南沅湘之交，抑山国也；叠波旷宇，以荡遥情；而迫之以崟嵚戌削之幽菀，故推宕无涯，而天采矗发，江山光怪之气，莫能掩抑。"④ 王夫之敏锐地觉察到南楚之地、沅湘之交以"泽国"兼"山国"为主的地理环境对《楚辞》创作的影响，并指出"江山光怪之气莫能掩抑"，即屈原流徙的地域环境对其情感亦产生一定程度的催化作用。

湖湘独特的地域环境和文化传统，塑造了湖湘学者独立的气质禀

---

①刘勰：《文心雕龙》，岳麓书社2004年9月第1版，第408页。

②刘勰：《文心雕龙》，岳麓书社2004年9月第1版，第383页。

③王萌：《楚辞评注》，南京大学出版社2017年12月第1版，第1页。

④王夫之：《楚辞通释》，上海人民出版社1975年6月新1版，第4页。

赋和学术品格。自清代开始，湖湘人文渐趋鼎盛。湖湘学术主要沿湘江和资水两大水系分布，在湘江之滨主要有长沙、善化、衡阳、湘潭等地，沿资水主要有邵阳、新化等地，而清代湖南楚辞学者的分布亦与此相应，见下表：

清代湖湘楚辞学者地域分布统计表

<table>
<tr><th>府</th><th>县</th><th>楚辞学者</th><th colspan="2">数量统计</th></tr>
<tr><td rowspan="6">长沙府</td><td>长沙县</td><td>彭申甫、李寿蓉、曹耀湘</td><td>3</td><td rowspan="6">12</td></tr>
<tr><td>善化县</td><td>毕大琛、李文炤、唐文华、刘世澍、萧大丰</td><td>5</td></tr>
<tr><td>湘潭县</td><td>王闿运</td><td>1</td></tr>
<tr><td>湘乡县</td><td>谢宝镠</td><td>1</td></tr>
<tr><td>醴陵县</td><td>廖志瀚</td><td>1</td></tr>
<tr><td>攸县</td><td>欧阳始亨</td><td>1</td></tr>
<tr><td rowspan="2">衡州府</td><td>衡阳县</td><td>王夫之</td><td>1</td><td rowspan="2">3</td></tr>
<tr><td>清泉县</td><td>丁元正、唐传谷</td><td>2</td></tr>
<tr><td rowspan="2">宝庆府</td><td>新化县</td><td>杨可震、邓显鹤</td><td>2</td><td rowspan="2">3</td></tr>
<tr><td>邵阳县</td><td>周思仁</td><td>1</td></tr>
<tr><td>岳州府</td><td>平江县</td><td>唐允是</td><td>1</td><td>1</td></tr>
<tr><td>辰州府</td><td>溆浦县</td><td>张嘉韶</td><td>1</td><td>1</td></tr>
<tr><td>郴州</td><td>兴宁县</td><td>郭启哲</td><td>1</td><td>1</td></tr>
</table>

到目前为止，笔者统计出的清代湖南楚辞学者有21位。从上表可以看出，21位学者中有12位来自省治长沙府，占总数的一半以上，尤其是其中有5位均来自善化县。其余有3位来自衡州府，3位来自宝庆府，岳州府、辰州府和郴州直隶州各1位。

湖湘学者研习《楚辞》有着不同于其他地域学者的山川地理之感发的因素。传世的清代湖湘楚辞学著作有七部：王夫之《楚辞通释》、丁元正《楚辞辑解》、彭申甫《楚辞注辩正序》、毕大琛《离骚九歌释》、李寿蓉《离骚音韵》、王闿运《楚辞释》、曹耀湘《读骚论世》。已佚的清代楚辞学著作有十四部，包括：萧大丰《楚辞辑注》、刘世澍《楚辞补注》、唐文华《楚辞补注》、李文炤《楚辞集注拾遗》、廖志灏《天问释》、欧阳始亨《楚词定本》、唐允是《楚词注》、唐传谷《楚辞衍义》、周思仁《楚词注》、杨可震《楚辞集注疏》、邓显鹤《骚学源流》、谢宝镠《离骚评注》、张嘉韶《离骚直解》、郭启悊《离骚评点》。以上湖湘楚辞学者之间的互动交流频繁，同是善化县人的唐文华与李文炤是笃交；王闿运二十岁时与李寿蓉等并称为"湘中五子"开始在湖湘文坛崭露头角；王闿运与曹耀湘亦是好友，且二人均曾入曾国藩的幕府。而在楚辞学范围内的互动，如丁元正《楚辞辑解》对乡贤王夫之的《楚辞通释》多有择采；善化李文炤《楚辞集注拾遗》十七卷主要参考衡阳王夫之《楚辞通释》和醴陵廖志瀚《天问释》之说，以补朱熹《楚辞集注》之遗；李寿蓉《离骚音韵》一卷是作为其友人毕大琛的《离骚九歌释》一书的附录刊行；清末民初学者郭焯莹《读骚大例》等楚辞学著作较多吸纳曹耀湘《读骚论世》之论说。

王夫之（1619–1692），字而农，号姜斋，衡州府衡阳县人。崇祯十五年（1642）壬午举人，入清后以遗民自居。在《楚辞通释》中称其"生于屈子之乡，而遘闵戢志，有过于屈者"[①]，是与屈原"时地相疑，孤心尚相仿佛"而注释楚辞的。[②] 王夫之对于《楚辞》作品中的山川风物，犹能以其亲身经历和体验作旷世感会，如《九章·涉江》"入溆浦余儃佪兮"至"云霏霏而承宇"一节注曰："沅西之地，与黔、粤相接，山高林深，四时多雨，云岚垂地，檐宇若出其上。江北之人，习居旷敞之野，初

①王夫之：《楚辞通释》，上海古籍出版社2018年12月第1版，第278页。
②王夫之：《楚辞通释》，上海古籍出版社2018年12月第1版，第2页。

至于此，风景幽惨，不能无感，况被谗失志之迁客，其何堪此乎？"[①]王夫之生长于楚地，终老于沅湘，对楚地山川地理气候之景况非常了解，而与屈原相似的经历使得他更能贴近"被谗失志"的屈子之心灵，而成为屈子之异代知己。

丁元正(1684–1753)，字少微，又字一峰，号湘亭，衡州府清泉县人。雍正七年(1729)拔贡，历任如皋、吴江、震泽等县知县，著有《退思录》七卷、《楚辞辑解》二十二卷、《湘亭诗钞》一卷、《湘亭文钞》一卷等。丁元正生于长于故楚之湘乡，自幼时即对屈子之为人敬慕不已，他在《楚辞辑解》中《楚三闾大夫像》后《图记》云："余幼读屈子《离骚》，即想见其人。适长沙，涉洞庭，访汨罗故处，入庙得瞻遗象，皙泽美秀，心仪屈大夫之面目久矣。"[②]丁元正曾经寻访屈原在湘之遗迹，并得以入屈原庙瞻仰大夫遗像。《图记》中还有一段神奇的梦游记述：

> 乙丑秋，余退居吴江馆舍，凉雨初霁，闻抱叶长鸣蝉声，动我吟咏之兴，检笥得向所辑《楚词注》。反覆采索，因遍蒐前人已刻未刻之注，参互考订，□定为一书，殚精神者屡月。冬至后三日夜，忽梦遊泽畔，树木蓊郁，庐舍隐然，迤□曲径而行。门僻而迥，堂敞而邃。有笼眉皓首，植秋侧身立东阶傍，不知何许人。俄见一戴巾披褐类羽士，自堂中缓步历阶下，若相迎余者。老人耳语余曰："此屈原相公也。"身颀而长，面紫墨，目光如炬，广颡深纹，疏眉高颧，长须丰下。余窃疑其貌不相似，拟登阶就问，下拜，惊而寤，寤而宛然犹在目也。明日以语沈子敬持，徐子灵胎，皆曰昼思夜梦，理或然也。踰日，楚黄夏子玉峰得陆时雍撰本，于担簏废纸

①王夫之：《楚辞通释》，上海古籍出版社2018年12月第1版，第113页。

②丁元正：《楚辞辑解》，《楚辞文献丛刊》第62册，国家图书馆出版社2014年7月第1版，第344页。

中以贻余，余□图象恍若梦中所见。呜呼！噫嘻！其真也耶？其非真也耶？以为真，岂肖于庙中者竟无稽耶？以为非真，斯又岂漫然图之耶？抑庙中之像焉。三间大夫在左徒之时，而刻之于书者，殆遊于江潭将赴汨罗之时耶？吾不得而知。顾余之征诸梦者，偏异畴昔所见，而预兆于今兹之所觏。斯亦奇矣。惜乎未接一语，质所疑，至今不能无余憾云。①

此篇《图记》写于乾隆十一年丙寅（1746）二月三日。文中的“乙丑”，即乾隆十年（1745），丁元正时年六十二岁。这一年秋天，丁元正居住在吴江，偶听蝉声，故而把之前辑注的《楚词注》重新拿出来，“遍蒐前人已刻未刻之注，参互考订”。丁元正在“冬至后三日夜，忽梦遊泽畔”见到了屈原，梦中的屈大夫“笼眉皓首”，“身颀而长，面紫墨，目光如炬，广额深纹，疏眉高颧，长须丰下”，与之前在屈原庙中所见屈原像之“皙泽美秀”不相似。后来又过了几日，丁元正又偶得陆时雍《楚辞疏》，观其中屈原像，“恍若梦中所见”。丁元正感慨“顾余之征诸梦者，偏异畴昔所见，而预兆于今兹之所觏”，真乃奇闻异事！明弘治、万历年间的历代名人圣贤像赞本，以及元赵孟頫、张渥等所绘的屈原像中，屈原多是头戴方形儒巾或圆形缁冠，神情淡定的圣贤化儒者形象。因此，丁元正梦中所见与以往所见不一样，而这才是行吟泽畔的屈大夫的形象。正是因为之前一连几个月注释《楚辞》，对行吟泽畔的屈大夫形象日日熟于心并日益显豁起来，所以夜有所梦。丁元正是在这样的精神感召之下，继续用力，终于完成《楚辞辑解》一书。

毕大琛（1820–1891后），号纯斋，长沙府善化县人，道光二十九年（1849）举人，谭嗣同（1865–1898）之师。毕大琛《离骚九歌释》成书

---

①丁元正：《楚辞辑解》，《楚辞文献丛刊》第62册，国家图书馆出版社2014年7月第1版，第344页。按：文中有三字漫漶不清，以□代之。

于光绪十六年（1890），有光绪十八年（1892）补学斋刊本。全书正文首为《离骚》释，后为《九歌》释，卷末依次为总论《离骚》之语十则、李寿蓉《离骚音韵》、谭献（1832–1901）《离骚九歌释叙》、毕大琛《自叙》。毕大琛《离骚九歌释．自叙》云："岁庚寅，牧归州，来大夫故里，敬拜其墓，慨然读其文，想见其为人，因出所释，以与州人士商之云尔。"[1] 归州，即今湖北秭归，屈原故里。毕大琛于光绪十六年（1890）任归州知州时，来到屈原故里秭归，"敬拜其墓"并著此书。谭献《离骚九歌释叙》云："献楚游，闻毕侯之贤，盖得之李大夫寿蓉云。侯生长沙吊屈之国，而官夷陵产屈之乡。其心怀忠孝文章之嬔，其遇尠忧愁幽思之伤。"[2] 谭献指出毕大琛生在"吊屈"之长沙，官在"产屈"之夷陵（即今湖北宜昌），相同的楚文化背景使得毕大琛对屈原有一种与生俱来的认同感。又，谭献《复堂日记》"辛卯"年有"阅归州牧长沙毕大琛《离骚九歌评注》稿草"[3]，可知《离骚九歌释》一书原名《离骚九歌评注》。谭献提到的"李大夫寿蓉"即《离骚九歌释》光绪十八年（1892）补学斋本附刊的《离骚音韵》的作者李寿蓉（1826–1894），字篁仙，长沙府长沙县人，咸丰元年（1851）辛亥举人，咸丰六年（1856）丙辰进士。系谭嗣同岳丈，与毕大琛友善，与王闿运等并称为"湘中五子"。

王闿运（1833–1916），初名开运，原字纫秋，又字壬甫、壬秋、壬父，号湘绮、湘绮老人，长沙府湘潭县人，咸丰三年（1853）癸丑举人，晚清著名经学家、文学家。著述甚丰，以经学居多。对照王闿运《湘绮楼日

---

①毕大琛：《离骚九歌释》，《楚辞文献丛刊》第65册，国家图书馆出版社2014年7月第1版，第86页。

②毕大琛：《离骚九歌释》，《楚辞文献丛刊》第65册，国家图书馆出版社2014年7月第1版，第81页。

③谭献：《复堂日记》，河北教育出版社2001年1月第1版，第197页。

记》可知，其所著《楚辞释》原名《楚辞注》，始于光绪八年（1882），大致完成于光绪十二年（1886）。王闿运在《湘绮楼说诗》中提到："重读《九章》，知屈子再谗而知己非，深悟释阶登天之必败。余近岁沉思，乃觉焉，幸不以独清见尤，盖有味乎其言也。至其国破而不敢还家，诚贞臣之笃礼。颇怪其见放闲处不言山水之乐，视沅湘、五溪、巴蜀诸胜地为不可久居，托言远游，犹未忘情于侍从之盛。岂国亡丧礼不敢言乐耶？方其九年放流，亦何妨暂适此古人未有游览之事，负此江山。余既非宗臣，又蒙宠妬，往来湘蜀，备睹灵奇，欲作《广远游》以慰之，但未暇耳。继恨屈原不见我，又恨我不见屈原，长吟舟中，心飞岩壑矣。"[①]王闿运在主讲成都尊经书院期间，经由水路"往来湘蜀"之间，在灵奇江山的背景中揣度屈原在流放期间的心路历程，思考《九章》和《远游》等作品的创作心态，进而慨叹"恨屈原不见我，又恨我不见屈原"，言外之意即如果自己与屈原同处一时代，一定能有所作为。

曹耀湘，字镜初，号冰渊，长沙府长沙县人。笃信佛学，法名显宗。咸丰元年（1851）举人，官至刑部郎中。曹耀湘曾入曾国藩幕府充职，与曾国藩多有往来，并在曾国藩病中为其医治身病和心病。曹耀湘的楚辞学著作为《读骚论世》二卷，有民国四年（1915）湖南官书报局铅印本，国家图书馆、南京图书馆、中国人民大学图书馆、苏州大学图书馆有藏；另有西村时彦抄本，日本大阪大学图书馆藏（辑入《读骚庐丛书》中）。该书全文约三万字，卷一分为五个部分，依次是《屈子编年》《考订〈楚辞〉先后顺序》《屈子后纪》《〈屈原列传〉辩证》《诸家序赞辩证》，卷二为《天问疏证》。[②]曹耀湘《读骚论世》中的"骚"，并不专指

①王闿运：《湘绮楼说诗》卷四，香港龙门书店1934年6月第1版，第65页。

②参阅王珏琤：《曹耀湘〈读骚论世〉述要》，《湖南科技学院学报》2018年第3期，第29–33页。

《离骚》。曹耀湘因司马迁所云“忧愁幽思而作离骚”之语，认为屈原作品皆可称之为“骚”，并非专指《离骚》。《读骚论世》：“读《骚》之法必详考屈子一生用舍事迹，合以楚国兴衰本末，按时事以求之，然后先贤贯天地，揭日复月之精忠，千载而下，如将见之。所谓诵诗读书，知人论世也。”[①] 此书可谓近代湖湘学派知人论世的代表性作品。

二、存君兴国的忧患意识

具有突出的爱国主义传统是湖湘文化的个性特征，而此爱国传统的源头就是屈原。二千余年前，屈原自沉汨罗，把悲天悯人的文心诗魂留在了湖湘大地，用他的人格精神烛照后世文人，从而构成了中国古代文人的人格典范和民族精神的象征。屈原“爱国”论源于司马迁“眷顾楚国”、“存君兴国”之说，至洪兴祖则多从屈原“忧国”，为恪守“同姓无可去之义”立论；至朱熹始明确提出屈原“爱国”之论，并指出屈原爱国之根本并非同姓宗臣之身份，而是他“忠君爱国之诚心”。清代湖湘学者在此基础上把“存君兴国”和“爱国”说延伸至更为广阔的社会关心，落实到对政治风云的直接把握上，承载着深沉的忧患意识，而他们本身在行事风格和治学倾向上，也颇受楚文化精神和屈原的影响。

王夫之作为明遗民以及明末清初湖湘文化发展的引领者，主张“民族至上”，把中华民族的兴亡看作是“古今之通义”，而把出卖祖国和民族的汉奸、卖国贼列为永不可赦的“万世之罪人”。王夫之以抗清复明为头等大事，在举兵起义、出仕南明的政治斗争失败后，怀着亡国孤臣的悲痛发愤著书。其《楚辞通释》成书于康熙二十四年乙丑（1685），刊行于康熙四十八年己丑（1709）。“作为清代学术的先驱者

---

①曹耀湘：《读骚论世》，民国四年（1915）湖南官书报局铅印本。

之一，王夫之是传统学术从宋明理学向清代汉学转变的开山人物，其《楚辞通释》既延续了宋代义理探寻之风以及朱熹对《楚辞章句》的批判，又坚持了实证的科学态度”。[①] 虽然说王夫之继承了传统考据学的方法和原则，但其并非专注于微观的训诂考证，其重心还是在义理阐释上，这也为他寄寓个人思想感情提供了较为自由的空间。王夫之对屈原的遭遇深表同情，对屈原忠君爱国的精神深表崇敬。他在《楚辞通释·序例》中说："蔽屈子以一言，曰'忠'"。[②] 王夫之盛赞屈原为"千古独绝之忠"，并指出其所"忠"的对象始终是自己的国家，而屈原的一切情感和行为都是"忠"的体现，包括"怨"亦是出于忧国忧民之忠心。屈原之怨在于"君昏国危"、"奸邪误国"，而决非一己之穷困得失。王夫之明确指出屈原是"以己之用舍系国之存亡"。王夫之释《离骚》"日月忽其不淹兮"六句云："春秋代序，喻国之盛则有衰。草木零落，喻楚承积强之后。……以上言己所必谏之故，以国势之将危也。"[③] 王夫之将屈原的忠君爱国精神与民族的危亡紧密联系在一起，故而批评"刘向、王逸之流，惟不知此故，但以不用见逐为怨。使其然，则原亦患失之小丈夫而已，恶足与日月争光哉？"[④] 这体现了王夫之爱国忧时的民族正气和对屈原之忠君爱国无以复加的高度认同感。

正如梁启超在《清代学术概论》中所说："当时诸大师，皆遗老也。其于宗社之变，类含隐痛，志图匡复，故好研究古今史迹成败，地理厄塞，以及其他经世之务。"[⑤] 王夫之在《楚辞》的注释中倾注了个人的思

①林姗、郭丹：《用达微言，蕴蓄己意——论王夫之的〈楚辞〉阐释》，《中国楚辞学》第十八辑，学苑出版社 2011 年 12 月第 1 版，第 121 页。
②王夫之：《楚辞通释》，上海古籍出版社 2018 年 12 月第 1 版，第 2 页。
③王夫之：《楚辞通释》，上海人民出版社 1975 年 6 月新 1 版，第 3 页。
④王夫之：《楚辞通释》，上海人民出版社 1975 年 6 月新 1 版，第 88 页。
⑤梁启超：《清代学术概论》，东方出版社 1996 年 3 月第 1 版，第 25–26 页。

想观念和忧患意识。如王夫之在《离骚》中“陟升皇之赫戏兮，忽临睨夫旧乡。仆夫悲余马怀兮，蜷局顾而不行”四句，王夫之注曰：“乃倏尔一念，不忘君国之情，欲禁抑而不能，则生非可乐、和不可久，魂离魄惨，若仆悲马怀，而远游之志顿息。盖其忠爱之性，植根深固，超然于生死之外。虽复百计捐忘，而终不能遏。即以巫咸之告于道无损，抑无以平其不已之情，而况比匪奸邪以求容，背去宗邦而外仕，曾足以动其孤贞哉！……而君子从容就义，固非慷慨轻生、奋不顾身之气矜决裂者所得与也。审乎进退者裕而志必伸，原之忠，岂‘忠而过’乎？”[①] 王夫之这一大段注解在文义阐释的过程之中借题发挥，从思想道德角度指出屈原自沉绝非“慷慨轻生”，矜一时之气，而是“忠爱之性”使其能够“超然于生死之外”，并以此反驳朱熹所谓“忠而过”之论调。王夫之注《离骚》“日月忽其不淹兮”至“何不改乎此度也”一节说：“盍不用自强之术，弃邪佞之说，以改纪其政而免于倾丧？以上言己所必谏之故，以国势之将危也。”[②] 王夫之《惜往日》解题云：“追述初终，感怀王始之信任，而惜功之不遂。谗人张于两世，国势将倾，故决意沉渊，而余怨不已，诚忠臣之极致也。”[③] 由此可见，王夫之是以个人的忧患意识，来反观屈原的志行，并以此表明对忠贞志节的寄托与缅怀。

王夫之从《悲回风》的情与辞两方面体会出了此篇不同于《九章》其他篇章的诀别之意，指出《悲回风》篇是屈原绝笔。他在该篇题下释曰：“盖原自沉时永诀之辞也。无所复怨于谗人，无所兴嗟于国事，既悠然以安死，抑恋君而不忘。述己志之孤清，想不亡之灵爽，合幽明于一致，韬哀怨于独知。自非当屈子之时，抱屈子之心，有君父之隐悲，

①王夫之：《楚辞通释》，上海古籍出版社 2018 年 12 月第 1 版，第 34 页。
②王夫之：《楚辞通释》，上海古籍出版社 2018 年 12 月第 1 版，第 5 页。
③王夫之：《楚辞通释》，上海古籍出版社 2018 年 12 月第 1 版，第 144 页。

知求生之非据者，不足以知其死而不亡之深念。”[①] 王夫之凭借其自身的经历深切感悟到《悲回风》篇中的“哀怨”、“隐悲”不同于他篇。王夫之在“观炎气之相仍兮”六句后释曰：“此上皆言沉湘既死之后，魂爽不昧，焄蒿絪缊于天地之间，骀荡自如，离污浊而释不解之忧，故不忍常愁，而决于一死。乃豫想其浩然之气，不随生死为聚散，而蝹蜦旁薄于两间者如此。盖忠贞纯一之志气，与天地合德，鬼神效灵者，可以自信。屈子之贞魂，至今为烈，岂虚也哉？”[②] 王夫之认为从“上高岩之峭岸兮”到“施黄棘之枉策”展现的是屈原所预想的死后之情状或者说是一种死亡体验，从生到死的这个过程中屈原的“浩然之气”、“忠贞纯一之志气”始终“不随生死为聚散”。又，王夫之在《九章》题后也强调说：“至于《悲回风》之卒章，驰神写殁后之悲思，生趣尽，而以焄蒿悽怆之情，与日星河岳互相融结，惟贞人志士，神遇于霏微惝怳之中，非王逸诸人所能尽知者矣。”[③] 在《悲回风》的最后一个部分，借由屈原想象的“殁后之悲思”，其崇高的忠爱之性由此得到了升华。

王夫之在《楚辞通释》中反复辨明屈原的思想动机，即屈子的怨愤是出于“忠爱之性”，绝非一己不遇之私怨。其选篇的主要着眼点也在于此，王夫之于汉人之作仅收录贾谊《惜誓》和淮南小山《招隐士》两篇，他指出“小山《招隐》而后，骚体中绝，有如《七谏》、《哀时命》、《九叹》、《九怀》、《九思》诸篇，俱不足附屈宋之清尘，论之详矣。……余故删汉人无故呻吟之剿说”。[④] 尤其他前无古人地选录了江淹的《山中楚辞》和《爱远山》。王夫之在《山中楚辞》题后说明原因：“梁江淹工于

①王夫之：《楚辞通释》，上海古籍出版社 2018 年 12 月第 1 版，第 157–158 页。
②王夫之：《楚辞通释》，上海古籍出版社 2018 年 12 月第 1 版，第 156 页。
③王夫之：《楚辞通释》，上海古籍出版社 2018 年 12 月第 1 版，第 104 页。
④王夫之：《楚辞通释》，上海古籍出版社 2018 年 12 月第 1 版，第 267 页。

拟似，与刘谢之徒自谓学古制今，触类而广之，作《山中楚辞》。其用意幼眇，言有绪而不靡，特足绍嗣余风。”[①]王夫之在《爱远山》题后云：“淹放黜为闽山长史，待罪三载，究识烟霞之状，笔墨之势，聊为斯文。其云‘郢路辽远’，则依屈子之心以自旌，而文笔沉郁，意指蕴藉，不忍忘君之意溢于尺幅，非但如汉人怨怼之辞，徒寄恨于怀才不试也。故嘉其志而录之。”[②]王夫之从思想动机角度辨别忠愤与私怨之本质区别。又，王夫之于江淹《爱远山》末节注曰：“屈子忠贞，笃于至性，忧国而忘生，故轮囷絜伟于山川，粲烂比容于日月。……淹生千岁之后，独能曲达其情，念系于君，而不与鸡骛争粒粟之宠辱，故夕秀初含，朝华已启，庶几温柔宽厚之旨，旷百世而嗣音矣。”[③]王夫之把忠贞至性作为衡量人的思想动机和道德情操的准绳，故而把江淹与屈原联结到了一起。

衡阳丁元正（1684–1753）极力揄扬屈子以身存楚、以《骚》存楚国之意。丁元正《楚辞辑解·自序》云：“屈子固以身存楚者也。身既沉矣，楚亦随之俱亡。何存乎？曰：以《骚》存之。楚自宣、威以来，几不国矣。原以宗室之谊为左徒，畹兰树蕙，欲率其徒属以奔走后先，踵武前王，而卒困于谗，疏远不已，至于放逐。原知生之终无益于国，而国必不能以图存，于是以缠绵悱恻之意，形为忧愁幽思之言，直欲千载下咸知楚之尚有人，而其人之心乎楚，则其词存而不没，其人死而不死，即楚亡而不亡，皆《骚》之为也。殷有三仁以存殷，楚有屈原以存楚，其揆一也。故曰编之为《楚词》者，成屈子意也。”[④]丁元正从立言不朽

①王夫之：《楚辞通释》，上海古籍出版社2018年12月第1版，第267页。
②王夫之：《楚辞通释》，上海古籍出版社2018年12月第1版，第274页。
③王夫之：《楚辞通释》，上海古籍出版社2018年12月第1版，第277页。
④丁元正：《楚辞辑解》，《楚辞文献丛刊》第62册，国家图书馆出版社2014年7月第1版，第328–329页。

的角度指出，是屈原之《骚》使得其忠心乃至殒身自沉流传千古，也因此造就了永世的辉煌。屈原存君兴国的忧患意识经由丁元正的阐释强调而愈发光辉灿烂。

三、义理阐释的经世之风

张舜徽先生说："湖湘先正之学，本与江浙异趣，大率以义理植其体，以经济明其用。"① 湖湘学术以义理为本，以经世为用，与吴派、皖派有较大差别。王国维先生曾精要地指出："顺康之世，天造草昧，学者多胜国遗老，离丧乱之后，志在经世，故多为致用之学，求之经史，得其本原，一扫明代苟且破碎之习，而实学以兴。"② 于是，经世致用的实学精神、个人道德修养与"国家兴亡，匹夫有责"的社会责任感结合起来的理性实践等多种因素汇聚一道，构成了时代的最强音。钱基博先生在《近百年湖南学风》一书中指出湖南人"罔不有独立自由之思想，有坚强不磨之志节，湛深古学而能自辟蹊径，不为古学所囿"的精神。③ "学术与政治取向标准的结合，熔铸成经世之学，正是近代湖湘文化的精髓。"④ 清代湖湘学者如王夫之、曾国藩、王闿运、曹耀湘等，正是继承了湖湘学风的经世传统，并把这样的经世之风贯穿到了对《楚辞》义理的阐释和研究中，通过学术著述来表达自己的经世致用之志。

不管是王闿运其人，还是《楚辞释》一书，都有着深厚的湖湘情结。王闿运在《巫山天岫峰诗序》中说："余楚人也，国君麋熊，亲为文

①张舜徽：《清人笔记条辨》，中华书局 1986 年 12 月第 1 版，第 361 页。

②王国维：《观堂集林》卷二十三，《王国维遗书》第四册，上海书店出版社 1983 年 9 月第 1 版，第 26 页。

③钱基博：《近百年湖南学风》，岳麓书社 2010 年 1 月第 1 版，第 1 页。

④郭建勋、罗璐：《论王闿运〈楚辞释〉的政治化阐释及其影响》，《湖南科技大学学报》2016 年第 1 期，第 151 页。

师，先正屈原，自夔迁湘。今湘、蜀舟行之路，江湖阻深，芳菲灵异，遗言閟义，具在《楚辞》。"[①]曾任北洋政府总理的熊希龄（1870–1937）撰挽联上联云："楚学离中原以独行，读湘绮全书，直接汨罗大夫、船山遗老。"[②]上联指出王闿运深受楚文化的熏染，直接继承了以屈原、王夫之为代表的忠君爱国、上下求索的湖湘之风。下联是："教育先政治以革命，张公羊三世，实启西川弟子、南海名人。"[③]王闿运从晚清至民国初年执掌成都、长沙、衡阳各地书院长达三十余年。下联即称颂王闿运以独特的治学之法教育培养出了廖平、刘光第和再传弟子康有为、梁启超等人。廖平是王闿运弟子，康有为是廖平弟子，梁启超又是康有为的弟子。"身为晚清著名学者，他将学术研究与书院教育紧密结合，对书院进行积极而富有成效的改革，成就卓著，对近代四川、湖南的学风和社会风气的转变产生了深远影响。"[④]王闿运对其时学风之变革确有重大影响。

王闿运《楚辞释》一书从选篇开始即带有深刻的湖湘印记，其选篇"注重时代和地域，则凸显出王闿运纵横家的政治史观和根深蒂固的湖湘本土情结。而这种政治史观和湖湘情结，同时也贯彻于全书的阐释与研究之中"。[⑤]从选篇上看，《楚辞释》严格限制在战国楚国人的作品之内，汉代拟骚之作全部删削。所选作家仅包括屈原、宋玉和景差三人，其中宋玉的《高唐赋》不见前代注本收录。王闿运选

①王闿运：《湘绮楼诗文集》第一册，岳麓书社2008年11月第1版，第75页。
②周渊龙、莫道迟：《王闿运楹联辑注》，香港天马图书有限公司2002年版，第278页。
③周渊龙、莫道迟：《王闿运楹联辑注》，香港天马图书有限公司2002年版，第278页。
④周柳燕：《王闿运的生平与文学创作》，湖南大学出版社2010年12月第1版，第170页。
⑤郭建勋、罗璐：《论王闿运〈楚辞释〉的政治化阐释及其影响》，《湖南科技大学学报》2016年第1期，第149页。

录并注释《高唐赋》，主要是因为他认为《高唐赋》是一篇具有浓厚政治隐喻色彩的作品。其论说在《高唐赋》题下“新释”中得以集中呈现：

> 旧以高唐为云梦之台。今案高唐邑在齐右，云梦泽在南郢，巫山在夔，三地相去五千余里，合而一之，文意淆乱，由不知赋意故也。古今文人，设词众矣。至于昼幸妇人，公荐枕席，于文不足以增词彩，于理徒以为秽乱，虚作此言，果何为哉？盖尝登巫山，望秭归，临夔门，泛夏水，深求秦楚强弱之故。读《离骚》、《回风》之篇，得屈子之忠谋奇计，在据夔巫以遏巴蜀，使秦舟师不下，而后夷陵可官，五渚不被暴兵。东结强齐，争衡中原，分秦兵力，楚乃得以其暇，招故民，收旧地，扼长江，专峡险。良媒不遂，顷襄弃国，秦师并下，贞臣走死。弟子宋玉之徒，崎岖从迁，假息燕幕，畜同俳优，不与国谋。然坐见危亡，追思远谟，虽势无可为，而别无奇策，乃后叹息窃泣，哀楚之自亡也。情不能已，因遂作赋。首陈齐楚婚姻之交，中述巴蜀出峡之危，末陈还都夔巫之本。计言不显则意不见，故直以幸女立庙，明当婚齐，申屈子之奇谋，从彭咸之故宇。后有知者，明楚之所以削，秦之所以霸，然后服达士之远见，申沉湘之孤愤矣。①

王闿运认为《高唐赋》是宋玉申述屈原的计谋，主张齐楚联姻，共同对抗强秦的具有浓厚政治寓意的作品。以此为逻辑起点，王闿运提出了一系列匪夷所思的新见解。比如王闿运认为“高唐”不在楚之云梦，而是齐国的地名高唐邑，由此宋玉又根据屈原《离骚》和《悲回风》中的地理描写，悟出了屈原的“忠谋奇计”，即“还都夔巫”、“据夔巫以遏巴蜀”，在地理上凭恃楚之故都夔巫，据巴蜀、压夷陵，以遏制秦军。王

①王闿运：《楚辞释》，岳麓书社 2013 年 7 月第 1 版，第 174–175 页。

闿运进而指出《高唐赋》一文的创作动机是宋玉追思屈原的复兴楚国之谋略，探究楚弱秦强之缘由而作。王闿运在《巫山神女祠碑》中对前所引“以幸女立庙”有互见说明：“宋玉之赋巫山，有高唐朝云之事，其曰‘先王幸之’，故为立庙，托神女以况先后也。讥楚后王弃先君之宗庙，徙夔、巫故都而乐郢、陈，将不保其妻子，故曰巫山之女，为高唐之客。”[①] 即以巫山神女为高唐之客，来比况齐楚联姻之计。在《楚辞释》中有多处注释都是作如此比附，如《离骚》“驷玉虬以乘鹥兮”新释曰：“鹥，总后饰车者，喻婚齐女也”[②]；《离骚》“鸾皇为余先戒兮”新释曰：“鸾皇，以喻结婚于齐也”[③]；《离骚》“求宓妃之所在”新释曰：“宓妃，齐女也”。[④]

从方法论来说，王闿运更多地运用史地结合的研究思维，从地理战略位置出发，在《楚辞释》一书的注解过程中探索楚国的复兴之路。“他搜寻史籍，且在夔、巫一带多番作实地考察，知夔、巫乃兵家谓之天险之地，认为此赋乃是屈原守天险以复国之宏才谋略，非前人所理解的‘高唐云雨’之说。王闿运素以通经致用为己任，认为经学的发展，必须走出章句训诂之泥潭，发挥其中的‘微言大义’方能突显其内在的生命力。”[⑤] 由此，王闿运将宋玉《高唐赋》诠释为一篇经世之策。这鲜明地体现出湖湘之学经世致用的极端，便是对“帝王之学”治国霸术权变的推崇和倡言。晚清以来，在民族危机和社会现实的激荡之下，“王闿运是近代‘帝王之学’的魁首，其学说的突出特点是静观

①转引自王闿运：《湘绮楼日记》，岳麓书社 1997 年 7 月第 1 版，第 894 页。

②王闿运：《楚辞释》，岳麓书社 2013 年 7 月第 1 版，第 19 页。

③王闿运：《楚辞释》，岳麓书社 2013 年 7 月第 1 版，第 20 页。

④王闿运：《楚辞释》，岳麓书社 2013 年 7 月第 1 版，第 22 页。

⑤王向清：《王闿运的经世思想及其特征》，《湖南社会科学》2014 年第 1 期，第 21 页。

时变，看准时机，翩然而出大显纵横捭阖之术的威力。他不是从内圣的道德资源中寻求合理的支持，而是讲求霸道权变作为外王的非常手段，深信只要精通经术权变之法，就可辅助非常之人，成就帝王之业。”①

王闿运认为屈原所有作品皆作于怀王客秦之后，主旨都是表现其谋返怀王、复兴楚国的谋略。不管是《离骚》、《九歌》，还是《天问》、《九章》，均是一脉相承的。如《离骚》“初既与余成言兮，后悔遁而有他”，王闿运“新释”曰：“成言，顷襄约原返王之谋也。《抽思》曰‘昔君与我诚言，羌中道而回畔’，言之详矣。”② 又如《九歌．湘君》“驾飞龙兮北征”，王闿运“新释”曰：“顷襄初立，召原谋返怀王，故驾飞龙也。”③ 最有难度的是《天问》，如“羲和之未扬，若华何光”，王闿运“新释”曰：“未扬，言不用也。若华西日无光，怀王不返。”④ 又如“一蛇吞象，厥大何如”，王闿运“新释”曰：“蛇，喻秦。象，喻怀王。”⑤ 对于《九章》之作意，王闿运在《惜诵》首二句后“新释”曰：“本与顷襄谋返怀王，忽背之而以为罪。欲诵言自明，王怒，益祸。又使王负不孝之罪，国事愈不可为，故惜之而自致愍也。今卒不存楚，亡郢失巫，己竟殉之，而志终终不白，故悉发其愤，抒情而作《九章》也。”⑥ 缘此，王闿运对屈原形象也进行了全新的诠释，“一方面承袭屈原‘忠而被谤，信而见疑’（《屈原列传》）之传统形象，并致力于突显屈原为君王出谋画策之面向，使其成为一

①刘筱红：《张舜徽与清代学术史研究》，华中师范大学出版社 2001 年 10 月第 1 版，第 218-219 页。

②王闿运：《楚辞释》，岳麓书社 2013 年 7 月第 1 版，第 8 页。

③王闿运：《楚辞释》，岳麓书社 2013 年 7 月第 1 版，第 39 页。

④王闿运：《楚辞释》，岳麓书社 2013 年 7 月第 1 版，第 60 页。

⑤王闿运：《楚辞释》，岳麓书社 2013 年 7 月第 1 版，第 61 页。

⑥王闿运：《楚辞释》，岳麓书社 2013 年 7 月第 1 版，第 77-78 页。

位具有远见之政治家、外交家”[①]，或者说是纵横家式的人物了。

王闿运治学强调躬行实践，经世致用，甚而通过弱秦强楚之策的探索来寻求弱夷强华之策。“在王闿运的眼中，战国晚期东边的弱楚就好比清末的中国，西边的强秦就好比西方的列强，忠贞忧国的屈原就好比他自己。王闿运在注释《高唐赋》中阐述的屈原‘弱秦强楚之策’，就间接地表达了他自己的‘弱夷强华之策’。”[②] 王闿运在其诗歌中亦申述其主张，其《览古兴咏三首·巫山高》：“楚人捕蝉忘黄雀，百战连兵向伊雒。东收鲁越弃夔巫，蜀郡迎来司马错。夏水浮江江石崩，秦兵四日烧夷陵。丞相从容曳珠履，寿春城脆如春冰。屈原含冤宋玉老，年年犹梦高唐好。雨散风离十二峰，瑶姬泪滴阳云草。蛮夷问鼎入中原，敝国伤财不足论。莫矜江汉轮船便，已见风沙印度昏。”[③] 这首诗是王闿运途经巫山有感而发。前十句咏史，“屈原含冤宋玉老，年年犹梦高唐好”两句即指屈原试图联齐抗秦失败后亡国。后六句回到现实，外敌入侵，清政府凋敝无力，没有有效的外交策略，恐怕要像印度一般沦为半殖民地半封建社会了。

王闿运《湘绮楼日记》记载光绪八年（1882）二月八日，“读《楚词》，评释《九歌》，尤伤心于《山鬼》。……楚弃夔、巫而弱亡，屈子独欲复夔以通巴蜀，宋玉传其说。此自古智士秘计奇谋，至余乃始发之，虽或谓屈、宋所不到，而此策自是弱秦复楚立奇未经人道者也。余今日亦有弱夷强华之策，无由陈于朝廷，用事大臣闻者尚不及子兰能大怒，其

① 柯混瀚：《王闿运〈楚辞释〉的时代意义》，《应华学报》第十一期，2012 年 6 月，第 50 页。

② 肖友芳、吴广平：《六经注我 新奇诡异——论王闿运对宋玉〈高唐赋〉的阐释》，《湖北文理学院学报》2015 年第 3 期，第 37 页。

③王闿运：《湘绮楼诗集》，大连图书供应社 1935 年 9 月第 1 版，第 143-144 页。

情悲于屈原,而遇则亨矣。古之伤心人别有怀抱,渔父、詹尹岂能笑之乎?"[①] 在这里,王闿运直接道出了其借注释《楚辞》为载体借题发挥,暗中表明自己对清末民初政治时局和军事外交的看法。王闿运甚至在《楚辞释》中直接阐述了他的"弱夷强华之策"。他在《离骚》"驾八龙之蜿蜒,载云旗之委蛇"后"新释"曰:"秦之弱楚在据巴蜀取夔巫,以压夷陵。今更欲从黔滇通缅藏,包雍凉,窥蜀通巴,以复夔巫。此原平生壮谋,有志而未得试者,故其词夸壮。"[②] 这不仅表达出了王闿运在危难时期忧国忧民的深切情怀,更体现出了王闿运作为一个纵横家待时而用的急切渴望。

可以说,《楚辞释》是王闿运纵横思想和经世之风相融结的产物。姜亮夫《楚辞书目五种》评《楚辞释》云:"虽多想象推戡之辞,不无附会因缘之失。而心入绵邈,深体文心,求其比兴,以推作意。非空言欺人,标新诬古,妄为解析者之所能望其肩背。其说他篇,操术亦同。新义蜂出,突破前人。虽多不中,而可谓好古敏求者矣。清人《楚辞》之作,以戴东原之平允,王闿运之奇邃独步当时,突过前人,为不可多得云。然篇篇求与时事相应,句句关切怀襄两世,遂致附会过多,不足以服人。"[③] 姜亮夫先生之评价甚为公允。

综上所述,清代湖湘学者的《楚辞》研究往往起始于地域情感,在以经世致用、爱国忧民为代表的湖湘文化精神的感发下进行研究,带有深厚的地理思维、政治因素和时代意义,注重还原诗人所处时代的政治环境,醉心于揭示基于政治原因而深藏其中的隐秘指涉。

---

①王闿运:《湘绮楼日记》,岳麓书社 1997 年 7 月第 1 版,第 1078-1079 页。
②王闿运:《楚辞释》,岳麓书社 2013 年 7 月第 1 版,第 32 页。
③姜亮夫:《楚辞书目五种》,云南人民出版社 2002 年 10 月第 1 版,第 265 页。

附录：清代楚辞学简要年表

凡　例

一、本年表分为年代、楚辞学纪事及相关纪事三栏。

二、本年表起自明万历二十四年（1596），迄于民国五年（1916），大致合于本文所定之“清代”之时限。

三、“年代”一栏详录年号、干支及公元纪年。

四、“楚辞学纪事”栏主要录列清代楚辞学著作之著成年代、刊印年代及序跋写作之年代。

五、“相关纪事”一栏以清代楚辞学者的生卒和功名年份为主，旁及有年代可考的与楚辞学著作相关之事迹、重大政治史事，及部分著名学者文人之生卒年。

六、由于文献史料的缺漏，一些资料未能系年，故名曰“简要年表”。

年代	楚辞学纪事	相关纪事
万历二十四年丙申（1596）		萧云从出生。

续表

年代	楚辞学纪事	相关纪事
万历四十年 壬子（1612）		钱澄之出生。
万历四十三年 乙卯（1615）	汪瑗之子汪文英刊《楚辞集解》。焦竑为之作序，汪文英跋。	
万历四十六年 戊午（1618）	汪瑗之侄汪仲弘合《楚辞集解》与己作《天问注补》重刊。 张京元《删注楚辞》付梓。	
万历四十七年 己未（1619）		王夫之出生。
万历四十八年 庚申（1620）		顾大申出生。
崇祯元年 戊辰（1628）		林云铭出生。
崇祯四年 辛未（1631）		贺宽出生。
崇祯七年 甲戌（1634）		李陈玉中进士。
崇祯十五年 壬午（1642）		李光地出生。 王夫之中举。
崇祯十六年 癸未（1643）	黄文焕《楚辞听直》刊行。	
崇祯十七年 清顺治元年 甲申（1644）		三月，李自成大顺农民军攻入京师，崇祯帝自缢于煤山，吴三桂引清兵入关，清王朝建立。
顺治三年 丙戌（1646）	杨金声《楚辞笺注定本》刊行。	
顺治九年 壬辰（1652）		贺宽中进士。
顺治十五年 戊戌（1658）		林云铭中进士。

续表

年代	楚辞学纪事	相关纪事
顺治十六年 己亥(1659)		奚禄诒中进士。
康熙二年 癸卯(1663)		顾成天出生。
康熙三年 甲辰(1664)		张德纯出生。
康熙五年 丙午(1666)		徐焕龙中举。
康熙六年 丁未(1667)		方苞出生。
康熙八年 己酉(1669)		萧云从卒,享年七十四岁。
康熙九年 庚戌(1670)		吴世尚出生。 李光地中进士。
康熙十一年 壬子(1672)	李陈玉《楚辞笺注》由魏学渠刊行。	
康熙十三年 甲寅(1674)		武进蒋骥出生。
康熙十四年 乙卯(1675)		庞垲中举。
康熙十五年 丙辰(1676)		王邦采出生。
康熙十六年 丁巳(1677)	王萌《楚辞评注》刊行。	
康熙十七年 戊午(1678)		毛奇龄中举。
康熙二十年 辛酉(1681)		顾成天中举。
康熙二十三年 甲子(1684)		丁元正出生。

续表

年代	楚辞学纪事	相关纪事
康熙二十四年乙丑(1685)	王夫之《楚辞通释》成书。 钱澄之《庄屈合诂》定稿。	
康熙二十五年丙寅(1686)	毛奇龄《天问补注》刊行,即萧山书留草堂刻本。	
康熙二十八年己巳(1689)	高秋月、曹同春《楚辞约注》刊行,即文萃堂刊《庄骚合刻》本。	
康熙二十九年庚午(1690)	钱澄之《庄屈合诂》由徐乾学刊行,即斟雉堂刻本。	
康熙三十二年癸酉(1693)		钱澄之卒,享年八十二岁。 姚培谦出生。 朱冀中举。
康熙三十四年乙亥(1695)	郑武《寄梦堂屈子离骚论文》刊行,即寄梦堂刊本。	
康熙三十六年丁丑(1697)	林云铭《楚辞灯》挹奎楼刻本刊行。	林云铭卒,享年七十岁。
康熙三十七年戊寅(1698)	徐焕龙《屈辞洗髓》初刊,即无闷堂刻本。徐瑶《屈辞简明音释》一卷附刊。	
康熙三十八年己卯(1699)	沈无咎《骚屑》刊行,即香绿园刻本。	
康熙四十年辛巳(1701)	张诗《屈子贯》刊行,即孝友堂刻本。	
康熙四十四年乙酉(1705)	王箴《离骚详解》成书。	
康熙四十五年丙戌(1706)	朱冀《离骚辩》初刊,即绿筠堂刻本。	方苞中进士。 方桑如中进士。
康熙四十八年己丑(1709)	王夫之《楚辞通释》初刊,即王敔刻本。	

续表

年代	楚辞学纪事	相关纪事
康熙五十年 辛卯(1711)		戴名世《南山集》案发，方苞被牵连入狱，李光地力救。 林仲懿中举。
康熙五十一年 壬辰(1712)		谢济世中进士。
康熙五十三年 甲午(1714)	张德纯《离骚节解》初刊，即读书松桂林刻本。	
康熙五十五年 丙申(1716)		毛奇龄卒，享年九十四岁。
康熙五十七年 戊戌(1718)		李光地卒，享年七十七岁。
康熙五十八年 己亥(1719)	李光地《离骚经注》、《九歌注》刊行。	
康熙五十九年 庚子(1720)	毛奇龄《天问补注》再刊，即李塨等刻《西河文集》本。	
康熙六十一年 壬寅(1722)	王邦采《离骚汇订》《屈子杂文笺略》刊行。	
雍正元年 癸卯(1723)		戴震出生。
雍正五年 丁未(1727)	吴世尚《楚辞疏》尚友堂、尚论堂本刊行。 蒋骥《山带阁注楚辞》定稿刊行，即山带阁刻本。	
雍正六年 戊申(1728)		江中时出生。
雍正七年 己酉(1729)		董国英出生。
雍正九年 辛亥(1731)		桐城姚鼐出生。

续表

年代	楚辞学纪事	相关纪事
雍正十年 壬子(1732)		张德纯卒,享年六十九岁。
雍正十一年 癸丑(1733)		张若需中进士。 邱仰文中进士。
雍正十二年 甲寅(1734)	夏大霖《屈骚心印》初刊,即一本堂刻本。	
乾隆元年 丙辰(1736)		陈九龄中进士。
乾隆三年 戊午(1738)	屈复《楚辞新注》初刊。	张象津出生。
乾隆四年 己未(1739)		陈本礼出生。
乾隆六年 辛酉(1741)	谢济世《离骚解》刊行。 姚培谦《楚辞节注》刊行,即鲈香居士刊本。 顾成天《离骚解》《九歌解》《读骚列论》刊行。	蒋骥卒,享年六十八岁。
乾隆七年 壬戌(1742)		祝德麟出生。
乾隆八年 癸亥(1743)		陈昌齐出生。
乾隆九年 甲子(1744)	奚禄诒《楚辞详解》初刊,即知津堂刻本。	王念孙出生。 顾成天卒,享年八十二岁。
乾隆十年 乙丑(1745)	林仲懿《离骚中正》刊行,即世锦堂刻本。	
乾隆十一年 丙寅(1746)	方苞《离骚正义》之方氏家刻《抗希堂十六种》本刊行。	王邦采卒,享年七十一岁。
乾隆十二年 丁卯(1747)		龚景瀚出生。 刘梦鹏中举。

续表

年代	楚辞学纪事	相关纪事
乾隆十三年戊辰（1748）	丁元正《楚辞辑解》成书。	胡濬源出生。
乾隆十四年己巳（1749）	陈远新《屈子说志》刊行，即慎余堂刊本。	方苞卒，享年八十三岁。
乾隆十六年辛未（1751）		刘梦鹏中进士。
乾隆十七年壬申（1752）	戴震《屈原赋注》注成。	方绩出生。
乾隆十八年癸酉（1753）		丁元正卒，享年七十岁。
乾隆十九年甲戌（1754）	方楘如《离骚经解略》刊行，即佩古堂刻《集虚斋学古文》附刻本。	
乾隆二十年乙亥（1755）	许清奇《楚辞订注》刊行。	
乾隆二十四年己卯（1759）		牟庭出生。
乾隆二十五年庚辰（1760）	戴震《屈原赋注》初刊，即汪梧凤不疏园刊本。	
乾隆二十六年辛巳（1761）	胡文英《屈骚指掌》成书。	
乾隆二十七年壬午（1762）		梅冲出生。 戴震举乡试。
乾隆三十一年丙戌（1766）	鲁笔《楚辞达》初刊，即见南斋刻本。	姚培谦卒，享年七十四岁。
乾隆三十五年庚寅（1770）	毛奇龄《天问补注》再刊，即重修《西河文集》本。	
乾隆三十六年辛卯（1771）		龚景瀚中进士。 陈昌齐中进士。

续表

年代	楚辞学纪事	相关纪事
乾隆三十七年壬辰（1772）	方人杰《庄骚读本》刊行，即世春堂刊《庄骚读本》本。 邱仰文《楚辞韵解》刊行，即硕松堂刊本。	方东树出生。
乾隆三十八年癸巳（1773）	陈九龄《屈子发明》《屈子文存》刊行，即《二物堂全集》本。	戴震任《四库全书》馆纂修。 江有诰出生。 祝德麟中进士。
乾隆三十九年甲午（1774）	夏大霖《屈骚心印》再刊。	
乾隆四十年乙未（1775）	高钟、丁繁滋《楚辞音韵》成书。	王念孙中进士。
乾隆四十二年丁酉（1777）		戴震卒，享年五十四岁。
乾隆四十四年己亥（1779）	祝德麟《离骚草木疏辩证》初刊，即悦亲楼刻本。	姚鼐《古文辞类纂》完成。
乾隆四十五年庚子（1780）		张象津中举。
乾隆五十年乙巳（1785）	张德纯《离骚节解》梓州郡署重刊朱墨套印本。	
乾隆五十一年丙午（1786）	胡文英《屈骚指掌》刊行，即富芝堂刊《武进胡氏所著书》本。	梅曾亮出生。
乾隆五十二年丁未（1787）	江中时《楚骚心解》刊行。 黄之纪《楚辞刊误》刊行，即黄氏《编录堂集》刻本。	
乾隆五十四年己酉（1789）	刘梦鹏《屈子章句》初刊，即藜青堂刻本。	朱骏声出生。
乾隆五十七年壬子（1792）	姚培谦《楚辞节注》再刊，即上洋博斯堂刻“鲈香居士读本”。	
乾隆五十八年癸丑（1793）		强望泰出生。

续表

年代	楚辞学纪事	相关纪事
乾隆五十九年 甲寅（1794）	龚景瀚《离骚笺》刊行，即澹静斋刻本。	丁晏出生。
乾隆六十年 乙卯（1795）	牟庭《楚辞述芳》初刊，即栖霞牟氏俗园刊《雪泥书屋全书》本。	
嘉庆元年 丙辰（1796）	毛奇龄《天问补注》再刊，即萧山陆凝瑞堂重印《西河合集》本。	辛绍业中进士。
嘉庆二年 丁巳（1797）		江中时卒，享年七十岁。
嘉庆三年 戊午（1798）	张诗《屈子贯》重刻，即畷城万春堂本。	祝德麟卒，享年五十七岁。
嘉庆五年 庚申（1800）	陈昌齐《楚辞音义》刊行，即嘉应吴兰修校刊《赐书堂全集》本。 高钟、丁繁滋《楚辞音韵》刊行，即丁氏春晖阁刻本。 刘梦鹏《屈子章句》重刊。	梅冲中举。 马邦举中举。
嘉庆六年 辛酉（1801）		颜锡名出生。 黄恩彤出生。
嘉庆七年 壬戌（1802）		龚景瀚卒，享年五十六岁。
嘉庆九年 甲子（1804）	鲁笔《楚辞达》重刊，即师范辑《二余堂丛书》本。	
嘉庆十年 乙丑（1805）		马邦举中进士。
嘉庆十一年 丙寅（1806）		陈旸出生。
嘉庆十五年 庚午（1810）	任兆麟《楚辞注》刊行，即遂古堂刻《任氏述记三十四种》本。	
嘉庆十六年 辛未（1811）	张道绪《屈子选》刊行，即人境轩自刊《文选十三种》本。	
嘉庆十七年 壬申（1812）	陈本礼《屈辞精义》初刊，即裛露轩刊本。	贺际运出生。 毛祥麟出生。

续表

年代	楚辞学纪事	相关纪事
嘉庆十八年 癸酉(1813)	辛绍业《九歌解》刊行，即《敬堂遗书》刊本。	
嘉庆十九年 甲戌(1814)	江有诰《楚辞韵读》初刊，即自刻小学各书本。	
嘉庆二十年 乙亥(1815)	梅冲《离骚经解》初刊。	姚鼐卒，享年八十五岁。
嘉庆二十一年 丙子(1816)	胡濬源《楚辞新注求確》成书。	方绩卒，享年六十五岁。 端木埰出生。 陆增祥出生。
嘉庆二十三年 戊寅(1818)		陈本礼卒，享年八十岁。 朱骏声中举。
嘉庆二十四年 己卯(1819)	江有诰《楚辞音韵》之《江氏音学十书》本刊行。	
嘉庆二十五年 庚辰(1820)	胡濬源《楚辞新注求確》初刊，即长沙务本堂刻本。	陈昌齐卒，享年七十八岁。 毕大琛出生。
道光元年 辛巳(1821)		俞樾出生。 丁晏中举。
道光二年 壬午(1822)		梅曾亮中进士。
道光四年 甲申(1824)		胡濬源卒，享年七十七岁。 张象津卒，享年八十七岁。 夏献云出生。
道光六年 丙戌(1826)	林有席《离骚经参解》刊行，即《平园全集》刻本。	梅冲卒，享年六十五岁。 李寿蓉出生。 黄恩彤中进士。
道光七年 丁亥(1827)	方绩《屈子正音》初刊，即邓廷桢刊本。	
道光九年 己丑(1829)	张象津《离骚经章句义疏》刊行。 邓启南《离骚新宛》成书。	

续表

年代	楚辞学纪事	相关纪事
道光十年 庚寅(1830)		蒋曰豫出生。
道光十一年 辛卯(1831)		郑知同出生。
道光十二年 壬辰(1832)		牟庭卒,享年七十四岁。 王念孙卒,享年八十九岁。
道光十三年 癸巳(1833)		王闿运出生。
道光十五年 乙未(1835)		尚兆山出生。
道光二十年 庚子(1840)		吴汝纶出生。
道光二十四年 甲辰(1844)		强望泰卒,享年五十二岁。
道光二十五年 乙巳(1845)	董国英《楚辞贯》刊行,即博川正谊斋刊本。	
道光二十六年 丙午(1846)	周拱辰《离骚草木史》重刊,即周踊潜刊《周孟侯先生全书》本。	
道光二十七年 丁未(1847)		贺际运中进士。
道光三十年 庚戌(1850)		陆增祥中进士。 俞樾中进士。
咸丰元年 辛亥(1851)		江有诰卒,享年七十九岁。 方东树卒,享年八十岁。 曹耀湘中举。 廖平出生。
咸丰三年 癸丑(1853)		王闿运中举。
咸丰四年 甲寅(1854)	丁晏《楚辞天问笺》成书。	

续表

年代	楚辞学纪事	相关纪事
咸丰五年 乙卯（1855）		马其昶出生。
咸丰六年 丙辰（1856）		梅曾亮卒，享年七十一岁。
咸丰八年 戊午（1858）		朱骏声卒，享年七十一岁。
咸丰九年 己未（1859）	贺际运《三益斋离骚注》刊行，即吴门刊本。	刘光第出生。
同治二年 癸亥（1863）		陈旸卒，享年五十八岁。
同治四年 乙丑（1865）		毕大琛出生。
同治五年 丙寅（1866）	强望泰《楚辞初学读本审音》刊行，即韩城强氏刻本。	
同治六年 丁卯（1867）		孙诒让中举。
同治八年 己巳（1869）	梁夔谱《离骚注》刊行，即镜古堂刻《古赋首选》本。	
同治九年 庚午（1870）		颜锡名卒，享年七十岁。
光绪元年 乙亥（1875）		蒋曰豫卒，享年四十六岁。
光绪二年 丙子（1876）	端木埰《离骚启蒙》刊行。	丁晏卒，享年八十三岁。
光绪三年 丁丑（1877）	夏献云《屈大夫文》刊行，即长沙刊本。 蒋曰豫《离骚释韵》刊行。	
光绪六年 庚辰（1880）	方绩《屈子正音》网旧闻斋重刊袖珍本刊行。	

续表

年代	楚辞学纪事	相关纪事
光绪八年 壬午(1882)	朱骏声《离骚赋补注》重刊,即临啸阁刊《朱氏群书》本。	陆增祥卒,享年六十七岁。
光绪九年 癸未(1883)	鲁笔《楚辞达》章世臣重印见南斋活字本印行。 王闿运《楚辞释》成书。	黄恩彤卒,享年八十三岁。 毛祥麟卒,享年七十二岁。 尚兆山卒,享年四十九岁。
光绪十年 甲申(1884)	方绩《屈子正音》名德堂重雕袖珍本问世。	
光绪十二年 丙戌(1886)	王闿运《楚辞释》初刊,即成都尊经书院刻本。	王树枏中进士。
光绪十五年 己丑(1889)		夏献云卒,享年六十六岁。
光绪十六年 庚寅(1890)		郑知同卒,享年六十岁。
光绪十七年 辛卯(1891)	戴震《屈原赋注》广雅书局《广雅丛书》本刊行。 丁晏《楚辞天问笺》广雅书局《广雅丛书》本刊行。	
光绪十八年 壬辰(1892)	毕大琛《离骚九歌释》刊行,即补学斋刊本。 陈大文《楚辞串解》刊行,即自刻本《经义质疑》附刊。	端木埰卒,享年七十七岁。 武延绪中进士。
光绪二十年 甲午(1894)		李寿蓉卒,享年六十九岁。
光绪二十四年 戊戌(1898)	方苞《离骚正义》嫏环阁重刻活字本刊行。	慈禧太后等发动戊戌政变,“戊戌六君子”之一的刘光第被害,年仅四十岁。
光绪二十八年 壬寅(1902)		陈培寿中举。

续表

年代	楚辞学纪事	相关纪事
光绪二十九年 癸卯(1903)		吴汝纶卒,享年六十四岁。
光绪三十二年 丙午(1906)	马其昶《屈赋微》初刊,即《集虚草堂丛书》本。 廖平《楚辞新解》成书。	
光绪三十三年 丁未(1907)		俞樾卒,享年八十七岁。
民国五年 丙辰(1916)		王闿运卒,享年八十四岁。

参考文献

一　古籍(按著者时代先后次序)

(一)楚辞类

[汉]王逸:《楚辞章句》,黄灵庚点校,上海古籍出版社 2017 年 11 月第 1 版。

[宋]洪兴祖:《楚辞补注》,白化文等点校,中华书局 1983 年 3 月第 1 版。

[宋]洪兴祖:《楚辞补注》,黄灵庚点校,上海古籍出版社 2015 年 7 月第 1 版。

[宋]朱熹:《楚辞集注》,蒋立甫校点,上海古籍出版社 2001 年 12 月第 1 版。

[宋]朱熹:《楚辞集注》,黄灵庚点校,上海古籍出版社 2015 年 12 月第 1 版。

[明]汪瑗:《楚辞集解》,董洪利点校,北京古籍出版社 1994 年 1 月第 1 版。

[明]汪瑗:《楚辞集解》,熊良智,肖娇娇,牟歆点校,上海古籍出版社 2018 年 1 月第 1 版。

[明]张京元:《删注楚辞》,国家图书馆出版社 2014 年 8 月第 1 版。

［明］陆时雍：《楚辞疏》,《续修四库全书》集部第 1301 册影印复旦大学图书馆藏明缉柳斋刻本,上海古籍出版社 2002 年 4 月第 1 版。

［明］陆时雍：《楚辞疏》,《楚辞文献丛刊》第 40-41 册影印明缉柳斋刻本,国家图书馆出版社 2014 年 7 月第 1 版。

［明］周拱辰：《离骚草木史》,《续修四库全书》集部第 1302 册,上海古籍出版社 2002 年 4 月第 1 版。

［明］黄文焕：《楚辞听直》,《续修四库全书》集部第 1301 册影印复旦大学图书馆藏明崇祯十六年刻清顺治十四年增修本,上海古籍出版社 2002 年 4 月第 1 版。

［明］蒋之翘：《七十二家评楚辞》,《楚辞文献丛刊》第 27 册影印明天启六年刻本,国家图书馆出版社 2014 年 7 月第 1 版。

［明］贺贻孙：《骚筏》,《四库未收书辑刊》第十辑十三册影印清道光二十六年(1846)敕书楼刻本,北京出版社 2000 年 1 月第 1 版。

［明］李陈玉：《楚辞笺注》,《续修四库全书》集部第 1302 册影印复旦大学图书馆藏清康熙十一年魏学渠刻本,上海古籍出版社 2002 年 4 月第 1 版。

［明］李陈玉：《楚词笺注》,王舒雅点校,南京大学出版社 2017 年 12 月第 1 版。

［明］陈第：《毛诗古音考 屈宋古音义》,中华书局 2008 年 6 月第 1 版。

［明］萧云从：《离骚图》,文物出版社 2017 年 12 月第 1 版。

［清］王萌：《楚辞评注》,张佳点校,南京大学出版社 2017 年 12 月第 1 版。

［清］钱澄之：《庄屈合诂》,殷呈祥校点,黄山书社 1998 年 8 月第 1 版。

［清］王夫之：《楚辞通释》,中华书局上海编辑所 1959 年 1 月第 1 版。

［清］王夫之：《楚辞通释》,上海人民出版社 1975 年 6 月新 1 版。

［清］王夫之：《楚辞通释》,杨新勋点校,上海古籍出版社 2018 年 12

月第 1 版。

［清］毛奇龄：《天问补注》，《四库全书存目丛书》集部第二册影印清康熙刻《西河合集》本，齐鲁书社 1997 年 7 月第 1 版。

［清］贺宽：《山响斋别集饮骚》，《楚辞文献丛刊》第 46 册影印清康熙华天章刻本，国家图书馆出版社 2014 年 7 月第 1 版。

［清］林云铭：《楚辞灯》，彭丹华点校，华东师范大学出版社 2012 年 6 月第 1 版。

［清］林云铭：《楚辞灯》，《楚辞文献丛刊》第 45-46 册影印清康熙三十六年刻本，国家图书馆出版社 2014 年 7 月第 1 版。

［清］郑武：《寄梦堂屈子离骚论文》，《楚辞文献丛刊》第 47 册影印清刻本，国家图书馆出版社 2014 年 7 月第 1 版。

［清］徐焕龙：《屈辞洗髓》，清康熙三十七年（1698）无闷堂刻本。

［清］徐焕龙：《屈辞洗髓》，何继恒点校，南京大学出版社 2018 年 12 月第 1 版。

［清］张诗：《屈子贯》，清康熙四十年（1701）孝友堂刻本。

［清］张诗：《屈子贯》，《四库未收书辑刊》第七辑第十六册影印清嘉庆三年瞟城万春堂刻本，北京出版社 2000 年 1 月第 1 版。

［清］朱冀：《离骚辩》，杜松柏主编《楚辞汇编》第 9 册影印清康熙四十五年绿筠堂刊本，台北新文丰出版公司 1986 年 3 月第 1 版。

［清］朱冀：《离骚辩》，《楚辞文献丛刊》第 47 册影印清康熙四十五年刻本，国家图书馆出版社 2014 年 7 月第 1 版。

［清］张德纯：《离骚节解》，《楚辞文献丛刊》第 53 册影印清康熙五十三年读书松桂林刻本，国家图书馆出版社 2014 年 7 月第 1 版。

［清］李光地：《离骚经注》《九歌注》，《四库全书存目丛书》集部第二册影印北京大学图书馆藏清康熙五十八年（1719）清谨轩刻《安溪李文贞公解义三种》本，齐鲁书社 1997 年 7 月第 1 版。

［清］王邦采：《离骚汇订》，《四库未收书辑刊》第五辑第十六册影印清康熙六十一年刻本，北京出版社 2000 年 1 月第 1 版。
［清］吴世尚：《楚辞疏》，清雍正五年（1727）尚友堂刻本。
［清］吴世尚：《楚辞疏》，《楚辞文献丛刊》第 55 册影印清雍正五年尚论堂刻本，国家图书馆出版社 2014 年 7 月第 1 版。
［清］蒋骥：《山带阁注楚辞》，上海古籍出版社 1984 年 10 月新 1 版。
［清］蒋骥：《山带阁注楚辞》，于淑娟点校，上海古籍出版社 2019 年 3 月第 1 版。
［清］屈复：《楚辞新注》，《续修四库全书》集部第 1302 册影印上海图书馆藏清乾隆三年居易堂刻本，上海古籍出版社 2002 年 4 月第 1 版。
［清］屈复：《楚辞新注》，《楚辞文献丛刊》第 49 册影印清刻本，国家图书馆出版社 2014 年 7 月第 1 版。
［清］屈复：《楚辞新集注》，陈亮点校，南京大学出版社 2019 年 3 月第 1 版。
［清］顾成天：《离骚解》《九歌解》《读骚列论》，《四库全书存目丛书》集部第二册影印上海图书馆藏清乾隆六年刻本，齐鲁书社 1997 年 7 月第 1 版。
［清］姚培谦：《楚辞节注》，《楚辞文献丛刊》第 56 册影印清乾隆六年刻本，国家图书馆出版社 2014 年 7 月第 1 版。
［清］谢济世：《离骚解》，《楚辞文献丛刊》第 56 册影印清乾隆六年刻本，国家图书馆出版社 2014 年 7 月第 1 版。
［清］夏大霖：《屈骚心印》，《四库全书存目丛书》集部第二册影印清华大学图书馆藏清乾隆九年一本堂刻本，齐鲁书社 1997 年 7 月第 1 版。
［清］夏大霖：《屈骚心印》，《楚辞文献丛刊》第 56 册影印清乾隆

三十九年一本堂刻本，国家图书馆出版社 2014 年 7 月第 1 版。

［清］奚禄诒：《楚辞详解》，《楚辞文献丛刊》第 54 册影印清乾隆九年知津堂刻本，国家图书馆出版社 2014 年 7 月第 1 版。

［清］林仲懿：《离骚中正》，《四库全书存目丛书》集部第二册影印山东大学图书馆藏清乾隆十年世锦堂刻本，齐鲁书社 1997 年 7 月第 1 版。

［清］方苞：《离骚正义》，清乾隆十一年（1746）方氏家刻《望溪全集》本。

［清］丁元正：《楚辞辑解》，《楚辞文献丛刊》第 62 册影印 1954 年油印本，国家图书馆出版社 2014 年 7 月第 1 版。

［清］戴震：《屈原赋注》，褚斌杰、吴贤哲校点，中华书局 1999 年 12 月第 1 版。

［清］戴震：《屈原赋注》，孙晓磊点校，上海古籍出版社 2018 年 11 月第 1 版。

［清］许清奇：《楚辞订注》，《楚辞文献丛刊》第 67 册影印清乾隆二十年刻本，国家图书馆出版社 2014 年 7 月第 1 版。

［清］鲁笔：《楚辞达》，清乾隆三十一年（1766）见南斋刻本。

［清］鲁笔：《楚辞达》，清嘉庆九年（1804）师范辑《二余堂丛书》小停云馆刊本。

［清］鲁笔：《楚辞达》，清光绪九年（1883）章世臣重印见南斋活字本。

［清］方人杰：《楚辞读本》，清乾隆三十七年（1772）世春堂刻《庄骚读本》本。

［清］于光华：《文选集评》，《楚辞文献丛刊》第 20 册影印清乾隆四十三年启秀堂重刻本，国家图书馆出版社 2014 年 7 月第 1 版。

［清］胡文英：《屈骚指掌》，《续修四库全书》集部第 1302 册影印清乾隆五十一年刻本，上海古籍出版社 2002 年 4 月第 1 版。

[清]胡文英:《屈骚指掌》,《楚辞文献丛刊》第59-60册影印清乾隆五十一年刻《武进胡氏所著书》本,国家图书馆出版社2014年7月第1版。

[清]江中时:《楚骚心解》,《楚辞文献丛刊》第57册影印大阪大学藏清乾隆五十二年刻本,国家图书馆出版社2014年7月第1版。

[清]刘梦鹏:《屈子章句》,《四库全书存目丛书》集部第二册影印清华大学图书馆藏清乾隆五十四年藜青堂刻本,齐鲁书社1997年7月第1版。

[清]刘梦鹏:《屈子章句》,《楚辞文献丛刊》第60-61册影印清嘉庆五年重刻本,国家图书馆出版社2014年7月第1版。

[清]陈远新:《屈子说志》,《楚辞文献丛刊》第61册影印清钞本,国家图书馆出版社2014年7月第1版。

[清]龚景瀚:《离骚笺》,清乾隆五十九年(1794)刻本。

[清]龚景瀚:《离骚笺》,《楚辞文献丛刊》第63册影印清光绪三年湖北崇文书局刻本,国家图书馆出版社2014年7月第1版。

[清]牟庭:《楚辞述芳》,《楚辞文献丛刊》第51册影印清乾隆六十年雪泥书屋钞本,国家图书馆出版社2014年7月第1版。

[清]张道绪:《屈子选》,清嘉庆十六年(1811)人境轩自刊《文选十三种》本。

[清]陈本礼:《屈辞精义》,《续修四库全书》集部第1302册影印清嘉庆十七年裛露轩刻本,上海古籍出版社2002年4月第1版。

[清]陈本礼:《屈辞精义》,慈波点校,上海古籍出版社2017年6月第1版。

[清]梅冲:《离骚经解》,清嘉庆二十年(1815)刻本。

[清]胡濬源:《楚辞新注求确》,施仲贞、张琰点校,南京大学出版社2017年12月第1版。

［清］江有诰：《楚辞韵读》，清嘉庆二十四年（1819）《江氏音学十书》刊本。

［清］方绩：《屈子正音》，清道光七年（1827）邓廷桢刻本。

［清］方绩：《屈子正音》，《楚辞文献丛刊》第 65 册影印清光绪六年网旧闻斋重刻本，国家图书馆出版社 2014 年 7 月第 1 版。

［清］张象津：《离骚经章句义疏》，《楚辞文献丛刊》第 63 册影印清道光十六年拜经堂家刻《白云山房诗文集》本，国家图书馆出版社 2014 年 7 月第 1 版。

［清］董国英：《楚辞贯》，清道光二十五年（1845）博川正谊斋刊本。

［清］谢叶辰：《离骚经批点》，《清代稿钞本》八编第三七四册影印清道光三十年（1850）钞本，广东人民出版社 2017 年 8 月第 1 版。

［清］贺际运：《三益斋离骚注》，清咸丰九年（1859）吴门刊本。

［清］丁晏：《楚辞天问笺》，清光绪十七年（1891）广雅书局刊《广雅丛书》本。

［清］毕大琛：《离骚九歌释》，《楚辞文献丛刊》第 56 册影印清光绪十八年（1892）补学斋刊本，国家图书馆出版社 2014 年 7 月第 1 版。

［清］郑知同：《郑知同楚辞考辨手稿校注》，蒋南华等校注，贵州人民出版社 2004 年 5 月第 1 版。

［清］梁夔谱：《古赋首选》，清同治八年（1869）镜古堂刻本。

［清］黄恩彤：《离骚分段约说》，《楚辞文献丛刊》（第 67 册）影印民国三年《知止堂全集八种副编五种》本，国家图书馆出版社 2014 年 7 月第 1 版。

［清］陈大文：《楚辞串解》，清光绪十八年（1892）一得斋刻本。

［清］颜锡名：《屈骚求志》，《楚辞文献丛刊》第 65-66 册影印稿本，国家图书馆出版社 2014 年 7 月第 1 版。

[清] 王闿运:《楚辞释》,《续修四库全书》集部第1302册影印华东师范大学图书馆藏清光绪二十七年刻本,上海古籍出版社2002年4月第1版。

[清] 王闿运:《楚辞释》,吴广平校点,岳麓书社2013年7月第1版。

[清] 武延绪:《楚辞札记》,《楚辞文献丛刊》(第68册)影印清光绪二十九年(1903)刻朱印本,国家图书馆出版社2014年7月第1版。

[清] 马其昶:《屈赋微》,《续修四库全书》集部第1302册影印上海图书馆藏清光绪三十二年集虚草堂刻本,上海古籍出版社2002年4月第1版。

[清] 马其昶:《屈赋微》,《楚辞文献丛刊》第68册影印稿本,国家图书馆出版社2014年7月第1版。

[清] 佚名:《楚辞一管》,上海图书馆藏清月窥斋刻本。

[清] 佚名:《楚辞编》,南京图书馆藏清嘉庆十八年(1813)刻本。

[清] 佚名:《楚辞偶钞》,上海图书馆藏清抄本。

(二)其他

[汉] 司马迁:《史记》,中华书局1959年9月第1版。

[汉] 班固:《汉书》,中华书局1962年6月第1版。

[汉] 郑玄:《礼记正义》,上海古籍出版社2008年9月第1版。

[梁] 刘勰:《文心雕龙》,岳麓书社2004年9月第1版。

[唐] 孔颖达:《春秋左传正义》,北京大学出版社1999年12月第1版。

[宋] 程颢、程颐:《二程集》,中华书局1981年7月第1版。

[宋] 晁补之:《鸡肋集》,明崇祯八年(1635)顾凝远诗瘦阁刻本。

[宋] 朱熹:《四书章句集注》,中华书局1983年10月第1版。

[宋] 朱熹:《孟子集注》,齐鲁书社1992年4月第1版。

[宋] 陈振孙:《直斋书录解题》,上海古籍出版社1987年12月第1版。

[宋]严羽:《沧浪诗话》,郭绍虞校释,人民文学出版社 1961 年 5 月第 1 版。
[明]李贽:《焚书 续焚书》,中华书局 1975 年 1 月第 1 版。
[明]焦竑:《焦氏笔乘》,上海古籍出版社 1986 年 4 月第 1 版。
[明]陈第:《毛诗古音考 屈宋古音义》,中华书局 2008 年 6 月第 1 版。
[明]李渔:《闲情偶寄》,浙江古籍出版社 2000 年 12 月第 1 版。
[明]谢榛:《四溟诗话》,人民文学出版社 1961 年 1 月第 1 版。
[明]胡应麟:《诗薮》,中华书局 1962 年 11 月第 1 版。
[明]许学夷:《诗源辩体》,人民文学出版社 1987 年 10 月第 1 版。
[明]钟惺:《诗归》,《四库全书存目丛书》集部第 337 册,齐鲁书社 1997 年 7 月第 1 版。
[明]钱澄之:《田间文集》,黄山书社 1998 年 8 月第 1 版。
[明]钱澄之:《田间诗集》,黄山书社 1998 年 8 月第 1 版。
[清]金人瑞:《唱经堂才子书汇稿》,上海杂志公司 1935 年 12 月第 1 版。
[清]梅文鼎:《绩学堂诗文钞》,黄山书社 1995 年 12 月第 1 版。
[清]李光地:《榕村全集》,《清代诗文集汇编》第 160 册,上海古籍出版社 2010 年 12 月第 1 版。
[清]方苞:《方苞集》,上海古籍出版社 1983 年 5 月第 1 版。
[清]方苞:《方望溪全集》,中国书店 1991 年 6 月第 1 版。
[清]刘大櫆:《论文偶记》,人民文学出版社 1959 年 11 月第 1 版。
[清]袁枚:《随园诗话》,凤凰出版社 2009 年 12 月第 1 版。
[清]袁枚:《小仓山房尺牍》,世界书局 1936 年 9 月第 1 版。
[清]戴震:《戴震集》,上海古籍出版社 1980 年 5 月第 1 版。
[清]戴震:《戴震文集》,中华书局 1980 年 12 月第 1 版。
[清]姚鼐:《古文辞类纂》,中国书店 1986 年 6 月第 1 版。

[清]永瑢等:《四库全书总目》,中华书局1965年6月第1版。
[清]方东树:《昭昧詹言》,人民文学出版社1961年10月第1版。
[清]梅曾亮:《柏枧山房诗文集》,上海古籍出版社2005年12月第1版。
[清]梅曾亮:《古文词略》,清同治六年(1867)合肥李氏校刊本。
[清]钱泰吉:《曝书杂记》,清道光十九年(1839)《别下斋丛书》本。
[清]王念孙:《广雅疏证》,上海古籍出版社1983年6月第1版。
[清]王引之:《经义述闻》,江苏古籍出版社1985年7月第1版。
[清]黄生:《义府》,商务印书馆1936年6月第1版。
[清]江有诰:《音学十书》,中华书局1993年7月第1版。
[清]曾国藩:《经史百家杂钞》,岳麓书社1987年6月第1版。
[清]曾国藩:《曾国藩全集》,岳麓书社1989年5月第1版。
[清]马其昶:《桐城耆旧传》,黄山书社1990年2月第1版。
[清]唐彪:《读书作文谱》,台北伟文图书出版社1977年8月第1版。
[清]唐彪:《家塾教学法》,华东师范大学出版社1992年6月第1版。
[清]王棠:《燕在阁知新录》,《续修四库全书》子部第1147册,上海古籍出版社2002年4月第1版。
[清]马其昶:《抱润轩文集》,《续修四库全书》集部第1575册,上海古籍出版社2002年4月第1版。
[清]梅寿康:《金陵梅氏支谱》,国家图书馆古籍馆藏清光绪十一年(1885)活字本。
[清]尹继善、黄之隽:《江南通志》,清乾隆元年(1736)刻本。
[清]甘文蔚:《昌化县志》,清乾隆十三年(1748)刻本。
[清]刘大櫆、张佩芳:《歙县志》,清乾隆三十六年(1771)尊经阁刻本。
[清]于尚龄:《昌化县志》,台北成文出版社影印清道光三年钞本,1974年12月第1版。

[清]廖大闻、金鼎寿:《桐城续修县志》,清道光七年(1827)刻本。
[清]马步蟾、夏銮:《徽州府志》,江苏古籍出版社1998年4月第1版。
[清]何绍基:《重修安徽通志艺文志》,清光绪四年(1878)刻本。
[清]于万川等修,俞樾等纂:《镇海县志》,清光绪五年(1879)刻本。
[清]卞宝第等修,曾团荃等纂:《湖南通志》,清光绪十一年(1885)刻本。
[清]郑交泰:《望江县志》,江苏古籍出版社1998年4月第1版。
[清]陆延龄、桂迓衡:《光绪贵池县志》,江苏古籍出版社1998年4月第1版。
[清]李应泰、章绶:《宣城县志》,江苏古籍出版社1998年4月第1版。
[清]王琛:《重纂邵武府志》,上海书店出版社2000年月第1版。
[清]纪昀总纂:《四库全书总目提要》,河北人民出版社2000年3月第1版。
[清]罗汝怀:《湖南文征》,岳麓书社2008年9月第1版。
[清]王闿运:《湘绮楼说诗》,香港龙门书店1934年6月第1版。
[清]王闿运:《湘绮楼诗文集》,岳麓书社2008年11月第1版。

二 近人今人著作(按出版时间先后次序)

(一)楚辞类

游国恩:《楚辞概论》,北新书局1926年7月第1版。
徐英:《楚辞札记》,南京中山书局1935年5月第1版。
卫仲璠:《离骚集释》,商务印书馆1936年5月第1版。
饶宗颐:《楚辞书录》,香港东南出版社1956年1月第1版。
沈祖绵:《屈原赋证辨》,中华书局1960年8月第1版。
姜亮夫:《楚辞书目五种》,中华书局1961年12月第1版。
魏炯若:《离骚发微》,四川人民出版社1980年1月第1版。

王力:《楚辞韵读》,上海古籍出版社 1980 年 6 月第 1 版。
聂石樵:《楚辞新注》,上海古籍出版社 1980 年 8 月第 1 版。
汤炳正:《屈赋新探》,齐鲁书社 1984 年 2 月第 1 版。
洪湛侯:《楚辞要籍解题》,湖北人民出版社 1984 年 11 月第 1 版。
杨金鼎等:《楚辞评论资料选》,湖北人民出版社 1985 年 5 月第 1 版。
尹锡康、周发祥:《楚辞资料海外编》,湖北人民出版社 1986 年 3 月第 1 版。
周勋初:《九歌新考》,上海古籍出版社 1986 年 8 月第 1 版。
黄中模:《屈原问题论争史稿》,北京十月文艺出版社 1987 年 7 月第 1 版。
汤炳正:《楚辞类稿》,巴蜀书社 1988 年 1 月第 1 版。
萧兵:《楚辞新探》,天津古籍出版社 1988 年 12 月第 1 版。
毛庆:《屈骚艺术新研》,湖北人民出版社 1990 年 8 月第 1 版。
易重廉:《中国楚辞学史》,湖南出版社 1991 年 5 月第 1 版。
潘啸龙:《屈原与楚文化》,安徽文艺出版社 1991 年 6 月第 1 版。
翟振业:《离骚自我新论》,百花文艺出版社 1992 年 4 月第 1 版。
金开诚:《屈原辞研究》,江苏古籍出版社 1992 年 6 月第 1 版。
朱碧莲:《楚辞论稿》,上海三联书店 1993 年 1 月第 1 版。
崔富章:《楚辞书目五种续编》,上海古籍出版社 1993 年 2 月第 1 版。
金开诚、董洪利、高路明:《屈原集校注》,中华书局 1996 年 8 月第 1 版。
李中华、朱炳祥:《楚辞学史》,武汉出版社 1996 年 10 月第 1 版。
陈子展:《楚辞直解》,复旦大学出版社 1996 年 11 月第 1 版。
马茂元:《楚辞选》,人民文学出版社 1998 年 8 月第 1 版。
杨义:《楚辞诗学》,人民出版社 1998 年 10 月第 1 版。
姜亮夫:《楚辞今绎讲录》,云南人民出版社 1999 年 11 月第 1 版。
潘啸龙:《屈原与楚辞研究》,安徽大学出版社 1999 年 12 月第 1 版。

姜亮夫:《楚辞书目五种》,云南人民出版社 2002 年 10 月第 1 版。
褚斌杰:《楚辞要论》,北京大学出版社 2003 年 1 月第 1 版。
潘啸龙、毛庆:《楚辞著作提要》,湖北教育出版社 2003 年 5 月第 1 版。
翟振业:《楚辞研究新思维》,苏州大学出版社 2003 年 9 月第 1 版。
周建忠:《楚辞考论》,商务印书馆 2003 年 12 月第 1 版。
潘啸龙:《诗骚诗学与艺术》,上海古籍出版社 2004 年 5 月第 1 版。
李大明:《汉楚辞学史》(增订本),华龄出版社 2004 年 10 月第 1 版。
张叶芦:《屈赋辨惑搞》,学苑出版社 2005 年 12 月第 1 版。
戴锡琦、钟兴永:《屈原学集成》,中央编译出版社 2007 年 6 月第 1 版。
刘永济:《屈赋通笺 笺屈余义》,中华书局 2007 年 10 月第 1 版。
潘啸龙:《诗骚与汉魏文学研究》,安徽人民出版社 2008 年 1 月第 1 版。
潘啸龙:《楚辞导读》,中国国际广播出版社 2008 年 1 月第 1 版。
游国恩:《游国恩楚辞论著集》,中华书局 2008 年 4 月第 1 版。
朱碧莲:《还芝斋读楚辞》,上海古籍出版社 2008 年 6 月第 1 版。
何新:《圣灵之歌:楚辞新考》,中国民主法制出版社 2008 年 8 月第 1 版。
廖栋梁:《伦理·历史·艺术:古代〈楚辞〉学的建构》,台北里仁书局 2008 年 9 月第 1 版。
陈炜舜:《屈骚纂绪:楚辞学研究论集》,台北学生书局 2008 年 12 月第 1 版。
崔富章:《楚辞书录解题》,高等教育出版社 2010 年 1 月第 1 版。
苏雪林:《屈原与〈九歌〉》,武汉大学出版社 2010 年 6 月第 1 版。
苏雪林:《屈赋论丛》,武汉大学出版社 2010 年 12 月第 1 版。
黄灵庚:《楚辞与简帛文献》,人民出版社 2011 年 3 月第 1 版。
罗建新、梁奇编撰:《楚辞文献研读》,广西师范大学出版社 2011 年 6 月第 1 版。

周建忠:《五百种楚辞著作提要》,江苏教育出版社2011年12月第1版。
朱季海:《楚辞解故》,上海古籍出版社2011年12月第1版。
易重廉:《屈原综论》,岳麓书社2012年9月第1版。
史建桥:《天问研究——〈天问〉的思想内容与结构特征》,国家图书馆出版社2012年9月第1版。
孙巧云:《元明清楚辞学史》,浙江工商大学出版社2013年5月第1版。
王锡荣:《楚辞新论及其他》,吉林文史出版社2013年11月第1版。
徐志啸:《楚辞研究与中外比较》,上海古籍出版社2014年4月第1版。
潘啸龙:《楚辞举要》,安徽师范大学出版社2014年12月第1版。
潘啸龙:《楚辞与汉代文学论集》,安徽师范大学出版社2014年12月第1版。
王志:《屈赋论笺》,上海三联书店2015年4月第1版。
徐志啸:《楚辞综论》,上海古籍出版社2015年6月第1版。
黄建荣:《〈楚辞〉训诂史》,高等教育出版社2015年7月第1版。
何新:《举世皆浊我独清——何新品〈楚辞〉》,中国文联出版社2016年1月第1版。
熊良智:《楚辞的艺术形态及其传播研究》,商务印书馆2016年3月第1版。
常森:《屈原及楚辞学论考》,北京大学出版社2016年7月第1版。
刘洪波:《阐释学视野下的〈楚辞补注〉研究》,中国社会科学出版社2016年10月第1版。
鲁瑞菁:《楚辞骚心论——讽谏抒情与神话仪式》,上海书店出版社2016年11月第1版。
刘毓庆:《诗骚论稿》,商务印书馆2017年8月第1版。
黄灵庚:《楚辞文献丛考》,国家图书馆出版社2017年12月第1版。
汤炳正:《与日月争光可也》,三联书店2018年6月第1版。

张树国:《出土文献与上古历史文学研究——以楚史及屈赋为中心》,人民出版社2018年12月第1版。
黄灵庚:《楚辞章句疏证》(增订本),上海古籍出版社2018年12月第1版。
周建忠:《屈原考古新证》,中华书局2019年12月第1版。
施仲贞:《〈离骚〉新论》,中华书局2019年12月第1版。
余三定:《当代屈原学史》,南京大学出版社2020年6月第1版。
陈亮:《欧美楚辞学论纲》,中华书局2020年7月第1版。
胡小石:《楚辞专论》,南京大学出版社2020年8月第1版。
吴慧鋆:《近代楚辞学论纲》,中华书局2020年11月第1版。
陆天鹤、陆天华:《寻梦斋读骚》,黄山书社2021年1月第1版。
罗建新:《历代楚辞图像文献研究》,中华书局2021年9月第1版。

(二)其他

孙殿起:《贩书偶记》,中华书局1959年8月第1版。
安徽省图书馆:《安徽文献书目》,安徽人民出版社1961年7月第1版。
张舜徽:《清人文集别录》,中华书局1963年11月第1版。
赵尔巽等:《清史稿》,中华书局1977年8月第1版。
沈德潜:《说诗晬语》,人民文学出版社1979年9月第1版。
余嘉锡:《四库提要辨证》,中华书局1980年5月第1版。
孙殿起:《贩书偶记续编》,上海古籍出版社1980年9月第1版。
武作成:《清史稿艺文志补编》,中华书局1982年4月第1版。
谢国桢:《明末清初的学风》,人民出版社1982年6月第1版。
章钰、武作成:《清史稿艺文志及补编》,中华书局1982年4月第1版。
蔡冠洛:《清代七百名人传》,中国书店1984年6月第1版。
张舜徽:《清人笔记条辨》,中华书局1986年12月第1版。
敏泽:《中国美学思想史》,岳麓书社1987年7月第1版。

顾嗣立:《元诗选》,中华书局 1987 年 10 月第 1 版。
王钟翰点校:《清史列传》,中华书局 1987 年 11 月第 1 版。
雷梦辰:《清代各省禁书汇考》,书目文献出版社 1989 年 5 月第 1 版。
钱钟书:《宋诗选注》,人民文学出版社 1989 年 9 月第 2 版。
蒋元卿:《皖人书录》,黄山书社 1989 年 12 月第 1 版。
刘声木:《桐城文学渊源撰述考》,黄山书社 1989 年 12 月第 1 版。
刘梦溪:《红学》,文化艺术出版社 1990 年 12 月第 1 版。
张仲礼:《中国绅士——关于其在 19 世纪中国社会中作用的研究》,上海社会科学院出版社 1991 年 7 月第 1 版。
杨钟义:《雪桥诗话》,北京古籍出版社 1991 年 8 月第 1 版。
政协望江县文史资料委员会编:《望江文史资料》第三辑,1992 年 5 月第 1 版。
王力:《清代古音学》,中华书局 1992 年 8 月第 1 版。
李开:《戴震评传》,南京大学出版社 1992 年 8 月第 1 版。
傅正谷:《中国梦文学史》,光明日报出版社 1993 年 5 月第 1 版。
铜鼓县志编纂委员会:《铜鼓县志》,南海出版公司 1989 年 7 月第 1 版。
望江县地方志编纂委员会:《望江县志》,黄山书社 1995 年 7 月第 1 版。
张岱年主编:《戴震全书》第六册,黄山书社 1995 年 10 月第 1 版。
中国科学院图书馆整理:《续修四库全书总目提要》(稿本),齐鲁书社 1996 年 12 月第 1 版。
梁启超:《清代学术概论》,东方出版社 1996 年 3 月第 1 版。
钱穆:《中国近三百年学术史》,商务印书馆 1997 年 8 月新 1 版。
高路明:《古籍目录与中国古代学术研究》,江苏古籍出版社 1997 年 10 月第 1 版。
王彬:《清代禁书总述》,中国书店 1999 年 1 月第 1 版。
阳海清:《中国丛书广录》,湖北人民出版社 1999 年 4 月第 1 版。

孙琴安:《中国评点文学史》,上海社会科学院出版社 1999 年 6 月第 1 版。
余英时:《论戴震与章学诚:清代中期学术思想史研究》,三联书店 2000 年 6 月第 1 版。
陈居渊:《清代朴学与中国文学》,百花洲文艺出版社 2000 年 6 月第 1 版。
王绍曾:《清史稿艺文志拾遗》,中华书局 2000 年 9 月第 1 版。
许苏民:《戴震与中国文化》,贵州人民出版社 2000 年 10 月第 1 版。
钱钟书:《谈艺录》(补订重排本),三联书店 2001 年 1 月第 1 版。
吴孟复:《桐城文派述论》,安徽教育出版社 2001 年 7 月第 2 版。
陈寅恪:《金明馆丛稿二编》,三联书店 2001 年 7 月第 1 版。
刘筱红:《张舜徽与清代学术史研究》,华中师范大学出版社 2001 年 10 月第 1 版。
李清良:《中国阐释学》,湖南师范大学出版社 2001 年 10 月第 1 版。
张伯伟:《中国古代文学批评方法研究》,中华书局 2002 年 5 月第 1 版。
王俊义:《清代学术探研录》,中国社会科学出版社 2002 年 8 月第 1 版。
汪寿明:《中国历代音韵学文选》,华东师范大学出版社 2003 年 6 月第 1 版。
周裕锴:《中国古代阐释学研究》,上海人民出版社 2003 年 11 月第 1 版。
贾晋华主编:《香港所藏古籍书目》,上海古籍出版社 2003 年 12 月第 1 版。
梁启超:《中国近三百年学术史》,东方出版社 2004 年 3 月第 1 版。
敏泽:《中国文学思想史》,湖南教育出版社 2004 年 4 月第 1 版。
赵永纪:《清代学术辞典》,学苑出版社 2004 年 10 月第 1 版。
陈先行主编:《柏克莱加州大学东亚图书馆中文古籍善本书志》,上海古籍出版社 2005 南 3 月第 1 版。

黄强:《八股文与明清文学论稿》,上海古籍出版社2005年7月第1版。
颜昆阳:《李商隐诗笺释方法论——中国古典诠释学例说》,台北里仁书局2005年11月第1版。
张隆溪:《中西文化研究十论》,复旦大学出版社2005年11月第1版。
张舜徽:《爱晚庐随笔》,华中师范大学出版社2005年12月第1版。
张舜徽:《清儒学记》,华中师范大学出版社2005年12月第1版。
江庆柏:《清代人物生卒年表》,人民文学出版社2005年12月第1版。
邬庆时著,广东省立中山图书馆编:《屈大均年谱》,广东人民出版社2006年2月第1版。
蔡锦芳:《戴震生平与作品考论》,广西师范大学出版社2006年6月第1版。
钱钟书:《管锥编》,生活·读书·新知三联书店,2007年12月第1版。
黄灵庚:《训诂学与语文教学》,浙江大学出版社2008年5月第1版。
乔秋颖:《江有诰古音学研究》,黄山书社2009年4月第1版。
朱自清:《朱自清古典文学论文集》,上海古籍出版社2009年4月第1版。
蒋寅:《清代文学论稿》,凤凰出版社2009年6月第1版。
钱基博:《近百年湖南学风》,岳麓书社2010年1月第1版。
林雄主编:《明清广东稀见笔记七种》,广东人民出版社2010年3月第1版。
喻春龙:《清代辑佚研究》,上海古籍出版社2010年6月第1版。
柳向春:《陈奂交游研究》,华东师范大学出版社2010年10月第1版。
周柳燕:《王闿运的生平与文学创作》,湖南大学出版社2010年12月第1版。
陈祖武:《清代学术源流》,北京师范大学出版社2012年3月第1版。
蒋寅:《清代诗学史》,中国社会科学出版社2012年4月第1版。

刘毓庆、张小敏:《日本藏先秦两汉文献研究汉籍书目》,三晋出版社2012年4月第1版。
徐雁平:《清代世家与文学传承》,三联书店2012年9月第1版。
赵俊玲:《〈文选〉评点研究》,上海古籍出版社2013年1月第1版。
张隆溪:《阐释学与跨文化研究》,三联书店2014年1月第1版。
谭丕模:《清代思想史纲》,上海古籍出版社2014年8月第1版。
孙绍振、孙彦君:《文学文本解读学》,北京大学出版社2015年4月第1版。
李君明编:《东莞文人年表》,广东人民出版社2015年6月第1版。
潘雨廷:《潘雨廷著作集》,上海古籍出版社2016年9月第1版。
张其淦:《东莞诗录》,广东旅游出版社2016年12月第1版。
方勇:《庄子学史》(增补版),人民出版社2017年4月第1版。
张洪海:《〈诗经〉评点史》,上海社会科学院出版社2018年5月第1版。
孙钦善:《清代考据学》,中华书局2019年1月第1版。
杨义:《中国叙事学》(增订本),商务印书馆2019年8月第1版。

三　论文(按发表时间先后次序)

(一)期刊论文

梁启超:《近代学风之地理的分布》,《清华学报》1924年第1期。
马积高:《论王船山的〈楚辞〉学及其辞赋——兼论船山文学思想和创作的一个特质》,《湖南师院学报》1982年第4期。
李泽厚:《古典文学札记一则》,《文学评论》1986年第4期。
崔富章:《楚辞版本源流考索——兼及〈楚辞要籍解题〉之讹误》,《浙江学刊》1987年第1期。
崔富章:《浙江四十年楚辞研究概况》,《浙江社会科学》1990年第3期。
潘啸龙:《屈原评价的历史审视》,《文学评论》1990年第4期。

周建忠:《当代楚辞学漫议》,《中州学刊》1992年第3期。
蒋立甫:《关于〈屈原赋注〉的三个问题》,《古籍整理研究学刊》1994年第1期。
吴承学:《生命之喻——论中国古代关于文学艺术人化的批评》,《文学评论》1994年第1期。
王延海:《清代屈原研究散论》,《辽宁大学学报》1994年第5期。
韩湖初:《“生命之喻”探源——对一个中、西共同的美学命题的认识与思考》,《文学评论》1995年第3期。
昝亮:《〈楚辞书目五种〉补考五则》,《古籍整理研究学刊》1997年第3期。
毛庆:《由历史看未来——近三百年楚辞研究史的启示》,《深圳大学学报》1998年第4期。
毛庆:《略论明清之际屈学研究思想之嬗变与发展——兼及对楚辞学史的贡献》,《武汉水利电力大学学报》1999年第5期。
徐道彬:《戴震〈屈原赋注〉析疑》,《文献》2001年第3期。
蒋寅:《清代诗学与地域文学传统的建构》,《中国社会科学》2003年第5期。
周建忠:《楚辞与楚辞学》,《云梦学刊》2004年第1期。
崔富章:《大阪大学藏楚辞类稿本、稀见本经眼录》,《文献》2004年第2期。
周建忠:《王夫之〈楚辞通释〉及研究》,《船山学刊》2004年第4期。
黄建荣:《论王闿运〈楚辞释〉的注释特色》,《南昌大学学报》2005年第1期。
毛庆:《新世纪:古代文学研究使命和新楚辞学构建》,《甘肃社会科学》2006年第1期。
周建忠:《关于“楚辞”的传播与“楚辞学”的分类——撰写楚辞学史的思考与探索》,《中州学刊》2006年第2期。

程远芬:《〈四库总目·离骚中正〉书后》,《中国典籍与文化》2006年第2期。
杨义:《屈原诗学与湖湘文化》,《湖南文理学院学报》2006年第4期。
毛庆:《吴世尚与弗洛伊德关于“白日梦”理论之比较》,《职大学报》2007年第3期。
毛庆:《论清代楚辞研究中的“直觉感悟法”》,《文艺研究》2007年第4期。
周建忠:《日本大阪大学藏“楚辞百种”考论——关于西村时彦、读骚庐、怀德堂》,《职大学报》2008年第1期。
林家骊:《哈佛燕京图书馆所藏马其昶稿本〈屈赋哲微〉》,《文史》2008年第3辑。
沈云:《谈明遗民对屈原及〈楚辞〉的接受》,《语文学刊》2008年第5期。
张廷银:《古代文学史研究的非经典文献——从地方志、族谱和佚名评注说起》,《文学遗产》2008年第5期。
杜泽逊:《古籍目录编纂例说——清人著述总目编纂札记》,《文献》2009年第3期。
龚莹莹:《明末清初遗民的“屈原情结”》,《新余高专学报》2009年第5期。
王辉斌:《论清代的咏史乐府诗》,《南都学坛》2011年第1期。
黄建荣、李蕊芹:《论清代的〈楚辞〉文本传播与接受》,《东华理工大学学报》2011年第2期。
宋健:《论明清学者的庄屈观》,《中国楚辞学》第十七辑,学苑出版社2011年12月第1版。
林珊、郭丹:《用达微言,蕴蓄己意——论王夫之的〈楚辞〉阐释》,《中国楚辞学》第十八辑,学苑出版社2011年12月第1版。
《职大学报》编辑部:《楚辞研究有深化的必要——写在“楚辞研究”专

栏创设20年之际》,《职大学报》2012年第4期。
杨义:《屈原诗学的人文地理分析》,《北方论丛》2012年第4期。
杨兴华:《王船山〈楚辞通释〉的创作意图》,《语文建设》2012年18期。
牛秋实:《王闿运、廖平与吴虞:学术与学风的地缘性影响》,《宜宾学院学报》2013年第1期。
汤漳平、许晶:《闽学视野下的楚辞研究与骚体文学创作》,《论闽南文化:第三届闽南文化学术研讨会论文集(上)》,鹭江出版社2008年12月第1版。
柯混瀚:《王闿运〈楚辞释〉的时代意义》,《应华学报》第十一期,2012年6月。
刘树胜:《由古代楚辞研究著述者的籍里看楚辞研究的失衡》,《职大学报》2013年第6期。
许仲南:《论李光地注〈离骚〉、〈九歌〉之君臣大义》,《有凤初鸣年刊》第九期,2013年7月。
毛庆:《论楚辞研究史在楚辞学中之地位与作用》,《北京化工大学学报》2014年第2期。
黄建荣、江琼:《简述李光地〈离骚经九歌解义〉的评注特色》,《东华理工大学学报》2014年第4期。
朱汉民:《屈骚精神与湖湘文统》,《中国文化研究》2015年春之卷。
周建忠:《关于楚辞研究的几点看法》,《中州学刊》2015年第3期。
肖友芳、吴广平:《六经注我 新奇诡异——论王闿运对宋玉〈高唐赋〉的阐释》,《湖北文理学院学报》2015年第3期。
徐璐:《清初遗民楚辞研究的时代特色》,《语文学刊》2015年第6期。
李文:《奇诡谲怪,别具一格——王闿运〈楚辞释〉的公羊学特色》,《名作欣赏》2015年29期。
陈炜舜:《毕大琛〈离骚九歌释〉述要》,《中国楚辞学》第二十二辑,学苑出版社 2015 年 11 月第 1 版。
郭建勋，罗璐：《论王闿运〈楚辞释〉的政治化阐释及其影响》，《湖南科技大学学报》（社会科学版）2016 年第 1 期。
李金善，赵然：《晚清、民国时期楚辞研究的现代转型——以王闿运、梁启超、游国恩为例》，《河北学刊》2016 年第 2 期。
李文：《近代公羊学与楚辞研究》，《天中学刊》2016 年第 2 期。
毛庆：《复兴与创新——诗论清代经学对楚辞研究之影响》，《江汉论坛》2017 年第 1 期。
张小璐：《马其昶〈屈赋微〉与桐城派学术特色》，《西南交通大学学报》（社会科学版）2017 年第 3 期。
庄婷婷：《论刘梦鹏生平与〈屈子章句〉之成书》，《衡阳师范学院学报》2017 年第 5 期。
陈炜舜：《明代政治场域下的楚辞学研究》，《吉林大学社会科学学报》2017 年第 6 期。
廖栋梁：《作意幻设——蒋骥〈山带阁注楚辞〉对屈辞"艺术性"的认识》，《吉林大学社会科学学报》2017 年第 6 期。
王珏琤：《曹耀湘〈读骚论世〉述要》，《湖南科技学院学报》2018 年第 3 期。
谢模楷、吴利妹：《梅冲〈离骚经解〉的儒学阐释》，《云梦学刊》2018 年第 4 期。
钮则圳：《"以儒解庄"与"会通庄屈"——钱澄之〈庄屈合诂〉的注庄立场与遗民情结》，《中华文化论坛》2018 年第 4 期。
罗剑波：《明代〈楚辞〉评点刊刻及其递延脉络》，《学术月刊》2018 年第 12 期。
龚宗杰：《古代堪舆术与明清文学批评》，《文学遗产》2019 年第 6 期。
葛亚杰：《明末清初遗民士人对屈原精神的诠释——以王夫之、钱澄之、屈大均为例》,《湖北工业大学学报》2020年第5期。
刘萍:《欧美当代楚辞研究述评》,《湘潭大学学报》2021年第2期。
孔志超、陈亮:《〈楚辞书目五种〉勘误十则》,《古籍整理研究学刊》2021年第2期。

(二)硕博论文

林兆明:《王、蒋、戴三家注〈楚辞〉之比较及其在楚辞学史上的地位》,褚斌杰指导,北京大学1994年度硕士学位论文。
肖晓阳:《湖湘诗派研究》,罗时进指导,苏州大学2006年度硕士学位论文。
林珊:《王船山〈楚辞通释〉研究》,汤化指导,福建师范大学2007年度硕士学位论文。
肖治强:《〈山带阁注楚辞〉探析》,梅桐生指导,贵州大学2007年度硕士学位论文。
赵明玉:《宋清楚辞学的连续与转型——〈楚辞集注〉〈楚辞通释〉比较研究》,吴长庚指导,南昌大学2008年度硕士学位论文。
任庆馨:《王夫之〈楚辞通释〉研究》,梅桐生指导,贵州大学2008年度硕士学位论文。
廖淑玲:《蒋骥〈山带阁注楚辞〉研究》,汤化指导,福建师范大学2008年度硕士学位论文。
柯混瀚:《陈本礼〈屈辞精义〉研究》,陈怡良指导,彰化师范大学2009年度硕士学位论文。
陈欣:《钱澄之〈屈诂〉研究》,梅桐生指导,贵州大学2009年度硕士学位论文。
刘芮康:《戴震〈屈原赋注〉研究》,伏俊琏指导,西北师范大学2009年度硕士学位论文。
刘文斌:《清初学术思潮与〈楚辞灯〉的成书》,马世年指导,西北师范大学 2010 年度硕士学位论文。

陈燕:《林云铭〈楚辞灯〉研究》,汤漳平指导,漳州师范学院 2011 年度硕士学位论文。

王悦:《林云铭及〈楚辞灯〉研究》,李诚指导,四川师范大学 2011 年度硕士学位论文。

王明宇:《蒋骥的楚辞批评》,张峰屹指导,南开大学 2011 年度硕士学位论文。

程飞飞:《林云铭〈楚辞灯〉研究》,孙光指导,河北大学 2013 年度硕士学位论文。

吴冠宇:《屈复〈楚辞新注〉研究》,谢明仁指导,广西大学 2013 年度硕士学位论文。

文科:《清代〈楚辞〉注本序跋研究》,易小平指导,广西大学 2014 年度硕士学位论文。

牟歆:《清代楚辞韵读研究论考》,李大明指导,四川师范大学 2014 年度硕士学位论文。

贾会晓:《蒋骥〈山带阁注楚辞〉之时文法注释倾向研究》,孙光指导,河北大学 2014 年度硕士学位论文。

高娟:《方人杰〈庄骚读本〉研究》,刘生良指导,陕西师范大学 2015 年度硕士学位论文。

肖友芳:《王闿运〈楚辞释〉研究》,吴广平指导,湖南科技大学 2015 年度硕士学位论文。

田甜:《贺贻孙〈骚筏〉研究》,韩晖指导,广西师范大学 2016 年度硕士学位论文。

王琼:《楚文化视域下的〈楚辞通释〉研究》,王伟指导,贵州大学 2016 年度硕士学位论文。

孙洋洋:《明清楚辞图研究》,叶文举指导,安徽师范大学 2016 年度硕士学位论文。

周思含:《陈本礼〈屈辞精义〉研究》,刘生良指导,陕西师范大学 2016 年度硕士学位论文。

林冉:《胡文英与〈屈骚指掌〉研究》,罗家湘指导,郑州大学 2017 年度硕士学位论文。

张小璐:《马其昶〈屈赋微〉研究》,王莉指导,安徽大学 2017 年度硕士学位论文。

朱亚妮:《周拱辰〈离骚草木史〉研究》,董芬芬指导,西北师范大学 2018 年度硕士学位论文。

杨艳如:《王夫之〈楚辞通释〉研究》,魏永贵指导,内蒙古大学 2018 年度硕士学位论文。

刘晓艳:《陈本礼〈屈辞精义〉研究》,王伟指导,贵州大学 2018 年度硕士学位论文。

张诺:《陆时雍〈楚辞疏〉研究》,孙光指导,河北大学 2019 年度硕士学位论文。

叶珊珊:《王邦采〈离骚汇订〉研究》,龚红林指导,湖南理工学院 2020 年度硕士学位论文。

郅珊珊:《刘梦鹏〈屈子章句〉研究》,李笑岩指导,河北师范大学 2020 年度硕士学位论文。

张丽丽:《屈复〈楚辞新注〉研究》,孙光指导,河北大学 2020 年度硕士学位论文。

安瑞超:《刘梦鹏〈屈子章句〉研究》,李金善指导,河北大学 2020 年度硕士学位论文。

李洋波:《周拱辰〈离骚草木史〉研究》,程兴丽指导,陕西理工大学 2020 年度硕士学位论文。

袁耀先:《陈本礼、胡文英"楚辞观"比较研究》,魏永贵指导,内蒙古大学 2020 年度硕士学位论文。
边乐利:《徐树铮〈诸家评点古文辞类纂〉评点研究》,江小角指导,安徽大学 2020 年度硕士学位论文。
林润宣:《清代楚辞学史论》,褚斌杰指导,北京大学 1997 年度博士学位论文。
徐在日:《明代楚辞学史论》,褚斌杰指导,北京大学 1999 年度博士学位论文。
黄建荣:《〈楚辞〉古代注本研究》,李玲璞指导,华东师范大学 2002 年度博士学位论文。
陈炜舜:《明代楚辞学研究》,吴宏一指导,香港中文大学 2003 年度博士学位论文。
孙光:《汉宋楚辞研究的历史转型》,詹福瑞指导,河北大学 2006 年度博士学位论文。
罗剑波:《明代〈楚辞〉评点研究》,黄霖指导,复旦大学 2008 年度博士学位论文。
孙巧云:《元明清楚辞学研究》,王钟陵指导,苏州大学 2010 年度博士学位论文。
陈欣:《清代安徽楚辞学研究》,潘啸龙指导,安徽师范大学 2012 年度博士学位论文。
何继恒:《中国古代屈原及其作品图像研究》,周建忠指导,苏州大学 2017 年度博士学位论文。
吴慧鋆:《近代楚辞学研究》,马亚中、周建忠指导,苏州大学 2018 年度博士学位论文。
韩敏:《明代〈楚辞〉传播与接受研究》,宋亦箫指导,华中师范大学 2020 年度博士学位论文。

后 记

当本书终于尘埃落定之际，许多清凉的往事涌上心头。十五年前，我有幸来到贵州大学人文学院，师从梅桐生先生攻读硕士学位。先生儒雅谦和的道德风范让我如沐春风，先生严谨求真的治学态度，一丝不苟的学术精神，是我终生学习的指模。不仅要感谢先生把我领入学术之门，授我以渔，更要感谢先生带我走进楚辞这座瑰丽的殿堂，我愿终生徜徉其中。还要感谢贵州大学的王晓卫教授、谭德兴教授和黄海教授，在学术研究方面给予我的悉心指导和热忱鼓励，让我坚定了继续前行的决心和信心。

2009 年硕士毕业又报考了素未谋面的楚辞研究专家潘啸龙先生的博士研究生，承蒙先生不弃，得以忝列门墙，继续研读楚辞。还记得第一次见到先生，那是 2009 年 9 月 10 日晴朗的午后，在安徽师范大学中国诗学研究中心楼下，先生微笑着从远处走来的样子真是永生难忘。在夏日骄阳的映衬下，身着短袖白衬衣和灰色西裤的先生显得特别爽净利落，那温和而又坚定的目光一下子打消了我心中所有的疑虑。读博期间，凡我送呈先生之文稿，先生皆认真审阅，给出详细的修改意见，并很快就给予反馈。至今我仍珍藏着大量经先生亲笔修改的手稿，其中有很多点拨式的观点和判断，无不凝结着先生的睿智哲思，是我千金不换的珍宝。三年读博的光阴，让我深刻体会到了读书写作的快乐，也下定决心今生在学术方面就认定楚辞研究了。还要感谢当年参加我博士论文评阅和答辩的诸位先生，他们是浙江师范大学黄灵庚教授、首都师范大学邓小军教授、安徽师范大学刘运好教授、胡传志教授、丁放教授，他们对我多有帮助和指导，对论文的修改提出了很多宝贵意见。

本选题获得了2014年度国家社科基金青年项目的支持，2019年顺利结项。在古代楚辞学史上，清代楚辞学有集大成的特征与成就，需要非凡的学术眼光和深厚的学养积累方能驾驭。这本书仅仅着力于文献、阐释和地域这三个面向，于我而言已有力不从心之感。我深知，清代楚辞学还有大量值得耕耘的议题，例如历史、学术文化视阈还有大量论题。本书考察的是有清一代的楚辞学，但我的想法是如果能从长时段的历史视野出发，将清代楚辞学置于明清嬗变与清末民初历史演进的视野进行考察，其理论深度和现实向度都会得以增强，这样才能更好地构建起清代楚辞学史。这是我对于这个选题的学术展望，也是下一阶段学术研究的奋斗目标。

感谢我的中学语文老师孟宪伟老师和庞庆海老师，作为我的文学启蒙老师，是他们的倾情教育，在我心中埋下了一颗颗文学的种子。感谢辽宁师范大学张庆利教授、陕西理工大学李宜蓬教授，他们用古典文学和教育情怀滋养了我的青葱岁月，让我坚定了高校教师的人生选择。感谢我的工作单位贵州师范学院的领导和同事，对我的支持和帮助。

最后，感谢我的父母双亲，他们的爱是我心灵的归宿和永恒的支点。感恩公公婆婆八年来一直帮我带孩子，包揽家务和其他生活琐事，让我能够全心全意的投入我热爱的教育事业和学术研究。感谢我的丈夫刘佳富先生，从本科、硕士、博士至今，十五年来一如既往地支持我不断深造，是我向上的不竭动力和坚强后盾。感谢我的儿子恩宇，他的天真烂漫是我的暖心法宝。感谢中华书局,感谢罗华彤主任和许庆江编辑为本书的出版付出的辛勤努力。感谢贵州的灵山秀水给我带来清凉的慰藉,那份清凉将永驻我心间,伴我面对世间的纷纷扰扰。

陈 欣

2021 年 6 月于贵筑乌当